U0031017

宋詞三百首評註

宋詞三百首評註

典藏版

[清] 上彊村民　編選

王水照等　註評

倪春軍　輯評

香港中和出版有限公司
www.hkopenpage.com

前 言

　　選本是普及我國古典文學最通行的著述形式，一直受到廣大讀者的青睞和歡迎。近代學者朱孝臧編選的《宋詞三百首》就是一部備受讚譽的宋詞入門讀本，也是一部蘊含獨特詞學旨趣的專業選本。

　　《宋詞三百首》的編選初衷是為了指導初學者讀詞和填詞。況周頤在該書序言中說：「彊村先生嘗選《宋詞三百首》，為小阮逸馨誦習之資。」所謂「小阮」，即指侄兒，是用魏晉竹林名士阮籍和阮咸叔侄相親的典故。因此，《宋詞三百首》是朱祖謀為他的子侄輩所編選的一本宋詞啟蒙讀物，目的在於指示初學者讀詞方法和填詞門徑。但是，這又是一部反映編選者詞學觀念和審美旨趣的專業選本。錢基博《現代中國文學史·上編》評價此書「闡詞學之閫奧，詔後生以途轍」，指明本書並非為單純賞析誦習之需，而是為闡述特定的詞學宗旨，倡導某種審美理想，並為初學填詞者指明取徑方向。朱氏門人龍榆生在《選詞標準論》中也說：「自朱彝尊《詞綜》、張惠言《詞選》、周濟《宋四家詞選》，乃至近代朱彊村先生之《宋詞三百首》，蓋無不各出手眼，而思以扶持絕學，宏開宗派為己任。」清初浙西詞派的開創者朱彝尊，編選了《詞綜》一書來標舉「醇雅」的詞學觀念。到了清代後期，常州詞派的代表張惠言、周濟又先後編選了《詞選》和《宋四家詞選》，以宣揚「比興寄託」說和「渾化」境界說。《宋詞三百首》就是在這樣一種複雜的詞學背景之下所編選的一部獨具特色的宋詞選本。

　　朱孝臧（1857—1931），一名祖謀，字藿生、古微，號漚尹，又號彊村，浙江歸安（今屬浙江湖州）人。清光緒八年（1882）舉人，次年進士，與王鵬運、鄭文焯、況周頤並稱清末詞壇四大家。早年工詩，至四十歲時方專力於詞。他從南宋詞人吳文英入徑，上窺北宋詞人周邦彥，但又不拘一家，晚年又取法蘇軾，融會貫通，遂成詞壇領袖。葉恭綽在所編《廣篋中詞》中盛讚其「集清

季詞學之大成」,「或且為詞學之一大結穴」。本書附錄夏孫桐所撰《清故光祿大夫前禮部右侍郎朱公行狀》,以便讀者進一步了解朱祖謀的生平事跡。

《宋詞三百首》之所以成為詞史中的經典選本,乃是集中了朱祖謀及其友朋後輩們的集體思想,這其中況周頤就是一位很重要的直接參與者。況周頤(1861—1926),原名周儀,字夔笙,號蕙風,又號玉棲詞人,廣西臨桂(今屬廣西桂林)人。光緒五年(1879)舉人,官內閣中書。民國時期,朱、況二人均寓居上海,相去里許,往來密切,經常在一起討論詞學問題。據況氏門人趙尊嶽回憶兩人編纂《宋詞三百首》時的情景:「皤然兩叟,曼聲朗吟,挈節深思,遙酬答,餘音裊裊,並習聞之。」(《〈惜陰堂明詞叢書〉敘錄》)因此,這部詞選的編選旨趣,與況周頤所倡導的「重、拙、大」論詞宗旨,有着深刻的聯繫。

何謂「重、拙、大」?況周頤自己的解釋是:「輕者重之反,巧者拙之反,纖者大之反,當知所戒矣。」(《詞學講義》)此解近似同義反覆,對於初學者仍不得要領。大致説來,詞的女性特質,造成不少詞作的輕豔、淺巧、纖瑣,或如王國維所指責的「淫詞」、「鄙詞」、「遊詞」(王氏據金應珪《詞選》後序之旨而發揮);即在豪放詞風的詞作中,也不免有叫囂直露、一覽無餘之弊。況氏等人所崇尚的則是深曲厚重、包蘊縝密而又一氣渾化的詞風。朱孝臧曾四次校勘吳文英的《夢窗詞》,他在第三次校勘吳詞而寫的跋語中説:「君特(吳文英的字)以雋上之才,舉博麗之典,審音拈韻,習諳古諧。故其為詞也,沉邃縝密,脈絡井井,縋幽抉潛,開徑自行,學者匪造次所能陳其義趣。」認為吳文英詞的「沉邃縝密,脈絡井井」,不是學詞者輕易就能獲其「義趣」的。朱孝臧的門人楊鐵夫,曾隨從朱氏專學吳文英詞,開始時不能領悟,朱氏「於是微指其中順逆、提頓、轉折之所在」。經過三年的揣摩,楊鐵夫才漸悟入,於是作《吳夢窗詞箋釋》一書。吳文英麗密深曲的詞風,主要是運用灝瀚之氣以表達沉摯之思,因而顯得厚重豐腴,耐人尋味。當然也有堆砌晦澀的地方。我們可以從吳文英這個例子來體會「重、拙、大」的含義,同時也可用以把握這部選本的編選旨趣。此書初刻本選詞人 87 家(李重元《憶王孫》誤作李甲詞,實為 88 家),詞作 300 首,而吳文英詞入選達 24 首,位居第一。

如果説,《唐詩三百首》是一部基本反映唐詩總體風貌的普及性選本;那麼,《宋詞三百首》就是一部帶有編選者詞學審美傾向的學術性選本。「重、拙、大」選旨的最終目的,是為了達到自然渾成的審美境界。況周頤在序言中

説「彊村茲選,倚聲者宜人置一編」,是學詞者欲達到「渾成」詞境的「始基」,因為此書「大要求之體格、神致,以渾成為主旨」。龍榆生指出:「所謂『渾成』,料即周濟所稱之『渾化』;衍常州之緒,以別開一宗。」(《選詞標準論》)龍氏指出「重、拙、大」的理論主張主要源自批判繼承浙、常兩派的詞學旨趣,尤其是進一步發揚常州派「推尊詞體」的精神。要而言之,以張惠言為代表的常州詞派為了推尊詞體而強調詞的「比興寄託」功能。這種「比興寄託」不僅要「有寄託入」,更要能「無寄託出」,最後達到雖有寄託而自然無跡的渾成境界,也就是周濟在《宋四家詞選目錄序論》中所說的「問途碧山(王沂孫),歷夢窗(吳文英)、稼軒(辛棄疾),以還清真(周邦彥)之渾化」。因此,朱祖謀在致夏承燾的信中稱吳文英的詞是「八百年未發之疑」,而況周頤也認為吳詞中表現了「黍離麥秀之傷」(《歷代兩浙詞人小傳序》),這恐怕都與自然渾成的「比興寄託」不無關係。因為朱、況二人都懷有濃重的末世情懷和遺老情結,而夢窗詞深邃麗密、寄託遙深的特點正好契合了他們的易代之感和審美期待。

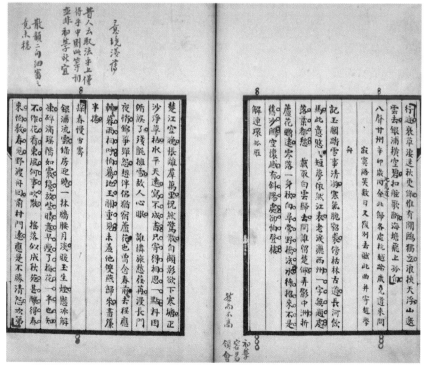

朱祖謀手抄、況周頤批點《宋詞三百首》書影

此書稿本係朱氏手抄，今藏浙江圖書館，共選詞人 86 家，詞作 312 首，有朱、況二人批點刪改墨跡。稿本改定後於 1924 年正式刊行，計入選詞人 88 家，詞作 300 首，是為初刻本。當代詞學大師唐圭璋先生特為之作箋，編成《宋詞三百首箋》，先於 1934 年出版，又於 1947 年再版；後又增加註釋，改題《宋詞三百首箋注》，由中華書局上海編輯所（即上海古籍出版社前身）於 1958 年重版。值得注意的是，唐氏箋注本的選目與朱氏初刻本頗有出入，1934 年版的「唐箋本」是以朱氏「重編稿本」為底本，選詞人 82 家，詞作 283 首。1947 年版的「唐箋本」改以 1924 年初刻本為底本，「附錄一」據朱氏「重編稿本」補入 9 家 11 首詞，刪除 20 家詞人 28 首詞，「附錄二」又據朱氏「三編本」增加 2 家 2 首詞。1958 年版選目則與 1934 年版同，後多次據以刊印，遂成為當下較為通行之本。

唐箋本流行既廣，初刻本反而被人忽視，而這又是朱氏生前唯一正式刊行的版本，選詞恰為三百首。故本書選擇 1924 年的初刻本為底本，以恢復選本之原貌。詞之正文，參校以《全宋詞》及各家詞別集，凡遇有重要異文則出註校改，其他如字形訛誤等明顯錯誤則徑改，不出註。並根據《詞律》《詞譜》進行標點，即句處用逗號（「，」），逗處用頓號（「、」），韻處用句號（「。」），以便廣大讀者閱讀欣賞。

《宋詞三百首》初刻本書影

「唐箋本」作為《宋詞三百首》第一部正式刊行的註本，廣泛採輯前人評語，有助理解原詞，後又加以註釋，然稍嫌簡略。今為適應一般讀者閱讀之需要，加詳註釋，並另撰評析，以擴大理解空間。同時，遵循唐箋體例，重新彙輯詞評（收錄刊行於 1949 年之前的著作）。所得於唐氏「評箋」多有補正，讀者如有進一步鑽研興趣，不妨與唐氏箋注本一同參閱。另，朱氏原書存在一些詞作主名錯漏之處，我們均在「評析」之末加按語予以說明。

　　參加本書註釋、評析的撰稿人是（按姓氏筆畫排列）：王水照、王述堯、王祥、孔妮妮、史偉、林岩、陳元鋒、倪春軍、張璟、趙曉濤。本書輯評和補訂由倪春軍一人承擔，這也是他所承擔的華東師範大學青年預研究項目（2018ECNU-YYJ001）和青年跨學科創新團隊項目（2018ECNU-QKT008）的階段性成果。本書評註、輯評中存在的缺點和不足，歡迎廣大讀者指正。

王水照

2018 年 5 月

序

詞學極盛於兩宋，讀宋人詞當於體格、神致間求之，而體格尤重於神致。以渾成之一境為學人必赴之程境，更有進於渾成者，要非可躐而至，此關係學力者也。神致由性靈出，即體格之至美，積發而為清暉芳氣而不可掩者也。近世以小慧側豔為詞，致斯道為之不尊。往往塗抹半生，未窺宋賢門徑，何論堂奧。未聞有人焉，以神明與古會，而抉擇其至精，為來學周行之示也。彊村先生嘗選《宋詞三百首》，為小阮逸馨誦習之資。大要求之體格、神致，以渾成為主旨。夫渾成未遽詣極也，能循塗守轍於三百首之中，必能取精用閎於三百首之外，益神明變化於詞外求之，則夫體格、神致間尤有無形之訢合，自然之妙造，即更進於渾成，要亦未為止境。夫無止境之學，可不有以端其始基乎？則彊村茲選，倚聲者宜人置一編矣。中元甲子燕九日，臨桂況周頤。

目錄

宋詞三百首評註

徽宗皇帝
一首

宴山亭

裁剪冰綃[1]，輕疊數重，淡著燕脂勻注[2]。新樣靚妝[3]，豔溢香融，羞殺蕊珠宮女[4]。易得凋零，更多少[5]、無情風雨。愁苦。閒院落淒涼，幾番春暮。　　憑寄離恨重重[6]，者雙燕何曾[7]，會人言語[8]。天遙地遠，萬水千山，知他故宮何處[9]。怎不思量[10]，除夢裡[11]、有時曾去。無據[12]。和夢也、新來不做[13]。

註釋

1 冰綃（xiāo）：薄而潔白的絲織品。

2 燕脂：即胭脂。勻注：均勻地點染。

3 靚（jìng）妝：華美的妝飾。

4 蕊珠宮女：仙女。蕊珠宮，道教傳說中的仙宮。

5 更：更加，何況。

6 憑寄：託寄，此有煩請傳寄之意。

7 者：同「這」。

8 會：理解，領會。

9 故宮：指詞人往昔所住的皇宮。

10 思量：思念。

11 除：除非。

12 無據：不可靠，難以憑藉。

13 和：連。新來：近來。

評析

　　這首詞是徽宗被擄北去途中所作，或傳說是他在北方被幽禁時的「絕筆」。從詞意看，以前說為是。北行途中，忽然看到杏花，詞中極寫杏花之美麗和遭遇風雨，其實正見出繁華之易逝、人生之愁苦，於是想到故國家園，想到讓雙燕帶去重重離恨。然而鄉關已遠，燕兒也難尋覓，只好託之於夢寐，但近來夢也不做了，這一點空虛的安慰也難以憑藉。詞意層層遞轉，愈轉愈深，愈深愈見其委曲悽婉，誠然是筆墨盡而繼之以血淚的哀痛之作。

輯評

　　徽廟在韓州，會虜傳至書。一小使始至，見上登屋，自正芳舍，急下顧笑曰：「堯舜茅茨不剪。」方取緘視。又有感懷小詞，末云：「天遙地闊，萬水千山，知它故宮何處。怎不思量，除夢裡、有時曾去。無據。和夢也、有時不做。」真似李主「別時容易見時難」聲調也。後顯仁歸鑾，云此為絕筆。（宋無名氏《朝野遺記》）

宋徽宗北隨金虜，後見杏花，作《燕山亭》一詞云「（略）」。詞極悽惋，亦可憐矣。（明楊慎《詞品》）

人生何日非夢，道君夢遊霓幕而不寤，復尋故宮之夢，豈非夢夢。（明卓人月輯、徐士俊評《古今詞統》）

「怎不思量」下，足令征鳥踟躕，寒雲不飛。（明潘游龍《精選古今詩餘醉》）

南唐主《浪淘沙》曰：「夢裡不知身是客，一晌貪歡。」至宣和帝《燕山亭》則曰：「無據。和夢也、有時不做。」其情更慘矣。嗚呼，此猶《麥秀》之後有《黍離》也。（清賀裳《皺水軒詞筌》）

作「天遙地遠」，誤也。宜作「天遠地遙」，乃合。此即同前段之「新樣靚妝」句。（清萬樹《詞律》）

徽宗北轅後，賦《燕山亭‧杏花》一闋。哀情哽咽，彷彿南唐李主，令人不忍多聽。（清徐釚《詞苑叢談》）

（「怎不思量」四句）情見乎詞，宋構之罪，擢髮難數矣。（清陳廷焯《詞則‧大雅集》）

紫陌鶯花夢舊京，無情風雨太縱橫。烏衣不會君王意，愁絕寥天五國城。（清沈道寬《論詞絕句》其八）

昔人言宋徽宗為李後主後身，此詞感均頑豔，亦不減「簾外雨潺潺」諸作。（梁令嫻《藝蘅館詞選》引梁啟超語）

尼采謂：「一切文學，余愛以血書者。」後主之詞，真所謂以血書者也。宋道君皇帝《燕山亭》詞亦略似之。然道君不過自道身世之戚，後主則儼有釋迦、基督擔荷人類罪惡之意，其大小固不同矣。（王國維《人間詞話》）

慘淡燕山夕照中，杏花零落付西風。小朝南矣君王北，夢裡安能覓故宮。（高旭《論詞絕句》其九）

錢惟演

一首

木蘭花

城上風光鶯語亂[1]。城下煙波春拍岸[2]。綠楊芳草幾時休[3]，淚眼愁腸先已斷。　　情懷漸覺成衰晚。鸞鏡朱顏驚暗換[4]。昔年多病厭芳尊[5]，今日芳尊惟恐淺。

註釋

1 亂：熱鬧，嘈雜。
2 煙波：煙霧籠罩的水波。
3 休：凋謝零落。
4 鸞鏡：鏡子。傳說罽賓王獲一鸞鳥，三年不

鳴，懸鏡映之，乃悲鳴，一奮而絕。後世因稱鏡為鸞鏡。見《太平御覽》卷九一六引南朝宋范泰《鸞鳥詩》序。
5 芳尊：精緻的酒杯。尊，同「樽」。

評析

　　此詞是詞人歎老嗟衰之作。詞開頭以一「亂」字形容春意之盎然，讓人想起宋祁《玉樓春·春景》「紅杏枝頭春意鬧」之「鬧」，均極傳神。但這樣的景致在一個衰頹的老人眼裡，激起的卻不是生機和歡樂，反增其傷感而已。因此到「綠楊芳草幾時休」，詞意已轉為悽婉。下片即直寫其歎嗟之情：心境漸漸老衰，鏡中也不復年少時的容顏。韶華已逝，都在不經意間，所以詞人說「驚暗換」。而晚景既已衰頹，只有在酒中打發百無聊賴的日子。這首詞不論從詞意還是從詞藝上看，都無特殊之處，但以樂景寫哀情，流暢自然，也不乏渾成之意。

輯評

　　錢相謫漢東，諸公送別至彭婆鎮，錢相置酒作長短句，俾妓歌之，甚悲。錢相泣下，諸公皆泣下。（宋邵伯溫《邵氏聞見錄》）

　　《侍兒小名錄》云：「錢思公謫漢東日，撰《玉樓春》詞曰：『（略）。』每酒闌歌之則泣下。後閣有白髮姬，乃鄧王歌鬟驚鴻也，遽言：『先王將薨，預戒挽鐸中歌《木蘭花》引紼為送；今相公亦將亡乎？』果薨於隨州。鄧王舊曲，亦嘗有『帝鄉煙雨鎖春愁，故國山川空淚眼』之句。」（宋胡仔《苕溪漁隱叢話·後集》）

　　此詞暮年作，詞極悽婉。（宋黃昇《唐宋諸賢絕妙詞選》）

　　上因韶光易老生愁腸，下藉芳樽傾倒解愁腸。妙處俱在末，結句傳神。倘無芳樽解愁腸，將愁腸與淚眼俱斷耶？（明《新刻李于鱗先生批評註釋草堂

《詩餘雋》偽託李攀龍評點）

思公暮年作此，極盡悽惋，然後閣歌姬已知其將亡矣，歌姬知言哉！芳樽恐淺，正斷腸處，尤真篤。（明沈際飛《草堂詩餘・正集》）

芳樽恐淺，正斷腸處，情極悽婉，不堪多讀。（明潘游龍《精選古今詩餘醉》）

春光易邁，人生幾何？恣飲高歌，良有以也。（明鄧志謨《丰韻情書》評語）

范仲淹

三首

漁家傲

塞下秋來風景異。衡陽雁去無留意[1]。四面邊聲連角起[2]。千嶂裡。長煙落日孤城閉。　　濁酒一杯家萬里[3]。燕然未勒歸無計[4]。羌管悠悠霜滿地。人不寐。將軍白髮征夫淚。

1 衡陽：地名，今屬湖南，相傳大雁飛至衡陽不再南去，今城南有回雁峰。
2 邊聲：邊地的各種聲音，如羌管、胡笳、畫角聲等。角：軍中號角。
3 濁酒：未經過濾的酒，因酒糟漂浮而略顯渾濁。三國魏嵇康《與山巨源絕交書》：「濁酒一杯，彈琴一曲，志願畢矣。」
4 燕然：山名，今蒙古國境內的杭愛山。泛指邊塞。勒：雕刻。東漢時車騎將軍竇憲率兵大破匈奴，登燕然山，勒石頌功。見《後漢書·竇憲傳》。

　　北宋仁宗康定元年（1040）八月，范仲淹任陝西經略安撫副使兼知延州，率兵抗擊西夏。翌年四月，調知耀州。這首詞即作於這一時期。唐代詩人戴叔倫的《調笑令》（邊草）開唐五代邊塞詞之先聲，而范仲淹的這首繼踵之作則成為宋初邊塞詞之代表。此詞上片寫景，下片抒情，景中寄情，情中有景，一方面表現了戍邊將士的艱辛困苦，同時也抒發了詞人濃重的家國情感，可謂「深得《採薇》、《出車》，『楊柳』、『雨雪』之意」（清賀裳《皺水軒詞筌》）。

　　范文正公守邊日，作《漁家傲》樂歌數闋，皆以「塞下秋來」為首句，頗述邊鎮之勞苦，歐陽公嘗呼為窮塞主之詞。及王尚書素出守平涼，文忠亦作《漁家傲》一詞以送之，其斷章曰：「戰勝歸來飛捷奏。傾賀酒。玉階遙獻南山壽。」顧謂王曰：「此真元帥之事也。」（宋魏泰《東軒筆錄》）

　　詩以窮工，惟詞亦然。「玉階獻壽」之語，不及「窮塞主」多矣。（明卓人月輯、徐士俊評《古今詞統》）

　　范文正公守延安，作《漁家傲》詞曰：「（略）。」予久羈關外，每誦此詞，風景宛然在目，未嘗不為之慨歎也。然句語雖工，而意殊衰颯，以總帥而所言若此，宜乎士氣之不振，所以卒無成功也。歐陽文忠呼為窮塞主之詞，信哉！

及王尚書守平涼，文忠亦作《漁家傲》詞送之，末云：「戰勝歸來飛捷奏。傾賀酒。玉階遙獻南山壽。」謂王曰：「此真元帥之事也。」豈記嘗譏范詞，故為是以矯之歟？（明瞿佑《歸田詩話》）

上寫其在邊之景象，下述其守邊之心神。塞下曲，胡中笳，亦如此迫切。曲盡秋塞之情，誦之令人興悲。（明《新刻李于鱗先生批評註釋草堂詩餘雋》偽託李攀龍評點）

此是塞上曲，少悲壯，似未善。（託名楊慎評點《草堂詩餘》）

曲盡秋塞之情，誦之令人興悲。（明《新刻註釋草堂詩餘評林》李廷機評語）

希文道德未易窺，事業亦不可筆記。「燕然未勒」句，悲憤鬱勃，窮塞主安得有之。（明沈際飛《草堂詩餘・正集》）

小令、中調有排蕩之勢者，吳彥高之「南朝千古傷心事」，范希文之「塞下秋來風景異」是也。（清沈謙《填詞雜說》）

此即永叔所謂「窮塞主」也。昔以此詞為工，終覺直而少韻。曰「角」，曰「羌」，亦復。（世經堂康熙十七年殘本《詞綜》批語）

廬陵譏范希文《漁家傲》為「窮塞主詞」，自矜「戰勝歸來飛捷奏。傾賀酒。玉階遙獻南山壽」為真元帥之事。按宋以小詞為樂府，被之管弦，往往傳於宮掖。范詞如「長煙落日孤城閉」、「羌管悠悠霜滿地」、「將軍白髮征夫淚」，令「綠樹碧簾相掩映，無人知道外邊寒」者聽之，知邊庭之苦如是，庶有所警觸。此深得《採薇》、《出車》，「楊柳」、「雨雪」之意。若歐詞止於誹耳，何所感耶。（清賀裳《皺水軒詞筌》）

「將軍白髮征夫淚」，亦復蒼涼悲壯，慷慨生哀。永叔欲以「玉階遙獻南山壽」敵之，終覺讓一頭地。「窮塞主」故是雅言，非實錄也。（清彭孫遹《金粟詞話》）

一幅絕塞圖，已包括於「長煙落日」十字中。唐人塞下詩最工、最多，不意詞中復有此奇境。（清先著、程洪《詞潔》）

范希文《漁家傲》邊愁云：「（略）。」詞旨蒼涼，多道邊鎮之苦。歐陽永叔每呼為窮塞主。詩非窮不工，乃於詞亦云。（清馮金伯《詞苑萃編》）

文正當西夏坐大，因自請出鎮以制之。所謂「軍中有一范，西賊聞之驚破膽」者也。至今讀之，猶凜凜有生氣。（清黃蘇《蓼園詞選》）

「衡陽」句言因雁南飛而動思鄉之情也，下三句均寫塞上秋景。「濁酒」句是羈旅之感，「燕然」句是身世之慨，「羌管」句仍回到塞上秋景，後結一句，雙承「濁酒」、「燕然」兩句收束。（蔡嵩雲《柯亭詞評》）

蘇幕遮

碧雲天，黃花地[1]。秋色連波，波上寒煙翠。山映斜陽天接水[2]。芳草無情，更在斜陽外。　　黯鄉魂[3]，追旅思[4]。夜夜除非，好夢留人睡。明月樓高休獨倚[5]。酒入愁腸，化作相思淚。

1 黃花：菊花。

2 天接水：遠水接天。

3 黯（àn）：黯然，內心頹傷的樣子。鄉魂：思鄉之心。

4 追：追隨，此有糾纏不放之意。旅思：羈旅之愁思。

5 休：莫，不要。

　　此詞是羈旅思鄉之作，所以詞的下片有「黯鄉魂，追旅思」的句子。但這首詞最為人歎賞的是上片景語：天連水，水連山，山連芳草；天帶碧雲，水帶寒煙，山帶斜陽。似乎再也沒有這樣美麗、淒清的景色了。唐圭璋先生稱其「純是一片空靈境界，即畫亦難到」（《唐宋詞簡釋》）。後人多有襲用者，最著名的是元代王實甫《西廂記》中「碧雲天，黃花地」一段，但較之原作，不論在骨力上還是情味上，都稍遜一籌。下片為情語。「夜夜」二句，見情之婉曲深切。酒化作淚，見構思之奇瞥，更見情之濃至。

　　文正詞云：「都來此事，眉間心上，無計相迴避。」又：「明月樓高休獨倚。酒入愁腸，化作相思淚。」……情之所鍾，雖賢者不能免，豈少年所作耶？惟荊公詩詞，未嘗作脂粉語。（宋俞文豹《吹劍三錄》）

　　「芳草更在斜陽外」、「行人更在春山外」兩句，不厭百回讀。（明卓人月輯、徐士俊評《古今詞統》）

　　上託芳草以懷芳卿，下是夢裡相尋，酒中相思，無限深情。秋水長天一色景，明月杯獨舉，更動相思。「斜陽」、「芳草」最入鄉魂旅思，觀其對月傷懷，捨杯拭淚，安得言？言痛切乃爾。（明《新刻李于鱗先生批評註釋草堂詩餘雋》偽託李攀龍評點）

　　「鄉魂」、「旅思」處以下數句，詞意宛切。（明《新刻註釋草堂詩餘評林》李廷機評語）

　　「芳草更在斜陽外」、「行人更在春山外」，兩句不厭百回讀。人但言睡不得爾，除非好夢留人，反言愈切。「欲解愁腸除是酒，奈酒至愁還又」，似此

註腳。（明沈際飛《草堂詩餘·正集》）

「銷魂」句，足抵一折王實甫《長亭送別》。「芳草在斜陽外」，比「行人在春山外」更進。（世經堂康熙十七年殘本《詞綜》批語）

范希文「珍珠簾捲玉樓空，天淡銀河垂地」及「芳草無情，又在斜陽外」，雖是賦景，情已躍然。（清沈謙《填詞雜說》）

范希文《蘇幕遮》一調，前段多入麗語，後段純寫柔情，遂成絕唱。（清彭孫遹《金粟詞話》）

范文正公《蘇幕遮》詞云：「（略）。」公之正氣塞天地，而情語入妙至此。（清馮金伯《詞苑萃編》）

此去國之情。（清張惠言《詞選》）

（「酒入愁腸」二句）鐵石心腸人，亦作此消魂語。（清許昂霄《詞綜偶評》）

范希文賦《蘇幕遮》云：「（略）。」希文，宋一代名臣，詞筆婉麗乃爾。比之宋廣平賦梅花，才人何所不可。不似世之頭巾氣重，無與風雅也。（清李佳《左庵詞話》）

文正一生，並非懷土之士，所為「鄉魂」、「旅思」以及「愁腸」、「思淚」等語，似沾沾作兒女想，何也？觀前闋，可以想其寄託。開首四句，不過借秋色蒼茫，以隱抒其憂國之意；「山映斜陽」三句，隱隱見世道不甚清明，而小人更為得意之象。「芳草」喻小人，唐人已多用之也。第二闋因心之憂愁，不自聊賴，始動其「鄉魂」、「旅思」而夢不安枕，酒皆化淚矣。其實，憂愁非為思家也。文正當宋仁宗之時，揚歷中外，身肩一國之安危，雖其時不無小人，究係隆盛之日，而文正乃憂愁若此，此其所以先天下之憂而憂矣。（清黃蘇《蓼園詞選》）

大筆振迅。（清譚獻評《詞辨》）

「外」字，嘲者以為江西腔，今江西人支佳卻分。且范是吳人，吳亦分實泰也，正是宋朝京話耳。（清王闓運《湘綺樓評詞》）

前半全寫秋景，後半專寫離情。後結三句愁酒化淚，設想奇絕。（蔡嵩雲《柯亭詞評》）

御街行

紛紛墜葉飄香砌[1]。夜寂靜、寒聲碎[2]。真珠簾捲玉樓空[3]，天淡銀河垂地。年年今夜，月華如練[4]，長是人

千里⁵。　　愁腸已斷無由醉⁶。酒未到、先成淚。殘燈明滅枕頭敧⁷，諳盡孤眠滋味⁸。都來此事⁹，眉間心上，無計相迴避¹⁰。

註釋

1 香砌：撒滿落花的臺階。砌，臺階。

2 寒聲：寒風吹動落葉之聲。碎：輕微，細碎。

3 真珠：即珍珠。玉樓：此指華美的宮殿。

4 練：白絹。

5 長是：總是。

6 無由：不能，沒有辦法。

7 明滅：忽明忽暗。敧（qī）：傾斜。

8 諳（ān）盡：即嘗盡。諳，熟知。

9 都來：算來。

10 無計：沒有辦法。

評析

此詞是懷人之作。中國古典詩詞中的懷人，總是與寂寞、月夜聯繫在一起。這首詞即從夜靜落葉寫起，夜愈靜，愈覺寒聲之碎，愈見心緒之寂寥。「真珠」五句，極寫遠空皓月澄澈之境。「長是人千里」則因景即情，寫懷人之苦，下片即由此生發。此詞寫懷人之情，也具特色。《蘇幕遮》有「酒入愁腸，化作相思淚」的句子，此處則言「酒未到，先成淚」，情深於淚，淚深於酒，正是詞人匠心獨運之處。最後「眉間心上，無計相迴避」一句，則讓人想起李清照「才下眉頭，卻上心頭」的話頭，詞人間情思，往往相似如此。

輯評

韓魏公《點絳唇》詞云：「病起懨懨，庭前花樹添憔悴。亂紅飄砌。滴盡真珠淚。惆悵前春，誰向花前醉。愁無際。武陵凝睇。人遠波空翠。」范文正公《御街行》云：「（略）。」二公一時勳德重望，而詞亦情致如此。大抵人自情中生，焉能無情，但不過甚而已。（明楊慎《詞品》）

范希文「都來此事，眉間心上，無計相迴避」，類易安而小遜之。其「天淡銀河垂地」語卻自佳。（明王世貞《藝苑卮言》）

「寒聲碎」，何如少游之「鶯聲碎」？（明卓人月輯、徐士俊評《古今詞統》）

上是孤夜而懷人千里，下是孤眠而對酒萬愁。月光如畫，淚深於酒，情景兩到。「來時何速去何遲，半在胸中半在眉。門掩落花春在後，宵涵明月酒醒時。」亦此意。（明《新刻李于鱗先生批評註釋草堂詩餘雋》偽託李攀龍評點）

「天淡」句，空靈。朱良規曰：「天之風月，地之花柳，人之歌舞，缺一不成三才。」公勳德重望，不諱情致。「眉間」二句，類易安而少遜。（明沈際飛《草堂詩餘·正集》）

即景懷人，感慨之思，湧出胸臆，幽情之作，吾必以此為巨擘者。（明鄧志謨《丰韻情書》評語）

范希文詞「天淡銀河垂地」，此語最佳。或作「天漢」，風味頓減。且銀河即漢，又不應疊用，當是「淡」字無疑。（清毛先舒《詩辨坻》）

俞仲茅小詞云：「輪到相思沒處辭，眉間露一絲。」視易安「才下眉頭，卻上心頭」，可謂此兒善盜。然易安亦從范希文「都來此事，眉間心上，無計相迴避」語脫胎，李特工耳。（清王士禎《花草蒙拾》）

范文正《御街行》云：「（略）。」淋漓沉着。《西廂．長亭》襲之，骨力遠遜，且少味外味。（清陳廷焯《白雨齋詞話》）

（「紛紛」句）是壯語，不嫌不入律。「都來」即「算來」也，因此字宜平，故用「都」字，完嫌不醒。（清王闓運《湘綺樓評詞》）

希文、君實兩文正，尤宋名臣中極純正者，而詞筆婉麗如此。論者但以本意求之，性情深至者，文辭自悱惻，亦不必別生枝節，強立議論，謂其寓言某事也。（清端木埰《續詞選》批註）

前半寫秋夜景物，後半仍寫離情。「愁腸已斷無由醉。酒未到、先成淚」較前「酒入愁腸，化作相思淚」更深一層。（蔡嵩雲《柯亭詞評》）

張　先

七首

千秋歲

數聲鶗鴂¹。又報芳菲歇²。惜春更選殘紅折。雨輕風色暴，梅子青時節³。永豐柳⁴，無人盡日飛花雪⁵。　　莫把幺弦撥⁶。怨極弦能說。天不老，情難絕。心似雙絲網⁷，中有千千結。夜過也，東窗未白孤燈滅。

1 鶗鴂（tí jué）：即子規，杜鵑。
2 芳菲：花草。
3 梅子：梅樹的果實。
4 永豐柳：唐時洛陽永豐坊中有一株垂柳，極為茂盛。白居易因作《楊柳枝詞》云：「一樹春風千萬枝，嫩如金色軟於絲。永豐西角荒園裡，盡日無人屬阿誰。」在京師廣為流傳。唐宣宗聞之，取其枝植於禁苑。後以「永豐柳」泛指園柳。
5 盡日：終日，整日。
6 幺弦：琵琶的第四弦，借指琵琶。
7 雙絲網：兩股絲結成的網，喻心意堅貞而纏綿。

　　此詞是惜春之作，但從「永豐柳」及下片抒情來看，似乎別有寓意。杜鵑、殘紅、梅子、柳絮，也都是常見的意象。這首詞的特殊之處在於其情感表達真率而熱情。「莫把幺弦撥。怨極弦能說」句，實則是兩折其意的：不要把細弦撥動，但是怨恨已極時，卻也只有那細弦才能訴說心中怨氣。先抑後揚，後曲詞意即承此而來，「天不老，情難絕」一句，已有些賭天誓地的味道了。這在多以含蓄蘊藉見長的北宋令詞中是不多見的。後人稱張先詞「才不足而情有餘」（李之儀《跋吳思道小詞》），應該是就此而言的。

菩薩蠻

哀箏一弄《湘江曲》¹。聲聲寫盡湘波綠。纖指十三弦²。

細將幽恨傳。　　當筵秋水慢[3]。玉柱斜飛雁[4]。彈到斷腸時。春山眉黛低[5]。

1 一弄：彈奏一曲。《湘江曲》：樂曲名。
2 十三弦：指箏，箏十三弦。
3 秋水慢：秋水流動，比喻清澈的眼波。
4 玉柱：箏上支起箏弦的立柱。斜飛雁：箏

柱斜線排列，猶如一行飛雁。
5 春山黛：春日山色黛青，此喻指婦人姣好的眉毛。

此詞寫彈箏時的情景。上片寫所彈之曲，箏為哀箏，曲為哀曲，幽恨細傳，一個「細」，一個「幽」，着意極重。下片寫彈箏之人，尤以「斷腸」句最為傳神。通篇一氣呵成，略無阻滯，細玩詞意，意致極悽婉，又妙在意濃而韻遠，若有所寄託。

按：《全宋詞》附註：「晏幾道詞，見《小山詞》。」

子野詠箏二詞，《生查子》差勝，此亦不妨並美。（託名楊慎評點《草堂詩餘》）

「斷腸」二句俊極，與「一一春鶯語」並美。（明沈際飛《草堂詩餘・正集》）

醉垂鞭

雙蝶繡羅裙[1]。東池宴。初相見。朱粉不深勻[2]。閑花淡淡春。　　細看諸處好。人人道。柳腰身。昨日亂山昏。來時衣上雲。

1 羅裙：絲羅製的裙子。
2 勻：塗抹。

從詞意看，此詞似是贈妓之作。張先性疏宕，傳說年八十餘，家中猶蓄聲伎，笙歌不斷，可見其為人。也許只有他這樣疏宕的人，才能寫出如此疏宕橫絕的作品。北宋令詞多含蓄，張先詞卻多淋漓、發越之處。其妙處在於諧而不流於俗，謔而不流於褻，自有其清俏可喜的意味。

蓄勢在一結，風流壯麗。（清陳廷焯《詞則·別調集》）

（「昨日」二句）橫絕。（徐珂《歷代詞選集評》引周濟語）

一叢花

傷高懷遠幾時窮¹。無物似情濃。離愁正引千絲亂，更東陌、飛絮濛濛²。嘶騎漸遙³，征塵不斷，何處認郎蹤。　　雙鴛池沼水溶溶⁴。南北小橈通⁵。梯橫畫閣黃昏後⁶，又還是、斜月簾櫳⁷。沉恨細思，不如桃杏，猶解嫁東風⁸。

1 窮：窮盡。

2 濛（méng）濛：迷蒙的樣子。

3 騎：古時一人一馬合稱騎。

4 雙鴛：一對鴛鴦，鴛鳥成雙，故稱雙鴛。溶溶：寬廣的樣子。

5 橈（ráo）：船槳，此處代指船。

6 畫閣：彩繪華麗的樓閣。

7 簾櫳：窗簾。櫳，窗格子。

8 東風：春風。

關於這首詞有一則本事：張先嘗與一尼姑私約，但又忌憚老尼性嚴，常常藏身於池島中小閣。等到夜深人靜，那個尼姑就偷偷下樓，與張先於閣中相遇。臨別，張先依依不捨，作《一叢花》詞以道其懷。這倒頗為符合張先疏宕的個性，而詞中「雙鴛池沼」、「梯橫畫閣」等字樣也與本事相合。但若細玩詞意，仍為傷別之作。上片起首「傷高懷遠」引領全篇，以下「離愁」、「征塵」都是敘別離之苦。下片則寫別後無聊光景，「雙鴛」兩句言庭園之寂寥，「梯橫」兩句言時光之難以排遣。「不如」二句，借桃杏遇春風而盛開，暗責人之不解風情，真可謂「無理而妙」（清賀裳《皺水軒詞筌》）。

張先，字子野，嘗與一尼私約，其老尼性嚴。每臥於池島中一小閣上，俟夜深人靜，其尼潛下梯，俾子野登閣相遇。臨別，子野不勝惓惓，作《一叢花》詞以道其懷。（宋皇都風月主人《綠窗新話》引《古今詞話》）

武康縣餘英館，在縣西南餘英溪上，即沈約宗族所居之地。館南有雙鴛沼。舊編云：舊尼寺基地，張子野樂府之「雙鴛池沼水溶溶，南北小橈通」，

即此處。今廢基尚存。（宋談鑰《嘉泰吳興志》）

「不如桃杏」，恁地情傷。（明潘游龍《精選古今詩餘醉》）

《還魂記》妙語，皆出子野。（明卓人月輯、徐士俊評《古今詞統》）

「不如桃杏」，則不如者多矣，有傷深情。（明沈際飛《草堂詩餘·別集》）

唐李益詞曰：「嫁得瞿塘賈，朝朝誤妾期。早知潮有信，嫁與弄潮兒。」子野《一叢花》末句云：「沉恨細思，不如桃杏，猶解嫁東風。」此皆無理而妙，吾亦不敢定為所見略同，然較之「寒鴉數點」，則略無痕跡矣。（清賀裳《皺水軒詞筌》）

天仙子

時為嘉禾小倅，以病眠不赴府會。[1]

《水調》[2]數聲持酒聽。午醉醒來愁未醒。送春春去幾時回，臨晚鏡。傷流景[3]。往事後期空記省[4]。　　沙上並禽池上暝[5]。雲破月來花弄影。重重簾幕密遮燈，風不定。人初靜。明日落紅應滿徑[6]。

1 原本無此序，據《全宋詞》補。嘉禾：秀州（今浙江嘉興）的別稱。倅（cuì）：指副職。
2《水調》：曲調名，傳說為隋煬帝所製。
3 流景：流年。
4 後期：日後的期約。記省（xǐng）：清楚記得。
5 並禽：雙棲的鳥。暝：暮色籠罩。
6 落紅：落花。

此詞是感時傷春之作。從詞的小序看，這首詞為宋仁宗慶曆三年（1043）張先在秀州通判任上所作，時年五十三歲。所以詞中「臨晚鏡，傷流景」的話頭，概是實況。追念往事，遙想將來，撫今思昔，至難為懷。這已不是輕愁、閒愁，而是切實的傷逝之感。詞中「雲破月來花弄影」，寫景靈動而不跳脫，實為古今絕唱。當時附會於其上的逸事已經很多，張先自己也頗得意於此，以所作「嬌柔懶起，簾壓捲花影」（《歸朝歡》）、「柳徑無人，墮飛絮無影」（《剪牡丹》）及此句，自詡為「張三影」。但若細究起來，仍以「雲破月來」句為佳。

《遁齋閒覽》云：「張子野郎中，以樂章擅名一時。宋子京尚書奇其才，先往見之，遣將命者，謂曰：『尚書欲見「雲破月來花弄影」郎中乎？』子野屏後呼曰：『得非「紅杏枝頭春意鬧」尚書邪？』遂出，置酒盡歡。蓋二人所舉，皆其警策也。」《古今詩話》云：「子野嘗作《天仙子》詞云：『雲破月來花弄影。』士大夫多稱之。張初謁見歐公，迎謂曰：『好雲破月來花弄影，恨相見之晚也。』」二說未知孰是。（宋胡仔《苕溪漁隱叢話·前集》）

《高齋詩話》云：「子野嘗有詩云：『浮萍斷處見山影。』又長短句云：『雲破月來花弄影。』又云：『隔牆送過鞦韆影。』並膾炙人口，世謂『張三影』。」（同上）

《古今詩話》云：「有客謂子野曰：『人皆謂公「張三中」，即心中事、眼中淚、意中人也。』公曰：『何不目之為「張三影」？』客不曉，公曰：『「雲破月來花弄影」；「嬌柔懶起，簾壓捲花影」；「柳徑無人，墮風絮無影」：此余平生所得意也。』」苕溪漁隱曰：「細味三說，當以《後山》、《古今》二詩話所載三影為勝。」（同上）

張子野長短句「雲破月來花弄影」，往往以為古今絕唱。然予讀古樂府唐氏謠《暗別離》云：「朱弦暗斷不見人，風動花枝月中影。」意子野本此。（宋吳开《優古堂詩話》）

赴（秀州）郡集於倅廨中。坐花月亭，有小碑，乃張先子野「雲破月來花弄影」樂章，云得句於此亭也。（宋陸游《入蜀記》）

近世所謂大樂，蘇小小《蝶戀花》、鄧千江《望海潮》、蘇東坡《念奴嬌》、辛稼軒《摸魚子》、晏叔原《鷓鴣天》、柳耆卿《雨霖鈴》、吳彥高《春草碧》、朱淑真《生查子》、蔡伯堅《石州慢》、張子野《天仙子》也。（元楊朝英《樂府新編陽春白雪》卷首附錄燕南芝庵《唱論》）

上是送春即期春回，下是春闌夜靜深情。說到臨鏡傷景情最深。此詞只在弄影上，膾炙人口。張三影詩名傳千古，觀此詞，真可天仙子，非人間凡物可輕擬也。（明《新刻李于鱗先生批評註釋草堂詩餘雋》偽託李攀龍評點）

「雲破月來花弄影」，景物如畫，畫亦不能至此，絕倒絕倒！（託名楊慎評點《草堂詩餘》）

張子野作樂府詞，有「三中」、「三影」，果奇句，為騷（「騷」字原脫）壇絕唱，至今誦之，快耳賞心。（明《新刻註釋草堂詩餘評林》李廷機評語）

「雲破月來」句，心與景會，落筆即是，着意即非，故當膾炙。（明沈際飛《草堂詩餘·正集》）

歐陽公《豐樂亭記》「仰而望山，俯而聽泉」，用白樂天《廬山草堂記》「仰觀山，俯聽泉」語。張子野「雲破月來花弄影」，亦用白公《三遊洞序》「雲破

月出」之句。（明葉盛《水東日記》）

　　張先以「三影」名者，因其詞中有三「影」字，故自譽也。然以「雲破月來花弄影」為最，餘二「影」字不及。（清沈辰垣《歷代詩餘》引《詞統》）

　　琢句煉字，雖貴新奇，亦須新而妥，奇而確。妥與確，總不越一理字，欲望句之驚人，先求理之服眾。時賢勿論，吾論古人。古人多工於此技，有最服予心者，「雲破月來花弄影」郎中是也。有蜚聲千載上下，而不能服強項之笠翁者，「紅杏枝頭春意鬧」尚書是也。「雲破月來」句，詞極尖新，而實為理之所有。（清李漁《窺詞管見》）

　　「張三影」已勝稱人口矣，尚有一詞云「無數楊花過無影」，合之應名「四影」。（清李調元《雨村詞話》）

　　《詞統》曰：《天仙子》止以張子野「雲破月來花弄影」為妙句，又謂其心與景會，落筆即是，着意即非者，正在可解不可解之間。（清沈雄《古今詞話·詞辨》）

　　子野第進士，為都官郎中，此詞或係未第時作。子野吳興人。聽《水調》而愁，為自傷卑賤也。「送春」四句，傷其流光易去，而後期茫茫也。「沙上」二句，言其所居岑寂，以沙禽與花自喻也。「重重」三句，言多蔽障也。結句仍繳送春本題，恐其時之晚也。（清黃蘇《蓼園詞選》）

　　詞以自然為尚。自然者，不雕琢、不假借、不着色相、不落言詮也。古人名句，如「梅子黃時雨」、「雲破月來花弄影」，不外自然而已。（清沈祥龍《論詞隨筆》）

　　干介甫謂張子野「雲破月來花弄影」，不及李世英「朦朧淡月雲來去」。此僅就一句言之，未觀全體，殊覺武斷。即以一句論，亦安見其不及也。（清陳廷焯《白雨齋詞話》）

　　「雲破月來花弄影」，着一「弄」字，而境界全出矣。（王國維《人間詞話》）

　　「午醉」是寫晝，「花」、「月」是寫夜。「明日落紅」由「風不定」生出，應前「送春句」。臨鏡傷景因春去不回，此聽《水調》而酒醒愁未醒之由來，前後意境統一之至。（蔡嵩雲《柯亭詞評》）

青門引

乍暖還輕冷。風雨晚來方定[1]。庭軒寂寞近清明，殘花中酒[2]，又是去年病。　　樓頭畫角風吹醒[3]。入夜

重門靜。那堪更被明月 ⁴，隔牆送過鞦韆影。

1 定：停止。　　　　　　　　　　　　畫角。
2 中（zhòng）酒：醉酒。　　　　　　4 堪：忍受。
3 畫角：古時軍中吹的樂器，彩繪雕飾，故稱

這也是傷春之作。已近清明，天氣尚乍暖還寒，陰晴不定。「殘花中酒」，對飲無人，正見出寂寞；「又是去年病」，則點出年年如此，與年俱增，情何以堪！詞人是要寫寂寞，寫靜的。「樓頭畫角風吹醒」，「醒」字用得極尖刻，是因樓頭畫角而醒呢，還是因風而醒呢？應該是兼而有之吧。而不解事的明月，隔牆送影，更覺愁不可抑。末句「真是描神之筆，極希微窅渺之致」（清黃蘇《蓼園詞選》）。一番落寞情懷，寫來幽雋無比，與上首《天仙子》同為張先韻勝之作。

張子野《青門引》，万俟雅言《江城梅花引》、《青玉案》，句字皆佳。（明王世貞《藝苑卮言》）

上是病酒，故態尚在；下是月明，夜靜深思。病酒中可當月送鞦韆。（明《新刻李于鱗先生批評註釋草堂詩餘雋》偽託李攀龍評點）

張三影胸次超脫，啟口自是不凡。（明《新刻註釋草堂詩餘評林》李廷機評語）

懷則多觸，觸則愈懷，未有觸之至此極者。（明沈際飛《草堂詩餘·正集》）

子野雅淡處，便疑是後來姜堯章出藍之助。（清先著、程洪《詞潔》）

落寞情懷，寫來幽雋無匹。不得志於時者，往往借閨情以寫其幽思。角聲而曰「風吹醒」，「醒」字極尖刻。至末句「那堪送影」，真是描神之筆，極希微窅渺之致。（清黃蘇《蓼園詞選》）

加上「隔牆送過鞦韆影」，應目為「張四影」矣。（清許寶善《自怡軒詞選》）

韻流弦外，神注個中。耆卿而後，聲調漸變，子野猶多古意。（清陳廷焯《詞則·大雅集》）

此不過閒閒描寫春緒，晚來風雨，入夜明月，是一日間事，前結連寫到去年之殘花中酒，便覺全局皆活，不嫌平直矣。（蔡嵩雲《柯亭詞評》）

生查子

含羞整翠鬟[1]，得意頻相顧。雁柱十三弦[2]，一一春鶯語[3]。　　　嬌雲容易飛，夢斷知何處。深院鎖黃昏，陣陣芭蕉雨。

　　此詞《草堂詩餘》題曰「詠箏」，實則是回憶彈箏之人，而非詠箏。上片寫彈箏歡娛之時，兩人頻頻相顧，眉目傳情。下片寫別後淒冷之境，孤寂獨守深院，聽雨打芭蕉。上下片一喜一悲，形成強烈對比。

　　按：《全宋詞》附註：「歐陽修詞，見《近體樂府》卷一。」

　　「雁柱」二語，摹彈箏之神。（明卓人月輯、徐士俊評《古今詞統》）

　　溫庭筠「雁柱十三弦，一一春鶯語」，陳無己「彈到斷腸時，春山眉黛低」，皆彈琴箏俊語也。（明王世貞《藝苑卮言》）

　　此子野聽箏詞也，首二句寫意甚佳，「雁柱」以下，形容曲盡其妙。（明張綖《草堂詩餘別錄》）

　　「雁柱」二句摹彈箏神。「鎖」字入此處致甚。（明沈際飛《草堂詩餘‧正集》）

　　「一一」字從「頻」字生來，「春鶯語」從「得意」字生來。前一闋寫得意時情懷，無限旖旎；次一闋寫別後情懷，無限悽苦，胥於「箏」寓之。凡遇合無常，思婦中年，英雄末路，讀之皆堪下淚。（清黃蘇《蓼園詞選》）

晏　殊

十一首

浣溪沙

一曲新詞酒一杯。去年天氣舊池臺[1]。夕陽西下幾時
回。　　無可奈何花落去。似曾相識燕歸來。小園香
徑獨徘徊[2]。

1「去年」句：化用唐代鄭谷《和知己秋日　　　　亭臺。」
傷懷》：「流水歌聲共不回，去年天氣舊　　2 香徑：落花飄香的小路。

　　此詞雖是懷人之作，卻不着懷人之語，天氣、池臺、夕陽，以至無可奈何
落去之花、似曾相識歸來之燕，皆是舊時之物，但物在人杳，物是人非，唯有
小園香徑獨自徘徊而已。諧不鄰俗，婉不傷弱，輕愁淺恨而不失清新、雍容
之致，這正是晏殊詞的好處。其中「無可奈何」一聯，天然偶麗，最為昔人稱
道。傳說晏殊先得「無可奈何花落去」一句，多日未能對出下句，適逢春暮，
偶向江都尉王琪提及，王對以「似曾相識燕歸來」，遂成絕唱。這則本事未必
可信，但晏殊琢句之工、之刻，於此可見一斑。

　　（「無可」二句）實處易工，虛處難工，對法之妙無兩。（明卓人月輯、徐
士俊評《古今詞統》）
　　上有酌酒狂歡之雅興，下有問花聽鳥之幽懷。「花落去」、「燕歸來」，無
限景趣。只口頭幾語，令人把玩不盡。（明《新刻李于鱗先生批評註釋草堂詩
餘雋》偽託李攀龍評點）
　　「無可奈何」二語，工麗，天然奇偶。（託名楊慎評點《草堂詩餘》）
　　「細雨夢回雞塞遠」，「青鳥不傳雲外信」，「無可奈何花落去」六句，律詩
俊語也。然自是天成一段詞，着詩不得。（明沈際飛《草堂詩餘・正集》）
　　或問詩詞、詞曲分界，予曰「無可奈何花落去，似曾相識燕歸來」，定非
《香奩》詩；「良辰美景奈何天，賞心樂事誰家院」，定非《草堂》詞也。（清王
士禛《花草蒙拾》）
　　詞中句與字有似觸着者，所謂極煉如不煉也。晏元獻「無可奈何花落去」
二句，觸着之句也。宋景文「紅杏枝頭春意鬧」，「鬧」字觸着之字也。（清劉

熙載《藝概》）

　　晏元獻殊《珠玉詞》。集中《浣溪沙·春恨》，「無可奈何花落去，似曾相識燕歸來」，本公七言律中腹聯，一入詞，即成妙句，在詩中即不為工。此詩詞之別，學者須於此參之，則他詞亦可由此會悟矣。（清胡薇元《歲寒居詞話》）

　　有一刻千金之感。（清陳廷焯《詞則·大雅集》）

　　昔人謂詩中不可着一詞語，詞中亦不可着一詩語，其間界若鴻溝。余謂詩中不可作詞語，信然。若詞中偶作詩語，亦何害其為大雅。且如「似曾相識燕歸來」等句，詩詞互見，各有佳處。彼執一而論者，真井蛙之見。（清陳廷焯《白雨齋詞話》）

　　元獻尚有《示張寺丞王校勘》七律一首：「元巳清明假未開，小園幽徑獨徘徊。春寒不定斑斑雨，宿醉難禁灩灩杯。無可奈何花落去，似曾相識燕歸來。遊梁賦客多風味，莫惜青錢萬選才。」中三句與此詞同，只易一字。細玩「無可奈何」一聯，情致纏綿，音調諧婉，的是倚聲家語。若作七律，未免軟弱矣。並錄於此，以諗知言之君子。（清張宗橚《詞林紀事》）

浣溪沙

一向年光有限身[1]。等閒離別易消魂[2]。酒筵歌席莫辭頻[3]。　　滿目山河空念遠[4]，落花風雨更傷春。不如憐取眼前人[5]。

1 一向：即一晌，片刻。
2 等閒：平常。消魂：魂魄離散，形容極度的愁苦、悲傷。
3 頻：多。
4 念遠：懷念遠別的人。
5 憐：憐愛。

　　此詞是傷別之作。「一向年光」極言時光之易逝；「有限身」則言生命之短暫，所以即使尋常的離別，也易使人消魂了。那麼，酒筵歌席間，且及時行樂吧。下片即承離別之意，「滿目山河」、「落花風雨」，「空念遠」、「更傷春」，適成對比。末句忽作轉語，愈見其沉痛。唐代元稹《會真記》鶯鶯詩云：「還將舊來意，憐取眼前人。」「不如」句，顯然由此化出。宋人填詞，多化用中晚唐詩句，此處僅是一例。

清平樂

紅箋小字[1]。説盡平生意。鴻雁在雲魚在水[2]。惆悵此情難寄。　　斜陽獨倚西樓。遙山恰對簾鈎[3]。人面不知何處[4]，綠波依舊東流。

1 紅箋：一種精美的紅色小幅信紙。　　　3 簾鈎：捲簾用的鈎子。
2「鴻雁」句：傳説鴻雁和魚均可以傳遞書信。　4 人面：代指思慕的女子。

　　此詞寫相思之意。「紅箋」二句是自述相思衷曲，「紅箋」、「小字」，可見其鄭重；「説盡」，可見其一往情深。然而「鴻雁在雲魚在水」，此情終究難於自達，所以説「惆悵此情難寄」。「斜陽」、「遙山」兩句正是百無聊賴間所見景致。「人面」、「綠波」兩句則使人想起唐人崔護《題都城南莊》「人面不知何處去，桃花依舊笑春風」之句，人同此心，心同此意，徒增惆悵而已。此詞上片抒情，下片寫景，於極短的篇幅內，曲折處三致其意，而能舒捲從容，這也是晏殊詞的好處。

　　低迴婉曲。（清陳廷焯《詞則·閒情集》）

清平樂

金風細細[1]。葉葉梧桐墜。綠酒初嘗人易醉[2]。枕小窗濃睡。　　紫薇朱槿花殘[3]。斜陽卻照闌干[4]。雙燕欲歸時節。銀屏昨夜微寒[5]。

1 金風：秋風。　　　　　　　　　　　　　　　觀賞。
2 綠酒：美酒。古時釀酒，色澤黃綠，故稱　　4 闌干：即欄杆。
　綠酒。　　　　　　　　　　　　　　　　　5 銀屏：雲母石鑲嵌的潔白的屏風。
3 紫薇朱槿：兩種植物名，開花時均美麗可供

初秋時節，梧桐葉已開始凋落了。初嘗綠酒，不經意間沉醉入睡。醒來時，已是斜陽夕照，庭院蕭條，秋花都殘，才想起此時已是雙燕南歸的時節，而昨夜銀屏已透出微寒。這是真正慵懶的生活、真正的閒情，又妙在不着意為之，不求工而自合，自然溫婉，是宋初詞不可及處。

情景相副，宛轉關生，不求工而自合。宋初所以不可及也。（清先著、程洪《詞潔》）

木蘭花

燕鴻過後鶯歸去。細算浮生千萬緒[1]。長於春夢幾多時，散似秋雲無覓處[2]。　　聞琴解佩神仙侶[3]。挽斷羅衣留不住。勸君莫作獨醒人，爛醉花間應有數[4]。

1 浮生：人生。
2「長於」二句：化用唐代白居易《花非花》：「來如春夢幾多時，去似朝雲無覓處。」
3 聞琴：用卓文君事。文君新寡，司馬相如以琴心挑之，文君夜奔相如。見司馬遷《史記·司馬相如列傳》。解佩：用鄭交甫逢江妃事。鄭交甫遇江妃，江妃解佩贈之，但交

甫離去數十步，懷中之佩就不見了。見漢劉向《列仙傳·江妃二女》。
4「勸君」二句：化用《楚辭·漁父》：「屈原曰：『舉世皆濁我獨清，眾人皆醉我獨醒，是以見放！』」獨醒，獨自清醒，喻不同流俗。數，定數，宿緣，佛教用語。

此詞自遣，亦復遣人，極寓感慨。「燕鴻」二句言春秋代謝，浮生多艱。「長於」二句，言人生易逝難覓，春夢苦短，「幾多時」實「無多時」也。「聞琴」句用典，像司馬相如與卓文君、鄭交甫與江妃那樣的神仙眷侶，一朝離散，便是挽斷羅衣也挽留不住，何況尋常俗人呢？所以結句以人有定數，不如及時行樂作達觀之語。然而達觀之語，亦是悲涼之語，淋漓而沉至，非老於世故，達於人情者不能道。人們常以「風流蘊藉」視晏殊詞，但晏殊詞實不止於此。

木蘭花

池塘水綠風微暖。記得玉真初見面[1]。重頭歌韻響琤琮[2]，入破舞腰紅亂旋[3]。　　玉鈎闌下香階畔[4]。醉後不知斜日晚。當時共我賞花人，點檢如今無一半[5]。

1 玉真：仙人，後來泛指美人。
2 重頭：詞中上下闋節拍完全相同叫重頭。
　琤琮（chēng cóng）：玉石相擊的聲音，這
　裡形容歌聲。
3 入破：樂曲中最急促紛繁的部分叫入破。

紅亂旋：指入破後舞蹈者快速旋轉的熱烈
　場面。
4 鈎闌：隨屋勢高下曲折的欄杆。
5 點檢：檢查，點數。

　　此詞上片極寫昔日之繁華，下片語意一轉，「醉後不知斜日晚」已露蕭瑟之意，至末句「當時共我賞花人，點檢如今無一半」，人世之無常、無奈、空茫虛幻，倏忽之間，已生死阻隔，此情何堪！昔人評詩，多喜俊語、巧語、妙語，實則最難得者，為沉至語。往事關心，人生如夢，每讀一過，不禁惘然。

　　晏元獻尤喜江南馮延巳歌詞。其所自作，亦不減延巳。樂府《木蘭花》皆七言詩，有云：「重頭歌詠響璁琤，入破舞腰紅亂旋。」「重頭」、「入破」，皆管弦家語也。（宋劉攽《中山詩話》）

　　東坡詩「尊前點檢幾人非」，與此詞結句同意。往事關心，人生如夢。每讀一過，不禁惘然。（清張宗橚《詞林紀事》）

木蘭花

綠楊芳草長亭路[1]。年少拋人容易去[2]。樓頭殘夢五更鐘，花底離愁三月雨。　　無情不似多情苦。一寸還成千萬縷[3]。天涯地角有窮時，只有相思無盡處。

1 長亭：古時行人休息及餞別之地。五里設　　短亭，十里設長亭。

評析

　　此詞述相思之情。「綠楊芳草」句言離別之時，「年少拋人」句言離別之人，「五更鐘」、「三月雨」二句言懷人之時，「無情」句以下言相思之苦。末二句，用白居易《長恨歌》「天長地久有時盡，此恨綿綿無絕期」語意，而點化無痕，總是見出多情之苦。全詞情致悽婉，纏綿悱惻，並無怨懟之言，而不失忠厚之意。此詞作婦人口吻，愈顯情之深、之婉、之細。

輯評

　　《詩眼》云：「晏叔原見蒲傳正云：『先公平日小詞雖多，未嘗作婦人語也。』傳正云：『「綠楊芳草長亭路，年少拋人容易去。」豈非婦人語乎？』晏曰：『公謂「年少」為何語？』傳正曰：『豈不謂其所歡乎？』晏曰：『因公之言，遂曉樂天詩兩句，蓋「欲留所歡待富貴，富貴不來所歡去」。』傳正笑而悟。」余按全篇云：「（略）。」蓋真謂「所歡」者，與樂天「欲留年少待富貴，富貴不來年少去」之句不同，叔原之言失之。（宋趙與時《賓退錄》）

　　此是詞家本色，「殘夢五更鐘」、「離愁三月雨」已佳，着「樓頭」、「花底」四字尤妙。（明張綖《草堂詩餘別錄》）

　　上是閨中相對景，下是閨中相思情。「五更鐘」、「三更月」，兩入神。相思無盡，直吐衷情矣。春景春情，句句逼真，當傾倒白玉樓矣。（明《新刻李于鱗先生批評註釋草堂詩餘雋》偽託李攀龍評點）

　　末二句與秦少游《阮郎歸》詞「衡陽猶有雁傳書，郴陽和雁無」同一結想。（託名楊慎評點《草堂詩餘》）

　　爽快決絕，他人含糊不是。昔人言近旨遠，豈好作婦人語。（明沈際飛《草堂詩餘·正集》）

　　愁如吳岫遠，恨似楚天長。（明鄧志謨《丰韻情書》評語）

　　言近而指遠者，善言也。「年少拋人」，凡羅雀之門，枯魚之泣，皆可作如是觀。「樓頭」二語，意致悽然，擊起多情苦來。末二句，總見多情之苦耳！妙在意思忠厚，無怨懟口角。（清黃蘇《蓼園詞選》）

　　悽豔。低迴反覆，言有盡而意無窮。（清陳廷焯《詞則·閒情集》）

踏莎行

祖席離歌¹，長亭別宴。香塵已隔猶回面²。居人匹馬

映林嘶[3]，行人去棹依波轉[4]。　　畫閣魂消，高樓目斷[5]。斜陽只送平波遠。無窮無盡是離愁，天涯地角尋思遍。

註釋

1 祖席：餞行的酒席。　　　　　　　4 棹（zhào）：船槳，這裡指船。
2 香塵：香車麗人浸染得塵土皆香。　5 目斷：望斷，指一直望到看不見。
3 居人：送行的人。

評析

　　此詞是送別之作，從離別之依依至別後之悵恨，次第寫來，情景宛然。「斜陽只送平波遠」一句，平淡閒遠之中有多少韻致！送別之意、相思之意寫來醇厚、蘊藉，是晏殊的得意之作。此一意象在其他詞中也多次出現，如《蝶戀花》「消息未知歸早晚，斜陽只送平波遠」等，皆其例也。

輯評

　　「斜陽只送平波遠」，又「春來依舊生芳草」，淡語之有致者也。（明王世貞《藝苑卮言》）

踏莎行

小徑紅稀[1]，芳郊綠遍。高臺樹色陰陰見[2]。春風不解禁楊花[3]，濛濛亂撲行人面。　　翠葉藏鶯，朱簾隔燕。爐香靜逐游絲轉[4]。一場愁夢酒醒時，斜陽卻照深深院。

註釋

1 紅稀：花少。　　　　　　　　　3 禁：限制，約束。
2 見：同「現」。　　　　　　　　　4 游絲：飄蕩在空中的昆蟲所吐之絲。

評析

　　這首詞一題作「春愁」，然而全詞皆是景語，只在詞末點出「愁」字。雖是「愁」，因是春愁，卻有淡淡的喜悅流露其間，心思宛轉之細膩，可意會不可言傳。晏殊曾舉所作「梨花院落溶溶月，柳絮池塘淡淡風」等句，說他「每吟詠

富貴，從不言金玉錦繡，而唯說其氣象」（宋吳處厚《青箱雜記》）。這首詞中像「爐香靜逐游絲轉」、「斜陽卻照深深院」這樣的句子，也透露出這樣一種「氣象」。「太平宰相」、「富貴閒人」的風度，正要從這裡見出。

景物不殊，運掉能離奇夭矯。「深深」妙，換不得實字。（明沈際飛《草堂詩餘·正集》）

「夕陽如有意，偏傍小窗明」，不若晏同叔「一場愁夢酒醒時，斜陽卻照深深院」更自神到。（清沈謙《填詞雜說》）

晏殊《珠玉詞》極流麗，能以翻用成語見長。如「垂楊只解惹春風，何曾繫得行人住」，又「春風不解禁楊花，濛濛亂撲行人面」等句是也。翻覆用之，各盡其致。（清李調元《雨村詞話》）

踏莎行

碧海無波，瑤臺有路[1]。思量便合雙飛去。當時輕別意中人，山長水遠知何處。　　綺席凝塵[2]，香閨掩霧。紅箋小字憑誰附。高樓目盡欲黃昏，梧桐葉上瀟瀟雨。

1 瑤臺：神仙所居之處。　　　　　　　　　　2 綺席：華麗的筵席。

此詞抒寫相思離別之情。上下片起句皆坦誠直白，表達了希望與意中人雙宿雙飛、琴瑟和鳴的美好心願。但是，上片歇拍和下片結句卻寫得含蓄蘊藉，將滿腔熱情歸於平淡悠長。「山長水遠知何處」為讀者留下了無限的遐思，「梧桐葉上瀟瀟雨」則讀來回味無窮。正如沈義父《樂府指迷》所言：「結句須要放開，含有餘不盡之意，以景結情最好。」

起三句妙，是憑空結撰。（清陳廷焯《詞則·閒情集》）

蝶戀花

六曲闌干偎碧樹[1]。楊柳風輕，展盡黃金縷[2]。誰把鈿箏移玉柱[3]。穿簾海燕雙飛去。　　滿眼游絲兼落絮。紅杏開時，一霎清明雨。濃睡覺來鶯亂語[4]。驚殘好夢無尋處。

註釋

1 六曲：曲折很多。　　　　　　　　　3 鈿箏：用金玉裝飾的箏。
2 黃金縷：春天柳條色如金線，因稱黃金縷。　4 覺來：醒來。

評析

　　此詞仍寫春日光景。六曲闌干，碧樹相倚，鵝黃柳色，又不知誰彈起箏曲，驚起一雙燕子穿簾而去，將目光牽引開。於是又看到游絲、落絮，清明雨後，紅杏初開。也許是被群鶯亂語驚醒吧，一場春夢，無處尋覓。晏殊很多詞都是如此：眼前景，心中意，散漫寫去，不能作質實的把握，卻自有一種情味、韻致，耐人尋繹。
　　按：《全宋詞》附註：「馮延巳作，見《陽春集》。」

輯評

　　馮詞多與歐公相亂，此實公詞也。（清周濟《宋四家詞選》批語）
　　金碧山水，一片空濛。此正周氏所謂「有寄託人、無寄託出」也。（清譚獻評《詞辨》）
　　雅秀工麗，是歐公之祖。字字和雅，字字秀麗，詞中正格也。（清陳廷焯《雲韶集》）
　　忠愛纏綿，宛然《騷》、《辨》之義。延巳為人專蔽嫉妒，又敢為大言。此詞蓋以排間異己者，其君之所以信而弗疑也。（清張惠言《詞選》）

鳳簫吟

鎖離愁，連綿無際，來時陌上初熏[1]。繡幃人念遠[2]，暗垂珠露，泣送征輪[3]。長行長在眼，更重重、遠水孤雲。但望極樓高，盡日目斷王孫[4]。　　消魂。池塘別後，曾行處、綠妒輕裙。恁時攜素手[5]，亂花飛絮裡，緩步香茵[6]。朱顏空自改，向年年[7]、芳意長新。遍綠野，嬉遊醉眼，莫負青春[8]。

1 熏：花草散發出香氣。

2 繡幃：華美的帷帳。

3 征輪：遠行之人坐的車。

4 王孫：古代貴族子弟的通稱，宋人多以「王孫」指代芳草。

5 恁（nèn）時：那時。素手：指女子潔白如玉的手。

6 香茵：形容芳草如茵。茵，墊子。

7 向：對着。

8 青春：春天。

評析

　　此詞是傷別之作。上片寫離別及離別後相思之境，下片追憶昔日嬉遊，結以時光易逝、莫負青春勉人，這都是宋詞中的常調。這首詞的妙處在於，借詠芳草以留別。「鎖離愁，連綿無際」，說的當然是芳草；「陌上初熏」，也是芳草；垂露如淚，泣送征輪，是寫草之神；高樓望斷，目力窮盡處，所見仍是萋萋芳草。舊遊時，「曾行處、綠妒輕裙」說的當然是芳草；「亂花飛絮裡，緩步香茵」，仍是芳草。句句有草，也句句有人，寫來自然拍合，情韻悠漾。大凡中國的文人都有一種唯美的傾向，在接天的萋萋芳草的映襯下，不論離別還是歡會，都帶給人美麗和傷感。

輯評

　　元豐初，虜人來議地界，韓丞相玉汝自樞密院都承旨出分畫，玉汝有愛妾劉氏，將行，劇飲通夕，且作樂府詞留別。翌日，神宗已密知，忽中批步軍司遣兵為搬家追送之。玉汝初莫測所因，久之，方知其自樂府發也。蓋上以恩禮待下，雖閨門之私，亦恤之如此，故中外士大夫無不樂盡其力。劉貢父，玉汝姻黨，即作小詩寄之以戲云：「票姚不復顧家為，誰謂東山久不歸？《卷耳》

幸容攜婉變，《皇華》何啻有光輝？」玉汝之詞由此亦遂盛傳於天下。（宋葉夢得《石林詩話》）

賦芳草筆勢酣足。（世經堂康熙十七年殘本《詞綜》批語）

《樂府紀聞》曰：「元豐中，韓縝出使契丹，分割地界。韓有姬與別，姬作《蝶戀花》云：『香作風光濃着露。正恁雙棲，又遣分飛去。密訴東君應不許。淚波一灑奴衷素。』神宗知之，遣使送行。劉貢父贈以詩：『《卷耳》幸容留婉戀，《皇華》何啻有光輝。』莫測中旨何自而出，後知姬人別曲傳入內庭也。韓作芳草詞別云（略）。此《鳳簫吟》詠芳草以留別，與《蘭陵王》詠柳以敘別同意。後人竟以芳草為調名，則失《鳳簫吟》原唱意矣。」（清沈雄《古今詞話·詞話》）

《鳳簫吟》一名《芳草》，韓縝詞云：「（略）。」蓋芳草二字即題，後人誤為調名耳。換頭第二三句，本作「池塘別後，曾行處」，《詞律》謂「曾」字上必落一「舊」字，按奚俅然詞亦係四字兩句，其他句讀，無不相同，似以「舊曾行處」為是，於文理亦覺明順。（清丁紹儀《聽秋聲館詞話》）

宋　祁
一首

木蘭花

東城漸覺風光好。皺縠波紋迎客棹[1]。綠楊煙外曉雲輕，紅杏枝頭春意鬧。　　浮生長恨歡娛少[2]。肯愛千金輕一笑[3]。為君持酒勸斜陽，且向花間留晚照[4]。

1 皺縠（hú）：一作「縠皺」，即縐紗，形容水
　波細小如縐紗。
2 浮生：漂浮不定的短暫人生。語出《莊子·

刻意》：「其生若浮，其死若休。」
3 肯：怎肯。
4 晚照：落日餘暉。

　　這首詞在當時頗負盛名。傳說宋祁任工部尚書時，約見張先，說：「尚書欲見『雲破月來花弄影』郎中。」張先大呼：「得非『紅杏枝頭春意鬧』尚書耶？」二人遂置酒盡歡。宋祁也因此獲得「紅杏枝頭春意鬧尚書」的雅號。大凡惜春傷春，常易流於傷感，此一「鬧」字卻將春日之繁盛、明媚點染得極為生動。所以王國維稱這首詞「着一『鬧』字，而境界全出」（《人間詞話》）。

　　人謂「鬧」字甚重，我覺全篇俱輕，所以成為「紅杏尚書」。（清沈雄《古今詞話·詞辨》）
　　若紅杏之在枝頭，忽然加一鬧字，此語殊難着解。爭鬥有聲之謂鬧，桃李爭春則有之，紅杏鬧春，予實未之見也。鬧字可用，則吵字、鬥字、打字，皆可用矣。宋子京當日以此噪名，人不呼其姓氏，意以此作尚書美號，豈由尚書二字起見耶。予謂鬧字極粗極俗，且聽不入耳，非但不可加於此句，並不當見之詩詞。近日詞中，爭尚此字者，子京一人之流毒也。（清李漁《窺詞管見》）
　　「紅杏枝頭春意鬧」，一「鬧」字卓絕千古。字極俗，用之得當，則極雅，未可與俗人道也。（清王又華《古今詞論》）
　　「紅杏枝頭春意鬧」尚書，當時傳為美談。吾友公戩極歎之，以為卓絕千古。然實本《花間》「暖覺杏梢紅」，特有青藍冰水之妙耳。（清王士禎《花草蒙拾》）
　　宋子京詞，「紅杏枝頭春意鬧」，「鬧」字固練，然太吃力，不可學。（清李佳《左庵詞話》）

詞中句與字有似觸着者，所謂極煉如不煉也。……宋景文「紅杏枝頭春意鬧」，「鬧」字觸着之字也。（清劉熙載《藝概》）

　　紅杏尚書，豔奪千古。為樂當及時，有心人語。（清陳廷焯《詞則‧別調集》）

　　詞之用字，務在精擇。腐者、啞者、笨者、弱者、粗俗者、生硬者、詞中所未經見者，皆不可用。而叶韻字尤宜留意，古人名句，末字必新雋響亮，如「人比黃花瘦」之「瘦」字，「紅杏枝頭春意鬧」之「鬧」字皆是。然有同此字，而用之善不善，則存乎其人之意與筆。（清沈祥龍《論詞隨筆》）

　　「紅杏枝頭春意鬧」，着一「鬧」字，而境界全出。（王國維《人間詞話》）

歐 陽 修

十 一 首

採桑子

群芳過後西湖好[1]，狼藉殘紅[2]。飛絮濛濛。垂柳闌干
盡日風。　　笙歌散盡遊人去[3]，始覺春空[4]。垂下簾
櫳。雙燕歸來細雨中。

註
釋

1 群芳：百花。
2 狼藉：雜亂。殘紅：落花。

3 笙歌：奏樂唱歌。
4 空：盡。

評
析

　　歐陽修晚年退居潁州（今安徽阜陽），寫了一組《採桑子》（共十首）題詠
潁州西湖之作，此其一。這首詞上片言遊冶之盛，下片言人去之靜。「始覺春
空」是詞眼，末句以「雙燕歸來細雨中」作結，含蓄溫潤，情味深長。

輯
評

　　「始覺春空」，語拙。宋人每以「春」字替人與事，用極不妥。（清先著、
程洪《詞潔》）
　　（「始覺春空」）四字猛省。（清陳廷焯《詞則·別調集》）

訴衷情

清晨簾幕捲輕霜。呵手試梅妝[1]。都緣自有離恨，故
畫作、遠山長[2]。　　思往事，惜流芳[3]。易成傷[4]。
擬歌先斂[5]，欲笑還顰[6]，最斷人腸。

註
釋

1 呵手：因天寒呵氣暖手。梅妝：即梅花妝，
　古代婦女一種面部化妝樣式，描梅花於額
　頭。相傳始於南朝宋壽陽公主。公主曾臥

於含章殿簷下，梅花落在她額上，成五出之
花，拂之不去。見《太平御覽》卷九七〇引
《宋書》。

遠山：遠山眉，古人常將婦人姣好的眉比作
遠山。典出《西京雜記》卷二：「文君姣好，
眉色如望遠山，臉際常若芙蓉。」

3 流芳：流水般逝去的年華。

4 成傷：引起悲傷。

5 擬：想要，準備。斂：斂容，臉色變得端莊
嚴肅。

6 顰（pín）：皺眉。

評析

　　此詞是閨情之作，描摹少婦情態，最為傳神。清晨微寒，呵手先試梅妝。
梅妝雖好，卻無人看，畫眉作遠山悠長。以下「擬歌先斂，欲笑還顰」，種種
曲意宛轉，令人起無限憐惜。

　　按：《全宋詞》附註：「按此首別又作黃庭堅詞，見《豫章黃先生詞》。」

輯評

　　縱畫長眉，能解離恨否？筆妙，能於無理中傳出癡女子心腸。（清陳廷焯
《詞則·閒情集》）

　　此詞寫眉意，刻畫入微，「都緣自有離恨，故畫作、遠山長」二句尤妙，
蓋即有恨，亦何與畫眉事？以畫眉作使性事，真是小兒女性格也。（蔡嵩雲《柯
亭詞評》）

踏莎行

候館梅殘¹，溪橋柳細。草薰風暖搖征轡²。離愁漸
遠漸無窮，迢迢不斷如春水³。　　寸寸柔腸，盈盈
粉淚。樓高莫近危闌倚⁴。平蕪盡處是春山⁵，行人更
在春山外。

註釋

1 候館：驛館，旅舍。

2 征轡（pèi）：遠行之馬的轡繩，也指遠行
之馬。

3 迢迢：悠長不斷的樣子。

4 危闌：高欄。

5 平蕪（wú）：草木叢生的平曠的原野。

評析

　　此詞上片寫行人離家之情，下片寫閨人懷遠之意，語語倩麗，情文斐然。
詞中善用層深遞進之法，如「離愁」二句，以春水寫愁，見出離愁之愈遠愈濃；
「平蕪」二句，春山騁望，行人更在春山之外，不僅空間上翻進一層，在情感
上也翻進一層。語淡情濃，極婉極切。范仲淹《蘇幕遮》有「芳草無情，更在

斜陽外」之句，一層意而兩番曲折，均見其一往情深。

杜子美流離兵革中，其詠內子云：「香霧雲鬢濕，清輝玉臂寒。何時倚虛幌，雙照淚痕乾。」歐陽文忠、范文正，矯飾風節，而歐公詞云：「寸寸柔腸，盈盈粉淚。樓高莫近危闌倚。」……情之所鍾，雖賢者不能免，豈少年所作耶？惟公詩詞未嘗作脂粉語。（宋俞文豹《吹劍三錄》）

句意最工。（宋黃昇《唐宋諸賢絕妙詞選》）

佛經云：「奇草芳花能逆風聞薰。」江淹《別賦》「閨中風暖，陌上草薰」，正用佛經語。六一詞云「草薰風暖搖征轡」，又用江淹語。今《草堂詞》改「薰」作「芳」，蓋未見《文選》者也。《弘明集》：「地芝候月，天華逆風。」（明楊慎《詞品》）

歐陽公詞：「平蕪盡處是春山，行人更在春山外。」石曼卿詩：「水盡天不盡，人在天盡頭。」歐與石同時，且為文字友，其偶同乎？抑相取乎？（同上）

上敘離愁如流水，下敘別望隔山遙。春水寫愁，春山騁望，極切極婉。淚滴如春水，情疊似春山，離別多懷憶，一度相思一度難。（明《新刻李于鱗先生批評註釋草堂詩餘雋》偽託李攀龍評點）

正是盼不見來時路。（託名楊慎評點《草堂詩餘》）

別調有云：「便做一江春水都是淚，流不盡許多情。」意同。（明董其昌《便讀草堂詩餘》）

「芳草更在斜陽外」、「行人更在春山外」兩句，不厭百回讀。（明卓人月輯、徐士俊評《古今詞統》）

「春水」、「春山」，走對妙。「望斷江南山色遠，人不見、草連空」，一望無際矣。「盡處是春山，更在春山外」，轉望轉遠矣。當取以合看。（明沈際飛《草堂詩餘·正集》）

「平蕪盡處是春山，行人更在春山外。」……此淡語之有情者也。（明王世貞《藝苑卮言》）

結語韻致更遠。（明茅暎《詞的》）

恬雅。（明陸雲龍《詞菁》）

逸調。（世經堂康熙十七年殘本《詞綜》批語）

「平蕪盡處是春山，行人更在春山外」，升庵以擬石曼卿「水盡天不盡，人在天盡頭」，未免河漢。蓋意近而工拙懸殊，不啻霄壤。且此等入詞為本色，入詩即失古雅，可與知者道耳。（清王士禛《花草蒙拾》）

（「離愁」二句）較後主「離恨恰如芳草」二語，更綿遠有致。（清陳廷焯《詞則·大雅集》）

此詞特為贈別作耳。首闋，言時物暄妍，征轡之去，自是得意。其如我之離愁不斷何。次闋，言不敢遠望，愈望愈遠也。語語倩麗，韶光情文斐亹。（清黃蘇《蓼園詞選》）

明王世貞曰：「『平蕪盡處』二語，與『郴江幸自繞郴山，為誰流下瀟湘去』，此淡語之有情者也。」余謂歐公句目為淡語則可，若少游則癡語矣。淡語輕遠，癡語沉鬱，其情有別。（鍾應梅《蕊園說詞》）

「草薰風暖搖征轡」句，已伏春山外之行人。「離愁」二句寫行人栩栩欲活。「平蕪」句承「草薰」句。（蔡嵩雲《柯亭詞評》）

蝶戀花

庭院深深深幾許。楊柳堆煙，簾幕無重數。玉勒雕鞍遊冶處[1]。樓高不見章臺路[2]。　　雨橫風狂三月暮[3]。門掩黃昏，無計留春住。淚眼問花花不語。亂紅飛過鞦韆去[4]。

1 玉勒雕鞍：代指華麗的車馬。勒，馬籠頭。　遊冶處：指歌樓妓館。
2 章臺：妓女居住的地方。
3 雨橫：形容雨勢猛烈。
4 亂紅：零亂的落花。

此詞寫閨怨之情。一方是深院凝愁，一方卻遊冶無度，只能深閉重門，任年華老去，其悽苦如此。「淚眼」二句，有數層意：因花而有淚，一層；因淚而問花，一層；花竟不語，一層；不但不語，且又亂落，飛過鞦韆，此又一層。人愈傷心，花愈惱人，寫閨情而極其幽怨，後來詞家認為歐陽修此詞別有寄託，也是有來由的。晏殊《踏莎行》有「斜陽卻照深深院」之句，以疊字「深深」而佳；這首詞中「庭院深深深幾許」則三用疊字，後來李清照深以為妙，用其語作「庭院深深深」數闋。而她的《聲聲慢》「尋尋覓覓，冷冷清清，凄凄慘慘戚戚」，連用七個疊字，傳為古今絕唱。論本窮源，其中當有歐陽修詞的啟示之功。

按：《全宋詞》附註：「馮延巳詞，見《陽春集》。」

上騁望不堪極目處，下留春無限傷心淚。首句疊用三個「深」字，最新奇。問花留春，真是計無少施。寫出當年遊冶，真。後段形容暮春光景殆盡。（明《新刻李于鱗先生批評註釋草堂詩餘雋》偽託李攀龍評點）

疊用字法，妙。（託名楊慎評點《草堂詩餘》）

末句參之「點點飛紅雨」句，一若關情，一若不關情，而情思舉，蕩漾無邊。（明沈際飛《草堂詩餘·正集》）

悽如送別。（明茅暎《詞的》）

首句疊用三個「深」字最新奇，後段形容春暮光景殆盡。（明《新刻註釋草堂詩餘評林》李廷機評語）

詞家意欲層深，語欲渾成。然意層深，語便刻畫；語渾成，意便膚淺，兩難兼也。或欲舉其似，偶拈永叔詞云：「淚眼問花花不語。亂紅飛過鞦韆去。」此可謂層深而渾成。何也？因花而有淚，此一層意也。因淚而問花，此一層也。花竟不語，此一層意也。不但不語，且又亂落，飛過鞦韆，此一層也。人愈傷心，花愈惱人，語愈淺，而意愈入，又絕無刻畫之跡，謂非層深而渾成耶？然作者初非措意，直如化工生物，筍未出土而苞節已具，非寸寸為之也。若先措意便刻畫，愈深愈墮惡境矣。即此等解一經拈出後，便當掃去。（清毛先舒《鷺情詞話》）

「庭院深深」，閨中既以邃遠也。「樓高不見」，哲王又不寤也。「章臺」、「遊冶」，小人之徑。「雨橫風狂」，政令暴急也。「亂紅飛去」，斥逐者非一人而已，殆為韓、范作乎？此詞亦見馮延巳集中。李易安詞序云：「歐陽公作《蝶戀花》，有『庭院深深深幾許』之句，余酷愛之，用其語作庭院深深數闋，其聲即舊《臨江仙》也。」易安去歐公未遠，其言必非無據。（清張惠言《詞選》）

首闋因楊柳煙多，若簾幕之重重者。庭院之深以此，即下句章臺不見亦以此。總以見柳絮之迷人。加之雨橫風狂，即擬閉門，而春已去矣。不見亂紅之盡飛乎，語意如此。通首詆斥，看來必有所指。第詞旨濃麗，即不明所指，自是一首好詞。（清黃蘇《蓼園詞選》）

宋刻玉玩，雙層浮起；筆墨至此，能事幾盡。（清譚獻評《詞辨》）

馮正中詞，極沉鬱之致，窮頓挫之妙，纏綿忠厚，與溫、韋相伯仲也。《蝶戀花》四章，古今絕構。《詞選》本李易安《詞序》，指「庭院深深」一章為歐陽公作，他本亦多作永叔詞。惟《詞綜》獨云馮延巳作。竹垞博極群書，必有所據。且細味此闋，與上三章筆墨，的是一色，歐公無此手筆。（清陳廷焯《白雨齋詞話》）

正中《蝶戀花》四闋，情詞悱惻，可群可怨。（同上）

（《蝶戀花》）四章云：「淚眼問花花不語。亂紅飛過鞦韆去。」詞意殊怨，

然怨之深，亦厚之至。蓋三章猶望其離而復合，四章則絕望矣。作詞解如此用筆，一切叫囂纖冶之失，自無從犯其筆端。（同上）

連用三「深」字，妙甚。偏是樓高不見，試想千古有情人讀至結處，無不淚下。絕世至文。（清陳廷焯《雲韶集》）

詞有與風詩意義相近者，自唐迄宋，前人巨製，多寓微旨。……馮正中「庭院深深」，《萇楚》之憫亂也。（清張德瀛《詞徵》）

有有我之境，有無我之境。「淚眼問花花不語，亂紅飛過鞦韆去。」「可堪孤館閉春寒，杜鵑聲裡斜陽暮。」有我之境也。（王國維《人間詞話》）

蝶戀花

誰道閒情拋棄久[1]。每到春來，惆悵還依舊。日日花前常病酒[2]。不辭鏡裡朱顏瘦[3]。　　河畔青蕪堤上柳[4]。為問新愁，何事年年有。獨立小橋風滿袖。平林新月人歸後[5]。

1 閒情：逸蕩之情，多指男女戀情。
2 病酒：因飲酒過量而難受。
3 不辭：不惜。
4 青蕪：青草叢生。
5 平林：平原上的樹林。

春日、春花、青蕪、堤柳，每年都會有的，但為甚麼每到春來，仍惆悵依舊呢？詞人沒有回答，事實上也無從回答，他只能說小橋、清風，只能說平林、新月，只能說月夜人歸之後，暗自消魂。這首詞的風味很像晏殊詞，再早一些，也很像馮延巳詞，從中我們可以看到一脈相承的關係。

按：《全宋詞》附註：「馮延巳詞，見《陽春集》。」

次章云：「誰道閒情拋棄久。每到春來，惆悵還依舊。日日花前常病酒。不辭鏡裡朱顏瘦。」始終不渝其志，亦可謂自信而不疑，果毅而有守矣。（清陳廷焯《白雨齋詞話》）

馮中正《蝶戀花》云：「誰道閒情拋棄久。每到春來，惆悵還依舊。日日花前常病酒。不辭鏡裡朱顏瘦。」可謂沉着痛快之極。然卻是從沉鬱頓挫來，

淺人何足知之。（同上）

起得風流跌宕。「為問」二語映起筆。「獨立」二語，仙境，夢境，斷非凡筆也。（清陳廷焯《雲韶集》）

稼軒《摸魚兒》起處從此奪胎，文前有文，如黃河伏流，莫窮其源。（梁令嫻《藝蘅館詞選》引梁啟超語）

蝶戀花

幾日行雲何處去。忘了歸來，不道春將暮[1]。百草千花寒食路[2]。香車繫在誰家樹。　　淚眼倚樓頻獨語。雙燕來時，陌上相逢否[3]。撩亂春愁如柳絮。依依夢裡無尋處。

1 不道：不覺。
2 寒食：節令名，在清明前一兩天。春秋時，介之推隱居綿山，晉文公焚山迫其出仕，介之推竟抱樹而死。後在其忌日禁火冷食，以為悼念，相沿成俗。
3 陌：田間小路。

此詞是傷離念遠之作。離情既久，因寄語行雲，託想空靈。春日將暮，又況是百草千花，不知遠人究竟羈留何處，延宕不返？下片仍以問語起首，淚眼倚樓，只有獨語，然而心念未已，又託言雙燕，「陌上相逢否」，但終究是撩亂情絲，即夢裡，亦無尋處。古代詞人多以女子的語氣敘寫閨情，難得是衷曲深藏而深心獨會，一番纏綿，一陣迷亂。

按：《全宋詞》附註：「馮延巳詞，見《陽春集》。」

行雲、百草、千花、香車、雙燕，必有所託。（清譚獻評《詞辨》）

遣辭運筆如許鬆爽。情詞並茂，我思其人。（清陳廷焯《雲韶集》）

低迴曲折，靄乎其言，可以群，可以怨，情詞悱惻。（「雙燕」句）二語，映首章。（清陳廷焯《詞則‧大雅集》）

《織餘瑣述》：「元好問《清平樂》云：『飛去飛來雙乳燕，消息知郎近遠。』用馮延巳『雙燕來時，陌上相逢否』句意。彼未定其逢否，此則直以為知，唯消息近遠未定耳。妙在能變化。」（清況周頤《蕙風詞話》）

「終日馳車走，不見所問津」，詩人之憂世也。「百草千花寒食路。香車繫在誰家樹」似之。（王國維《人間詞話》）

木蘭花

別後不知君遠近。觸目淒涼多少悶¹。漸行漸遠漸無書，水闊魚沉何處問²。　　夜深風竹敲秋韻³。萬葉千聲皆是恨。故敧單枕夢中尋⁴，夢又不成燈又燼⁵。

1 多少：何等，許多之意。
2 水闊魚沉：謂沒有音信，古代傳說魚可傳書。
3 秋韻：秋聲。
4 故：有意地。敧：斜身倚靠。
5 燼：燒盡。

這是一首閨怨之詞。歐詞之妙在於，能將思婦極細微、迂曲的閨情表現得恰到好處；細膩，卻不流於纖弱，而有溫厚蘊藉的意味。但若深求，則於真切、沉至的深情有所欠缺，這是他不及晏殊詞的地方。此詞可為一例。

臨江仙

柳外輕雷池上雨，雨聲滴碎荷聲。小樓西角斷虹明。闌干倚處，待得月華生¹。　　燕子飛來窺畫棟，玉鈎垂下簾旌²。涼波不動簟紋平³。水精雙枕⁴，傍有墮釵橫。

1 月華：月光。
2 簾旌：簾端所綴之布帛，亦泛指簾幕。
3 簟（diàn）紋：席紋。簟，竹席。
4 水精：即水晶。

此詞相傳是為一位家妓所作。上片寫景，炎炎夏日，雷雨過後，彩虹高掛，一陣清涼。下片寫睡夢中的美人，燕子飛來也不被驚擾，簾旌低垂，正酣眠入夢。她身下的涼席紋絲不動，正如平靜的湖面沒有一絲波紋，就連枕邊掉落的髮釵也沒有察覺。全詞無一句對女子的正面描寫，而通過飛燕、簾旌、簟紋、墮釵等側面烘托，來表現女子沉睡的場景，可謂聲情並茂，別具一格。

歐文忠任河南推官，親一妓。時先文僖罷政，為西京留守，梅聖俞、謝希深、尹師魯同在幕下。惜歐有才無行，共白於公，屢微諷而不之恤。一日，宴於後園，客集，而歐與妓俱不至，移時方來，在坐相視以目。公責妓云：「末至何也？」妓云：「中暑，往涼堂睡着，覺失金釵，猶未見。」公曰：「若得歐推官一詞，當為償汝。」歐即席云：「柳外輕雷池上雨⋯⋯」坐皆稱善。遂命妓滿酌賞歐，而令公庫償釵。戒歐當少戢，不惟不恤，翻以為怨。後修《五代史・十國世家》，痛毀吳越。又於《歸田錄》中說文僖數事，皆非美談。（宋錢世昭《錢氏私志》）

歐公詞曰「池外輕雷池上雨，雨聲滴碎荷聲」云云，末曰：「水晶雙枕，旁有墮釵橫。」此詞甚膾炙人口。舊說謂歐公為郡幕日，因郡宴，與一官妓荏苒，郡守得知，令妓求歐詞以免過，公遂賦此詞。僕觀此詞，正祖李商隱《偶題》詩云：「小亭閒眠微醉消，石榴海柏枝相交。水紋簟上琥珀枕，旁有墮釵雙翠翹。」又「池外輕雷」亦用商隱「芙蓉塘外有輕雷」之語，「好風微動簾旌」，用唐《花間集》中語。歐詞又曰：「欄干敲遍不應人，分明窗下聞裁剪。」此語見韓偓《香奩集》。（宋王楙《野客叢書》）

上敘首夏清和之景，下敘宮中華麗之樂。雨聲花聲，景色入眸。枕傍釵橫，情思悠遠。此詞寫四月夏光，而以閨情點綴，最堪玩賞。（明《新刻李于鱗先生批評註釋草堂詩餘雋》偽託李攀龍評點）

雨忽虹，虹忽月，夏景爾爾，拈筆不同。玩末句，風韻直當凌厲秦、黃，一金釵曷足以償之。（明沈際飛《草堂詩餘・正集》）

（「涼波不動」三句）不假雕飾，自成絕唱。按義山《偶題》云：「水文簟上琥珀枕，傍有墮釵雙翠翹。」結語本此。（清許昂霄《詞綜偶評》）

遣詞大雅，宜為文僖所賞。（清陳廷焯《詞則・閒情集》）

原鈔作「窺畫棟」，垂簾矣，何得始窺。且此寫閨人睡景，非狎語也，豈有自嘲自狀之人？因垂簾不能歸棟，故窺也。（清王闓運《湘綺樓評詞》）

清綺自好，非不作豔詞者。（清沈雄《古今詞話・詞評》）

此詞王湘綺謂「寫閨人睡景，非狎語也，豈有自嘲自狀之人」，語頗近理。惟謂「窺畫棟」應作「歸畫棟」，「垂簾矣，何得始窺」，則殊未然。蓋因簾垂不

能「歸」棟，故「窺」耳。且「窺」字下得極妙。燕子因「窺」棟，無意中見閨人睡景，閨人睡景卻從燕子眼中寫出，設想何等靈幻。（蔡嵩雲《柯亭詞評》）

浣溪沙

堤上遊人逐畫船。拍堤春水四垂天。綠楊樓外出鞦韆。　　白髮戴花君莫笑，《六幺》催拍盞頻傳[1]。人生何處似尊前[2]。

1《六幺》：唐代琵琶曲名。　　　　　　　2 尊前：在酒筵上。

　　此詞詠潁州西湖，蓋詞人皇祐元年（1049）知潁州時所作。上片寫西湖美景，遊人之樂。首句寫遊人如織，次句寫湖水溶溶，描繪了一幅熱鬧的西湖遊覽圖。歇拍筆鋒陡轉，目光由西湖勝景移向臨水人家。前人謂「出」字用得高妙，把樓外鞦韆突然進入眼簾的視覺感受表現得十分貼切。下片寫詞人自得其樂。白頭戴花是率真之樂，《六幺》催拍是歌舞之樂，杯盞頻傳是飲酒之樂——人生如白駒過隙，當及時行樂。

　　歐陽永叔《浣溪沙》云：「堤上遊人逐畫船。拍堤春水四垂天。綠楊樓外出鞦韆。」此翁語甚妙絕，只一「出」字，是後人着意道不到處。（宋趙令畤《侯鯖錄》）

　　晁無咎評樂章，歐陽永叔《浣溪沙》云：「堤上遊人逐畫船。拍堤春水四垂天。綠楊樓外出鞦韆。」要皆妙絕，然只一「出」字，自是後人道不到處。余按唐王摩詰《寒食城東即事》詩：「蹴踘屢過飛鳥上，鞦韆競出垂楊裡。」歐陽公用「出」字蓋本此。（宋吳曾《能改齋漫錄》）

　　上是春遊之景最勝，下是傳杯之樂宜先。乘春行樂，萬事無如杯在手矣。胸次別具乾坤，便是高人樂境。（明《新刻李于鱗先生批評註釋草堂詩餘雋》偽託李攀龍評點）

　　不惟調句宛藻，而造理甚微，足喚醒人。（託名楊慎評點《草堂詩餘》）

　　一「出」字，亦後人着意道不到處，（「人生」句）達人之言。（明沈際飛《草堂詩餘·正集》）

歐公舊有春日詞云：「綠楊樓外出鞦韆。」前輩歡賞，謂止一「出」字，是人着力道不到處。他日詠鞦韆，作《浣溪沙》云：「雲曳香綿綵柱高。絳旗風颭出花梢。」予謂雖同用「出」字，然視前句，其風致大段不侔。（明陳霆《渚山堂詞話》）

「樓上晴天碧四垂」，本韓侍郎「淚眼倚樓天四垂」，不妨並佳。歐文忠「拍堤春水四垂天」，柳員外「目斷四天垂」，皆本韓句，而意致少減。（清王士禎《花草蒙拾》）

第一闋，寫世上兒女多少得意歡娛。第二闋「白髮」句，寫老成意趣，自在眾人喧囂之外。末句寫得無限悽愴沉鬱，妙在含蓄不盡。（清黃蘇《蓼園詞選》）

風流自賞。（清陳廷焯《詞則·別調集》）

歐九《浣溪沙》詞「綠楊樓外出鞦韆」，晁補之謂只一「出」字，便後人所不能道。余謂此本於正中《上行杯》詞「柳外鞦韆出畫牆」，但歐語尤工耳。（王國維《人間詞話》）

浪淘沙

把酒祝東風。且共從容[1]。垂楊紫陌洛城東[2]。總是當時攜手處，遊遍芳叢。　　聚散苦匆匆[3]。此恨無窮。今年花勝去年紅。可惜明年花更好，知與誰同。

1 從容：流連不去。　　　　　　　　　3 苦：太，過於。
2 紫陌：京郊的道路。洛城：洛陽。

古代詩詞，常以自然的恆常不變反襯人事之短促無常。「今年花勝去年紅。可惜明年花更好，知與誰同。」即是此意。其中所流露出的對時間的敏感，對生命和青春的留戀，構成了宋詞中最動人的部分。

上憶舊同遊之處，下想來春同賞之人。過接處殊無穿鑿痕。意自「明年此會知誰健」中來。（明《新刻李于鱗先生批評註釋草堂詩餘雋》偽託李攀龍評點）

（末三句）雖少含蘊，不失為情語。（明沈際飛《草堂詩餘·正集》）

《柳塘詞話》曰：歐陽公云：「把酒祝東風，且共從容。」與東坡《虞美人》云「持杯邀勸天邊月，願月圓無缺」，同一意致。（清沈雄《古今詞話·詞話》）

末二句，憂盛危明之意，持盈保泰之心，在天道則虧盈益謙之理，俱可悟得。大有理趣，卻不庸腐。粹然儒者之言，令人玩味不盡。（清黃蘇《蓼園詞選》）

（《酒泉子》司空圖：「黃昏把酒祝東風，且從容。」）歐公《浪淘沙》起語本此。然刪去「黃昏」二字，便覺寡味。（清許昂霄《詞綜偶評》）

青玉案

一年春事都來幾[1]。早過了、三之二。綠暗紅嫣渾可事[2]。綠楊庭院，暖風簾幕，有個人憔悴[3]。　　買花載酒長安市。又爭似、家山見桃李[4]。不枉東風吹客淚[5]。相思難表，夢魂無據，惟有歸來是[6]。

1 都來：算來。
2 渾：全，都。可事：小事，尋常事。
3 個人：本人，自稱之詞。
4 爭似：怎似。家山：家鄉。
5 不枉：不怪。
6 是：對。

此詞是思鄉之作。「一年春事」二句，言年光已過。「綠暗紅嫣」句，言春日之繁。「綠楊庭院」三句，言春日之繁，卻見斯人獨自憔悴。何以憔悴？因為不見家山桃李，苦欲思歸耳。層層寫來，畢現情致宛然。宋人多以俗語入詩詞，此詞中如「渾可事」，「有個人憔悴」之「個人」，「爭似家山見桃李」之「爭似」、「家山」等皆是，頓挫之間，俏倩可喜。

按：此詞應為無名氏詞，見《草堂詩餘·前集》卷上。

上言景繁華而人憔悴，下言空相思不如實相見。暮春易過思情轉，曲盡情懷。春深景物繁華，最能動人情意，歐陽公備言之矣。（明《新刻李于鱗先生批評註釋草堂詩餘雋》偽託李攀龍評點）

離思黯然，道學人亦作此情語。（託名楊慎評點《草堂詩餘》）

問向前，猶有幾多春，三之一。「有個人憔悴」，下文都在此句生出。煞

落。（明沈際飛《草堂詩餘‧正集》）

此詞不過有不得已心事，託而思歸耳。「一年」二句，言年光已去也。「綠暗」四句，言時芳非不可玩，而自己心緒憔悴也。所以憔悴，以不見家山桃李，苦欲思歸耳。大意如此。但永叔亦非迫於思歸者，亦有所不得已者在耶？當於言外領之。（清黃蘇《蓼園詞選》）

聶冠卿

一首

多麗

想人生，美景良辰堪惜。向其間、賞心樂事，古來難
是並得。況東城[1]、鳳臺沙苑[2]，泛晴波淺照金碧。
露洗華桐，煙霏絲柳，綠陰搖曳蕩春一色。畫堂迴[3]、
玉簪瓊佩，高會盡詞客。清歌久、重然絳蠟[4]，別就瑤
席[5]。　　有翩若、輕鴻體態，暮為行雨標格[6]。逞朱
唇[7]、緩歌妖麗，似聽流鶯亂花隔。慢舞縈迴，嬌鬟
低嚲[8]，腰肢纖細困無力。忍分散、彩雲歸後，何處更
尋覓。休辭醉、明月好花，莫漫輕擲。

註釋

1 東城：汴京城的東郊，這一帶湖光山色，風
　景優美。
2 鳳臺．古臺名，春秋時蕭史善吹簫，有鳳凰
　止其屋。秦穆公將女兒弄玉嫁給他，並為作
　鳳臺。見漢劉向《列仙傳》。這裡借指華麗
　的樓臺。沙苑：原本作「沁苑」，地名，在
　陝西大荔縣南，唐置沙苑監。這裡泛指京城
　東郊的園林。
3 畫堂：華麗的宮堂。
4 然：同「燃」。絳蠟：紅燭。

5 瑤席：華貴的筵席。
6 暮為行雨：典出宋玉《〈高唐賦〉序》。楚
　王遊高唐，晝寢，夢遇巫山神女，自薦枕
　席。王幸之，神女臨去之時說：「妾在巫山
　之陽，高山之阻，且為朝雲，暮為行雨，朝
　朝暮暮，陽臺之下。」後以「行雨」比喻美
　女，以「雲雨」比喻男女歡會。標格：風範，
　風度。
7 逞：張開。
8 嚲（duǒ）：下垂貌。

評析

　　此詞原題「李良定公席上賦」，敘述北宋文人士大夫的宴遊生活。上片敘
事，從春日出遊寫到畫堂夜宴，極盡華麗富貴之致。波光之金碧，桐花之粉
白，柳蔭之輕綠，蠟燭之絳紅，色彩明麗絢爛，給人強烈的視覺享受。下片寫
人，從體態到神情，從朱唇到嬌鬟，從緩歌到慢舞，全部採用正面描寫的鋪陳
手法，以表現歌姬舞女的曼妙身姿和歌舞技藝。結句與起句相呼應，表達人
生苦短、及時行樂之主旨。

此首按字數屬詞中長調，按詞體應作慢詞，是為北宋慢詞之始。慢詞的主要特點就是鋪陳敘事，描寫繁複，這首詞已經有所體現。故黃昇評以「才情富麗」(《唐宋諸賢絕妙詞選》)四字，並非虛美之辭。聶冠卿今存詞僅此一首，卻開北宋慢詞之先河，具有重要的詞史意義。

翰林學士聶冠卿，嘗於李良定公席上賦《多麗》詞云：「（略）。」蔡君謨時知泉州，寄定公書云：「新傳《多麗》詞，述宴遊之娛，使病夫舉首增歎耳。又近者有客至自京師，言諸公春日多會於元伯園池，因念昔遊，輒形篇詠。『綠渠春水走潺湲，畫閣峰巒映碧鮮。酒令已行金盞側，樂聲初認翠裙圓。清遊盛事傳都下，《多麗》新詞到海邊。曾是尊前沉醉客，天涯回首重依然。』」(宋吳曾《能改齋漫錄》)

苕溪漁隱曰：「冠卿詞有『露洗華桐，煙霏絲柳』之句，此正是仲春天氣。下句乃云『綠陰搖曳，蕩春一色』，其時未有綠陰，真語病也。」(宋胡仔《苕溪漁隱叢話·後集》)

冠卿之詞不多見，如此篇，亦可謂才情富麗矣。其「露洗華桐」四句，又所謂玉中之拱璧，珠中之夜光。每一觀之，撫玩無斁。（宋黃昇《唐宋諸賢絕妙詞選》)

用四美二難兼麗，不減唐王勃。西施醉舞嬌無力，笑倚東風白玉床。才情富麗矣，其「露洗華桐」四句，又所謂玉中之拱璧，珠中之夜光，觀者心賞目奪。（明《新刻李于鱗先生批評註釋草堂詩餘雋》偽託李攀龍評點）

冠卿才情富豔，一詞可見，「露洗華桐」四句又玉中之拱璧，珠中之夜光。（「慢舞」句）生動。（明沈際飛《草堂詩餘·正集》)

此詞情文並茂，富麗精工，湯義仍《還魂記》從此脫胎，《西廂》「彩雲何在」亦是盜襲此詞後闋語。長孺此篇，為詞中降格，實為曲中上乘，蓋元明人雜曲之祖也。起結相應。（清陳廷焯《詞則·閒情集》)

有人愛比夜光珠，《多麗》詞傳到海隅。誰說桐花絲柳遍，仲春時候綠陰無。（清譚瑩《論詞絕句》其四十二）

柳　永

十三首

曲玉管

隴首雲飛¹，江邊日晚，煙波滿目憑闌久。一望關河蕭索²，千里清秋。忍凝眸³。　　杳杳神京⁴，盈盈仙子⁵，別來錦字終難偶⁶。斷雁無憑⁷，冉冉飛下汀洲⁸。思悠悠。　　暗想當初，有多少、幽歡佳會，豈知聚散難期，翻成雨恨雲愁⁹。阻追遊。每登山臨水，惹起平生心事，一場消黯¹⁰，永日無言¹¹，卻下層樓。

1 隴首：高丘上面，山頭。

2 關河：原指函谷關和黃河，泛指關山河川。蕭索：蕭條冷落。

3 忍：不忍。凝眸：注視。

4 神京：京城汴京。

5 仙子：美女，指自己的戀人。

6 錦字：錦字書。前秦時蘇蕙曾織錦為《迴文璇璣圖》詩，寄給遠方的丈夫竇滔，以表思念之情，「循環以讀之，詞甚悽惋」。迴文，修辭手法。詩詞字句可以迴環往復讀，均能成誦。見《晉書·列女傳》。偶：遇，值。

7 斷雁：失群孤雁。

8 汀洲：水中突起的小塊陸地。

9 翻：反而。雨恨雲愁：喻指相愛無成。

10 消黯：黯然消魂。

11 永日：長日。

　　此詞分三片。上片寫登高望遠，清秋千里，關河蕭索，人亦蕭瑟，「忍凝眸」，實「不忍凝眸」也。中片「杳杳」、「盈盈」二句寫相思之人，觀孤雁失群，冉冉獨飛，更不禁思意悠悠。下片即承此而發，「想當初」總起，追憶昔日歡會，然而聚散難期，只是一場消魂。末以「永日無言，卻下層樓」作結，與篇首「煙波滿目憑闌久」回應，一片渾成。據載周邦彥也有一詞，與柳永《曲玉管》頗為冥合。蓋周詞深厚綿密處，得於柳詞實多，只是一者雅，一者俗，故而徑庭如此。

雨霖鈴

寒蟬淒切。對長亭晚，驟雨初歇 [1]。都門帳飲無緒 [2]，留戀處、蘭舟催發 [3]。執手相看淚眼，竟無語凝噎 [4]。念去去 [5]、千里煙波，暮靄沉沉楚天闊 [6]。　　多情自古傷離別。更那堪 [7]、冷落清秋節。今宵酒醒何處，楊柳岸、曉風殘月。此去經年 [8]，應是良辰、好景虛設。便縱有、千種風情 [9]，更與何人說。

註釋

1 歇：停。

2 都門帳飲：在京城門外設帳餞行。無緒：沒有情緒。

3 蘭舟：木蘭舟，船的美稱。

4 凝噎（yē）：哽咽得說不出話來。

5 去去：不斷遠去。

6 暮靄：黃昏時的雲霧之氣。

7 堪：忍受。

8 經年：又過一年，即年復一年的意思。

9 風情：指男女間互相愛悅的風流情意。

評析

　　此詞一題為「秋別」。首三句寫送別時之秋景；後乃言蘭舟催發，留人不住，別淚沾巾，執手凝噎，皆別時情事。「念去去」二句言行舟必穿越千里煙波，向楚水湘雲而去，虛空設想，極其悽楚。至「今宵」二句則推想酒醒後所歷之境；「此去」四句更推想別後經年之寥落，層層折折，形容曲盡。柳詞以賦筆鋪陳，格不必高，境不必遠，語不必奇，而盡情展衍，備足無餘，渾厚綿密，兼而有之，這與晚唐五代，以至晏、歐小令溫婉蘊藉的風味，已是迥異其趣了。

輯評

　　東坡在玉堂，有幕士善謳，因問：「我詞比柳詞何如？」對曰：「柳郎中詞，只好十七八女孩兒執紅牙拍板，唱『楊柳外、曉風殘月』；學士詞，須關西大漢執鐵板，唱『大江東去』。」公為之絕倒。（宋俞文豹《吹劍續錄》）

　　文人相譏，蓋自古而然。……近柳屯田云「楊柳岸、曉風殘月」，最是得意句，而議者鄙之曰：「此梢子野渡時節也。」尤為可笑。（宋陳善《捫蝨新話》）

　　「今宵酒醒何處，楊柳外、曉風殘月」，與秦少游「酒醒處、殘陽亂鴉」，同一景事，而柳尤勝。（明王世貞《藝苑卮言》）

　　不知萬頃波濤，來自萬里，吞天浴日，古豪傑英爽都在，使屯田此際操觚，果可以「楊柳外、曉風殘月」命句否？且柳詞亦只此佳句，餘皆未稱。而

亦有本，祖魏承班《漁歌子》「窗外曉鶯殘月」，第改二字增一字耳。（明俞彥《爰園詞話》）

上有臨別不忍別之深情，下有欲見不得見之雅慕。一別各天，神情飛馳。此夕何處，清光對誰？「千里煙波」，惜別之情已騁；「千種風情」，期見之願又賒，真所謂善傳神者。（明《新刻李于鱗先生批評註釋草堂詩餘雋》偽託李攀龍評點）

此詞只是「酒醒何處」二句，千古膾炙人口，柳詞遂為第一，與少游詞「酒醒處，殘陽亂鴉」同一景事，而柳猶勝。（託名楊慎評點《草堂詩餘》）

「今宵」二句，耆卿作詞宗，實甫為曲祖，求其似之，少游「酒醒處、殘陽亂鴉」。唐詞「簾外曉鶯殘月」至矣。宋人讓唐詩，而詞多不讓。傾吐妙。（明沈際飛《草堂詩餘·正集》）

詞不在大小淺深，貴於移情。「曉風殘月」、「大江東去」，體制雖殊，讀之皆若身歷其境，惝恍迷離，不能自主，文之至也。（清沈謙《填詞雜說》）

柳屯田「今宵酒醒何處，楊柳岸、曉風殘月」，自是古今俊句。或譏為梢公登溷詩，此輕薄兒語，不足聽也。（清賀裳《皺水軒詞筌》）

江尚質曰：「東坡《酹江月》，為千古絕唱。耆卿《雨霖鈴》，唯是『今宵酒醒何處，楊柳岸、曉風殘月』，東坡喜而嘲之。沈天羽曰：『求其來處，魏承班「簾外曉鶯殘月」，秦少游「酒醒處、殘陽亂鴉」，豈盡是登溷語？』余則為耆卿反脣曰：『大江東去，浪淘盡、千古風流人物』，死屍狼藉，臭穢何堪，不更甚於袁綯之一哂乎？」（清沈雄《古今詞話·詞話》）

柳屯田「曉風殘月」，文潔而體清。（清謝章鋌《賭棋山莊詞話》）

說景要微妙。微妙則耐思，而景中有情。「寒鴉數點，流水繞孤村」，「楊柳岸、曉風殘月」，所以膾炙人口也。（同上）

清真詞多從耆卿脫胎，思力沉摯處，往往出藍，然耆卿秀淡幽豔，實不可及。後人摭其樂章，訾為俗筆，真瞽說也。（清周濟《宋四家詞選》批語）

《樂章集》中，冶遊之作居其半，率皆輕浮猥媟，取譽箏琶。如當時人所譏，有教坊丁大使意。惟《雨霖鈴》之「今宵酒醒何處，楊柳岸、曉風殘月」，《雪梅香》之「漁市孤煙裊寒碧」，差近風雅。（清鄧廷楨《雙硯齋詞話》）

今人論詞，動稱辛、柳，不知稼軒詞以「佛狸祠下，一片神鴉社鼓」為最，過此則頹然放矣。耆卿詞以「關河冷落，殘照當樓」與「楊柳岸、曉風殘月」為佳，非是則淫以褻矣。此不可不辨。（清田同之《西圃詞說》）

蘇東坡「大江東去」，有銅將軍鐵綽板之譏。柳七「曉風殘月」，謂可令十七八女郎按紅牙檀板歌之。此袁綯語也。後人遂奉為美談。然僕謂東坡詞自有橫槊氣概，固是英雄本色。柳纖豔處，亦麗以淫耳。況「楊柳外」句，又本魏承班《漁歌子》「窗外曉鶯殘月」，只改二字增一字，焉得獨擅千古。（清

馮金伯《詞苑萃編》）

　　送別詞，清和朗暢，語不求奇，而意致綿密，自爾穩愜。（清黃蘇《蓼園詞選》）

　　詞有點有染，柳耆卿《雨淋鈴》云：「多情自古傷離別，更那堪、冷落清秋節。今宵酒醒何處，楊柳岸、曉風殘月。」上二句點出離別。「冷落」、「今宵」二句，乃就上二句意染之。點染之間，不得有他語相隔。隔則警句亦成死灰矣。（清劉熙載《藝概》）

　　點與染分開說，而引詞以證之，閱者無不點首。得畫家三昧，亦得詞家三昧。（清江順詒《詞學集成》）

　　（「今宵」二句）預思別後情況，工於言情。（清陳廷焯《詞則‧大雅集》）

　　《雨霖鈴》調，在《樂章集》中，尚非絕詣。特以「楊柳岸、曉風殘月」句得名耳。（蔡嵩雲《柯亭詞論》）

　　（周邦彥《夜飛鵲》）「兔葵燕麥」二句，與柳屯田之「曉風殘月」，可稱送別詞中雙絕，皆熔情入景也。（梁令嫻《藝蘅館詞選》引梁啟超語）

蝶戀花

佇倚危樓風細細[1]。望極春愁，黯黯生天際。草色煙光殘照裡。無言誰會憑闌意[2]。　　擬把疏狂圖一醉[3]。對酒當歌，強樂還無味。衣帶漸寬終不悔。為伊消得人憔悴[4]。

1 佇：久立。危樓：高樓。
2 會：理解，知曉。
3 疏狂：狂放不羈。
4 伊：她，指心中戀人。消得：值得。

　　此詞是懷人之作。「望極春愁」二句，不言愁生胸臆，卻言「黯黯生天際」；「對酒」二句，不言酒可解憂，卻言「強樂還無味」。結句「衣帶」二句則言情而沉着柔厚，最為人傳誦。王國維曾言「古今成大事業、大學問者，必經過三種之境界」，第二境便是「衣帶漸寬終不悔。為伊消得人憔悴」。（《人間詞話》）王國維此說雖然有「斷章取義」之嫌，但經此一番宣揚，卻也更加膾炙人口了。

小詞以含蓄為佳，亦有作決絕語而妙者。如韋莊「誰家年少足風流。妾擬將身嫁與，一生休。縱被無情棄，不能羞」之類是也。牛嶠「須作一生拚，盡君今日歡」，抑亦其次。柳耆卿「衣帶漸寬終不悔。為伊消得人憔悴」，亦即韋意，而氣加婉矣。（清賀裳《皺水軒詞筌》）

詞家多以景寓情。其專作情語而絕妙者，如牛嶠之「甘作一生拚，盡君今日歡」、顧夐之「換我心為你心，始知相憶深」、歐陽修之「衣帶漸寬終不悔。為伊消得人憔悴」、美成之「許多煩惱，只為當時，一餉留情」，此等詞，求之古今人詞中，曾不多見。（王國維《人間詞話刪稿》）

前半情景夾寫，後半實寫春態。「衣帶」二句婉曲之至。柳詞抒情慣用賦筆，似此者集中尚不多見。（蔡嵩雲《柯亭詞評》）

採蓮令

月華收，雲淡霜天曙。西征客[1]、此時情苦。翠娥執手送臨歧[2]，軋軋開朱戶[3]。千嬌面、盈盈佇立，無言有淚，斷腸爭忍回顧。　　一葉蘭舟，便恁急槳凌波去[4]。貪行色[5]、豈知離緒。萬般方寸[6]，但飲恨[7]，脈脈同誰語。更回首、重城不見，寒江天外，隱隱兩三煙樹。

1 西征客：西行的旅人。
2 翠娥：美女，指送行戀人。臨歧：走到岔路口，指分別。
3 軋（yà）軋：開門聲。

4 恁（nèn）：那麼，如此。
5 行色：出發時的情景。
6 方寸：指心。
7 飲恨：滿含遺恨。

此詞是傷別之作。詞中如「千嬌面、盈盈佇立，無言有淚」、「一葉蘭舟，便恁急槳凌波去」等，情境與《雨霖鈴》頗有冥合之處。只是《雨霖鈴》「今宵酒醒何處」以虛擬別後光景，極盡惝恍凄迷，而此詞以「更回首、重城不見，寒江天外，隱隱兩三煙樹」作結，託意悠遠，更覺有餘不盡。

浪淘沙慢

夢覺透窗風一線[1]，寒燈吹息。那堪酒醒，又聞空階，夜雨頻滴。嗟因循[2]、久作天涯客。負佳人、幾許盟言，便忍把、從前歡會，陡頓翻成憂戚[3]。　　愁極。再三追思，洞房深處，幾度飲散歌闌[4]，香暖鴛鴦被，豈暫時疏散，費伊心力。殢雲尤雨[5]，有萬般千種，相憐相惜。　　恰到如今，天長漏永[6]，無端自家疏隔[7]。知何時、卻擁秦雲態[8]，願低幃暱枕，輕輕細說。與江鄉夜夜[9]，數寒更思憶[10]。

註釋

1 夢覺：夢醒。
2 因循：不振作。
3 陡頓：突然，馬上。
4 闌：殘，將盡。
5 殢（tì）雲尤雨：貪戀於男女歡情。殢、尤，都有沉迷之意。
6 漏永：夜深。漏，漏壺，古代用以計時的銅製器具。
7 疏隔：疏遠，隔膜。
8 秦雲：秦樓雲雨。秦樓，女子所居之處，多指妓院。
9 江鄉：江南。
10 數（shuò）：屢次，多次。

評析

　　此詞為三片。第一片寫飄零蕭瑟之境，觸景生情，從前種種歡會，陡然間翻成憂戚之思，兩相對照，哀樂畢現。第二片即追思昔日歡會，備極纏綿。第三片則自悔離散，自傷離索，結句「願低幃暱枕，輕輕細說。與江鄉夜夜，數寒更思憶」，衷曲款款，如當面絮語，消魂蝕骨，至難為情。柳永的許多詞，都是從眼前情境伸發展衍，反覆陳說，細密而妥帖，言近而意深，只是「鄙俗」之譏，終究是逃不過的。

輯評

　　更有一種，寫的是習見景物，只將動詞活用之，意境便新。如歐陽永叔之「綠楊樓外出鞦韆」，佳處只在一「出」字。又如柳耆卿之「夢覺透窗風一線」，下句曰「寒燈吹息」，但不用下句，即「透」字與「一線」等字，已能把戶牖嚴閉之寒夜景物刻畫出來。只着力在一二動詞，而意境便新。（梁啟勳《曼殊室隨筆》）

定風波

自春來、慘綠愁紅，芳心是事可可[1]。日上花梢，鶯穿柳帶，猶壓香衾臥[2]。暖酥消[3]、膩雲嚲[4]。終日厭厭倦梳裏[5]。無那[6]。恨薄情一去[7]，音書無個[8]。　　早知恁麼[9]。悔當初、不把雕鞍鎖。向雞窗[10]、只與蠻箋象管[11]，拘束教吟課。鎮相隨[12]，莫拋躲[13]。針線閒拈伴伊坐。和我[14]。免使年少，光陰虛過。

註釋

1 是事：隨便甚麼事。可可：無可無不可，無所謂。

2 衾（qīn）：被子。

3 暖酥：喻指肌膚。消：消瘦。

4 膩雲：喻指頭髮。

5 厭（yān）厭：倦懶，無聊。

6 無那（nuò）：無可奈何。

7 薄情：薄情的戀人。

8 無個：沒有。個，助詞，無義。

9 恁麼：這麼，這般。

10 雞窗：書房。南朝宋劉義慶《幽明錄》記載，晉兗州刺史沛國宋處宗買了一隻長鳴雞，十分喜愛，養在窗間。雞竟然能說人話，與處宗談天說地，「極有言致，終日不輟」。處宗因此「言巧大進」。後以「雞窗」指書房。

11 蠻箋象管：珍貴的紙筆。蠻箋，唐代高麗紙的別稱，也指蜀地產名貴的彩箋。象管，象牙製的筆管，也指珍貴的毛筆。

12 鎮：整日。

13 拋躲：拋開，分開。宋方言。

14 和：陪伴。

評析

柳永詞多疏宕跳脫之作。此詞寫女子相思情事，惱情郎薄倖，則言：「恨薄情一去，音書無個。」相思難禁，則言：「悔當初、不把雕鞍鎖。」憶情郎迂腐情態，則言：「只與蠻箋象管，拘束教吟課。」擬想與情郎會，則是整日相隨，「針線閒拈伴伊坐」，嬌憨無忌，率直潑辣，與傳統的閨怨迥異其趣。而「日上花梢」以下，則讓人想起《西廂記》中，張生別後，鶯鶯的無聊情狀。俗詞與元曲同為市民文化的產物，從中可以看到二者潛通暗響的關係。

傳說柳永嘗謁見晏殊，晏殊問：「你也作曲子（詞）嗎？」柳永說：「就像您這樣的身份，不也作曲子嗎？」晏殊說：「我雖作曲子，卻不曾道『彩線慵拈伴伊坐』。」柳遂退。這裡的「彩線慵拈」就是詞中的「針線閒拈」句。其實詞中俗語遠不止此，如「無那」、「音書無個」、「早知恁麼」、「莫拋躲」等皆是。柳永於此，是不以為病的。由此，卻也可以看出二人詞風的分野。

柳三變既以調忤仁廟，吏部不放改官。三變不能堪，詣政府。晏公曰：「賢俊作曲子麼？」三變曰：「只如相公亦作曲子。」公曰：「殊雖作曲子，不曾道『綠線慵拈伴伊坐』。」柳遂退。（宋張舜民《畫墁錄》）

喁喁如兒女私語，意致如抽絲。千萬緒盡成文理，真妍手也。（清鄭文焯批校《樂章集》）

少年遊

長安古道馬遲遲[1]。高柳亂蟬嘶。夕陽島外，秋風原上[2]，目斷四天垂[3]。　　歸雲一去無蹤跡，何處是前期[4]。狎興生疏[5]，酒徒蕭索，不似去年時。

1 遲遲：緩慢的樣子。
2 原：樂遊原，在長安東南。
3 四天垂：天地相接。

4 前期：期約，約定。
5 狎（xiá）興：冶遊之興。狎，親暱而輕佻。

此詞上片寫景，極盡蕭條；下片述情，極盡蕭索。往事如水流雲逝，一去無蹤，前期亦徒存妄想，渺茫無緒。既無遠意，又少生意，概是實況。

「樓上晴天碧四垂」，本韓侍郎「淚眼倚樓天四垂」，不妨並佳。歐文忠「拍堤春水四垂天」，柳員外「目斷四天垂」，皆本韓句，而意致少減。（清王士禛《花草蒙拾》）

挑燈讀宋人詞，至柳耆卿云：「狎興生疏，酒徒蕭索，不似少年時。」語不工，甚可慨也。（清譚獻《復堂日記》）

（上闋）晚唐詩中無此俊句。（清鄭文焯批校《樂章集》）

戚氏

晚秋天。一霎微雨灑庭軒。檻菊蕭疏[1]，井梧零亂，惹殘煙。淒然。望江關[2]。飛雲黯淡夕陽間。當時宋玉悲感[3]，向此臨水與登山[4]。遠道迢遞[5]，行人淒楚，倦聽隴水潺湲[6]。正蟬吟敗葉，蛩響衰草[7]，相應喧喧。　　孤館度日如年。風露漸變，悄悄至更闌[8]。長天淨、絳河清淺[9]，皓月嬋娟[10]。思綿綿。夜永對景[11]，那堪屈指[12]，暗想從前。未名未祿，綺陌紅樓[13]，往往經歲遷延[14]。　　帝里風光好[15]，當年少日，暮宴朝歡。況有狂朋怪侶，遇當歌、對酒競留連。別來迅景如梭[16]，舊遊似夢，煙水程何限。念利名、憔悴長縈絆[17]。追往事、空慘愁顏。漏箭移[18]、稍覺輕寒。漸鳴咽、畫角數聲殘。對閒窗畔，停燈向曉[19]，抱影無眠。

1 檻（jiàn）：防護花木的圍欄。
2 江關：江南。
3 宋玉悲感：指宋玉悲秋。宋玉，戰國時楚人，其《九辯》曰：「悲哉！秋之為氣也。蕭瑟兮，草木搖落而變衰。」是著名的悲秋之作。
4 向：對着。
5 迢遞：悠遠的樣子。
6 隴水：山間流水。潺湲（chán yuán）：河水慢流的樣子。
7 蛩（qióng）：蟋蟀。
8 闌：晚，將盡。
9 絳河：銀河。
10 嬋娟：指月亮姿態美好的樣子。
11 夜永：夜長，衣深。
12 屈指：彎着指頭計數，形容時間短、數量少。
13 綺陌：繁華的街道。紅樓：華美的樓閣，猶指青樓。
14 經歲：長年，長期。遷延：拖延。
15 帝里：指都城汴京。
16 迅景：疾行的太陽，此指易逝的光陰。
17 縈絆：纏繞，糾纏。
18 漏箭：漏壺中的標尺，上面標有表示時辰的刻度。
19 停：放置，留置。向：等待。

　　此詞分三片。上片寫悲秋情緒，備極衰瑟。中片寫孤館羈旅，永夜無眠，

遂起身世之感。下片追念少年時風流孟浪情事，如今韶光已逝，卻仍奔波於長山遠水，為名利所縈絆，空慘愁顏。末三句，孤坐而言「對閒」，孤眠卻言「抱影」，羈旅無聊情境，若在眼前。這首詞中，沒有美人如玉，沒有消魂蝕骨，沒有遠韻，沒有空靈、蘊藉，有的只是難堪的現實、切實的生活。

前輩云：「《離騷》寂寞千年後，《戚氏》淒涼一曲終。」《戚氏》，柳所作也。柳何敢知世間有《離騷》，惟賀方回、周美成時時得之。（宋王灼《碧雞漫志》）

《戚氏》為屯田創調，「晚秋天」一首，寫客館秋懷，本無甚出奇，然用筆極有層次。初學慢詞，細玩此章，可悟謀篇佈局之法。第一遍，就庭軒所見，寫到征夫前路。第二遍，就流連夜景，寫到追懷昔遊。第三遍，接寫昔遊經歷，仍落到天涯孤客，竟夜無眠情況，章法一絲不亂。惟第二遍自「夜永對景」至「往往經歲遷延」，第三遍自「別來迅景如梭」至「追往事空慘愁顏」，均是數句一氣貫注。屯田詞，最長於行氣，此等處其難學。後人遇此等處，多用死句填實，縱令琢句工穩，其如憒憒無生氣何。（蔡嵩雲《柯亭詞論》）

夜半樂

凍雲黯淡天氣，扁舟一葉，乘興離江渚[1]。度萬壑千巖，越溪深處[2]。怒濤漸息，樵風乍起[3]，更聞商旅相呼。片帆高舉。泛畫鷁[4]、翩翩過南浦[5]。　望中酒斾閃閃[6]，一簇煙村，數行霜樹。殘日下，漁人鳴榔歸去[7]。敗荷零落，衰楊掩映，岸邊兩兩三三，浣紗遊女。避行客、含羞笑相語。　到此因念，繡閣輕拋[8]，浪萍難駐[9]。歎後約丁寧竟何據[10]。慘離懷[11]、空恨歲晚歸期阻。凝淚眼、杳杳神京路[12]。斷鴻聲遠長天暮[13]。

1 江渚（zhǔ）：江中的小塊陸地。
2 越溪：泛指越地的溪流。越，古國名，在今　浙江東部。
3 樵風：順風。

4 畫鷁（yì）：代指船。鷁，傳說中的一種水鳥。

5 南浦：南面的水邊。後指送別之地。

6 望中：視野中。酒斾（pèi）：酒旗。

7 鳴榔：敲擊船舷發出聲音，以驚魚，使之入網；或為歌聲的節拍。

8 繡閣：女子住的小樓，這裡代指佳人。

9 浪萍：喻自己漂泊如浪中浮萍。

10 後約：日後的期約。丁寧：同「叮嚀」。竟：終究，到底。

11 離懷：離情別緒。

12 神京：京城汴京。

13 斷鴻：失群的孤雁。

　　這首詞記述一場即興的郊遊。詞分三片，上片寫舟行所經，「泛畫鷁、翩翩過南浦」，「翩翩」二字用得極其逸蕩。中片寫舟中所見，煙村、霜樹、漁人、浣女，宛然如畫。下片「到此因念」以下心緒急轉，因樂景而起傷情，悔不該「繡閣輕拋，浪萍難駐」，杳望汴京，乃覺不如歸去。柳永長年離落，一番羈旅情懷，總是揮之不去。全詞自首至尾，次第寫來，收放間大氣淋漓。雖是詞，倒更像一篇遊記，或記遊之賦。

　　第一疊言道途所經，第二疊言目中所見，第三疊乃方言去國離鄉之感。（「到此因念，繡閣輕拋」二句）接上一片。（清許昂霄《詞綜偶評》）

　　此篇層折最妙，始而渡江直下，繼乃江盡溪行。「漸」字妙，是行路人語。蓋風濤雖息，耳中風濤猶未息也。「樵風」句，點綴荒野，尚未依村落也。繼見「酒斾」，繼見「漁人」，繼見「遊女」，則已傍村落矣。因遊女而觸離情，不禁歎歸期無據。別時邀約，不過一時強慰語耳。「繡閣輕拋，浪萍難駐」，飄零歲暮，悲從中來。繼而「斷鴻聲遠」，白日西頹，旅人當此，何以為情？層折之妙，令人尋味不盡。陳質齋謂耆卿最工於行役羈旅，信然。（清陳廷焯《詞則·別調集》）

　　柳詞《夜半樂》云：「怒濤漸息，樵風乍起，更聞商旅相呼。片帆高舉。泛畫鷁、翩翩過南浦。」此種長調，不能不有此大開大闔之筆。（清陳銳《褒碧齋詞話》）

　　清空流宕，天馬行空，一氣揮灑。為柳屯田絕唱。屢欲和之，不敢下筆。（清鄭文焯批校《樂章集》）

　　柳詞勝處，在氣骨，不在字面。其寫景處，遠勝其抒情處。而章法大開大闔，為後起清真、夢窗諸家所取法，信為創調名家。如《玉蝴蝶》「望處雨收雲斷」、《夜半樂》「凍雲黯淡天氣」、《安公子》「遠岸收殘雨」、《傾杯樂》「木落霜洲」、《卜算子慢》「江楓漸老」、《甘州》「對瀟瀟暮雨灑江天」諸闋，寫羈旅行役中秋景，均窮極工巧。（蔡嵩雲《柯亭詞論》）

　　柳耆卿「寒蟬淒切」之《雨霖鈴》，其上半闋結韻曰「暮靄沉沉楚天闊」；又「凍雲黯淡」之《夜半樂》，其下半闋結韻曰「斷鴻聲遠長天暮」。一以天為

闊，一以天為長，實則凡屬茫無際涯者只能謂之闊，不得謂之長。「斷鴻」句之「長」字乃從上文之「遠」字得來，如雁過長空，亦是此類。若云雁過闊空，則不妥矣。蓋雁程含有遠字之意，故曰長。一物之形容詞，每有因他物而變其容貌者，此類是也。（梁啟勳《曼殊室隨筆》）

玉蝴蝶

望處雨收雲斷，憑闌悄悄，目送秋光。晚景蕭疏，堪動宋玉悲涼。水風輕、蘋花漸老，月露冷、梧葉飄黃。遣情傷[1]。故人何在，煙水茫茫。　　難忘。文期酒會，幾孤風月[2]，屢變星霜[3]。海闊山遙，未知何處是瀟湘[4]。念雙燕、難憑音信[5]，指暮天、空識歸航。黯相望[6]。斷鴻聲裡，立盡斜陽。

1 遣：使，令。
2 孤：同「辜」，辜負。
3 星霜：星瓦，一周天，霜每年而降，四時一年為一星霜。

4 瀟湘：原指瀟水和湘水，後泛指所思之地。
5 憑：憑藉，託付。
6 黯：黯然，心神煩惱的樣子。

　　柳永詞善於鋪敍，其長處在於綿厚深長，短處則流於鄙瑣。此詞「水風輕、蘋花漸老，月露冷、梧葉飄黃」兩句，善狀秋景，實寫而佳。至如「故人何在，煙水茫茫」、「海闊山遙，未知何處是瀟湘」及「斷鴻聲裡，立盡斜陽」等句，無鄙俗之氣，卻於綿厚深長之外，別饒蒼楚清壯之意。「指暮天、空識歸航」則用謝朓「天際識歸舟」（《之宣城出新林浦向板橋》），融化無痕。為柳永上乘之作。

　　結句有味，餘亦不弱。（世經堂康熙十七年殘本《詞綜》批語）
　　與《雪梅香》、《八聲甘州》數首，蹊徑彷彿。（清許昂霄《詞綜偶評》）
　　夢窗詞有是調，即次韻耆卿。（清鄭文焯批校《樂章集》）

八聲甘州

對瀟瀟暮雨灑江天[1]，一番洗清秋。漸霜風淒緊[2]，關河冷落[3]，殘照當樓。是處紅衰翠減，苒苒物華休[4]。惟有長江水，無語東流。　　不忍登高臨遠，望故鄉渺邈，歸思難收。歎年來蹤跡，何事苦淹留[5]。想佳人、妝樓凝望[6]，誤幾回、天際識歸舟。爭知我、倚闌干處，正恁凝愁。

1 瀟瀟：形容小雨。

2 淒緊：寒氣逼人。

3 關河：山河，原指函谷關和黃河。

4 苒（rǎn）苒：即漸漸。物華：景物。

5 苦：太，過於。淹留：久留。

6 凝望：一作「長望」。

此詞為柳詞名作。上片寫清秋景致，下片觸景生情，起深長之思，蹊徑與《玉蝴蝶》同，蒼楚清壯亦類於《玉蝴蝶》，同為柳詞中氣韻渾灝之作。前人對此詞評價極高，至以《敕勒歌》擬之。尤以「漸霜風淒緊，關河冷落，殘照當樓」三句，蘇軾以為「此語於詩句不減唐人」（《侯鯖錄》）。

東坡云：「世言柳耆卿曲俗，非也。如《八聲甘州》云：『霜風淒緊，關河冷落，殘照當樓。』此語於詩句不減唐人高處。」（宋趙令畤《侯鯖錄》）

晁無咎評本朝樂章，不具諸集，今載於此云：「世言柳耆卿曲俗，非也。如《八聲甘州》云：『漸霜風淒緊，關河冷落，殘照當樓。』此真唐人語，不減高處矣。」（宋吳曾《能改齋漫錄》）

東坡云：「人皆言柳耆卿詞俗，如『霜風淒緊，關河冷落，殘照當樓』，唐人佳處不過如此。」按其全篇云（略）。蓋《八聲甘州》也。《草堂詩餘》不選此，而選其如「願奶奶蘭心蕙性」之鄙俗，及「以文會友」、「寡信輕諾」之酸文，不知何見也。（明楊慎《詞品》）

彼此情形，不言可喻。（明卓人月輯、徐士俊評《古今詞統》）

詞有與古詩同妙者。……「關河冷落，殘照當樓」，即《敕勒》之歌也。（清劉體仁《七頌堂詞繹》）

耆卿詞以「關河冷落，殘照當樓」與「楊柳岸、曉風殘月」為佳，非是則淫以褻矣。此不可不辨。（清田同之《西圃詞說》）

（詞）悲慨處不在歎逝傷離也，誦耆卿「漸霜風淒緊，關河冷落，殘照當樓」句，自覺神魂欲斷。蓋皆在神不在跡也。（清沈祥龍《論詞隨筆》）

情景兼到，骨韻俱高，無起伏之痕，有生動之趣，古今傑構，耆卿集中僅見之作。「佳人妝樓」四字連用，俗極。擇言貴雅，何不檢點如是，致令白璧微瑕。（清陳廷焯《詞則·大雅集》）

煉字琢句，原屬詞中末技。然擇言貴雅，亦不可不慎。古人詞有竟體高妙，而一句小疵，致令通篇減色者。如柳耆卿「對瀟瀟暮雨灑江天」一章，情景兼到，骨韻俱高。而有「想佳人、妝樓長望」之句。「佳人妝樓」四字，連用俗極，亦不檢點之過。（清陳廷焯《白雨齋詞話》）

飛卿詞「照花前後鏡，花面交相映」。此詞境頗似之。（梁令嫻《藝蘅館詞選》引梁啟超語）

若屯田之《八聲甘州》，東坡之《水調歌頭》，則佇興之作，格高千古，不能以常調論也。（王國維《人間詞話》）

上半寫秋景，極有次序，是江樓眺望所見。「當樓」、「登高」、「倚闌」，前後脈絡一貫。下半寫鄉思，「苦淹留」以上是自己打算，「想佳人」以下是為人設想。（蔡嵩雲《柯亭詞評》）

迷神引

一葉扁舟輕帆捲。暫泊楚江南岸[1]。孤城暮角，引胡笳怨[2]。水茫茫，平沙雁[3]、旋驚散[4]。煙斂寒林簇，畫屏展。天際遙山小，黛眉淺[5]。　　舊賞輕拋[6]，到此成遊宦[7]。覺客程勞，年光晚[8]。異鄉風物，忍蕭索、當愁眼[9]。帝城賒[10]，秦樓阻，旅魂亂。芳草連空闊，殘照滿。佳人無消息，斷雲遠[11]。

1 楚江：泛指南方的河流。

2 胡笳（jiā）：古代少數民族樂器，狀似笛子。

3 平沙：廣漠的沙原。

4 旋：突然。

5 黛眉：形容遠山如女子姣好的眉毛。黛，青黑色。

6 舊賞：舊日的賞心樂事。

7 遊宦：離開本鄉到外地做官。

評析

　　此詞是遊宦之作，「舊賞輕拋，到此成遊宦」點明題旨。遊宦不易，故當日暮天寒之際，便起羈旅之愁，詞意難免蕭瑟。柳永精通音律，能自度曲，《迷神引》即是其一，其中如「煙斂寒林簇，畫屏展。天際遙山小，黛眉淺」、「芳草連空闊，殘照滿。佳人無消息，斷雲遠」等，扇對而工，音韻諧婉，在別人的詞中，是較少見的。

竹馬子

登孤壘荒涼[1]，危亭曠望[2]，靜臨煙渚。對雌霓掛雨[3]，雄風拂檻，微收殘暑。漸覺一葉驚秋，殘蟬噪晚[4]，素商時序[5]。覽景想前歡，指神京，非霧非煙深處。　　向此成追感，新愁易積，故人難聚。憑高盡日凝佇。贏得消魂無語[6]。極目霽靄霏微[7]，暝鴉零亂，蕭索江城暮。南樓畫角，又送殘陽去。

註釋

1 孤壘：孤立的堡寨。壘，軍用建築物。
2 危亭：高處的亭子。曠望：遠望。
3 雌霓：彩虹。虹有二環時，內環色彩鮮豔者為雄，名虹；外環色彩暗淡者為雌，即霓，今稱副虹。
4 噪：蟲或鳥叫。
5 素商：秋天。
6 贏得：換得。
7 霽：初晴。霏微：霧氣或細雨瀰漫的樣子。

評析

　　清秋，薄暮，微雨初霽。暑氣漸退，讓人覺出一葉秋寒。而昔日的賞心樂事，都留在非霧非煙深處的帝京，徒勞追憶。暮靄瀰漫，暝鴉歸棲，畫角聲裡，只見殘陽沉沉落下。這是柳永詞中最常見的景致，最常見的情事，人們可能會覺重複無味，然而這是柳永生活的一部分。這樣的景致，這樣的情事，在他總是熟悉的、親切的，總能令他消魂無語，這就是後人所說的「尤工於羈旅行役」（陳振孫《直齋書錄解題》）。

王安石

二首

桂枝香

登臨送目。正故國晚秋[1]，天氣初肅。千里澄江似練[2]，翠峰如簇。歸帆去棹斜陽裡，背西風、酒旗斜矗。彩舟雲淡，星河鷺起[3]，畫圖難足。　　念往昔、繁華競逐。歎門外樓頭[4]，悲恨相續。千古憑高，對此漫嗟榮辱。六朝舊事如流水[5]，但寒煙、衰草凝綠。至今商女[6]，時時猶唱，《後庭》遺曲[7]。

1 故國：指金陵（今江蘇南京），為六朝舊都。
2 澄江似練：化用南朝齊謝朓《晚登三山還望京邑》：「澄江靜如練。」澄江，清澈的江水。
3 星河：本指天河，此處形容星輝倒映江面。
4 門外樓頭：隋開皇九年（589），大將韓擒虎領兵伐陳，入朱雀門，生俘陳後主和張麗華等。唐代杜牧《臺城曲》：「門外韓擒虎，樓頭張麗華。」
5 六朝：指南六朝，即三國吳，東晉和南朝的宋、齊、梁、陳，相繼建都於建康（吳名建業，今江蘇南京）。
6 商女：歌女。
7 《後庭》：曲名，即《玉樹後庭花》，陳後主作。唐代杜牧《泊秦淮》：「商女不知亡國恨，隔江猶唱《後庭花》。」

此為登臨懷古詞。首二句點題，兼引下文：上片為送目所見，下片從「故國」引出。但送目所見既有自然之實景，也有歷史（「故國」）之虛景；而故國在寒煙、衰草中又彷彿依稀可見，則又由虛返實，與自然之景綰合一處，使全詞渾然如一。此為詞人運思細密處，用筆虛實變幻處。蘇軾見此詞後曾讚歎說：「此老乃野狐精也！」後人也推許此詞為「絕唱」（見《歷代詩餘》引《古今詞話》）。

然前人所拍案叫絕者，似乎並不在此。其迥異處應先從詞之「詩化」傾向談起，然後才能深切領悟由此而造成的與眾不同的藝術效果。王安石將詞由享樂性的輕佻靡豔引向了歷史性的深沉感喟，力大辭正，筆力雄健，在放眼千古、低迴往復的悲歡中，使人彷彿看到了蘇辛一派詞人的影子。

詞以意趣為主，要不蹈襲前人語意。如東坡中秋《水調歌》云：「（略）。」……王荊公金陵懷古《桂枝香》云：「（略）。」……此數詞皆清空中有意趣，無筆力者未易到。（宋張炎《詞源》）

「矗」字妙。清空中出意趣，無筆力者難為。（明卓人月輯、徐士俊評《古今詞統》）

上描寫金陵山水，恍似畫圖。下嗟詠六朝榮辱，渾如新曲。江似練，峰如簇，目前景色，在在堪描。懷舊事，傷新聲，無限寄慨。（明《新刻李于鱗先生批評註釋草堂詩餘雋》偽託李攀龍評點）

金陵懷古，諸公寄調於《桂枝香》，凡三十餘首，介甫為絕唱。東坡見之歎息曰：「此老乃野狐精也。」「矗」字妙。竇鞏詩：「傷心欲問南朝事，唯見江流去不回。日暮東風春草綠，鷓鴣飛上越王臺。」「六朝」句化此。（明沈際飛《草堂詩餘・正集》）

（「歡門外樓頭」二句）牧之詩：「門外韓擒虎，樓頭張麗華。」結用杜牧《秦淮絕句》語意。（清許昂霄《詞綜偶評》）

情韻有美成、耆卿所不能道。（清端木埰《續詞選》批註）

李易安謂介甫文章似西漢，然以作歌詞，則人必絕倒。但此作卻頡頏清真、稼軒，未可謾詆也。（梁令嫻《藝蘅館詞選》引梁啟超語）

千秋歲引

別館寒砧[1]，孤城畫角。一派秋聲入寥廓。東歸燕從海上去，南來雁向沙頭落。楚臺風[2]，庾樓月[3]，宛如昨。　　無奈被些名利縛。無奈被他情擔閣。可惜風流總閒卻。當初漫留華表語[4]，而今誤我秦樓約。夢蘭時[5]，酒醒後，思量著。

1 別館：客館。寒砧：寒秋的搗衣聲，多表現冷落蕭條之意。

2 楚臺風：典出宋玉《風賦》，用楚襄王遊蘭臺事。

3 庾樓月：《世說新語・容止》中記載，東晉庾亮在武昌時曾與佐吏乘月夜共上南樓理詠。南樓，又稱玩月樓、庾樓。

4 華表語：用《續搜神記》中丁令威學仙化鶴的故事。華表，古代立於宮殿、城垣或陵墓前的石柱。

5 夢闌：夢醒。

此詞上片寫景，下片寫情。上片景是秋景，但寫得並不悲悽衰颯，而是老健、醇厚。一是詞人從不用單筆細描，而總是用複筆重描：「寒砧」、「畫角」、「秋聲」是秋聲；「別館」、「孤城」是詞人所處之空間，然後與「秋聲」一起融入寥廓之秋天裡。「東歸」二句是望中所見，亦是秋景。「楚臺」、「庾樓」等典故運用，則又將歷史之「風」、「月」匯入眼前之秋景中，因此才使詞厚重有味。二是詞人用筆外展而不內斂：「別館」、「孤城」，由近而遠，一直伸向無限的空間（「寥廓」），然後再由現實溯入歷史，使得詞境宏闊高遠。下片寫情，但風格略變，以鄙俚出之，此亦為前人所詬病處。但王詞雖俚不鄙，雖淺不俗，因其詞中「大有感慨，大是見道語」（託名楊慎評點《草堂詩餘》），實乃現實中遭過幾番磨難之過來人語，即詞中之「情」、「秦樓約」亦莫作男女之情等閒看過。其實王安石詞中很少寫及男女之情。

末句不言愁，使人自愁。（明卓人月輯、徐士俊評《古今詞統》）

上有吟清風、弄明月之想，下有赴紅樓、醉翠館之懷。楚工披襟，庾公卜夜，亦此灑脫。倘得蘭花入夢，何須浮名虛情。不着一愁語，而寂寂景色，隱隱在目，泃一幅秋光圖，最堪把玩。（明《新刻李于鱗先生批評註釋草堂詩餘雋》偽託李攀龍評點）

荊公此詞大有感慨，大是見道語，既勘破乃爾，何執拗新法，鏟滅正人哉？夢闌酒醒，正是雞鳴平旦時。（託名楊慎評點《草堂詩餘》）

清壯。介甫有遊仙之意，悟矣。悟矣。必待「夢闌」、「酒醒」、「思量著」，又何遲也。媚出於老，流動出於整齊，具筆墨自不可議。（明沈際飛《草堂詩餘·正集》）

「無奈」數語鄙俚，然首尾實是詞家法門。閱北宋詞，須放一線道，往往北宋人一二語，又是南渡以後丹頭，故不可輕棄也。（清先著、程洪《詞潔》）

是必其退居金陵時作也。意致清迴，翛然有出塵之致。（清黃蘇《蓼園詞選》）

王安國
一首

清平樂

留春不住。費盡鶯兒語。滿地殘紅宮錦污[1]。昨夜南
園風雨。　　小憐初上琵琶[2]。曉來思繞天涯。不肯
畫堂朱戶，春風自在楊花[3]。

1 宮錦：宮中特製錦緞，此處喻指滿地落花。　　　　指歌女。
2 小憐：北齊馮淑妃名小憐，善琵琶，此處泛　　3 楊花：一作「梨花」。

　　自唐五代以來，小詞多以活潑直露者為尚，至北宋初仍是此種體段，但含
蓄頓挫者亦日漸增多。王安國這首《清平樂》便屬此種。詞中抒寫惜春情緒，
卻寫得千回百轉，滿紙風情。上片用倒裝筆法來寫，內中又有許多抑揚頓挫：
詞劈頭便是「留春不住」，驚心動魄。何人留？連無情之物的「鶯兒」都在留
春，人之惜春自不待言。詞至此已有了許多反覆，許多言外之意。「滿地」二
句亦為倒裝，是昨夜風雨吹落滿地殘紅，「殘紅」、「宮錦」構成強烈的視覺效
果。將詞人那種惜春之百轉愁腸全盤托出。下片先藉歌女琵琶聲來逗引，但
仍含而不露，將惜春情緒從歌女手下之琵琶聲引向了遙遠的天涯。最後二句
雖然說得漫不經心，但春天已隨楊花飄落，正是人所不堪處。詞意迴環往復，
筆力不凡，這也是周邦彥及南宋騷雅詞人所擅長的本領。

　　大梁羅叔共為余言：頃在建康士人家，見王荊公親寫小詞一紙，其家藏
之甚珍。其詞云：「留春不住（略）。」荊公平生不作是語，而有此何也？儀真
沈彥述為余言：荊公詩如「濃綠萬枝紅一點，動人春色不須多」、「春色惱人眠
不得，月移花影上闌干」等篇，皆平甫詩，非荊公詩也。沈乃元龍家婿，故嘗
見之耳。叔共所見，未必非平甫詞也。（宋周紫芝《竹坡詩話》）
　　（「滿地」二句）倒裝二句以見筆力。（末二句）品格自高，言為心聲。（清
譚獻評《詞辨》）

晏幾道

十八首

臨江仙

夢後樓臺高鎖，酒醒簾幕低垂。去年春恨卻來時。落花人獨立，微雨燕雙飛[1]。　　記得小蘋初見[2]，兩重心字羅衣[3]。琵琶弦上說相思。當時明月在，曾照彩雲歸[4]。

1「落花」二句：借用五代翁宏《宮詞》（一作《春殘》）詩句。

2 小蘋（pín）：歌女名。

3 心字羅衣：羅衣領屈曲如心字。一說指用心字香熏過之羅衣。

4「曾照」句：化用唐代李白《宮中行樂詞八首》其一：「只愁歌舞散，化作彩雲歸。」彩雲，此喻指小蘋。

此為憶舊懷人詞。據晏幾道自己說：當初沈廉叔、陳君寵家有歌妓名蓮、鴻、蘋、雲，詞人每填一詞，便草授諸妓演唱，「三人持酒聽之，為一笑樂」。後繁華已過，諸人或病廢，或下世，歌兒小蘋亦流轉於他處。（《小山詞跋》）此詞便是為追憶小蘋而作。「夢後」、「酒醒」，見內心之百無聊賴；「樓臺高鎖」、「簾幕低垂」，見景物之淒寂悲涼。只此二句，已將無限傷心情事包蘊其中，直逼出第三句之「恨」字。寫恨又層層寫來：此恨為春恨，一層；為去年之春恨，一層；為卻來（即又來）之春恨，又一層。層層加重、加深，既點醒前二句，又為下文張本。但詞人偏不說破，卻以景收住；而景中獨立之人與落花、微雨、雙飛燕成一對照，尤見深情。萬不料翁宏平凡兩句詩，用在此處，竟如此恰切！下片回憶過去與小蘋初見之時。服飾、弦聲，既見小蘋之多情，亦見詞人之重情，更見詞人與小蘋兩情歡好。但人去樓空，只有當時照着小蘋歸來之月尚在。語至此，便戛然而止。是景語，亦是情語，無限柔情，無窮傷感，盡在不言中。全詞閒婉沉着，隱曲搖曳，當時更無敵手。

近世詞人，閒情之靡，如伯有所賦，趙武所不得聞者，有過之無不及焉。是得為好色而不淫乎？惟晏叔原云「落花人獨立，微雨燕雙飛」，可謂好色而不淫矣。（宋楊萬里《誠齋詩話》）

（「落花」二句）晚唐麗句。（明卓人月輯、徐士俊評《古今詞統》）

「落花人獨立，微雨燕雙飛」，晏叔原《臨江仙》中雋語也。按：二句乃五代翁宏《宮詞》，見《雅言系述》。宏字大舉，桂嶺人，不仕，能詩。（清王初桐《小嫏嬛詞話》）

小山詞，如「去年春恨卻來時。落花人獨立，微雨燕雙飛」。又，「當時明月在，曾照彩雲歸」。既閒婉，又沉着，當時更無敵手。（清陳廷焯《白雨齋詞話》）

「落花」十字，工麗芊綿。結筆依依不盡。（清陳廷焯《雲韶集》）

「落花」十字，自是天生好言語。（結句）回首可憐。（清陳廷焯《詞則‧大雅集》）

名句千古，不能有二。所謂柔厚在此。（清譚獻評《詞辨》）

康南海謂起二句純是《華嚴》境界。（梁令嫻《藝蘅館詞選》引梁啟超語）

此詞殆追思蘋、雲而作。前半寫現在，後半寫當年。前後結兩名句可入錦囊，故至今膾炙人口。（蔡嵩雲《柯亭詞評》）

吐屬華貴，脫口而出。（夏敬觀《彊村叢書》批語）

蝶戀花

夢入江南煙水路。行盡江南，不與離人遇[1]。睡裡消魂無説處[2]。覺來惆悵消魂誤。　　欲盡此情書尺素[3]。浮雁沉魚[4]，終了無憑據。卻倚緩弦歌別緒。斷腸移破秦箏柱[5]。

1「夢入」三句：化用唐代岑參《春夢》：「枕上片時春夢中，行盡江南數千里。」

2 消魂：魂魄離散，形容極度愁苦、悲傷。

3 尺素：古人寫信或文章用一尺左右長白絹，稱尺素。漢樂府《飲馬長城窟行》：「客從遠方來，遺我雙鯉魚。呼兒烹鯉魚，中有尺素書。」

4 浮雁沉魚：古代有魚、雁傳書的傳説和記載，因此詩文中常以魚雁代指信使。

5 秦箏：即箏，傳為秦國蒙恬所造，故稱。

此詞寫一女子離別相思之情，極盡婉約之致。上片從虛空處寫來：不言醒時不見離人，只説夢中不遇。可見女主人現實中企盼重聚，總成空幻；現

實既不可期，故託之於夢，而夢中亦不可得矣！失望之深，用情之婉，何以過此？尤可説者，是詞中化虛為實之手段。夢本虛幻，卻出之以實：「入」、「行」、「不遇」寫行止；「煙水路」既見道路之阻隔，又見人物心情之迷惘，大有「蒹葭蒼蒼」之意；一個「盡」字又將多少辛酸故事包容其中！掩卷而思，一個千里萬里風餐露宿尋覓情人的癡情形象躍然紙上。換頭總上入「情」字，分別以二事來寫：一是將此情盡託書簡，而鴻雁高飛，魚沉深淵，書信難寄；二是寄情於弦歌，然移破箏柱，仍是愁緒滿懷。破實為虛，柔厚婉曲。

（「行盡」二句）人必説夢中相會，何等陳腐。（明卓人月輯、徐士俊評《古今詞統》）

（末句）滋味。（明沈際飛《草堂詩餘‧續集》）

蝶戀花

醉別西樓醒不記。春夢秋雲，聚散真容易[1]。斜月半窗還少睡。畫屏閒展吳山翠[2]。　　衣上酒痕詩裡字。點點行行，總是淒涼意。紅燭自憐無好計。夜寒空替人垂淚[3]

1「春夢」二句：化用唐代白居易《花非花》：「來如春夢不多時，去似秋雲無覓處。」

2 吳山：又名胥山，在杭州西湖東南。

3「紅燭」二句：化用唐代杜牧《贈別》：「蠟燭有心還惜別，替人垂淚到天明。」

開頭即寫醉別。醒後何以「不記」？因酒醉，飲酒何至於沉醉？因惜別。可見惜別之痛苦。然則詞人是否真「不記」？非也。不僅「記」，而且記得很深、很牢，觀下文自知。「春夢」二句寫醉別感受，從自然與人生之類似性説起，但其含義已遠過於男女之情，而是具有了生命、歷史意味的人生無常的感喟。「斜月」二句寫醒後無眠，斜月半窗、畫屏吳山，都是無眠人眼中所見，而人物思緒卻早已飛向遠方。下片寫別後相思。衣上酒痕、詩裡文字，都在喚醒詞人記憶。「總」字説明相思無處不在與無法排遣。末二句以物擬人，將紅燭拉來作陪襯，翻進一層，設想無情（紅燭）之多情，益顯多情人之不堪。

鷓鴣天

彩袖殷勤捧玉鐘。當年拚卻醉顏紅[1]。舞低楊柳樓心月，歌盡桃花扇底風。　　從別後，憶相逢。幾回魂夢與君同。今宵剩把銀釭照，猶恐相逢是夢中[2]。

1 拚（pàn）卻：不惜，甘願。
2「今宵」二句：化用唐代杜甫《羌村》：「夜闌更秉燭，相對如夢寐。」剩把，盡把。銀釭（gāng），燈。

　　上片寫當年，突出一個「情」字。「彩袖」應指蓮、鴻、蘋、雲之屬。「殷勤」寫對方之情重，「拚卻」寫自己之情真，兩情篤好，於此可見。「舞低」二句雖從字面看是在寫歌妓舞女，其實又何嘗不是在寫詞人？「低」、「盡」二字，盡顯當年之瘋狂，而情亦在其中，極為纏綿濃至。下片寫今日相逢。結尾處情境前人多次描寫過，如杜甫《羌村》「夜闌更秉燭，相對如夢寐」等，但此處又不同。劉體仁曾將杜詩與晏詞比較，認為「此詩與詞之分疆也」（《七頌堂詞繹》），確實如此，詩是陳述語氣，而詞用描述口吻，加之此前有魂夢相同之映帶，更顯出一直（詩）一婉（詞）。此外，詞中彩、玉、醉、紅、歌、舞、楊柳、桃花、風、月之類，使詞風香豔、婉麗，大有六朝宮掖之風，亦是小晏早年繁華生活之寫照。

　　晁無咎言：「晏叔原不蹈襲人語，而風調閑雅，自是一家。如『舞低楊柳樓心月，歌盡桃花扇底風』，自可知此人不生在三家村中也。」（宋趙令畤《侯鯖錄》）

　　《雪浪齋日記》云：「晏叔原工小詞，如『舞低楊柳樓心月，歌盡桃花扇底風』，不愧六朝宮掖體。」（宋胡仔《苕溪漁隱叢話·前集》）

　　晏叔原「今宵剩把銀釭照，猶恐相逢是夢中」，蓋出於老杜「夜闌更秉燭，相對如夢寐」、戴叔倫「還作江南夢，翻疑夢裡逢」、司空曙「乍見翻疑夢，相悲各問年」之意。（宋王楙《野客叢書》）

　　上言歌舞以盡酒懷，下是相逢猶恐非真。「舞低」、「歌盡」、「相逢」、「夢中」，何等迫真。獨抒心得，不襲人口吻，趙氏品叔原，於此詞窺見矣。（明《新刻李于鱗先生批評註釋草堂詩餘雋》偽託李攀龍評點）

　　（「今宵」句）唐詩「乍見翻疑夢，相悲各問年」即此意。（「舞低」句）工而豔，不讓六朝。（託名楊慎評點《草堂詩餘》）

美秀，不愧六朝宮掖體。驚喜儼然。（明沈際飛《草堂詩餘・正集》）

晏元獻公詩，不用珍寶字，而自然有富貴氣象。……晏叔原，公佸也。詞云：「舞低楊柳樓心月，歌罷桃花扇底風。」蓋得公所傳也。此二句，勾欄中多用作門對。（明瞿佑《歸田詩話》）

「夜闌更秉燭，相對如夢寐」，叔原則云：「今宵剩把銀釭照，猶恐相逢是夢中。」此詩與詞之分疆也。（清劉體仁《七頌堂詞繹》）

「從別後，憶相逢。幾回魂夢與君同。今宵剩把銀釭照，猶恐相逢是夢中。」曲折深婉，自有豔詞，更不得不讓伊獨步。視永叔之「笑問雙鴛鴦字怎生書」、「倚闌無緒更兜鞋」等句，雅俗判然矣。（清陳廷焯《白雨齋詞話》）

仙乎。麗矣。後半闋一片深情，低迴往復，真不厭百回讀也。言情之作，至斯已極。（清陳廷焯《詞則・閑情集》）

「舞低」二句，比白香山「笙歌歸院落，燈火下樓臺」，更覺濃至。惟愈濃情愈深，今昔之感，更覺悽然。（清黃蘇《蓼園詞選》）

陳夢弼和石湖《鷓鴣天》云：「指剝春蔥去採蘋。衣絲秋藕不沾塵。眼波明處偏宜笑，眉黛愁來也解顰。巫峽路，憶行雲。幾番曾夢曲江春。相逢細把銀釭照，猶恐今宵夢似真。」歇拍用晏叔原「今宵剩把銀釭照，猶恐相逢是夢中」句，恐夢似真，翻新入妙，不特不嫌沿襲，幾於青勝於藍。（清況周頤《蕙風詞話》）

前半寫當年，後半寫現在。文勢直瀉而下，非有前後二名句襯托章法，未免平直，學者須知。（蔡嵩雲《柯亭詞評》）

鷓鴣天

醉拍春衫惜舊香[1]。天將離恨惱疏狂。年年陌上生秋草，日日樓中到夕陽。　　雲渺渺，水茫茫。征人歸路許多長。相思本是無憑語，莫向花箋費淚行[2]。

1 舊香：舊情。　　　　　　　　　2 花箋：精美的信箋。

　　本篇描寫羈旅途中的相思之情。上片起句，睹物思人，引出相思主題。次句表現離恨之深沉，相思之惱人。這種別離之思，如陌上之秋草，年年如此；

又如樓外之夕陽，日復一日。然而，似乎又沒有任何盼頭，因為征人在外，雲水茫茫，不知何時才能歸來。上片從時間的角度來表現相思之綿長，下片則從空間的角度來表現相思之無奈。所以，這種幽深的相思之情並非無法表達，而是不知從何表達，即使提筆寫信也只能淚灑花箋。

「費」字本於「學書紙費，學醫人費」。（明卓人月輯、徐士俊評《古今詞統》）

「費」，周美成「衣潤費爐煙」，謝勉仲「心情費消遣」，晏小山「莫向花箋費淚行」，本於學書費紙之費。（清沈雄《古今詞話‧詞品》）

「拍」字生而煉熟，「惱」字新。（夏敬觀《彊村叢書》評語）

生查子

金鞍美少年，去躍青驄馬[1]。牽繫玉樓人[2]，繡被春寒夜。　　消息未歸來，寒食梨花謝。無處説相思，背面鞦韆下[3]。

1 青驄馬：毛色青白相雜的駿馬。
2 玉樓人：指閨閣中人。
3 「背面」句：借用唐代李商隱《無題》：「十五泣春風，背面鞦韆下。」

此首描寫相思別離之情，貴在含蓄蘊藉。起句寫英俊少年，寶馬金鞍，飛馳而去，心中卻念念不忘閨中玉人。想像她寒夜深閨，孤單一人，獨自擁衾，孤燈枯坐。下片寫閨中女子等待少年，但是等到寒食節的梨花也凋謝了，也沒有等來少年歸來的消息。這種相思離苦，無處訴説，只能默默壓在心底，留下一個鞦韆架下的背影。詞中，少年之思以寒夜春被作寄託，少女之思以鞦韆背影來表現。詞中無一句正面描寫，卻起到了「不着一字，盡得風流」的藝術效果。

晏叔原小詞：「無處説相思，背面鞦韆下。」呂東萊極喜誦此詞，以為有思致。此語本李義山詩，云：「十五泣春風，背面鞦韆下。」（宋曾季狸《艇齋詩話》）

雖少年語，盡有佳思，俊逸頗類太白。唐人有詩云：「侍婦倚妝奩，故故驚人睡。那知本未眠，背面偷垂淚。懶卸鳳頭釵，羞入鴛鴦被。時復見殘燈，和煙墜金穗。」與此詞格相同，意致亦佳，未知孰勝也。（明張綖《草堂詩餘別錄》）

上言春景最是惱人，下言相思無從自解。玉樓春寒夜，相思千秋下。刺心疏眉之詞。春寒夜雨鞦韆下，自是閨中景，自是閨中情，種種可掬。（明《新刻李于鱗先生批評註釋草堂詩餘雋》偽託李攀龍評點）

可憐人度可憐宵。（託名楊慎評點《草堂詩餘》）

味在言外。（明沈際飛《草堂詩餘·正集》）

律詩如「春城月出人皆醉」及「羅綺晴嬌綠水洲」之句，詩餘如「無處說相思，背面鞦韆下」一詞，生平竭力摹擬，竟不能到。（明宋徵璧《抱真堂詩話》引陳子龍語）

「去躍」二字，從婦人目中看出，深情摯語。末聯「無處」二字，意致悽然，妙在含蓄。（清黃蘇《蓼園詞選》）

俊爽已極。（夏敬觀《彊村叢書》批語）

生查子

關山魂夢長[1]，塞雁音書少[2]。兩鬢可憐青，只為相思老。　　歸傍碧紗窗，說與人人道[3]。真個別離難[4]，不似相逢好。

1 關山：關隘和山川。
2 塞雁：邊塞之雁。秋日南來，春日北去，常以之表達對親友的思念。
3 人人：宋代俗語，多用作對愛人之暱稱，猶如說「人兒」。
4 真個：的確。

此詞以口語入詞，絕類民歌風格，可代表小晏詞的另一面，所謂「淡語皆有味，淺語皆有致」（馮煦《蒿庵論詞》）。上片首二句說音信難通，連魂夢都很難到達，極言路途迴遠。後二句說相思難耐。用青絲變白表達刻骨相思，化抽象為形象。「只為」二字見出相思籠罩一切的分量。下片摹寫夢中相會情境，引人物口語入詞，逼肖人物口吻、情態。上片悲苦，下片驚喜。但下片乃

夢境，愈寫驚喜，則愈見其悲矣。

木蘭花

東風又作無情計。豔粉嬌紅吹滿地[1]。碧樓簾影不遮愁，還似去年今日意。　　誰知錯管春殘事。到處登臨曾費淚。此時金盞直須深[2]，看盡落花能幾醉。

1 豔粉嬌紅：指落花。　　　　　　　　2 直須：直要，一定要。

　　見落花而傷感，此亦詞中常見之題。小晏詞之迥異處在於化無情為有情。風本無情之物，卻說「東風又作無情計」，似風為有情；「又作」可見非止一次。風吹花落，直使碧樓人傷心欲絕，去年情，今日意，齊上心頭，卻希望碧樓深深、簾影重重可遮擋愁緒，可謂癡情人之奇想。「去年今日意」，照應開頭「又」字。下片仍從情上生發，「錯」字濃鬱之至，悔恨、傷感、無奈，是極傷心人語。結處故作豪放曠達，愈顯情之傷人。詞雖短，意則深婉，字外盤旋，句中吞吐，小詞之能事備矣。

木蘭花

鞦韆院落重簾暮。彩筆閒來題繡戶[1]。牆頭丹杏雨餘花，門外綠楊風後絮。　　朝雲信斷知何處。應作襄王春夢去[2]。紫騮認得舊遊蹤[3]，嘶過畫橋東畔路。

1 彩筆：據史書記載，南朝梁江淹少時，夢人授以五色筆，從此文思大進。晚年夢中有人索還其筆，後再無佳句。後以「彩筆」形容詞藻華麗的文筆。繡戶：雕飾華美的門戶，多指女子居處。

2 「朝雲」二句：用楚王夢遇巫山神女事。見前聶冠卿《多麗》(想人生)註6。

3 紫騮(liú)：良馬名，又稱棗騮。

此詞深婉含蓄，多用曲筆，或以景映襯，或旁敲側擊。上片寫別後。首二句為想像之詞，設想別後情景，全不着一「愁」、「悶」之字，而女子之孤寂無聊如見。三、四句以景喻人，「牆頭」句言女子如雨後之花，凋殘在即；「門外」句言行人似風後之絮，漂泊無定。其情均在極深處。下片起二句寫別後音訊皆無，「朝雲」、「襄王」云云是男子猜疑口吻，亦暗點女子身份。末二句為故地重遊。不言人有情，只說馬有情。用筆動盪迷離，以虛寫實，深得詞家三昧。

「雨餘花」，「風後絮」，「入江雲」，「黏地絮」，如出一手。（明沈際飛《草堂詩餘·正集》）

意寄紫騮，鬆倩。（同上）

填詞結句，或以動盪見奇，或以迷離稱雋，著一實語，敗矣。康伯可「正是銷魂時候也，撩亂花飛」、晏叔原「紫騮認得舊遊蹤，嘶過畫橋東畔路」、秦少游「放花無語對斜暉，此恨誰知」，深得此法。（清沈謙《填詞雜說》）

「餘」、「後」二字有意味。（清陳廷焯《詞則·閒情集》）

題為憶歸而作。前闋首二句，別後想其院宇深沉，門闌謹閉。接言牆內之人，如雨餘之花。門外行蹤，如風後之絮。次闋起二句，言此後杳無音信。末二句言重經其地，馬尚有情，況於人乎？似為遊冶思其舊好而言。然叔原嘗言其先公不作婦人語，則叔原又豈肯為狹邪之事，或亦有所寄託言之也。（清黃蘇《蓼園詞選》）

清平樂

留人不住。醉解蘭舟去。一棹碧濤春水路。過盡曉鶯啼處。　　渡頭楊柳青青。枝枝葉葉離情。此後錦書休寄[1]，畫樓雲雨無憑。

1 錦書：錦字書，指前秦蘇蕙寄給丈夫竇滔的織錦迴文詩。見前柳永《曲玉管》(隴首雲飛)註6。此指情人間的書信。

詞為送行人口吻。「醉」字暗示行人不得不行之無奈與此時心情之鬱悶。「一棹」二句為想像之詞，設想行人所經行之處，碧濤春水，流鶯啼曉，一片

爛漫宜人景色，而離人對此，徒增煩惱。所謂以樂景寫哀、以哀景寫樂，倍增其哀樂。下片寫行人去後情景。「渡頭」二句點送別之地，行人已杳，舉目四顧，只見楊柳青青，枝枝葉葉，無不引人傷感，是以景寫情。結二句是怨語，照應開頭，是送別歸來後日日倚樓悵望之情景。愛之愈深，怨之愈深，故周濟說：「結語殊怨，然不忍割。」（《宋四家詞選》批語）

怨語，然自是悽絕。（清陳廷焯《詞則·別調集》）

輯評

阮郎歸

舊香殘粉似當初。人情恨不如。一春猶有數行書。秋來書更疏。　　衾鳳冷[1]，枕鴛孤。愁腸待酒舒。夢魂縱有也成虛。那堪和夢無[2]。

註釋

評析

1 衾鳳：即「鳳衾」之倒裝，「枕鴛」亦同。　　2 和：介詞，連。

此詞寫相思之情，妙在層層遞進，層層加深，其情其意亦隨之愈加深婉、曲折。香粉為人所用之物，物依舊，而人情已變，此以物與人相比照，增進一層。「恨」字情深。三、四句以少襯無，一春只有書信數行，已是不堪，而秋來連此數行亦無，加進一層。下片先從感受寫起，從外在感受（冷）到心理感受（孤），然後再由內而外抒發出來。「鳳」、「鴛」怨深。結二句退一步進兩步，仍用層深加倍法：知相聚之不可得，故託之於夢；夢本虛幻，藉此聊以自慰耳（足見情深），哪知連夢也無一個，情何以堪！

阮郎歸

天邊金掌露成霜[1]。雲隨雁字長。綠杯紅袖趁重陽[2]。人情似故鄉。　　蘭佩紫，菊簪黃[3]。殷勤理舊狂。

欲將沉醉換悲涼。清歌莫斷腸。

註釋

1 金掌：金銅仙人手掌。漢武帝在建章宮立銅柱，上有仙人手托承露盤。唐代李賀作有《金銅仙人辭漢歌》。

2 綠杯：杯中酒為綠色，故稱綠杯。紅袖：代指歌女。重陽：農曆九月九日為重陽節，有登高遊宴等習俗。

3「蘭佩紫」二句：即佩紫蘭，簪黃菊。

評析

此詞寫重陽節思鄉，其情又非一端。起二句景，已含情蘊意；「綠杯」句從首句中來，「人情」句從次句中來。有綠杯，有紅袖，又正值重陽，本是喜慶歡樂之際，而加一「似」字，遂將歡慶喜樂換作悲涼沉重，其意又極其蘊藉綿厚。換頭接重陽意而直下，只是上片重在敘事，下片重在抒情。明知不是故鄉，反而佩紫、簪黃，狂態可掬；此狂本為舊狂，可知詞人作風一貫如此；今則重理之，且殷勤理之，則無可奈何有意為之也。結尾二句將前三句句意直接點出，但「清歌莫斷腸」使句意又加曲折，含不盡之意，使人頓覺通體空靈。

輯評

「綠杯」二句，意已厚矣。「殷勤理舊狂」，五字三層意。「狂」者，所謂一肚皮不合時宜，發見於外者也。狂已舊矣，而理之，而殷勤理之，其狂若有甚不得已者。「欲將沉醉換悲涼」，是上句註腳。「清歌莫斷腸」，仍含不盡之意。此詞沉着厚重，得此結句，便覺竟體空靈。小晏神仙中人，重以名父之貽，賢師友相與沉溜，其獨造處，豈凡夫肉眼所能見及。「夢魂慣得無拘管，又踏楊花過謝橋」，以是為至，烏足與論小山詞耶？（清況周頤《蕙風詞話》）

六幺令

綠陰春盡，飛絮繞香閣。晚來翠眉宮樣[1]，巧把遠山學[2]。一寸狂心未說，已向橫波覺[3]。畫簾遮匝[4]。新翻曲妙[5]，暗許閒人帶偷掐[6]。　　前度書多隱語[7]，意淺愁難答。昨夜詩有回紋，韻險還慵押[8]。都待笙歌散了，記取來時霎。不消紅蠟。閒雲歸後，月在庭

花舊闌角。

註釋

1 翠眉：古代女子用黛螺（一種青黑色顏料）　　　4 遮匝：環繞遮掩。
　畫眉，又稱黛眉。宮樣：宮中流行的服飾樣　　　5 新翻：按照舊曲譜製作新詞。
　式，三國時魏宮人好畫長眉。　　　　　　　　6 掐：用拇指點別指來暗記。
2 遠山：指遠山眉或遠山黛。　　　　　　　　　7 隱語：此處指未明說的話。
3 橫波：形容女子眼神流動，如水閃波。　　　　8 韻險：韻字艱僻難押的詩韻。

評析

此詞寫與一歌妓之戀情。上片重在寫往日與歌妓之相聚。「綠陰」二句點時地，「晚來」二句點人物。「一寸」二句寫多情，「畫簾」三句寫多才藝，但都不離歌妓身份。下片從男子一方來寫，是別後之相思，但句句寫來，總見女子之情深義重。「前度」、「昨夜」四句應對看，互文見義，既見女子之情深，又見其多才藝。最後設想將來，以景寫情事，意極含蓄。此詞押入聲韻，「覺」韻與「合」韻通押，且韻字多為閉口音，使詞之聲韻更為峭拔。

輯評

十韻都可矜許。隱躍。（明沈際飛《草堂詩餘‧別集》）

款密竭情。（同上）

晏小山「綠陰春盡」，辛稼軒「酒群花隊」，實與《霓裳羽衣》殊絕，然則並非六博之義可知。詞有與《六幺》調名無干者，如晏小山《六幺》令詞：（略）。（清沈雄《古今詞話‧詞辨》引楊慎語）

此倒押韻之法，甚峭拔。（夏敬觀《彊村叢書》批語）

御街行

街南綠樹春饒絮[1]。雪滿遊春路[2]。樹頭花豔雜嬌雲[3]，樹底人家朱戶。北樓閒上，疏簾高捲，直見街南樹。　　闌干倚盡猶慵去。幾度黃昏雨。晚春盤馬踏青苔，曾傍綠陰深駐。落花猶在，香屏空掩，人面知何處[4]。

註釋

1 饒：多。　　　　　　　　　　　　　　　3 嬌云：嬌豔可愛的雲彩，喻指花。
2 雪：喻指飛絮。　　　　　　　　　　　　4 「人面」句：化用唐代崔護《題都城南莊》：

「去年今日此門中，人面桃花相映紅。人面　　不知何處去，桃花依舊笑春風。」

評析

此詞寫與一「人面桃花」女子的戀情故事，用筆平緩而情意濃鬱。上片寫當年相聚，卻句句是景；景中則以「街南樹」為核心意象，由大而小，層層寫來，從街南綠樹到春絮滿路，從樹頭如雲之花到樹底朱戶人家，然後點出相會之處北樓，再歸到街南樹，都是詞人當年熟知之處，處處充滿溫馨回憶。下片寫舊地重遊，仍以景為主，不過用詞較講究，如「倚盡」、「慵去」、「幾度」、「盤馬」等，均飽含情感。結尾三句語淡而意濃，惆悵之情令人神傷。

虞美人

曲闌干外天如水。昨夜還曾倚。初將明月比佳期。長向月圓時候、望人歸。　　羅衣著破前香在。舊意誰教改 [1]。一春離恨懶調弦 [2]。猶有兩行閒淚、寶箏前。

註釋

1 教：能。　　　　　　　　　　　2 調弦：此指彈箏。

評析

此詞娓娓南唐後主詞風，語句明白如話而情意深至。詞寫離別之相思。起筆二句寫等待之情形。「初將」二句以明月比佳期，本為虛幻，則長向月圓望人歸更不可憑信，以無望寫希望，愈見其悲苦。下片以物寫情，以物襯情，羅衣香在與舊意改相對，一春恨、兩行淚與閒置的寶箏相對，烘襯出人情之不堪。

留春令

畫屏天畔，夢回依約 [1]，十洲雲水 [2]。手捻紅箋寄人書 [3]，寫無限、傷春事。　　別浦高樓曾漫倚 [4]。對江南千里。樓下分流水聲中，有當日、憑高淚。

1 依約：隱約。

2 十洲：神仙所居之處，在八方大海之中。

3 捻（niǎn）：執，以手持物。

4 別浦：河流匯入江海之處。

此詞寫相思。「畫屏」三句寫夢醒，神馳天外，夭矯靈動，一片癡情，流溢紙上。因夢之惝恍迷離不可憑信，故託之於書。「手捻」二句寫寄書。「手捻」二字見鄭重，「紅箋」見情深，「無限傷春事」見幽怨。上片行文流動，咫尺千里，而語意則婉曲迴環，耐人咀嚼。下片寄情於物。「別浦」二句寫樓上遠望，「樓下」三句寫樓下近觀；遠望者淒迷，近觀者傷感。此詞結尾「水中有淚」之構思最為後人稱道，亦唐五代及宋人常用之意象。

晁元忠詩：「安得龍湖潮，駕回安河水。水從樓前來，中有美人淚。人生高唐觀，有情何能已。」晏小山《留春令》云：「別浦高樓曾漫倚。對江南千里。樓下分流水聲中，有當日、憑高淚。」全用其語。（明楊慎《升庵詩話》）

（「樓下」二句）有人如此認取，何必紅綃裏來。（明卓人月輯、徐士俊評《古今詞統》）

晏小山《留春令》「樓下分流水聲中，有當日、憑高淚」二語，亦襲馮延巳《三臺令》：「流水。流水。中有傷心雙淚。」宋人所承如是，但乏質茂氣耳。（清鄭文焯評《小山詞》）

思遠人

紅葉黃花秋意晚，千里念行客。飛雲過盡，歸鴻無信，何處寄書得。　　淚彈不盡臨窗滴，就硯旋研墨[1]。漸寫到別來，此情深處，紅箋為無色[2]。

1 旋：不久，立即。

2 紅箋：有紅色線格的信紙。

此詞為閨中念遠之作。凡傷別念遠者多以春起興，此處則以秋景來寫。紅葉、黃花，極寫秋晚，然後點題。年光已盡，而行人未歸，是觸動人情處。「飛雲」三句由念遠人而盼信，由盼信而寄信，思緒層疊而愈轉愈悲。「過盡」二字是極失望語。下片就「寄書」上生發。過片直承上意而暗轉。以淚研墨，

則墨中有情；墨中有情，則書中有意矣。結尾三句奇警，不言紅箋因淚濕而無色，而謂因情深而無色，則情之深不待言而可知。

箋則一時無色，字則三歲不滅。（明卓人月輯、徐士俊評《古今詞統》）
就「淚」、「墨」二字渲染成詞，何等姿態。（清陳廷焯《詞則·閒情集》）
凡倒押韻處，皆峭絕。（夏敬觀《彊村叢書》批語）

滿庭芳

南苑吹花¹，西樓題葉²，故園歡事重重。憑闌秋思，閒記舊相逢。幾處歌雲夢雨，可憐便、流水西東。別來久，淺情未有，錦字繫征鴻³。　　年光還少味，開殘檻菊，落盡溪桐。漫留得，尊前淡月凄風。此恨誰堪共説，清愁付、綠酒杯中。佳期在，歸時待把，香袖看啼紅⁴。

1 南苑：指皇家園囿，是都人出城採春遊賞之所。
2 西樓：汴京的一處歌樓，詞中歌女所居之處。題葉：在樹葉上題詩，以寄託情思。
3 征鴻：征雁。指秋天南飛之雁。
4 啼紅：淚痕。

此詞為一位西樓歌女而作。晏幾道在《採桑子》中敘述了與這位歌女相識的場景：「西樓月下當時見，淚粉偷勻。」又在《少年遊》中描繪了他們分別的情境：「西樓別後，風高露冷，無奈月分明。」這首詞則從回憶往事寫起。南苑踏春賞花，西樓紅葉題詩，這些歡娛的往事都隨流水一般去不復返。分別許久，鴻雁傳書也不能表達內心的思念之情。下片借景抒情，寫別後相思。「開殘檻菊，落盡溪桐」，是「檻菊開殘，溪桐落盡」之倒裝，不僅對仗工整，而且表現了深秋殘花敗葉的蕭條景象，烘托出內心的悽清愁苦。結句通過虛寫和想像，表達了祈盼相聚的美好願望。

柔情蜜意。（清陳廷焯《詞則·閒情集》）

蘇　軾
十二首

水調歌頭

丙辰中秋[1]，歡飲達旦[2]，大醉[3]，作此篇，兼懷子由[4]。

明月幾時有，把酒問青天[5]。不知天上宮闕[6]，今夕是
何年。我欲乘風歸去，惟恐瓊樓玉宇[7]，高處不勝寒。
起舞弄清影[8]，何似在人間。　　　轉朱閣，低綺戶[9]，
照無眠。不應有恨，何事長向別時圓[10]。人有悲歡離
合，月有陰晴圓缺，此事古難全。但願人長久，千里
共嬋娟[11]。

註釋

1 丙辰：宋神宗熙寧九年（1076），歲次丙辰。
2 達旦：到天亮。
3 大醉：原本缺。
4 子由：蘇軾之弟蘇轍，字子由。
5 「明月」二句：化用唐代李白《把酒問月》：
　「青天有月來幾時？我今停杯一問之。」
6 宮闕：古時帝王所居宮門雙闕，故稱宮闕。
　闕，皇宮前兩邊的樓。
7 瓊樓玉宇：用美玉建造的宮殿。此指月中
　宮殿。
8 「起舞」句：化用唐代李白《月下獨酌》：「我
　歌月徘徊，我舞影零亂。」
9 綺（qǐ）戶：雕鏤着各種花紋的門窗。
10 何事：為何。長向：總向，常向。
11 嬋娟：美好的樣子，此指明月。

評析

　　這是一首膾炙人口的中秋詞。詞人通過月的陰晴圓缺，聯想到人的聚散
離合，抒發了深摯的手足之情，並表達了「但願人長久，千里共嬋娟」的人類
普遍的美好願望。在蘇軾這首詞出現以前，雖然北宋詞人如張先、晏殊等也
有一定數量的中秋詞創作，但內容卻不外乎「宴飲」和「詠月」兩個方面。這
首詞雖然也從月亮起筆，卻並沒有落入詠月的俗套，而是筆鋒一轉，立刻進入
「問天」的環節：「不知天上宮闕，今夕是何年。」通過此問，直接引出詞人內
心的激烈矛盾：「我欲乘風歸去，惟恐瓊樓玉宇，高處不勝寒。」他想要脫離
這紛爭的現實社會，又擔心世外高境之淒清苦寒，故處於進退維谷之間。這
不僅是詞人面對現實和理想的矛盾，也是對出世還是入世這一人生抉擇的矛

盾。他對此也沒有明確的答案，只能在月光下翩翩起舞，以暫時的灑脫來排解心中的苦悶。詞的下片仍從月亮寫起，卻也不拘於月，而是由月亮引出一個深刻的人生哲理：「人有悲歡離合，月有陰晴圓缺，此事古難全。」人生的有限與無限，人間的圓滿與殘缺，自古以來一直都是如此，非人力所能克服。所以在詞尾只能以美好的祝願來寬慰自己：「但願人長久，千里共嬋娟。」體現了他樂觀曠達的人生境界。

這首詞格調清麗，思緒婉轉，意蘊豐厚，一改此前中秋詞淒清悲涼的沉重基調。不僅為後來的中秋詞奠定了整體基調，而且其藝術高度也是後人所難以企及的，正所謂「清空中有意趣，無筆力者未易到」（宋張炎《詞源》）。

歌者袁綯，乃天寶之李龜年也。宣和間，供奉九重，嘗為吾言：「東坡公昔與客遊金山，適中秋夕，天宇四垂，一碧無際，加江流澒湧，俄月色如晝，遂共登金山山頂之妙高臺，命綯歌其《水調歌頭》曰：『明月幾時有，把酒問青天。』歌罷，坡為起舞，而顧問曰：『此便是神仙矣。』」吾謂文章人物，誠千載一時，後世安所得乎？（宋蔡絛《鐵圍山叢談》）

蘇東坡在黃州，有詞云：「我欲乘風歸去，惟恐瓊樓玉宇，高處不勝寒。」惟高處曠闊則易於生寒耳，故黃州城上築一堂，以高寒名之。其名極佳。今士大夫書問中，往往多用「高寒」二字，雖云本之東坡，然既非高處，二字亦難兼也。（宋袁文《甕牖閒評》）

是詞乃東坡居士以丙辰中秋，歡飲達旦，大醉，作《水調歌頭》兼懷子由。時丙辰，熙寧九年也。元豐七年，都下傳唱此詞。神宗問內侍外面新行小詞，內侍錄此進呈。讀至「又恐瓊樓玉宇，高處不勝寒」，上曰：「蘇軾終是愛君。」乃命量移汝州。（宋陳元靚《歲時廣記》引銅陽居士《復雅歌詞》）

先君嘗云：柳詞「鰲山彩構蓬萊島」當云「彩縐」，坡詞「低綺戶」，當云「窺綺戶」，二字既改，其詞益佳。（宋胡仔《苕溪漁隱叢話．前集》）

中秋詞自東坡《水調歌頭》一出，餘詞盡廢。（同上）

東坡《水調歌頭》「但願人長久，千里共嬋娟」，本謝莊《月賦》「隔千里兮共明月」。（宋曾季狸《艇齋詩話》）

詞以意趣為主，要不蹈襲前人語意。如東坡中秋《水調歌頭》云：「（略）。」……此數詞皆清空中有意趣，無筆力者未易到。（宋張炎《詞源》）

《水調歌頭》版行者末云：「但願人長久。」真跡云：「但得人長久。」以此知前輩文章為後人妄改亦多矣。（宋趙彥衛《雲麓漫鈔》）

東坡《水調歌頭》：「我欲乘風歸去，只恐瓊樓玉宇，高處不勝寒。起舞弄清影，何似在人間。」一時詞手，多用此格。如魯直云：「我欲穿花尋路，直入白雲深處，浩氣展虹霓。只恐花深裡，紅露濕人衣。」蓋效坡語也。近世開

閑老人亦云：「我欲騎鯨歸去，只恐神仙官府，嫌我醉時真。笑拍群仙手，幾度夢中身。」（元李冶《敬齋古今黈》）

子瞻「與誰同坐，明月清風我」，「明月幾時有，把酒問青天」，快語也。（明王世貞《藝苑巵言》）

畫家大斧皴，書家擘窠體。（明卓人月輯、徐士俊評《古今詞統》）

若子瞻「低繡戶」，「低」改「窺」，則善矣。（明俞彥《爰園詞話》）

詞有與古詩同義者……「瓊樓玉宇」，《天問》之遺也。（清劉體仁《七頌堂詞繹》）

「我欲乘風歸去，唯恐瓊樓玉宇，高處不勝寒。起舞弄清影，何事在人間」，蓋言居朝之憂悄，不如在外之瀟散也。與韓退之「天門九扇相當開，上界真人足官府。豈如散仙鞭笞，鸞鳳終日相追陪」同意。舊聞神廟見之，以為愛君。固然，然尚未究其意之所在耳。換頭「轉朱閣，低綺戶，照無眠」，胡苕溪欲改「低」字作「窺」字，且云：「此字既改，其詞益佳。」愚謂此正未得坡翁語意耳，蓋三言用力處全在末句「照」字上，謂此月色「轉朱閣、低綺戶」而「照」我「無眠」也。「綺戶」深邃，非月之低不能照，正妙在「低」字。若改為「窺」字，則與「照」同意，殊失本旨，略無意致矣。昔坡翁嘗謂陶淵明「採菊東籬下，悠然見南山」，妙在「見」字，昭明改作「望」字，遂使一篇索然，謂其為小兒強作解事。苕溪妄改坡字，得無似之乎？（明張綖《草堂詩餘別錄》）

上是問月弄月之懷，下是別情離情之慘。用「不勝寒」最切坡公實事。安得長久共嬋娟，無限寄慨。此詞都下傳唱，內侍錄呈，神宗獨吟「瓊樓玉宇不勝寒」，上曰：「蘇軾終是愛君。」僅移汝州。（明《新刻李于鱗先生批評註釋草堂詩餘雋》偽託李攀龍評點）

此等詞，翩翩羽化，豈是煙火人道得隻字？中秋詞，古今絕唱。（託名楊慎評點《草堂詩餘》）

謫仙再來。「高處不勝寒」，軻氏「一暴十寒」之「寒」也。神宗讀而歎曰：「蘇軾終是愛君。」可謂悟矣，僅移汝州。何哉！苕溪改丁詞「鼇山彩結蓬萊島」為「彩締」，蘇詞「低綺戶」為「窺綺戶」，似穩。然「窺」與「照」何異？謝無逸、寇平仲亦云「千里共月」，謝、寇興悲，坡老增忭。（明沈際飛《草堂詩餘·正集》）

「宇」與「去」，「缺」與「合」均是一韻。坡公此調凡五首，他作亦不拘。然學者終以用韻為好，較整煉也。（清端木埰《續詞選》批註）

忠愛之言，惻然動人。神宗讀「瓊樓玉宇，高處不勝寒」之句，以為「終是愛君」，宜矣。（清董毅《續詞選》）

詞以不犯本位為高，東坡《滿庭芳》「老去君恩未報，空回首，彈鋏悲歌」，

語誠慷慨，然不若《水調歌頭》「我欲乘風歸去，又恐瓊樓玉宇，高處不勝寒」，尤覺空靈蘊藉。（清劉熙載《藝概》）

通首只是詠月耳。前闋，是見月思君，言天上宮闕，高不勝寒，但彷彿神魂歸去，幾不知身在人間也。次闋，言月何不照人歡洽，何似有恨，偏於人離索之時而圓乎。復又自解，人有離合，月有圓缺，皆是常事，惟望長久共嬋娟耳。纏綿惋惻之思，愈轉愈曲，愈曲愈深。忠愛之思，令人玩味不盡。（清黃蘇《蓼園詞選》）

凡興象高，即不為字面礙。此詞前半，自是天仙化人之筆。惟後半「悲歡離合」、「陰晴圓缺」等字，苛求者未免指此為累。然再三讀去，搏捖運動，何損其佳。少陵《詠懷古跡》詩云：「支離東北風塵際，漂泊西南天地間。」未嘗以風塵、天地、西南、東北等字窒塞，有傷是詩之妙。詩家最上一乘，固有以神行者矣，於詞何獨不然。題為中秋對月懷子由，宜其懷抱俯仰，浩落如是，錄坡公詞若並汰此作，是無眉目矣。亦恐詞家疆宇狹隘，後來作者，惟墮入纖穠一隊，不可以救藥也。後村二調亦極力能出脫者，取為此公嗣響，可以不孤。（清先著、程洪《詞潔》）

大開大合之筆，亦他人所不能。才子才子，勝詩文字多矣。（清王闓運《湘綺樓評詞》）

發端從太白仙心脫化，頓成奇逸之筆。（清鄭文焯手批《東坡樂府》）

前半從天上寫月，後半自人間寫月，寓意高遠，運筆空靈，寄慨無端，別有天地。（蔡嵩雲《柯亭詞評》）

水龍吟

次韻章質夫《楊花》詞[1]

似花還似非花，也無人惜從教墜[2]。拋家傍路，思量卻是，無情有思。縈損柔腸[3]，困酣嬌眼，欲開還閉。夢隨風萬里，尋郎去處，又還被、鶯呼起[4]。　　不恨此花飛盡，恨西園、落紅難綴。曉來雨過，遺蹤何在，一池萍碎[5]。春色三分，二分塵土，一分流水。細看來，

不是楊花點點，是離人淚 ^6 。

1 次韻：唱和時依原韻字及韻字順序，亦稱「步韻」。章質夫：名楶（jié），字質夫，浦城（今屬福建）人。官至資政殿學士。

2 從教：任隨，聽憑。

3 縈損柔腸：因情思縈繞而使柔腸愁損。

4 被鶯呼起：此處暗用唐代金昌緒《春怨》：

「打起黃鶯兒，莫教枝上啼。啼時驚妾夢，不得到遼西。」

5 一池萍碎：意謂楊花落水為萍。蘇軾自註：「楊花落水為浮萍，驗之信然。」

6「細看」三句：化用唐人詩：「君看陌上梅花紅，盡是離人眼中血。」

　　此為唱和章質夫詞而作。章詞詠楊花，工於體物，清麗可喜，如「傍珠簾散漫」數句，曲盡微風中楊花妙處。但與蘇詞相比，似稍遜一籌。何則？章詞上片純為體物，下片雖有「玉人」云云，但人、物兩分，終隔一層，不若蘇詞之人、物兩忘，亦物亦人，「蓋不離不即也」（清劉熙載《藝概》）。

　　蘇詞上片寫楊花飄墜，卻以擬人筆法寫之，因而既有狀寫物性之工，亦有體貼人情之妙，非章詞就物寫物之可比。「似花還似非花」是楊花身份，亦可為全詞總評。「墜」字是詞眼，全詞均由此生發。「拋家」三句寫楊花墜落，亦是寫情人分離。「縈損」三句寫楊花之形，亦是相思人之情態。「夢隨」三句寫風中楊花，更是思婦心理之揭示。一層深似一層，愈轉愈奇。下片直抒胸臆。「不恨」正見其有恨；恨落紅難綴，正見其恨不在落紅。此三句總上啟下。上片是楊花飄落時情態，下片是楊花飄落後之情思，故有「遺蹤何在」之追問。「春色」三句淡淡寫來，卻有無限幽怨、傷感、沉痛。煞拍二句點醒全篇，直覺滿紙幽怨纏綿，直是言情，非復賦物。儘管此詞亦有可議之處，如「拋家傍路」失之不雅，但構思之奇警，詞風之婉約，運筆之自然，不愧為詞中妙品。

　　章楶質夫作《水龍吟》詠楊花，其命意用事，清麗可喜。東坡和之，若豪放不入律呂，徐而視之，聲韻諧婉，便覺質夫詞有織繡工夫。晁叔用云：「東坡如毛嬙、西施，淨洗卻面，與天下婦人鬥好，質夫豈可比耶？」（宋朱弁《曲洧舊聞》）

　　東坡和章質夫《楊花》詞云「思量卻是，無情有思」，用老杜「落絮游絲亦有情」也。「夢隨風萬里，尋郎去處，依前被鶯呼起」，即唐人詩云：「打起黃鶯兒，莫教枝上啼。幾回驚妾夢，不得到遼西。」「細看來，不是楊花點點，是離人淚」，即唐人詩云：「時人有酒送張八，惟我無酒送張八。君有陌上梅花紅，盡是離人眼中血。」皆奪胎換骨手。（宋曾季貍《艇齋詩話》）

詞不宜強和人韻，若倡者之曲韻寬平，庶可賡歌。倘韻險又為人所先，則必牽強賡和，句意安能融貫？徒費苦思，未見有全章妥溜者。東坡次章質夫楊花《水龍吟》韻，機鋒相摩，起句便合讓東坡出一頭地，後片愈出愈奇，真是壓倒今古。（宋張炎《詞源》）

上是柳底鶯聲，驚起相思夢；下是春暮花殘，添來離別淚。如虢國夫人不施粉黛，而一段天資，自是傾城。（明《新刻李于鱗先生批評註釋草堂詩餘雋》偽託李攀龍評點）

人謂「大江東去」之粗豪，不如「曉風殘月」之細膩。如此詞，又進柳妙處一塵矣。（明卓人月輯、徐士俊評《古今詞統》）

坡公詞瀟灑出塵，勝質夫千倍。（託名楊慎評點《草堂詩餘》）

隨風萬里尋郎，悉楊花神魂。讀他文字，精靈尚在文字裡面。坡老只見精靈，不見文字。（明沈際飛《草堂詩餘·正集》）

鄰人之笛，懷舊者感之；斜谷之鈴，溺愛者悲之。東坡《水龍吟·和章質夫詠楊花》云：「細看來，不是楊花點點，是離人淚。」亦同此意。（清劉熙載《藝概》）

東坡楊花詞雖和質夫作，而結句確不同章詞讀法。此十三字一氣，大抵用一五兩四句法者居多，而作一七兩三者，亦非絕無之事也。蘇詞句法本是如此，語意何等明快。若依紅友一定鐵板，則既云「細看來不是」矣，下文當直云「點點是離人淚」耳，何復贅「楊花」二字也。且頹然於「是」字斷句，語氣亦攔拉不住。（清厲鶚手批《詞律》）

煞拍畫龍點睛，此亦詞中一格。（清鄭文焯手批《東坡樂府》）

東坡《水龍吟》詠楊花，和韻而似原唱。章質夫詞，原唱而似和韻。才之不可強也如是。（王國維《人間詞話》）

詠物之詞，自以東坡《水龍吟》為最工。（同上）

念奴嬌

赤壁懷古[1]

大江東去，浪淘盡、千古風流人物[2]。故壘西邊人道是[3]，三國周郎赤壁。亂石崩雲[4]，驚濤裂岸，捲起千

堆雪⁵。江山如畫，一時多少豪傑。　　遙想公瑾當年，小喬初嫁了，雄姿英發⁶。羽扇綸巾談笑間⁷，強虜灰飛煙滅。故國神遊⁸，多情應笑我，早生華髮。人間如夢，一尊還酹江月⁹。

評析

　　此詞很可能寫於元豐三年（1080），即蘇軾到黄州的第一年。詞題懷古，卻並不議論史實，而是由憑弔古戰場的雄偉景象，進入對英雄人物的緬懷讚頌。特別是詞的下片，詞人着力刻畫了一個少年得志、雄才大略而又風流儒雅的少年將軍，表達出由衷的追慕之情。與此相比，蘇軾想到自己年近半百，「烏臺詩案」之後，除了早生的華髮，又有何成就？雖是一片無奈唏噓，但在這無奈的多情之中，仍能感受到未曾泯滅的壯志豪情。

輯評

　　東坡赤壁詞「灰飛煙滅」之句，《圓覺經》中佛語也。（宋邵博《邵氏聞見後錄》）

　　孫權破曹操於赤壁，今沔、鄂間皆有之。黄州徙治黄岡，俯大江，與武昌縣相對。州治之西，距江名赤鼻磯，俗呼鼻為弼，後人往往以此為赤壁。武昌寒溪，正孫氏故宮，東坡詞有「人道是周郎赤壁」之句，指赤鼻磯也。坡非不知自有赤壁，故言「人道是」者，以明俗記爾。（宋朱彧《萍州可談》）

　　苕溪漁隱曰：「東坡『大江東去』赤壁詞，語意高妙，真古今絕唱。」（宋胡仔《苕溪漁隱叢話·前集》）

　　苕溪漁隱曰：「《後山詩話》謂『退之以文為詩，子瞻以詩為詞，如教坊雷大使之舞，雖極天下之工，要非本色。』余謂後山之言過矣，子瞻佳詞最多，其間傑出者，如『大江東去，浪淘盡、千古風流人物』，赤壁詞……凡此十餘詞，皆絕去筆墨畦徑間，直造古人不到處，真可使人一唱而三歎。若謂以詩為詞，是大不然。」（宋胡仔《苕溪漁隱叢話·後集》）

　　蘇文忠《赤壁賦》不盡語，裁成「大江東去」詞，過處云：「人道是三國周郎赤壁。」赤壁有五處，嘉魚、漢川、漢陽、江夏、黄州，周瑜以火敗操在烏

林，《後漢書》、《水經》載已詳悉。陸三山《入蜀記》載韓子蒼云：「此地能令阿瞞走。」則直指為公瑾之赤壁。又黃人謂赤壁曰赤鼻，後人取詞中「酹江月」三字名之。（宋張侃《拙軒詞話》）

「大江東去」詞三「江」，三「人」，二「國」，二「生」，二「故」，二「如」，二「千」字，以東坡則可，他人固不可。然語意到處，他字不可代，雖重無害也。今人看文字，未論其大體如何，先且指點重字。（宋俞文豹《吹劍續錄》）

歌者多因避諱，輒改古詞本文，後來者不知其由，因此疵議前作者多矣。如蘇詞「亂石崩空」，諱「崩」字，改為「穿空」。（宋項安世《項氏家說》）

東坡長短句云：「故壘西邊，人道是三國周郎赤壁。」則亦是傳疑而已。今岳陽之下，嘉魚之上，有烏林赤壁。蓋公瑾自武昌列艦，風帆便順，溯流而上，逆戰於赤壁之間也。杜牧有《寄岳州李使君》詩云：「烏林芳草遠，赤壁健帆開。」則此真敗魏軍之地也。（宋張邦基《墨莊漫錄》）

東坡「大江東去」詞，其中云：「人道是三國周郎赤壁。」陳無己見之，言：「不必道三國。」東坡改云「當日」。今印本兩出，不知東坡已改之矣。（宋曾季狸《艇齋詩話》）

歌赤壁之詞，使人抵掌激昂，而有擊楫中流之心。（宋詹效之《燕喜詞序》）

淮東將領王智夫言：嘗見東坡親染所製《水調詞》，其間謂「羽扇綸巾，談笑處、檣櫓灰飛煙滅」，知後人訛為「強虜」。僕考《周瑜傳》，黃蓋燒曹公船，時風猛，悉延燒岸上營落，煙焰漲天，知「檣櫓」為信然。（宋王楙《野客叢書》）

李季章奉使北庭，虜伴云：「東坡作文，愛用佛書語。」李答云：「曾記赤壁詞云『談笑間，狂虜灰飛煙滅』。所謂『灰飛煙滅』四字，乃《圓覺經》語，云：『火出木燼，灰飛煙滅。』」北使默無語。（宋張端義《貴耳集》）

夏口之戰，古今喜稱道之。東坡赤壁詞，殆戲以周郎自況也。詞才百餘字，而江山人物無復餘蘊，宜其為樂府絕唱。（金元好問《題閑閑書赤壁賦後》）

「大江東去，浪淘盡、千古風流人物」，壯語也。昔人謂銅將軍、鐵綽板，唱蘇學士「大江東去」，十八九歲好女子唱柳屯田「楊柳外、曉風殘月」，為詞家三昧。（明王世貞《藝苑卮言》）

赤壁周、曹之戰，千古英雄遺跡也，東坡既作賦以弔曹公，復作此詞以弔周瑜。賦後云：「自其變者而觀之，則天地曾不能以一瞬。自其不變者而觀之，則物與我皆無盡也。」及此詞結句「人生如夢，一樽還酹江月」，其曠達之懷，直吞赤壁於胸中，不知區區周、曹何物。不如是，何以為雄視千古乎？（明張綖《草堂詩餘別錄》）

古今詞多脂軟纖媚取勝，獨東坡此詞感慨悲壯，雄偉高卓，詞中之史也。銅將軍鐵拍板唱公此詞，雖優人謔語，亦是狀其雄卓奇偉處。固一世之雄也，

而今安在哉？（託名楊慎評點《草堂詩餘》）

語語高妙閒冷，初不以英氣凌人。介甫「六朝舊事隨流水，但寒煙衰草凝綠」，亦此旨。李白《赤壁歌》云「樓船掃地空」，則「檣櫓」二字優於「強虜」。三國諸人竟成一時豪傑，吾輩不舉杯酹月，何愚乎？按東坡在黃，黃之赤壁，土本赤鼻磯也。東坡云「人道是」，亦傳疑之意。今岳陽之下、嘉魚之上有烏林赤壁，是公瑾遇戰之所。杜牧《寄岳州李使君》詩「烏林芳草遠，赤壁健帆開」可證。（明沈際飛《草堂詩餘·正集》）

子瞻詞無一語着人間煙火，此自大羅天上一種，不必與少游、易安輩較量體裁也。其豪放亦止「大江東去」一詞。何物袁綯，妄加品騭，後代奉為美談，似欲以概子瞻生平。不知萬頃波濤，來自萬里，吞天浴日，古豪傑英爽都在，使屯田此際操觚，果可以「楊柳外曉風殘月」命句否。（明俞彥《爰園詞話》）

此闋各本異同甚多，此從《容齋隨筆》錄出。容齋南渡人，去東坡不遠，又本山谷手書，必非偽託。又按《詞綜》謂他本「浪聲沉」作「浪淘盡」，與調未協。考譜，「浪淘盡」三字，平仄未嘗不協，覺「浪聲沉」更沉着耳。又謂「小喬初嫁」，宜句絕，「了」字屬下句乃合。此正如村學究說書，不顧上下語意聯絡，可一噴飯也。（清張宗橚《詞林紀事》）

坡公才高思敏，有韻之言多緣手而就，不暇琢磨。此詞膾炙千古，點檢將來，不無字句小疵，然不失為大家。《詞綜》從《容齋隨筆》改本，以「周郎」、「公瑾」傷重，「浪聲沉」較「淘盡」為雅。予謂「浪淘」字雖粗，然「聲沉」之下不能接「千古風流人物」六字。蓋此句之意全屬「盡」字，不在「淘」、「沉」二字分別。至於赤壁之役，應屬「周郎」，「孫吳」二字反失之泛。惟「了」字上下皆不屬，應是湊字。「談笑」句甚率，其他句法伸縮，前人已經備論。此仍從舊本，正欲其瑕瑜不掩，無失此公本來面目耳。（清先著、程洪《詞潔》）

楊升庵《詞品》云：「詞人語意所到，間有參差，或兩句作一句，或一句作兩句。惟妙於歌者，上下縱橫取協。」此是篤論，如曲子家之有活板眼也。東坡「小喬初嫁了，雄姿英發」，「紬看來，不是楊花點點，是離人淚」等處，皆當以此說通之。若契舟膠柱，徐虹亭所謂「髯翁命宮磨蠍，身後又硬受此差排」矣。（清吳衡照《蓮子居詞話》）

詞不在大小淺深，貴於移情。「曉風殘月」、「大江東去」，體制雖殊，讀之皆若身歷其境，惝恍迷離，不能自主，文之至也。（清沈謙《填詞雜說》）

蘇東坡「大江東去」，有銅將軍鐵綽板之譏。柳七「曉風殘月」，謂可令十七八女郎按紅牙檀板歌之。此袁綯語也。後人遂奉為美談。然僕謂東坡詞自有橫槊氣概，固是英雄本色。（清馮金伯《詞苑萃編》）

東坡詞如《水龍吟·詠楊花》、《水調歌頭》丙辰中秋作，皆極清新。最愛其《念奴嬌·赤壁懷古》云：「（略）。」淋漓悲壯，擊碎唾壺，洵為千古絕唱。

（清李佳《左庵詞話》）

　　江尚質曰：東坡《酹江月》為千古絕唱。耆卿《雨霖鈴》，惟是「今宵酒醒何處，楊柳岸曉風殘月」，東坡喜而嘲之。沈天羽曰：求其來處，魏承班「簾外曉鶯殘月」，秦少游「酒醒處，殘陽亂鴉」，豈盡是登溷語？余則為耆卿反唇曰：「『大江東去，浪淘盡、千古風流人物』，死屍狼藉，臭穢何堪，不更甚於袁綯之一哂乎？」（清沈雄《古今詞話·詞話》）

　　一起真如太原公子褐裘而來。若「亂石」數語，則人人知其工矣。「一時多少豪傑」，應上生下；「故國神遊」二句，自敘；「一尊還酹江月」，仍收歸赤壁。（清許昂霄《詞綜偶評》）

　　詞名多取詩句之佳者，如《夏雲峰》則取「夏雲多奇峰」句，《黃鶯兒》則取「打起黃鶯兒」句是也。獨《酹江月》、《大江東去》，則因東坡《念奴嬌》詞內有「大江東去」、「一樽還酹江月」二句，遂易是名。夫以詞中句而反易詞名，則詞亦偉矣。今人不知詞，動訾「大江東去」，彼亦知其詞如是偉耶？（清毛奇齡《西河詞話》）

　　滔滔莽莽，其來無端，千古而下更有何人措手？大筆摩天，自是東坡本色。後來惟陳其年有此氣概，他手皆未能到此。東坡詞句調多不尊古法，不可為訓，然正是此老神明變化處，後人不能學也。（清陳廷焯《雲韶集》）

　　題是懷古，意是謂自己消磨壯心殆盡也。開口「大江東去」二句，歎浪淘人物，是自己與周郎俱在內也。「故壘」句至次闋「灰飛煙滅」句，俱就赤壁寫周郎之事。「故國」三句，是就周郎拍到自己，「人生似夢」二句，總結以應起二句。總而言之，題是赤壁，心實為己而發。周郎是賓，自己是主。借賓定主，寓主於賓。是主是賓，離奇變幻，細思方得其主意處。不可但誦其詞，而不知其命意所在也。（清黃蘇《蓼園詞選》）

　　通首出韻，然自是豪語，不必以格求之。「與」舊作「了」，「嫁了」是嫁與他人也，故改之。（清王闓運《湘綺樓評詞》）

永遇樂

彭城夜宿燕子樓[1]，夢盼盼，因作此詞。

明月如霜，好風如水，清景無限。曲港跳魚，圓荷瀉露，寂寞無人見。紞如三鼓[2]，鏗然一葉[3]，黯黯夢雲

驚斷[4]。夜茫茫，重尋無處，覺來小園行遍。　　　天涯倦客[5]，山中歸路，望斷故園心眼。燕子樓空，佳人何在[6]，空鎖樓中燕。古今如夢，何曾夢覺，但有舊歡新怨。異時對[7]、黃樓夜景[8]，為余浩歎。

註釋

1 燕子樓：唐尚書張建封徐州舊第中樓名。張有愛姬關盼盼，張死後，盼盼念舊愛而不嫁，居燕子樓十餘年。

2 紞（dǎn）：鼓聲。

3 鏗然：金石相擊聲。此處化用唐代韓愈《秋懷詩》其九：「空階一片下，琤若摧琅玕。」

4 黯黯：深黑色。

5 天涯倦客：詞人自指。

6 佳人：指盼盼。

7 異時：他時，將來。

8 黃樓：樓名。《大清一統志·徐州府》：「黃樓，在銅山縣城東門，宋郡守蘇軾建。」

評析

此詞為夜宿燕子樓夢盼盼而作。但詞中用事而不為事所使，故能軼邁超宕，卓然不群。上片寫夜夢景況。「明月」六句是夢境中燕子樓景致，清幽曠遠，宛然可視。「寂寞無人見」是夢中所見，亦為盼盼當年獨居寫照，又含無限情韻，為下片議論張本。「紞如」、「鏗然」寫夜之靜，是驚夢人耳中聽來之聲音。「夜茫茫」三句寫夢後，情境逼真，亦見詞人心中之茫然、惆悵，可謂形、神俱化。過片陡轉，由歷史而眼前，由古人而自身，直寫天涯歸思。「燕子樓空」三句空靈蘊藉，情濃意深，又從眼前、自身溯入歷史、古人，其間全無過渡，似亦無理脈可尋。下「古今如夢」一句遂將歷史與現實、古人與今人、情感與哲理貫通。而「異時」云云又將未來融入，不惟其心胸氣度博大超逸，即其感喟之沉鬱亦令人難以釋懷。

集評

東坡守徐州，作《燕子樓》樂章，方具稿，人未知之。一日，忽哄傳於城中。東坡訝焉。詰其所從來，乃謂發端於邏卒。東坡召而問之。對曰：「某稍知音律，嘗夜宿張建封廟，聞有歌聲，細聽，乃此詞也，記而傳之，初不知所謂。」東坡笑而遣之。（宋曾敏行《獨醒雜志》）

燕子樓未必可宿，盼盼更何必入夢，東坡居士斷不作此癡人說夢之題，亟宜改正。公以「燕子樓空」三句語秦淮海，殆以示詠古之超宕，貴神情不貴跡象也。余嘗深味是言，若發奧悟。昨賦吳小城觀梅《水龍吟》，有句云：「對此茫茫，何曾西子，能傾一顧。又水漂花出，無人見也，回闌繞，空懷古。」自信得清空之致，即從此詞悟得法門，以視舊詠吳小城詞，竟有仙凡之判。（清鄭文焯手批《東坡樂府》）

洞仙歌

余七歲時，見眉州老尼，姓朱，忘其名，年九十歲。自言嘗隨其師入蜀主孟昶宮中[1]，一日大熱，蜀主與花蕊夫人夜納涼摩訶池上[2]，作一詞[3]，朱具能記之。今四十年，朱已死久矣，人無知此詞者，但記其首兩句，暇日尋味，豈《洞仙歌》令乎？乃為足之云。

冰肌玉骨，自清涼無汗。水殿風來暗香滿[4]。繡簾開、一點明月窺人，人未寢、欹枕釵橫鬢亂。　　起來攜素手，庭戶無聲，時見疏星度河漢[5]。試問夜如何，夜已三更，金波淡[6]、玉繩低轉[7]。但屈指、西風幾時來，又不道、流年暗中偷換[8]。

1 孟昶：五代時後蜀後主，934 年至 965 年在位。

2 花蕊夫人：孟昶的妃子，姓徐，號花蕊夫人。摩訶池：池名，在後蜀宣華苑中。

3 作一詞：《漫叟詩話》載孟昶作《玉樓春》詞：「冰肌玉骨清無汗，水殿風來暗香暖。簾開明月獨窺人，欹枕釵橫雲鬢亂。起來瓊戶啟無聲，時見疏星渡河漢。屈指西風幾時來，只恐流年暗中換。」蘇軾所記即此詞，或以為非。

4 水殿：近水的宮殿。

5 河漢：銀河。

6 金波：指月光。

7 玉繩：星名，為北斗七星中之斗杓（biāo）。

8 不道：不料。流年：如流水的年華。

　　此詞雖為代古人擬作，但體貼人情物理，細膩逼肖，正是蘇軾所長，非所傳孟昶詞之可比。下面試作比較：蘇詞起首加一「自」字，不僅文意較孟詞舒緩，且情意頓生。「水殿」句，「暗香滿」原作「暗香暖」，「暖」字亦無不可，但既為納涼，「暖」則遜於「滿」意，與蘇詞清越情調亦合。下加「一點」來寫月，甚奇，是孟詞所無；加「人未寢」敘當時情境，亦曲盡其妙。上片寫納涼，下片寫月夜攜手。過片合孟昶與花蕊夫人來寫。「攜素手」見二人之情厚，此層意思不見於孟詞。「試問」四句亦為孟詞所無，自問自答，是夜深情境。結尾四句與孟詞末二句相對，但多有轉折，「又不道」較「只恐」為勝，見出不知不覺中年光流逝的驚心動魄之感。此詞中所詠之事，須婉曲盡意方妙，而所傳孟詞為其整齊句式所縛，不得展開，而蘇詞正得以展其所長，曲盡其意，繪形得神，宜其為後人所稱道。

　　錢塘有一老尼，能誦後主詩首章兩句，後人為足其意以填此詞。余嘗見一士人誦全篇云：「冰肌玉骨清無汗，水殿風來暗香暖。簾開明月獨窺人，敧枕釵橫雲鬢亂。起來瓊戶啟無聲，時見疏星渡河漢。屈指西風幾時來，只恐流年暗中換。」（宋楊繪《時賢本事曲子集》）

　　「冰肌玉骨清無汗，水殿風來暗香滿。繡簾一點月窺人，敧枕釵橫雲鬢亂。起來庭戶悄無聲，時見疏星渡河漢。屈指西風幾時來，不道流年暗中換。」世傳此詩為花蕊夫人作，東坡嘗用此詩作《洞仙歌》曲。或謂東坡託花蕊以自解耳，不可不知也。（宋周紫芝《竹坡詩話》）

　　東坡《秋懷》詩：「苦熱念秋風，常恐來無時。及茲遂淒凜，又作徂年悲。」即補《洞仙歌》結語。（宋葉寘《愛日齋叢鈔》）

　　杜詩：「關山同一點。」「點」字絕妙。東坡亦極愛之，作《洞仙歌》云：「一點明月窺人。」用其語也。（明楊慎《詞品》）

　　杜詩：「關山同一點。」「點」字絕妙，東坡亦極愛之，作《洞仙歌》云：「一點明月窺人。」用其語也。《赤壁賦》云：「山高月小。」用其意也。今書坊本改「點」作「照」，語意索然。且關山一照，小兒也能之，何必杜公也。載《草堂詩餘注》可證。案《草堂詩餘》蘇子瞻《洞仙歌》云：「（略）。」杜詩非「點」字，余已詳辨《詩藪》中。第楊引坡詞「一點明月窺人」，乃「繡簾開一點」。「點」字句絕者。讀本詞，楊之誤，不辯自明。（明胡應麟《少室山房筆叢・丹鉛新錄》）

　　按蘇子瞻《洞仙歌》，本隱括此詞，然未免反有點金之憾。（清朱彝尊《詞綜》評孟昶《玉樓春》）

　　後蜀主孟昶，令羅城上盡種芙蓉，周四十里，盛開。時語左右曰：「古以蜀為錦城，今觀之，真錦城也。」嘗夜同花蕊夫人避暑摩訶池上，因作《玉樓春》云：「（略）。」此即蘇長公因憶朱姓老尼所述，而衍為《洞仙歌》者。（清葉申薌《本事詞》）

　　東坡《洞仙歌》，只就孟昶原詞敷衍成章，所感雖不同，終是依人作嫁。《詞綜》譏其有點金之憾，固未為知己，而《詞選》必推為傑構，亦不可解。（清陳廷焯《白雨齋詞話》）

　　詞韶麗處，不在塗脂抹粉也。誦東坡「冰肌玉骨，自清涼無汗，水殿風來暗香滿」句，自覺口吻俱香。（清沈祥龍《論詞隨筆》）

　　摩訶池上夜如何，玉骨清涼語未多。別出舊詞全隱括，細吟那及《洞仙歌》。（清宋翔鳳《論詞絕句》其五）

　　原本皆七言，以宜作詞，故加成此，不必以續鳧斷鶴譏之。然原所謂「疏星」，即此「玉繩」也，此則以為流星。又有下三句，癡男不若慧女，信矣。（清王闓運《湘綺樓評詞》）

坡老改添此詞數字，誠覺氣象萬千，其聲亦如空山鳴泉，琴築競奏。（清鄭文焯手批《東坡樂府》）

卜算子

黃州定惠院寓居作[1]

缺月掛疏桐，漏斷人初靜[2]。誰見幽人獨往來[3]，縹緲孤鴻影[4]。　　　驚起卻回頭，有恨無人省[5]。揀盡寒枝不肯棲，寂寞沙洲冷。

註釋

1 黃州：今湖北黃州市。蘇軾自元豐三年（1080）被貶至黃州，至元豐七年始離黃州赴汝州。定惠院：在黃州市東南。

2 漏斷：漏聲斷，指夜深。

3 幽人：幽居之人。

4 縹緲：隱隱約約的樣子。

5 省（xǐng）：領會，理解。

評析

　　此詞之妙有二：詞境超逸奇特，詞意幽婉深邃，二者又渾然結為一體。起二句述背景，缺月、疏桐見其清高，漏斷、人靜顯其孤獨，此為卜又張本。三、四句點出背景中人物。人為「幽人」，鴻為「孤鴻」，雖不言情，其情自見。下片以兩個細節寫情：一是驚起回頭。一瞥驚鴻，幽恨無眠，「有恨無人省」包含多少幽怨、孤獨！二是揀盡寒枝。「不肯棲」，言其無處可棲，亦無意棲止。無處可棲，故寂寞；無意棲止，故獨守寂寞。清高而孤獨，不與流俗為伍。詞為詠物（詠鴻），其實亦詠人，人、物於詞中已渾然而化，非泛泛擬人之可比。黃庭堅謂此詞：「語意高妙，似非吃煙火食人語。」（《跋東坡東府》）就其意境風格論，此說自無不可；若以立意而言，似有未妥。何則？此詞作於蘇軾被貶黃州時，正以此見意，寫其胸中彷徨苦悶、無所趨止而又不肯低眉順目求媚於時之倔強孤獨耳，非飄飄欲仙之意。至於溫氏女之附會、鮰陽居士之牽強，聽之一笑可也。

輯評

　　東坡道人在黃州時作。語意高妙，似非吃煙火食人語。非胸中有萬卷書，筆下無一點塵俗氣，孰能至此？（宋黃庭堅《山谷集·跋東坡樂府》）

東坡此詞出《高唐》、《洛神》、《登徒》諸賦之右，以出三界人，遊戲三界中，故其筆力蘊藉超脱如此。山谷屢書之，且謂非食煙火人語，可謂妙於立言矣。蓋東坡詞如《國風》，山谷跋如小序，字畫之工，亦不足言也。（宋王之望《漢濱集·跋魯直書東坡卜算子詞》）

苕溪漁隱曰：「『揀盡寒枝不肯棲』之句，或云：『鴻雁未嘗棲宿樹枝，惟在田野葦叢間，此亦語病也。』此詞本詠夜景，至換頭但只説鴻。正如《賀新郎》詞『乳燕飛華屋』，本詠夏景，至換頭但只説榴花。蓋其文章之妙，語意到處即為之，不可限以繩墨也。」（宋胡仔《苕溪漁隱叢話·前集》）

山谷曰：「東坡在黃州所作《卜算子》云云，詞意高妙，非吃煙火食人語。」吳曾亦曰：「東坡謫居黃州，作《卜算子》云云，其屬意王氏女也。讀者不能解。張文潛繼貶黃州，訪潘邠老，得其詳，嘗題詩以志其事。」僕謂二説如此，無可疑者。然嘗見臨江人王説夢得，謂此詞東坡在惠州白鶴觀所作，非黃州也。惠有溫都監女，頗有色，年十六，不肯嫁人。聞東坡至，喜謂人曰：「此吾婿也。」每夜聞坡諷詠，則徘徊窗外。坡覺而推窗，則其女逾牆而去。坡從而物色之，溫具言其然。坡曰：「吾當呼王郎與子為姻。」未幾，坡過海，此議不諧，其女遂卒，葬於沙灘之側。坡回惠日，女已死矣，悵然為賦此詞。坡蓋借鴻為喻，非真言鴻也。「揀盡寒枝不肯棲」者，謂少擇偶不嫁。「寂寞沙洲冷」者，指其葬所也。説之言如此。其説得之廣人蒲仲通，未知是否，姑志於此，以俟詢訪。漁隱謂鴻雁未嘗棲宿樹枝，惟在田葦間，「揀盡寒枝不肯棲」，此語亦病。僕謂人讀書不多，不可妄議前輩詩句，觀隋李元操《鳴雁行》曰：「夕宿寒枝上，朝飛空井旁。」坡語豈無自邪？（宋王楙《野客叢書》）

蘇東坡謫黃州，鄰家一女子甚賢，每夕，只在窗下聽東坡讀書。其後，家欲議親，女子云：「須得讀書如東坡者乃可。」竟無所諧而死。故東坡作《卜算子》以記之。（宋袁文《甕牖閒評》）

本朝太平二百年，樂章名家紛如也。文忠蘇公文章妙天下，長短句特緒餘耳，猶有與道德合者。「缺月疏桐」一章，觸興於驚鴻，發乎情性也。收思於洲冷，歸乎禮義也。黃太史相多，尤以為非口食煙火之人語。余恐不食煙火之人，口所出僅塵外語，於禮義遠計賒。（宋曾豐《知稼翁詞序》）

魯直跋東坡道人黃州所作《卜算子》詞云：「語意高妙，似非吃煙火食人語。」此真知東坡者也。蓋「揀盡寒枝不肯棲」，取興鳥擇木之意，所以謂之高妙。而《苕溪漁隱叢話》乃云：「鴻雁未嘗棲宿樹枝，惟在田野葦叢間，此亦語病。」當為東坡稱屈可也。（宋陳鵠《西塘集耆舊續聞》）

東坡先生謫居黃州，作《卜算子》云：「（略）。」其屬意蓋為王氏女子也。讀者不能解。張右史文潛繼貶黃州，訪潘邠老，嘗得其詳，題詩以志之：「空江月明魚龍眠，月中孤鴻影翩翩。有人清吟立江邊，葛巾藜杖眼窺天。」「夜

冷月墮幽蟲泣，鴻影翹沙衣露濕。仙人採詩作步虛，玉皇飲之碧琳腴。」（宋吳曾《能改齋漫錄》）

東坡《雁》詞云：「揀盡寒枝不肯棲。」以其不棲木，故云爾。蓋激詭之致，詞人正貴其如此。而或者以為語病，是尚可與言哉！近日張吉甫復以「鴻漸於木」為辯，而怪昔人之寡聞，此益可笑。《易》象之言，不當援引為證也。其實雁何嘗棲木哉？（金王若虛《滹南詩話》）

「揀盡寒枝不肯棲」，苕溪謂鴻雁未嘗棲樹枝，欲改「寒枝」為「寒蘆」，大方家寓意之作，正不必如此論。且「蘆」獨不可言「枝」耶？李太白《鳴雁行》「一一銜蘆枝」是也，苕溪無益之辯類如此。（明張綖《草堂詩餘別錄》）

上以鴻影與人影俱寂起，下有時舉時集無人省到。鴻舉縹緲，寒枝莫棲，見幾之審。聞鳥蓋能色舉翔集，此吳江冷鴻，何異山果雌雉，人可不如鳥乎？（明《新刻李于鱗先生批評註釋草堂詩餘雋》偽託李攀龍評點）

（「有恨」句）以下皆說孤鴻，詞家別是一格。（託名楊慎評點《草堂詩餘》）

或以鴻雁未嘗棲宿樹枝，欲改作「寒蘆」。夫揀盡則不棲枝矣，子瞻不誤也。通篇無一點塵俗氣。宋儒解傳時事，已成惡套，「楓落」句又崔信明詩，與篇中不相應，作「吳江冷」，非。（明沈際飛《草堂詩餘·正集》）

此詞本詠夜景，至換頭但只說鴻，正如《賀新郎》詞「乳燕飛華屋」本詠夏景，至換頭但只說榴花。蓋其文章之妙，語意到處即為之，不可限以繩墨也。（清王初桐《小嫏嬛詞話》）

前半泛寫，後半專敘，蓋宋詞人多此法。如子瞻《賀新涼》，後段只說榴花；《卜算子》後段只說鴻雁；周清真寒食詞，後段只說邂逅，乃更覺意長。（清王又華《古今詞論》引毛稚黃語）

坡孤鴻詞，山谷以為不吃煙火食人語，良然。酮陽居士云：「缺月，刺明微也。漏斷，暗時也。幽人，不得志也。獨往來，無助也。驚鴻，賢人不安也。此與《考槃》詩相似云云。」村夫子強作解事，令人欲嘔。韋蘇州《滁州西澗》詩，疊山亦以為小人在朝，賢人在野之象。令韋郎有知，豈不叫屈。僕嘗戲謂坡公命宮磨蠍，湖州詩案，生前為王珪、舒亶輩所苦，身後又硬受此差排耶？（清王士禛《花草蒙拾》）

此詞乃東坡自寫在黃州之寂寞耳。初從人說起，言如「孤鴻」之冷落。第二闋，專就鴻說，語語雙關。格奇而語雋，斯為超詣神品。（清黃蘇《蓼園詞選》）

此亦有所感觸，不必附會溫都監女故事，自成馨逸。（清鄭文焯手批《東坡樂府》）

青玉案

送伯固歸吳中¹

三年枕上吳中路。遣黃犬²、隨君去。若到松江呼小
渡³。莫驚鴛鷺，四橋盡是⁴，老子經行處⁵。　　《輞
川圖》上看春暮⁶。常記高人右丞句⁷。作個歸期天定
許。春衫猶是，小蠻針線⁸，曾濕西湖雨。

1 伯固：蘇堅，字伯固，博學能詩，曾為臨濮
　縣主簿，監杭州在城商稅。此時隨蘇軾在杭
　已三年未歸家。吳中：泛指春秋時吳國地。
2 黃犬：晉陸機有犬名黃耳，陸在洛陽時曾使
　黃耳捎信至松江家中。
3 松江：即吳淞江，在今上海西。
4 四橋：指蘇州四橋。蘇軾自京赴杭時曾遊

　蘇州。
5 老子：蘇軾自稱。
6《輞川圖》：唐代詩人王維有輞川別業，曾於
　藍田清涼寺作壁畫《輞川圖》，繪別業二十
　勝景。
7 右丞：王維官至尚書右丞，世稱「王右丞」。
8 小蠻：唐代白居易舞妓名，此指蘇軾家人。

　　此為和韻，淋漓縱橫，自為機杼。從內容上說，又是送別，但講古論今，
忽人忽己，若斷若續，純是送行人絮絮叨叨叮嚀珍重口吻，尤見其情。上片寫
送。「三年」，時間之長；「枕上吳中路」，思家之切；「遣黃犬、隨君去」，情意
之殷勤。看似平易，用意極深。「若到」以下四句加入詞人經行吳中事。寫詞
人對經行吳中事念念不忘，見其對吳中之情深；對吳中情深，對行人之情則
已不待言。過片用王維《輞川圖》事，突兀而至，出人意表。歇拍寫盼歸，人
尚未行，已盼其歸，二人情誼不同。「天定許」，是企盼，是希望，不容置疑。
「春衫」云云，寫二人友情深厚。讀此等詞，既要體悟其爛漫率真處，又要觀
其用筆之靈變，方知詞之神妙，所謂「天仙化人」，正在此處。

　　又世傳《江城子》、《青玉案》二詞，皆東坡所作。然《西清詩話》謂《江城
子》乃葉少蘊作，《桐江詩話》謂《青玉案》乃姚進道作。四詞皆佳，今並錄之。
（宋胡仔《苕溪漁隱叢話·前集》）
　　風流自賞，氣骨高絕。較「襟上杭州舊酒痕」更覺有味。（清陳廷焯《雲
韶集》）
　　東坡詞《青玉案·用賀方回韻送伯固歸吳中》歇拍云：「作個歸期天已許。

春衫猶是，小蠻針線，曾濕西湖雨。」上三句，未為甚豔。「曾濕西湖雨」是清語，非豔語。與上三句相連屬，遂成奇豔、絕豔，令人愛不忍釋。坡公天仙化人，此等詞猶為非其至者，後學已未易模倣其萬一。（清況周頤《蕙風詞話》）

臨江仙

夜飲東坡醒復醉[1]，歸來彷彿三更。家童鼻息已雷鳴。敲門都不應，倚杖聽江聲。　　長恨此身非我有[2]，何時忘卻營營[3]。夜闌風靜縠紋平。小舟從此逝，江海寄餘生。

1 東坡：本為營地，元豐四年（1081）蘇軾開墾，因慕唐代白居易忠州東坡墾地種花事，取名「東坡」，且以之為號，並建雪堂。

2 此身非我有：語出《莊子‧知北遊》：「舜

曰：『吾身非吾有也，孰有之哉？』曰：『是天地之委形也……』」

3 營營：指為名利而紛擾忙碌。

　　以長短句寫仕隱、用捨之矛盾心理，在他人詞中少見，於蘇詞卻為多。蘇詞風格之獨特，與此不無關係。此詞作於黃州，正是仕隱交戰於心之時，看他遣詞造句、運思弄筆，自有人所不及處。上片敘事，下片抒情。「醒復醉」，可知非止一回，亦見其內心之苦悶。「家童」三句是詞人當時處境之寫照，孤獨寂寞之感，充盈於天地間。換頭直點「恨」字，恨而曰「長恨」，見「恨」之重。「何時忘卻」正見其不能忘卻，故「恨」益深益濃。「夜闌」句寫景，照應上片，亦為歇拍蓄勢。「小舟」二句是憤激語，未可以真出世語目之。蓋語愈平淡，意愈精深；愈從容輕鬆，則愈沉重濃鬱。讀蘇詞於此等處須留意。

　　子瞻在黃州，病赤眼，逾月不出。或疑有他疾，過客遂傳以為死矣。有語范景仁於許昌者，景仁絕不置疑，即舉袂大慟，召子弟具金帛，遣人賙其家。子弟徐言：「此傳聞未審，當先書以問其安否。得實，弔恤之未晚。」乃走僕以往。子瞻發書，大笑。故後量移汝州謝表有云：「疾病連年，人皆相傳為已死。」未幾，復與數客飲江上，夜歸，江面際天，風露浩然，有當其意，乃作歌辭，所謂「夜闌風靜縠紋平。小舟從此逝，江海寄餘生」者，與客大歌數過

而散。翌日，喧傳子瞻夜作此辭，掛冠服江邊，拏舟長嘯去矣。郡守徐君猷聞之，驚且懼，以為州失罪人，急命駕往謁，則子瞻鼻鼾如雷，猶未興也。然此語卒傳至京師，雖裕陵亦聞而疑之。（宋葉夢得《避暑錄話》）

定風波

三月三日[1]，沙湖道中遇雨[2]，雨具先去，同行皆狼狽，余不覺。已而遂晴，故作此。

莫聽穿林打葉聲。何妨吟嘯且徐行。竹杖芒鞋輕勝馬[3]。誰怕。一蓑煙雨任平生。　　料峭春風吹酒醒[4]。微冷。山頭斜照卻相迎。回首向來蕭瑟處[5]。歸去。也無風雨也無晴。

註釋

1 三月三日：指元豐五年（1082）三月三日。《彊村叢書》本《東坡樂府》作「三月七日」。

2 沙湖：湖名，在黃州東南三十里。

3 芒鞋：草鞋。

4 料峭：形容風寒。

5 蕭瑟處：指先前風雨經過、林葉瑟瑟作響處。

評析

蘇詞好議論，多哲理，於此詞可見一斑。上片寫道中遇雨，純以議論出之，是為他人詞中所少見。而議論又從外物（雨）與人之關係處着眼，二者並舉，以見人情。「穿林打葉聲」之外物，而詞人對之以「吟嘯且徐行」；滿川「煙雨」，對之以「竹杖芒鞋」、「一蓑」，人、物（雨）相對，而人勝於物。其中「莫聽」、「何妨」、「誰怕」、「任」，見詞人性情之豪逸。「一蓑」句從當下之風雨上升為人生之沉思，化具象為抽象，從描寫敘事為哲思理趣，遂使上片（其實也是全詞）盡化為象喻。下片寫雨後。多敘事，亦多理趣：「料峭春風」似乎微冷，但斜陽相迎卻給人以暖意；風雨處蕭瑟，而重回首，既無風雨亦無晴矣！語帶玄機，故令人回味，其實亦是蘇軾豪邁個性之表露。

輯評

此足徵是翁坦蕩之懷，任天而動。琢句亦瘦逸，能道眼前景，以曲筆直寫胸臆，倚聲能事盡之矣。（清鄭文焯手批《東坡樂府》）

江城子

乙卯正月二十日夜記夢[1]

十年生死兩茫茫[2]。不思量。自難忘。千里孤墳[3]，無處話淒涼。縱使相逢應不識，塵滿面，鬢如霜。　　夜來幽夢忽還鄉。小軒窗。正梳妝。相顧無言，惟有淚千行。料得年年腸斷處，明月夜，短松岡[4]。

1 乙卯：指宋神宗熙寧八年（1075）。
2 十年：蘇軾妻王弗卒於宋英宗治平二年（1065）五月，至此恰好十年。
3 千里孤墳：據蘇軾《亡妻王氏墓誌銘》載：

蘇妻王氏「葬於眉之東北彭山縣安鎮鄉可龍里」，蘇軾此時在密州，故云。
4 短松岡：指王氏葬處。古人常於墓地植松柏。

　　此詞為悼亡。以詞寫悼亡，宋詞中，應以蘇軾此詞為最早。此詞有兩點頗可注意：一是情之濃摯，二是雖為悼亡，亦是自傷身世。前者是字面文章，寫得感人；後者是字後文意，寫得似有若無，而沉着抑鬱。上片寫十年生死之隔。「十年」之長，「生死」之隔，「兩茫茫」之沉痛，人所不堪。「不思量，自難忘」，是深情語，亦是夢之所由。「千里」二句補足上文之意；「無處話淒涼」是說己者，亦是自說。「縱使」二句是擬想之詞，「塵滿面，鬢如霜」，是自傷自悼語，見出詞人在世間之坎坷不如意。下片記夢。過片「忽」字入得快疾，是夢中情景。「小軒窗，正梳妝」，寫夢境逼真。「相顧」二句從上片「相逢不識」中來，其意有二：在詞人，是因亡妻去世十年之久，話不知從何說起，故無言；在亡妻，則因詞人此時滿面灰塵，鬢如霜雪，百感交集，故無言而有淚。此境雖虛，此情則痛。「料得」二句由夢而轉入現實，仍作預想之語，與「千里孤墳」相應。反觀全詞，則語語沉痛，字字驚心。

木蘭花

次歐公西湖韻[1]

霜餘已失長淮闊[2]。空聽潺潺清潁咽[3]。佳人猶唱醉翁詞[4]，四十三年如電抹[5]。　　草頭秋露流珠滑。三五盈盈還二八[6]。與余同是識翁人，惟有西湖波底月。

1 西湖：潁州西湖。

2 長淮：指淮河。

3 清潁：潁水。咽：原本作「歇」。

4 醉翁詞：歐陽修有《玉樓春》（西湖南北煙波闊）詞。

5 四十三年：歐陽修於皇祐五年（1049）知潁

州，作《玉樓春》詞，據此時正好四十三年。抹：逝去。

6 三五、二八：十五月圓，十六月缺。南朝謝靈運《怨曉月賦》：「昨三五兮既滿，今二八兮將缺。」

　　歐陽修於蘇軾有知遇之恩，故此詞名為次韻，實為懷人。歐公詞從潁州西湖寫起，蘇軾詞則從淮河、潁水入手，既是寫實，又有寄託。長淮失闊，喻斯人已逝；潁水幽咽，表心中哀思。妙在似有似無之間，正恰到好處。耳畔忽然響起歐公當年所作的詞篇，還在當地傳唱，轉眼已過四十三年。古人詩詞凡涉及數字一般都用約數，蘇軾在這裡卻用實數，正表明他對恩公的尊敬和惦念。下片從秋草寒露寫起，以月亮貫串全片。月盈月缺喻示了人生的反覆無常，月亮和我又同為歐公知己，最後只能將心中的情愫付與這一彎湖心秋月。全詞以霜露、湖水、月光等冷色調渲染籠罩，明淨空靈，無一點塵俗氣，是為歐、蘇二人師徒情誼之見證。

賀新郎

乳燕飛華屋[1]。悄無人、槐陰轉午，晚涼新浴。手弄生綃白團扇[2]，扇手一時似玉。漸困倚、孤眠清熟。簾外誰來推繡戶，枉教人、夢斷瑤臺曲[3]。又卻是，風敲

竹[4]。　　石榴半吐紅巾蹙[5]。待浮花、浪蕊都盡[6]，伴君幽獨。穠豔一枝細看取[7]，芳意千重似束。又恐被、西風驚綠[8]。若待得君來向此[9]，花前對酒不忍觸[10]。共粉淚、兩簌簌[11]。

1 華屋：雕飾美麗的房屋。

2 生綃（xiāo）：沒有漂煮過的絲織品，古時多用以作畫。

3 曲：幽僻處。

4 風敲竹：化用唐代李益《竹窗聞風寄苗發司空曙》：「開門復動竹，疑是故人來。」

5 紅巾蹙：形容半吐的石榴猶如皺縮的紅巾。

6 浮花、浪蕊：指尋常的花草。

7 看取：看。取，助詞。

8 驚綠：花落後只剩綠葉。

9 向此：對着被秋風吹落後的石榴。

10 不忍觸：不忍心去看。

11 簌（sù）簌：流淚的樣子。

　　此詞不僅於蘇詞中為別一風格，即於宋詞中亦為創制。詞之上片寫人，而下片寫物，於結句方歸到一處，故而別開生面。起四句寫居處之華美、清幽；「手弄」二句寫人物之美；「漸困倚」三句寫人之慵懶情態；「枉教人」四句寫閨中人乍夢乍驚、惆悵無聊之心理。層次清晰，其中用事用典，隨手點染，而令人不覺。換頭即單詠榴花，意到筆到，突兀而來，莫測其源。用擬人法，「紅巾蹙」喻夏時榴花乍開。「待浮花」三句將花、人合而點之。「穠豔」三句狀半吐榴花之態，擬之於人之芳意幽懷未伸之時。「驚綠」，從年光易逝處想來。末四句亦花亦人，芳意粉淚，奇特而貼切，婉曲纏綿，令人咀嚼不盡。

　　蘇詞橫放縱逸，人或譏其「短於情」。觀此等篇，柔婉而不媚，穠豔而不俗，一往情深而止於雅正，豈無情者耶？但行文間無繩墨，無規矩，縱橫為之，仍是東坡本色，是他家不能到處。

　　《古今詞話》云：「蘇子瞻守錢塘，有官妓秀蘭，天性黠慧，善於應對。湖中有宴會，群妓畢至，惟秀蘭不來。遣人督之，須臾方至。子瞻問其故，具以『髮結沐浴，不覺困睡。忽有人叩門聲，急起而問之，乃樂營將催督之，非敢怠忽，謹以實告』。子瞻亦恕之。坐中倅車屬意於蘭，見其晚來，恚恨未已。責之曰：『必有他事，以此晚至。』秀蘭力辯，不能止倅之怒。是時榴花盛開，秀蘭以一枝藉手告倅，其怒愈甚。秀蘭收淚無言，子瞻作《賀新涼》以解之，其怒始息。其詞曰：『（略）。』子瞻之作，皆紀目前事，蓋取其沐浴新涼，曲名《賀新涼》也。後人不知之，誤為《賀新郎》，蓋不得子瞻之意也。子瞻真所謂風流太守也，豈可與俗吏同日語哉。」苕溪漁隱曰：「野哉，楊湜之言，真

可入《笑林》。東坡此詞，冠絕古今，託意高遠，寧為一娼而發邪。『簾外誰來推繡戶，枉教人、夢斷瑤臺曲。又卻是，風敲竹』，用古詩『捲簾風動竹，疑是故人來』之意。今乃云『忽有人叩門聲，急起而問之，乃樂營將催督』，此可笑者一也。『石榴半吐紅巾蹙。待浮花、浪蕊都盡，伴君幽獨。穠豔一枝細看取，芳心千重似束。』蓋初夏之時千花事退，榴花獨芳，因以中寫幽閨之情，今乃云『是時榴花盛開，秀蘭以一枝藉手告倅，其怒愈甚』，此可笑者二也。此詞腔調寄《賀新郎》，乃古曲名也。今乃云『取其沐浴新涼，曲名《賀涼》，後人不知之，誤為《賀新郎》』，此可笑者三也。《詞話》中可笑者甚眾，姑舉其尤者。第東坡此詞，深為不幸，橫遭點污，吾不可無一言雪其恥。宋子京云：『江左有文拙而好刻石者，謂之詅嗤符。』今楊湜之言俚甚，而鋟板行世，殆類是也。」（宋胡仔《苕溪漁隱叢話・後集》）

公（指陸子逸）嘗謂余曰：「曾看東坡《賀新郎》詞否？」余對以世所共歌者。公云：「東坡此詞，人皆知其為佳，但後攄用榴花事，人少知其意。某嘗於晁以道家見東坡真跡，晁氏云：東坡有妾名曰朝雲、榴花，朝雲死於嶺外，東坡嘗作《西江月》一闋，寓意於梅，所謂『高情已逐曉雲空』是也。惟榴花獨存，故其詞多及之。觀『浮花浪蕊都盡，伴君幽獨』，可見其意矣。」（宋陳鵠《西塘集耆舊續聞》）

曩見陸辰州，語余以《賀新郎》詞用榴花事，乃妾名也。退而書其語，今十年矣，亦未嘗深考。近觀顧景蕃續註，因悟東坡詞中用「白團扇」、「瑤臺曲」，皆侍妾故事。按晉中書令王珉好執白團扇，婢作《白團扇歌》以贈珉。又《唐逸史》，許澶暴卒，復寤，作詩云：「曉入瑤臺露清氣，坐中惟見許飛瓊。塵心未盡俗緣重，十里下山空月明。」復寢，驚起，改第二句，云：「昨日夢到瑤池，飛瓊令改之，云不欲世間知有我也。」按《漢武帝內傳》所載董雙成、許飛瓊，皆西王母侍兒，東坡用此事，乃知陸辰州得榴花之事於晁氏為不妄也。《本事詞》載榴花事，極鄙俚，誠為妄誕。（同上）

蘇公「乳燕飛華屋」之詞，興寄最深，有《離騷經》之遺法，蓋以興君臣遇合之難，一篇之中，殆不止三致意焉。瑤臺之夢，主恩之難常也。幽獨之情，臣心之不變也。恐西風之驚綠，憂讒之深也。冀君來而共泣，忠愛之至也。其首尾佈置，全類《邶・柏舟》。或者不察其意，多疑末章專賦石榴，似與上章不屬，而不知此篇意最融貫也。（宋項安世《項氏家說》）

東坡《賀新郎》，在杭州萬頃寺作。寺有榴花樹，故詞中云石榴。又是日有歌者晝寢，故詞中云：「漸困倚、孤眠清熟。」其真本云「乳燕棲華屋」，今本作「飛」字，非是。（宋曾季貍《艇齋詩話》）

東坡《賀新郎》詞「乳燕飛華屋」云云，後段「石榴半吐紅巾蹙」以下皆詠榴。《卜算子》「缺月掛疏桐」云云，「縹緲孤鴻影」以下皆說鴻，別一格也。（元

吳師道《吳禮部詩話》）

　　上是午夢難成之抑鬱，下是新花共賞之襟期。敲門喚起瑤臺夢，惱人！惱人！邀朋酌酒，新枝最堪愛惜。坡公此詞冠絕古今，苕溪之論誠矣。楊湜謂其為風流太守，豈虛語哉。但其以「賀新郎」當改為「賀新涼」，更迫真。（明《新刻李于鱗先生批評註釋草堂詩餘雋》偽託李攀龍評點）

　　恍惚輕儇。本詠夏景，至換頭單說榴花，高手作文，語意到處即為之，不當限以繩墨。榴花開，榴花謝，似芳心，共粉淚，想像、詠物妙境。凡作詞，或具深衷，或即時事，工與不工，則作手之本色，自莫可掩。《賀新涼》一解，苕溪正之，誠然，而為秀蘭非為秀蘭，不必論也。兩家紛然，子瞻在泉，不笑其多事耶？（明沈際飛《草堂詩餘・正集》）

　　此坡詠夏景也。《古今詞話》云坡守錢塘，為妓秀蘭作《賀新涼》，以解府倅之怒者，苕溪一一正之，誠是。至於為秀蘭非為秀蘭，可不必論，假使坡老有靈，當必發一大噱，以為兩家解紛矣。蓋詞到高絕處，真無所不可。（明潘游龍《精選古今詩餘醉》）

　　《賀新郎》調一百十六字，或名《賀新涼》，或名《乳燕飛》，均因東坡詞而起。其詞寄託深遠，與詠雁《卜算子》云「（略）」同一比興。乃楊湜《詞話》謂為酒間召妓、鋪敘實事之作，謬妄殊甚。詞云：「（略）。」計一百十五字。竊意「若待得君來向此」，下直接「花前對酒不忍觸」，語氣未洽，必係「花前」上脫一字。雖韓淲詞此句亦僅七字，恐同一殘缺，非全本也。其「蕊」字乃以上作平，與「兩簌簌」句中「簌」字以入作平同。（清丁紹儀《聽秋聲館詞話》）

　　劉體仁曰：換頭處不欲全脫，不欲明粘。能如畫家開闔之法，一氣而成，則神味自足，有意求之不得也。宋人多於過變處言情，然其氣已全於上段矣。另作頭緒，便不成章。至如東坡《賀新郎》（乳燕飛華屋），其換頭「石榴半吐」，皆詠石榴。《卜算子》（缺月掛疏桐），其換頭「縹緲孤鴻影」，皆詠鴻，又一變也。（清沈雄《古今詞話・詞品》）

　　北宋有無謂之詞以應歌，南宋有無謂之詞以應社。然美成《蘭陵王》、東坡《賀新涼》，當筵命筆，冠絕一時。（清周濟《介存齋論詞雜著》）

　　頗欲與少陵《佳人》一篇互證。（清譚獻評《詞辨》）

　　情節相生，筆致婉曲。東坡筆墨自有東坡心事。此中大有怨情，但怨而不怒，哀而不傷。詞骨詞品，高絕卓絕。（清陳廷焯《雲韶集》）

　　東坡《賀新涼》詞，後段單說榴花。荊公詠榴花，有「萬綠叢中紅一點，動人春色不須多」之句。（清許昂霄《詞綜偶評》）

　　前一闋，是寫所居之幽僻。次闋，又借榴花，以比此心蘊結，未獲達於朝廷，又恐其年已老也。末四句，是花是人，婉曲纏綿，耐人尋味不盡。（清黃蘇《蓼園詞選》）

黃庭堅

二首

鷓鴣天

坐中有眉山隱客史應之和前韻¹，即席答之

黃菊枝頭生曉寒。人生莫放酒杯乾。風前橫笛斜吹
雨，醉裡簪花倒著冠²。　　身健在，且加餐³。舞裙
歌板盡清歡。黃花白髮相牽挽，付與時人冷眼看⁴。

1 史應之：名鑄，四川眉山人。宋代黃庭堅
《史應之贊》稱其「愛酒而滑稽」，並與之多
有唱和。

2 倒著（zhuó）冠：倒戴冠帽。這裡用魏晉時

山簡之典，表現不拘世俗、風流自賞的生活
態度。

3 加餐：多吃飯。

4 冷眼：平靜地對待事物。

　　這是一首即席唱和之作，極盡遊宴之樂。從飲酒到吹笛，從簪花到歌舞，
全篇始終貫串着及時行樂的主題。但是，我們不禁要問，詞人為甚麼會產生
如此消極的生活態度？「倒著冠」一語，道出了詞人的苦衷。其實，詞人並非
胸無大志，貪圖享樂，而是遭遇仕途不順，感慨人生失意，所以不得不以這種
傲兀疏狂的姿態來面對生活。滿腹牢騷，也只能藉此加以排遣。故黃蘇評曰：
「末二句，尤有牢騷。然自清迴出，骨力不凡。」（《蓼園詞選》）

　　上是銜杯對菊雅況，下是盡歡飲酒情懷。風前笛，醉裡衣，景色凝眸。身
健加餐，冷眼看他世上人。將名利關頭勘破無遺，而種種見道名言溢於楮上。
（明《新刻李于鱗先生批評註釋草堂詩餘雋》偽託李攀龍評點）

　　此詞全把老杜詩翻出，自妙。（託名楊慎評點《草堂詩餘》）

　　「橫笛」、「簪花」，仙，仙。（明沈際飛《草堂詩餘·正集》）

　　東坡「破帽多情卻戀頭」翻龍山事，特新。山谷「風前橫笛斜吹雨，醉裡
簪花倒着冠」，尤用得幻。（清沈謙《東江集鈔》）

　　山谷此詞，頗似稼軒率意之作。（清陳廷焯《詞則·放歌集》）

　　菊稱其耐寒則有之，曰「破寒」，更寫得精神出。曰「斜吹雨」、「倒着冠」，

則有傲兀不平氣在。末二句，尤見牢騷。然自清迥獨出，骨力不凡。（清黃蘇《蓼園詞選》）

定風波

次高左藏使君韻[1]

萬里黔中一漏天[2]。屋居終日似乘船[3]。及至重陽天也霽。催醉。鬼門關外蜀江前[4]。　莫笑老翁猶氣岸[5]。君看。幾人黃菊上華顛[6]。戲馬臺前追兩謝[7]。馳射。風情猶拍古人肩[8]。

註釋

1 高左藏：名羽。左藏，官名，即左藏庫使。紹聖四年（1097），高羽為黔州守，詞亦作於本年。
2 黔中：即黔中郡，治今重慶彭水苗族土家族自治縣。漏天：天雨不止。
3 乘船：因下雨不止而長時間屈於室內，如同乘船。

4 鬼門關：又名石門關，在今重慶奉節東。
5 氣岸：氣概高傲。
6 黃菊：原本作「白髮」。華顛：白頭。
7 戲馬臺：古臺名，在今江蘇徐州境內，據說是西楚霸王項羽所建。兩謝：南朝詩人謝靈運、謝瞻，兩人均有賦戲馬臺詩。
8 拍古人肩：追隨古人，欲與古人比肩同遊。

評析

　　這首次韻之作，作於紹聖二年（1095）。本年黃庭堅坐修《神宗實錄》不實的罪名，貶為涪州別駕、黔州安置。雖然是貶謫之作，但詞中卻為我們呈現了一個意氣風發、風流騎射的高士形象。起二句，連用兩個比喻寫黔地氣候，不僅風趣幽默，而且形象貼切。接三句寫雨後天晴，登高大醉，境界豁然為之開朗。下片接寫疏狂醉態。華髮簪菊，不僅點出重陽時節，同時也表現了詞人的岸然氣概。故結句化用二謝典故，以表達追慕古人的風流意趣。全詞慷慨激昂，樂觀曠達，沒有流露出一絲貶謫之後的壓抑情緒。

秦　觀
九首

望海潮

梅英疏淡，冰澌溶泄[1]，東風暗換年華。金谷俊遊[2]，銅駝巷陌[3]，新晴細履平沙。長記誤隨車[4]。正絮翻蝶舞，芳思交加[5]。柳下桃蹊，亂分春色到人家。　　西園夜飲鳴笳[6]。有華燈礙月，飛蓋妨花[7]。蘭苑未空[8]，行人漸老[9]，重來是事堪嗟[10]。煙暝酒旗斜。但倚樓極目，時見棲鴉。無奈歸心，暗隨流水到天涯。

1 冰澌（sī）：解凍時流動的冰水。

2 金谷：金谷園，西晉石崇所建，在今河南洛陽西北。

3 銅駝：漢代在洛陽宮南四會道鑄二銅駝，夾路相對，其巷稱銅駝巷，與金谷園同為洛陽遊賞勝地。

4 誤隨車：用唐代韓愈《遊城南十六首‧嘲少年》：「只知閒信馬，不覺誤隨車。」

5 芳思：指春天的情思。

6 西園：曹操在鄴都（今河北臨漳）所建銅雀園，亦名西園。此處借指洛中園林。

7 飛蓋：飛馳的車子。蓋，車蓋。

8 蘭苑：美麗的園林，此指西園。

9 行人：出行之人，詞人自指。

10 是事：所有的事。

　　此詞以賦法寫歸思，故不可着眼於字面，應從行文轉折頓宕處尋繹其理脈，方見詞意深厚沉着。上片以「梅英」領起春色：由梅英、冰澌而東風，而新晴，而柳絮，而直至上片歇拍處之桃花，將春色姼染得爛漫一片。摹景狀物中又時時以詞語略加逗引，故意脈渾然而不斷，如「換」字驚心，為一篇之眼，詞中今昔對比之情、時光流逝之意，俱從此生出。又如「長記」之頓宕感慨，「芳思交加」之繚亂，時時提挈，至「柳下」二句，思路幽絕，情最迷離，妙處有不可言説者。下片憶舊。「西園」三句寫昔日遊宴，夜飲鳴笳，華燈礙月，飛蓋妨花，極盡豪奢之能事。「蘭苑」三句陡轉，樂極而悲。「煙暝」句以景點染；「倚樓極目」愈見衰颯，愈不可堪；結尾點出主旨。以百媚之春光，襯滿目凄涼之旅況，歸思之意不言而自明，其深厚沉着正在此處。

上言遨遊廣野，春色入山家。下言沉酣旅舍，歸心隨流水。借桃花綴梅花，風光百媚。停杯騁望，有無限歸思隱躍言先。自梅英吐年花說到春色亂分處，兼以華燈飛蓋酒旌，一寓目盡是旅客增怨，安得不歸思如流耶？（明《新刻李于鱗先生批評註釋草堂詩餘雋》偽託李攀龍評點）

春光滿楮，與梅無涉。（明沈際飛《草堂詩餘·正集》）

（「梅英疏淡」）壯麗，非此不稱。此調懷古，「廣陵」、「越州」及「別意」一首，皆當錄。（世經堂康熙十七年殘本《詞綜》批語）

「金谷」以下與後「蘭苑」以下同。「俊」字、「未」字用去聲，是定格。歌至此要振得起，用不得平聲。觀自來宋金元名詞，無不用去，惟有石孝友一首用「搖」、「生」二字，乃是敗筆。其別作一首，即用「命」、「薦」二字矣。（清萬樹《詞律》）

可人風味在此，語意殊絕。（清秦元慶評《淮海後集長短句》）

兩兩相形，以整見動。以兩「到」字作眼，點出「換」字精神。（清周濟《宋四家詞選》批語）

（「長記」句）頓宕。（「柳下桃蹊」二句）旋斷仍連。（下闋）陳、隋小賦縮本，填詞家不以唐人為止境也。（清譚獻評《詞辨》）

少游詞最深厚，最沉着，如「柳下桃蹊，亂分春色到人家」，思路幽絕，其妙令人不能思議。較「郴江幸自繞郴山，為誰流下瀟湘去」之語，尤為入妙。世人動訾秦七，真所謂井蛙謗海也。（清陳廷焯《白雨齋詞話》）

八六子

倚危亭[1]。恨如芳草，萋萋剗盡還生[2]。念柳外青驄別後，水邊紅袂分時[3]，愴然暗驚。　　無端天與娉婷。夜月一簾幽夢，春風十里柔情[4]。怎奈向[5]、歡娛漸隨流水，素弦聲斷，翠綃香減[6]，那堪片片飛花弄晚，濛濛殘雨籠晴。正消凝[7]。黃鸝又啼數聲。

1 危亭：高處的亭子。
2 剗（chǎn）盡：鏟盡。
3 紅袂（mèi）：紅衣袖，代指女子。
4「無端」三句：化用唐代杜牧《贈別二首》其

一：「娉娉裊裊十三餘，豆蔻梢頭二月初。春風十里揚州路，捲上珠簾總不如。」無端，無緣無故。娉婷，姿態美好的樣子。

5 怎奈向：怎奈，奈何。

6 翠綃（xiāo）：綠色絲巾。

7 消凝：傷感，凝神。

評析

此詞語句清麗，意旨纏綿，音調悽婉，甚得倚聲家推賞。觀其用力處，「全在情景交煉，得言外意」（宋張炎《詞源》）。上片由倚樓凝望溯入別離時情景。發端以草喻人情，此種手法，秦觀之前已有之，如唐代白居易《賦得古原草送別》詩，還可追溯到南朝梁江淹《別賦》中的名句：「春草碧色，春水淥波，送君南浦，傷如之何！」但秦觀詞不僅具體，而且加以轉折：先説恨如芳草，這是比；「萋萋」既狀草，亦寫情；「剗盡還生」，以草生命之強喻恨之強且不絕，故前人譽之為「神來之筆」。「念」字領起下文，「柳外青驄」與「水邊紅袂」相對，是深印於詞人腦海中之別離情景，而今思之，不覺愴然。下片由回憶往昔歡娛之時轉入眼前凄涼之景。「無端」句寫女子之美；「夜月」二句寫當年歡娛。「怎奈向」一轉，以流水、弦斷、香減、飛花、殘雨，寫美好往日一去不復，亦狀眼前之孤淒。一番景色，一番愁緒，情在景中。歇拍仍以景結，不言愁而愁自在，不言恨而恨自生，餘音裊裊，有含蓄不盡之妙。

輯評

《古今詞話》以古人好詞，世所共知者，易甲為乙。稱其所作，仍隨其詞牽合為説，殊無根蒂，皆不足信也。如秦少游……《八六子》「倚危亭。恨如芳草，萋萋剗盡還生」者，《浣溪沙》「腳上鞋兒四寸羅」者，二詞皆見《淮海集》，乃以《八六子》為賀方回作，以《浣溪沙》為涪翁作。……皆非也。（宋胡仔《苕溪漁隱叢話·後集》）

秦少游《八六子》詞云：「片片飛花弄晚，濛濛殘雨籠晴。正銷凝。黃鸝又啼數聲。」語句清峭，為名流推激。予家舊有建本《蘭畹曲集》，載杜牧之一詞，但記其末句云：「正銷魂，梧桐又移翠陰。」秦公蓋效之，似差不及也。（宋洪邁《容齋四筆》）

秦淮海詞，古今絕唱，如《八六子》前數句云：「倚危亭。恨如芳草，萋萋剗盡還生。」讀之愈有味。又李漢老《洞仙歌》云：「一團嬌軟，是將春揉做，撩亂隨風到何處。」此有腔調散語，非工於詞者不能到。毛友達可詩「草色如愁滾滾來」，用秦語。（宋張侃《拙軒詞話》）

秦少游《八六子》云：「（略）。」離情當如此作，全在情景交煉，得言外意，有如「勸君更盡一杯酒，西出陽關無故人」，乃為絕唱。（宋張炎《詞源》）

少游《八六子》尾闋云：「正銷凝。黃鸝又啼數聲。」唐杜牧之一詞，其末云：「正銷魂，梧桐又移翠陰。」秦詞全用杜格。然秦首句云：「倚危亭。恨如芳草，萋萋剗盡還生。」二語妙甚，故非杜可及也。（明陳霆《渚山堂詞話》）

宋詞三百首評註

語緩而意至，結句尤悠雅蘊藉。朱淑真詩「欲將鬱結心頭事，付與黃鸝叫幾聲」，便不成語。（明張綖《草堂詩餘別錄》）

周美成詞「愁如春後絮，來相接」，與「恨如芳草」，「劃盡還生」，可謂極善形容。（託名楊慎評點《草堂詩餘》）

上憶別多情之語，下難會深思之情。別後分時，憶來情多。「花弄晚」，「雨籠晴」，又是一番景色一番愁。全篇句句寫個愁意，句句未曾露個「愁」字，正合「詩可以怨」。（明《新刻李于鱗先生批評註釋草堂詩餘雋》偽託李攀龍評點）

恨如劃草還生，愁如春絮相接；言愁，愁不可斷；言恨，恨不可已。（明沈際飛《草堂詩餘‧正集》）

秦少游《八六子》云：「（略）。」與李演詞云：「乍鷗邊，一番腴綠，流紅又怨蘋花。看晚吹、約晴歸路，夕陽分落漁家。輕雲半遮。縈情芳草無涯。還報舞香一曲，玉瓢幾許春華。正細柳青煙，舊時芳陌，小桃朱戶，去年人面，誰知此日重來繫馬，東風淡墨敧鴉。黯窗紗。人歸綠陰自斜。」字句平仄如一，惟李詞首句不起韻，第五句用韻，與秦稍異。《詞律》謂秦詞恐有訛處，未必然也。至秦詞「奈回首」作「怎奈向」，李詞「玉瓢」作「玉飄」，均係傳鈔之誤。（清丁紹儀《聽秋聲館詞話》）

神來之作。（清周濟《宋四家詞選》批語）

寄託耶？懷人耶？詞旨纏綿，音調悽婉如此。（清黃蘇《蓼園詞選》）

若淮海《八六子》詞之「斷」、「晚」與「減」，本不同部，必非韻協。（清陳銳《褒碧齋詞話》）

寄慨無端。（清陳廷焯《詞則‧大雅集》）

滿庭芳

山抹微雲，天黏衰草，畫角聲斷譙門[1]。暫停征棹[2]，聊共引離尊[3]。多少蓬萊舊事[4]，空回首、煙靄紛紛。斜陽外，寒鴉萬點，流水繞孤村[5]。　　消魂[6]。當此際，香囊暗解[7]，羅帶輕分[8]。漫贏得青樓，薄倖名存[9]。此去何時見也，襟袖上、空惹啼痕。傷情處，高城望斷，燈火已黃昏[10]。

1 譙（qiáo）門：建有瞭望樓的城門。

2 征棹：指遠行之舟。

3 離尊：餞別的酒杯。

4 蓬萊舊事：秦觀曾遊會稽，住蓬萊閣，於郡守宴上悅一歌妓，自此不能忘情。

5「寒鴉」二句：化用隋煬帝《野望》：「寒鴉千萬點，流水繞孤村。」

6 消魂：魂魄離散，形容極度悲傷、愁苦。

7 香囊：香袋。古時男女離別時常解香囊相贈以為紀念。

8 羅帶：古時男女用羅帶打同心結以示相愛，用解羅帶示分離。

9「漫贏」二句：化用唐代杜牧《遣懷》：「十年一覺揚州夢，贏得青樓薄倖名。」漫，枉，徒然。青樓，妓女所居處。

10「高城」二句：用唐代歐陽詹《初發太原途中寄太原所思》：「高城已不見，況復城中人。」

　　此詞在秦觀諸作中最負盛名，秦觀亦因此被人稱為「山抹微雲秦學士」。此詞之作法與柳永為近（故蘇軾謂秦「學柳七作詞」），所可說者，為其賦事有法度，言情能蘊藉；所不可說者，在言語酸鹹之外，所謂天心月脅、情韻兼勝者也。開頭以對句起調，從容整煉。「抹」、「黏」二字用力。然後出畫角、譙門，點明離別場景。此三句雖為別離時所聞見，但前二句為遠景，暗示行人去處，故淒迷；後一句為近景，是分袂處，故惆悵。「暫停」二句出人物。「聊」字見人心中之無聊賴。「多少」一句提起，似有無限話語欲待傾訴；但接之以「空回首」云云，陡然打住，然後引情入景。提起又放下，欲說還休，正是秦詞吞吐能留之法，極其含蓄蘊藉。「斜陽」數句為人稱賞，亦為即景即情、景中含情之故。換頭以「消魂」領起，其情轉為激烈。「當此際」五句寫分別時刻，「暗解」、「輕分」、「漫贏得」，語淡而意深，是無奈語，是感傷語。周濟謂此詞「將身世之感，打併入豔情」（《宋四家詞選》批語），可於此處留意。「此去」二句想像別後；「傷情處」三句又轉入眼前，仍是欲說又止。含淚嗚咽，以景結住。而此情此景，實令傷心人肝腸斷絕矣！讀此詞，方知盛名之下，必有所歸。

　　《藝苑雌黃》云：程公闢守會稽，少遊客焉，館之蓬萊閣。一日，席上有所悅，自爾眷眷，不能忘情，因賦長短句，所謂「多少蓬萊舊事，空回首、煙靄紛紛」也。其詞極為東坡所稱道，取其首句，呼之為「山抹微雲君」。中間有「寒鴉萬點，流水繞孤村」之句，人皆以為少游自造此語，殊不知亦有所本。予在臨安，見平江梅知錄云：「隋煬帝詩云：『寒鴉千萬點，流水繞孤村。』少游用此語也。」……苕溪漁隱曰：「晁無咎云：『少游如《寒景詞》云：「斜陽外，寒鴉萬點，流水繞孤村。」雖不識字人，亦知是天生好言語。』其褒之如此，蓋不曾見煬帝詩耳。」（宋胡仔《苕溪漁隱叢話·後集》）

　　又溫（指范溫）嘗預貴人家會，貴人有侍兒善歌秦少游長短句，坐間略不

顧。溫亦謹，不敢吐一語。及酒酣歡洽，侍兒者始問：「此郎何人耶？」溫遽起，又手而對曰：「某乃『山抹微雲』女婿也。」聞者多絕倒。（宋蔡絛《鐵圍山叢談》）

後秦少游自會稽入京，見東坡，坡云：「久別當作文甚勝，都下盛唱公『山抹微雲』之詞。」秦遜謝，坡遽云：「不意別後，公卻學柳七作詞。」秦答曰：「某雖無識，亦不至是，先生之言，無乃過乎？」坡云：「『銷魂。當此際』，非柳詞句法乎？」秦慚服，然已流傳，不復可改矣。（宋黃昇《唐宋諸賢絕妙詞選》）

杭之西湖，有一倅閒唱少游《滿庭芳》，偶然誤舉一韻云：「畫角聲斷斜陽。」妓操琴在側云：「畫角聲斷譙門，非『斜陽』也。」倅因戲之曰：「爾可改韻否？」琴即改作「陽」字韻云：「山抹微雲，天連衰草，畫角聲斷斜陽。暫停征轡，聊共飲離觴。多少蓬萊舊侶，頻回首、煙靄茫茫。孤村裡，寒鴉萬點，流水繞低牆。魂傷。當此際，輕分羅帶，暗解香囊。漫贏得青樓，薄倖名狂。此去何時見也，襟袖上、空有餘香。傷心處，長城望斷，燈火已昏黃。」東坡聞而稱賞之。（宋吳曾《能改齋漫錄》）

秦觀少游亦善為樂府，語工而入律，知樂者謂之作家歌。元豐間盛行於淮楚。「寒鴉萬點，流水繞孤村」，本隋煬帝詩也，少游取以為《滿庭芳》辭，而首言「山抹微雲，天黏衰草」，尤為當時所傳。蘇子瞻於四學士中最善少游，故他文未嘗不極口稱善，豈特樂府？然猶以氣格為病，故常戲曰：「山抹微雲秦學士，露花倒影柳屯田。」「露花倒影」，柳永《破陣子》語也。（宋葉夢得《避暑錄話》）

少游一覺揚州夢，自作清歌自寫成。流水寒鴉總堪畫，細看疑有斷腸聲。（宋陳克〈大年〈流水繞孤村圖〉〉）

「寒鴉千萬點，流水繞孤村」，隋煬帝詩也。「寒鴉數點，流水繞孤村」，少游詞也。語雖蹈襲，然入詞尤是當家。（明王世貞《藝苑卮言》）

「寒鴉」二句，朱希真又化作小詞云：「看到水如雲，送盡鴉成點。」（明卓人月輯、徐士俊評《古今詞統》）

上惜別時有懷舊事之情情，下相思處有望高城之精神。回首處，科場遠眺，情何殷也。傷情處，黃昏獨坐，情難縷矣。少游敘舊事，有「寒鴉流水」之語，已令人賞目賞心，至下「襟袖啼痕」，只為秦樓薄倖，情思迫切，坡公最愛此詞。（明《新刻李于鱗先生批評註釋草堂詩餘雋》偽託李攀龍評點）

「黏」字工，且有出處。趙文鼎「玉關芳草黏天碧」、劉叔安「暮煙細草黏天遠」、葉夢得「浪黏天、蒲桃漲綠」，屢用之。晁無咎謂「寒鴉數點」二句，即不識字人，知是天然好語。莒溪云：「無咎褒之，不曾見煬帝詩耳。」弇州

云：「語固蹈襲，入詞尤當家。」人之情，至少游而極。結句「已」字，情波幾疊。（明沈際飛《草堂詩餘·正集》）

偶披《淮海集》，書「寒鴉數點，流水繞孤村」，不意乃作情語，亦《閒情賦》之流也。（明董其昌《跋少游〈滿庭芳〉詞》）

秦少游「斜陽外，寒鴉萬點，流水繞孤村」，晁無咎云此語雖不識字者，亦知是天生好言語。漁隱云無咎不見煬帝詩耳。蓋以隋煬帝有「寒鴉千萬點，流水繞孤村」之句也。余謂此語在隋煬帝詩中，只屬平常，入少游詞特為妙絕。蓋少游之妙，在「斜陽外」三字，見聞空幻。又「寒鴉」、「流水」，煬帝以五言劃為兩景，少游詞用長短句錯落，與「斜陽外」三景合為一景，遂如一幅佳圖。此乃點化之神。必如此，乃可用古語耳。（清賀貽孫《詩筏》）

（「晚色雲開」）只用平淡寫法，卻酸酸楚楚。「寒鴉」二句，雖用隋煬帝句，恰當自然，真色見矣。（世經堂康熙十七年殘本《詞綜》批語）

按「山抹微雲」，少游客會稽，席上有所悅，所賦《滿庭芳》詞也。（清徐釚《詞苑叢談》）

詞有襲前人語而得名者，雖大家不免。如方回「梅子黃時雨」，耆卿「楊柳岸、曉風殘月」，少游「寒鴉數點，流水繞孤村」，幼安「是他春帶愁來，春歸何處？卻不解，帶將愁去」等句。惟善於調度，正不以有藍本為嫌。（清吳衡照《蓮子居詞話》）

將身世之感，打併入豔情，又是一法。（清周濟《宋四家詞選》批語）

鈕玉樵云：「少游詞『山抹微雲，天黏衰草』，其用意在『抹』字、『黏』字。況庾闡賦『浪勢黏天』，張祜草詩『草色黏天鷓鴣恨』，俱有來歷。俗以『黏』作『連』，益信其謬。」（清張宗橚《詞林紀事》）

寒鴉數點正斜陽，淮海當年獨斷腸。何意西湖湖水上，尊前重改《滿庭芳》。（清宋翔鳳《論詞絕句》其八）

詩情畫景，情詞雙絕。此詞之作，其在坐貶後乎？（清陳廷焯《詞則·大雅集》）

少游《滿庭芳》諸闋，大半被放後作。戀戀故國，不勝熱中。其用心不逮東坡之忠厚，而寄情之遠，措語之工，則各有千古。（清陳廷焯《白雨齋詞話》）

宋人如「紅杏尚書」、「賀梅子」、「張三影」、「山抹微雲秦學士」、「露華倒影柳屯田」、「曉風殘月柳三變」、「滴粉搓酥左與言」之類，皆以一語之工，傾倒一世。宋與柳、左無論矣，獨惜張、秦、賀三家，不乏傑作，而傳誦者轉以次乘，豈《白雪》、《陽春》，竟無和者與？為之三歎。（同上）

淮海在北宋，如唐之劉文房。下闋不假雕琢，水到渠成，非平鈍所能藉口。（清譚獻評《詞辨》）

（「空回首，煙靄紛紛」）四字引起下文。自起至換頭數語，俱是追敘，玩結處自明。（清許昂霄《詞綜偶評》）

《滿庭芳》一曲，唱遍歌樓。（清鄧廷楨《雙硯齋詞話》）

少游入京見東坡，坡曰：「久別，作文甚勝。都下盛唱公『山抹微雲』之詞。」少游遜謝。坡曰：「不意別後，公卻學柳七作辭。」游曰：「某雖無識，亦不至是。」坡曰：「『銷魂當此際』，非柳句法乎。」又問別作何詞，游舉「小樓連苑橫空，下窺繡轂雕鞍驟」。坡曰：「十三個字，只說得一個人騎馬樓前過。」秦問坡近著，坡舉「燕子樓空，佳人何在，空鎖樓中燕」。無咎在座，謂三句說盡張建封一段事，大以為奇。詞之不易工如此。蔡伯世云：「子瞻辭勝乎情，者卿情勝乎詞，情辭相稱者，惟少游而已。」其推重如此。張綖云：少游多婉約，子瞻多豪放。當以婉約為主。沈曰：「黏」字工，且有出處。趙文鼎「玉關芳草黏天碧」，劉叔安「暮煙細草黏天遠」，葉夢得「浪黏天滿桃漲綠」，皆用之。沈曰：人之情，至少游而極，結句「已」字情波幾疊。（清黃蘇《蓼園詞選》）

詩重發端，惟詞亦然，長調尤重。有單起之調，貴突兀籠罩，如東坡「大江東去」是；有對起之調，貴從容整煉，如少游「山抹微雲，天黏衰草」是。（清沈祥龍《論詞隨筆》）

滿庭芳

曉色雲開[1]，春隨人意，驟雨才過還晴。古臺芳榭，飛燕蹴紅英[2]。舞困榆錢自落，鞦韆外、綠水橋平。東風裡，朱門映柳，低按小秦箏。　　多情。行樂處，珠鈿翠蓋，玉轡紅纓。漸酒空金榼[3]，花困蓬瀛[4]。豆蔻梢頭舊恨，十年夢、屈指堪驚[5]。憑闌久，疏煙淡日，寂寞下蕪城[6]。

註釋

1 曉：原本作「晚」。

2 蹴（cù）：踏。紅英：指落花。

3 金榼（kē）：金製的酒杯。

4 蓬瀛：蓬萊和瀛洲，傳說中的仙山。

5 「豆蔻」三句：化用唐杜牧《贈別二首》其一「娉娉裊裊十三餘，豆蔻梢頭二月初」、《遣

敗，城中荒蕪，鮑照作《蕪城賦》諷之，故
而得名。

此詞寫遊春。敖陶孫曾評秦觀詩「如時女步春」，用於此詞，甚覺貼切。看他先寫天氣宜人，景色迷人，至歇拍，漸次說到人事，猶是朱門映柳，低按秦箏，一派清柔婉媚光景，恰如步春女郎之旖旎景象。其中「飛燕蹴紅英」之細節、「舞困榆錢自落」之奇想，都寫得春色逼人；尤其「鞦韆外」二句，景語中而有無限情韻。換頭「多情」是下片主旨，先寫行樂，「珠鈿翠蓋」、「玉轡紅纓」，見遊賞之盛況；金樍酒空、「花困蓬瀛」，見遊宴之豪奢。「豆蔻」三句陡轉，以「十年」一筆抹倒，樂極而生悲，以「恨」、「夢」、「驚」形容之，驚心動魄。最後三句以景結情，與起處成一對比，蒼茫曠遠中情思正濃。全詞寫春色，寫遊春，卻是在黯然自傷，其章法極綿密。

上敘景物繁華，下見人當及時行樂。「鞦韆外」，「東風裡」，字工奇巧。「疏煙淡月」，此時之情還堪遠眺否？就暗中描出春色，林巒欲滴。就遠處描出春情，城郭隱然如無。（明《新刻李于鱗先生批評註釋草堂詩餘雋》偽託李攀龍評點）

景勝於情。（託名楊慎評點《草堂詩餘》）

「鞦韆外、綠水橋平」，又「地卑山近，衣潤費爐煙」，淡語之有情者也。（明王世貞《藝苑卮言》）

敖陶孫評少游詩「如時女步春，終傷婉弱」，其在於詞，正相宜耳。（明卓人月輯、徐士俊評《古今詞統》）

（上片）悠淡語，不覺其妙而自妙。「微映百層城」，景亦不少；「寂寞」句，感慨過之。（明沈際飛《草堂詩餘·正集》）

《滿庭芳》填詞易俗，乃深秀如許。（世經堂康熙十七年殘本《詞綜》批語）

此必少游被謫後作。雨過還晴，承恩未久也。「燕蹴紅英」，喻小人之讒構也。「榆錢」，自喻也。「綠水橋平」，喻隨所適也。「朱門」、「秦箏」，彼得意者自得意也。前一闋敘事也。後一闋則事後追憶之詞。「行樂」三句，追從前也。「酒空」二句，言被謫也。「豆蔻」三句，言為日已久也。「憑欄」二句結。通首黯然自傷也，章法極綿密。（清黃蘇《蓼園詞選》）

（上片）君子因小人而斥。（下片）一筆挽轉。（末句）應首句不忘君也。（清周濟《宋四家詞選》批語）

「鞦韆外、綠水橋平」，景語卻無限清婉。（清秦元慶評《淮海後集長短句》）

（「晚色雲開」三句）天氣。（「高臺芳樹」四句）景物。（「東風裡」三句）

漸説到人事。(「珠鈿翠蓋」二句)會合。(「漸酒空金榼」四句)離別。(「疏煙淡日」二句)與起處反照作收。(清許昂霄《詞綜偶評》)

減字木蘭花

天涯舊恨。獨自淒涼人不問。欲見回腸[1]。斷盡金爐小篆香[2]。　　黛蛾長斂。任是春風吹不展。困倚危樓。過盡飛鴻字字愁[3]。

1 回腸:比喻愁悶不解,鬱結於心。　　3「過盡」句:鴻雁飛行有序,常呈「一」、「人」
2 篆香:香的一種,盤曲如篆文。　　　　等字形,故云「字字愁」。

　　此詞上、下片可對照來看:上片寫天涯人舊恨,下片寫閨中人離情,兩相映照,尤見其情。寫天涯人,突出其孤獨之感,既在天涯,又無人存問,其悲苦可知。接以篆香狀愁腸,形象而奇警。寫閨中人,則從情態、行止處着眼。「黛蛾長斂」寫愁態,以「春風吹不展」寫愁之深、之濃。「困倚危樓」寫行止,而以飛鴻點離情。「字字愁」奇絕。上、下片寫兩種場景,兩地相思,其離愁別恨卻同樣濃重。

　　閒情之作,雖屬詞中下乘,然亦不易工。……蓋摹色繪聲,礙難着筆,第言姚冶,易近纖佻。兼寫幽貞,又病迂腐。然則何為而可,曰:「根柢於《風》《騷》,涵泳於溫、韋,以之作正聲也可,以之作豔體亦無不可。」古人詞如……秦少游之「欲見回腸。斷續薰爐小篆香」。……似此則婉轉纏綿,情深一往,麗而有則,耐人玩味。(清陳廷焯《白雨齋詞話》)

踏莎行

霧失樓臺,月迷津渡[1]。桃源望斷無尋處[2]。可堪孤館

閉春寒[3]，杜鵑聲裡斜陽暮。　　驛寄梅花[4]，魚傳尺素[5]。砌成此恨無重數。郴江幸自繞郴山[6]，為誰流下瀟湘去[7]。

註釋

1 津渡：渡口。

2 桃源：出自晉陶淵明《桃花源記》，此處借指避世仙境。

3 可堪：哪堪，哪裡禁受得住。

4 驛寄梅花：通過驛站寄送梅花。《太平御覽》卷九七○引南朝宋盛弘之《荊州記》：陸凱與范曄交好，從江南寄了一枝梅花到長安給范曄，並贈詩曰：「折花逢驛使，寄與隴頭人。江南無所有，聊贈一枝春。」後以「寄梅」指對親友的思念。

5 尺素：書信。

6 郴（chēn）江：即郴水，發源於黃岑山，流入湘江。幸自：本來就是。

7 瀟湘：湘水在湖南零陵縣西與瀟水合流，故稱瀟湘。

評析

此詞作於紹聖四年（1097），寫詞人貶謫後心情。起三句，寫眼前景物，虛幻迷茫，喻指仕途坎坷，人生無所寄託。接二句寫客館春寒，杜鵑啼鳴，斜陽日暮，表達心中的失意悵惘。下片起首，本欲通過「驛寄梅花」和「魚傳尺素」的方式來排遣這種失落的情緒，反而更加深了這種閒愁苦悶。正如郴江和郴山一樣，永遠緊密地聯繫在一起，最後歸入瀟水和湘水的懷抱。這首詞的結句當有所寄託，黃庭堅也說秦觀「多顧有所屬而作」（《跋秦少游〈踏莎行〉》），蘇軾則「絕愛此詞尾二句，自書於扇曰：『少游已矣，雖萬人何贖！』」（明張綖《草堂詩餘別錄》）全篇哀婉悽厲，愴惻悲苦，體現了淮海詞的另一種藝術風貌。

輯評

右少游發郴州回橫州，多顧有所屬而作。語意極似劉夢得楚蜀間詩也。（宋黃庭堅《跋秦少游〈踏莎行〉》）

《詩眼》云：「後誦淮海小詞云：『杜鵑聲裡斜陽暮。』公曰：『此詞高絕。但既云「斜陽」，又云「暮」，則重出也。欲改「斜陽」作「簾櫳」。』余曰：『既言「孤館閉春寒」，似無簾櫳。』公曰：『亭傳雖未必有簾櫳，有亦無害。』余曰：『此詞本模寫牢落之狀。若曰「簾櫳」，恐損初意。』先生曰：『極難得好字，當徐思之。』然余因此曉句法不當重疊。」（宋胡仔《苕溪漁隱叢話·前集》）

詩話謂「斜陽暮」語近重疊，或改「簾櫳暮」；既是「孤館閉春寒」，安得見所謂「簾櫳」？二說皆非。嘗見少游真本乃「斜陽樹」，後避廟諱，故改定耳。（宋張端義《貴耳集》）

黃山谷以此詞「斜陽暮」為重出，欲改「斜陽」為「簾櫳」。余以「斜陽」

屬日,「暮」屬時,未為重複。坡公「回首斜陽暮」、周美成云「雁背斜陽紅欲暮」可證。(宋何士信《草堂詩餘》)

作詩作詞雖曰殊體,然作詞亦須要不黏皮著骨方高。秦少游詞好者,如「郴江幸自繞郴山,為誰流下瀟湘去」,自是有一唱三歎之味。何必語意必著,而後足以寫此情。然作詞亦須要豔麗之語。觀此,詩之高者,須要刮去脂粉方是,此則其不同也。(宋陳模《懷古錄》)

《詩眼》載前輩有病少游「杜鵑聲裡斜陽暮」之句,謂「斜陽暮」似覺意重。僕謂不然,此句讀之,於理無礙。謝莊詩曰:「夕天際晚氣,輕霞澄暮陰。」一聯之中,三見晚意,尤為重疊。梁元帝詩:「斜景落高舂。」既言「斜景」,復言「高舂」,豈不為贅?古人為詩,正不如是之泥。觀當時米元章所書此詞,乃是「杜鵑聲裡斜陽曙」,非「暮」字也,得非避廟諱而改為「暮」乎?(宋王楙《野客叢書》)

秦少游《踏莎行》「杜鵑聲裡斜陽暮」,極為東坡所賞,而後人病其「斜陽暮」似重複,非也。見斜陽而知日暮,非複也。猶韋應物詩「須臾風暖朝日暾」,既曰「朝日」,又曰「暾」,當亦為宋人所譏矣。此非知詩者。古詩「明月皎夜光」,「明」、「皎」、「光」,非複乎?李商隱詩:『日向花間留返照。』皆然。又唐詩:「青山萬里一孤舟。」又:「滄溟千萬里,日夜一孤舟。」宋人亦言「一孤舟」為複,而唐人累用之,不以為複也。(明楊慎《詞品》)

古人有謂「斜陽暮」三字重出,然因「斜陽」而知日暮,豈得為重出乎?末二句與「衡陽猶有雁傳書,郴陽和雁無」同意。(託名楊慎評點《草堂詩餘》)

上言孤館春寒之旅況,下言音律難付江水流。春寂,而旅思更寂矣。有梅堪折,耐驛使不逢何?東坡最愛此詞,為之稱賞無已。(明《新刻李于鱗先生批評註釋草堂詩餘雋》偽託李攀龍評點)

「平蕪盡處是青山,行人更在青山外」,「郴江幸自繞郴山,為誰流下瀟湘去」,此淡語之有情者也。(明王世貞《藝苑卮言》)

坡翁絕愛此詞尾兩句,自書於扇,云:「少游已矣,雖萬人何贖?」釋天隱註《三體唐詩》,謂此二句實自「沅湘日夜東流去,不為愁人住少時」變化,然毛詩「毖彼泉水,亦流於淇」,已有此意,少游蓋出諸此。又《王直方詩話》載黃山谷謂此詞「斜陽暮」意重,欲易之,未得其字,今《郴志》遂作「斜陽度」,愚謂此亦何害,而病其重也。李太白詩「睠彼落日暮」,即「斜陽暮」也。劉禹錫「烏衣巷口夕陽斜」,杜工部「山木蒼蒼落日曛」,皆此意。別如韓文公《紀夢》詩「中有一人壯非少」,《石鼓歌》「安置妥帖平不頗」之類尤多,豈可亦謂之重耶?山谷嘗無此言,即誠出山谷,亦一時之言,未足為定論也。(明張綖《草堂詩餘別錄》)

古人好詞，即一字未易彈，亦未易改。子瞻「綠水人家繞」，別本「繞」作「曉」，為《古今詞話》所賞。愚謂「繞」字雖平，然是實境。「曉」字無飯着，試通詠全章便見。少游「斜陽暮」，後人妄肆譏評，託名山谷，《淮海集》辨之詳矣。又有人親在郴州見石刻是「斜陽樹」，「樹」字甚佳，猶未若「暮」字。（明俞彥《爰園詞話》）

「郴江幸自繞郴山，為誰流下瀟湘去。」千古絕唱。秦歿後，坡公嘗書此於扇，云：「少游已矣，雖萬人何贖！」高山流水之悲，千載而下，令人腹痛。（清王士禎《花草蒙拾》）

秦少游南遷至長沙，有妓生平酷愛秦學士詞，至是知其為少游，請於母，願託以終身。少游贈詞，所謂「郴江幸自繞郴山，為誰流下瀟湘去」者也。念時事嚴切，不敢偕往貶所。及少游卒於藤，喪還，將至長沙。妓前一夕得諸夢，即逆於途。祭畢，歸而自縊以殉。（清趙翼《陔餘叢考》）

秦少游《踏莎行》云：「（略）。」東坡絕愛尾二句。余謂不如「杜鵑聲裡斜陽暮」，尤堪斷腸。（清徐釚《詞苑叢談》）

「斜陽暮」，猶之唐人「一孤舟」句法耳。升庵之論破的。（清先著、程洪《詞潔》）

秦少游姬人邊朝華，極慧麗，恐礙學道，賦詩遣之，白傅所謂「春隨樊素一時歸」也。未幾南遷，過長沙，有妓生平酷慕少游詞，至是託終身焉。少游有「郴江幸自繞郴山，為誰流下瀟湘去」云云。繾綣甚至。豈情之所屬，遂忘其前後之矛盾哉？藉令朝華聞之，又何以為情？及少游卒於藤，喪還，妓自縊以殉。此女固出婁琬、陶心兒上矣。（清吳衡照《蓮子居詞話》）

少游坐黨籍，安置郴州。首一闋是寫在郴，望想玉堂天上，如桃源不可尋，而自己意緒無聊也。次闋言書難達意，自己同郴水自繞郴山，不能下瀟湘以向北流也。語意悽切，亦自蘊藉，玩味不盡。「霧失」、「月迷」，總是被讒寫照。（清黃蘇《蓼園詞選》）

紹聖元年，紹述議起，東坡貶黃州，尋謫惠州。子由、魯直相繼罷去。少游亦坐此南遷，作《踏莎行》云：「（略）。」東坡讀之歎曰：「吾負斯人。」蓋古人師友之際，久要不忘如此。（清鄧廷楨《雙硯齋詞話》）

有有我之境，有無我之境。「淚眼問花花不語，亂紅飛過鞦韆去」，「可堪孤館閉春寒，杜鵑聲裡斜陽暮」，有我之境也。「採菊東籬下，悠然見南山」，「寒波澹澹起，白鳥悠悠下」，無我之境也。有我之境，以我觀物，故物皆着我之色彩。無我之境，以物觀物，故不知何者為我，何者為物。（王國維《人間詞話》）

少游詞境最為悽婉。至「可堪孤館閉春寒，杜鵑聲裡斜陽暮」，則變而悽厲矣。東坡賞其後二語，猶為皮相。（同上）

「風雨如晦，雞鳴不已。」「山峻高以蔽日兮，下幽晦以多雨。霰雪紛其無垠兮，雲霏霏而承宇。」「樹樹皆秋色，山山盡落暉。」「可堪孤館閉春寒，杜鵑聲裡斜陽暮。」氣象皆相似。（同上）

浣溪沙

漠漠輕寒上小樓。曉陰無賴似窮秋[1]。淡煙流水畫屏幽。　　自在飛花輕似夢，無邊絲雨細如愁。寶簾閒掛小銀鈎。

1 無賴：無奈。

　　此詞可見秦觀詞婉轉幽怨之風。上片寫春寒。「漠漠」寫春寒無處不在。輕寒而又曉陰，故有「似窮秋」之錯位感覺，其實是百無聊賴之心境寫照。然後以畫屏中的淡煙流水作映襯，愈見樓中人之百無聊賴。下片寫感覺，較上片為精研。「自在」二句最奇，不言夢似飛花、愁如細雨，而反言之，是化具體形象之物（花、雨）為抽象之物（夢、愁），故奇，遂使夢、愁有了飛花、絲雨的質感，而飛花、絲雨也有了夢、愁的迷離情韻。結句又以景打住，與上片結拍呼應。全詞淡婉含蓄，景淡，情亦淡，卻頗耐尋味。

　　「窮秋」句，鄙。錢功父曰「佳」，可見功父於此道茫然。後迭精研，奪南唐席。（明沈際飛《草堂詩餘‧續集》）
　　「自在」二句，何減「無可奈何花落去」二句。似《花間》。（世經堂康熙十七年殘本《詞綜》批語）
　　宛轉幽怨，溫韋嫡派。（清陳廷焯《詞則‧大雅集》）
　　境界有大小，不以是而分優劣。「細雨魚兒出，微風燕子斜」，何遽不若「落日照大旗，馬鳴風蕭蕭」？「寶簾閒掛小銀鈎」，何遽不若「霧失樓臺，月迷津渡」也。（王國維《人間詞話》）
　　（「自在」二句）奇語。（梁令嫻《藝蘅館詞選》引梁啟超語）

阮郎歸

湘天風雨破寒初[1]。深沉庭院虛。麗譙吹罷《小單于》[2]。
迢迢清夜徂[3]。　鄉夢斷，旅魂孤。崢嶸歲又除[4]。
衡陽猶有雁傳書[5]。郴陽和雁無[6]。

1 湘天：泛指今湖南一帶。
2 麗譙：譙樓，指城門上的更鼓樓。也指高
　 樓。《小單（chán）于》：唐代大角曲名。
3 徂（cú）：往，過去。

4 崢嶸：不平凡。
5 「衡陽」句：湖南衡陽南衡山七十二峰之首
　 為回雁峰，雁至此即不再南飛。
6 郴陽：今湖南郴州市。和：連。

　　此詞當作於秦觀貶居郴州時，情調較低沉。上片寫景，而情在景中。「湘
天風雨」傳達出貶謫人對氣候之敏感。庭院深沉而虛，見出詞人之孤獨。麗譙
吹奏《小單于》曲是耳中聽來；清夜迢迢，可知詞人一夜未眠。這都是以景帶
情、景中有情的寫法。下片抒情，俱從上片景中來。換頭點明無眠、孤獨之
意。結尾二句從鴻雁南翔不過衡山處想來，郴州在衡陽之南，故有此語。託
情於物，讀之傷心。

　　上言孤館中獨迎花氣之芬芳，下言倦客裡未適故友之情緒。夜永寂寂，
盼望欲奢。客中景蕭索，有夜訪之思。「夏之日，冬之夜，獨居幽思」，於是
為切，況寓旅邸，其淒涼猶有所謂難堪者乎？（明《新刻李于鱗先生批評註釋
草堂詩餘雋》偽託李攀龍評點）
　　衡、郴皆楚湘地，故曰湘。傷心！（明沈際飛《草堂詩餘·正集》）

鷓鴣天

枝上流鶯和淚聞。新啼痕間舊啼痕。一春魚鳥無消
息[1]，千里關山勞夢魂。　無一語，對芳尊。安排腸
斷到黃昏。甫能炙得燈兒了[2]，雨打梨花深閉門。

1 魚鳥：即魚雁，指書信。　　　**2** 甫能：方才。炙：燒，指點燈。了（liǎo）：結束。

　　詞寫閨怨春愁。起句從宛轉鶯啼寫起，本是歡娛之景，卻掩面和淚，為下文留下懸想。次句將春恨又疊加一層，懸念亦疊加一層。至歇拍始揭示緣由，「無消息」是原因之一，「千里關山」是原因之二，「勞夢魂」是原因之三。一語之中，心緒層折，愁思之深，可見一斑。下片續寫愁思。獨飲無緒只是片時的，淒涼斷腸卻是永恆的。從白日到黃昏，從燈起到燈滅，這無數個日夜的思想，都是在梨花細雨中艱難度過的。全詞因鶯聲起，又以雨聲結，低迴往復，幽咽曲折，「此非深於閨恨者不能也」（明王世貞《藝苑卮言》）。

　　此詞形容愁怨之意最工，如後疊「甫能炙得燈兒了，雨打梨花深閉門」，頗有言外之意。（宋楊湜《古今詞話》）

　　秦少游「安排腸斷到黃昏。甫能炙後燈兒了，雨打梨花深閉門」，則十二時無間矣。此非深於閨恨者不能也。（明王世貞《藝苑卮言》）

　　上是音信杳然意，下是深夜獨對景。「新痕間舊痕」，一字一血。結兩句有言外無限深意。形容閨中愁怨，如少婦自吐肝膽語。（明《新刻李于鱗先生批評註釋草堂詩餘雋》偽託李攀龍評點）

　　尖。「安排腸斷」三句，十二時中無間矣，深於閨怨者！末用李詞（宋李重元《憶王孫·春景》詞），古人愛句，不嫌相襲。（明沈際飛《草堂詩餘·正集》）

　　無限含愁說不得。（託名楊慎評點《草堂詩餘》）

　　「梨花」句與《憶王孫》同，才如少游，豈亦自襲邪，抑愛而不覺其重邪？（明茅暎《詞的》）

　　灑灑落落之語，悽悽宛宛之意，具見此詞。（明鄧志謨《丰韻情書》評語）

　　錦心繡口，出語皆菁。「安排」二字，楚絕。（明陸雲龍《詞菁》）

　　詞雖濃麗而乏趣味者，以其但知作情景兩分語，不知作景中有情、情中有景語耳。「雨打梨花深閉門」、「落紅萬點愁如海」，皆情景雙繪，故稱好句，而趣味無窮。（清沈祥龍《論詞隨筆》）

　　孤臣思婦，同難為情。「雨打梨花」句，含蓄得妙，超詣也。（清黃蘇《蓼園詞選》）

晁元禮

一首

綠頭鴨

晚雲收，淡天一片琉璃。爛銀盤、來從海底[1]，皓色千里澄輝。瑩無塵、素娥淡佇[2]，靜可數丹桂參差[3]。玉露初零[4]，金風未凜[5]，一年無似此佳時。露坐久、疏螢時度，烏鵲正南飛[6]。瑤臺冷、闌干憑暖，欲下遲遲。　　念佳人、音塵別後[7]，對此應解相思。最關情、漏聲正永，暗斷腸花影偷移。料得來宵，清光未減，陰晴天氣又爭知。共凝戀、如今別後，還是隔年期。人強健、清尊素影[8]，長願相隨。

1「爛銀盤」二句：化用唐代盧仝《月蝕詩》：「爛銀盤從海底出。」爛銀盤，月亮像燦爛的銀盤。

2素娥：指月宮中女神嫦娥，亦代指月亮。

3丹桂：傳說月中有桂樹。

4零：凋落，降落。

5金風：秋風。

6烏鵲正南飛：化用三國曹操《短歌行》：「月明星稀，烏鵲南飛。」

7音塵：本指聲音與塵埃，後借指信息。

8清尊：酒器。也借指清酒。

　　此詞寫中秋，甚得後人稱許。南宋胡仔曾說：「中秋詞，自東坡《水調歌頭》一出，餘詞盡廢。然其後亦豈無佳詞？如晁次膺《綠頭鴨》一詞殊清婉。」此詞自不可與蘇詞相較，但平心而論，亦有足以稱道處，其摹景狀物，敘事言情，轉折從容，盡有法度，是其所長。上片寫月景。開端為月出前之背景；「爛銀盤」三句寫月出；「瑩無塵」三句寫月；「玉露初零」三句讚中秋之時；然後以疏螢、烏鵲作點綴，情趣盎然而生；「露坐久」與上片三句俱寫賞月，流連忘返之情態可見，且為下片言情作勢。層層刻畫，次第井然。換頭以「念」字領起，轉入相思。因月之圓而思及人之團圓，故與上片扣緊。「最關情」三句寫相思，此是眼前；「料得」以下六句是設想今後，最後以祝願結。寫人物情感之曲折委婉，卻是脈絡清晰，絲毫不亂，可見出詞人結撰時之苦心。

　　苕溪漁隱曰：「中秋詞，自東坡《水調歌頭》一出，餘詞盡廢。然其後亦豈
無佳詞？如晁次膺《綠頭鴨》一詞，殊清婉。但樽俎間歌喉，以其篇長憚唱，
故湮沒無聞焉。（宋胡仔《苕溪漁隱叢話・前集》）

趙 令 時

三 首

蝶戀花

欲減羅衣寒未去。不捲珠簾，人在深深處。紅杏枝頭花幾許。啼痕止恨清明雨。　　盡日沉煙香一縷[1]。宿酒醒遲，惱破春情緒。飛燕又將歸信誤。小屏風上西江路。

註釋

1 沉煙香：用沉香木及其樹脂做成的香料，又　　稱沉水香。

評析

　　趙令時小詞多活潑秀冶，清麗可喜，有機巧處，更有動人處。此詞寫離思別恨。先説春初乍暖還寒，然後託杏寄興，「紅杏枝頭花幾許」之問，是傷春情緒，亦含年光流逝之感，而後一層卻偏不點破，説「止恨」，其實正不止此也。過片三句可作「人在深深處」之註腳，而其用力處則在歇拍二句，託燕寄情，幽怨纏綿，雖不強烈，卻低迴往復，久久不絕。

輯評

　　上借言淚雨紅杏，下借言不歸飛燕。借春光誤佳期，隱見詞衷。託杏寫興，託燕傳情，懷春幾許衷腸。（明《新刻李于鱗先生批評註釋草堂詩餘雋》偽託李攀龍評點）

　　開口澹冶鬆秀。末路情景，若近若遠，低佪不能去。（明沈際飛《草堂詩餘·正集》）

　　渾是怨憶之詞，觀者不勝悽婉。（明鄧志謨《丰韻情書》評語）

蝶戀花

捲絮風頭寒欲盡。墜粉飄香，日日紅成陣[1]。新酒又添殘酒困。今春不減前春恨。　　蝶去鶯飛無處問。

隔水高樓，望斷雙魚信²。惱亂橫波秋一寸³，斜陽只與黃昏近。

1 紅成陣：形容落花一片。
2 雙魚：指書信，亦稱雙鯉。漢樂府《飲馬長城窟行》：「客從遠方來，遺我雙鯉魚。呼兒
烹鯉魚，中有尺素書。」
3 橫波：形容眼神流動，如水閃波。秋一寸：指眼。

　　此詞以情勝，語句圓轉流動，語意似盡不盡，構思卻從「恨」處着眼。上片是春恨。先寫風吹落紅，是傷春；次寫酒困，是恨春，都從春光易逝之感想來，恨得無理而有情。下片是相思。換頭三句寫音信不通，卻怪「蝶去鶯飛無處問」，怪得無理。結句寫含情凝神遠望，卻又恨斜陽、黃昏，與《詩經·君子於役》中「日之夕矣，羊牛下來」之黃昏興愁傳統一脈相承。全詞從恨風、恨春、恨鶯燕，到恨黃昏，語語有情，句句有意，而又風致宛然。

　　按：《全宋詞》附註：「案以上二首又見晏幾道《小山詞》。此首別又作晏殊詞，見楊金本《草堂詩餘·後集》卷下。」

　　妙在寫情語，語不在多，而情更無窮。（明《新刻李于鱗先生批評註釋草堂詩餘雋》偽託李攀龍評點）

　　恨春日又恨黃昏，黃昏滋味更覺難嘗耳。斜陽在目，各有其境，不必相同。一云「卻照深深院」，一云「只送平波遠」，一云「只與黃昏近」，句句沁入，毛孔皆透。（明沈際飛《草堂詩餘·正集》）

　　沈雄曰：「山谷謂：『好詞惟取陡健圓轉。』屯田意過久許，筆猶未休。待制滔滔漭漭，不能盡變。如趙德麟云：『新酒又添殘酒病，今春不減前春恨。』陸放翁云：『只有夢魂能再遇，堪嗟夢不由人做。』又黃山谷云：『春未透。花枝瘦。正是愁時候。』梁貢父云：『拚一醉留春，留春不住，醉裡春歸。』此則陡健圓轉之榜樣也。」（清沈雄《古今詞話·詞品》）

清平樂

春風依舊。著意隋堤柳¹。搓得鵝兒黃欲就²。天氣清明時候。　　去年紫陌青門³。今宵雨魄雲魂。斷送

一生憔悴，只消幾個黃昏[4]。

註釋

1 著（zhuó）意：注意，用心。隋堤柳：隋煬帝大業初開通濟渠，旁築御道，並植楊柳。

2 鵝兒黃：即鵝黃，淡黃色，形容新柳枝條的顏色。就：成。

3 紫陌：京郊的道路。青門：漢長安城東南門，其門色青，故名。後泛指京城城門。

4 消：需要，用。

評析

　　此首詞清超絕俗，活潑可喜。上片寫春，卻於隋堤柳上寫出，且用擬人筆法來寫：不言堤柳春日自綠，而説是「春風」、「著意」為之；不言柳條本自黃嫩，而曰春風「搓得」如何如何，見出春風有情有意。下片是傷春情緒。「去年」與「今宵」對舉，「紫陌青門」之遊樂與「雨魄雲魂」之淒寂對舉，感慨不待言而自出，故逼出尾二句來：既是感慨眼前，亦是自悼一生，更是普通人生之共傷共歎。明代王世貞稱「此恆語之有情者」（《藝苑卮言》），可謂有識。

　　按：《全宋詞》附註：「案：《苕溪漁隱叢話·後集》卷四十引《復齋漫錄》，以此首為劉弇作。」

輯評

　　「斷送一生憔悴，能消幾個黃昏。」此恆語之有情者也。（明王世貞《藝苑卮言》）

　　（「春風」三句）韋莊云：「春雨足。染就一溪新綠。」合此可作一聯：「新雨染成溪水綠，舊風搓得柳條黃。」（明卓人月輯、徐士俊評《古今詞統》）

　　上敘清明佳節，下承有追憶夜不能寐意。真寫出春風依舊景，「春色惱人眠不得」差堪擬此。對景傷春，至「斷送一生」語，最為悲切。（明《新刻李于鱗先生批評註釋草堂詩餘雋》偽託李攀龍評點）

　　「能消幾個黃昏」，怕語之有情者，「能」字更吃緊。（明沈際飛《草堂詩餘·正集》）

　　對景傷春，而言「斷送一生」，最為悲切。（明鄧志謨《丰韻情書》評語）

　　劉弇偉明喪愛妾，頗深騎省之悼。趙德麟戲賦《清平樂》云：「（略）。」（清葉申薌《本事詞》）

張　耒

一首

風流子

亭皋木葉下[1]，重陽近，又是搗衣秋。奈愁入庾腸[2]，老侵潘鬢[3]，漫簪黃菊，花也應羞。楚天晚，白蘋煙盡處，紅蓼水邊頭[4]。芳草有情，夕陽無語，雁橫南浦，人倚西樓。　　玉容，知安否，香箋共錦字，兩處悠悠。空恨碧雲離合，青鳥沉浮[5]。向風前懊惱，芳心一點，寸眉兩葉，禁甚閒愁。情到不堪言處，分付東流。

1 亭皋：水邊的平地。

2 庾腸：南北朝詩人庾信，初仕梁，出使西魏。值梁滅，遂被羈留長安。北周代西魏，庾信仕北周，雖居高位，但常常悲愁憂思，懷念故國，作《哀江南賦》以寄意。後藉以代指愁腸。也稱「庾愁」。

3 潘鬢：西晉潘岳《秋興賦》序曰：「余春秋三十有二，始見二毛。」後借指中年白頭。

4 紅蓼 (liǎo)：一種水草，代指愁緒。

5 青鳥：古代傳說中傳遞信件的使者。

　　此詞描寫離愁別緒。起句五字點明時序地點，「重陽」二字暗示聚合離散，「搗衣」二字表達閨怨愁思。「庾腸」、「潘鬢」化用典故，表達去國還鄉、年華易逝的無限感慨。「漫簪黃菊」呼應重陽節序，「花也應羞」緊承「老侵潘鬢」，後以紅蓼、白蘋進一步渲染氣氛，烘托心情。芳草何以有情，蓋因人有別情；夕陽何以無語，蓋因人沉默無語。接以「雁橫南浦，人倚西樓」，一動一靜，相互映襯。下片展開想像，設想遠處的佳人是否安好？音訊無憑，雲彩離合，傳信的青鳥也不知隱於何處。只能對着這瑟瑟秋風，緊蹙雙眉，滿腹閒愁也只能付諸流水。

　　詞中偶句頗多，用典如「愁入庾腸，老侵潘鬢」，狀景如「雁橫南浦，人倚西樓」，寫人如「芳心一點，寸眉兩葉」，抒情如「芳草有情，夕陽無語」，皆自然工整，意味俱佳。正如夏敬觀所言：「詞中對偶最難做，勿視為尋常而後可。」又云：「對偶句要渾成，要色澤相稱，要不合掌。以情景相融，有意有味為佳。」(《蕙風詞話詮評》)詞中對偶，此篇洵為代表。

張文潛十七歲作《函關賦》，從東坡遊。元祐中，在秘閣，上巳日，集西池，張詠云：「翠浪有聲黃傘動，春風無力彩旄垂。」少游云：「簾幕千家錦繡垂。」同人笑曰：「又將入小石調也。」因文潛作大石調《風流子》，故云。（明蔣一葵《堯山堂外紀》）

一字字是悲秋情思，一句句是懷人怨恨。（明鄧志謨《丰韻情書》評語）

前段景，後段情。有整有散。（世經堂康熙十七年殘本《詞綜》批語）

曰「楚天晚」，必其監南嶽時作也。所云「玉容知安否」，憂主之心也。曰「分付東流」，愁豈隨流而去乎？亦與流俱長而已。（清黃蘇《蓼園詞選》）

張文潛《風流子》：「芳草有情，夕陽無語，雁橫南浦，人倚西樓。」景語亦復尋常，惟用在過拍，即此頓住，便覺老當渾成。換頭「玉容，知安否」，融景入情，力量甚大。此等句有力量，非深於詞，不能知也。「香箋」至「沉浮」，微嫌近滑，幸「風前」四句，深婉入情，為之補救，而「芳心」、「翠眉」，又稍稍刷色。下云：「情到不堪言處，分付東流。」蓋至是不能不用質語為結束矣。雖古人用心，未必如我所云，要不失為知人之言也。「香箋共錦字，兩地悠悠。」吾人填詞，斷不堪如此率意，勢必綰兩句為一句，下句更添一意，由情中、景中生出皆可，情景皆到，又盡善矣。雖然突過前人不易，或反不逮前人，視平昔之功力、臨時之杼軸何如耳。（龍榆生《唐宋名家詞選》引況周頤《餐櫻廡詞話》）

「亭皋」三句感時序遷流，「奈愁人」四句嗟年華老大，「楚天」以下泛寫秋景，結二句逗入懷人。換頭「玉容知安否」緊承前結，所謂過片不要斷了曲意，此類是也。「香箋」四句寫消息兩隔，「向風前」四句從對面着想，後結二句寫無聊之極思。（蔡嵩雲《柯亭詞評》

晁補之
四首

水龍吟

次韻林聖予《惜春》[1]

問春何苦匆匆,帶風伴雨如馳驟。幽葩細萼[2],小園低檻,壅培未就[3]。吹盡繁紅[4],占春長久,不如垂柳。算春長不老,人愁春老,愁只是、人間有。　　春恨十常八九。忍輕孤、芳醪經口[5]。那知自是,桃花結子,不因春瘦。世上功名,老來風味,春歸時候。最多情猶有,尊前青眼[6],相逢依舊。

1 林聖予:詞人好友。
2 幽葩(pā)細萼:幽靜的花和細小的萼葉。葩,草木的花。萼,環列花朵外面的葉狀薄片。
3 壅培:用土壤或肥料培在植物根部。
4 繁紅:繁花。
5 孤:《汲古閣宋六十家詞》本作「辜」。芳醪(láo):芳香的美酒。
6 青眼:表示喜愛,用阮籍事。阮籍能為青、白眼,所喜之人,對以青眼;不喜,則以白眼對之。見《世說新語·簡傲》。

評析

　　惜春而以議論來寫,自然與眾不同,此當受東坡詞影響,思致深而綺豔少。惜春先問春,「帶風伴雨如馳驟」,是「匆匆」之註腳。問春中影帶惜春。「幽葩」三句寫人對花之護惜,其實正是惜春。此為正面寫。「吹盡」三句以花與柳比,將春事訴諸理智。「算春長」四句仍是議論,春不老,一層;人愁春老,一層;是春不愁而人愁,又一層,層層轉折,層層加深。下片仍以議論起。「春恨」既不可免,然則何以處之?唯有酒耳。「那知」三句發揮上片人愁春不愁之意。「功名」三句將功名、人生與春三者比並,使詞意更為深沉。最後人與花相對相伴結束,有欣喜,更有無奈和感傷。

鹽角兒

亳社觀梅[1]

開時似雪。謝時似雪。花中奇絕。香非在蕊，香非在萼，骨中香徹。　　占溪風，留溪月。堪羞損[2]、山桃如血。直饒更[3]、疏疏淡淡，終有一般情別[4]。

1 亳（bó）社：亳州（今屬安徽）社日。社日是古代祭祀土地神的節日，在春分前後。
2 羞損：羞煞。損，煞、極，在動詞後表示程度之深。
3 直饒：即使。
4 一般：一種。情別：情致。

　　這是一首託物言志的詠梅詞。上片採用復沓的修辭手法，表現梅花的潔白和幽香，同時點出「骨中香徹」的梅品和人品。下片起句採用對比的表現手法，以桃花映襯梅花的品格神韻。結句則將這種品格神韻發揮到極致，即使花枝稀疏，也別有一種超凡情致。全詞寓情於梅，借梅言懷，卻不假雕飾，清新自然，表達了詞人如梅花般的高尚情操和高潔品格。

　　苕溪漁隱曰：「《古今詞話》以古人好詞，世所共知者，易甲為乙，稱其所作，仍隨其詞牽合為說，殊無根蒂，皆不足信也。……晁無咎《鹽角兒》『開時似雪。謝時似雪。花中奇絕』者，為晁次膺作，汪彥章《點絳唇》『新月娟娟，夜寒江靜山銜斗』者，為蘇叔黨作，皆非也。」（宋胡仔《苕溪漁隱叢話‧後集》）

　　詞貴渾涵，刻摯不能渾涵，終屬下乘。晁無咎詠梅云：「開時似雪。謝時似雪。花中奇絕。香非在蕊，香非在萼，骨中香徹。」費盡氣力，終是不好看。宋末蕭泰來《霜天曉角》一闋，亦犯此病。（清陳廷焯《白雨齋詞話》）

　　各家梅花詞不下千闋，然皆互用梅花故事綴成，獨晁無咎補之不持寸鐵，別開生面，當為梅花第一詞。（清李調元《雨村詞話》）

憶少年

別歷下[1]

無窮官柳[2]，無情畫舸[3]，無根行客。南山尚相送，只高城人隔。　　罨畫園林溪紺碧[4]。算重來、盡成陳跡。劉郎鬢如此，況桃花顏色[5]。

註釋

1 歷下：古城名，在今山東濟南西。
2 官柳：大道上種植的柳樹。
3 畫舸（gě）：畫船，裝飾華麗的船。
4 罨（yǎn）畫：色彩鮮明的彩畫，多形容自然之景或建築的豔麗多姿。紺（gàn）碧：青綠色。
5「劉郎」二句：化用唐代劉禹錫《元和十年自朗州承召至京戲贈看花諸君子》：「玄都觀裡桃千樹，盡是劉郎去後栽。」劉郎，即指劉禹錫。此為詞人自指。

評析

此詞雖短，感喟卻深。上片說別歷下。起首三「無」，不僅句法奇，用意亦深：折柳以送行人，而冠以「無窮」，則別情亦無窮；畫船以載行人，而曰「無情」，則有情人何堪！行客本悽苦，而曰「無根」，其苦何如？三句話寫盡人間別情。歇拍以景物（南山）之有情襯人之多情，是又一種寫法。上片言別情，下片則着眼於歷史。如畫園林，碧綠溪水，一切均成陳跡；反觀自身，已鬢髮斑斑矣！其貶謫之悲苦，人生之感喟，盡在不言中。

輯評

（「無窮」三句）謝逸《柳梢青》「無限離情，無窮江水，無邊山色」類此。（明卓人月輯、徐士俊評《古今詞統》）

「花無人戴，酒無人勸，醉也無人管」，與此詞起處同一警絕。唐以後，特地有詞，正以有如許妙語，詩家收拾不盡耳。（清先著、程洪《詞潔》）

沈雄曰：「結句如《水龍吟》之『作霜天曉』、『繫斜陽纜』，亦是一法。如《憶少年》之『況桃花顏色』、《好事近》之『放真珠簾隔』，緊要處前結，如奔馬收韁，須勒得住，又似住而未住。後結如眾流歸海，要收得盡，又似盡而不盡者。（清沈雄《古今詞話・詞品》）

洞仙歌

泗州中秋作[1]

青煙冪處[2]，碧海飛金鏡[3]。永夜閑階臥桂影[4]。露涼時、零亂多少寒螿[5]，神京遠[6]，惟有藍橋路近[7]。　　水晶簾不下，雲母屏開[8]，冷浸佳人淡脂粉。待都將許多明，付與金尊，投曉共、流霞傾盡[9]。更攜取胡床上南樓[10]，看玉做人間，素秋千頃。

註釋

1 泗州：今安徽泗縣。
2 冪（mì）：覆蓋，遮蓋。
3 金鏡：月亮。
4 桂影：月影。
5 寒螿（jiāng）：寒蟬。
6 神京：指帝都。
7 藍橋：橋名，在陝西藍田東南藍溪上。傳為唐代裴航遇仙女雲英處，常代指男女約會之地。
8 雲母屏：用雲母石製作的鏡屏。
9 投曉：臨曉，到天亮。流霞：神話中的仙酒，也泛指美酒。
10「更攜取」句：用東晉庾亮登南樓賞月事。見前王安石《千秋歲引》（別館寒砧）註3。胡床，一種可摺疊的輕便坐具，傳自胡地，故名。

評析

此詞與前者不同，思致綿密，層次井然，如常山之蛇，首動而尾應。起首三句寫月出，以「金鏡」、「桂影」時時點醒。「露涼」以下四句寫泗州中秋景況，語多感慨。「水晶簾」三句以佳人照鏡暗點月。過頭「待都將」云云與前呼應，寫賞月；而賞月又有不同：一是舉杯賞月，二是登南樓賞月，豪興不淺。此詞釘腳細密，上段從無月到有月，下段從有月到月滿，前後照應，如織錦繡。

輯評

苕溪漁隱曰：「凡作詩詞，要當如常山之蛇，救首救尾，不可偏也。如晁無咎作中秋《洞仙歌》辭，其首云：『青煙冪處，碧海飛金鏡。永夜閑階臥桂影。』固已佳矣。其後云：『待都將許多明，付與金樽，投曉共、流霞傾盡。更攜取胡床上南樓，看玉做人間，素秋千頃。』若此可謂善救首尾者也。」（宋胡仔《苕溪漁隱叢話‧後集》）

前段「永夜閑階臥桂影。露涼時、零亂多少寒螿」既已佳矣，後段「待都將許多明，付與金尊，投曉共、流霞傾盡。更攜取胡床上南樓，看玉做人間，

素秋千頃」，尤為高曠神爽。（明張綖《草堂詩餘別錄》）

　　無咎雖遊戲小詞，不作綺豔語，殆因法秀禪師諄諄戒山谷老人，不敢以筆墨勸淫耶？大觀四年卒於泗州官舍。自畫山水留春堂大屏上，題云：「胸中正可吞雲夢，筆底何妨對聖賢。有意清秋入衡霍，為君無盡寫江天。」又詠《洞仙歌》一闋，遂絕筆，不知何故逸去。（明毛晉《跋琴趣外篇》）

　　上神遊藍橋之路，下恨納南樓之秋。京遠，藍橋近迫。玉作人間秋，神光至此。此詞佈盡秋光，前後照態，如織錦然，真天孫手也。（明《新刻李于鱗先生批評註釋草堂詩餘雋》偽託李攀龍評點）

　　凡作詩詞當如常山之蛇，救首救尾。「青煙冪處」至「臥桂影」固已佳矣。後段「都將許多明，付與金樽」至「素秋千頃」，可謂善救首尾者也。朱希真《念奴嬌》詞「插天翠柳」至「瑤臺銀闕」，亦已佳。後段「洗盡凡心」至「休向人說」，收拾得無意味，並前邊索然。「冷浸佳人」、「素秋千頃」等語，能繪其明。（明沈際飛《草堂詩餘·正集》）

　　前評固甚得謀篇構局之法。至其前闋從無月看到有月，次闋從有月看到月滿人間，層次井井，而詞致奇傑，各段俱有新警語，自覺冰魂玉魄，氣象萬千，興乃不淺。（清黃蘇《蓼園詞選》）

晁沖之

一首

臨江仙

憶昔西池池上飲，年年多少歡娛。別來不寄一行書。尋常相見了，猶道不如初。　　安穩錦衾今夜夢[1]，月明好渡江湖。相思休問定何如。情知春去後，管得落花無[2]。

1 錦衾：錦被。　　　　　　　　　　　2 無：疑問詞，同「否」。

　　此詞以平淡語、口語寫相思，語淺近而意深婉。上片以今、昔對比寫別情。憶昔正因眼前之不堪，「多少歡娛」包含多少甜蜜、多少感慨！「別來」三句是今，語頗幽怨。下片以夢寫相思，甚是婉曲。既然醒時不能相見，則託之於夢中相會。「月明好渡江湖」，想得奇。歇拍三句以一問一答作結，問相思而答落花，看似風馬牛不相及，其實由花之落而引起人青春易逝之感，再勾起相思之情，正是此詞之深婉處。

　　結妙，意在言外。（世經堂康熙十七年殘本《詞綜》批語）
　　（「情知」二句）淡語有深致，咀之無窮。（清許昂霄《詞綜偶評》）

舒亶
一首

虞美人

芙蓉落盡天涵水¹。日暮滄波起。背飛雙燕貼雲寒²。獨向小樓東畔倚闌看。　　浮生只合尊前老³。雪滿長安道。故人早晚上高臺。寄我江南春色一枝梅⁴。

註釋

1 芙蓉：即荷花。
2 背飛：喻分離。
3 合：該，應當。

4「故人」二句：用陸凱寄梅與范曄事。見前
　秦觀《踏莎行》（霧失樓臺）註 4。

評析

　　這首詞是為懷念遠在江南的朋友而作。上片寫境，下片抒情，筆致疏朗雋爽。起二句，寫荷花落後，唯見水天之色，日暮則滄波浩渺，由此烘托出一派遼遠空曠的景象。「背飛」句寫冬日飛燕貼雲飛翔，顯示出高寒孤寂氛圍。「獨向」句總承，一「看」字，收束上三句，前此所見滄波、雙燕皆為獨登小樓所見之景。過片一句，直抒胸臆。「故人」二句，始落到願故人折梅相寄，以慰相思。

輯評

　　縱不識字，亦知是天生好語。（清丁紹儀《聽秋聲館詞話》）

朱　服

一首

漁家傲

小雨纖纖風細細。萬家楊柳青煙裡。戀樹濕花飛不起。愁無際。和春付與東流水。　　九十光陰能有幾[1]。金龜解盡留無計[2]。寄語東陽沽酒市[3]。拚一醉[4]。而今樂事他年淚。

1 九十光陰：指春天三個月的天數。　　　3 東陽：今屬浙江金華。沽酒：賣酒。
2 金龜：指唐代官員佩飾之物。　　　　　4 拚：豁出去，捨棄不顧。

註釋

評析

輯評

　　此詞為傷春之作，上景下情寫法。起二句，寫楊柳籠罩於細雨迷蒙之中，營造出暮春景致。「戀樹」三句，寫落花流水，皆令人生愁之景。下片歎人生短暫，遂有及時行樂的想法。「而今樂事他年淚」一句，尤為沉鬱。全詞由感傷春光易逝而轉入對人生短暫的感歎，情緒由淺轉深，由淡轉濃，耐人咀嚼。

　　朱行中自右使帶假龍出典數郡，是時年尚少，風采才藻皆秀整。守東陽日，嘗作春詞云：「（略）。」予以門下士，每或從容。公往往乘醉大言：「你曾見我『而今樂事他年淚』否？」蓋公自為得意，故誇之也。予嘗心惡之而不敢言。行中後歷中書舍人，帥番禺，遂得罪，安置興國軍以死。流落之兆，已見於此詞。（宋方勺《泊宅編》）

　　《烏程舊志》：「朱行中坐與蘇軾遊，貶海州。至東郡，作《漁家傲》詞。讀其詞，想見其人，不愧為蘇軾黨也。」（清張宗橚《詞林紀事》）

　　白石詞：「少年情事老來悲。」宋朱服句：「而今樂事他年淚。」二語合參，可悟一意化兩之法。宋周端臣《木蘭花慢》云：「料今朝別後，他時有夢，應夢今朝。」與「而今」句同意。（清況周頤《蕙風詞話》）

毛滂

一首

惜分飛

富陽僧舍作別語贈妓瓊芳

淚濕闌干花著露[1]。愁到眉峰碧聚[2]。此恨平分取。更
無言語。空相覷[3]。　　斷雨殘雲無意緒。寂寞朝朝
暮暮。今夜山深處。斷魂分付[4]。潮回去。

1 闌干：此指眼眶。　　　　　　　　3 覷（qù）：看。
2 眉峰碧聚：形容雙眉緊蹙的樣子。　4 分付：付與，交給。

　　此首別詞，上片寫離別之態，下片抒感喟之意。起二句即寫別離之哀。
「淚濕」句，用白居易《長恨歌》「玉容寂寞淚闌干，梨花一枝春帶雨」詩意。
皆寫不忍分別之悲哀。「此恨」二句，寫別時情態，言別者與送別者都不忍分
別。「更無言語空相覷」句，與柳永《雨霖鈴》之「執手相看淚眼，竟無語凝噎」
有異曲同工之妙。「斷雨」二句，寫別後之寂寞。以上皆追述往事。「今夜」
一句，始扣到現狀，說出現時現地之相思，離情縈懷叫人不得去，唯有於夜間
在所處之深山中，吩咐斷魂與潮同去，以慰相思。此詞含蓄蘊藉，尤其是後兩
句，語盡而意不盡，餘味無窮。

　　元祐中，東坡守錢塘，澤民為法曹掾，秩滿辭去。是夕宴客，有妓歌此
詞，坡問誰所作，妓以毛法曹對，坡語坐客曰：「郡寮有詞人不及知，某之罪
也。」翌日，折簡追還，留連數月，澤民因此得名。（宋黃昇《唐宋諸賢絕妙
詞選》）
　　秦少游發郴州，反顧有所屬，其詞曰：「霧失樓臺……」山谷云：「語意極
似劉夢得楚蜀間語。」「淚濕闌干花著露……」毛澤民元祐間罷杭州法曹，至
富陽所作贈別也。因是受知東坡。語盡而意不盡，意盡而情不盡，何酷似少
游也。乾道間，舅氏張仁仲宰武康，輝往，見留三日，遍覽東堂之勝。蓋澤民
嘗宰是邑，於彼老士人家見別語墨跡。（宋周輝《清波雜志》）
　　第一個相別情態，一筆描來，不可思議。筆底大肖東坡，宜為稱賞。（明

沈際飛《草堂詩餘・正集》）

　　此見賞於子瞻者。聲促意悲。（世經堂康熙十七年殘本《詞綜》批語）

陳　克
二首

菩薩蠻

赤闌橋盡香街直¹。籠街細柳嬌無力。金碧上青空²。花晴簾影紅。　　黃衫飛白馬³。日日青樓下。醉眼不逢人。午香吹暗塵。

1 赤闌橋：紅色欄杆的橋。　　　　　　　　3 黃衫：少年所穿的黃色華服，此借指少年。
2 金碧：指裝飾華美之建築。

　　此首詞寫少年遊冶之意態，有古詩意味。上片寫景，香街、細柳、金碧、簾影，寥寥數筆，點染春日爛漫。下片寫少年遊冶追歡，筆閒而意豐。尤其是「醉眼」二句，將少年走馬青樓、狂醉而歸的神態一筆寫出。此詞還可注意者，即善於用顏色互相映襯，如青空、紅影、黃衫、白馬之類，亦見詞人匠心之工。

　　傲岸。似有託語。（世經堂康熙十七年殘本《詞綜》批語）
　　此刺時也。（清張惠言《詞選》）
　　（「金碧」二句）李義山詩，最善學杜。（「醉眼」二句）風刺顯然。（清譚獻評《詞辨》）

菩薩蠻

綠蕪牆繞青苔院¹。中庭日淡芭蕉捲。蝴蝶上階飛。烘簾自在垂。　　玉鉤雙語燕。寶甃楊花轉²。幾處簸錢聲³。綠窗春睡輕。

1 綠蕪：叢生的綠草。　　　　　　　　　　2 甃（zhòu）：井壁。

3 簸錢：古代一種以擲錢賭輸贏的遊戲。

評析

此首詞寫春晝景致，雍容閒淡，極具富貴氣象。起二句，寫庭院苔深蕉捲。「蝴蝶」以下四句，皆寫院內景物，蝶飛、簾垂、燕語、花落，細筆勾勒，如即景小圖。以上數句皆從視覺着手。「幾處」二句，則從聽覺着手，寫出春睡夢輕之意態。全詞皆寫景，而人之閒適慵懶，則寓於景中。

輯評

一「輕」字全首俱靈。（明卓人月輯、徐士俊評《古今詞統》）

「簸錢」，小兒戲。（明潘游龍《精選古今詩餘醉》）

盧申之曰：「最喜子高《菩薩蠻》云：『幾處簸錢聲。綠窗春夢輕。』《謁金門》云：『檀炷繞窗燈背壁。畫檐殘雨滴。』我殊覺其香茜。」（清沈雄《古今詞話．詞評》）

此自寓。（清張惠言《詞選》）

工雅芊麗，溫韋流派。（清陳廷焯《詞則．大雅集》）

　　　　　　　　　　　　　　　　　　　　宋詞三百首評註

李元膺

一首

洞仙歌

一年春物，惟梅柳間意味最深，至鶯花爛漫時，則春已衰遲，使人無復新意。
余作《洞仙歌》，使探春者歌之，無後時之悔。

雪雲散盡，放曉晴庭院。楊柳於人便青眼[1]。更風流多處，一點梅心，相映遠。約略顰輕笑淺[2]。　　一年春好處，不在濃芳，小豔疏香最嬌軟。到清明時候，百紫千紅花正亂。已失春風一半[3]。早占取韶光[4]、共追遊，但莫管春寒，醉紅自暖。

註釋

1 青眼：此處指柳樹初生的嫩葉，但也含有擬人的意味。
2 約略：輕微淡薄。顰輕：微微皺眉。笑淺：淡淡微笑。
3「百紫」二句：用南唐潘佑詞：「樓上春寒山四面，桃李不須誇爛慢，已失了春風一半。」
4 韶光：美好的時光，多指春光。

評析

　　此詞為寫初春之作。上片寫景，尤工於摹畫初春之景色，形容梅、柳的姿態，皆用擬人手法。過片抒情，起三句即點出一篇主腦，與小序相應。「到清明」三句，解釋何以獨愛早春，乃因為清明時節，雖然妊紫嫣紅，但是已接近暮春，徒使人悵惘。「早占取」四句，感慨之詞，勸人惜取早春韶光，及時行樂。全詞一反以往吟詠春光爛漫之濫調，唯傾心於早春，翻出前人蹊徑，可謂意新語工。

輯評

　　「於人」二字，本杜詩：「竹葉於人既無分，菊花從此不須開。」「一半」句，似黃玉林：「夜來能有幾多寒，已瘦了、梨花一半。」（明卓人月輯、徐士俊評《古今詞統》）

　　（「楊柳於人」句）以人喻物，生動。「不在濃芳」，在「疏香小豔」，獨識春光之微。至「已失一半」句，誰不猛醒。（明沈際飛《草堂詩餘·正集》）

　　（「小豔疏香」四句）中有至理，卻是未經人道。（清許昂霄《詞綜偶評》）

時　彥

一首

青門飲

胡馬嘶風[1]，漢旗翻雪，彤雲又吐[2]，一竿殘照。古木連空，亂山無數，行盡暮沙衰草。星斗橫幽館[3]，夜無眠，燈花空老。霧濃香鴨[4]，冰凝淚燭，霜天難曉。　　長記小妝才了[5]，一杯未盡，離懷多少。醉裡秋波，夢中朝雨[6]，都是醒時煩惱。料有牽情處，忍思量、耳邊曾道。甚時躍馬歸來，認得迎門輕笑。

1 嘶風：指馬在風中嘶鳴。

2 彤雲：指下雪前密佈的濃雲。

3 幽館：幽深的驛館。

4 香鴨：鴨形香爐。

5 小妝：淺妝，淡妝。

6「夢中」句：用楚王夢遇巫山神女事，隱喻幽會。

此首詞為羈旅懷人之作。《宋史》本傳言詞人曾出使遼國，大概這首詞即寫於那個時候。上片寫景，下片抒情。起四句點明節候。「古木」三句寫塞北景色。「星斗」三句轉入夜間情事。「霧濃」三句，寫室內之景。投宿幽館，長夜無眠，荒寒孤寂之感，從筆端逼出。過片三句，轉入回憶，皆離別前之事。「醉裡」三句，醒後之感歎。「料有」三句，又一層轉折，至此已一唱三歎，極迴環往復之意。「甚時」二句，設想之詞，想像歸家後之情狀。全詞筆勢頓挫有力，情思婉轉，為出塞詞中少見之佳作。

李之儀
二首

謝池春

殘寒消盡，疏雨過、清明後。花徑款餘紅[1]，風沼縈
新皺。乳燕穿庭戶，飛絮沾襟袖。正佳時，仍晚晝。
著人滋味[2]，真個濃如酒。　　頻移帶眼[3]，空只恁、
厭厭瘦[4]。不見又思量，見了還依舊。為問頻相見[5]，
何似長相守。天不老，人未偶。且將此恨，分付庭前柳。

1 款：留，住。　　　　　　　　　4 厭厭：精神不振的樣子。
2 著人：讓人感受到。　　　　　　5 為問：試問。
3 帶眼：腰帶上的孔眼。

　　此首詞為上景下情寫法。起二句，點明節候。「花徑」以下四句，落花、
風沼、乳燕、飛絮，皆摹寫暮春景致。「正佳時」二句，點出時間。「著人」
二句，對景有感。下片懷人。過片二句，不言相思而只言瘦，相思之苦，不言
自明。「不見」二句，寫出分別之矛盾心理。「為問」二句，終歸結到「長相守」
上。「天不老」以下四句，因人不能長相聚，此恨無法消除，唯有對柳興歎。
此詞過人處，在於善揣摩戀人心理，將相思之態一筆寫出，不落俗套。

卜算子

我住長江頭，君住長江尾。日日思君不見君，共飲長
江水。　　　　此水幾時休，此恨何時已。只願君心似我
心，定不負相思意。

此首詞模仿民歌而作，有古樂府的風味。起言相隔之遠，次言相思之深。過片仍扣住長江，以江水比深情。末二句，願兩情不相負。全詞雖直白如話，然寫女子對愛情的執着態度，大膽而熱烈，在全宋詞中實為標新立異之作。

至若「我住長江頭，君住長江尾。日日思君不見君，共飲長江水」，真是古樂府俊語矣。（明毛晉《〈姑溪詞〉跋》）

清雅，得古樂府遺意。但不善學之，必流於滑易矣。（清陳廷焯《詞則‧別調集》）

周 邦 彥

二十三首

瑞龍吟

章臺路。還見褪粉梅梢，試花桃樹。愔愔坊陌人家[1]，定巢燕子，歸來舊處。　　黯凝佇。因念個人癡小[2]，乍窺門戶[3]。侵晨淺約宮黃[4]，障風映袖，盈盈笑語。　　前度劉郎重到[5]，訪鄰尋里，同時歌舞。惟有舊家秋娘[6]，聲價如故。吟箋賦筆，猶記燕臺句[7]。知誰伴、名園露飲[8]，東城閒步。事與孤鴻去[9]。探春盡是，傷離意緒。官柳低金縷[10]。歸騎晚、纖纖池塘飛雨[11]。斷腸院落，一簾風絮。

註釋

1 愔（yīn）愔：幽深的樣子。

2 個人：伊人，那個人。

3 乍：恰好，剛好。

4 宮黃：古代婦女額上塗飾的黃色。

5 「前度」句：唐代詩人劉禹錫自朗州召回，重過玄都觀，題詩曰：「種桃道士歸何處，前度劉郎今又來。」（《再遊玄都觀》）

6 秋娘：唐代歌妓女伶的通稱。

7 燕臺句：唐代詩人李商隱嘗作《燕臺詩》四首，描情摹怨，憶舊傷別。後因以「燕臺句」指工於言情的詩詞佳作。

8 露飲：指露天飲酒、飲茶。

9 「事與」句：化用唐代杜牧《題安州浮雲寺樓寄湖州張郎中》：「恨如春草多，事與孤鴻去。」

10 金縷：形容柳條如金線。

11 纖纖：細微的樣子。

評析

　　此首詞為追述遊蹤之作。起首「章臺路」三字籠罩全篇，以下所見、所思皆由此引發。「還見」以下五句，皆為所見之景。梅花褪粉，桃花初綻，靜寂幽深的坊陌人家，舊日的定巢燕子依然歸來舊處，然物是人非，遂逗起往事之思。第二片純為懷想故人。「因念」以下數句，寫初見佳人時之情形。當日伊人淺約宮黃，迎風舉袖，笑語盈盈，一派嬌癡模樣。第三片落到自身，言自己重來故地，尋訪舊人不遇。「前度劉郎」自指，言故地重遊。但見左右鄰里歌舞依舊，往日之歌伎聲價如故，唯不見自己所尋之人。因念往日情詩尚存，

而故人已不知去往何處。「事與孤鴻去」三句，收束情思，歎時過境遷。轉而發為傷春之感。「官柳」以下四句，寫歸途所感。「斷腸院落，一簾風絮」二句尤婉轉。全篇以景起，以景結。先述歸來所見，後方點出歸來舊處，倒敘有力。第三片方細述本事，妙在吞吐迴環，神味無窮。

　　結句須要放開，含有餘不盡之意，以景結尾最好。如清真之「斷腸院落，一簾風絮」，又「掩重關，遍城鐘鼓」之類是也。（宋沈義父《樂府指迷》）

　　前二段輕描春色，下一段追思往事，對景傷懷。借景寫情，俱出有意。猶記燕臺，誰伴名園？必有所指，玩之有味。有溶月淡風之度。此詩負才抱志，不得於君，流落無聊，故託此以自況，讀者當領會詞表。（明《新刻李于鱗先生批評註釋草堂詩餘雋》偽託李攀龍評點）

　　鋪敘春之景象，意思極到。（明《新刻註釋草堂詩餘評林》李廷機評語）

　　（「事與孤鴻去」一句）只一句化去町畦。不過桃花人面，舊曲翻新耳。看其由無情入，結歸無情，層層脫換，筆筆往復處。（清周濟《宋四家詞選》批語）

　　筆筆回顧，情味雋永。（清陳廷焯《詞則‧別調集》）

　　海綃翁曰：第一段地，「還見」逆入，「舊處」平出。第二段人，「因記」逆入，「重到」平出，作第三段起步。以下撫今追昔，層層脫卸。「訪鄰尋里」，今。「同時歌舞」，昔。「惟有舊家秋娘，聲價如故」，今猶昔。而秋娘已去，卻不說出，乃吾所謂留字訣者。於是「吟箋賦筆」，「露飲」、「閒步」，與「窺戶」、「約黃」，「障袖」、「笑語」，皆如在目前矣。又吾所謂能留，則離合順逆，皆可隨意指揮也。「事與孤鴻去」，咽住，將昔遊一齊結束。然後以「探春」二句，轉出今情。「官柳」以下，復緣情敘景。「一簾風絮」，繞後一步作結。時則「褪粉梅梢，試花桃樹」，又成過去矣。後之視今，猶今視昔，奈此「斷腸院落」何。（清陳洵《海綃說詞》）

風流子

新綠小池塘。風簾動，醉影舞斜陽。羨金屋去來[1]，舊時巢燕，土花繚繞[2]，前度莓牆[3]。繡閣裡，鳳幃深幾許，聽得理絲簧[4]。欲說又休，慮乖芳信[5]，未歌先噎，愁近清觴[6]。　　遙知新妝了，開朱戶，應自待月

西廂。最苦夢魂，今宵不到伊行。問甚時説與，佳音密耗⁷，寄將秦鏡⁸，偷換韓香⁹。天便教人，霎時廝見何妨。

註釋

1 金屋：典出《漢武故事》，此處指華美之屋。

2 土花：苔蘚。

3 莓牆：滿生青苔的牆壁。

4 絲簧：管弦樂器。

5 芳信：指春的消息。

6 清觴：美酒。

7 密耗：秘密消息。

8 秦鏡：此用秦嘉贈妻明鏡事。東漢桓帝時，秦嘉為郡上計吏，赴洛陽。妻子徐淑因病還家，兩人常以書信來往，詩詞酬答。秦嘉《重報妻書》中説得一鏡，「既明且好，形觀文彩，世所希有。意甚愛之，故以相與」。徐淑收到，即回《報秦嘉書》「覽鏡執釵，情想彷彿」，「明鏡之鑑，當待君還」。後秦嘉病故，徐淑自毀容貌，誓不改嫁。見《藝文類聚》卷三二。

9 韓香：韓壽香。西晉賈充女賈午，將皇帝賞賜其父的外域異香贈予韓壽。賈充聞韓壽身上有異香，知道是女兒所贈，於是將女兒嫁給了韓壽。見《世説新語‧惑溺》。後以「韓壽香」指異香或定情之物。

評析

　　此詞為懷人之作。「新綠」三句，先寫外景，見風光旖旎，「舞」字尤靈動。「羨金屋」四句，寫人立池外所見。「羨」字貫下四句，不言己不得去，但借巢燕來去自如、土花繚繞過牆，以側筆襯托悵惘之情。「繡閣裡」三句，寫人立池外所聞。「欲説」四句，則寫絲簧之深情。換頭三句，寫人立池外之所想，皆揣測之詞。「最苦」二句，更深一層，言不獨身不得去，即夢魂亦不得去。「問甚時」四句，因人不得去，轉而發問可有去得之時，亦自我慰藉之詞。「天便」二句，因百計無由得見，遂發誓願，亦是思極恨極，故不禁呼天而問之。通篇皆是欲見而不得見之詞。

輯評

　　詞中句法，要平妥精粹。……如美成《風流子》云：「鳳閣繡帷深幾許，聽得理絲簧。」……此皆平易中有句法。（宋張炎《詞源》）

　　或以情結尾亦好。往往輕而露，如清真之「天便教人，霎時廝見何妨」。又云「夢魂凝想鴛侶」之類，便無意思，亦是詞家病，卻不可學也。（宋沈義父《樂府指迷》）

　　上敘出愁對時光之情，下敘出空為佇俟之狀。「未歌先咽」二語最慘。相思不得相見，當月當何極。因愁而罷歌酒，縱有待月偷香之想，其如天各一方何？（明《新刻李于鱗先生批評註釋草堂詩餘雋》偽託李攀龍評點）

　　情調欲歌先咽，意衝衝，從此各西東。愁人怕對黃昏，窗兒外，疏雨滴梧

桐。細思量，不如桃李，猶解嫁春風。（明《新刻註釋草堂詩餘評林》李廷機評語）

「土花」對「金屋」，工。末句馳騁，恣其望，申其鬱。（明沈際飛《草堂詩餘・正集》）

美成宰溧水日，主簿之姬美而慧，美成每款洽於尊席之間，因成《風流子》云：「（略）。」新綠、待月，皆簿廳亭軒之名。此詞雖極情致纏綿，然律以名教，恐亦有傷風雅已。（清葉申薌《本事詞》）

「天便教人，霎時廝見何妨」；「花前月下，見了不教歸去」。卞急迂妄，各極其妙。美成真深於情者。（清沈謙《填詞雜說》）

因見舊燕度莓牆而巢於金屋，乃思自身已在鳳幃之外，而聽別人理絲簧，未免悲咽耳。次闋亦託詞以戀主之意，讀者不可以辭害意也。（清黃蘇《蓼園詞選》）

元人沈伯時作《樂府指迷》，於清真詞推許甚至。唯以「天便教人，霎時廝見何妨」、「夢魂凝想鴛侶」等句為不可學，則非真能知詞者也。清真又有句云：「多少暗愁密意，唯有天知。」「最苦夢魂，今宵不到伊行。」「拚今生、對花對酒，為伊淚落。」此等語愈樸愈厚，愈厚愈雅，至真之情，由性靈肺腑中流出，不妨說盡而愈無盡。南宋人詞如姜白石云：「酒醒波遠，正凝想、明璫素襪。」庶幾近似。然已微嫌刷色。誠如清真等句，唯有學之不能到耳。如曰不可學也，詎必顰眉搔首，作態幾許，然後出之，乃為可學耶？明已來詞纖豔少骨，致斯道為之不尊，未始非伯時之言階之厲矣。竊嘗以刻印比之，自六代作者以縈紆拗折為工，而兩漢方正平直之風蕩然無復存者。救敝起衰，欲求一丁敬身、黃大易，而未易遽得。乃至倚聲小道，即亦將成絕學，良可慨夫。（清況周頤《蕙風詞話》）

「池塘」在「莓牆」外，「莓牆」在「繡閣」外，「繡閣」又在「鳳幃」外，層層佈景，總為「深幾許」三字出力。既非「巢燕」可以任意去來，則相見亦良難矣。「聽得」、「遙知」，只是个見，夢亦个到。「見」字絕望，「甚時」轉出「見」字後路。千回百折，逼出結句，畫龍點睛，破壁飛去矣。（清陳洵《海綃說詞》）

蘭陵王

柳陰直[1]。煙裡絲絲弄碧。隋堤上[2]、曾見幾番，拂水飄綿送行色[3]。登臨望故國[4]。誰識。京華倦客[5]。

長亭路，年去歲來，應折柔條過千尺。　　閒尋舊蹤跡。又酒趁哀弦，燈照離席。梨花榆火催寒食[6]。愁一箭風快，半篙波暖，回頭迢遞便數驛[7]。望人在天北。　　悽惻。恨堆積。漸別浦縈迴[8]，津堠岑寂[9]。斜陽冉冉春無極[10]。念月榭攜手，露橋聞笛。沉思前事，似夢裡，淚暗滴。

註釋

1 柳陰直：長堤上柳樹的陰影連成一條直線。

2 隋堤：汴河堤，為隋煬帝時所築。

3 飄綿：柳絮飛揚。

4 故國：此處作「故鄉」解。

5 京華倦客：詞人自謂，時客汴都。

6 榆火、寒食：舊俗以清明前二日為寒食節，禁煙火。唐宋時期朝廷於清明日取榆柳之

火賜近臣。

7 迢遞：遙遠的樣子。

8 縈迴：盤旋往復。

9 津堠（hòu）：渡口上供瞭望用的土堡。岑寂：寂寞，孤獨冷清。

10 冉冉：緩緩移動的樣子。

評析

　　此詞第一片僅就柳上說出別恨，提起全篇。「隋堤上」三句，言已慣見送別場面，引領至下文。「登臨」句，寫由上所見之送別場面，遂起故國之思，「誰識」二字陡轉，「京華倦客」一句，落到自身。「長亭路」三句，回應「曾見幾番」，自歎幾年來漂泊之苦。第二片實寫送別。「閒尋」一句，承上啟下。「又酒趁」三句，轉至目前之別筵。「愁一箭」四句，預想別後之情形。「愁」字貫四句，所愁者在風快、舟快、途遠、人遠。第三片寫別後之情緒。「悽惻」二句，直揭題旨，豁然挺出，籠罩下文。別浦、津堠、斜陽，側寫別後之悵惘。「念月榭」二句，忽折入前事。迴環往復，具吞吐之態。「沉思」三句，追憶往事，恍然如夢，悲不自抑，不覺泫然涕下，極言別後之悲。全篇意若連環而層次極清，前後照應而不着痕跡，實臻渾成之境。

輯評

　　道君幸李師師家，偶周邦彥先在焉，知道君至，遂匿於床下。道君自攜新橙一顆，云江南初進來，遂與師師諧語，邦彥悉聞之，隱括成《少年遊》云：「並刀如水，吳鹽勝雪，纖手破新橙。」後云：「嚴城上，已三更，馬滑霜濃，不如休去，直是少人行。」李師師因歌此詞，道君問誰作，李師師奏云周邦彥詞。道君大怒，坐朝，宣諭蔡京云：「開封府有監稅周邦彥者，聞課額不登，如何京尹不按發來？」蔡京罔知所以，奏云：「容臣退朝，呼京尹叩問，續得復奏。」京尹至，蔡以御前聖旨諭之，京尹云：「惟周邦彥課額增羨。」蔡云：

「上意如此，只得遷就將上。」得旨，周邦彥職事廢弛，可日下押出國門。隔一二日，道君復幸李師師家，不見李師師，問其家，知送周監稅。道君方以邦彥出國門為喜，既至不遇，坐久至更初，李始歸，愁眉淚睫，憔悴可掬。道君大怒云：「爾往那裡去？」李奏：「臣妾萬死，知周邦彥得罪，押出國門，略致一杯相別，不知官家來。」道君問：「曾有詞否？」李奏云：「有《蘭陵王》詞。」今「柳陰直」者是也。道君云：「唱一遍看。」李奏云：「容臣妾奉一杯，歌此詞為官家壽。」曲終，道君大喜，復召為大晟樂正，後官至大晟樂樂府待制。（宋張端義《貴耳集》）

賀《六州歌頭》、《望湘人》、《吳音子》諸曲，周《大酺》、《蘭陵王》諸曲最奇崛。或謂深勁乏韻，此遭柳氏野狐涎吐不出者也。（宋王灼《碧雞漫志》）

上折柳中亭意，中分袂長途情，下追思往事淚。絲絲能繫別離情，景真情切，咫尺天涯各一方，傷哉。追思已往事，益添新淚痕。一段懇切一段悲，是以眼前景寫心中事。（明《新刻李于鱗先生批評註釋草堂詩餘雋》偽託李攀龍評點）

古人所謂「絲絲能繫別離情」，正此意。追思往事，維以不永懷。（明《新刻註釋草堂詩餘評林》李廷機評語）

快勻。「閒尋舊跡」以下，不沾題而宣寫別懷，無抑塞。淡宕有情。（明沈際飛《草堂詩餘·正集》）

北宋有無謂之詞以應歌，南宋有無謂之詞以應社。然美成《蘭陵王》、東坡《賀新涼》，當筵命筆，冠絕一時。碧山《齊天樂》之詠蟬，玉潛《水龍吟》之詠白蓮，又豈非社中作乎？故知雷雨鬱蒸，是生芝菌，荊榛蔽芾，亦產蕙蘭。（清周濟《介存齋論詞雜著》）

客中送客，一「愁」字代行者設想。以下不辨是情是景，但覺煙靄蒼茫，「望」字、「念」字尤幻。（清周濟《宋四家詞選》批語）

紹興初，都下盛行周清真《蘭陵王慢》，西樓南瓦皆歌之，謂之《渭城三疊》。以周詞凡三換頭，至末段聲尤激越，惟教坊老笛師能倚之以節歌者。其譜傳自趙忠簡家，忠簡於建炎丁未九日南渡，泊舟儀真江口，遇宣和大晟樂府協律郎某，叩獲九重故譜，因令家伎習之，遂流傳於外。（清馮金伯《詞苑萃編》）

周清真避道君，匿李師師榻下，作《少年遊》以詠其事，吾極喜其「錦幄初溫，獸煙不斷，相對坐調笙」，情事如見。至「低聲問向誰行宿，城上已三更，馬滑霜濃，不如休去」等語，幾於魂搖目蕩矣。及被謫後，師師持酒餞別，復作《蘭陵王》贈之，中云：「愁一箭風快，半篙波暖，回首迢遞便數驛。」酷盡別離之慘。而題作詠柳，不書其事，則意趣索然，不見其妙矣。（清賀裳《皺水軒詞筌》）

《耆舊續聞》曰：「周美成至汴京，主角妓李師師家，為作《洛陽春》，師師欲委身而未能也，與同起止。美成復作《鳳來朝》云：『逗曉看嬌面。小窗深，弄明未辨。愛殘妝宿粉雲鬟亂，暢好是，帳中見。說夢雙娥微斂。錦衾溫、獸香未斷。待起難拋捨，任日炙，畫樓暖。』一夕，徽宗幸師師家，美成倉卒不能出，匿復壁間，遂製《少年遊》以紀其事。徽宗知而譴發之，師師餞送，美成作《蘭陵王》云：『應折柔條過千尺。』至『斜陽冉冉春無極』，人盡以為詠柳，淡宕有情，不知為別師師而作，便覺離愁在目。徽宗又至，師師歸遲，更誦《蘭陵王》別曲，含淚以告，乃留為大晟府待制。」（清沈雄《古今詞話·詞話》）

美成詞極其感慨，而無處不鬱，令人不能遽窺其旨。如《蘭陵王》云：「登臨望故國，誰識京華倦客」二語，是一篇之主。上有「隋堤上，曾見幾番，拂水飄綿送行色」之句，暗伏「倦客」之根，是其法密處。故下接云：「長亭路，年去歲來，應折柔條過千尺。」久客淹留之感，和盤托出。他手至此，以下便直抒憤懣矣，美成則不然。「閒尋舊蹤跡」二疊，無一語不吞吐。只就眼前景物，約略點綴，更不寫淹留之故，卻無處非淹留之苦。直至收筆云：「沉思前事，似夢裡、淚暗滴。」遙遙挽合，妙在才欲說破，便自咽住，其味正自無窮。（清陳廷焯《白雨齋詞話》）

一則曰「登臨望故國」，再則曰「閒尋舊蹤跡」，至收筆「沉思前事，似夢裡，淚暗滴」，遙遙挽合，妙，有許多說不出處。欲語復咽，是為沉鬱。（清陳廷焯《詞則·大雅集》）

意與人同，而筆力之高，壓遍古今。又沉鬱，又勁直，有獨往獨來之概。（清陳廷焯《雲韶集》）

已是磨杵成針手段，用筆欲落不落。此類噴醒，非玉田所知。「斜陽」七字，微吟千百遍，當入三昧，出三昧。（清譚獻評《詞辨》）

託柳起興，非詠柳也。「弄碧」一留，卻出「隋堤」。「行色」一留，卻出「故國」。「長亭路」復「隋堤上」。「年去歲來」復「曾見幾番」。「柔條千尺」復「拂水飄綿」。全為「京華倦客」四字出力。第二段「舊蹤」往事，一留。「離席」今情，又一留，於是以「梨花榆火」一句脫開。「愁一箭」至「數驛」三句逆提。然後以「望人在天北」一句，復上「離席」作歇拍。第三段「漸別浦」至「岑寂」，證上「愁一箭」至「波暖」二句。蓋有此漸，乃有此愁也。愁是倒提，漸是逆挽。「春無極」遙接「催寒食」。「催寒食」是脫，「春無極」是復。結則所謂「閒尋舊蹤跡」也。蹤跡虛提，「月榭」、「露橋」實證。（清陳洵《海綃說詞》）

「斜陽」七字，綺麗中帶悲壯，全首精神提起。（梁令嫻《藝蘅館詞選》引梁啟超語）

瑣窗寒

暗柳啼鴉，單衣佇立，小簾朱戶。桐花半畝，靜鎖一庭
愁雨。灑空階、夜闌未休，故人剪燭西窗語[1]。似楚江
暝宿[2]，風燈零亂，少年羈旅。　　遲暮。嬉遊處。正
店舍無煙，禁城百五[3]。旗亭喚酒[4]，付與高陽儔侶[5]。
想東園、桃李自春，小唇秀靨今在否[6]。到歸時、定有
殘英，待客攜尊俎[7]。

註釋

1 剪燭西窗語：化用唐代李商隱《夜雨寄
　北》：「何當共剪西窗燭，卻話巴山夜
　雨時。」
2 暝宿：夜宿。
3 百五：指寒食日，冬至後一百零五日，故名。
4 旗亭：酒樓。懸旗為酒招，故名。
5 高陽：高陽酒徒，指嗜酒不羈之人。漢代酈

食其見沛公劉邦，劉邦以其為儒生而不見。
酈生瞋目案劍大呼曰：「吾高陽酒徒也，非
儒生也。」劉邦因見之。見《史記·酈生陸
賈列傳》。儔（chóu）侶：朋友。
6 秀靨：精緻美麗的面容妝飾。
7 尊俎：古代盛酒肉的器皿。

評析

　　此寒食感懷詞。「暗柳」句寫春暮欲雨光景，「單衣」二句點出人物環境，
「桐花」二句寫初雨景象。「灑空階」二句承上，由夜雨而至話雨。「故人剪燭
西窗語」非實筆，當作「安得故人剪燭西窗語耶」解，懸想之詞。「似楚江」三
句，因目前景思及昔年羈旅況味。文筆蕩開。過片「遲暮」一句，與「少年」
對舉，情境陡轉，章法大開大合。「嬉遊處」三句，點出寒食節候。「旗亭」二
句，言無心飲酒作樂，故曰「付與」。「想東園」以下直貫結尾，一氣呵成，言
思家之切。桃李無人同賞，故曰「自春」。「在否」與「定有」，一懷疑，一確定，
交相呼應，頗有意味。

輯評

　　（「桐花」四句）慘於盧子之秋霖。（明卓人月輯、徐士俊評《古今詞統》）
　　上描旅思最無聊，下描酒興最無涯。寒窗獨坐，對此禁煙時光，呼盧浮
白，寧多遜高陽生哉？（明《新刻李于鱗先生批評註釋草堂詩餘雋》偽託李攀
龍評點）
　　引宮詞切當。（明《新刻註釋草堂詩餘評林》李廷機評語）
　　霎然有聲。（「正店舍」二句）點題。（明沈際飛《草堂詩餘·正集》）

（「似楚江暝宿」三句）奇橫。（清周濟《宋四家詞選》批語）

起三語精工，若他人寫來，秀麗或過之，骨韻終遜。「少年羈旅」四字悽慘。一味直往直來，自非他人所能到。（清陳廷焯《雲韶集》）

前闋寫宦況淒清，次闋起處點清寒食。以下引到思家情懷，風情旖旎可想。（清黃蘇《蓼園詞選》）

海綃翁曰：此篇機杼，當認定「故人剪燭西窗語」一句。自起句至「愁雨」，是從夜闌追溯。由戶而庭，乃有此西窗。由昏而夜，乃為此剪燭。用層層趕下。「嬉遊」五句，又從「暗柳」、「單衣」前追溯。旗亭無分，乃來此戶庭。儔侶俱謝，乃見此故人。用層層繳足作意，已極圓滿。「東園」以下，復從後一步繞出，筆力直破餘地。「少年」、「遲暮」，大開大合，是上下片緊湊處。（清陳洵《海綃說詞》）

（「似楚江」三句）此處情中帶景，所以不薄。（夏孫桐手評《清真詞》）

四聲之作，但仍可參證宋人他作。「似」字用筆領出下文，是柳、周二公家法，別家能之者少。境界開闊，惟必在一篇之中，分出時地，乃可云境界也。（喬大壯批《片玉集》）

六醜

薔薇謝後作

正單衣試酒[1]，悵客裡、光陰虛擲。願春暫留，春歸如過翼[2]。一去無跡。為問家何在，夜來風雨，葬楚宮傾國[3]。釵鈿墮處遺香澤[4]。亂點桃蹊，輕翻柳陌[5]。多情為誰追惜。但蜂媒蝶使[6]，時叩窗隔。　　東園岑寂。漸蒙籠暗碧[7]。靜繞珍叢底[8]，成歎息。長條故惹行客。似牽衣待話，別情無極[9]。殘英小[10]、強簪巾幘[11]。終不似一朵，釵頭顫裊，向人敧側。漂流處、莫趁潮汐[12]。恐斷紅[13]、尚有相思字，何由見得。

1 試酒：品嘗新釀成的酒。

2 過翼：飛鳥，言春歸得迅速。

3 楚宮傾國：喻落花。

4 釵鈿：美人頭上的簪飾，此處指落花。

5「亂點」二句：寫薔薇花凋謝後飛散的情形。
　桃蹊、柳陌，桃樹、柳樹下面的路徑。

6 但：只是，只有。

7 蒙籠：草木茂盛的樣子。

8 珍叢：美麗的花叢。

9 無極：無限。

10 殘英：殘餘未落的花，或指落花。

11 強：勉強。簪：插戴。巾幘：頭巾。

12 潮：早潮。汐：晚潮。

13 斷紅：此指飄零的花瓣。

　　此首詞對景有感而作。起句點明天時人事。次句，言久客之感。「願春」三句，言春去無痕，挽留不住，一語一轉，極見曲折之態。「為問」三句，作問答體，寫因夜來風雨之故，遂致落紅無數。此處不直寫花落，但借典故暗指，見周氏寫詞之縟麗。「釵鈿」句，言落花狼藉之狀，「亂點」二句，續寫落花飄零飛舞之態。「多情」句，語意一轉，故作頓挫。「為」字當作「被」解。「但蜂媒」二句，又一轉折，言唯有蜂蝶追惜。過片，承上啟下，言落花滿地，無人來賞，已歸寂寞。「蒙籠」句，花已落盡，但言綠葉。「靜繞」句，言徘徊之久。「成歎息」，揭出題意，感慨良深。「長條」三句，以花擬人，見流連之意。「殘英」三句，言僅餘之殘英已無意趣。末三句又另轉一意，言即使有相思字之紅葉，亦無由得見，用逆挽法。全篇情意深婉，耐人咀嚼。

　　唐小說記紅葉事凡四：其一《本事詩》……其二《雲溪友議》……其三《北夢瑣言》……其四《工溪編事》……本朝詞人罕用此事，惟周清真樂府兩用之。《掃花遊》云：「隨流去，想一葉怨題，今到何處。」《六醜·詠落花》云：「飄流處、莫趁潮汐。恐斷紅、尚有相思字，何由見得。」脫胎換骨之妙極矣。（宋龐元英《談藪》）

　　真愛花者，一花將萼，移枕攜幞，睡臥其下，以觀花之由微至盛至落，至於萎地而後已，善哉。「長條」有似「殘英」，不似眨眼，即知雄心必盡，況「漂流」一段，節起新枝，枝發奇萼，長調不可得矣。（明沈際飛《草堂詩餘·正集》）

　　（「願春暫留」三句）十三字千回百折，千錘百煉，以下如鵬羽自逝。不說人惜花，卻說花戀人；不從無花惜春，卻從有花惜春；不惜已簪之殘英，偏惜欲去之斷紅。（清周濟《宋四家詞選》批語）

　　美成詞極其感慨，而無處不鬱，令人不能遽窺其旨。……《六醜·薔薇謝後作》云：「為問家何在。」上文有「悵客裡光陰虛擲」之句，此處點醒題旨，既突兀又綿密，妙只五字束住。下文反覆纏綿，更不糾纏一筆，卻滿紙是羈愁抑鬱，且有許多不敢說處，言中有物，吞吐盡致。大抵美成詞一篇皆有一篇之

旨，尋得其旨，不難迎刃而解。否則病其繁碎重複，何足以知清真也。（清陳廷焯《白雨齋詞話》）

如泣如訴，語極嗚咽，而筆力沉雄，如聞孤鴻，如聽江聲。筆態飛舞，反覆低徊，詞中之聖也。結筆愈高。（清陳廷焯《雲韶集》）

自歎年老遠宦，意境落漠，借花起興。以下是花，是自己，比興無端。指與物化，奇情四溢，不可方物。人巧極而天工生矣。結處意致尤纏綿無已，耐人尋繹。（清黃蘇《蓼園詞選》）

（「願春」二句）逆入平出，亦平入逆出。（「為問」三句）搏兔用全力。（「靜繞」三句）處處斷，處處連。（「殘英」句）願春暫留。（「飄流」句）春歸如過翼。（末句）仍用逆挽，此片玉所獨。（清譚獻評《詞辨》）

清真《六醜》一詞，精深華妙，後來作者，罕能繼蹤。（清蔣敦復《芬陀利室詞話》）

海綃翁曰：薔薇謝後，言春去也。故直從惜春起。「留」字、「去」字，將大意揭出。「為問家何在」，猶言春歸何處也。「夜來」以下，從薔薇謝後指點。結則言蜂蝶但解惜花，未解惜春也。惜花小，惜春大。「東園」二句，謝後又換一境。「成歎息」三字用重筆，蓋不止惜花矣。「長條」三句，花亦「願春暫留」。「殘英」七字，「留」字結束，終不似至「敧側」，「去」字結束。「漂流」七字，「願」字轉身。「斷紅」句逆挽「留」字，「何由見得」逆挽「去」字，言外有無限意思。讀之但覺迴腸蕩氣，復何處尋其源耶？（清陳洵《海綃說詞》）

填此調若拙於行氣，必病糾纏拖沓。清真此詞反覆吞吐，操縱自如，良由行氣功深，故能六轡在手如此。（蔡嵩雲《柯亭詞評》）

一氣貫注，轉折處如天馬行空。所用虛字，無一不與文情相合。（龍榆生《唐宋名家詞選》引夏敬觀評語）

古今絕唱，妙在直筆而能絕處轉回，慢詞至此，可歎觀止，屬和實可不必，其法則不可不知。以一「正」字領起至結，無第二手能之。只此一篇，可悟北宋轉法。（喬大壯批《片玉集》）

夜飛鵲

河橋送人處，涼夜何其[1]。斜月遠墮餘輝。銅盤燭淚已流盡[2]，霏霏涼露沾衣。相將散離會，探風前津

鼓[3]，樹杪參旗[4]。花驄會意，縱揚鞭、亦自行遲。　　迢遞路回清野，人語漸無聞，空帶愁歸。何意重經前地[5]，遺鈿不見，斜徑都迷。兔葵燕麥，向斜陽、欲與人齊。但徘徊班草[6]，欷歔酹酒[7]，極望天西。

註釋

1 何其：甚麼時候。《詩經·小雅·庭燎》：「夜　　　　又名天旗、天弓。
　如何其？夜未央。」　　　　　　　　　　　 5 何意：意謂沒想到。
2 銅盤：盛蠟燭的器具。　　　　　　　　　　 6 班草：佈草而坐，指朋友相遇，共坐談心。
3 津鼓：渡口報時的更鼓。　　　　　　　　　 7 欷歔：歎息聲，抽咽聲。揚雄《方言》：「哀
4 參旗：星名。屬畢宿，共九星，在參星西。　　　 而不泣曰唏。」酹酒：以酒澆地。

評析

　　此首詞，自「河橋送人處」直至「空帶愁歸」為一節，追述月夜送行情況；「何意」以下至篇末，寫重經前地悵惘之情。上片「河橋」至「涼露沾衣」，點染月夜送行之情境。「風前」二句，寫前程景色，分手在即。「花驄」二句，不言人不願行，而言花驄會意，語極巧妙，「縱」字與「亦」字呼應。過片意脈不斷，「迢遞」言歸路，人語無聞，只得帶愁而歸。「何意」二字貫下數句，筆鋒陡轉，拓開一層。「前地」應篇首，地猶是而情景則大異，但見斜陽影裡葵麥之高與人齊耳。「但徘徊」三句，言故人已別，對景傷懷，唯有酹酒於地，悵望天涯，藉此排遣胸中之鬱結。送行之詞多為應酬之作，然此詞語真情真，實為送行詞中少見之佳作。

輯評

　　上是欲別不忍別之感，下是別後無限情緒。「驊騮」也會歌驪意，可知傷別情多。醉酒極望，何等惆悵於一方？「愁莫愁兮生別離」，分手不堪回首處，此情訴與誰人知？（明《新刻李于鱗先生批評註釋草堂詩餘雋》偽託李攀龍評點）

　　今之人，務為欲別不別之狀，以博人歡，避人議，而真情什無二三矣。能使華騮會意，非真情所潛格乎？物既如是，人何以堪？妝襯幽涼，怎奈玉人不見。（明沈際飛《草堂詩餘·正集》）

　　「班草」是散會處，「酹酒」是送人處。二處皆前地也，雙起故須雙結。（清周濟《宋四家詞選》批語）

　　美成《夜飛鵲》云：「何意重經前地，遺鈿不見，斜徑都迷。兔葵燕麥，向斜陽、影與人齊。但徘徊班草，欷歔酹酒，極望天西。」哀怨而渾雅。白石《揚州慢》一闋，從此脫胎。超處或過之，而厚意微遜。（清陳廷焯《白雨齋詞話》）

一首送別詞耳。自將行至遠送，又自去後寫懷望之情，層次井井而意致綿密，詞采穠深。時出雄厚之句，耐人咀嚼。（清黃蘇《蓼園詞選》）

　　海綃翁曰：「河橋」逆入，「前地」平出。換頭三句，鈎勒渾厚。轉出下句，始覺沉深。（清陳洵《海綃說詞》）

　　「兔葵燕麥」二語，與柳屯田之「曉風殘月」，可稱送別詞中雙絕，皆鎔情入景也。（梁令嫻《藝蘅館詞選》引梁啟超語）

　　和緩之筆，可與《四園竹》參看。乃片玉獨到之處，古今無第二手。（喬大壯批《片玉集》）

滿庭芳

夏日溧水無想山作[1]

風老鶯雛，雨肥梅子[2]，午陰嘉樹清圓。地卑山近，衣潤費爐煙[3]。人靜烏鳶自樂[4]，小橋外、新綠濺濺[5]。憑闌久，黃蘆苦竹，疑泛九江船[6]。　　　年年。如社燕[7]，飄流瀚海[8]，來寄修椽[9]。且莫思身外[10]，長近尊前。憔悴江南倦客，不堪聽、急管繁弦[11]。歌筵畔，先安簟枕，容我醉時眠。

註釋

1 溧水：縣名，故址在今江蘇南京東南。詞人時任溧水縣令。無想山：在溧水縣南十八里。

2 老、肥：皆使動用法。

3 爐煙：用來熏衣服，去除濕氣。

4 烏鳶：此處泛指烏鴉。

5 濺（jiān）濺：流水聲。

6「黃蘆」二句：此處用白居易被貶九江故事。白居易《琵琶行》：「住近湓江地低濕，黃蘆苦竹繞宅生。」

7 社燕：燕春社來，秋社去，故稱社燕。

8 瀚海：沙漠地區。這裡指遙遠、荒僻的地區。

9 修椽：高大屋檐。

10 莫思身外：化用唐代杜甫《絕句漫興九首》其四：「莫思身外無窮事，且盡生前有限杯。」

11 急管繁弦：形容節拍急促，演奏熱鬧的音樂。

此首詞採用先景後情寫法，上片寫江南初夏景色，極細緻；下片抒漂流之哀，極婉轉。起首三句，刻畫最工，不着一「夏」字，亦知為夏日景致。「地卑」二句，為前人所賞，淪謫之恨以淡筆出之，極蘊藉。「人靜」句，用杜詩，着一「自」字而不覺贅。「小橋」句，生意活潑，寫出無我之境，與「烏鳶」句互相映帶。「憑闌久」承上，「黃蘆」句用白詩，明寫其地僻濕，恐如白居易當年之被貶江州也。句法頓挫，恰為下片蓄勢。換頭，自歎身世。「社燕」句正面自喻，彌見悲抑之情。「且莫思」句，以撇做轉，勸人行樂。「憔悴」句又一轉，放筆言情，而用「歌筵」三句兜轉，餘味無窮。通篇用事，皆唐大家詩，意境沉雄。

詞中多有句中韻，人多不曉。不惟讀之可聽，而歌時最要叶韻應拍，不可以為閒字而不押。如《木蘭花》云「傾城。盡尋勝去」，「城」字是韻。又如《滿庭芳》過處「年年。如社燕」，「年」字是韻，不可不察也。（宋沈義父《樂府指迷》）

「老」字、「肥」字、「費」字，字法俱靈。（明卓人月輯、徐士俊評《古今詞統》）

上言人景俱寂之象，下言憔悴難遣之懷。起二語，煉字全在「老」、「肥」處吐景。萬種愁情醉裡消，此詞解到此。出口成詞，平平鋪敘，自有一種閒雅，不當以凡品目之。（明《新刻李于鱗先生批評註釋草堂詩餘雋》偽託李攀龍評點）

千煉。「衣潤費爐煙」，景語也，景在「費」字。淺而得情。（明沈際飛《草堂詩餘‧正集》）

「風老」二句，煉。「衣潤」句，有景，景在「費」字。美成有《塞翁吟》一首，去此遠矣。（明潘游龍《精選古今詩餘醉》）

「費」：周美成「衣潤費爐煙」，謝勉仲「心情費消遣」，晏小山「莫向花箋費淚行」，本於「學書費紙」之「費」。（清沈雄《古今詞話‧詞品》）

通首疏快，實開南宋諸公之先聲。「人靜烏鳶樂」，杜句也。「黃蘆苦竹」，出香山《琵琶行》。（清許昂霄《詞綜偶評》）

（上片）體物入微，夾入上下文中，似褒似貶，神味最遠。（清周濟《宋四家詞選》批語）

「黃蘆苦竹」，此非詞家所常設字面，至張玉田《意難忘》詞猶特見之，可見當時推許大家者自有在，決非後人以土泥、脂粉為詞耳。（清先著、程洪《詞潔》）

美成詞有前後若不相蒙者，正是頓挫之妙。如《滿庭芳‧夏日溧水無想山作》上半闋云：「人靜烏鳶自樂（下略）。」正擬縱樂矣，下忽接云：「年年。

（略）。」是烏鳶雖樂，社燕自苦。九江之船，卒未嘗泛。此中有多少說不出處，或是依人之苦，或有患失之心。但說得雖哀怨，卻不激烈。沉鬱頓挫中，別饒蘊藉。後人為詞，好作盡頭語，令人一覽無餘，有何趣味？（清陳廷焯《白雨齋詞話》）

　　烏鳶自樂，社燕自苦，九江之船，卒未嘗泛。沉鬱頓挫中別饒蘊藉。（清陳廷焯《詞則‧大雅集》）

　　起筆秀絕，以意勝，不以詞勝。筆墨真高，亦悽惻，亦疏狂。（清陳廷焯《雲韶集》）

　　（「地卑」二句）《離騷》廿五，去人不遠。（「且莫」二句）杜詩韓筆。（清譚獻評《詞辨》）

　　周美成云：「流潦妨車轂。」又曰：「衣潤費爐煙。」辛幼安云：「不知筋力衰多少，只覺新來懶上樓。」填詞者試於此消息之。（清譚獻《復堂詞序》）

　　此必其出知順昌後作。前三句見春光已去。「地卑」至「九江船」，言其地之僻也。「年年」三句，見宦情如逆旅。「且莫思」句至末，寫其心之難遣也。末句妙於語言。（清黃蘇《蓼園詞選》）

　　層層脫卸，筆筆勾勒，面面圓成。（清陳洵《海綃說詞》）

　　最頹唐語，卻最含蓄。（梁令嫻《藝蘅館詞選》引梁啟超語）

過秦樓

水浴清蟾[1]，葉喧涼吹，巷陌馬聲初斷。閒依露井[2]，笑撲流螢，惹破畫羅輕扇。人靜夜久憑闌，愁不歸眠，立殘更箭[3]。歎年華一瞬，人今千里，夢沉書遠。　　空見說、鬢怯瓊梳，容消金鏡，漸懶趁時勻染[4]。梅風地溽[5]，虹雨苔滋[6]，一架舞紅都變[7]。誰信無聊，為伊才減江淹[8]，情傷荀倩[9]。但明河影下，還看稀星數點。

---

1 清蟾：指明月。
2 露井：沒有覆蓋的井。
3 更箭：古代以銅壺盛水，壺中立箭以計

時刻。
4 懶：懶於，無心於。趁時：追趕時尚。
5 梅風：黃梅季節的風。溽：濕熱。

6 虹雨：指夏日的陣雨。乍雨乍晴，雨後常見
　　彩虹，故稱。

7 舞紅：指落花。

8 才減江淹：《南史》卷五九《江淹傳》：「（淹）
　　嘗宿於冶亭，夢一丈夫自稱郭璞，謂淹曰：
　　『吾有筆在卿處多年，可以見還。』淹乃探

懷中，得五色筆一以授之，爾後為詩絕無美
句，時人謂之才盡。」

9 情傷荀倩：《世說新語·惑溺》：「荀奉倩與
　　婦至篤。冬月婦病熱，乃出中庭，自取冷，
　　還，以身熨之。婦亡，奉倩後少時亦卒。」

評析

此詞為追懷故人之作。起句至「惹破畫羅輕扇」，皆追思往事。「水浴」三句，點明時地及周圍景致。「閒依」三句，寫佳人當時之情態，刻畫傳神，極生動可愛。「人靜」三句，始拍到現在，深夜憑欄，愁不能寐。「歎年華」三句，皆感喟之詞，「歎」字貫下三句。過片三句，遙想閨愁。「空見說」三字貫下三句，承「人今千里」，一「空」字，見出悵惘之情。「梅風」三句，承「年華一瞬」，狀梅雨光陰，尤新穎動目。「誰信」三句，抒一己相思之深情。「但明河」二句，以景作結，含蓄有味。

輯評

詞中用事、使人姓名，須委曲得不用出最好。清真詞多要兩人名對使，亦不可學也。如……《過秦樓》云「才減江淹，情傷荀倩」之類是也。（宋沈義父《樂府指迷》）

上是月明夜靜景無聊，下是佳人才子思無盡。此時此景，對誰語也？此引江淹、荀倩，有才子戀佳人之懷想。此俱是嗟我懷人，睹月夜益起思念，雖曰夏景，其實乃春懷情況也。（明《新刻李于鱗先生批評註釋草堂詩餘雋》偽託李攀龍評點）

月明夜寂，自有一種清況。嗟我懷人，不能成寐，亦本然事。末結有味。（明《新刻註釋草堂詩餘評林》李廷機評語）

弄致。章句字作家，拈來都合。（明沈際飛《草堂詩餘·正集》）

（「梅風地溽，虹雨苔滋，一架舞紅都變。」）入此三句，意味淡厚。（清周濟《宋四家詞選》批語）

婉約芊麗。悽豔絕世，滿紙是淚，而筆墨極盡飛舞之致。（清陳廷焯《雲韶集》）

海綃翁曰：「通篇只做前結三句。自起句至『更箭』，是去秋情事。『梅風』三句，又歷春夏，所謂『年華一瞬』。『見說』三句，『人今千里』。『誰信』三句，『夢沉書遠』也。『明河』、『疏星』，又到秋景。前起逆入，後結仍用逆挽。構局精奇，金針度盡。」（清陳洵《海綃說詞》）

邵次公說此調與《蘇武慢》同出一源。人名作對，前人已議之。片玉每以閉口韻增押，如「染」、「點」二字是也，不可為法。（喬大壯批《片玉集》）

花犯

粉牆低，梅花照眼[1]，依然舊風味。露痕輕綴。疑淨洗鉛華[2]，無限佳麗。去年勝賞曾孤倚。冰盤同燕喜[3]。更可惜[4]、雪中高樹，香篝熏素被[5]。　　今年對花最匆匆，相逢似有恨、依依愁悴[6]。吟望久，青苔上，旋看飛墜。相將見[7]、翠丸薦酒[8]，人正在、空江煙浪裡。但夢想[9]、一枝瀟灑，黃昏斜照水[10]。

1 照眼：耀眼。

2 鉛華：婦女化妝用的鉛粉。

3 冰盤：喻指月亮。燕喜：宴飲喜樂。

4 可惜：值得憐惜。

5 香篝：熏籠。

6 愁悴：因愁苦而憔悴。

7 相將：宋時習語，即將、行將的意思。

8 翠丸：指梅子。

9 但：只好，只能。

10 「黃昏」句：化用宋代林逋《山園小梅》：「疏影橫斜水清淺，暗香浮動月黃昏。」

評析

此詞為詠梅之作。全詞圍繞「舊風味」三字，而以「去年」、「今年」分敘之。起三句，點破題面。「露痕」三句，摹寫梅花含露之態。「去年」以下數句，皆回憶去年賞梅之事。過片二句，言今年賞梅之匆匆，直筆寫出。「吟望」三句，寫落梅之態極傳神。「相將見」二句，言梅正開而人已遠別。結尾二句，寫別後之夢想梅影。全詞只詠梅花，而紆徐反覆，極盡吞吐之妙。

輯評

剝梅浸雪釀之，露一宿，取去，蜜漬之，可薦酒。詞正用其意。（宋林洪《山家清供》）

此只詠梅花，而紆徐反覆，道盡三年間事，昔人謂好詩圓美流轉如彈丸，余於此詞亦云。（宋黃昇《唐宋諸賢絕妙詞選》）

上觀梅而追憶舊想之景色無方，下思人而遠望長江之夢寐相隔。露痕輕綴，雪中高樹，寫景逼真。疏梅淺水弄黃昏，正是故人馳神處。機軸圓轉，組織無痕，一片錦心繡口，端不減天孫妙手，宜占花魁矣。（明《新刻李于鱗先生批評註釋草堂詩餘雋》偽託李攀龍評點）

態隨意出，辭遂機生，天孫手織不是過也。昔人謂梅詞以此為冠，誠然也。（明《新刻註釋草堂詩餘評林》李廷機評語）

只詠梅，而紆徐往復，了三年間事，故足珍貴。「愁悴」句，梅花傳心。彈丸流轉。（明沈際飛《草堂詩餘‧正集》）

　　清真詞，其清婉者至此，故知建章千門，非一匠所營。（清周濟《宋四家詞選》批語）

　　此詞非專詠梅花，特借花以寄身世之感耳。黃叔暘謂「此詞只詠梅花，而紆徐反覆，道盡三年間事，圓美流轉如彈丸」，可謂知言。（清陳廷焯《雲韶集》）

　　（「依然」句）逆入。（「去年」句）平出。（「今年」句）放筆為直幹。「凝望久」以下，筋搖脈動。（「相將見」二句）如顏魯公書，力透紙背。（清譚獻評《詞辨》）

　　愚謂此為梅詞第一。總是見宦跡無常，情懷落漠耳。忽借梅花以寫，意超而思永。言梅猶是舊風情，而人則離合無常。去年與梅，共安冷淡。今年梅正開，而人欲遠別。梅似含愁悴之意而飛墜。梅子將圓，而人在空江中，時夢想梅影而已。（清黃蘇《蓼園詞選》）

　　海綃翁曰：起七字極沉着，已將三年情事一齊攝起。「舊風味」，從「去年」虛提。「露痕」三句，復為「照眼」作周旋。然後「去年」逆入，「今年」平出。「相將」倒提，「夢想」逆挽。圓美不難，難在渾勁。（清陳洵《海綃說詞》）

　　此是古今絕唱，讀之可悟詞境。「舊風味」、「去年」、「曾」、「今年」、「相將見」、「夢想」，皆時也。「粉牆」、「雪中」、「苔上」、「空江」、「照水」，皆地也，合時與地遂成境界。（喬大壯批《片玉集》）

大酺

對宿煙收¹，春禽靜，飛雨時鳴高屋。牆頭青玉旆²，洗鉛霜都盡，嫩梢相觸。潤逼琴絲³，寒侵枕障，蟲網吹黏簾竹。郵亭無人處，聽簷聲不斷，困眠初熟。奈愁極頻驚，夢輕難記，自憐幽獨。　　行人歸意速。最先念、流潦妨車轂⁴。怎奈向、蘭成憔悴⁵，衛玠清羸⁶，等閒時、易傷心目。未怪平陽客⁷，雙淚落、笛中哀曲。況蕭索、青蕪國。紅糝鋪地⁸，門外荊桃如

菽 [9]。夜遊共誰秉燭。

註釋

1 宿：隔夜。

2 青玉箷：喻初春樹梢上搖曳着的柔枝嫩葉。

3 潤逼琴絲：指要下雨。漢王充《論衡》謂「天
　且雨……琴弦緩」。

4 流潦：道路的積水。車轂（gǔ）：指車輪。
　轂，車輪中心的圓木。

5 蘭成：北周庾信的小字。

6 衛玠：晉人，美男子，人聞其名，觀者如

堵。先有羸疾，成病而死，年二十七，人以
為看殺衛玠。見《世說新語・容止》。清羸
（léi）：清瘦羸弱。

7 平陽客：漢馬融，性好音樂，能鼓琴吹笛，
臥平陽時，聽客舍有人吹笛甚悲，因作
《笛賦》。

8 紅糁（sǎn）：指花瓣。

9 菽：豆類的總稱。

評析

　　此首詞為羈旅中對雨遣愁之作。起三句，寫春雨之來。「牆頭」三句，寫屋外雨中之景致。「潤逼」三句，寫屋內之景，因下雨之故，琴弦變鬆，寒意侵襲枕障，蟲網也吹黏於竹簾之上。「逼」、「侵」二字，寫感受極細膩。「郵亭」三句，言雨中無聊，聽檐間雨滴之聲，不覺進入睡鄉。「奈愁極」三句，語意陡轉，由寫景轉而抒發羈旅孤寂之感。換頭，抒發思歸之情。「怎奈向」數句，言歸去不得，觸景傷情。「未怪」二句。念及馬融聞笛落淚之事，遂有共鳴之感。「況蕭索」三句，重述門外雨景。「夜遊」句，再申孤寂無聊之感，餘情婉轉。

輯評

　　詞中用事、使人姓名，須委曲得不用出最好。清真詞多要兩人名對使，亦不可學也。如……《大酺》云：「蘭成憔悴，衛玠清羸。」（宋沈義父《樂府指迷》）

　　通首俱寫雨中情景。（清許昂霄《詞綜偶評》）

　　馬融好音律，能鼓琴吹笛。而為督郵無留事，獨臥郿縣平陽塢中。有洛客舍逆旅吹笛，為氣出精列相和。融去京師逾年，暫聞甚悲而樂之。觀「平陽客」句，用馬融去京事，知為由待制出知順昌後作。寫得淒清落漠，令人惻惻。（清黃蘇《蓼園詞選》）

　　（「牆頭」三句）辟灌皆有賦心，前周後吳，所以為大家也。（「行人」二句）此亦新亭之淚。（「況蕭索」五句）一句一折，一步一態，然周昉美人，非時世妝也。（清譚獻評《詞辨》）

　　周美成云：「流潦妨車轂。」又曰：「衣潤費爐煙。」辛幼安云：「不知筋力衰多少，只覺新來懶上樓。」填詞者試於此消息之。（清譚獻《復堂詞序》）

　　清真詞《大酺》云：「牆頭青玉箷。」玉字以入代平。下文云：「郵亭無人處。」皆四平一仄。夢窗此句第四字，亦用入聲，守律之嚴如此，今人則胡亂

用之矣。（清陳銳《袌碧齋詞話》）

　　海綃翁曰：玩一「對」字，已是驚覺後神理。「困眠初熟」，卻又拗轉。而以「郵亭」五字，作中間停頓，前後周旋。換頭五字陡接。「流潦」八字，復繞後一步出力。然後以「怎奈向」三字鈎轉。將前闋所有情景，盡收入「傷心目」中。「平陽」二句，脫開作墊，跌落下六字。「紅糁」二句，復加一層渲染，托出結句。與「自憐幽獨」，顧盼含情。神光離合，乍陰乍陽，美成信天人也。（清陳洵《海綃說詞》）

　　「流潦妨車轂」等語，託想奇拙，清真最善用之。（梁令嫻《藝蘅館詞選》引梁啟超語）

解語花

上元

　　風消焰蠟，露浥烘爐[1]，花市光相射。桂華流瓦[2]。纖雲散，耿耿素蛾欲下[3]。衣裳淡雅。看楚女、纖腰一把[4]。簫鼓喧，人影參差，滿路飄香麝[5]。　　因念都城放夜[6]。望千門如晝，嬉笑遊冶。鈿車羅帕[7]。相逢處，自有暗塵隨馬[8]。年光是也[9]。惟只見、舊情衰謝。清漏移，飛蓋歸來，從舞休歌罷。

1 浥(yì)：沾濕。
2 桂華：指月光。
3 耿耿：光明的樣子。
4 「看楚女」句：《韓非子·二柄》：「楚靈王好細腰，而國中多餓人。」唐代杜牧《遣懷》：「落魄江湖載酒行，楚腰纖細掌中輕。」
5 香麝：即麝香。

6 放夜：開放夜禁。唐代起，正月十五夜前後各一天開放夜禁，允許百姓夜間出行。
7 鈿車：用金寶嵌飾的車。
8 暗塵隨馬：車馬行經之處，塵土飛揚。此處化用唐代蘇味道《觀燈》：「暗塵隨馬去，明月逐人來。」
9 是也：還是一樣。

　　此詞為周邦彥在荊南遇元宵節觀燈所作。上片，寫荊南之元宵節。首三

句，寫元宵之燈；「桂華」三句，寫元宵之月；「衣裳」二句，寫元宵之遊女；「簫鼓」三句，寫元宵之音樂及遊人。過片數句，追憶汴京元宵節之盛況。「年光」以下，見年華如舊而人情已衰，歸到自身。「清漏」下，結束一日之遊了。全詞因觀燈而撫今追昔，筆勢流轉，一往情深。

昔人詠節序，不惟不多，附之歌喉者，類是率俗，不過為應時納祜之聲耳。所謂清明「拆桐花爛漫」、端午「梅霖初歇」、七夕「炎光謝」，若律以詞家調度，則皆未然。豈如美成《解語花》賦元夕云：「（略）。」……如此等妙詞頗多，不獨措辭精粹，又且見時序風物之盛，人家宴樂之同。則絕無歌者。（宋張炎《詞源》）

來教謂《草堂》詞多取周美成諸公麗語，如詩尚晚唐，亦何貴也。信如尊論。愚按：美成詞正為不能麗耳。夫麗者，豈在紈綺珠翠乎？不假鉛華而光彩射人，意態殊絕者，天下之麗也。故西施衣毛褐而國人稱美，秦蘭服敝襦而陶穀心醉。今美成多取古人綺語餖飣成篇，種種皆備，而飄灑之風，雋永之味，獨其所少，如富室女服飾甚盛，欠天然嫵媚耳。但其人長於音律，所作諧聲歌，叶弦管，無所沾滯，故為詞家所宗。先輩嘗稱其為詞人之甲乙者，以此也。獨元宵此詞不類諸作，「桂華流瓦。纖雲散，耿耿素娥欲下」，語甚奇。「衣裳淡雅。看楚女、纖腰一把」，亦俊逸。「年光是也。惟只見、舊情衰謝」，又感慨沉着。「瓦」字、「雅」字、「帕」字、「也」字，皆不覺用韻，誠佳作也。（明張綖《草堂詩餘別錄》）

上是佳人遊玩，下是燈下相逢，一氣呵成。才子佳人，一時勝會，千載奇逢，洵是解語花，傾國傾城聲價矣。（明《新刻李于鱗先生批評註釋草堂詩餘雋》偽託李攀龍評點）

燈月交輝，佳人歌舞，才子遊玩，亦一時之勝。用蘇味道詩「暗塵隨馬去，明月逐人來」，詞意高古。（明《新刻註釋草堂詩餘評林》李廷機評語）

詞起結最難，而結尤難於起，蓋不欲轉入別調也。「呼翠袖，為君舞」、「倩盈盈翠袖，搵英雄淚」，正是一法。然又須結得有「不愁明月盡，自有夜珠來」之妙，乃得。美成元宵云：「任舞休歌罷。」則何以稱焉？（清劉體仁《七頌堂詞繹》）

此美成在荊南作，當與《齊天樂》同時。到處歌舞太平，京師尤為絕盛。（清周濟《宋四家詞選》批語）

後半闋念及禁城放夜時，縱筆揮灑，有水逝雲捲、風馳電掣之感。（清陳廷焯《詞則·大雅集》）

因元宵而念禁城放夜時，屈指年光，已成往事。此種着筆，何等姿態，何等情味。若泛寫元宵衣香燈彩如何豔冶，便寫得工麗百二十分，終覺看來不

俊。（清陳廷焯《雲韶集》）

　　詞忌用替代字。美成《解語花》之「桂華流瓦」，境界極妙，惜以「桂華」二字代月耳，夢窗以下，則用代字更多。其所以然者，非意不足，則語不妙也。蓋意足則不暇代，語妙則不必代。此少游之「小樓連苑」、「繡轂雕鞍」所以為東坡所譏也。（王國維《人間詞話》）

　　古今傳唱名作也。此從楚女而念都城，以異地而生情景，足見北宋詞家境界。「年光」一轉，見重大之筆。「馬」韻，巧而重大。（喬大壯批《片玉集》）

定風波

莫倚能歌斂黛眉。此歌能有幾人知。他日相逢花月底。重理。好聲須記得來時[1]。　　苦恨城頭傳漏水[2]。催起。無情豈解惜分飛。休訴金尊推玉臂[3]。從醉。明朝有酒遣誰持。

註釋

1 好聲：即新聲，新製的樂曲。　　　　　3 訴：推辭，辭酒。
2 漏水：古代計時用的壺漏中所漏下的水。

評析

　　此詞描寫離愁別緒。起句寫女子「能歌」卻「斂黛眉」而不歌，引出送別主題。接三句為對方設想，聊以慰藉。既然此時無心歌唱，那就等到將來重逢之際再聽一曲吧。下片起句借更漏來表現時間的流逝，「恨」字表達了詞人不忍分別的苦悶和傷感，同時賦予更漏以感情色彩，可謂「有我之境」。結句勸酒澆愁，正所謂「此地一為別，孤蓬萬里征」（唐李白《送友人》），明日縱使再有美酒佳餚，也無人舉杯共飲了。

蝶戀花

月皎驚烏棲不定。更漏將闌，轆轤牽金井[1]。喚起兩

眸清炯炯²。淚花落枕紅綿冷。　　執手霜風吹鬢影。去意徊徨³，別語愁難聽。樓上闌干橫斗柄⁴。露寒人遠雞相應。

1 轆轤：提汲井水的一種工具。　　3 徊徨：形容心悸不安或心神不定。
2 炯炯：明亮的樣子。　　　　　　4 闌干：星斗縱橫貌。

註釋

評析

　　此詞寫離別。「月皎」句，當為回想昨宵屋外之景。「更漏」二句，拍到當下，寫天明將曉，言外之意，即將離別上路，趕赴行程。「喚起」二句，因離別在即，故不得不喚人起，喚起之人初被驚醒，猶有清眸，忽念及分手在即，則繼之以淚落。淚落至濕透紅綿，則悲傷極矣。此二句形容睡起之妙，寫照傳神。「執手」句，為門外送別時之情景。「去意」二句，寫難捨難分、纏綿悽惻之情。「樓上」二句，寫人去後之景。斗斜露寒，唯有人行處，雞聲四起，知其遠矣。此首小令，情真語真，別前別後，刻畫入微，知周氏不獨以慢詞擅長也。

輯評

　　美成能作景語，不能作情語；能入麗字，不能入雅字，以故價微劣於柳。然至「枕痕一線紅生玉」，又「喚起兩眸清炯炯，淚花落枕紅綿冷」，其形容睡起之妙，真能動人。（明王世貞《藝苑卮言》）

　　於曙色晨光將斷將續之際，寫得黯然欲絕。（明卓人月輯、徐士俊評《古今詞統》）

　　前段是曉起朦朧之態，後段是臨行纏綣之懷。不足景狀如活。「露寒人遠」，思之又思，意溢詞端。先曰紅棉冷，後曰鴛鴦冷，俱用二字收□一節，意深一節，語不見。（明《新刻李于鱗先生批評註釋草堂詩餘雋》偽託李攀龍評點）

　　旅行曉景，狀得曲盡。（託名楊慎評點《草堂詩餘》）

　　首句本曹孟德「月明烏飛」說來。（明《新刻註釋草堂詩餘評林》李廷機評語）

　　雞相應，妙在想不到，又曉行時所必到。閩刻謂「鴛鴦冷」三字妙，真不可與談詞。（明沈際飛《草堂詩餘‧正集》）

　　張祖望曰：詞雖小道，第一要辨雅俗，結構天成。而中有豔語、雋語、奇語、豪語、苦語、癡語、沒要緊語，如巧匠運斤，毫無痕跡，方為妙手。……「淚花落枕紅綿冷」、「黃昏卻下瀟瀟雨」、「楊柳梢頭，能有春多少」、「斷送一

生憔悴，能消幾個黃昏」、「斷魂千里，夜夜岳陽樓」，苦語也。（清王又華《古今詞論》）

　　首一闋，言未行前聞烏驚、漏殘、轆轤響，而警醒淚落。次闋言別時情況悽楚，玉人遠而惟雞相應，更覺悽婉矣。（清黃蘇《蓼園詞選》）

解連環

怨懷無託。嗟情人斷絕，信音遼邈[1]。縱妙手、能解連環[2]，似風散雨收，霧輕雲薄。燕子樓空[3]，暗塵鎖、一床弦索。想移根換葉，盡是舊時，手種紅藥。　　汀洲漸生杜若[4]。料舟依岸曲，人在天角。漫記得[5]、當日音書，把閒語閒言，待總燒卻。水驛春回，望寄我、江南梅萼。拚今生、對花對酒，為伊淚落。

1 遼邈（miǎo）：遙遠渺茫。
2 解連環：典出《戰國策‧齊策》。秦王派使者送給齊王一串玉連環，請齊人解開。群臣不知如何解，齊王后用鐵椎將連環打破，對秦使說：「連環已解開。」後以「解連環」比

喻解決難題。此處喻指處理感情糾葛。
3 燕子樓：指佳人所居之樓。見前蘇軾《永遇樂》（明月如霜）註1。
4 杜若：香草名。
5 漫：空，徒然地。

　　《解連環》用《戰國策》故事，本詞用環破喻歡情之決裂。大體言情人已去而己猶眷戀不已。起首三句，已將事情本末交代清楚，以下至篇末，皆由此伸發。「怨懷無託」四字，尤為一篇之總綱。「縱妙手」三句，言歡情已逝，風散、雨收、霧輕、雲薄，皆言不復有往昔之濃情蜜意。「燕子樓空」二句，反用關盼盼為張建封守節不下樓故事，一「空」字，暗指今之燕子樓中，佳人已去，所餘者，唯有塵封之弦索。「想移根」三句，言即使當時親手所種之芍藥，今日也根葉全非，無復當日光景。換片，由汀洲生杜若，推想去人之所在。「漫記得」句，言當日音信往來頻繁，見情意之深。「把閒語」二句，言當下怨恨之深，一開一合，筆法錯落有致。「水驛春回」句又陡轉，若能寄梅以慰相思，願為伊人一灑多情之淚。全篇低迴婉轉，一往情深，極盡哀婉之思。

詞欲雅而正，志之所之，一為情所役，則失其雅正之音。耆卿、伯可不必論，雖美成亦有所不免。如「為伊淚落」，如「最苦夢魂，今宵不到伊行」，如「天便教人，霎時得見何妨」，如「又恐伊，尋消問息，瘦損容光」，如「許多煩惱，只為當時，一晌留情」，所謂淳厚日變成澆風也。（宋張炎《詞源》）

上言燕樓中舊時事，下言書淚落今生人。用張建封盼盼事情，最切最當。結拚花酒，意新詞健。形容閨婦哀情，有無限懷古傷今處。至末尤見詞語壯麗，體度豔冶。（明《新刻李于鱗先生批評註釋草堂詩餘雋》偽託李攀龍評點）

懷古傷今，言言雅練，若周君，可謂善形容閨中之情者。燕子樓，乃張所建。末段詞語健麗新奇。（明《新刻註釋草堂詩餘評林》李廷機評語）

新響。近日街頭歌市所云：「閒話兒丟開也，照舊來走走。」無言語到沒味不燒，卻又非情矣。慘痛。（明沈際飛《草堂詩餘·正集》）

元人沈伯時作《樂府指迷》，於清真詞推許甚至。唯以「天便教人，霎時廝見何妨」、「夢魂凝想鴛侶」等句為不可學，則非真能知詞者也。清真又有句云：「多少暗愁密意，唯有天知。」「最苦夢魂，今宵不到伊行。」「拚今生、對花對酒，為伊淚落。」此等語愈樸愈厚，愈厚愈雅，至真之情，由性靈肺腑中流出，不妨說盡而愈無盡。南宋人詞如姜白石云：「酒醒波遠，正凝想、明璫素襪。」庶幾近似。然已微嫌刷色。誠如清真等句，唯有學之不能到耳。如曰不可學也，詎必顰眉搔首，作態幾許，然後出之，乃為可學耶？明已來詞纖豔少骨，致斯道為之不尊，未始非伯時之言階之厲矣。竊嘗以刻印比之，自六代詞人以縈紆拗折為工，而兩漢方正平直之風蕩然無復存者。救敝起衰，欲求一丁敬身、黃大易，而未易遽得。乃至倚聲小道，即亦將成絕學，良可慨夫。（清況周頤《蕙風詞話》）

全是空際盤旋。「無託」起，「淚落」結。中間「紅藥」一情，「杜若」一情，「梅萼」一情。隨手拈來，都成妙諦。夢窗「思和雲結」，從此脫胎。味「縱妙手能解連環」句，當有事實在，疑亦謂李師師也。今謂「信音遼邈」，昔之「閒語閒言」，又不足憑。篇中設景設情，純是空中結想，此周詞之極幻者。（清陳洵《海綃說詞》）

拜星月慢

夜色催更，清塵收露，小曲幽坊月暗。竹檻燈窗，識秋娘庭院[1]。笑相遇，似覺瓊枝玉樹相倚，暖日明霞

光爛。水盼蘭情，總平生稀見。　　　畫圖中、舊識春風面[2]。誰知道、自到瑤臺畔。眷戀雨潤雲溫[3]，苦驚風吹散。念荒寒、寄宿無人館。重門閉、敗壁秋蟲歎。怎奈向[4]、一縷相思，隔溪山不斷。

1 秋娘：唐代歌伎女伶的通稱。　　　　　3 雨潤雲溫：指男女之間相愛悅。

2「畫圖中」句：本自唐代杜甫《詠懷古跡》：　4 怎奈：無可奈何。

「畫圖省識春風面，環佩空歸月夜魂。」

　　此首詞為追懷舊遊之作。通篇用倒敘手法，起句至「苦驚風吹散」，皆回憶往事。起三句，點明時地。「竹檻」二句，言佳人之居所。「笑相遇」以下數句，寫相見繾綣纏綿之態。「似覺」貫下兩句，喻相見時之驚豔。「畫圖中」句，言所遇之人似曾相識；「誰知道」句，言意外相見詫異之情，一開一合，曲折有致。「眷戀」句承上，「苦驚風」句啟下。「念荒寒」以下，寫現今之苦況。荒寒之中，寄宿於無人之館，重門緊閉，唯有敗壁間秋蟲獨唱，一派淒清之境，見於筆端。「怎奈向」二句又一轉折，言雖有溪山阻隔，相思依然不斷，婉轉蘊藉，回味彌長。

　　蟲曰「歎」，奇。實甫草橋店許多鋪寫，當為此一字屈首。（明卓人月輯、徐士俊評《古今詞統》）

　　上相遇間恍如瓊玉生光，下相思處渾如溪山隔斷。寫出庭院之遇，宛若秋娘在目。瑤臺眷戀，盡是相思不絕處。敘期邂逅之際，一見顏色，令人春風滿面，雲雨興思，又為溪山阻隔，寫情在逼切。（明《新刻李于鱗先生批評註釋草堂詩餘雋》偽託李攀龍評點）

　　蟲曰「歎」，妙。客邸真可憐。一餉三生，一縷萬端，工於迸淚。（明沈際飛《草堂詩餘‧正集》）

　　前「一餉留情」，此「一縷相思」，無限傷感。（明潘游龍《精選古今詩餘醉》）

　　全是追思，卻純用實寫。但讀前闋，幾疑是賦也。換頭再為加倍跌宕之，他人萬萬無此力量。（清周濟《宋四家詞選》批語）

　　美成以內廷供奉，出守順昌，道中寂寞，旅況淒清，自所不免。而依依戀主之情，「隔溪山不斷」，饒有敦厚之致，「驚風吹散」句，怨自有所歸也，可以怨矣。（清黃蘇《蓼園詞選》）

迤邐寫來，入微盡致。當年畫中曾見，今日重逢，其情愈深。旅館淒涼相思情況，一一如見。（清陳廷焯《雲韶集》）

（下闋）曲折恣肆，筆情酣暢。（清陳廷焯《詞則・別調集》）

荒寒寄宿，追憶舊歡，只消秋蟲一歎。「伊威在室，蠨蛸在戶」，「不可畏也，伊可懷也」。畫圖昭君，瑤臺玉環，以比師師。在美成為相思，在道君為長恨矣，當悟此微旨。（清陳洵《海綃說詞》）

此篇轉折酣美，學此法者不可不知。自「念荒寒」以後始知「夜色」至「稀見」純是追摹之筆，而「畫圖」至「吹散」橫出今昔之思，可謂迴腸蕩氣者矣。（喬大壯批《片玉集》）

關河令

秋陰時晴漸向暝[1]。變一庭淒冷。佇聽寒聲[2]，雲深無雁影。　　更深人去寂靜。但照壁、孤燈相映。酒已都醒，如何消夜永[3]。

1 暝：天黑，日暮。　　　　　　　　　3 消：消磨，打發。

2 寒聲　淒涼的聲音

此詞抒寫羈旅況味。上片寫秋日日間之淒清，下片寫夜間之淒清。日間由陰而暝而冷。因聽寒聲，欲視雁影而雁影亦不得見，此不言淒清而淒清之感自出。夜間更深人靜，唯有孤燈相映，寂寞之感已充盈其間。欲借酒消愁而酒已都醒，則漫漫長夜也難捱過。末尾用發問作結，含不盡之意於言外。此首小令，不用情語而字字含情，純用重拙手法，可謂「搏兔而用全力」。

淡永。（清周濟《宋四家詞選》批語）

（下闋）進一層說，愈勁直，愈纏綿。（清陳廷焯《詞則・別調集》）

「雲深無雁影」，五字千古。不必說借酒消愁，偏說「酒已都醒」，筆力勁直，情味愈見。（清陳廷焯《雲韶集》）

由「更深」而追想過去之暝色，預計未盡之長夜。神味拙厚，總是筆力有餘。（清陳洵《海綃說詞》）

綺寮怨

上馬人扶殘醉，曉風吹未醒。映水曲、翠瓦朱檐，垂楊裡、乍見津亭[1]。當時曾題敗壁，蛛絲罩、淡墨苔暈青。念去來[2]、歲月如流，徘徊久、歎息愁思盈。　　去去倦尋路程。江陵舊事，何曾再問楊瓊[3]。舊曲凄清。斂愁黛、與誰聽。尊前故人如在，想念我、最關情[4]。何須《渭城》[5]。歌聲未盡處、先淚零。

註釋

1 乍見津亭：猛然看見了渡口處的亭子。

2 去來：年去年來。

3 楊瓊：所指不詳。唐代白居易《寄李蘇州兼示楊瓊》詩云：「就中猶有楊瓊在，堪上東山伴謝公。」

4 最關情：最牽動情懷。

5 《渭城》：唐代詩人王維《送元二使安西》，一作《渭城曲》，詩詠故人相別。後譜入樂府，為曲名。

評析

　　此首為離別詞。起二句，寫昨夜宿酒未醒。「映水曲」二句，寫離別之所。「當時」二句，寫往日離別時在牆壁上所題寫之詩句，已經字跡模糊，蛛絲繚繞。「念去來」二句，因見當日題字，遂感歎漂泊不定，歲月蹉跎。下片寫離別在即，席間奏離別之曲，因念故人不知何處。「何須」三句，言歌未盡而淚已先落，餘悲未絕。全詞皆圍繞離別而寫，然不輕易說破題面，極盡含蓄曲折之態。

輯評

　　周清真《綺寮怨》第三、四句：「映水曲、翠瓦朱檐，垂楊裡、乍見津亭」。元人王竹澗則云：「疏簾下、茶鼎孤煙，斷橋外、梅豆千林。」純作對偶語，不成《綺寮怨》矣，此不明句調之失。鄙人嘗論詞有單行，有儷體，學者不可不考。至陳西麓和作，失去「清」字一韻，尤為疏忽。（清陳銳《襄碧齋詞話》）

　　此重過荊南途中作。楊瓊，蘇州歌者，見白香山詩。「徘徊」、「歎息」，蓋有在矣。「斂愁黛，與誰聽」，知音之感。「何曾再問」，正急於欲問也。「舊曲」、「誰聽」，「念我」、「關情」，問之不已，特不知故人在否耳。拙重之至，彌見沉渾。「江陵」以下，言知音難遇也。「故人」二字倒鈎。未歌先淚，又不止斂愁黛矣。顧曲周郎，其亦有身世之感乎。（清陳洵《海綃說詞》）

尉遲杯

隋堤路。漸日晚、密靄生煙樹[1]。陰陰淡月籠沙，還宿河橋深處[2]。無情畫舸，都不管、煙波隔前浦。等行人、醉擁重衾[3]，載將離恨歸去[4]。　　因思舊客京華，長偎傍、疏林小檻歡聚。冶葉倡條俱相識[5]，仍慣見、珠歌翠舞[6]。如今向、漁村水驛，夜如歲、焚香獨自語。有何人、念我無聊，夢魂凝想鴛侶。

1 密靄：濃濃的霧氣。

2 還（huán）：回轉。

3 重衾（chóng qīn）：兩層被子。

4 「載將」句：化用宋代鄭文寶《柳枝詞》：「不管煙波與風雨，載將離恨過江南。」

5 冶葉倡條：借指妓女。唐代李商隱《燕臺四首‧春》：「蜜房羽客類芳心，冶葉倡條遍相識。」

6 珠歌翠舞：比喻非常華貴奢侈的歌舞表演。

評析

此詞為夜宿舟中之作。「隋堤路」兩句，寫日晚舟行所見，但見煙樹叢中霧靄升起，見出黃昏景致。「陰陰」兩句，已轉入舟泊河橋之夜景。「無情畫舸」四句，回憶離別之初情景，借恨舟行之速，實寫離恨之深。過片轉入回憶過去店留京城之快樂時光，歡宴、歌舞，皆歷歷往日。「如今向」三句，轉回當下實境，行程已遠，此時身處深夜之漁村水驛，唯有焚香獨語。眼下淒清之景與往昔之歡娛，兩相比較，恍若隔世。末句轉入懸想，含不盡之意於言外。周氏此詞，因景及情，因今及昔，手法雖從柳永出，然思致更為深婉。

輯評

結句須要放開，含有餘不盡之意，以景結情最好。……或以情結尾亦好。往往輕而露，如清真之「天便教人，霎時廝見何妨」；又云「夢魂凝想鴛侶」之類，便無意思，亦是詞家病，卻不可學也。（宋沈義父《樂府指迷》）

上是別來寒重而恨更重，下是客中夜長而思更長。滿船離恨載不歸。更深人靜，此景對誰言？無限離恨，兼以如歲之夜，益增寂寂無語之情懷。（明《新刻李于鱗先生批評註釋草堂詩餘雋》偽託李攀龍評點）

遠遊曰離，近出曰別，此詞備言別離之苦。（明《新刻註釋草堂詩餘評林》李廷機評語）

等到醉時，畫舸煞有情，而猶謂無情，情真哉！蘇詞「載一船離恨、向西

州」，秦詞「載取暮愁歸去」，又是一觸發。（明沈際飛《草堂詩餘‧正集》）

南宋諸公所斷不能到者，出之平實，故勝。一結拙甚。（清周濟《宋四家詞選》批語）

此詞應是美成由待制出知順昌，初出汴京時作。自汴水買船東下，因念京中舊友，故曰「想鴛侶」也。情辭自爾悽切。（清黃蘇《蓼園詞選》）

（「無情」二句）沉着。（「因思」句）章法。（「漁村水驛」）挽。收處頗率意。（清譚獻評《詞辨》）

窈曲幽深，筆情雋上。（清陳廷焯《詞則‧大雅集》）

「淡月」、「河橋」，始念隋堤日晚。「畫舸」、「煙波」，「重衾」、「離恨」，節節逆溯，還他隋堤。「舊客京華」，仍用逆溯。「漁村水驛」，收合河橋。夢魂是重衾裡事。無聊自語，則酒夢都醒也。「小檻」對「疏林」，「歡聚」對「偎傍」，「珠歌翠舞」對「冶葉倡條」，「仍慣見」對「俱相識」，是搓挪對法。紅友謂於「傍」字讀，非。（清陳洵《海綃説詞》）

此是汴京留別之作，筆力可思。（喬大壯批《片玉集》）

西河

金陵懷古

佳麗地¹。南朝盛事誰記。山圍故國繞清江，髻鬟對起。怒濤寂寞打孤城，風檣遙度天際²。　　斷崖樹，猶倒倚。莫愁艇子誰繫³。空餘舊跡鬱蒼蒼⁴，霧沉半壘⁵。夜深月過女牆來，傷心東望淮水⁶。　　酒旗戲鼓甚處市⁷。想依稀、王謝鄰里。燕子不知何世。向尋常、巷陌人家，相對如説興亡，斜陽裡⁸。

---

1 佳麗地：用南朝齊謝朓《入朝曲》：「江南佳麗地，金陵帝王州。」

2 「山圍」四句：化用唐代劉禹錫《金陵五題‧石頭城》：「山圍故國周遭在，潮打空城寂寞回。」風檣，張着風帆的船。

3 「莫愁」句：化用樂府詩：「莫愁在何處？莫愁石城西。艇子打兩槳，催送莫愁來。」誰，一作「曾」。

4 鬱蒼蒼：雲霧很濃，望去一片蒼青。
5 沉：掩蓋，遮沒。
6「夜深」二句：化用唐代劉禹錫《金陵五題·石頭城》：「淮水東邊舊時月，夜深還過女牆來。」女牆，城牆上呈凹凸的矮牆。傷心，一作「賞心」。淮水，指秦淮河。

7 酒旗戲鼓：指酒樓戲館等繁華的場所。甚處市：哪裡，甚麼地方。
8「想依稀」五句：化用唐代劉禹錫《烏衣巷》：「朱雀橋邊野草花，烏衣巷口夕陽斜。舊時王謝堂前燕，飛入尋常百姓家。」

評析

此首金陵懷古詞，通篇隱括劉禹錫詩意。前人題詠金陵，多喜搬用六朝故事，而此詞起句即言「南朝盛事誰記」，因而撇去故實不提，另闢蹊徑。接下來「山圍故國」四句，點出金陵形勝。第二片，言金陵之舊跡，皆從景上虛説而空曠寂寞之感頓生。第三片，以擬人化之燕子回憶往昔，寫出古今興亡之感。張炎説周邦彥最長處，在善化用前人詩句，如自己出。看周氏此詞，化用劉禹錫兩首詩，不唯襲其句，兼取其意，正可作為印證。

輯評

莫愁者，郢州石城人，今郢有莫愁村。畫工傳其貌，好事者多寫寄四遠。……近世周美成樂府《西河》一闋，專詠金陵，所云「莫愁艇子曾繫」之語，豈非誤指石頭城為石城乎？（宋洪邁《容齋三筆》）

周美成《西河》詞「賞心東畔淮水」，今作「傷心」。如此之類甚多。（宋陳鵠《西塘集耆舊續聞》）

石頭城有二，又有石城。「鍾阜龍蟠，石城虎踞」，此金陵之石頭城也。梁蕭勃父子、余孝頃所據，此豫章之石頭城也。汪彥章為《豫章石頭驛記》，引洪喬附書投諸水事，乃金陵之石頭。周美成作《西河》詞，有云「莫愁艇子誰繫」，此郢州之石城，皆誤用。莫愁，郢人，古樂府云：「莫愁在何處？莫愁石城西。艇子打兩槳，催道莫愁來。」人不知考。（宋趙彥衛《雲麓漫鈔》）

有兩石城，一在金陵，一在竟陵。在金陵者，即左思所謂「戎車次於石城」者也。在竟陵者，即莫愁所居之城也。而周美成詞乃以金陵石城為莫愁事用，無乃誤乎？（宋王楙《野客叢書》）

周美成詞《金陵懷古》，用莫愁字；金陵石頭城非莫愁所在，前輩指其誤。予嘗守郢，郡治西偏臨漢江，上石崖峭壁可長數十丈，兩端以城續之，流傳此為石頭城。莫愁名見古樂府，意者是神，漢江之西岸，至今有莫愁村，故謂「艇子往來」是也。莫愁像有石本，衣冠甚古，不知何時流傳。郢中倡女嘗擇一人名，以莫愁示存古意，亦僭瀆矣。（宋曾三異《同話錄》）

介甫《桂枝香》獨步不得。（明卓人月輯、徐士俊評《古今詞統》）

上段是寫金陵勝概所在，下段是撫古傷今不盡情。點綴金陵事實，還有王者氣否？情隨事遷，感慨繫之矣。向之所忻羨，俯仰之間，已為陳跡，猶不

能不以之興懷。（明《新刻李于鱗先生批評註釋草堂詩餘雋》偽託李攀龍評點）

前半寫景如畫，後段感慨如訴。（託名楊慎評點《草堂詩餘》）

王、謝當以漁隱之議為是，更有烏衣巷可證。（明《新刻註釋草堂詩餘評林》李廷機評語）

如此江山，還有王者氣否？介甫《桂枝香》獨步不得。（明沈際飛《草堂詩餘·正集》）

櫽栝唐句，渾然天成。（「山圍故國繞清江」四句）形勝；（「莫愁艇子曾繫」三句）古跡；（「酒旗戲鼓甚處是」至末）目前景物。（清許昂霄《詞綜偶評》）

此詞以「山圍故國」、「朱雀橋邊」二詩作藍本，融化入律，氣韻沉雄，音節悲壯。（清陳廷焯《詞則·放歌集》）

此詞純用唐人成句融化入律，氣韻沉雄，蒼涼悲壯，直是壓遍今古。金陵懷古詞，古今不可勝數，要當以美成此詞為絕唱。（清陳廷焯《雲韶集》）

首段寫金陵形勝，次段寫金陵舊跡，末段由現在之金陵推想過去之金陵。劉夢得《石頭城》詩云：「山圍故國周遭在，潮打空城寂寞回。淮水東邊舊時月，夜深還過女牆來。」此詞前二段即融化此詩成之，而別有境界。（蔡嵩雲《柯亭詞評》）

張玉田謂清真最長處在善融化古人詩句，如自己出。讀此詞，可見此中三昧。（梁令嫻《藝蘅館詞選》引梁啟超語）

瑞鶴仙

悄郊原帶郭[1]。行路永、客去車塵漠漠。斜陽映山落。斂餘紅猶戀，孤城闌角。凌波步弱[2]。過短亭、何用素約[3]。有流鶯勸我[4]，重解繡鞍，緩引春酌[5]。　　不記歸時早暮，上馬誰扶，醒眠朱閣。驚飆動幕[6]。扶殘醉，繞紅藥。歎西園已是，花深無地，東風何事又惡。任流光過卻。猶喜洞天自樂[7]。

1 郊原：原野。帶郭：繞城外郭，近城牆。

2 凌波：比喻美人步履輕盈，如乘碧波而行。

語出三國魏曹植《洛神賦》：「凌波微步，羅襪生塵。」

評析

　　此詞是追憶送別之作。用倒敘手法，上片回憶送別及歸途所遇，下片轉入實境，寫歸後酒醒所見。起句，點明送客之地。「行路」句，言客已去。「斜陽」三句，寫歸途所見，唯有斜陽、落花、孤城而已。「凌波」以下至「緩引春酌」，言歸途中偶有所遇，於是解鞍重酌。換片，從酒醒寫起，略去昨日飲酒沉醉之枝節不提。「驚飆」言風起，由風起而念及西園紅藥，遂扶醉前往查看，然已落花滿地，唯有怨東風作惡而已。一片悵惘之情，自筆端流出。「任流光」二句，忽又宕開去，以豁達語作結，聊以自慰。

輯評

　　周美成晚歸錢塘鄉里，夢中得《瑞鶴仙》一闋：「（略）。」未幾，方臘盜起，自桐廬擁兵入杭。時美成方會客，聞之，倉黃出奔，趨西湖之墳庵。次郊外，適際殘臘，落日在山，忽見故人之妾，徒步，亦為逃避計。約下馬，小飲於道旁旗亭，聞鶯聲於木杪分背。少焉，抵庵中，尚有餘醺，困臥小閣之上，恍如詞中。逾月賊平，入城則故居皆遭蹂躪，旋營緝而處，繼而得請提舉杭州洞霄宮，遂老焉，悉符前作。美成嘗自記甚詳，今偶失其本，姑追記其略而書於編。（宋王明清《揮麈餘話》）

　　明清《揮麈餘話》記周美成《瑞鶴仙》事，近於故篋中得先人所敘，特為詳備，今具載之。美成以待制提舉南京鴻慶宮，自杭徙居睦州，夢中作長短句《瑞鶴仙》一闋，既覺，猶能全記，了不詳其所謂也。未幾，青溪賊方臘起，逮其鴟張，方還杭州舊居，而道路兵戈已滿，僅得脫死。始入錢塘門，但見杭人倉皇奔避，如蜂屯蟻沸，視落日半在鼓角樓檐間，即詞中所謂「斜陽映山落。斂餘暉猶戀，孤城欄角」者，應矣。當是時，天下承平日久，吳越享安閒之樂，而狂寇嘯聚，徑自睦州直搗蘇、杭，聲言遂踞二浙，浙人傳聞，內外響應，求死不暇。美成舊居既不可住，是日無處得食，飢甚。忽於稠人中有呼待制何往者，視之，鄉人之侍兒素所識者也。且曰：「日晏必未食，能捨車過酒家乎？」美成從之，驚遽間連引數杯，散去，腹枵頓解。乃詞中所謂「凌波步弱，過短亭何用素約，有流鶯勸我，重解繡鞍，緩引春酌」之句，驗矣。飲罷覺微醉，便耳目惶惑，不敢少留，徑出城北。江漲橋諸寺，士女已盈滿，不能駐足，獨一小寺經閣偶無人，遂宿其上。即詞中所謂「上馬誰扶，醒眠朱閣」，又應矣。既見兩浙處處奔避，遂絕江居揚州。未及息肩，而傳聞方賊已盡據二浙，將渡江之淮泗，因自計方領南京鴻慶宮，有齋廳可居，乃挈家往焉。則詞中所謂「念西園已是花深無路，東風又惡」之言應矣。至鴻慶，未幾，以疾

卒。則「任流光過了，歸來洞天自樂」，又應於身後矣。美成平生好作樂府，將死之際，夢中得句，而字字俱應，卒章又驗於身後，豈偶然哉？美成之守潁上，與僕相知。其至南京，又以此詞見寄，尚不知此詞之言。待其死，乃盡驗如此！（宋王明清《玉照新志》）

上是鶯喚求友意，下是不醉無歸意。「流鶯勸我」，其荒物胸次乎？半醉半醒，不盡以還陽春。自斟自酌，獨往獨來，其莊漆園乎？其邵堯叟乎？其葛天、無懷氏乎？（明《新刻李于鱗先生批評註釋草堂詩餘雋》偽託李攀龍評點）

點景入畫，令人賞心奪月。（明《新刻註釋草堂詩餘評林》李廷機評語）

「流鶯相勸」，目空海內人物，真醉人情事。末句周郎才盡。（明沈際飛《草堂詩餘·正集》）

此詞美成或在出守順昌後作乎？似有鬱鬱不得意而託於遊、託於酒，以自排遣。醉中語猶自繞藥欄而怨東風，所云洞天自樂，亦無聊之意也，細玩應自得其用意所在。（清黃蘇《蓼園詞選》）

只閒閒說起。不「扶殘醉」，不見「紅藥」之繫情、「東風」之作惡。因而追溯昨日送客後，薄暮入城，因所攜之妓倦遊訪伴小憩，復成酣飲。換頭三句，反透出一個「醒」字，「驚飆」句倒插「東風」，然後以「扶殘醉」三字點睛。結構精奇，金針度盡。（清周濟《宋四家詞選》批語）

（「任流光過卻」）緊接上文；（「猶喜洞天自樂」）收拾中間。（清許昂霄《詞綜偶評》）

入手字峭拔。「任」字一轉，他人不能。（喬大壯批《片玉集》）

浪淘沙慢

畫陰重，霜凋岸草，霧隱城堞¹。南陌脂車待發²。東門帳飲乍闋³。正拂面垂楊堪攬結。掩紅淚、玉手親折。念漢浦離鴻去何許⁴，經時信音絕。　　情切。望中地遠天闊。向露冷風清，無人處、耿耿寒漏咽⁵。嗟萬事難忘，惟是輕別。翠尊未竭，憑斷雲留取，西樓殘月。　　羅帶光消紋衾疊。連環解、舊香頓歇。怨歌永、瓊壺敲盡缺⁶。恨春去、不與人期⁷，弄夜色，

空餘滿地梨花雪。

1 城堞（dié）：城上的矮牆。

2 脂車：油塗車軸，以利運轉。借指駕車出行。

3 帳飲：謂在郊野張設幃帳，宴飲送別。闋：結束。

4 何許：何處。

5 耿耿：心神不安的樣子。

6「怨歌永」句：晉代王敦酒後，常常詠曹操詩：「老驥伏櫪，志在千里。烈士暮年，壯心不已。」並以如意擊唾壺為節，壺口盡缺。見《世說新語·豪爽》。瓊壺，原本作「瓊歌」。

7 期：預約，約定。

　　此詞為懷人之作。全篇用倒敘手法，自起處至「玉手親折」，皆追敘往事。「畫陰重」三句，點出清晨送別景色，已然霜濃霧重。「南陌」二句，寫別離在即。「正拂面」二句，寫佳人折柳送別。「念漢浦」二句，總束上文，言別離之久，並轉入當下實境。以下兩片皆承上，抒發悵惘之情。第二片起首「情切」二字，籠罩至篇末。「望中」句，點明眼前之景，「向露冷」二句，點出時間。「嗟萬事難忘，惟是輕別」，此二句實是一篇主腦，至此揭出。「翠尊」三句，對景抒懷。第三片，寫別後之追逝。光消、衾疊、香歇，皆言歡情不再。於是遂有怨歌、壺缺之悲。「恨春去」三句，借春去不與人期，但餘滿地似雪梨花，側寫惆悵之懷。「弄夜色」三字，於一氣貫注之下，稍作停頓，有搖曳之姿。

　　精綻悠揚，真千秋絕調。其用去聲字尤不可及。觀竹山和詞，通篇四聲，一字不殊，豈非詞調有宕格耶？（清萬樹《詞律》）

　　（第二片換頭）空際出力，夢窗最得其訣。（「翠尊未竭」）三句一氣趕下，是清真長技。（收處）鉤勒勁健峭舉。（清周濟《宋四家詞選》批語）

　　美成詞操縱處有出人意表者。如《浪淘沙慢》一闋，上二疊寫別離之苦，如「掩紅淚、玉手親折」等句，故作瑣碎之筆。至末段云：「羅帶光消紋衾疊。連環解、舊香頓歇，怨歌永、瓊壺敲盡缺。恨春去、不與人期，弄夜色，空餘滿地梨花雪。」蓄勢在後，驟雨飄風，不可遏抑，歌至曲終，覺萬彙哀鳴，天地變色。老杜所謂「意愜關飛動，篇終接混茫」也。（清陳廷焯《白雨齋詞話》）

　　第三段飄風驟雨，急管繁弦，歌至曲終，覺萬彙哀鳴，天地變色。「恨春去」七字，甚深。（清陳廷焯《詞則·大雅集》）

　　美成善於摹寫秋景，每讀晏、歐詞後，再讀美成詞，正如水逝雲捲，風馳電掣，覺萬彙哀鳴，天地變色。第三段急管繁弦，飄風驟雨，如聆樂章之亂。（清陳廷焯《雲韶集》）

　　（「正拂面」二句）難忘在此。（「翠尊」三句）所謂以無厚入有間。「斷」字、「殘」字，皆不輕下。（末四句）本是人去不與春期，翻說是無憀之思。（清譚

獻評《詞辨》）

　　自「曉陰重」至「玉手親折」，全述往事。「東門」，京師，「漢浦」則美成今所在也。「經時信音絕」，逆挽。「念」字，益幻。「不與人期」者，不與人以佳期也。「梨花」無情，固不如「拂面垂楊」。（清陳洵《海綃說詞》）

　　長調自以周、柳、蘇、辛為最工。美成《浪淘沙慢》二詞，精壯頓挫，已開北曲之先聲。（王國維《人間詞話刪稿》）

　　「羅帶」句以色彩作提筆。此下內轉，儼然急管繁弦。（喬大壯批《片玉集》）

應天長

條風布暖¹，霏霧弄晴，池臺遍滿春色。正是夜堂無月，沉沉暗寒食。梁間燕，前社客²。似笑我、閉門愁寂。亂花過，隔院芸香³，滿地狼藉。　　長記那回時，邂逅相逢⁴，郊外駐油壁⁵。又見漢宮傳燭，飛煙五侯宅⁶。青青草，迷路陌。強載酒、細尋前跡。市橋遠，柳下人家，猶自相識。

註釋

1 條風：東風。
2 社客：燕子為候鳥，在江南一帶每年以春社來，秋社去，故稱燕子為「社客」。社，土地神，此處引申為祭祀土地神的節日，即社日。一年有兩社日，即春社、秋社。
3 芸香：香草名，可避蠹魚。

4 邂逅：不期而遇。
5 油壁：即油壁車，古人乘坐的一種車子，因車壁用油塗飾，故名。
6「又見漢宮」二句：化用唐代韓翃《寒食》：「日暮漢宮傳蠟燭，輕煙散入五侯家。」五侯，泛指權貴豪門。

評析

　　此詞為寒食有感而作。上片，以景寓情，自敘不用直筆。起三句點寒食景。「正是」二句轉入夜景。「暗」字用樂天詩「無風無雨寒食夜，夜深猶立暗花前」。「梁間」三句，側寫閉門孤寂情景。「亂花」三句，傷春之情，借寫景平淡出之。下片，全是閉門設想。換片三句，追懷往事。「又見」二句，因往事之牽動，念及寒食又至，遂起遊興。「青青」三句，皆設想之詞，意欲如此

也。「市橋」三句，與「邂逅」相應，點出相逢之地，暗示記憶之深刻。全詞情思婉轉，有一唱三歎之致。

上半敘景色寂寥，下半與世人暌絕。燕語樑間，客到社前，生意活潑。「人家不相識」，有遺世獨立豐標。不用介子推典實，但意俱不求名，不徼功，似有埋光剗采之卓識。（明《新刻李于鱗先生批評註釋草堂詩餘雋》偽託李攀龍評點）

國朝大恤，樂府用此。（託名楊慎評點《草堂詩餘》）

前半泛寫，後半專敘，蓋宋詞人多此法。（清毛先舒《詩辨坻》）

空淡深遠，較之石帚作，寧復有異。石帚專得此種筆意，遂於詞家另開宗派。如「條風布暖」句，至石帚皆淘洗盡矣。然淵源相沿，固是一祖一禰也。（清先著、程洪《詞潔》）

（上片）生辣。（結尾）反剔所尋不見。（清周濟《宋四家詞選》批語）

前闋如許風景，皆從「閉門」中過。後闋如許情事，偏從「閉門」中記。「青青草」以下，真似一夢，是日間事，逆出。（清陳洵《海綃詞說》）

此篇寫景處，明示北宋法度，且多情景交融之處，尤宜三復。（喬大壯批《片玉集》）

夜遊宮

葉下斜陽照水[1]。捲輕浪、沉沉千里[2]。橋上酸風射眸子[3]。立多時，看黃昏燈火市。　　古屋寒窗底。聽幾片、井桐飛墜。不戀單衾再三起。有誰知，為蕭娘書一紙[4]。

1 葉下：葉落。

2 沉沉：形容流水渺遠不盡的樣子。

3 酸風射眸子：化用唐代李賀《金銅仙人辭漢歌》：「魏官牽車指千里，東關酸風射眸子。」酸風，刺人的寒風。

4「為蕭娘」句：化用唐代崔巨源《崔娘詩》：「風流才子多春思，腸斷蕭娘一紙書。」蕭娘，女子的泛稱。

此詞為懷人之作。上片「葉下」二句，寫秋日黃昏景色。「沉沉千里」，暗

指所思之人相距之遙。「橋上」三句，以燈火之熱鬧反襯自己的淒涼心情。下片，「古屋」二句，寫居處之淒清。「不戀」三句，寫因接伊人之書信而夜不能寐。「單衾」二字，暗示孤棲獨宿。此詞用層層加倍手法，至篇末方揭出全篇主旨。

輯評

此亦是層疊加倍寫法，本只「不戀單衾」一句耳，加上前闋，方覺精力彌滿。（清周濟《宋四家詞選》批語）

橋上則「立多時」，屋內則「再三起」，果何為乎？「蕭娘書一紙」，惟已獨知耳，眼前風物何有哉。（清陳洵《海綃説詞》）

賀　鑄
十二首

更漏子

上東門 [1]，門外柳。贈別每煩纖手。一葉落，幾番秋。
江南獨倚樓。　　曲闌干，凝佇久。薄暮更堪搔首 [2]。
無際恨，見閒愁。侵尋天盡頭 [3]。

1 東門：洛陽城東門。洛陽舊稱東都，此處或　　2 搔首：以手搔頭，形容焦慮而有所思的樣子。
　藉以代指北宋東京汴梁。　　　　　　　　　3 侵尋：漸漸。

　　此詞寫離愁。起三句，寫春日折柳贈別，「纖手」暗示男女之情。接三句，
寫秋日獨倚樓閣，「幾番秋」表明週而復始，恨無休止。下片起句寫日暮憑欄，
長久凝望，搔首踟躕。結句總括以上三個離別場景，「無際恨」是說離愁之無
限，「天盡頭」是說離愁之綿長。詞凡四換韻腳，一韻一景，層次分明，錯落
有致，經春歷秋，朝朝暮暮，表現了普遍而永恆的離別主題。

青玉案

凌波不過橫塘路 [1]。但目送、芳塵去 [2]。錦瑟華年誰與
度 [3]。月橋花院，瑣窗朱戶 [4]。只有春知處。　　飛雲
冉冉蘅皋暮 [5]。彩筆新題斷腸句 [6]。試問閒愁都幾許 [7]。
一川煙草 [8]，滿城風絮，梅子黃時雨 [9]。

1 凌波：此處指代美人。橫塘：在蘇州城外　　3 誰與度：即「與誰度」。
　西南，賀鑄有別墅在此。　　　　　　　　　4 瑣窗：雕鏤有連鎖花紋的窗子。
2 芳塵：指美人乘坐的車馬經過時所捲起的　　5 蘅皋：長有香草的水邊高地。蘅，指杜蘅，
　塵土。　　　　　　　　　　　　　　　　　一種香草名。

6 彩筆：形容詞藻華麗的文筆。見前晏幾道
　《木蘭花》(鞦韆院落重簾暮)註1。

7 都幾許：總共多少。

8 一川：遍地，整個原野。川，此處指平野。

9 梅子黃時雨：江南農曆四五月間經常陰
　雨連綿，因此時正值梅子黃熟，故俗稱
　「梅雨」。

評析

　　此詞運筆輕靈自如，表面上抒寫了思美人而不見的幽約怨悱之萬斛閒愁，實則包孕着鬱勃岑寂的個人身世之感，得屈原《離騷》「美人遲暮」的千年遺意。上片寫兩情之暌隔，下片寫己愁之繁亂。起首二句即飄逸不群，「凌波不過」乃伊人沒有來，「目送芳塵」乃自己不能去。「錦瑟」句與「月橋」以下三句，「試問」句與結拍三句皆深得呼應之妙。「錦瑟」句懸測伊人青春妙齡不偶，暗暗關合詞人自身。「月橋」以下二句，由外及內，想像伊人住處。而以「只有春知處」收束，於良辰美景的繁華中陡現其內心的孤寂寥落，與詞人自身不為人見重、虛度年歲的情形亦相契合。過片「飛雲」既實寫眼前景物，又融化江淹《休上人怨別》詩句「日暮碧雲合，佳人殊未來」和曹植《洛神賦》句，以補足「凌波不過」意和未明言的以前曾見面的情境，頗見其細針密線、天衣無縫之匠心。「試問」句，語調急促而緊張，結拍三句，則舒緩而沉抑，採用連設三喻的博喻手法，又兼興中有比，亦虛亦實，即景即情，見出愁情之多而細碎，充塞天壤，且歷時之久，真是一發不可收，但見天光雲影一片，無跡可尋，不可湊泊，「如三疊《陽關》，令人悽絕」(俞陛雲《唐五代兩宋詞選釋》)，故而成為公認的傾倒千古的絕唱，詞人也因此而贏得了「賀梅子」的雅號。然世人專賞此鱗爪之餘，亦當無忘其全龍之美。且此類詞似當為辛棄疾詞中穠麗之作所由脫胎。

輯評

　　少游醉臥古藤下，誰與愁眉唱一杯。解道江南斷腸句，只今惟有賀方回。(宋黃庭堅《寄賀方回》)

　　詩家有以山喻愁者，杜少陵云「憂端如山來，澒洞不可掇」，趙嘏云「夕陽樓上山重疊，未抵春愁一倍多」是也。有以水喻愁者，李頎云「請量東海水，看取淺深愁」，李後主云「問君都有幾多愁，恰似一江春水向東流」，秦少游云「落紅萬點愁如海」是也。賀方回云：「試問閒愁知幾許。一川煙草，滿城風絮，梅子黃時雨。」蓋以三者比之愁多也，尤為新奇，兼興中有比，意味更長。(宋羅大經《鶴林玉露》)

　　賀方回為《青玉案》詞，山谷尤愛之，故作小詩以紀其事。及謫宜州，山谷兄元明和以送之云：「千峰百嶂宜州路。天黯淡，知人去。曉別吾家黃叔度。弟兄華髮，遠山修水，異日同歸處。長亭飲散尊罍暮。別語纏綿不成句。已斷離腸能幾許。水村山郭，夜闌無寐，聽盡空階雨。」山谷和云：「煙中一線

來時路。極目送、幽人去。第四陽關雲不度。山胡聲轉，子規言語，正是人愁處。別恨朝朝連暮暮。憶我當年醉時句。渡水穿雲心已許。晚年光景，小軒南浦，簾捲西山雨。」洪覺範亦嘗和云：「綠槐煙柳長亭路。恨取次、分離去。日永如年愁難度。高城回首，暮雲遮盡，目斷人何處。解鞍旅舍天將暮。暗憶丁寧千萬句。一寸危腸情幾許。薄衾孤枕，夢回人靜，徹曉瀟瀟雨。」（宋吳曾《能改齋漫錄》）

《潘子真詩話》云：「世推方回所作『梅子黃時雨』為絕唱，蓋用寇萊公語也。寇詩云：『杜鵑啼處血成花，梅子黃時雨如霧。』」（宋胡仔《苕溪漁隱叢話·前集》）

賀方回初在錢塘，作《青玉案》，魯直喜之，賦絕句云：「解道江南斷腸句，只今惟有賀方回。」賀集中如《青玉案》者甚眾。大抵二公卓然自立，不肯浪下筆，予故謂「語意精新，用心甚苦」。（宋王灼《碧雞漫志》）

上念及暮春已去景，下想到首夏方來時。懷春之情不可令人知。無人知處，正在懷春之時。送春歸，迎夏至，種種多情，真是人莫測。（明《新刻李于鱗先生批評註釋草堂詩餘雋》偽託李攀龍評點）

情景欲絕。（託名楊慎評點《草堂詩餘》）

知我者，其天乎？一般口氣。疊寫三句閒愁，真絕唱！（明沈際飛《草堂詩餘·正集》）

賀方回《青玉案》詞，工妙之至，無跡可尋，語句思路，亦在目前，而千人萬人不能湊泊。（清王初桐《小嫏嬛詞話》）

賀方回《青玉案》：「試問閒愁知幾許。一川煙草，滿城風絮。梅子黃時雨。」不特善於喻愁，正以瑣碎為妙。（清沈謙《填詞雜說》）

各調中惟此為中正之則，人因此詞呼為「賀梅子」。詞情詞律高壓千秋，無怪一時推服。涪翁有云：「解道江南斷腸句，世間惟有賀方回。」信非虛言。（清萬樹《詞律》）

詞有襲前人語而得名者，雖大家不免，如方回「梅子黃時雨」、耆卿「楊柳岸、曉風殘月」、少游「寒鴉數點，流水繞孤村」、幼安「是他春帶愁來，春歸何處？卻不解、帶將愁去」等句，惟善於調度，正不以有藍本為嫌。（清吳衡照《蓮子居詞話》）

方回有小築在姑蘇盤門內（按：當作「外」），地名橫塘，時往來其間，有此作。方回以孝惠皇后族孫，元祐中通判泗州，又倅太平州，退居吳下，是此詞作於退休之後也，自有一番不得意、難以顯言處。言斯所居橫塘斷無宓妃到，然波光清幽，亦常目送芳塵，第孤寂自守，無與為歡，惟有春風相慰藉而已。次闋言幽居腸斷，不盡窮愁，惟見煙草風絮、梅雨如霧，共此旦晚耳。無

非寫其境之鬱勃岑寂也。（清黃蘇《蓼園詞選》）

　　一篇之工，膾炙人口，如「山抹微雲」、「梅子黃時雨」、《暗香》、《疏影》、「春水」等篇，名實相副，則亦當之無愧色。（清陳廷焯《白雨齋詞話》）

　　眼前有景賦愁思，信手拈來意自怡。詞客競傳佳話說，須知妙悟熟梅時。（清王僧保《論詞絕句》其二十二）

　　一句一月，非一時也。不着一字，故妙。（清王闓運《湘綺樓評詞》）

　　稼軒穠麗之處，從此脫胎。細讀《東山詞》，知其為稼軒所師也。世但言蘇、辛為一派，不知方回，亦不知稼軒。（夏敬觀《彊村叢書》批語）

感皇恩

蘭芷滿汀洲[1]，游絲橫路。羅襪塵生步[2]。迎顧。整鬟顰黛[3]，脈脈兩情難語。細風吹柳絮。人南渡。　　回首舊遊，山無重數。花底深朱戶。何處。半黃梅子[4]，向晚一簾疏雨。斷魂分付與。春將去。

1 蘭芷：指香蘭和白芷這兩種芳草。
2 羅襪塵生：三國魏曹植《洛神賦》：「凌波微步，羅襪生塵。」形容女子步履輕盈優美。
3 顰黛：皺着眉頭。
4 半黃梅子：指代農曆四月初夏時節。

　　此詞上片描繪了主人公在春末夏初時節佇立汀洲，與伊人相會卻不能互通款曲、一吐衷腸，以及伊人飄飄歸去後的悵惘之情。下片則以景結情，抒發了他對伊人可望而不可即的滿襟離思，骨韻俱高勝，筆致疏宕精警。全篇情深所造，確實使人感到詞人「另有一種傷心說不出處」（清陳廷焯《白雨齋詞話》），堪稱詞中的《洛神賦》。

　　（上闋）筆致宕往。（下闋）骨韻俱高，情深一往。（清陳廷焯《雲韶集》）
　　筆致宕往。骨韻俱勝，用筆亦精警。（清陳廷焯《詞則·別調集》）

薄倖

淡妝多態，更的的[1]、頻回眄睞[2]。便認得、琴心先許[3]，欲綰合歡雙帶[4]。記畫堂、風月逢迎，輕顰淺笑嬌無奈。向睡鴨爐邊[5]，翔鴛屏裡，羞把香羅暗解[6]。

自過了燒燈後[7]，都不見踏青挑菜[8]。幾回憑雙燕，丁寧深意，往來卻恨重簾礙。約何時再。正春濃酒困，人閒畫永無聊賴[9]。厭厭睡起，猶有花梢日在。

評析

此詞抒發了一位男子對心愛女子的戀慕。上片回憶歡洽的前歡，兩人在畫堂逢迎，目成心許；鴛屏幽會，魂授色與。「多態」一語為總攝，「輕顰」、「淺笑」、「嬌」、「無奈」、「羞」等將之具體化、形象化。於言情中佈景，語態豔麗穠致。過片「自過了」一語將時光從過去牽挽到如今，朝思暮想卻無從相見，就連雙燕也難以託付音問，然又不甘放棄些許希望，故以疑問的語氣頓住。接下來轉寫自分離後的百無聊賴，「春濃」、「酒困」、「人閒」、「畫永」已極見長日無聊之態，接以「睡起」、「日在」踵事增華，其間真不知有幾許曲折。全篇敘事和抒情融合無間，一派閒裡着忙的景象，風致嫣然，低迴往復，淡而不厭，哀而不傷。

輯評

上寫嬌羞無賴之態，下又狀出無賴態如見。如對嬌羞，百媚在眼前，「春濃酒暖，人閒畫永」，洵是無聊賴情景。凡閨情之詞，淡而不厭，哀而不傷，此作當之。（明《新刻李于鱗先生批評註釋草堂詩餘雋》偽託李攀龍評點）

識英雄俊眼兒，爭知栽了業根。「無奈」是矯之神，「向睡鴨」二句與「待

翡翠」二句皆通。坡翁只將春睡賞春情是也。一派閒情，閒裡着忙。（明沈際飛《草堂詩餘・正集》）

　　耆卿於寫景中見情，故淡遠。方回於言情中佈景，故穠至。（清周濟《宋四家詞選》批語）

　　意味極纏綿，而筆勢極飛舞，宜其獨步千古也。（清陳廷焯《雲韶集》）

　　方回善用虛字，其味雋永。（清陳廷焯《詞則・閒情集》）

　　前半追思邂逅始末，後半自述間阻情懷。「花梢日在」承「晝永」句，言百無聊賴中，每覺日長似年也。（蔡嵩雲《柯亭詞評》）

　　兩「便」字、兩「與」字，非復也，是文章變換處，出於有意。（夏敬觀《彊村叢書》批語）

浣溪沙

不信芳春厭老人。老人幾度送餘春。惜春行樂莫辭頻。　　巧笑豔歌皆我意[1]，惱花顛酒拚君瞋[2]。物情惟有醉中真[3]。

1 巧笑：美好的笑顏。語出《詩經・衛風・碩人》：「巧笑倩兮，美目盼兮。」豔歌：描寫有關愛情的歌辭。

2 惱花：情懷為花所引逗、撩撥。顛酒：指脫略形跡的狂豪之飲。瞋（chēn）：怒，

生氣。

3 「物情」句：化用宋代蘇軾《和陶飲酒二十首》其十二：「惟有醉時真，空洞了無疑。」物情，物理人情。

　　此詞作於詞人的晚年，頗近蘇軾那種「老夫聊發少年狂」的意態，似乎陶陶兀兀，甘心沉淪於歌笑醉鄉中，然而透過這一層佯狂的面罩，分明可以聽見詞人內心深處充滿憤懣的兀傲不平之鳴。是啊，世道如此，不醉又能怎樣呢？

　　意新。《詞律》以多三字者《攤破浣溪沙》，此則多三字者為《浣溪沙》，少三字者謂之「減字」。（夏敬觀《彊村叢書》批語）

浣溪沙

樓角初消一縷霞。淡黃楊柳暗棲鴉。玉人和月摘梅花。 笑捻粉香歸洞戶[1]，更垂簾幕護窗紗。東風寒似夜來些[2]。

1 捻（niǎn）：執，持拿。洞戶：房室之間相通的門戶，此處指女子的閨房。

2 似：表示比較，超過的意思。夜來：猶言昨日。些（sā）：句末語氣助詞，無實義。

此詞宛如一幅美人月下摘梅圖。首二句描繪初春傍晚的景物，寫來造微入妙，第三、四、五句寫美人一連串的動作細節：上場是和月摘梅，以韻幽香冷的梅花和皎潔無垠的月光映襯人，顯示出她的高情雅趣，與杜甫「日暮倚修竹」（《佳人》）的絕代佳人頗為近似；轉場是捻花入室，她那喜滋滋的笑貌和輕盈飄忽的步態宛然目前；下場是垂簾遮寒，既見出她的華貴嬌怯，又凸顯她對美好事物的細心呵護。可謂神態畢出。結拍補敘環境氣候上的原委：東風料峭，較昨日為寒，與前面「淡黃楊柳」、「梅花」等呼應，表明正是乍暖還寒的早春時節。

全篇句句綺麗，字字清新，似非食人間煙火語，人與景相得益彰，渾然天成地故，儼麗出塵，不作一情語而味曲包，深厚綿邈，咀嚼起來滿口芳香。此詞上、下片的首二句沉穩，尾部一單句則與之相反，常帶有不穩定感，從而與詞情相值取，更見其丰神搖曳多姿。

石州慢

薄雨收寒[1]，斜照弄晴，春意空闊。長亭柳色才黃[2]，倚馬何人先折。煙橫水漫，映帶幾點歸鴻，平沙消盡龍荒雪[3]。猶記出關來，恰如今時節。 將發。畫樓芳酒，紅淚清歌[4]，便成輕別。回首經年，杳杳音

塵都絕⁵。欲知方寸⁶，共有幾許新愁，芭蕉不展丁香結⁷。憔悴一天涯，兩厭厭風月⁸。

註釋

1 收：消散。

2 長亭：古代設在路途邊供人休息的亭舍，十里設長亭，五里設短亭。多指代送別處。

3 龍荒：即龍沙，代指邊塞荒漠之地。

4 紅淚：血淚。清歌：清亮的歌聲。

5 杳杳：渺茫。

6 方寸：指代心。因心乃方寸之地，故稱。

7「芭蕉」句：比喻愁心不解。化用唐代李商隱《代贈》：「芭蕉不展丁香結，同向春風各自愁。」丁香結，指丁香花蕾叢生。

8 厭厭（yān）：同「懨懨」，指憔悴委靡、無精打采的樣子。風月：指代良辰美景。

評析

此詞為詞人離別愛侶後相思之作。上片先敘今日羈留關外時的一番北國蕭索景象，一縷思情隱隱絪縕，呼之欲出。「春意空闊」總括全景。「猶記」以下兩句一轉，由實入虛，綰結今昔，有往復不盡之妙。下片換頭四句承「出關」意，憶及當日兩人芳酒清歌的美好情景，而這一切隨着詞人的輕別頓作煙消雲散。「回首」以下兩句與前述「猶記」以下兩句鐘磬相應，將思緒又拉回到眼下。「欲知」以下五句方轉敘而今兩地各自新愁，一問一答，具見深愁摯念。「芭蕉」句借用唐詩成句渾然如己出，可謂天衣無縫。「憔悴」二句更進一步，雅麗淒秀，情文共生。全篇場景幾經轉換，如九曲溪流，一路迤邐而來。

輯評

賀方回眷一妓，別久，妓寄詩云：「獨倚危欄淚滿襟，小園春色懶追尋。深恩縱似丁香結，難展芭蕉一寸心。」賀得詩，初敘分別之景色，後用所寄詩，成《石州引》云：「（略）。」（宋吳曾《能改齋漫錄》）

賀方回《石州慢》，予舊見其稿，「風色收寒，雲影弄晴」改作「薄雨收寒，斜照弄晴」。又「冰垂玉筯，向午滴瀝簷楹，泥融消盡牆陰雪」改作「煙橫水際，映帶幾點歸鴻，東風消盡龍沙雪」。（宋王灼《碧雞漫志》）

（「薄雨」五句）句句明秀。（「煙橫」三句）有情，有景，亦有筆。「還記」二語妙，可知別已久矣。（「欲知」五句）淋漓頓挫，情生文，文生情。（清陳廷焯《雲韶集》）

「薄雨收寒」八句均寫目前景物，但因「柳色」而想到折柳贈行，因「歸鴻」而想到龍荒雪消，情景交融，全神已籠罩。下闋則目前景物，亦非泛寫矣。「猶記出關來」至「回首經年」均寫分別時情景，「杳杳音塵都絕」以下方寫現在別懷，且包括兩面言之，後結「憔悴一天涯，兩厭厭風月」，有語盡意不盡之妙。（蔡嵩雲《柯亭詞評》）

蝶戀花

改徐冠卿詞

幾許傷春春復暮。楊柳清陰，偏礙游絲度。天際小山桃葉步[1]。白蘋花滿湔裙處[2]。　　竟日微吟長短句[3]。簾影燈昏，心寄胡琴語[4]。數點雨聲風約住。朦朧淡月雲來去[5]。

註釋

1 桃葉步：即桃葉渡。在南京秦淮河與青溪合流處。相傳晉王獻之曾在此送別愛妾桃葉，並作《桃葉歌》，故而得名。桃葉有妹名桃根。後常以桃葉、桃根代指所愛戀的女子。步，水邊可繫縻而上下舟的地方。

2 湔（jiān）：洗濯。

3 竟日：整天。

4 胡琴：古代來自我國北方和西北少數民族的弦樂器名。

5「數點」二句：出自北宋李冠《蝶戀花》（遙夜亭皋閒信步）的上片。約，攔住，籠束。

評析

　　此詞描寫傷春懷人的意緒。然不從正面着筆，而出之以虛筆曲筆勾勒。過片寫日日夜夜的孤寂和思念。末兩句全用李冠詞成句，乃有青出於藍而勝於藍，冰生於水而寒於水之妙。

天門謠[1]

登采石蛾眉亭

牛渚天門險[2]。限南北、七雄豪占[3]。清霧斂。與閒人登覽。　　待月上潮平波灩灩[4]。塞管輕吹新《阿濫》[5]。風滿檻。歷歷數、西州更點[6]。

註釋

1 天門謠：原名《朝天子》，詞人用此調歌詠天門山，因而改題新名。

2 牛渚：即牛渚磯，後名采石礬，在今安徽馬鞍山長江東岸。

3 七雄：當為建都金陵的東吳、東晉、宋、齊、梁、陳六朝，以及五代十國中的南唐。

4 灩（yàn）灩：水滿貌。

5 塞管：指羌笛胡笳之類。《阿濫》：即《阿濫堆》，曲子名，相傳為唐玄宗所創製。

6 西州：東晉時的城名，故址在今江蘇南京朝天宮以西一帶。此處指當時的建康（今江蘇南京）。更點：一夜分為五更。每一更又分為五點，每更點皆擊柝或擊鐘鼓以報時，故而更點常引申作鐘鼓講。

評析

　　北宋神宗熙寧年間，太平州（治所在今安徽當塗）知州張瓌因天門東西兩山對峙如蛾眉，遂築亭於牛渚山絕壁上以便觀覽，命亭名「蛾眉亭」。此詞作年有兩說：一說認為是哲宗紹聖二年（1095）呂希哲任知州時重加修葺此亭，次年四月賀鑄赴任江夏途經該地，參加此亭落成典禮而作；一說認為是宋徽宗崇寧、大觀年間詞人在太平州通判任上所作。詞人登臨縱目，即景生情，筆力雄深雅健，生動地描繪了牛渚、天門一帶的雄險壯觀的地形，頗有指點江山的氣概，同時流露出懷古之幽情。

天香

煙絡橫林[1]，山沉遠照，迤邐黃昏鐘鼓。燭映簾櫳，蛩催機杼[2]，共苦清秋風露。不眠思婦，齊應和、幾聲砧杵[3]。驚動天涯倦宦，駸駸歲華行暮[4]。　　當年酒狂自負[5]。謂東君[6]、以春相付。流浪征驂北道[7]，客檣南浦，幽恨無人晤語。賴明月曾知舊遊處。好伴雲來，還將夢去。

註釋

1 絡：籠罩。

2 蛩（qióng）：蟋蟀，又名促織，俗語有「促織鳴，懶婦驚」之說。機杼：本指織布機，此處引申指紡織。

3 砧杵（zhēn chǔ）：兩種搗衣的器具。砧，搗衣石。杵，棒槌。

4 駸（qīn）駸：指馬馳驟行進貌，此處比喻時光急逝。

5 酒狂：飲酒使氣者。

6 東君：古代以五方配四季，東方所配為春季，故以「東君」為司春之神。

7 征驂（cān）：遠行的車馬。驂，用三匹馬拉車，此處指馬。

賀鑄年輕時自負凌雲萬丈才，有請纓滅敵之志，卻一生沉淪下僚，襟抱難開。此詞便借悲秋懷人來抒發其牢落抑塞之氣。上片描繪秋日的種種淒清景象，「蛩催機杼」、「不眠思婦」等句，無疑遺澤沾溉姜夔的《齊天樂》詠蟋蟀詞。接着便由驚心歲暮而自然過渡到下片對自身的總結：壯志成空、浪跡天涯、幽恨無告，進而油然生出懷人之意，而能不作小兒女卑溺之態。

橫空盤硬語。（朱祖謀《彊村老人評詞》）

稼軒所師。（夏敬觀《彊村叢書》批語）

望湘人

厭鶯聲到枕，花氣動簾，醉魂愁夢相半。被惜餘薰，帶驚剩眼[1]。幾許傷春春晚。淚竹痕鮮[2]，佩蘭香老[3]，湘天濃暖。記小江、風月佳時，屢約非煙遊伴[4]。　　須信鸞弦易斷[5]。奈雲和再鼓[6]，曲終人遠。認羅襪無蹤，舊處弄波清淺。青翰棹艤[7]，白蘋洲畔。盡目臨皋飛觀[8]。不解寄、一字相思，幸有歸來雙燕[9]。

1 「帶驚」句：南朝沈約在與友人書信中描述自己近來消瘦不止，腰帶孔眼也隨之不斷向內移縮。

2 淚竹：即斑竹、湘妃竹。相傳舜帝南巡死於蒼梧之野，他的兩個妃子娥皇、女英悲泣不止，淚染竹枝而成斑痕，故稱。

3 佩蘭：以蘭草為佩飾，表示志趣高潔。語出屈原《離騷》：「扈江離與辟芷兮，紉秋蘭以為佩。」

4 非煙：五色氤氳的祥雲，彩雲。

5 須：雖。鸞弦：即琴弦，因琴曲中有《孤鸞操》而有此稱。

6 雲和：一種名貴的寶瑟名，後指代琴、瑟、琵琶等弦樂器。

7 青翰：即青翰舟，一種刻飾鳥形，塗以青色顏料的船名。艤（yǐ）：船靠岸。

8 臨皋：臨水之地。飛觀：原指高聳的宮闕，此處泛指高樓。

9 幸：正，本。

此詞上片由景生情，首二句以樂景反襯愁情，愈見其愁，「厭」字嶙峋突兀，統攝全篇，定下了全篇的基調。詞人的懷人、惜春、自憐等種種感受交

融，意致纏綿濃腴。所舉景物地方色彩濃鬱。過片由情返景，化用錢起《湘靈鼓瑟》詩「曲終人不見，江上數峰青」句意，傾吐自己深心和不見在水一方的伊人的悵恨，以及登高極目遐想的癡情。末句強為寬慰，實則不過是含淚的笑。全篇意致濃鬱，曲曲折折中又有曲折，耐人尋味。

　　「非煙」當是「禁煙」。結句倒語法，「幸有歸來雙燕」，乃不解寄一字相思耶？（明張綖《草堂詩餘別錄》）

　　上憶風前月下之歡，下祝飛雁歸燕之信。風骨內含，鋒芒外陳，擲地當有金聲。追憶故人湘江尾，相思盡寄一口中。詞雖婉麗，意實展轉不盡，誦之陳之，如奏清廟朱弦，一唱三歎。（明《新刻李于鱗先生批評註釋草堂詩餘雋》偽託李攀龍評點）

　　婉變可喜。（託名楊慎評點《草堂詩餘》）

　　此等詞章，優柔婉麗，意味無窮。風骨內含，精芒外隱，如清廟朱弦，一唱三歎。（明《新刻註釋草堂詩餘評林》李廷機評語）

　　鶯自聲而到枕，花何氣而動簾，可稱葩藻？「厭」字嶙峋。曲意不斷，折中有折。厭鶯而幸燕，文人無賴。（明沈際飛《草堂詩餘・正集》）

　　字字爭奇鬥麗。（世經堂康熙十七年殘本《詞綜》批語）

　　方回長調，便有美成意，殊勝晏、張。（清先著、程洪《詞潔》）

　　意致濃腴，得騷怨之遺韻。（清黃蘇《蓼園詞選》）

綠頭鴨

玉人家，畫樓珠箔臨津[1]。託微風、彩簫流怨，斷腸馬上曾聞。宴堂開、豔妝叢裡，調琴思、認歌顰。麝蠟煙濃，玉蓮漏短[2]，更衣不待酒初醺[3]。繡屏掩、枕鴛相就，香氣漸暾暾[4]。迴廊影、疏鐘淡月，幾許消魂。　　翠釵分、銀箋封淚，舞鞋從此生塵。佳蘭舟、載將離恨[5]，轉南浦、背西曛[6]。記取明年，薔薇謝後，佳期應未誤行雲[7]。鳳城遠[8]，楚梅香嫩，先寄一枝

春。青門外 [9]、只憑芳草，尋訪郎君。

1 珠箔：珠簾。

2 玉蓮漏：滴漏，古計時器。

3 更衣：指上廁所。常借代男女之間的兩性關係。

4 暾（tūn）暾：原指陽光明亮溫暖，此處指香氣濃烈。

5「住蘭舟」二句：化用宋代鄭文寶《柳枝詞》：「不管煙波與風雨，載將離恨過江南。」

6 曛：落日的餘光。

7「記取」三句：化用唐代杜牧《留贈》：「不用鏡前空有淚，薔薇花謝即歸來。」

8 鳳城：相傳秦穆公的女兒弄玉吹簫引來鳳凰降於京城，故後世便用鳳城來指稱京都。

9 青門：此指北宋都城汴京。

此詞抒發了詞人當初對一位歌伎技藝的向慕，以及在宴堂群豔中由琴歌獨識伊人的情狀。兩人一見傾心，不勝柔情蜜意，辭采鋪錦列繡。其後插入清疏一筆，預約後會之期，自楚地寄梅以表相思。最後設想來春與伊人在京郊的歡會。全篇用語富豔精工，未脫花間詞的綺羅香澤之氣，誠乃「妖冶如攬（毛）嬙、（西）施之袪」（張耒《東山詞序》）。

張 元 幹
二首

石州慢

寒水依痕¹，春意漸回，沙際煙闊²。溪梅晴照生香，冷蕊數枝爭發。天涯舊恨，試看幾許消魂，長亭門外山重疊。不盡眼中青，是愁來時節。　　情切。畫樓深閉，想見東風，暗消肌雪³。孤負枕前雲雨⁴，尊前花月。心期切處，更有多少淒涼，殷勤留與歸時說。到得再相逢，恰經年離別。

註釋

1 寒水依痕：化用唐代杜甫《冬深》：「早霞隨類影，寒水各依痕。」

2 「春意」二句：化用唐代杜甫《閬水歌》：「正憐日破浪花出，更復春從沙際歸。」

3 肌雪：形容女子的肌膚若冰雪。

4 雲雨：指男女歡會。用楚王夢遇巫山神女典。

評析

　　此詞當為國事孔棘，詞人晚年漫遊之際所作。運用比興寄託的手法，摧剛藏棱為柔，表達了對遠謫殊方異域的友朋的耿耿掛念之情。「孤負枕前雲雨」句借夫婦以喻同心友朋。

輯評

　　「沙際煙闊」與「博山煙瘦」，爭奇。「發」字，葉方月切。（明卓人月輯、徐士俊評《古今詞統》）

　　張仲宗《石州慢》「寒水依痕，春意漸回，沙際煙闊」為一句。今刻本於「沙際」之下截為一句，非也。下文「煙闊溪梅」，成何語乎？（明楊慎《詞品》）

　　前寫景，後寫情，最為高亮。恨，既云「情切」，又云「心期切處」，欲犯重耳。（世經堂康熙十七年殘本《詞綜》批語）

　　此亦天涯落漠，望遠思家之作耳。但題曰「感舊」，詞有「天涯舊恨」句，或亦思舊友而作也。仲宗於紹興中，坐送胡銓及李綱詞除名，是其憂國之心，不肯附秦檜之和議可知矣。際國事孔棘之時，因思同心之友遠謫異域，此心之所以耿耿也。起首六語，是望天意之回。「寒枝競發」，是望謫者復用也。「天涯舊恨」至黃昏節，是目望中原又恐不明也。想東風消雪，是遠念同心者，

應亦瘦損也。「負枕前雲雨」，是借夫婦以喻朋友也。因送友而除名，不得已而託於思家，意亦苦矣。（清黃蘇《蓼園詞選》）

蘭陵王

捲珠箔。朝雨輕陰乍閣。闌干外，煙柳弄晴，芳草侵階映紅藥¹。東風妒花惡。吹落梢頭嫩萼。屏山掩，沉水倦熏²，中酒心情怯杯勺³。　尋思舊京洛⁴。正年少疏狂，歌笑迷著。障泥油壁催梳掠⁵。曾馳道同載⁶，上林攜手⁷，燈夜初過早共約⁸。又爭信飄泊。　寂寞。念行樂。甚粉淡衣襟，音斷弦索⁹。瓊枝璧月春如昨¹⁰。悵別後華表，那回雙鶴¹¹。相思除是¹²，向醉裡、暫忘卻。

1 紅藥：芍藥的別稱。

2 沉水：又名沉香，伽南香，因其質重而堅，放置於水中則沉，故名。

3 杯勺：盛酒的器皿，此處指代酒。

4 京洛：本指洛陽，此處借指北宋故都汴京。

5 障泥油壁：車馬。障泥，原指馬鞍下、馬腹上用以擋泥土的布墊，此處指代馬。油壁，原指古代車上油飾之壁，此處指代車。

6 馳道：車馬馳行的大道。

7 上林：苑名，故址在今陝西長安西。此處指代汴京的花園。

8 燈夜：指元宵節前後放花燈之夜。

9 弦索：樂器之弦，此處指代樂器。

10 瓊枝璧月：比喻美好的生活。

11「悵別後」二句：據《搜神後記》載：遼東人丁令威學道成仙，後化鶴歸來，落在城門華表柱上。

12 除是：「除非是」的省語。

註釋

評析

此詞當為南渡後所作，屬三疊，每片開頭一二句的句式皆不相同，故又稱三換頭。上片寫醉酒後所見春光。中片換頭「尋思舊京洛」句綰結上下，從而轉入對往昔東京夢華的追憶眷念，「又爭信飄泊」句則又作頓跌的一轉。下片寫如夢的相思，聲尤激越。結句「向醉裡、暫忘卻」更是全詞音調最為吃緊處，故而六字皆為仄聲，峻急斬絕。而「醉」、「忘」兩字又必用去聲，使得聲調轉折直上振起，合於句末拍調陡起頓落之律。全篇一意貫通，以鋪敘見長，極嫵

秀之致，有周邦彥詞的流風餘韻。

上是酒後見春光，中是約後誤佳期，下是相思乃夢中。以可人春光為愁人意。有約飄泊，與無約全矣。人生行樂耳，何須一着胸中。此詞雖分三段，意實一貫。道及春光易度，果是人世夢中，安得多錯去？（明《新刻李于鱗先生批評註釋草堂詩餘雋》偽託李攀龍評點）

春光最可人，亦最愁人，細嚼此詞可見。繁華轉瞬如一夢耳，何必以區區得失交戰於胸中乎？（明《新刻註釋草堂詩餘評林》李廷機評語）

靈機。「催梳掠」三字妙。詞分三段，意通一貫，末句勢振。曰「暫忘」，究何能忘之。「除是向醉裡時刻」作「前事除夢魂裡」，既多一字，況夢魂可忘，何以為思？（明沈際飛《草堂詩餘‧正集》）

葉夢得
二首

賀新郎

睡起流鶯語。掩蒼苔、房櫳向晚[1]，亂紅無數。吹盡
殘花無人見，惟有垂楊自舞。漸暖靄、初回輕暑。寶
扇重尋明月影[2]，暗塵侵、尚有乘鸞女[3]。驚舊恨，遽
如許[4]。　　江南夢斷橫江渚[5]。浪黏天、葡萄漲綠[6]，
半空煙雨。無限樓前滄波意，誰採蘋花寄取。但悵望、
蘭舟容與[7]。萬里雲帆何時到，送孤鴻、目斷千山阻。
誰為我，唱《金縷》[8]。

1 房櫳：窗戶。
2 寶扇：即團扇，形如圓月。
3 乘鸞女：月中仙女，一指秦穆公女弄玉乘鸞
　仙去事，此處指所戀之人。
4 遽：驟然。
5 橫江：即橫江浦，在今安徽和縣東南，與采
　石磯隔江相對。

6 葡萄漲綠：江水因上漲而顏色深碧如葡
　萄酒。
7 容與：隨波起伏。
8《金縷》：唐代杜秋娘（或作無名氏）《金縷
　衣》：「勸君莫惜金縷衣，勸君惜取少年時。
　有花堪折直須折，莫待無花空折枝。」宋詞
　中的《金縷曲》即為《賀新郎》。

　　此詞據載為詞人十八歲時所作。上片先寫午睡醒來後近黃昏的至為闌珊
淒清之春景，然後寫因天氣漸暖而重尋塵封已久的寶扇，睹物思人，勾起沉埋
的驚心舊恨。下片承上「舊恨」宕拓開去，放眼浩渺的江天煙雨，只得徒然縈
念伊人，既無由重逢，且瞻望弗及，亦難寄深情。結拍化用梅堯臣《一日曲》
「東風若見郎，重為歌《金縷》」句意，倍足懷人的一唱三歎之餘韻。全篇罄吐
孤寂懷人之情，婉麗中饒有豪逸之氣，廓廡亦較為闊大，實為啟其後期詞風之
先聲。

　　（少蘊）初登第，調潤州丹徒尉，郡守器重之，俾檢察徵稅之出入。務亭
在西津上，葉嘗以休日往，與監官並欄杆立，望江中有彩舫依亭而南，滿載皆
婦女。詣亭上，見葉，再拜，致詞曰：「學士雋聲滿江表，妾輩乃真州妓也。

今日太守私忌，故相約絕江。此來不度鄙賤，敢以一杯為公壽，願得公妙語持歸，誇示淮人，為無窮光榮。」酒數行，其魁捧花箋以請，葉命筆立成，即今所傳《賀新郎》詞也。（宋王象之《輿地紀勝》）

葉石林「睡起流鶯語」詞，平日得意之作也，名振一時，雖遊女亦知愛重。帥穎日，其侶乞詞，石林書此詞贈之。後人亦取「金縷」二字名詞。雖然豪逸而迫近人情，纖麗而搖動閨思。二公（蘇軾與葉夢得）之名俱不朽，識者盍深考焉。（宋張侃《拙軒集》）

石林葉少蘊「睡起流鶯語」詞，人人能道之，集中未有勝此者，蓋得意之作也。（宋黃昇《中興以來絕妙詞選》）

葉少蘊名夢得，號石林居士。妙齡秀發，有文章盛名。《石林詞》一卷，傳於世。《賀新郎》「睡起流鶯語」、《虞美人》「落花已作風前舞」，皆其詞之入選者也。（明楊慎《詞品》）

上敘夏氣初到時候，下敘懷人百結念頭。「寶扇重尋」一句，便見和風佈暖。「萬里雲帆」，又是思邈而人甚遠。即首夏寫出一篇心事，令人讀之，不覺塵鞅頓釋，而詞華飄逸，差是造鳳樓手。（明《新刻李于鱗先生批評註釋草堂詩餘雋》偽託李攀龍評點）

殘花吹盡，垂楊自舞，蔑不傷情。一意一機，自語自話。草木花鳥，字面迭來，不見質實，受知於蔡元長，宜也。（明沈際飛《草堂詩餘‧正集》）

夢得理學名臣，晚年致政家居，而作此詞，自有所指，可細玩之。《文選》：「裁為合歡扇，團圓似明月。」《龍城錄》：「八月望日，明皇遊月宮，見素娥千餘人，皆皓衣，乘白鸞。」李太白詩：「離恨滿滄波。」柳子厚詩：「春風無限瀟湘意，欲採蘋花不自由。」「採蘋花」，即《離騷》擷芳草之意也。（清黃蘇《蓼園詞選》）

低迴哀怨，寄託遙深。（清陳廷焯《詞則‧別調集》）

秦少游《滿庭芳》「山抹微雲，天黏衰草」，今本改「黏」作「連」，非也。韓文「洞庭汗漫，黏天無壁」，張祐詩「草色黏天鷓鴣恨」，山谷詩「遠水黏天吞漁舟」，邵博詩「老灘聲殷地，平浪勢黏天」，趙文昇詞「玉關芳草黏天碧」，嚴次山詞「黏雲江影傷千古」，葉夢得詞「浪黏天、蒲桃漲綠」，劉行簡詞「山翠欲黏天」，劉叔安詞「暮煙細草黏天遠」，「黏」字極工，且有出處。若作「連天」，是小兒語也。（清徐釚《詞苑叢談》）

虞美人

雨後同幹譽、才卿置酒來禽花下作[1]

落花已作風前舞。又送黃昏雨。曉來庭院半殘紅。惟
有游絲千丈罥晴空[2]。　　殷勤花下同攜手。更盡杯
中酒。美人不用斂蛾眉。我亦多情無奈酒闌時。

1 幹譽：許幹譽，詞人的友人。才卿：不詳其　　　　北方又稱沙果。
　人。來禽：林檎之別名，即為今天的花紅，　　2 游絲：飄動着的蛛絲。

　　此詞作於暮春時節。上片寫景，而能予落花、游絲等物以擬人的描繪，
她們似乎依依不捨於春天腳步的匆匆歸去：或是在隕落之際放射出生命的最
大光輝，或是萬般無奈地想極力挽留住些甚麼。下片抒情，酒闌人散，猶強自
慰人慰己，一往情深，顛之播之，可謂姿態橫生。全篇雖是表現惜花傷春、及
時行樂的意緒，卻風格高騫騰上，能一洗慣常的卑弱俗套之氣。

　　下場頭話，偏自生姿。（明卓人月輯、徐士俊評《古今詞統》）
　　葉少蘊名夢得，號石林居士。妙齡秀發，有文章盛名。《石林詞》一卷，
傳於世。《賀新郎》（睡起流鶯語）《虞美人》（落花已作風前舞）皆其詞之入
選者也。（明楊慎《詞品》）
　　上狀狂風落花之景，下寫杯酒攜手之情。落花飛舞意，杯酒更多情。清
新典雅，興味無窮。（明《新刻李于鱗先生批評註釋草堂詩餘雋》偽託李攀龍
評點）
　　酒是消愁物，能消幾個時。（託名楊慎評點《草堂詩餘》）
　　前狀風，後寫情，清新典雅，其味無窮。（明《新刻註釋草堂詩餘評林》
李廷機評語）
　　下場話頭，偏自生情。生姿顛播，妙耳。舊於「多情」點句，非旨。（明
沈際飛《草堂詩餘·正集》）

汪　藻

一首

點絳唇

新月娟娟[1]，夜寒江靜山銜斗[2]。起來搔首[3]。梅影橫窗瘦。　　好個霜天，閒卻傳杯手[4]。君知否。亂鴉啼後。歸興濃如酒。

1 娟娟：明媚美好貌。

2 山銜斗：喻指北斗星橫斜低轉與山坳相接。

3 搔首：指心緒煩亂或若有所思時的撓頭動作。

4 傳杯：宴席上傳遞酒杯勸酒，此指飲酒。

　　此詞抒發了思鄉之情。上片和下片換頭句「好個霜天」主要描繪景色，渲染氣氛，星月熠耀，梅影橫斜，這確實是一個令人沉醉的良夜，然而詞人對景卻無心飲酌賞玩，其故何在？結拍給我們抖開了包袱，原來是他那內心深處比酒還濃烈的歸興，迫切之至難以排遣。「亂鴉」似乎暗暗有所指涉。

　　汪彥章在京師，嘗作小闋云：「（略）。」紹興中，彥章知徽州，仍令席問聲之。坐客有挾怨者，亟以納秦會之相，指為新製，以譖會之。會之怒，諷言路，遷彥章於永。（宋王明清《玉照新志》）

　　汪彥章在翰苑，屢致言者。嘗作《點絳唇》云：「永夜厭厭，畫檐低月山銜斗。起來搔首，梅影橫窗瘦。好個霜天，閒卻傳杯手。君知否。曉鴉啼後，歸夢濃如酒。」或問曰：「歸夢濃如酒，何以在曉鴉啼後？」公曰：「無奈這一隊畜生聒噪何。」（宋吳曾《能改齋漫錄》）

　　汪藻彥章出守泉南，移知宣城，內不自得，乃賦詞云：「新月娟娟，夜寒江淨山含斗。起來搔首。梅影橫窗瘦。好個霜天，閒卻傳杯手。君知否。亂鴉啼後。歸思濃如酒。」公時在泉南簽幕，依韻作此送之。又有送汪內翰移鎮宣城長篇，見集中。比有《能改齋漫錄》載汪在翰苑，屢致言者，嘗作《點絳唇》云云。最末句，「晚鴉啼後，歸夢濃如酒」。或問曰：「歸夢濃如酒，何以在晚鴉啼後？」汪曰：「無奈這一隊畜生何。」不惟事失其實，而改竄二字，殊乖本義。（宋黃公度《點絳唇·序》）

　　此乃「月落烏啼霜滿天」景。（明潘游龍《精選古今詩餘醉》）

此首寫在外棲棲不得意，思家之作耳。霜天無酒，落漠可知，寫來卻蘊藉。（清黃蘇《蓼園詞選》）

情味雋永。《草堂》改「曉鴉」為「晚鴉」、「歸夢」為「歸興」，反覺淺露無味。（清陳廷焯《詞則·別調集》）

知稼翁與彥章同時，兼有和詞，確而可據。不知明清何以云在京師作，與虎臣《漫錄》約略相同，當出好事者附會耳。又按起末四句，知稼翁所引覺稍遜，故仍從《漫錄》本。（清張宗橚《詞林紀事》）

劉一止

一首

喜遷鶯

曉行

曉光催角。聽宿鳥未驚，鄰雞先覺。迤邐煙村[1]，馬嘶
人起，殘月尚穿林薄[2]。淚痕帶霜微凝，酒力衝寒猶
弱[3]。歎倦客、悄不禁[4]，重染風塵京洛[5]。　　追念，
人別後，心事萬重，難覓孤鴻託。翠幬嬌深，曲屏香
暖，爭念歲華飄泊[6]。怨月恨花煩惱，不是不曾經著。
者情味，望一成消減[7]，新來還惡[8]。

評析

　　相傳此詞一出即盛行京師，以至詞人有「劉曉行」之號，原因大概在於詞
人有數次進京趕考和謀宦的親身經歷，遂易引起廣大有類似經歷的士人的共
鳴。此詞上片迤邐敘寫一路曉行的淒清景色，襯托詞人厭於行旅、倦於求仕
的心情。起首三句，從早行人的聽覺着筆。「迤邐」三句，為詞人轉以第三者
的角度來描述的視覺鏡頭，早行人正是其中主角。「淚痕」二句，又為早行人
的特寫鏡頭，接着順勢帶出雖厭倦此行卻不得不如此的無奈。下片全從早行
人的內心着筆，寫他因此行而引起對妻子的懷念和自怨自艾。「翠幬」以下三
句，不說自己想念妻子，反而說妻子如何想念自己，頗收「照花前後鏡，花面
交相映」（溫庭筠《菩薩蠻》）之效。結拍三句，先故作豁達，作欲擒故縱的鋪
墊之筆，而「新來還惡」則使事與願違。

輯評

　　語語哽咽。（世經堂康熙十七年殘本《詞綜》批語）

「宿鳥」以下七句，字字真切，覺曉行情景，宛在目前，宜當時以此得名。（清許昂霄《詞綜偶評》）

前半曉行，景色在目，雖不及竹山之工，正是雅詞。（清先著、程洪《詞潔》）

韓　　疁

一首

高陽臺

除夜

頻聽銀籤[1]，重燃絳蠟，年華袞袞驚心[2]。餞舊迎新，能消幾刻光陰。老來可慣通宵飲，待不眠、還怕寒侵。掩清尊。多謝梅花，伴我微吟。　　鄰娃已試春妝了，更蜂腰簇翠，燕股橫金[3]。勾引東風，也知芳思難禁[4]。朱顏那有年年好，逞豔遊，贏取如今。恣登臨。殘雪樓臺，遲日園林[5]。

1 銀籤：指更漏。

2 袞袞：形容相繼不絕，匆匆，亦作「滾滾」。

3 蜂腰、燕股：剪裁為蜂兒和燕子的形狀，用　來裝飾插戴在鬢髮上。

4 芳思：春情。

5 遲日：春日。《詩經‧豳風‧七月》：「春日　遲遲。」

　　此詞抒發了詞人除夕守歲時對一向只管催人老的年光的感慨，同時描繪了年輕人趁着大好青春年華，盡情地迎春試妝和遊冶亭園的濃烈情趣。兩相對比，平易道來，筆法酥鬆，而語淺情深，所謂妙在字句之表也。

李　邴

一首

漢宮春

瀟灑江梅，向竹梢疏處，橫兩三枝[1]。東君也不愛惜[2]，雪壓霜欺。無情燕子，怕春寒、輕失花期。卻是有，年年塞雁，歸來曾見開時。　　清淺小溪如練，問玉堂何似[3]，茅舍疏籬。傷心故人去後，冷落新詩。微雲淡月，對江天、分付他誰。空自憶，清香未減，風流不在人知。

1「瀟灑江梅」三句：化用宋代蘇軾《和秦太虛梅花》：「江頭千樹春欲暗，竹外一枝斜更好。」　2 東君：神話中的司春之神。　3 玉堂：富豪的宅第。

　　此詞描繪了江邊竹外姿態橫生的疏梅，砥礪風雪，並以責東君、怨燕子的委曲手法反襯了詞人的愛梅之心。禍片承上進一步交代梅花生長的所在，「問玉堂」二句，故意設問，以見梅花自甘寂寞的淡泊品性，也是詞人夫子自道。接下來借梅花表現思友之情，字裡行間充滿了對友人的慰藉和勉勵。全篇採用細微低平的「支」韻，正與沉靜低迴的詞情相得益彰，圓美流轉如彈丸。

　　苕溪漁隱曰：「……又端伯所編《樂府雅詞》中，有《漢宮春·梅》詞，云是李漢老作，非也，乃晁沖之叔用作，政和間作此詞獻蔡攸。是時，朝廷方興大晟府，蔡攸攜此詞呈其父云：『今日於樂府中得一人。』京覽其詞，喜之，即除大晟府丞。今載其詞曰：『（略）。』此詞中用玉堂事，乃唐人詩云：『白玉堂前一樹梅，今朝忽見數枝開。兒家門戶重重閉，春色因何得入來？』或云，玉堂乃翰苑之玉堂，非也。」（宋胡仔《苕溪漁隱叢話·前集》）

　　李漢老邴少年日，作《漢宮春》詞，膾炙人口，所謂「問玉堂何似，茅舍疏籬」者是也。政和間，自書省丁憂歸山東，服終造朝，舉國無與立談者。方悵悵無計，時王黼為首相，忽遣人招至東閣，開宴延之上坐。出其家姬數十人，皆絕色也。漢老惘然莫曉。酒半，群唱是詞以侑觴，漢老私竊自欣，除目

可無慮矣。喜甚，大醉而歸。又數日，有館閣之命。不數年，遂入翰苑。（宋王明清《玉照新志》）

梅詞《漢宮春》，人皆以為李漢老作，非也，乃晁叔用贈王逐客之作。王仲甫為翰林，權直內宿，有宮娥新得幸，仲甫應制賦詞云：「黃金殿裡，燭影雙龍戲。勸得官家真個醉，進酒猶呼萬歲。　錦裯舞徹涼州，君恩與整搔頭。一夜御前宣喚，六宮多少人愁。」翌旦，宣仁太后聞之，語宰相曰：「豈有館閣儒臣應制作狎詞耶？」既而彈章罷。然館中同僚相約祖餞，及期無一至者，獨叔用一人而已，因作梅詞贈別，云：「無情燕子，怕春寒、輕失花期。」正謂此爾。又云：「問玉堂何似，茅舍疏籬。」指翰苑之玉堂。《苕溪叢話》卻引唐人詩「白玉堂前一樹梅，今朝忽見數枝開」，謂人間之玉堂，蓋未知此作也。又：「傷心故人去後，零落清詩。」今之歌者，類云「冷落」，不知用杜子美《酬高適》詩：「自從蜀中人日作，不意清詩久零落。」蓋「零」字與「泠」字同音，人但見「泠」字去一點為「冷」字，遂云「冷落」，不知出此耳。（宋陳鵠《西塘集耆舊續聞》）

着實自矜貴，特以江梅為喻耳。（世經堂康熙十七年殘本《詞綜》批語）

雲龕居士老詞人，吟得官梅託興新。不忿開遲怨風笛，酒邊記唱《漢宮春》。（清趙信《南宋雜事詩》）

圓美流轉，何減美成。（「東風」六句）三層俱用旁寫。（清許昂霄《詞綜偶評》）

李邴《漢宮春‧詠梅》，下闋云：「（略）。」此詞為人所忌，仕途遂至蹭蹬。甚矣筆墨失檢，乃易賈禍。（清李佳《左庵詞話》）

《詞綜》載此詞。王仲言云：「漢老少日，作《漢宮春》詞，膾炙人口。所謂『問玉堂何似，茅舍疏籬』是也。政和間，自王省丁憂歸山東，舉國無與談者。方悵悵無計，時王黼為首相，忽遣人招至東閣，開宴，出家姬唱是詞，值觴數日，遂有館閣之命。」此詞為當時推重若此。按其風骨，應為李漢老作，恐非叔用所辦。苕溪說恐誤也。（清黃蘇《蓼園詞選》）

宋李漢老有「問玉堂何似，茅舍疏籬」之句，一時膾炙人口。然此語亦似雅而俗。（清陳廷焯《白雨齋詞話》）

陳與義

二首

臨江仙

高詠楚詞酬午日[1]，天涯節序匆匆[2]。榴花不似舞裙紅。無人知此意，歌罷滿簾風。　　萬事一身傷老矣，戎葵凝笑牆東[3]。酒杯深淺去年同。試澆橋下水，今夕到湘中。

註釋

1 楚詞：即「楚辭」，西漢劉向輯錄戰國時楚　　　專為紀念屈原。
　人屈原、宋玉等人的作品及漢人擬作，統稱　　2 節序：節令，節氣。
　為「楚辭」。午日：即端午，農曆五月五日，　　3 戎葵：即多年生草本植物蜀葵，花如木槿。

評析

　　此詞寫於高宗建炎三年（1129）詞人避亂洞庭時，借端午節悼屈原來消泄愛國憂憤。詞由「高詠楚詞」發端，接着從匆匆節序的喟歎中引出對「舞裙」、「歌罷」的懷舊之感，含蓄地表達了自己對和平生活的嚮往。換頭則將自己對節節退讓的南宋小朝廷的滿腔怨憤一吐為快，然後借「戎葵凝笑」反襯自己雖愛國卻無能為力的處境。末了在懷念屈原中一抒異代之同悲。全篇風格沉鬱峭拔，身世之感，家國之恨，絡繹奔會，輻輳筆端。

輯評

　　婉娓綸至，詩人之詞也。（宋劉辰翁《須溪先生評點簡齋詩集》）

　　「試澆橋下水」，蓋反獨醒意，以弔靈均也。（宋無名氏《須溪先生評點簡齋詩集》增註）

　　世所傳樂府多矣，如山谷《漁父詞》：「青箬笠前無限事，綠蓑衣底一時休。斜風細雨轉船頭。」陳去非《懷舊》云：「憶昔午橋橋下飲，坐中都是豪英。長溝流月去無聲。杏花疏影裡，吹笛到天明。三十年來成一夢，此身雖在堪驚。閒登高閣賞新晴。古今多少事，漁唱起三更。」又云：「高詠楚辭酬午日，天涯節序匆匆。榴花不似舞裙紅。無人知此意，歌罷滿簾風。　　萬事一身傷老矣，戎葵凝笑牆東。酒杯深淺去年同。試澆橋下水，今夕到湘中。」如此等類，詩家謂之言外句，含咀之久，不傳之妙，隱然眉睫間，惟具眼者乃能賞之。古有之，人莫不飲食，鮮能知味，譬之贏牸老瓶，千煮百鍊，椒桂之香逆

於人鼻，然一吮之後，敗絮滿口，或厭而吐之矣。必若金頭大鵝，鹽養之再宿，使一老奚知火候者烹之，膚黃肪白，愈嚼而味愈出，乃可言其雋永耳。（金元好問《遺山自題樂府引》）

臨江仙

夜登小閣憶洛中舊遊[1]

憶昔午橋橋上飲[2]，坐中多是豪英。長溝流月去無聲。杏花疏影裡，吹笛到天明。　　二十餘年如一夢，此身雖在堪驚。閒登小閣看新晴。古今多少事，漁唱起三更。

註釋

1 洛中：今河南洛陽一帶，為詞人的出生成長地。

2 午橋：位於洛陽城南郊，為唐代宰相裴度的別墅所在，有綠野堂等勝景。

評析

　　此詞上片極寫當年在洛中與眾多英豪熱烈酣暢的歡宴情景，一氣貫注，筆力疏宕，歷歷如在目前，「杏花」二句，尤其俊爽流麗。下片換頭「二十」句銜接上、下片，表現今昔不同情景，接下來如長洪陡落，琢語沉鬱悽婉，極見當前的悲涼悵悒，誠然是痛定思痛之人的真切告白。「閒登」以下三句宕開去，雖貌似曠達，而仍不勝歡惋之情，大有古今同慨的意味。全篇運用了以樂景反襯悲思的手法，豪英滿座與此身獨存、徹夜吹笛與三更漁唱皆成今昔之比，將世道亂離滄桑之感表達得淋漓盡致，而又吐言天拔，疏快渾成，所謂絢爛至極，仍歸於平淡，宜其為集中壓卷之詞，可摩東坡之壁壘。

輯評

　　詞情俱盡，俯仰如新。（宋劉辰翁《須溪先生評點簡齋詩集》）

　　詞之難於令曲，如詩之難於絕句，不過十數句，一句一字閒不得。末句最當留意，有有餘不盡之意始佳。當以唐《花間集》中韋莊、溫飛卿為則。又如馮延巳、賀方回、吳夢窗亦有妙處。至若陳簡齋「杏花疏影裡，吹笛到天明」之句，真是自然而然。大抵前輩不留意於此，有一兩曲膾炙人口，餘多鄰乎率易。近代詞人，卻有用功於此者。倘以為專門之學，亦詞家「射雕手」。（宋

張炎《詞源》）

又是一首「二十年前舊板橋」也。（明卓人月輯、徐士俊評《古今詞統》）

簡齋此詞豪放而不至於肆，蘊藉而不流於弱，高古而不失於樸，感慨而不過於傷。其意度所在，如獨立千仞之岡，高視萬物之表，視區區弄粉吹朱之子，微乎藐矣。惟趙松雪《浪淘沙》一詞頗為近之，今人罕見，附錄於此。（明張綖《草堂詩餘別錄》）

上是花間聞笛有感，下是古往今來深慨。「流月去無聲」語入神。百年渾是夢，何不委去留？「天地無情吾輩老，江山有恨古人休。」亦弔古傷今之意。（明《新刻李于鱗先生批評註釋草堂詩餘雋》偽託李攀龍評點）

語意超，筆力排奡。可摩坡仙之壘。（「長溝流月」）巧句。結語與東坡九日詞「酒闌不必看茱萸，俯仰人間今古」同意。（託名楊慎評點《草堂詩餘》）

意思超越，腕力排奡，可摹坡仙之壘。「流月無聲」，巧語也；「吹笛天明」，爽語也；「漁唱三更」，冷語也。功業則歉，文章自優。（明沈際飛《草堂詩餘·正集》）

子瞻「與誰同坐，明月清風我」，「明月幾時有，把酒問青天」，快語也。「大江東去，浪淘盡、千古風流人物」，壯語也。「杏花疏影裡，吹笛到天明」，又「高情已逐曉雲空，不與梨花同夢」，爽語也。其詞濃與淡之間也。（明王世貞《藝苑卮言》）

神到之作，無容拾襲。漁隱稱為清婉奇麗，玉田稱為自然而然，不虛也。（清許昂霄《詞綜偶評》）

「長溝流月」，即「月湧大江流」之意。言自去滔滔，而興會不歇。首一闋是憶舊，至第二闋則感懷也。（清黃蘇《蓼園詞選》）

按思陵嘗喜簡齋「客子光陰詩卷裡，杏花消息雨聲中」之句，惜此詞未經乙覽，不然，其受知更當如何耶？（清張宗橚《詞林紀事》）

詞之好處有在句中者，有在句之前後際者。陳去非《虞美人》：「吟詩日日待春風。乃至桃花開後、卻匆匆。」此好在句中者也。《臨江仙》：「杏花疏影裡，吹笛到天明。」此因仰承「憶昔」，俯注「一夢」，故此二句不覺豪酣，轉成悵惘，所謂好在句外者也。倘謂現在如此，則騃甚矣。（清劉熙載《藝概》）

蔡　伸

二首

蘇武慢

雁落平沙，煙籠寒水[1]，古壘鳴笳聲斷。青山隱隱[2]，
敗葉蕭蕭，天際暝鴉零亂。樓上黃昏，片帆千里歸程，
年華將晚。望碧雲空暮，佳人何處，夢魂俱遠。　　憶
舊遊、邃館朱扉，小園香徑[3]，尚想桃花人面。書盈錦
軸[4]，恨滿金徽[5]，難寫寸心幽怨。兩地離愁，一尊芳
酒，淒涼危闌倚遍。盡遲留，憑仗西風，吹乾淚眼。

註釋

1 煙籠寒水：語出唐代杜牧《泊秦淮》：「煙籠
　寒水月籠沙。」
2 青山隱隱：語出唐代杜牧《寄揚州韓綽判
　官》：「青山隱隱水迢迢。」
3 小園香徑：語出宋代晏殊《浣溪沙》（一曲
　新詞酒一杯）：「小園香徑獨徘徊。」

4 書盈錦軸：用前秦蘇蕙織錦為迴文璇璣圖
　詩寄給丈夫竇滔事。見前柳永《曲玉管》（隴
　首雲飛）註6。
5 金徽：金飾的琴徽。徽，繫弦之繩，後又指
　琴上區分音階的琴節，此處指代琴。

評析

　　此詞上片描繪了詞人遠望秋江淒景，油然而生思鄉懷人之情。過片回首
溫馨的賞心舊遊，與上片的眼前情景形成強烈反差。「書盈」以下三句，想像
伊人思念自己的愁懷。末幾句，極言自己孑然一身的棲遲之苦，蒼涼悽楚。

輯評

　　蔡伸道與向伯恭嘗同官彭城漕屬，故屢有酬贈之作。毛氏謂其遜酒邊三
舍，殊非篤論。考其所作，不獨《菩薩蠻》「花冠鼓翼」一首，雅近南唐；即《驀
山溪》之「孤城莫角」、《點絳唇》之「水繞孤城」諸調，與《蘇武慢》之前半，
亦幾幾入清真之室。恐子諲且望而卻步，豈惟伯仲間耶。（清馮煦《蒿庵論詞》）
　　上半寫景，「碧雲」三句寄情，遞到下闋。下半言情，「西風」三句，又於
情中帶景，映合上面。結構精工，寓意深遠。「佳人」改作「美人」，則更雅矣。
古詩：「日暮碧雲合，佳人殊未來。」恰到好處，詞則不必泥用。（清陳廷焯《詞
則・別調集》）

柳梢青

數聲鶗鴃。可憐又是、春歸時節。滿院東風，海棠鋪繡，梨花飄雪。　　丁香露泣殘枝，算未比、愁腸寸結。自是休文[1]，多情多感，不干風月。

註釋

1 休文：南朝詩人沈約的字。沈約因不受朝廷　　重用而抑鬱成疾，異常消瘦。此為詞人自況。

評析

　　此詞抒發了詞人惜花傷春的情意，同時暗暗寄寓着身世沉浮之慨。上片描繪暮春景象，下片描寫自己愁腸百結，憔悴不堪，以沈約自比，大有深意。尤其末句，幽愁暗恨原是由風月勾引起的，而這裡卻全然不顧，以不容置疑、斬釘截鐵的口吻，將其一口否認掉，實則愈見情感之濃摯沉着。恰如歐陽修所發出的喟歎：「人生自是有情癡，此恨不關風與月。」(《玉樓春》)

周紫芝

二首

鷓鴣天

一點殘釭欲盡時[1]。乍涼秋氣滿屏幃。梧桐葉上三更雨，葉葉聲聲是別離。　　調寶瑟，撥金猊[2]。那時同唱《鷓鴣詞》。如今風雨西樓夜，不聽清歌也淚垂。

1 殘釭（gāng）：即將熄滅的短焰。
2 金猊（ní）：相傳狻（suān）猊（即獅子）好

煙火，故古代銅製香爐常製為其形狀，腹中燃香料，煙從口中冒出。

　　此詞寫詞人秋夜殷殷戀念歌女的情形。上片寫秋夜燈殘，詞人滿懷孤獨悽慘；下片以昔日歡聚的溫馨與眼前分離的悲苦相對比，情感之起伏跌宕昭彰。結拍情景交至，渾淪無間，尤覺語淺意深，令人難以釋懷。全篇語意熔溫庭筠《更漏子》（玉爐香）與晏幾道《臨江仙》（夢後樓臺高鎖）二詞於一爐，而以變化出之。

　　從愁人耳中聽得。（清陳廷焯《詞則·閒情集》）

踏莎行

情似游絲，人如飛絮。淚珠閣定空相覷[1]。一溪煙柳萬絲垂，無因繫得蘭舟住。　　雁過斜陽，草迷煙渚。如今已是愁無數。明朝且做莫思量，如何過得今宵去。

1 閣：同「擱」，這裡指含着眼淚，不流下來。

　　此詞抒寫別情。詞人既描寫出了岸邊分手時的哀傷情景，又傾訴了今宵孤枕耿耿難熬的無限愁苦，從而將情與景、人與事拍合一處。通篇全用白描，直吐胸臆，而韻味悠長。開首以游絲自喻情思牽惹縈繞、惝恍迷離，以飛絮比喻行者因被命運所拋擲擺弄而身不由己，可謂即目所見，信手拈來。而怨柳絲不繫蘭舟，將無情之物予以擬人化，與之爾汝，可謂無理而妙。過片以寥廓淒迷的晚景渲染離情，恰到好處。末三句意脈一句一轉，俱見頓挫之妙，情感的潮水撞開閘門，洶湧澎湃不已，不可遏抑。

李　甲

二首

帝臺春

芳草碧色。萋萋遍南陌。暖絮亂紅，也似知人、春愁
無力。憶得盈盈拾翠侶[1]，共攜賞、鳳城寒食[2]。到今
來，海角逢春，天涯為客。　　　愁旋釋。還似織。淚
暗拭。又偷滴。漫倚遍危闌[3]，盡黃昏，也只是、暮雲
凝碧[4]。拚則而今已拚了，忘則怎生便忘得。又還問鱗
鴻，試重尋消息。

1 拾翠：古代婦女常春日出遊，拾取翠鳥的羽
　毛作為首飾，後便以之指代婦女春日出郊嬉
　遊的景象。
2 鳳城：京城。

3 「漫倚」句：此句《全宋詞》作「漫佇立、倚
　遍危闌」。
4 暮雲凝碧：化用南朝江淹《休上人怨別》：
　「日暮碧雲合，佳人殊未來。」

　　此詞抒寫天涯倦客的羈愁旅思。詞人回想當年在京城與伊人攜手同歡的
情景，宛然歷歷在目，徒增黯然傷魂。「愁旋釋，還似織」和「淚暗拭，又偷
滴」各表達一種一往情深、無法釋懷的沉甸甸感情，且合起來組成不太嚴格的
流水對，相互映襯。「拚則而今已拚了，忘則怎生便忘得。」詞意雖然顯豁，
卻有執着的真情灌注，瀰漫其詞。

　　上自寫其逢春憶別，下直吐其□情重會。因暮春起遠別之思。寫具擲之
易而忘之難，何等婉切。口角傳出相思調，盡是佳人幾迴腸。（明《新刻李于
鱗先生批評註釋草堂詩餘雋》偽託李攀龍評點）
　　末掉數言善形容婦人聲口。（明《新刻註釋草堂詩餘評林》李廷機評語）
　　曲至。「黃昏」、「碧雲」，已不堪矣，何況下個「盡」字、「只」字。「拚則」
二句，恆語，淺語，不許恆人、淺人拚得。若「暗拭」、「偷滴」後，不禁呼號。
（明沈際飛《草堂詩餘·正集》）
　　「拚則」二句，詞意極淺，正未許淺人解得。（明潘游龍《精選古今詩
餘醉》）

信筆抒寫，卻仍鬱而不露，耐人玩索。（清陳廷焯《詞則‧放歌集》）

憶王孫

萋萋芳草憶王孫¹。柳外樓高空斷魂。杜宇聲聲不忍聞²。欲黃昏。雨打梨花深閉門³。

1 「萋萋」句：化用楚辭《招隱士》：「王孫遊兮不歸，芳草生兮萋萋。」
2 杜宇：即杜鵑鳥，相傳為古蜀國君望帝杜宇讓位給他的相臣開明，歸隱後化為杜鵑鳥，啼聲悽哀，有啼血杜鵑的説法。
3 「雨打」句：用宋代秦觀《鷓鴣天》（枝上流鶯和淚聞）成句，出自唐代劉方平《春怨》：「寂寞空庭春欲晚，梨花滿地不開門。」

此詞為《憶王孫》組詞中的春詞。詞人以其不露痕跡的精巧構思，描繪了一連串的閨中少婦望中景象。詞中充溢着濃得化不開的感傷情調，有聲有色地描繪出閨中少婦寂寞愁苦的傷情離緒，似乎也正如這寂寂寥寥黃昏的淒風苦雨一樣慘惻黯淡，誠可謂「高樓風雨感斯人」、「刻意傷春又傷別」的情韻深婉的小令佳作。「雨打」句情景雙繪，餘味疊疊，不絕如縷。

按：此首常景作李重元詞。《全宋詞》附註：「別又誤作李煜詞，見《清綺軒詞選》卷一。又誤作秦觀詞，見《類編草堂詩餘》卷一。」

《文選》：「王孫遊兮不歸，芳草生兮萋萋。」因「樓高」曰「空」，因「閉門」曰「深」，極有斟酌。（明潘游龍《精選古今詩餘醉》）

因「樓高」曰「空」，因「閉門」曰「深」，俱可味。按高樓望遠，「空」字已悽惻，況聞杜宇乎？末句尤比興深遠，言有盡而意無窮。（清黃蘇《蓼園詞選》）

《憶王孫》四首，句斟字酌，期於穩當，直似近人筆墨，古意全失矣。（清陳廷焯《詞則‧別調集》）

万俟詠

一首

三臺

清明應制[1]

見梨花初帶夜月，海棠半含朝雨。內苑春[2]、不禁過青門，御溝漲[3]、潛通南浦。東風靜、細柳垂金縷。望鳳闕[4]、非煙非霧。好時代、朝野多歡，遍九陌[5]、太平簫鼓。　　乍鶯兒百囀斷續，燕子飛來飛去。近綠水、臺樹映鞦韆，鬥草聚、雙雙遊女。餳香更[6]、酒冷踏青路。會暗識、夭桃朱戶[7]。向晚驟[8]、寶馬雕鞍，醉襟惹、亂花飛絮。　　正輕寒輕暖漏永，半陰半晴雲暮。禁火天、已是試新妝，歲華到、三分佳處。清明看、漢蠟傳宮炬。散翠煙、飛入槐府[9]。斂兵衛[10]、閶闔門開[11]，住傳宣、又還休務[12]。

1 應制：奉皇帝的旨意寫作詩文。

2 內苑：皇宮內的庭園，即禁苑。

3 御溝：流經皇宮的河道。

4 鳳闕：在漢代建章宮的東邊，因其上鑄有銅鳳凰而得名，此處泛指宮廷。

5 九陌：漢長安城中有八街、九陌，此處泛指都城大道。

6 餳（xíng）：由麥芽或穀芽熬成的飴糖類食物。

7 「會暗識」句：唐代崔護在長安城外南莊邂逅一少女，次年故地重遊，卻不見伊人，遂有感而作《題都城南莊》：「去年今日此門中，人面桃花相映紅。人面不知何處去，桃花依舊笑春風。」夭桃，豔麗的桃花，語出《詩經·周南·桃夭》：「桃之夭夭，灼灼其華。」

8 向：臨近。

9 「清明看」四句：化用唐代韓翃《寒食》：「春城無處不飛花，寒食東風御柳斜。日暮漢宮傳蠟燭，輕煙散入五侯家。」槐府，指權貴府第，通常門前植槐。

10 斂：收起，此處指撤除。

11 閶闔（chāng hé）：皇宮的正門，此處泛指宮門。

12 傳宣：傳令宣召。休務：宋人語，猶言停止辦公。

此詞為三疊的節序詞，作法取徑於柳永，描寫清明春日景象，極盡鋪敘之能事，可謂不遺餘力，且有條不紊。雖粉飾塗抹，卻正是北宋末年統治集團過着醉生夢死、聲色犬馬生活的真實寫照。上片以寫景為主，起首二句，一改慣常金玉滿眼的富麗堂皇色彩，顯得清秀淡雅。「好時代」以下幾句，總攬全篇主旨。中片轉入一派鶯歌燕舞的歡快景象。下片切合節令，又歸結到宮廷生活場景，開合井然有序。

上是季春景象，下是東作政務。敘到遊女戲鞦韆，不但向花生春。描寫寒暖輕陰晴半，半入「閨閣」、「傳宣」，最為步武。鋪敘有條，如收拾天下春歸肺腑狀。（明《新刻李于鱗先生批評註釋草堂詩餘雋》偽託李攀龍評點）

首二句纖媚可愛。（託名楊慎評點《草堂詩餘》）

（「見梨花」二句）繡句。雜沓少倫，過接喚應，虛字少力。（明沈際飛《草堂詩餘·正集》）

昔万俟詞隱《三臺》詞，自來皆作雙調讀，萬紅友獨改為三疊，讀者韙之。（清俞樾《劉光珊〈留雲借月庵詞〉序》）

徐　　伸

一首

二郎神

悶來彈鵲[1]，又攪碎、一簾花影。漫試著春衫，還思纖手，熏徹金猊爐冷。動是愁端如何向，但怪得、新來多病。嗟舊日沈腰[2]，如今潘鬢[3]，怎堪臨鏡。　　　重省。別時淚濕，羅衣猶凝。料為我厭厭，日高慵起，長託春醒未醒[4]。雁足不來[5]，馬蹄難駐，門掩一庭芳景。空佇立，盡日闌干倚遍，晝長人靜。

1「悶來」句：化用馮延巳《謁金門》（風乍起）：「終日望君君不至，舉頭聞鵲喜。」
2 沈腰：瘦腰。南朝梁沈約，以瘦弱著名。
3 潘鬢：指中年白髮，用西晉潘岳典。見前張

耒《風流子》（亭皋木葉下）註3。
4 春醒（chéng）：春日病酒，因酒醉而神志不清。
5 雁足：借代送書信者。

　　此詞為抒寫離情之作。上片抒發主人公觸景生愁，睹「春衫」而懷人。過片「重省」以下三句承上「春衫」，又啟牖下面的對方佳人。接著「料」字引領出一段佳人情事，寫盡佳人無以為懷、空自佇望的離索情狀。全篇由己及人，彼此心繫，可謂一種相思，兩處閒愁。

　　徐幹臣伸，三衢人。政和初，以知音律為太常典樂，出知常州。嘗自製《轉調二郎神》之詞云：「（略）。」既成，會開封尹李孝壽來牧吳門。李以嚴治京兆，號李閻羅。道出郡下，幹臣大合樂燕勞之。喻群娼令謳此詞，必待其問乃止。娼如戒，歌至三四，李果詢之。幹臣蹙頞云：「某頃有一侍婢，色藝冠絕，前歲以亡室不容，逐去。今聞在蘇州一兵官處，屢遣信欲復來，而今之主公靳之，感慨賦此，詞中所敘多其書中語。今焉適有天幸，公擁麾於彼，不審能為我之地否？」李云：「此甚不難，可無慮也。」既次無錫，賓贊者請受謁次第。李云：「郡官當至楓橋。」橋距城十里而遠，翌日艤舟其所，官吏上下，望風股慄。李一閱刺字，忽大怒云：「都監在法不許出城，乃亦至此。使郡中萬一有火盜之虞，豈不殆哉！」斥都監下階，荷校送獄。又數日，取其供牘判

奏字，其家震懼求援，宛轉哀鳴致懇。李笑云：「且還徐典樂之妾了來理會。」兵官者解其旨，即日承命，然後舍之。（宋王明清《揮麈餘話》）

徐幹臣侍兒既去，作《轉調二郎神》，悉用平日侍兒所道底言語。史志道與幹臣善，一見此詞，蹤跡其所在而歸之。使魯直知此，與之同時，「可惜國香天不管，隨緣流落小民家」之句無從而發也。（宋張侃《拙軒詞話》）

徐幹臣「雁足不來，馬蹄難駐，門掩一庭芳景」，「駐」字當作「去」字，語意乃佳。（宋胡仔《苕溪漁隱叢話・前集》）

徐幹臣，名伸，三衢人。有《青山樂府》一卷行於世。然多雜周詞，惟此一曲天下稱之。（宋黃昇《唐宋諸賢絕妙詞選》）

有《二郎神》詞，前段云：「悶來彈雀，又攪碎、一簾花影。漫試著春衫，還思纖手，薰徹金猊爐冷。」前押「影」字，後押「冷」字，用韻似不叶，然「冷」字有二音，一音魯打切，一音魯頂切。此曲「冷」字若作魯打切，則不叶，當作魯頂切矣。亦如《卜算子》詞後段云：「驚起卻回頭，有恨無人省。揀盡寒枝不肯棲，寂寞沙汀冷。」此「冷」字與「省」字同押，是亦魯頂切也。（宋袁文《甕牖閒評》）

（「料為我」三句）詞人慣將此等無指實處，說得確然。（明卓人月輯、徐士俊評《古今詞統》）

「馬蹄難駐」，胡苕溪謂「駐」字改作「去」字，語意方佳。此淺見也。馬蹄所難去者，正以難駐耳。（明張綖《草堂詩餘別錄》）

上有愁不可解之病，下有怨不得見之人。因愁生病，愁多病轉多。盡日倚欄干，此時此情為誰訴？描出春愁種種，盡是病端；描來春閨寂寂，盡是愁府。（明《新刻李于鱗先生批評註釋草堂詩餘雋》偽託李攀龍評點）

摹寫春悶之怨，無逾此詞。次段猶得婦人女子口。（明《新刻註釋草堂詩餘評林》李廷機評語）

「悶」字意義深，鵲本喜聲，為其無憑，故悶而彈之。詩人慣將此等無指實處說來，確然。一宛唱，如歸風信鴿，平時闊絕，徒然面對。（明沈際飛《草堂詩餘・正集》）

為他想出悽斷。（明陸雲龍《詞菁》）

鮮豔。（世經堂康熙十七年殘本《詞綜》批語）

妙手偶得之句。（清王闓運《湘綺樓評詞》）

沈際飛刻《草堂詩餘》本題作「懷去妾」。幹臣以太常出知常州，託於去妾以自抒其悃乎？辭意婉曲深致，最耐諷詠。（清黃蘇《蓼園詞選》）

此作多說別後情事。起句從「舉頭聞鵲喜」翻出。（清許昂霄《詞綜偶評》）

田 為

一首

江神子慢

玉臺掛秋月[1]。鉛素淺，梅花傳香雪[2]。冰姿潔。金蓮襪[3]、小小凌波羅襪。雨初歇。樓外孤鴻聲漸遠，遠山外、行人音信絕。此恨對語猶難，那堪更寄書說。　　教人紅消翠減，覺衣寬金縷[4]，都為輕別。太情切。消魂處、畫角黃昏時節。聲嗚咽。落盡庭花春去也，銀蟾迥[5]、無情圓又缺。恨伊不似餘香，惹鴛鴦結。

1 玉臺：傳說中的天神居處，這裡指代天空。
2 傳：同「附」，附着。
3 金蓮：金製蓮花。語出《南史·齊東昏侯紀》：「又鑿金為蓮華以帖地，令潘妃行其上，曰：『此步步生蓮華也。』」後代指古代女子纏包過的小腳，亦形容步態之美。
4 金縷：即金縷衣，飾以金縷的羅衣。
5 銀蟾：因相傳月中有蟾蜍，故常以之代指明月。

　　此詞上片由情入景，極寫閨中思婦對遠行人一去無音的掛念。下片更由畫角黃昏、花落春去、月圓又缺的哀景，興起對當時輕別的悔恨和無盡的相思之苦。全篇娓娓道來，脈絡分明，筆致婉轉，立意造語既可頡頏柳永，又與周邦彥《浪淘沙慢》（畫陰重）有異曲同工之妙。

曹　組

一首

驀山溪

梅

洗妝真態，不作鉛華御。竹外一枝斜[1]，想佳人、天寒日暮[2]。黃昏院落，無處著清香，風細細，雪垂垂，何況江頭路。　　月邊疏影，夢到消魂處。結子欲黃時，又須作、廉纖細雨[3]。孤芳一世，供斷有情愁，消瘦損，東陽也[4]，試問花知否。

1「竹外」句：化用宋代蘇軾《和秦太虛梅　　　3 廉纖：細雨貌。
　花》：「竹外一枝斜更好。」　　　　　　　4 東陽：南朝沈約曾為東陽（今屬浙江）太守，
2「想佳人」句：化用唐代杜甫《佳人》：「天　　　　此處為詞人自喻。
　寒翠袖薄，日暮倚修竹。」

註釋

評析

輯評

　　此詞為詠梅之作。上片描繪梅花的玉骨冰魂、高標逸韻，將之比作孤芳自賞的絕代佳人，點化蘇軾、杜甫詩句，渾然無跡。下片自抒賞梅的耿耿抑鬱情懷，末以問花作結，微思遠致，清俊脫塵。

　　曹元寵梅詞：「竹外一枝斜，想佳人、天寒日暮。黃昏院落，無處著清香，風細細，雪垂垂，何況江頭路。」甚工，而結句落韻殊不強人意，曹蓋富於才而貧於學也。（明楊慎《詞品》）

　　「竹外一枝斜」，乃用東坡「竹外一枝斜更好」之句。徽宗時禁蘇學，元寵近幸之臣，暗用蘇句，所謂掩耳盜鈴耳。噫！奸臣醜正直，徒為勞耳。（託名楊慎評點《草堂詩餘》）

　　上擬佳人之度如梅花之清雅，下擬梅花之態如佳人之冷淡。清香暗度黃昏，此情實難為言，花為雨瘦，花不自知。白玉為膚冰為魂，耿耿獨與參黃昏。其國色天香，方之佳人幽趣何如。（明《新刻李于鱗先生批評註釋草堂詩餘雋》偽託李攀龍評點）

微思遠致，愧黏題裝飾者。結句自清俊脫塵，用修泥，閩音呼「否」為「府」，而並結句落韻，不強人意，富於才，貧於學，是偏見也。（明沈際飛《草堂詩餘‧正集》）

幾於合杜、蘇而一之矣。此首或以為白石作，然玩結處數語，氣格軟弱，其非姜作可知。（清許昂霄《詞綜偶評》）

曹組詠梅詞，皆有佳句。其《驀山溪》云：「竹外一枝斜，想佳人、天寒日暮。」用東坡「竹外一枝斜更好」句，可謂入神。（清王弈清《歷代詞話》引《詞品》）

此詞佳處不在「一枝斜」句，佳在前後段跳脫處，情景交融，語多雋永耳。前段言梅不御「鉛華」，如佳人安於寂寞院落也。人尚不自見，況風雨「江頭」，誰知其清香乎？次闋言不獨花開冷淡，即「結子欲黃」，尚多如塵之雨。蓋伊一生，惟供人之有情者見而生愁，今我亦瘦如「東陽」花，知之乎？語語超雋，自是一篇拔俗文字。（清黃蘇《蓼園詞選》）

李　　玉
一首

賀新郎

篆縷消金鼎[1]。醉沉沉、庭陰轉午[2]，畫堂人靜。芳草
王孫知何處，惟有楊花糝徑[3]。漸玉枕、騰騰春醒[4]。
簾外殘紅春已透，鎮無聊[5]、㱫酒厭厭病[6]。雲鬢亂，
未忺整[7]。　　　　江南舊事休重省。遍天涯、尋消問息，
斷鴻難倩。月滿西樓憑闌久，依舊歸期未定。又只恐、
瓶沉金井[8]。嘶騎不來銀燭暗，枉教人、立盡梧桐影[9]。
誰伴我，對鸞鏡。

　　此詞風流蘊藉，描寫了思婦對景懷人、百無聊賴的情景，和久久望人不
至時那種驚疑不定的複雜心情，誠所謂「幽秀中自饒雋旨」（清黃蘇《蓼園詞
選》）。過片「江南」句突兀而來，一下子觸碰到女子的心坎上，明明是沒齒難
忘，然而在她看來卻又是那麼不堪。「休」字蘊含着多少難言之隱，接下來直
言不諱地道出個中緣由，「又只恐、瓶沉金井」句表現了女子對自身無法掌握
愛情命運的惶惑。全篇綺麗風華，情韻並盛，風情耿耿獨上。

　　李君之詞雖不多見，然風流蘊藉，盡此篇矣。（宋黃昇《唐宋諸賢絕妙
詞選》）

此詞如「月滿西樓憑闌久，依舊歸期未定」及「嘶騎不來銀燭暗，枉教人、立盡梧桐影。誰伴我、對鸞鏡」，頗似流麗高雅，寓意託懷，無嫌閨院。（明張綖《草堂詩餘別錄》）

　　上有芳草生、王孫遊之思，下又是銀瓶欲斷絕之意。厭厭之病果是殢酒中來否？梧桐影立盡，何等空佇無聊之至。李君之詞雖不多見，然風流蘊藉，盡於《賀新郎》一詞耳。（明《新刻李于鱗先生批評註釋草堂詩餘雋》偽託李攀龍評點）

　　李君止一詞，風情耿耿。（明沈際飛《草堂詩餘‧正集》）

　　情詞旖旎，風骨珊珊，幽秀中自饒雋旨。（清黃蘇《蓼園詞選》）

　　此詞綺麗風華，情韻並勝，永推名作。（清陳廷焯《雲韶集》）

　　此詞情韻並茂，意味深長，黃叔暘謂「李君詞不多見，然風流蘊藉，盡於此篇」，非虛語也。（清陳廷焯《詞則‧別調集》）

廖世美

一首

燭影搖紅

題安陸浮雲樓[1]

靄靄春空[2]，畫樓森聳凌雲渚。紫薇登覽最關情，絕
妙誇能賦[3]。惆悵相思遲暮。記當日、朱闌共語。塞
鴻難問，岸柳何窮，別愁紛絮。　　　　催促年光，舊來
流水知何處[4]。斷腸何必更殘陽[5]，極目傷平楚[6]。晚
霽波聲帶雨。悄無人、舟橫野渡[7]。數峰江上[8]，芳草
天涯[9]，參差煙樹[10]。

1 安陸：即今湖北安陸。

2 靄靄：雲密集貌。

3「紫薇」二句：讚美杜牧才情卓越，登高能
　賦。紫薇，指杜牧。唐代中書省稱紫薇省，
　杜牧曾官中書舍人，因稱杜紫薇。

4「惆悵」七句：化用唐代杜牧《題安州浮雲
　寺樓寄湖州張郎中》：「去夏疏雨餘，同倚
　朱闌語。當時樓下水，今日到何處？恨如
　春草多，事與孤鴻去。楚岸柳何窮，別愁紛
　若絮。」

5「斷腸」句：化用唐代杜牧《池州春送前進
　士蒯希逸》：「芳草復芳草，斷腸還斷腸。自
　然堪下淚，何必更殘陽。」

6「極目」句：化用南朝謝朓《郡內登望》：「寒
　城一以眺，平楚正蒼然。」

7「晚霽」二句：化用唐代韋應物《滁州
　西澗》：「春潮帶雨晚來急，野渡無人舟
　自橫。」

8「數峰」句：化用唐代錢起《省試湘靈鼓
　瑟》：「曲終人不見，江上數峰青。」

9「芳草」句：化用宋代蘇軾《蝶戀花·
　春景》：「枝上柳綿吹又少，天涯何處無
　芳草。」

10「參差」句：化用唐代杜牧《題宣州開元寺
　水閣閣下宛溪夾溪居人》：「惆悵無因見范
　蠡，參差煙樹五湖東。」

註釋

評析

　　此詞抒寫了詞人登高懷古念遠之情。本篇開頭描繪了安陸浮雲寺樓高迥
森嚴，並發思古之幽情，讚美杜牧登高而能賦，並隱然自況。「惆悵」句至過
片「流水知何處」七句，化用杜牧詩，而以唱歎出之。「斷腸」句以下描繪出
暮春黃昏時極目遠望的淒迷景物，襯托詞人無限悵惘的心情，語淡而情深，使
用前人詩句熨帖自然，一片化機。

　　廖世美《燭影搖紅》過拍云：「塞鴻難問，岸柳何窮，別愁紛絮。」神來之筆，即已佳矣。換頭云：「催促年光，舊來流水知何處。斷腸何必更殘陽，極目傷平楚。晚霽波聲帶雨，悄無人、舟橫古渡。」語淡而情深。令子野、太虛輩為之，容或未必能到。此等詞一再吟誦，輒沁入心脾，畢生不能忘。花庵《絕妙詞選》中，真能不愧「絕妙」二字，如世美之作，殊不多覯。（清況周頤《蕙風詞話》）

呂濱老

一首

薄倖

青樓春晚[1]。畫寂寂、梳勻又懶。怎聽得、鴉啼鶯哢[2]，惹起新愁無限。記年時、偷擲春心，花間隔霧遙相見。便角枕題詩[3]，寶釵貰酒[4]，共醉青苔深院。　　怎忘得、迴廊下，攜手處、花明月滿。如今但暮雨，蜂愁蝶恨，小窗閒對芭蕉展。卻誰拘管[5]。盡無言、閒品秦箏，淚滿參差雁[6]。腰肢漸小，心與楊花共遠。

1 青樓：泛指女子所居之樓室。　　　　　4 貰（shì）：賒欠。此處指換酒。

2 哢（lòng）：鳥叫。　　　　　　　　5 誰：怎樣，如何。

3 角枕：用獸角裝飾的枕頭。　　　　　6 參差雁：指箏柱斜列如飛雁。

　　此詞塑造了一位無怨無悔的癡情女子。上片寫女子因周圍景物而勾起對往昔歡會的回憶，過片「怎忘得」兩句承接上片詞意，接着轉入如今的孤寂難捱，「閒」字兩用，與「共醉」、「攜手」相形對比鮮明。全篇使用了倒敘、側筆等多種手法，語言華美，曼妙諧婉，洵為本色當行的婉約詞作。

　　聖求在宋人不甚著名，而詞甚工。如《醉蓬萊》、《撲胡蝶近》、《惜分釵》、《薄倖》、《選冠子》、《百宜嬌》、《荳葉黃》、《鼓笛慢》，佳處不減秦少游。（明楊慎《詞品》）

　　此詞可匹賀梅子。結復不盡。（世經堂康熙十七年殘本《詞綜》批語）

查 荎

一首

透碧霄

艤蘭舟[1]。十分端是載離愁[2]。練波送遠[3]，屏山遮斷[4]，此去難留。相從爭奈，心期久要[5]，屢更霜秋[6]。歎人生、杳似萍浮。又翻成輕別，都將深恨，付與東流。　　想斜陽影裡，寒煙明處，雙槳去悠悠。愛渚梅[7]、幽香動，須採掇[8]、倩纖柔。豔歌粲發[9]，誰傳餘韻，來說仙遊。念故人、留此遐州[10]。但春風老後，秋月圓時，獨倚西樓。

1 艤：船靠岸。

2 端是：真是。

3 練波：波濤色白如練。

4 屏山：山巒排列如屏風。

5 要（yāo）：相約。

6 更（gēng）：變換，原本作「變」。

7 渚（zhǔ）：水中小塊陸地。

8 掇（duō）：摘取。

9 粲發：開口發聲。

10 遐州：遙遠的洲渚。

　　此詞寫離情別思。上片寫別時情景，「練波送遠」和「屏山遮斷」寫空間之阻隔，「心期久要」和「屢更霜秋」寫時間之漫長。接以羈旅愁思，與離愁別緒一併付諸東流。下片寫別後思念。遙想別離之後，再也沒有纖手折梅，再也沒有宛轉歌喉，只留下孤獨一人，在秋月春風中獨倚西樓。全篇虛實相生，寄情深厚，今傳查荎詞雖只此一首，然亦足矣。

　　此查荎《透碧霄》詞也，所謂一不為少。（明楊慎《詞品》）

　　宋曹勳作《透碧霄》詞一百十七字，較柳永、查荎所填一百十二字體，句讀迥異。萬氏未見曹集，致未收入又一體。柳、查二作，字句相同，而查作尤佳。其詞云：「（略）。」換頭三語，真是繪水繪聲之筆。《詞綜》錄此詞。「宛似」作「杳似」，「滯此」作「留此」，似不如「宛」字、「滯」字。又「採掇」句本作「須採掇，倩纖柔」，六字折腰，與柳詞「空恁蟬嚲垂鞭」，句法小異。《詞律》

謂文義亦有可疑，若作「採掇須倩纖柔」，則理順語協，宜從之。（清丁紹儀《聽秋聲館詞話》）

　　前段從別時寫到別後，後段換頭三句回憶別時情景，使人黯然魂銷。「雙槳」句應「蘭舟」句，以下因採梅而想到纖柔之手，因説遊而想到粲發之歌，後結「念故人」，以下寫傷離中無聊情景。（蔡嵩雲《柯亭詞評》）

魯 逸 仲

一首

南浦

風悲畫角，聽《單于》[1]、三弄落譙門[2]。投宿駸駸征
騎[3]，飛雪滿孤村。酒市漸闌燈火，正敲窗、亂葉舞紛
紛。送數聲驚雁，乍離煙水，嘹唳度寒雲[4]。　　好在
半朧淡月[5]，到如今、無處不消魂。故國梅花歸夢，愁
損綠羅裙[6]。為問暗香閒豔，也相思、萬點付啼痕。算
翠屏應是[7]，兩眉餘恨倚黃昏。

1《單于》：唐曲中有《大單于》、《小單于》。

2 譙門：指古代城門上用以瞭望敵情的高樓，
　亦稱譙樓。

3 駸(qīn)駸：急速，匆忙。

4 嘹唳(liáo lì)：形容響亮凄清而漫長的聲音。

5 好在：歡賞、存問之詞，義如「好麼」、
　「無恙」。

6 綠羅裙：指代家中着綠羅裙的伊人。

7 翠屏：借代倚屏的人。

　　《南浦》，詞調名，當採自屈原《九歌·河伯》「送美人兮南浦」句。此詞別
本題作「旅懷」，大概是經靖康之亂後所作。上片從聽覺、視覺、遠景、近景
各個角度細緻地描寫了旅思凄涼的景況：畫角悲鳴、飛雪滿村、燈火闌珊、
驚雁嘹唳，這種種意象織成一幅雪夜、荒村、孤旅的凄涼圖畫，感傷情調濃
重，可知這絕非尋常的行旅圖。下片是寫懷望故鄉的神情。過片寫出風物依
舊而滿目河山之異的悽楚感情，以及對故國好景和伊人的深深眷念。「為問」
二句，化用唐人詩句「君看陌上梅花紅，盡是離人眼中血」之意，融入深沉的
亡國哀思，淋漓痛快，筆仗亦佳。最後以想像伊人倚屏盼望作結，言有盡而意
無窮。全篇詞旨含蓄，寓情於景，情景交融，意境蒼涼沉咽，音調悽愴，全無
方外人的虛誕氣息，遣詞琢句亦自工絕警絕。

　　詞意婉麗，似万俟雅言。（宋黃昇《唐宋諸賢絕妙詞選》）

　　上是旅思凄涼之景況，下是故鄉懷望之神情。旅邸凄，其最為抑鬱無聊。
梅花夢，真是相思萬點。非躬涉客途冷落中，安得寫悽楚如許？（明《新刻李

于鱗先生批評註釋草堂詩餘雋》偽託李攀龍評點）

　　細玩詞中語意，似亦經靖康亂後作也。第詞旨含蓄，耐人尋味。（清黃蘇《蓼園詞選》）

　　此詞遣詞琢句，工絕警絕，最令人愛。……「好在」二語真好筆仗。「為問」二語淋漓痛快，筆仗亦佳。（清陳廷焯《雲韶集》）

岳　飛

一首

滿江紅

怒髮衝冠[1]，憑闌處[2]、瀟瀟雨歇。抬望眼、仰天長嘯，壯懷激烈。三十功名塵與土[3]，八千里路雲和月[4]。莫等閒[5]、白了少年頭，空悲切。　　靖康恥[6]，猶未雪。臣子憾，何時滅。駕長車踏破、賀蘭山缺[7]。壯志飢餐胡虜肉，笑談渴飲匈奴血[8]。待從頭、收拾舊山河，朝天闕[9]。

1 怒髮衝冠：指由於憤怒而使得頭髮向上豎着頂起了帽子，形容憤怒之至。

2 憑闌：指憑倚着欄杆。處：指時候。

3 三十：虛指三十歲，舉成數而言。塵與土：比喻輕微不足貴。

4 雲和月：分別象徵白天和晚上。

5 等閒：白白地，無端。

6 靖康恥：指北宋欽宗靖康二年（1127）宋徽宗和宋欽宗被金兵俘虜北去，北宋滅亡，此為漢民族國家之奇恥大辱，故稱靖康恥。

7 賀蘭山：一名阿拉善山，在今寧夏西北邊境和內蒙古交界處。按此處乃泛稱邊塞，不必坐實。缺：山的缺口，常為往來要衝。

8 匈奴：從戰國時起就活躍在今蒙古和我國北部內蒙古高原一帶的少數民族，生活方式以遊牧打獵為主，曾多次南下侵擾漢民族聚居區。

9 朝：古代臣子見君主的指稱。天闕：古代帝王所居的宮闕，引申指京師朝廷，此處指北宋故都東京開封府。

　　此詞為岳飛的直抒胸臆而氣壯山河之作，集中體現了岳飛以為國雪恥、掃除強虜、整頓乾坤為己任的堅定信念和大義凜然無畏的英雄氣概。其聲調之高亢可以穿雲裂石，可謂時代的最強音。起頭「怒髮衝冠」就如火山爆發，熾熱的岩漿噴薄而出，不可遏止；又如萬里一聲驚雷，劈空而來，奠定了全篇的情感基調。千載之下讀誦，尚凜凜然有生氣，金聲玉振，足以振聾發聵，起懦立頑，令人為之同仇敵愾，激奮不已。故而能家弦戶誦，傳唱千古不衰，尤其是在中華民族外患頻仍、救亡圖強的生死危急關頭。

　　將軍遊文章之府，洵乎非常之才。韓蘄王晚年亦作小詞，然不如岳。字

字劍拔弩張。（明卓人月輯、徐士俊評《古今詞統》）

膽量、意見、文章悉無今古。有此願力，是大聖賢、大菩薩。（明沈際飛《草堂詩餘・別集》）

膽量意見，俱超今古。（明潘游龍《精選古今詩餘醉》）

詞有與古詩同義者，「瀟瀟雨歇」，《易水》之歌也。（清劉體仁《七頌堂詞繹》）

何等氣概，何等志向！千載下讀之，凜凜有生氣焉。「莫等閒」二語，當為千古箴銘。（清陳廷焯《雲韶集》）

兩宋詞人唯文忠蘇公足當「清雄」二字。清，可及也；雄，不可及也。鄂王《滿江紅》詞，其為雄並非文忠所及。二公之詞皆自性真流出，文忠只是誠於中，形於外；忠武直是先行其言，而後從之。蓋千古一人而已。（清況周頤《歷代詞人考略》）

張　掄
一首

燭影搖紅

上元有懷

雙闕中天[1]，鳳樓十二春寒淺[2]。去年元夜奉宸遊[3]，曾侍瑤池宴[4]。玉殿珠簾盡捲。擁群仙、蓬壺閬苑[5]。五雲深處[6]，萬燭光中，揭天絲管。　　馳隙流年[7]，恍如一瞬星霜換[8]。今宵誰念泣孤臣，回首長安遠。可是塵緣未斷。漫惆悵、華胥夢短[9]。滿懷幽恨，數點寒燈，幾聲歸雁。

註釋

1 雙闕：古代宮殿、祠廟等兩邊高臺上的樓　　　　徵兆。
觀。中天：參天。　　　　　　　　　　7 馳隙：即白駒過隙，比喻光陰如駿馬一樣疾
2 鳳樓：皇宮中的樓閣。　　　　　　　　　馳而過。
3 宸（chén）遊：帝王的巡遊。　　　　　　8 星霜：星辰運轉，一年循環一次，霜則每年
4 瑤池：古代神話中的西王母等神仙所居之　　　秋至始降，因用以指代年歲。
地，此處借指皇宮。　　　　　　　　　9 華胥夢：相傳黃帝晝寢，夢見自己遊於華胥
5 蓬壺閬（làng）苑：分別是指古代神話傳說　　　氏之國，「其國無帥長，自然而已；其民無
中的海上蓬萊仙境和崑崙山上神仙所居的　　　嗜慾，自然而已」。見《列子·黃帝》。後
閬風之苑，此處借指宮廷內苑。　　　　　　用來代指夢境或理想之境。
6 五雲：五色彩雲，古代人認為是吉祥的

評析

　　此詞寫於靖康之變後的次年（1128）上元夜，詞人撫今追昔，不勝亡國之痛。

　　上片鋪排敷設去歲今宵的繁華盛會，過片「馳隙」二句，以物換星移綰合上下文，「今宵」以下句，大有「失勢一落千丈強」的意味，對照以眼前的無限悲涼慘淡，令人恍如隔世，蕩人心魄，表現了深沉的故國之思。

輯評

　　元夕「雙闕中天」一首，繁華感慨，已入選矣。（明楊慎《詞品》）

沈際飛曰：材甫目靖康之難，前段追憶徽廟，後直指目前。哀樂各至。按材甫為南渡遺老，有《蓮社詞》一卷。詞多變徵，此首尤清壯。（清黃蘇《蓼園詞選》）

程　垓

一首

水龍吟

夜來風雨匆匆，故園定是花無幾。愁多怨極，等閒孤負，一年芳意。柳困桃慵，杏青梅小，對人容易。算好春長在，好花長見，原只是、人憔悴。　　回首池南舊事[1]。恨星星[2]、不堪重記。如今但有，看花老眼，傷時清淚。不怕逢花瘦，只愁怕、老來風味。待繁紅亂處，留雲借月[3]，也須拚醉。

1 池南：出自宋代蘇軾《和王安石題西太乙宮》：「從此歸耕劍外，何人送我池南。」此處泛指故園某地。

2 星星：鬢髮花白貌。

3 留雲借月：出自宋朱敦儒《鷓鴣天·西都作》：「曾批給雨支風券，累奏留雲借月章。」此處意指留住大好光景。

　　此詞抒發了詞人對故園的眷眷深情，對如煙往事的懷念和沉重的遲暮之感。然迴非一般的歎老嗟卑之作，而是與堪憂的時局緊密相連。起首詞人懸想故園的闌珊春事，遂不禁愁從中來，不可斷絕，接着感慨自己歲月蹉跎，老大無成。結拍更是於表面的曠達中包含無限悽愴。

六州歌頭

長淮望斷，關塞莽然平。征塵暗，霜風勁，悄邊聲。黯消凝。追想當年事，殆天數，非人力，洙泗上[1]，弦歌地[2]，亦羶腥[3]。隔水氈鄉，落日牛羊下，區脫縱橫[4]。看名王宵獵[5]，騎火一川明。笳鼓悲鳴。遣人驚。　　念腰間箭，匣中劍，空埃蠹[6]，竟何成。時易失，心徒壯，歲將零。渺神京。干羽方懷遠[7]，靜烽燧[8]，且休兵。冠蓋使，紛馳騖，若為情。聞道中原遺老，常南望、翠葆霓旌[9]。使行人到此，忠憤氣填膺。有淚如傾。

註
粹

1 洙泗：即洙水和泗水，在今山東境內，曾為孔子講學地，此處指代中原文物衣冠之邦。

2 弦歌地：指有禮樂文化的地方。據記載孔子的弟子子游曾為武城縣宰，意欲以禮樂化民，故弦歌不輟。

3 羶（shān）腥：牛羊的腥臊氣，此處用來諷刺經濟文化上落後的金人。

4 區（ōu）脫：匈奴人為守邊屯戍而築的土室，此處指金人的戰備工事。

5 名王：指金人的酋長。

6 埃蠹（dù）：蒙塵生蟲。

7 干羽：干，指木盾；羽，指旗幟。兩者皆為古代舞者所手執，以示友好之誠意。

8 烽燧：邊境上用來通報敵情的烽火。點火為烽，燃煙為燧。

9 翠葆：以翠羽為飾的天子之旗。霓旌：一種折羽毛，染五彩，用絲縷連綴起來的旌旗儀仗，遠望如虹霓之氣，故云霓旌。

評
析

　　此詞痛陳了淪陷後的中原橫遭敵人蹂躪踐踏的淒涼景象，指出了當時仍然岌岌可危的戰爭形勢，表達了身處水深火熱之中的中原父老渴望王師收復舊山河的殷切心情，譴責了苟安的當權者對敵人的一味妥協、屈膝求和，並不惜美化其可恥的賣國行徑，傾吐了自己在閒散中空有滿腔報國的雄心壯志而無用武之地的悲憤，可謂百感交集。全篇意脈盤旋而下，節拍急促頓挫，韻腳低沉，音調鬱勃悲壯，與詞人深心相激蕩，如征戰鼓聲，大聲鞺鞳，如驚濤

出墼，轉轂雷鳴，誠乃「淋漓痛快，筆飽墨酣，讀之令人起舞」（清陳廷焯《白雨齋詞話》）。

據記載，宋高宗紹興三十二年（1162）春初，宋金之間剛剛發生過一場決定南宋朝廷生死存亡的采石大戰，張孝祥在當時的建康（今南京市）留守、主戰派首領張浚宴客席上賦此詞，一曲唱罷，竟使張浚激動得食不下嚥，為之罷席。

張安國在沿江帥幕。一日預宴，賦《六州歌頭》云：「（略）。」歌罷，魏公流涕而起，掩袂而入。（明陳霆《渚山堂詞話》）

張孝祥《六州歌頭》一闋，淋漓痛快，筆飽墨酣，讀之令人起舞。惟「忠憤氣填膺」一句，提明忠憤，轉淺轉顯，轉無餘味。或亦聳當塗之聽，出於不得已耶？（清陳廷焯《白雨齋詞話》）

張孝祥安國於建康留守席上，賦《六州歌頭》，致感重臣罷席。然則詞之興觀群怨，豈下於詩哉。（清劉熙載《藝概》）

賷恨于湖筆氣遒，隔江獵火望氈裘。符離取敗張中令，忍聽歌頭唱《六州》。（清沈道寬《論詞絕句》其二十）

唾壺擊碎劍光寒，一座欷歔墨未乾。別有心胸殊歷落，不同花月寄悲歡。（清王僧保《論詞絕句》其十三）

張安國《六州歌頭》：「（略）。」……皆所謂拔地倚天，句句欲活者。（清張德瀛《詞徵》）

于湖在建康留守席上賦《六州歌頭》，感憤淋漓，主人為之罷席。他若《水調歌頭》之「雪洗虜塵靜」一首，《木蘭花慢》之「擁貔貅萬騎」一首，《浣溪沙》之「霜日明霄」一首，率皆眷懷君國之作。（清馮煦《蒿庵論詞》）

韓元吉

二首

六州歌頭

東風著意，先上小桃枝。紅粉膩。嬌如醉。倚朱扉。記年時。隱映新妝面。臨水岸。春將半。雲日暖。斜橋轉。夾城西。草軟莎平，跋馬垂楊渡、玉勒爭嘶[1]。認蛾眉。凝笑臉、薄拂燕脂[2]。繡戶曾窺。恨依依。　共攜手處香如霧。紅隨步。怨春遲。消瘦損。憑誰問。只花知。淚空垂。舊日堂前燕，和煙雨，又雙飛[3]。人自老。春長好。夢佳期。前度劉郎[4]，幾許風流地，花也應悲。但茫茫暮靄，目斷武陵溪[5]。往事難追。

1 跋馬：勒住馬的韁繩使馬回轉過來。玉勒：用飾精美的帶嚼子的馬籠頭，此處指馬。
2 燕脂：即胭脂。
3「舊日」三句：係將唐劉禹錫《烏衣巷》「舊時王謝堂前燕」和宋晏幾道《臨江仙》「微雨燕雙飛」合在一處化用。
4 劉郎：一指因志怪小說中漢代劉晨、阮肇入天台山遇仙女結下奇緣事，遂多用「劉郎」來指稱情郎；一指唐代劉禹錫在遭受政敵打擊的十四年曾兩度回京，分別作詩云：

「玄都觀裡桃千樹，盡是劉郎去後栽。」（《元和十年自朗州承召至京戲贈看花諸君子》）「種桃道士歸何處，前度劉郎今又來。」（《再遊玄都觀》）後世文人因此多喜以去而復來的「劉郎」自稱。此處兼而用之。
5 武陵溪：指避世隱居之地。晉陶淵明《桃花源記》講述武陵漁人無意中進入桃花源，見安居樂業之景。後來由於迷失原來的路徑，而再也無法找尋到的故事。

　　此詞原題作「桃花」，實則借物懷人，傾訴了一段永志難忘的愛情故事，纏綿悱惻。《六州歌頭》詞牌本是用來反映邊地的，好事者便倚其聲作為弔古詞，音調悲壯，使人為之慷慨激昂，擊節高歌，成為一時風習。而此詞特變悲壯，成溫婉，抒寫男女戀情，可謂別開生面，開徑自行。

好事近

凝碧舊池頭[1]，一聽管弦淒切。多少梨園聲在[2]，總不堪華髮。　　杏花無處避春愁，也傍野煙發。惟有御溝聲斷，似知人嗚咽。

1 凝碧池：在唐代東都洛陽宮廷內。此處借指北宋時汴京故宮。

2 梨園：唐玄宗曾遴選樂工、宮女數百人在宮中植有梨樹的梨園教授樂舞之類，號為「皇帝梨園弟子」，故後世便以「梨園」指代曲藝、戲曲之苑所，此處指北宋教坊樂人。

孝宗乾道九年（1173）三月，詞人出使金國途經宋朝的舊日故都汴京，在金人宴席上聽到北宋時的宮廷音樂，不禁唏噓感慨繫之而作此詞。詞中上片借用王維「凝碧池頭奏管弦」（《凝碧池》）詩意，以安祿山亂唐類比金人亡北宋事，寓託了詞人的故宮黍離麥秀之痛。「淒切」一詞直接點明詞人的心聲。下片寫杏花生愁，御溝聲斷，以無情之物襯托有情之人，更見物猶如此，人何以堪，格外熨帖。

（「杏花」句）避卻唐詩窠臼，愈冷落愈要著色。白石《揚州慢》可參。（清陳澧手批《絕妙好詞箋》）

麥（孺博）丈云：「賦體如此，高於比興。」（梁令嫻《藝蘅館詞選》）

袁去華

三首

瑞鶴仙

郊原初過雨，見數葉零亂，風定猶舞。斜陽掛深樹。映濃愁淺黛，遙山媚嫵。來時舊路。尚岩花、嬌黃半吐。到而今，惟有溪邊流水，見人如故。　　無語。郵亭深靜[1]，下馬還尋，舊曾題處。無聊倦旅。傷離恨，最愁苦。縱收香藏鏡[2]，他年重到，人面桃花在否。念沉沉、小閣幽窗，有時夢去。

1 郵亭：驛館，古代設在驛道旁供傳送公文的
　官差和旅客歇息住宿的館舍。
2 收香：此指賈午贈香韓壽事。見前周邦彥
　《風流子》（新綠小池塘）註9。藏鏡：南朝

陳徐德言娶樂昌公主為妻，亡國之際各執半
面銅鏡作為信物，希冀他日憑此而得重團
聚事。

　　此詞主要抒寫旅愁別恨。上片鋪排了沿途所見景物，深淺濃淡，動靜皆有，的確令人感到美不勝收。「到而今」三句則一轉，充溢着物是人非之感。「傷離恨，最愁苦」從正面將題旨提撮而出，可謂點睛之筆。末二句託身夢魂，強自安慰。此篇深得周邦彥詞之三昧，置於周詞集中，幾可亂真，殊無愧色。

劍器近

夜來雨。賴倩得[1]、東風吹住。海棠正妖嬈處。且留取。　　悄庭戶。試細聽、鶯啼燕語。分明共人愁緒。怕春去。　　佳樹。翠陰初轉午。重簾未捲，乍睡起、寂寞看風絮。偷彈清淚寄煙波，見江頭故人，為言憔

悴如許。彩箋無數。去卻寒暄²，到了渾無定據³。斷腸落日千山暮。

1 倩得：藉助，憑藉。
2 寒暄：問候冷暖的家常客套話。

3 到了：歸期。渾：全然。定據：憑據，說定的準信。

此詞抒發詞人惜春懷遠的滿懷愁緒，為雙拽頭的長調詞。所謂「雙拽頭」，指三片詞的前兩片字句相同，字數比第三片短，有如第三片的「雙頭」。上片寫風雨之後，海棠正在東風中盛開，一片欣欣向榮。中片寫鶯啼燕語，和人一樣怕春歸去。下片寫午睡乍起，借寄淚江流與懷人之情，同時嗔怪對方的歸期無定，末句以景結情，更見出情深無限。全篇層層遞進，步步深入，一氣舒捲，俳惻纏綿。

安公子

弱柳千絲縷。嫩黃勻遍鴉啼處。寒入羅衣春尚淺，過一番風雨。問燕子來時，綠水橋邊路。曾畫樓、見個人人否¹。料靜掩雲窗²，塵滿哀弦危柱³。　　庾信愁如許⁴。為誰都著眉端聚。獨立東風彈淚眼，寄煙波東去。念永晝春閒，人倦如何度。閒傍枕、百囀黃鸝語。喚覺來厭厭，殘照依然花塢⁵。

1 人人：宋代口語，對愛暱者的稱呼，猶謂「人兒」。
2 雲窗：裝飾華美的窗戶，常指女子閨房。
3 哀弦危柱：指樂聲悽絕。柱，指箏瑟之類弦樂器上的立柱。

4 「庾信」句：此借庾信自指，表達思念之情。見前張耒《風流子》（亭皋木葉下）註2。
5 花塢：花房。塢，原指地勢周圍高而中央低凹的地方，後引申為四面避風的建築物。

此詞為寫離別相思的懷人之作。上片由景及人，向歸燕發問，暗示雙方

音訊不通，用筆輕靈而有韻味。下片由人及景，寫別後悽苦，相思之深。末以花塢殘照景語作結，將懷人之意寄寓其中。全詞以景起結，中間大段抒情，既使前後照應，又覺情景交融，婉轉曲折，深切動人。

陸　淞
一首

瑞鶴仙

臉霞紅印枕。睡覺來、冠兒還是不整。屏間麝煤冷¹。但眉峰壓翠²，淚珠彈粉。堂深晝永，燕交飛、風簾露井。恨無人，說與相思，近日帶圍寬盡³。　　重省⁴。殘燈朱幌⁵，淡月紗窗，那時風景。陽臺路迥。雲雨夢，便無準⁶。待歸來，先指花梢教看，欲把心期細問⁷。問因循、過了青春⁸，怎生意穩⁹。

　　此詞本事，據《耆舊續聞》卷十載，南渡初，陸淞眷戀一近屬士家侍姬盼盼，「一日宴客，（盼盼）偶睡，不預捧觴之列。陸因問之，士即呼至，其枕痕猶在臉。公為賦《瑞鶴仙》，有『臉霞紅印枕』之句，一時盛傳之，逮今為雅唱」。此詞寫一女子慵懶相思的情態。上片寫睡起後情景。「臉霞紅印枕」寫美人慵懶情態如畫，然意義亦僅止於此。冠不整、麝煤冷寫其無心情，引出下文直寫人物愁態二句，然後以堂深晝永、燕飛、風簾露井等景物作烘襯，再寫人物之內心。上片由外而內，層層寫來，井然有序，但總體說來，並不怎麼高明。下片較上片為佳。「重省」四句是憶舊，是當時歡聚情景。「陽臺」三句是怨語，情亦深婉。「待歸來」至結尾應一氣讀下，其間有企盼，有相思，有幽怨，絮絮叨叨，逼肖人物口吻，是全詞最精彩處。

　　簸弄風月，陶寫性情，詞婉於詩。蓋聲出鶯吭燕舌間，稍近乎情可也。若

鄰乎鄭衛，與纏令何異也。如陸雪溪《瑞鶴仙》云：「（略）。」辛稼軒《祝英臺近》云：「寶釵分……」皆景中帶情，而存騷雅。故其燕酣之樂，別離之愁，迴文題葉之思，峴首西州之淚，一寓於詞。若能屏去浮豔，樂而不淫，是亦漢魏樂府之遺意。（宋張炎《詞源》）

委宛深厚，不忍隨口念過。漢魏遺意。（明卓人月輯、徐士俊評《古今詞統》）

能如此作情詞，亦復何傷？（清先著、洪程《詞潔》）

從來文之所在，不必名之所在。如陸雪窗名不甚著，其《瑞鶴仙·春情》末云：「待歸來，先指花梢教看，卻把心期細問。問因循、過了青春，怎生意穩。」迷離婉妮，幾在秦、周之上。今誤作歐公，非是。（清賀裳《皺水軒詞筌》）

質而腴，自不同南北曲語。（清陳澧手批《絕妙好詞箋》）

南渡後，南班宗子有居會稽者，其園亭甲於浙東，坐客皆一時之秀，陸子逸與焉。宗子侍姬名盼盼者，色藝殊絕，陸嘗顧之。一日宴客，盼盼偶未在捧觴之列。陸詢之，以晝眠答，旋亦呼至。枕痕在頰，媚態愈增。陸為賦《瑞鶴仙》云：「（略）。」此詞一時傳唱，後盼盼竟歸陸氏云。子逸名淞，曾刺辰州，放翁之弟也。（清葉申薌《本事詞》）

小說造為詠歌姬睡起之詞，不顧文理，本事之附會，大要如此。（清王闓運《湘綺樓評詞》）

陸　游

三首

卜算子

詠梅

驛外斷橋邊，寂寞開無主。已是黃昏獨自愁，更著風
和雨¹。　　　無意苦爭春，一任群芳妒。零落成泥碾
作塵，只有香如故。

1 著（zhuó）：着，受，遭。

　　此詞詠梅。上片寫梅之處境。「驛外」句，見梅所處位置之遼遠、荒僻；
「寂寞」句，見梅之孤獨、無助。「已是」句，從時間上寫，「獨自愁」與「寂寞」
句相呼應。「更著」句，從外在壓力上寫。梅處於荒遠偏僻之地已是不堪，再
加風雨之侵襲，益不堪矣！上片是詞人眼中之梅，至下片詞人已化而為梅，
是以梅寫梅，純是梅之口吻，詞意上則以退為進。「無意」句，將梅與群芳對
比，是上片之自然延伸，既見梅之孤獨寂寞，又見梅之高潔無匹。結二句，將
孤獨、高潔並一處來寫，而以「香」字統攝之，使之得以升華，無上文之哀怨、
苦澀，更多些孤高、自豪，愈顯出梅之貞剛勁節。全詞雖謂寫梅，卻無半句摹
寫物形之語，唯從梅之意態、精神落筆，並將詞人身世之感及高潔品格融於
其中，既是詠物，亦為言志，所以高出眾作，卓絕千古。

　　（末句）想見勁節。（明卓人月輯、徐士俊評《古今詞統》）
　　末二句大為梅譽。（明潘游龍《精選古今詩餘醉》）
　　言梅雖零落，而香不替如初，豈群芳所能妒乎？（明錢允治《類編箋釋續
選草堂詩餘》）

宋詞三百首評註

漁家傲

東望山陰何處是[1]。往來一萬三千里。寫得家書空滿紙。流清淚。書回已是明年事。　寄語紅橋橋下水[2]。扁舟何日尋兄弟。行遍天涯真老矣。愁無寐。鬢絲幾縷茶煙裡[3]。

1 山陰：今浙江紹興，陸游的故鄉。　　　　3「鬢絲」句：化用唐代杜牧《題禪院》：「今
2 紅橋：山陰近郊地名。　　　　　　　　　日鬢絲禪榻畔，茶煙輕颺落花風。」

　　此詞原題「寄仲高」，是陸游寫給堂兄陸升之的。陸升之，字仲高，陸游從兄，長陸游十二歲。詞當作於淳熙二年（1175）前，時陸游正宦遊蜀地，而仲高則貶歸山陰。起句就點出蜀、越兩地的方位距離，正因為相隔如此遙遠，故兩人書信來往尚要一年時間。現實中既然沒有機會相聚，那麼只能通過寄語來聊表心願，希望有一天駕一葉扁舟到紅橋下與兄長相聚。那時候，兄弟二人皆兩鬢斑白，垂垂老矣，面面相覷，無語凝噎。
　　詞不同於詩，詞中很少表現兄弟之情，蘇軾的《水調歌頭》（明月幾時有）也只是借月懷人。陸游的這首詞純粹表現兄弟之情，且坦誠直率，恰如一紙家書，感人肺腑，是其手足之情的最好見證。

　　軒豁是放翁本色。（清陳廷焯《詞則‧放歌集》）

定風波

進賢道上見梅贈王伯壽[1]

敧帽垂鞭送客回。小橋流水一枝梅。衰病逢春都不記。誰謂。幽香卻解逐人來。　安得身閒頻置酒。攜手。與君看到十分開。少壯相從今雪鬢[2]。因甚。

流年羈恨兩相催³。

註釋

1 進賢：今江西進賢。　　　　　　　　　　3 流年：如水流逝的歲月。羈恨：寄居異鄉
2 雪鬢：白髮。　　　　　　　　　　　　　　　的痛苦。

評析

　　前首詞寫親情，這首詞寫友情。起句表現詞人送客歸來時的失意悵惘，
次句從溪邊的一枝梅花寫起。梅花的淡淡幽香不僅逐人衣袖，而且也提醒着
春天的到來，同時又喚起他對朋友的深切思念。下片展開想像。想像與友人
他日重逢，把酒言歡，攜手探梅，閱盡風流。結尾回到現實，並由此發問：昔
日的少年朋友如今為何垂垂老矣？是似水流年，是羈旅離恨，還是坎坷的人
生和無常的命運？全詞將身世之感打併入友情之中，纖細似淮海，雄慨似東
坡，體現了放翁詞獨特的藝術風格。

陳　亮
一首

水龍吟

鬧花深處樓臺，畫簾半捲東風軟。春歸翠陌，平莎茸嫩[1]，垂楊金淺[2]。遲日催花[3]，淡雲閣雨[4]，輕寒輕暖。恨芳菲世界，遊人未賞，都付與，鶯和燕。　　寂寞憑高念遠，向南樓、一聲歸雁。金釵鬥草[5]，青絲勒馬[6]，風流雲散。羅綬分香[7]，翠綃封淚，幾多幽怨。正消魂又是[8]，疏煙淡月，子規聲斷[9]。

　　此詞寫春恨。上片寫爛漫春光，是景，但先從樓臺、畫簾説起，是景乃人眼中之景，並為下片抒情預留地步。寫春景則由近而遠，翠陌、平莎、垂楊、遲日、淡雲以及輕寒輕暖，均是典型早春景物，由「春歸」二字領起，一一寫足。「恨芳菲」三句，總上而啟下，筆力如椽，最堪玩賞。下片寫情。換頭「寂寞憑高念遠」領起下片，「念遠」二字，為一篇情之主腦，有此二字，「故目中一片春光，觸我愁腸，都成淚眼」（陳廷焯《白雨齋詞話》）。「金釵」三句是感舊，「羅綬」三句睹物而思人，反反覆覆，均在一「情」字。結尾三句歸到當前，仍從憑高念遠中來，卻不直寫情字，而只以景結住，餘音裊裊，有含蓄不盡之妙。

　　「羅袖分香，翠綃封淚」，屬對。（元陸輔之《詞旨》）
　　以龍川之豪，降而為此調，所謂能賦梅花不獨宋廣平。（明張綖《草堂詩

餘別錄》）

　　上敘春光色色可人，下敘春恨綿綿難遣。柳綠花紅，鶯啼燕舞，自是芳菲堪賞。春深恨更深，爭奈子規啼月，尤為惱人。春光如許，遊賞無方，但愁恨難消，不無觸物生情。（明《新刻李于鱗先生批評註釋草堂詩餘雋》偽託李攀龍評點）

　　有能賞而不知者，有欲賞而不得者，有似賞而不真者，人不如鶯也，人不如燕也。怨也風流。（明沈際飛《草堂詩餘‧正集》）

　　陳同父絕不能詩，今集存者僅二絕一長歌，知其未嘗事聲律也。集末載詩餘數十闋，而《草堂》所選《水龍吟》詞特佳甚，而集不存，古今製作佳者不必傳，傳者不必佳，大都有幸不幸耶。此懷所歡，作者殊足情致，與同父他詞不類。周公瑾《野語》載陳嘗狎一妓，欲娶之，嶄落籍於唐與正，唐以言間妓好，遂弗終，陳因是大憾。構唐朱元晦，卒起嚴蕊之獄，此詞之作，豈即其時耶？所狎妓或即蕊，故與正不肯為落籍耶？今《紫陽集》載論劾與正封事幾萬言，所謂「行首嚴蕊，稍以色稱」，紫陽筆也。蕊亦能詞，見《野語》甚詳。以一婦人色致諸名士紛紛聚訟，為千古口舌，端令人噴飯不已。（明胡應麟《少室山房類稿》）

　　《詞品》曰：同甫《水龍吟》一闋：「鬧花深處層樓，畫簾半捲東風軟。」可誦也。（清沈雄《古今詞話‧詞評》）

　　陳同父開拓萬古之心胸，推倒一世之豪傑，而作詞乃復幽秀。其《水龍吟》云：「（略）。」（清王弈清《歷代詞話》引《詞苑》）

　　同父，永康人。淳熙間詣闕上書，孝宗欲官之，亟渡江歸。至光宗策進士，擢第一。史稱其千言立就，氣邁才雄，推倒智勇，開拓心胸。授僉書建康府判官廳事，未至官而卒。其策言恢復之事甚剴切，無如當事者志圖逸樂，狃於苟安，此《春恨》詞所以作也。「鬧花深處層樓」，見不事事也；「東風軟」，即東風不競之意也；「遲日」、「淡雲」、「輕寒輕暖」，一暴十寒之喻也。好世界不求賢共理，惟與小人遊玩，如鶯燕也；「念遠」者，念中原也；「一聲歸雁」，謂邊信至。樂者自樂，憂者徒憂也。（清黃蘇《蓼園詞選》）

　　感時之作，必借景以形之。如……同甫云：「恨芳菲世界，遊人未賞，都付與鶯和燕。」不言正意，而言外有無窮感慨。（清沈祥龍《論詞隨筆》）

　　同甫《水龍吟》云：「恨芳菲世界，遊人未賞，都付與鶯和燕。」言近指遠，直有宗留守大呼渡河之意。（清劉熙載《藝概》）

范成大

三首

憶秦娥

樓陰缺[1]。闌干影臥東廂月。東廂月。一天風露，杏花如雪。　　隔煙催漏金虬咽[2]。羅幃黯淡燈花結[3]。燈花結。片時春夢，江南天闊[4]。

1 缺：指樹陰未遮住的樓閣一角。
2 金虬：銅龍，造型為龍的銅漏，古代滴水計
　　時之器。
3 燈花結：燈芯燒結成花，舊俗以為有喜訊。
4「片時」二句：化用唐代岑參《春夢》：「枕
　　上片時春夢中，行盡江南數千里。」

　　本詞為抒寫思婦愁懷之作。上片寫月夜景色。起首二句，以清麗含蓄的筆觸描繪出朦朧而略帶傷感的夜色。接下來，詞人視角逐漸外移，滿天的風露、如雪的杏花在詞人筆下顯得那麼飄逸清雋，給讀者以如畫的美感。下片抒寫懷人的愁思。過片用擬人化筆法，賦予無情的銅漏以有情人的愁思，在漫漫長夜中的嗚咽聲（滴水聲）裡更見思婦春宵難度的孤寂苦澀。行文至此，似已極哀。正當讀者欲沿着憂傷的主線繼續下尋時，詞人筆鋒忽然振轉，在「燈花結」的意象中注入了喜悦的憧憬，讓思婦帶着憧憬入夢，飛向千里江南尋覓遠去的遊子。又於夢境的片時喜悦中反襯現實之長久苦楚，其哀情更顯深重。全詞委婉動人，清雅優美。

醉落魄

棲烏飛絕。絳河綠霧星明滅[1]。燒香曳簟眠清樾[2]。花影吹笙，滿地淡黃月。　　好風碎竹聲如雪。昭華三弄臨風咽[3]。鬢絲撩亂綸巾折。涼滿北窗[4]，休共軟紅說[5]。

1 絳河：銀河。綠霧：青色的霧氣。
2 清樾：清涼的樹蔭。
3 昭華：古樂器名，這裡指笙。

4 涼滿北窗：《晉書·陶潛傳》：「夏月虛閒，高臥北窗之下。」
5 軟紅：軟紅塵，繁華的都市。

　　此詞寫閒居生活。起句描繪了一個空闊寂靜的夏夜，主人公在香霧繚繞中臥睡在涼蔭之下。一陣悠揚的笙曲打破了寧靜，滿地的月光與清越的笙聲融為一體。下片起句，先用比喻的手法描寫樂曲，又從聽眾的角度感知樂曲，筆法細膩，如臨其境。繼而轉回現實，「鬢絲撩亂綸巾折」，既是真實寫照，也是安慰自嘲。煞尾抒情，表達遠離世俗的閒情逸致。此詞與石湖田園詩一脈相承，語言清新，意境混融，透發出「一種清逸淡遠之趣，令人塵襟為之頓爽」（薛礪若《宋詞通論》）。

　　范石湖《醉落魄》詞：「（略）。」高江村曰：「『笙』字疑當作『簾』，不然與下『昭華』句相犯。」按高說非也。此詞正詠吹笙。上解從夜中情景，點出吹笙。下解「好風碎竹聲如雪」，寫笙聲也。「昭華三弄臨風咽」，吹已止也。「鬢絲撩亂」，言執笙而吹者，其竹參差，時時侵鬢也。如吹時風來，則綸巾折，知涼滿北窗也。若易去「笙」字，則後解全無意味。且花影如何吹簾，語更不屬。（清宋翔鳳《樂府餘論》）

　　詞家有作，往往未能竟體無疵。每首中，要亦不乏警句，摘而出之，遂覺片羽可珍。……范石湖云：「花影吹笙，滿地淡黃月。」又云：「涼滿北窗，休共軟紅說。」又云：「惟有兩行低雁，知人倚畫樓月。」（清李佳《左庵詞話》）

　　較「雙髻坐吹笙」難分伯仲。此等無須用意而色澤精絕，其境味是從唐詩佳句得之。「說」字韻，則純是詞中雋味矣。（清陳澧手批《絕妙好詞箋》）

霜天曉角

晚晴風歇。一夜春威折[1]。脈脈花疏天淡[2]，雲來去、數枝雪。　　勝絕[3]。愁亦絕。此情誰共說。惟有兩行低雁，知人倚、畫樓月。

1 春威：初春的寒威。
2 脈脈：深含感情的樣子。

3 勝絕：美景超絕。

　　本詞別題作「梅」，是一首借梅抒情的優秀詞作。上片寫春寒料峭中梅花的高潔風韻。起首二句，冷峻峭拔，以「折」字顯示出春寒對梅花的摧殘，也隱隱流露出詞人對梅的憐惜與眷戀之情。接下來，詞人轉入對梅的正面描繪，「脈脈」一詞準確地傳達出梅花在高天浮雲映襯下的動人情態。上片結句「雲來去，數枝雪」，雪雲相輝，更顯高逸雋美。下片以梅喻人，寫春夜中伊人倚樓相思之情。「勝絕，愁亦絕」承上啟下，不僅將上片中梅的超絕之美與下片中伊人多情秀美的形象緊密聯繫在一起，更將梅備受春寒摧折的凋落處境與伊人飽受相思煎熬的孤寂苦情巧妙融合，給讀者留下人清如梅的無限美感。全詞末尾以人倚畫樓作結，情思綿邈，哀婉動人。本詞淡雅超逸，構思精巧，在物我合一的境界中達到了出神入化的藝術高度。

蔡幼學
一首

好事近

日日惜春殘，春去更無明日。擬把醉同春住 [1]，又醒來
岑寂。　　　明年不怕不逢春，嬌春怕無力。待向燈前
休睡，與留連今夕。

註
釋

1 擬：準備。

評
析

　　此詞原題「送春」，抒發惜春之情。全篇「春」字共出現五次，屬詞中嵌字
體。起句即點明「惜春」主旨，「更無明日」表達了春去的無可奈何。幻想一
醉能把春留住，可是醒來終究是一場徒勞。下片進一步加深這種情感，不是
害怕春天不再來臨，而是害怕春去太匆匆。為了留住今日的美好春色，情願
守着春兒徹夜不眠。本詞語言淺白，感情深摯，表達了人類對自然的熱愛和
珍惜。

辛 棄 疾

十首

賀新郎

別茂嘉十二弟[1]

綠樹聽鵜鴂。更那堪、鷓鴣聲住，杜鵑聲切[2]。啼到
春歸無啼處，苦恨芳菲都歇[3]。算未抵、人間離別。
馬上琵琶關塞黑[4]，更長門[5]、翠輦辭金闕[6]。看燕燕，
送歸妾[7]。　　將軍百戰身名裂[8]。向河梁[9]、回頭萬
里，故人長絕[10]。易水蕭蕭西風冷，滿座衣冠似雪。
正壯士、悲歌未徹[11]。啼鳥還知如許恨[12]，料不啼清
淚長啼血。誰共我，醉明月。

1 茂嘉：辛棄疾族弟，時因事貶官桂林。
2 鵜鴂、鷓鴣、杜鵑：俱鳥名。
3 芳菲：香花。
4 馬上琵琶：用王昭君出塞，於馬上演奏琵琶
　之典故。
5 長門：漢武帝時，陳皇后失寵，幽閉長門
　宮。後用黃金百斤，請司馬相如為之作《長
　門賦》。漢武帝十分感動，復又寵幸陳皇
　后。見漢司馬相如《長門賦》序。後以「長
　門」借指女子失寵所住之淒涼冷清之地。
6 翠輦：以翠羽裝飾的宮車。
7 「看燕燕」二句：春秋時衛莊公妻莊姜無子，
　收其妾戴媯之子完為己子。衛莊公死，完即
　位，不久被州吁所殺，戴媯被迫返家，莊姜

痛哭送別。事見《詩經·邶風·燕燕》。
8 「將軍」句：漢武帝時，李陵為將軍戰匈奴，
　彈盡糧絕而敗其不降，遂大敗投降，給自己
　的名聲留下永遠也洗不去的污點。
9 河梁：事見傳為漢李陵所作的《與蘇武
　詩》：「攜手上河梁，遊子暮何之。」河
　梁，橋。
10 故人：指蘇武。
11 「易水」三句：荊軻刺秦，燕太子丹及賓
　客皆着白衣冠送至易水上餞行。高漸離擊
　築，荊軻和而歌，曰：「風蕭蕭兮易水寒，
　壯士一去兮不復還。」事見《史記·刺客
　列傳》。
12 還：如果。

　　本詞為一首送別之作。開篇五句，以鳥啼、春歸起興，融情入景，在淒清
的環境描寫中渲染出離別的傷感。「算未抵、人間離別」二句承上啟下，由自

然的描繪轉入對人事的鋪陳，點明離別的主旨。接下來，詞人以精妙的藝術手法將「昭君出塞」、「莊姜送妾」、「蘇李握別」、「荊卿去國」四個離別的典故有機糅合在一起，以激越的感情縱貫上下片，形成了一股磅礴的氣勢。含蓄蘊藉中流露出多少山河破碎的沉痛，多少壯志難酬的悲憤！

在結構上，本詞也別具特色。章法嚴謹，首尾相應。篇首以鳥之悲啼起興，在引發人世間種種別恨後，詞尾再次歸轉「啼鳥還知如許恨，料不啼清淚長啼血」。詞人在迴旋動盪的節奏中，在變幻不定的情感跳躍中，完成了封閉迴環的嚴謹結構，開創了送別詞的新領域。無怪陳廷焯讚曰：「沉鬱蒼涼，跳躍動盪，古今無此筆力。」（《白雨齋詞話》）

盡集許多怨事，太白《擬恨賦》手段。慧於骨髓。（明沈際飛《草堂詩餘‧別集》）

（上片）北都舊恨。（下片）南渡新恨。（清周濟《宋四家詞選》批語）

稼軒「杯，汝前來」，《毛穎傳》也。「誰共我，醉明月」，《恨賦》也。皆非詞家本色。（清劉體仁《七頌堂詞繹》）

舊註云：「鵜鴂、杜鵑實兩種」，見《離騷補注》。（「看燕燕，送歸妾。」）《詩》小序云：「燕燕，送歸妾也。」竟作換頭用，直接亦奇。（「將軍百戰身名裂」六句）上三項說婦人，此二項言男子。中間不敘正位，卻羅列古人許多離別，如讀文通《別賦》，亦創格也。悲壯。（清許昂霄《詞綜偶評》）

稼軒詞，自以《賀新郎‧別茂嘉十二弟》一篇為冠。沉鬱蒼涼，跳躍動盪，古今無此筆力。（清陳廷焯《白雨齋詞話》）

悲鬱。沉鬱頓挫，姿態絕世。換頭處起勢崚嶒。悲歌頓挫。（清陳廷焯《雲韶集》）

稼軒《賀新郎》詞「送茂嘉十二弟」，章法絕妙。且語語有境界，此能品而幾於神者。然非有意為之，故後人不能學也。（王國維《人間詞話刪稿》）

賀新郎

賦琵琶

鳳尾龍香撥[1]。自開元[2]、《霓裳曲》罷[3]，幾番風月[4]。最苦潯陽江頭客[5]，畫舸亭亭待發。記出塞[6]、黃雲堆

雪⁷。馬上離愁三萬里⁸，望昭陽⁹、宮殿孤鴻沒。弦解語，恨難說。　　遼陽驛使音塵絕¹⁰。瑣窗寒¹¹、輕攏慢撚¹²，淚珠盈睫。推手含情還卻手¹³，一抹《梁州》哀徹¹⁴。千古事、雲飛煙滅。賀老定場無消息¹⁵，想沉香亭北繁華歇¹⁶，彈到此，為嗚咽。

1 鳳尾：形容琵琶的槽狀音箱形如鳳尾，這裡代指琵琶。龍香撥：龍香柏木做的撥子。楊貴妃的琵琶以龍香板為撥。

2 開元：唐玄宗李隆基的年號。

3 《霓裳曲》：唐代宮廷樂曲。

4 風月：歲月。

5 潯陽：古縣名，治所在江西九江。長江流經潯陽境內的一段，稱潯陽江。江頭客：指白居易，其《琵琶行》起句云：「潯陽江頭夜送客。」

6 出塞：指昭君出塞。

7 黃雲：黃沙被風吹起形成雲狀沙霧。

8 馬上離愁：石崇《王明君辭序》：「昔公主嫁烏孫，令琵琶馬上作樂，以慰其道路之思。」

9 昭陽：漢代宮殿名。

10 遼陽：今遼寧省遼陽市，這裡泛指遠方。

11 瑣窗：裝飾着連環花紋雕刻和繪畫的窗戶。

12 輕攏慢撚：均為彈奏琵琶的指法。

13 推手、卻手、抹：均為彈奏琵琶的指法。

14 哀徹：極為哀傷沉痛。

15 賀老：指賀懷智，唐玄宗時為梨園供奉，是當時彈奏琵琶的著名藝人。定場：壓場。

16 沉香亭：唐代皇宮中的亭子，相傳唐明皇和楊貴妃常在此遊樂。

　　本詞名為「賦琵琶」，實則借琵琶以寫盛衰之感。上片，詞人連用三個典故，以《霓裳曲》之消逝抒寫盛唐以來世道漸衰的感慨，以《琵琶行》中主人公之失志寥落抒發自己壯志難酬的憂憤，以昭君出塞、苦戀故國之典抒寫詞人對淪落山河的無限眷戀。感情深沉，寄託幽遠。下片，詞人同樣連用三個典故，前半片用賦法寫思婦對征人的思念。詞人巧妙化用白居易《琵琶行》中的詩句，在琵琶女思念征人的彈奏中寄寓了詞人對中原的深沉思念。接下來，以「賀老定場無消息」、「想沉香亭北繁華歇」兩個典故抒發了「雲飛煙滅千古事」的興亡之感。感憤激切，令人扼腕嗚咽。

　　在結構上本詞用事雖多卻婉轉流美。六個典故皆以「琵琶」為引，一片忠憤之情作為主線貫穿始終，故雖有掉書袋之嫌卻無堆垛晦澀之感。梁啟超評曰：「琵琶故事，網羅臚列……惟其大氣足以包舉之，故不覺粗率，非望人勿學步也。」（梁令嫻《藝蘅館詞選》引）這正是此詞的魅力所在。

辛稼軒詞，或議其多用事，而欠流便。予覽其「琵琶」一詞，則此論未足憑也。《賀新郎》云：「（略）。」此篇用事最多，然圓轉流麗，不為事所使，稱是妙手。（明陳霆《渚山堂詞話》）

寫出哀怨。（明李濂批點《稼軒長短句》）

（「弦解語」二句）略束。（「千古事」至末）一齊收拾。（清許昂霄《詞綜偶評》）

（「馬上」句以下）謫逐正人，以致離亂。（「推手」三句）晏安江沱，不復北望。（清周濟《宋四家詞選》批語）

此詞運典雖多，卻是一片感慨，故不嫌堆垛。心中有淚，故下筆無一字不嗚咽。哀感頑艷，筆力卻高。（清陳廷焯《雲韶集》）

水龍吟

登建康賞心亭[1]

楚天千里清秋，水隨天去秋無際。遙岑遠目[2]，獻愁供恨，玉簪螺髻[3]。落日樓頭，斷鴻聲裡[4]，江南遊子。把吳鈎看了[5]，闌干拍遍，無人會、登臨意。　　休說鱸魚堪膾。盡西風、季鷹歸未[6]。求田問舍，怕應羞見，劉郎才氣[7]。可惜流年，憂愁風雨，樹猶如此[8]。倩何人[9]，喚取紅巾翠袖[10]，搵英雄淚。

1 賞心亭：在南京城西門城樓上。
2 遙岑：遠山，指北淪陷區內的山。
3 螺髻：女子盤在腦後的螺形髮髻。
4 斷鴻：孤鴻，失群之雁。
5 吳鈎：寶刀名。吳地所造，故名。後泛指鋒利的刀劍。
6 「休說」二句：晉張翰為齊王東曹掾，在洛陽見秋風起，因思吳中菰菜、蓴羹、鱸魚膾，遂命駕便歸。季鷹，張翰的字。事見

《世說新語·識鑒》。
7 「求田」三句：劉備批評許汜只知購置田舍而無濟世之志。事見《三國志·陳登傳》。劉郎，指劉備。
8 樹猶如此：東晉桓溫率部北伐，經過金城，看到以前所種柳樹已有十圍粗，慨然曰：「木猶如此，人何以堪！」遂攀枝執條，泫然流涕。事見《世說新語·言語》。
9 倩：請。

10 紅巾翠袖：代指穿紅着綠的歌女。

評析

　　本詞上片寫景，下片抒情。上片借景抒情，寫登高遠望時的複雜悲愴之情，景物境界闊大，突出了千里楚天秋暮特有的蒼茫之感。在筆法上，詞人較多地採用了倒裝反捲句式。如「秋無際」從「水隨天去」中見，「玉簪螺髻」之「獻愁供恨」從「遠目」中見，「江南遊子」從「斷鴻落日」中見，有力地突出了詞人胸中的抑塞不平。下片以古喻今，對四位歷史人物進行褒貶，抒發壯志未酬的憂憤情懷。詞人連續使用否定反詰語氣，慷慨悲歌，極具迴腸蕩氣的藝術感染力；在章法結構上，本詞別具特色。上片之「愁」、「恨」與下片之「憂愁」前後相接，貫穿全篇。下片之「倩何人」亦與上片之「無人會」遙相呼應，相互映帶，縱橫豪宕中有一種迴環往復之美，開宏鋪陳中卻字字都有脈絡。在此詞的結尾處，詞人把「紅巾翠袖」與「闌干拍遍」的英雄形象神奇地組合在一起，將柔美熔鑄於壯美之中，更顯出詞人感情之沉鬱悲慨。

輯評

　　詞起結最難，而結尤難於起，蓋不欲轉入別調也。「呼翠袖、為君舞」「倩盈盈翠袖、搵英雄淚」，正是一法。然又須結得有「不愁明月盡，自有夜珠來」之妙乃得。（清劉體仁《七頌堂詞繹》）

　　裂竹之聲，何嘗不潛氣內轉。（清譚獻評《詞辨》）

　　起二語蒼蒼茫茫，筆力雄勁可喜。落落數語，不輸王粲《登樓賦》。字字是淚，結得風流悲壯。（清陳廷焯《雲韶集》）

摸魚兒

淳熙己亥[1]，自湖北漕移湖南[2]，同官王正之置酒小山亭[3]，為賦。

更能消、幾番風雨。匆匆春又歸去。惜春長怕花開早，何況落紅無數。春且住。見說道[4]、天涯芳草無歸路。怨春不語。算只有殷勤，畫檐蛛網，盡日惹飛絮。　　長門事[5]，準擬佳期又誤。蛾眉曾有人妒[6]。千金縱有相如賦，脈脈此情誰訴。君莫舞。君不見、

玉環飛燕皆塵土[7]。閒愁最苦。休去倚危闌[8]，斜陽正在，煙柳斷腸處。

1 淳熙己亥：宋孝宗淳熙六年（1179）。

2 湖北：指宋代行政地區荊湖北路。漕：漕司，即轉運使，主管鹽糧貯存運輸的官員。湖南：荊湖南路。

3 王正之：即王正己，繼辛棄疾後任湖北轉運副使。

4 見說道：聽說。

5 長門事：用司馬相如為陳皇后作《長門賦》事。見前辛棄疾《賀新郎·別茂嘉十二弟》註 5。

6 蛾眉：女子細長而美麗的眉毛。此處為美女代稱。

7 玉環：楊玉環，唐玄宗寵妃，後被賜死於馬嵬坡。飛燕：趙飛燕，漢成帝皇后，深受寵愛。後成帝死，飛燕被王莽逼迫自殺。

8 危闌：高樓上的欄杆。

評析

　　本詞是一首借美人傷春、蛾眉遭妒來抒發詞人憂時感世之情懷的優秀詞作。詞的上片緊扣「春」字，將主人公之惜春、留春、怨春的情懷描繪得淋漓盡致。上片起首處，詞人以一個極有分量的反詰疑問句發端，用「有力如虎」的激情觸發起讀者跌宕的感情波瀾，同時引出下文的無限愁思。接下來，詞人以細膩的筆觸塑造了一位傷感而又癡情的美人形象。她惜春憐花，卻面對着「落紅無數」，她欲「留春且住」，然而「春又歸去」，萬般無奈中只能「怨春不語」地獨自體味空虛寂寞的愁懷。下片以美女遭妒抒發詞人壯志難酬的憂憤。在下片中，詞人充分運用了比興、象徵和以古喻今的藝術手法。在陳后遭妒失寵的事典中隱括了詞人備受投降派打擊而被迫閒置的痛苦遭遇。接下來，詞人筆鋒振轉，借玉環飛燕雖得寵一時卻不得善終的古事含蓄而有力地警告了那些苟且偏安、驕橫一時的當權派。結句寓意更加深遠，在斜陽慘淡的悲情描繪中透露出南宋王朝日薄西山的命運。全詞情調悽惻哀婉，風格沉鬱頓挫，有力地表現了詞人對國家前途的深深憂慮。

輯評

　　康伯可《曲遊春》詞頭句云：「臉薄難藏淚，恨柳風不與，吹斷行色。」惜別之意已盡。辛幼安《摸魚兒》詞頭句云：「更能消、幾番風雨。匆匆春又歸去。」惜春之意亦盡。二公才調絕人，不被腔律拘縛。至「但掩袖，轉面啼紅，無言應得」與「閒愁最苦。休去倚危闌，斜陽正在，煙柳斷腸處」，其惜別惜春之意，愈無窮。（宋張侃《拙軒詞話》）

　　近世作詞者，不曉音律，乃故為豪放不羈之語，遂借東坡、稼軒諸賢自誘。諸賢之詞，固豪放矣，不豪放處，未嘗不叶律也。如東坡之《哨遍》、「楊花」《水龍吟》，稼軒之《摸魚兒》之類，則知諸賢非不能也。（宋沈義父《樂府指迷》）

辛幼安晚春詞「更能消、幾番風雨」云云，詞意殊怨。「斜陽煙柳」之句，其與「未須愁日暮，天際乍輕陰」者異矣。使在漢、唐時，寧不賈種豆、種桃之禍哉？愚聞壽皇見此詞，頗不悅，然終不加罪，可謂至德也已。（宋羅大經《鶴林玉露》）

稼軒中年被劾，凡十六章，自況悽楚。（明卓人月輯、徐士俊評《古今詞統》）

辭意似過於激切。第南渡之初，危如累卵。「斜陽」句，亦危言聳聽之意耳。持重者多危詞，赤心人少甘語，赤可以諒其志哉。（清黃蘇《蓼園詞選》）

無咎詞堂廡頗大，人知辛稼軒《摸魚兒》（更能消、幾番風雨）一闋，為後來名家所競效。其實辛詞所本，即無咎《摸魚兒》（買陂塘、旋栽楊柳）之波瀾也。（清劉熙載《藝概》）

稼軒「更能消、幾番風雨」一章，詞意殊怨。然姿態飛動，極沉鬱頓挫之致。起處「更能消」三字，是從千回萬轉後倒折出來，真是有力如虎。（清陳廷焯《白雨齋詞話》）

權奇倜儻，純用太白樂府詩法。（「見說道」句）開。（「君不見」句）合。（清譚獻評《詞辨》）

感時之作，必借景以形之。如稼軒云：「算只有殷勤，畫檐蛛網，盡日惹飛絮。」同甫云：「恨芳菲世界，遊人未賞，都付與鶯和燕。」不言正意，而言外有無窮感慨。（清沈祥龍《論詞隨筆》）

詞主譎諫，與詩同流。稼軒《摸魚兒》，酒邊《阮郎歸》，鹿虔扆之「金鎖重門」，謝克家之「依依宮柳」之屬，所謂國風好色而不淫，小雅怨悱而不亂，此固有之。但不必如張皋文膠柱鼓瑟耳。（清張祥齡《詞論》）

是張俊、秦檜一班人。亡國之音，不為諷刺。（清王闓運《湘綺樓評詞》）

時春未去也，然更能消幾番風雨乎。言只消幾番風雨，則春去矣。倒提起。「惜春」七字，復用逆溯，然後跌落下句，思力沉透極矣。「春且住」，咽住。「無歸路」，復為春計不得。「怨春不語」，又咽住。「蛛網」、「飛絮」，復為怨春者計亦不得，極力逼起下闋「佳期」。果有佳期，則不怨春矣，如又誤何。至佳期之誤，則以蛾眉之見妒也。縱有相如之賦，亦無人能諒此情者，然後佳期真無望矣。「君」字承「誰」字來。既無訴矣，則君亦安所用舞乎，咽住。環燕塵土，復推開，言不獨長門一事也，亦以提為勒法。然後以「閒愁最苦」四字，作上下脫卸。言此皆往事，不如眼前春去之閒愁為最苦耳。斜陽煙柳，便無風雨，亦只匆匆。如此開合，全自龍門得來，為詞家獨闢之境。（清陳洵《海綃說詞》）

迴腸蕩氣，至於此極。前無古人，後無來者。（梁令嫻《藝蘅館詞選》引梁啟超語）

永遇樂

京口北固亭懷古[1]

千古江山，英雄無覓，孫仲謀處[2]。舞榭歌臺，風流總被[3]，雨打風吹去。斜陽草樹，尋常巷陌，人道寄奴曾住[4]。想當年，金戈鐵馬[5]，氣吞萬里如虎。　　元嘉草草[6]，封狼居胥[7]，贏得倉皇北顧[8]。四十三年[9]，望中猶記，烽火揚州路[10]。可堪回首，佛狸祠下[11]，一片神鴉社鼓[12]。憑誰問，廉頗老矣，尚能飯否[13]。

1 北固亭：在鎮江城北北固山上。
2 孫仲謀：三國時東吳大帝孫權，字仲謀。
3 風流：英雄人物的事跡。
4 寄奴：南朝宋武帝劉裕的小名。
5 金戈鐵馬：形容兵強馬壯。
6 元嘉：南朝宋文帝劉義隆年號（424—453）。宋文帝命王玄謨北伐，大敗而歸。
7 狼居胥：山名，在今內蒙古西北部。漢朝霍去病戰勝匈奴，封狼居胥山。宋文帝謂聞王玄謨論兵，使人有封狼居胥之意。
8 倉皇北顧：在忙亂的撤退中回望追兵。一說為倉皇退至北固山下，從此只能流涕「北顧」。
9 四十三年：辛棄疾於紹興三十二年（1162）渡江南歸，到開禧元年（1205）寫此詞時，前後共四十三年。
10 烽火：原本作「燈火」。揚州路：指淮南東路，首府在揚州，大致相當於今江蘇北部和安徽東北部。
11 佛（bì）狸祠：北魏太武帝拓跋燾的祠廟。拓跋燾小名佛狸，曾興兵南侵，在瓜步山（位於長江北岸，今江蘇六合境內）上建行宮，後改為佛狸祠。
12 神鴉：祭祀時飛來覓食的烏鴉。社鼓：社日祭神時的鼓聲。
13「廉頗」二句：趙王想起用廉頗，派使者去探望，使者受賄，回報說：「廉將軍雖老，尚善飯。然與臣坐，頃之，三遺矢（屎）矣。」趙王聞此言，遂不復用廉頗。事見《史記·廉頗藺相如列傳》。

　　本詞是一首借古諷今之作。上片寫對兩位歷史英雄人物的追憶與讚美。起首三句，即以宏闊的氣勢展示出詞人無限滄桑的今昔之感。緊接着，詞人的筆調轉入沉鬱，在淒風慘雨的氣氛中渲染出孫權身後的悲涼。「尋常巷陌，人道寄奴曾住。」當年曾「金戈鐵馬」、氣吞胡虜的英雄劉裕，千載後竟也是同樣寂寞。在縱橫開闔的變化中，將詞人力主抗金北伐的激越情感表現得淋漓盡致。下片寫現實的慘痛和壯志難酬的悲憤。從過片中對「元嘉草草」的沉

痛反思到對南歸前後烽火征程的慷慨追憶，從對佛狸社鼓的鬱悶描繪到對廉
頗老矣英雄失意的強烈悲憤，弔古與傷今兩種情緒始終交錯，彼此互動。寓
意深廣的意象中透露出詞人對安於現狀、苟且投降政策的無比憤恨。結句中，
詞人以廉頗自喻，蒼涼悲慨的反問盡顯詞人對復國大業的滿腔忠義。本詞寄
託深遠、風格悲壯，是懷古詞中不可多得的名篇。

　　辛稼軒守南徐，已多病謝客，予來箋仕委吏，實隸總所。例於州家殊參
辰，且望贄謁刺而已。余時以乙丑南宮試，歲前范事僅兩旬，即謁告去。稼
軒偶讀余《通名啟》而喜，又頗階父兄舊，特與其潔。余試既不利，歸官下，
時一招去。稼軒以詞名，每燕必命侍妓歌其所作。特好歌《賀新郎》一詞，自
誦其警句曰：「我見青山多嫵媚，料青山見我應如是。」又曰：「不恨古人吾不
見，恨古人不見吾狂耳。」每至此，輒拊髀自笑，顧問坐客何如，皆歡譽如出
一口。既而又作一《永遇樂》，序北府事，首章曰：「千古江山，英雄無覓，孫
仲謀處。」又曰：「尋常巷陌，人道寄奴曾住。」其寓感慨者，則曰：「不堪回
首，佛狸祠下，一片神鴉社鼓。憑誰問：廉頗老矣，尚能飯否？」特置酒召數
客，使妓迭歌，益自擊節，遍問客，必使摘其疵，孫謝不可。客或措一二辭，
不契其意，又弗答，然揮羽四視不止。余時年少，勇於言，偶坐於席側，稼軒
因誦啟語，顧問再四。余率然對曰：「待制詞句，脫去今古轍轍。每見集中有
『解道此句，真宰上訴，天應嗔耳』之序，嘗以為其言不誣。童子何知，而敢
有議？然必欲如范文正以千金求《嚴陵祠記》一字之易，則晚進尚竊有疑也。」
稼軒喜，促膝亟使畢其說。余曰：「前篇豪視一世，獨首尾兩腔，警語差相似；
新作微覺用事多耳。」於是大喜，酌酒而謂坐中曰：「夫君實中予痞。」乃味
改其語，日數十易，累月猶未竟，其刻意如此。余既以一語之合，益加厚，頗
取視其肌骸，欲以家世薦之朝，會其去，未果。（宋岳珂《桯史》）

　　此詞集中不載，尤雋壯可喜。（宋羅大經《鶴林玉露》）

　　事跡一經其用，政不多見。（明沈際飛《草堂詩餘·別集》）

　　典故一經其手，正不患多。（明卓人月輯、徐士俊評《古今詞統》）

　　無限感慨悲涼之意，而詞足以發之。妙！妙！（明李濂批點《稼軒長
短句》）

　　升庵云：「稼軒詞中第一。」發端便欲涕落，後段一氣奔注，筆不得遏。
廉頗自擬，慷慨壯懷，如聞其聲。謂此詞用人名多者，當是不解詞味。（清先
著、程洪《詞潔》）

　　今人論詞，動稱辛、柳，不知稼軒詞以「佛狸祠下，一片神鴉社鼓」為最，
過此則頹然放矣。耆卿詞以「關河冷落，殘照當樓」與「楊柳岸、曉風殘月」
為佳，非是則淫以褻矣。此不可不辨。（清田同之《西圃詞說》）

（上片）有英主則可以隆中興，此是正說。英主必起於草澤，此是反說。（下片）繼世圖功，前車如此。（清周濟《宋四家詞選》批語）

此闋悲壯蒼涼，極詠古能事。（清李佳《左庵詞話》）

稼軒詞如《永遇樂·京口北固亭懷古》……才氣雖雄，不免粗魯。世人多好讀之，無怪稼軒為後世叫囂者作俑矣。讀稼軒詞者，去取嚴加別白，乃所以愛稼軒也。（清陳廷焯《白雨齋詞話》）

此詞拉雜使事，而以浩氣行之，如猊之怒，如龍之飛，不嫌其堆垛，岳倦翁謂此作微覺用事多，非也。句句有金石聲，吾怖其神力。（清陳廷焯《雲韶集》）

起句嫌有獷氣。使事太多，宜為岳氏所譏。非稼軒之盛氣，勿輕染指也。（清譚獻評《詞辨》）

運用書卷，詞難於詩。稼軒《永遇樂》，岳倦翁尚謂其用事太實。然亦有法，材富則約以用之，語陳則新以用之，事熟則生以用之，意晦則顯以用之，實處間以虛意，死處參以活語，如禪家轉法華，弗為法華轉，斯為善於運用。（清沈祥龍《論詞隨筆》）

否，方矩切，陳琳《大荒賦》「豈云行之藏否」，辛棄疾《永遇樂》「為問廉頗尚能飯否」，俱與上文「虎」字叶，蓋古音也。（清謝章鋌《賭棋山莊詞話》）

辛稼軒《永遇樂·京口北固亭懷古》一詞，意在恢復，故追數孫劉，皆南朝之英主。屢言佛狸，以拓跋比金人也。《古今詞話》載，岳倦翁議之云：「此詞微覺用事多。」稼軒聞岳語大喜，謂座客曰：「夫夫也，寔中余痛。」乃抹改其語，日數十易，累月未竟。按此，則今傳辛詞，已是改本。《詞綜》乃註岳語於下，誤也。（清宋翔鳳《樂府餘論》）

辛稼軒《永遇樂》詞「從頭問，廉頗老矣，更能飯否」，故戴石屏詞云：「吳姬勸酒，唱得廉頗能飯否。」以一闋之工，形諸齒頰，蓋玉以和氏寶，飲以中泠貴矣。（清張德瀛《詞徵》）

稼軒《賀新涼》、《永遇樂》二詞，使座客指摘其失，岳珂謂其《賀新涼》首尾二腔語句相似，《永遇樂》用事太多。乃自改其語，日數十易，未嘗不嘔心艱苦。（清胡薇元《歲寒居詞話》）

金陵王氣，始於東吳。權不能為漢討賊，所謂英雄，亦僅保江東耳。事隨運去，本不足懷，「無覓」亦何恨哉。至於寄奴王者，則千載如見其人。「尋常巷陌」勝於「舞榭歌臺」遠矣。以其能虎步中原，氣吞萬里也。後闋謂元嘉之政，尚足有為。乃草草卅年，徒憂北顧，則文帝不能繼武矣。自元嘉二十九年，更謀北伐無功。明年癸巳，至齊明帝建武二年，此四十三年中，北師屢南，南師不復北。至於魏孝文濟淮問罪，則元嘉且不可復見矣。故曰「望中猶記」，曰「可堪回首」。此稼軒守南徐日作，全為宋事寄慨。「廉頗老矣，尚能

飯否」，謂己亦衰老，恐無能為也。使事雖多，脈絡井井可尋，是在知人論世者。（清陳洵《海綃說詞》）

木蘭花慢

滁州送范倅[1]

老來情味減，對別酒，怯流年[2]。況屈指中秋，十分好月，不照人圓。無情水、都不管，共西風、只管送歸船。秋晚蓴鱸江上[3]，夜深兒女燈前。　　征衫[4]。便好去朝天[5]。玉殿正思賢[6]。想夜半承明[7]，留教視草[8]，卻遣籌邊[9]。長安故人問我[10]，道愁腸、殢酒只依然[11]。目斷秋霄落雁，醉來時響空弦[12]。

1 滁州：今屬安徽。范倅（cuì）：同僚范昂，
　時任滁州通判，為詞人之助理官。倅，副職。
2 怯：害怕。
3 蓴鱸：蓴菜和鱸魚。見前《水龍吟·登建康
　賞心亭》註6。
4 征衫：旅途樣式的衣服。
5 朝天：朝覲天子。
6 玉殿：皇宮。思賢：徵召賢才。
7 承明：漢有承明廬，為朝官值宿之處。
8 視草：為皇帝起草制詔。

9 籌邊：籌劃邊防軍務。
10 長安：漢唐都城，此處指代南宋都城臨安。
11 殢（tì）酒：困酒、病酒。
12 空弦：未上箭的弓弦，用以稱讚箭法高明。
　戰國時，更贏與魏王仰見飛雁，更贏道他
　可以只振空弦便可射落飛雁，魏王不信。
　更贏立振空弦，雁應聲而落。更贏解釋道，
　此雁身有箭傷未愈，故聞弦驚心而落。事
　見《戰國策·楚策》。

　　本詞是一首送別之作。上片寫惜別之情，下片寫壯志難酬之悲。詞的起首三句直抒胸臆，為全詞奠定了憂傷的基調。接下來詞人寓情於景，在好月不照人圓、流水只管送歸的移情描寫中充分抒發了詞人對故友依依不捨的深情。上片末尾以張翰辭官之典作結，包含了兩重深意，起到了承上啟下的作用。遙想友人返鄉與兒女歡聚是順承上文之送別而來，自然諧婉，水到渠成。而惜其忘懷時事一意則為下文之言志埋下了鋪墊性的伏筆。下片中，詞人以

一波三折的方式將層層跌宕的激情表現得淋漓盡致。前四句，詞人通過「朝天」、「思賢」、「承明」、「視草」等昂揚自信的詞語豪邁地抒寫了自己渴望建立宏偉功業的壯志。然而第五句「卻遣籌邊」卻筆鋒驟轉，以巨大的情感落差發出了壯志難酬的不平之鳴。結尾處，詞人以沉重的筆調進一步抒寫了自己「愁腸殢酒」、「空弦落雁」的痛楚心態。全詞於起伏開闔中盡顯哀怨悲壯，感人肺腑。

此稼翁晚年筆墨，不必十分經意，只信手寫去，如聞餓虎吼嘯之聲，古人詞焉得不望而卻步。（清陳廷焯《雲韶集》）

一直說去，而語極渾成，氣極團煉，總由力量大耳。（清陳廷焯《詞則·放歌集》）

祝英臺近

寶釵分¹，桃葉渡²。煙柳暗南浦³。怕上層樓⁴，十日九風雨。斷腸片片飛紅，都無人管，更誰勸、啼鶯聲住。　　鬢邊覷。試把花卜歸期，才簪又重數。羅帳燈昏，哽咽夢中語。是他春帶愁來，春歸何處。卻不解、將愁歸去。

1 寶釵分：古代女子與情人分離時，常將釵兩股分開，各執一股以留念。

2 桃葉渡：此指與情人分離。用晉王獻之送別愛妾桃葉事。見前賀鑄《蝶戀花·改徐冠

卿詞》註1。

3 南浦：泛指送別的地方。

4 層樓：高樓。

本詞原題「晚春」，為傷春懷遠之作。上片寫憑欄望春。起首即通過兩個典故渲染出戀人離別的哀痛。在接下來的景物描繪中，詞人注入了自己濃鬱的主觀情思，將春愁賦予花鳥，在「有我之境」中以「無人管」、「更誰勸」等悽切的詞語進一步抒寫出詞人對春光的無限眷戀。下片寫思婦對遊子的思念。詞人展示出高妙的藝術手法，通過對「花卜歸期」、「哽咽夢語」這兩個典型細節的生動描繪，寫盡了寂寞思婦的猶疑、忐忑、期待、惆悵等種種心理，真

可謂「睚狎溫柔」，令人「魂消意盡」。

本詞情調纏綿，嫵媚委婉，與多數辛詞「激揚奮厲」的風格迥異。但細細看來，本詞字裡行間仍展示了詞人深遠的寄託。「怕上層樓，十日九風雨」，「卻不解、將愁歸去」。前句寫威風淫雨之無情摧春，後句寫春歸迅疾而留下春愁無限，皆超出閨情而寓有深意，寄託了詞人對時局的深廣憂患。

呂婆即呂正己之妻，淳熙間，姓名亦達天聽。……呂婆有女事辛幼安，因以微事觸其怒，竟逐之，今稼軒「桃葉渡」詞因此而作。（宋張端義《貴耳集》）

雍陶《送春》詩云：「今日已從愁裡去，明年更莫共愁來。」稼軒詞云：「是他春帶愁來，春歸何處，卻不解和愁將去。」雖用前語，而反勝之。（宋劉克莊《後村詩話》）

「寶釵分，桃葉渡，煙柳暗南浦。……」此辛稼軒詞也。風流嫵媚，富於才情，若不類其為人矣。……蓋其天才既高，如李白之聖於詩，無適而不宜，故能如此。（宋魏慶之《詩人玉屑》）

辛幼安詞：「是他春帶愁來，春歸何處，卻不解帶將愁去。」人皆以為佳，不知趙德莊《鵲橋仙》詞云：「春愁元是逐春來，卻不肯隨春歸去。」蓋德莊又本李漢老「楊花」詞：「驀地便和春，帶將歸去。」大抵後之作者，往往難追前人。（宋陳鵠《西塘集耆舊續聞》）

辛幼安《祝英臺》云：「是他春帶愁來，春歸何處，又不解和愁歸去。」王君玉《祝英臺》云：「可堪妒柳羞花，下床都懶，便瘦也教春知道。」前一詞欲春帶愁去，後一詞欲春知道瘦。近世春晚詞，少有比者。（宋張侃《拙軒詞話》）

辛稼軒《祝英臺近》云：「寶釵分，桃葉渡，煙柳暗南浦。（下略）」皆景中帶情，而存騷雅。故其燕酣之樂，別離之愁，迴文題葉之思，峴首西州之淚，一寓於詞。若能屏去浮豔，樂而不淫，是亦漢魏樂府之遺意。（宋張炎《詞源》）

上有歸咎風雨催春意，下有春愁萬狀難解處。點點飛紅，卻悟鶯啼血。愁來愁不去，只是傷春情多。以心中愁懷歸於春上，極有風致，但王公不管人憔悴耳。（明《新刻李于鱗先生批評註釋草堂詩餘雋》偽託李攀龍評點）

無可埋怨處。（託名楊慎評點《草堂詩餘》）

此以心中愁懷歸於春上，極有風致，但天公不管人憔悴耳。（明《新刻註釋草堂詩餘評林》李廷機評語）

妖豔。唐詩：「莫作商人婦，金釵當卜錢。」不能擅美。怨春、問春，口快心靈，非關剿襲。（明沈際飛《草堂詩餘·正集》）

稼軒詞以激揚奮厲為工，至「寶釵分，桃葉渡」一曲，睚狎溫柔，魂消意盡，才人伎倆，真不可測。（清沈謙《填詞雜說》）

（「腸斷」三句）一波三過折。（末三句）託興深切，亦非全用直語。（清譚獻評《詞辨》）

此與德祐太學生二詞用意相似。「點點飛紅」，傷君子之棄。「流鶯」，惡小人得志也。「春帶愁來」，其刺趙、張乎？（清張惠言《詞選》）

此閨怨詞也。史稱稼軒人材，大類溫嶠、陶侃。周益公等抑之，為之惜，此必有所託而借閨怨以抒其志乎！言自與良人分釵後，一片煙雨迷離，落紅已盡，而鶯聲未止，將奈之何乎？次闋，言問卜欲求會，而間阻實多，而憂愁之念，將不能自已矣。意致悽惋，其志可憫。史稱葉衡入相，薦棄疾有大略，召見，提刑江西，平劇盜，兼湖南安撫。盜起湖湘，棄疾悉平之。後奏請於湖南設飛虎軍，詔委以規畫。時樞府有不樂者，數阻撓之。議者以聚斂聞，降御前金字牌停住。棄疾開陳本末，繪圖繳進，上乃釋然。詞或作於此時乎？（清黃蘇《蓼園詞選》）

諷刺語卻婉雅。按《貴耳錄》：呂婆有女事辛幼安，以微事觸怒，逐之，稼軒因作此詞。此亦一說。（清陳廷焯《詞則・大雅集》）

茗柯又評稼軒《祝英臺近》詞云：「此與德祐太學生二詞用意相似。『點點飛紅』，傷君子之棄。『流鶯』，惡小人得志也。『春帶愁來』，其刺趙、張乎。然據《貴耳集》云，呂婆，呂正己之妻。正己為京畿漕，有女事辛幼安，因以微事觸其怒，竟逐之。今稼軒『桃葉渡』詞因此而作。是辛本非寓意，張說過曲。」（清張德瀛《詞徵》）

詞貴愈轉愈深。稼軒云：「是他春帶愁來，春歸何處，卻不解帶將愁去。」玉田云：「東風且伴薔薇住，到薔薇春已堪憐。」下句即從上句轉出，而意更深遠。（清沈祥龍《論詞隨筆》）

青玉案

元夕

東風夜放花千樹。更吹落、星如雨。寶馬雕車香滿路[1]。鳳簫聲動[2]，玉壺光轉[3]，一夜魚龍舞[4]。　　蛾兒雪柳黃金縷[5]。笑語盈盈暗香去[6]。眾裡尋她千百度。驀然回首，那人卻在，燈火闌珊處[7]。

註釋

1 寶馬雕車：裝飾華麗的車馬。

2 鳳簫：即形狀似鳳翅的排簫。

3 玉壺：玉石做的燈。

4 魚龍：指魚形和龍形的燈。

5 蛾兒、雪柳、黃金縷：都是當時婦女元宵

節常佩戴的裝飾品。

6 盈盈：形容女子儀態美好。暗香：此處借指美人。

7 闌珊：零落、冷清。

評析

　　本詞上片寫景，描繪了元宵佳節燈火輝煌的熱鬧場面，下片描寫了一對情人的巧遇。從表面上看似乎是描寫男女戀情的詞作，但實際上卻是借風月以抒己志。當其時，投降派權勢日重，而詞人卻寧可獨抱冰心，固守孤寂也決不與當權小丑同流合污。在本詞中，詞人着力推出的美人形象即寄寓着詞人高潔的理想。梁啟超稱之為「自憐幽獨，傷心人別有懷抱」的確獨具慧眼。在結構上，本詞也別具特色，上片全寫燈火，但卻無一處明點燈火二字，只用「花千樹」、「星如雨」、「魚龍舞」等詞從各方面進行烘托，直到下片最後一句才明現「燈火」，可謂畫龍點睛，更見神韻。下片通篇寫尋人，但卻一直沒有推出所尋之妙人，通過「蛾兒雪柳」、「笑語盈盈」等意象的重重渲染，直到最後才撥雲見月，將那不慕榮華、高潔獨立的佳人形象凸顯在讀者面前。草蛇灰線、正反襯托等多種藝術手法被詞人有機結合起來，運用得爐火純青，顯出辛棄疾在詞的創作上已達到了自然高妙的境界。

輯評

　　（「驀然」三句）星中織女，亦復吹落人世。（明卓人月輯、徐士俊評《古今詞統》）

　　辛稼軒「驀然回首，那人卻在，燈火闌珊處」，秦、周之佳境也。（清彭孫遹《金粟詞話》）

　　《金粟詞話》曰：「柳耆卿『卻傍金籠教鸚鵡，念粉郎言語』，《花間》之麗句也。辛稼軒『驀然回首，那人卻在，燈火闌珊處』，周、秦之妙境也。」兩公平生無此等詞，直是竿頭進步，若近似俳體，則流為穢褻矣。（清沈雄《古今詞話·詞品》）

　　題甚秀麗，措辭亦工絕，而其氣仍是雄勁飛舞，絕大手段。（清陳廷焯《雲韶集》）

　　豔語，亦以氣行之，是稼軒本色。（清陳廷焯《詞則·閒情集》）

　　稼軒心胸，發其才氣，改之而下則獷。（「更吹落、星如雨」）賦色瑰異。（結句）何嘗不和婉。（清譚獻評《詞辨》）

　　古今之成大事業、大學問者，必經過三種之境界。「昨夜西風凋碧樹，獨上高樓，望盡天涯路」，此第一境也。「衣帶漸寬終不悔，為伊消得人憔悴」，此第二境也。「眾裡尋他千百度，回頭驀見，那人正在，燈火闌珊處」，此第

三境也。此等語皆非大詞人不能道。然遽以此意解釋諸詞，恐為晏歐諸公所不許也。（王國維《人間詞話》）

自憐幽獨，傷心人別有懷抱。（梁令嫻《藝蘅館詞選》引梁啟超語）

鷓鴣天

鵝湖歸病起作[1]

枕簟溪堂冷欲秋。斷雲依水晚來收。紅蓮相倚渾如醉，白鳥無言定自愁。　　書咄咄[2]，且休休[3]。一丘一壑也風流[4]。不知筋力衰多少，但覺新來懶上樓。

註釋

1 鵝湖：在今江西鉛山東北。

2 書咄咄：殷浩被貶職後，終日無言，只以手在空中寫「咄咄怪事」四字。事見《晉書·殷浩傳》。

3 且休休：司空圖離職後隱居中條山，築「休休亭」。事見《舊唐書·司空圖傳》。

4 一丘一壑：指代隱居之地。《世說新語·品藻》：「明帝問謝鯤：『君自謂何如庾亮？』答曰：『端委廟堂，使百官準則，臣不如亮；一丘一壑，自謂過之。』」風流：瀟灑自得。

評析

本詞為辛棄疾被誣離職後退隱帶湖所作。詞的上片寫對秋感懷。起首二句即在冰枕涼簟、斷雲依水的景物渲染中流露出詞人孤寂苦悶的情愁。接後二句寓情於景，「生派愁怨與花鳥」（沈際飛《草堂詩餘·正集》），在擬人化的描寫中進一步突出深廣的愁思。下片抒發詞人的感慨。通過三個退隱典故的運用，委婉地訴說了詞人的心曲：原本是心繫天下的志士，現在卻成為玩賞丘壑的隱士。沉痛而無奈的反語中流露出詞人對投降派當權誤國、排斥異己的強烈不滿。結句含蓄抑鬱，以委婉的筆觸抒發了自己筋力漸衰而無處報國的烈士情懷。平淡如家常的敘述令人倍感真切。本詞格調蒼勁低迴，意味深厚，是體現辛詞深婉沉鬱風貌的代表之作。

輯評

「攲枕靜聞庭葉落」，「倚笻閒看白雲飛」，亦足此意。一本後段作：「無限事，不勝愁。那堪魚雁兩悠悠。秋懷不識知多少。」此稼軒鵝湖歸，病起作也，作「秋懷」者非。（明潘游龍《精選古今詩餘醉》）

其有《匪風》、《下泉》之思乎？可以悲其志矣。妙在結二句放開寫，不即不離尚含住。（清黃蘇《蓼園詞選》）

稼軒詞着力太重處，如《破陣子・為陳同甫賦壯詩以寄之》、《水龍吟・過南澗雙溪樓》等作，不免劍拔弩張。余所愛者，如「紅蓮相倚深如怨，白鳥無言定是愁」。又，「不知筋力衰多少，但覺新來懶上樓」。又，「城中桃李愁風雨，春在溪頭薺菜花」之類，信筆寫去，格調自蒼勁，意味自深厚。不必劍拔弩張，洞穿已過七札，斯為絕技。（清陳廷焯《白雨齋詞話》）

定是妙。壯心不已，稼軒胸中有如許不平之氣。（清陳廷焯《詞則・放歌集》）

辛幼安云：「不知筋力衰多少，只覺新來懶上樓。」填詞者試於此消息之。（清譚獻《復堂詞序》）

《吹劍錄》云：「古今詩人間出，極有佳句。無人收拾，盡成遺珠。陳秋塘詩：『不知筋力衰多少，但覺新來懶上樓。』」按此二句乃稼軒詞《鷓鴣天》歇拍。稼軒倚聲大家，行輩在秋塘稍前，何至取材秋塘詩句？秋塘平昔以才氣自豪，亦豈肯沿襲近人所作？或者俞文豹氏誤記辛詞為陳詩耶？此二句入詞則佳，入詩便稍覺未合。詞與詩體格不同處，其消息即此可參。（清況周頤《蕙風詞話》）

（「枕簟溪堂冷欲秋」二句）譚仲修最賞此二語，謂學詞者當於此中消息之。（梁令嫻《藝蘅館詞選》引梁啟超語）

菩薩蠻

書江西造口壁[1]

鬱孤臺下清江水[2]。中間多少行人淚。西北是長安[3]。可憐無數山。　　青山遮不住。畢竟東流去。江晚正愁余[4]。山深聞鷓鴣[5]。

1 造口：又名皂口，在今江西萬安西南。
2 鬱孤臺：在江西贛州西北田螺嶺上。清江：贛江與袁江合流處舊稱清江。
3 長安：漢、唐舊都，此指北宋都城汴京。
4 愁余：使我發愁。
5 鷓鴣：鳥名，叫聲好像「行不得也哥哥」。

本詞是一首小令，上片寓情於景，從登臺眺望中引起對多少往事的追憶。起首二句悽清抑鬱，以淚伴江水這熟悉而沉痛的意象展示出對山河破碎的遺恨。接下二句由虛入實，詞人以跌宕的激情訴說着對故國的無限思念。下片詞人進一步展開想像，以江水喻愛國志士的抗金決心，以青山喻投降派的阻撓。在惜山怨水的比興中有力地表達了詞人對祖國統一的熱切企盼，對投降偏安的強烈不滿。在結構上本詞別具特色，寥寥八句竟奇妙地呈現出抑揚開闔、起伏頓挫的開放性宏闊結構，使詞人的忠憤之情得到充分展現。全詞格調沉鬱卻決不頹廢。「青山遮不住，畢竟東流去」二句可稱宋詞中的千古名句，寓理於景。歷史一定會向前發展，規律不可抗拒，堅定昂揚，一掃上片的凄涼悲愁，給全詞帶來了一股向上的力量。無怪梁啟超曰：「《菩薩蠻》如此大聲鞺鞳，未曾有也。」（梁令嫻《藝蘅館詞選》引）以小令寫大感慨，本詞為首創。

南渡之初，虜人追隆祐太后御舟至造口，不及而還，幼安自此起興。「聞鷓鴣」之句，謂恢復之事行不得也。（宋羅大經《鶴林玉露》）

忠憤之氣，拂拂指端。（明卓人月輯、徐士俊評《古今詞統》）

無數山水，無數悲憤鬱伊。文公云：若朝廷賞罰明，此等人皆可用。（明沈際飛《草堂詩餘·正集》）

《慶元黨禁》云：嘉泰四年，辛棄疾入見，陳用兵之利，乞付之元老大臣。侂胄大喜，遂決意開邊。則稼軒先以韓為可倚，後有「書江西造口壁」一詞。《鶴林玉露》言「山深聞鷓鴣」之句，「謂恢復之事行不得也」，則固悔其輕言。然稼軒之情，可謂忠義激發矣。（清宋翔鳳《樂府餘論》）

此詞寓意，《鶴林玉露》言之最當。（清許昂霄《詞綜偶評》）

惜水怨山。（清周濟《宋四家詞選》批語）

慷慨生哀。（清陳廷焯《詞則·大雅集》）

血淚淋漓，古今讓其獨步。結二語號呼痛哭，音節之悲，至今猶隱隱在耳。（清陳廷焯《雲韶集》）

稼軒《菩薩蠻》一章，用意用筆，洗脫溫、韋殆盡，然大旨正見吻合。（清陳廷焯《白雨齋詞話》）

（「西北」二句）宕逸中亦深煉。（清譚獻評《詞辨》）

詞有與風詩意義相近者，自唐迄宋，前人鉅製，多寓微旨。如李太白「漢家陵闕」，《兔爰》傷時也。……辛稼軒「鬱孤臺上」，《燕燕》慨失偶也。（清張德瀛《詞徵》）

姜　夔

十六首

點絳唇

丁未冬過吳松作[1]

燕雁無心[2]，太湖西畔隨雲去。數峰清苦。商略黃昏
雨[3]。　　　第四橋邊[4]，擬共天隨住[5]。今何許。憑闌
懷古。殘柳參差舞。

1 丁未：宋孝宗淳熙十四年（1187）。吳松：　　　3 商略：醞釀。
　縣名，今江蘇蘇州吳江。　　　　　　　　　4 第四橋：即吳江城外的甘泉橋。
2 燕（yān）雁：幽燕一帶飛來的大雁。無心：　　5 天隨：唐陸龜蒙，自號天隨子。
　無留戀之意。

　　此為詞人自湖州往蘇州，道經吳松所作。上片寫景。詞人通過南飛的塞
雁、遠處的群峰等特定意象，出色地勾勒出太湖一帶迷蒙蕭寂的冬景，並運
用擬人化手法巧妙避開了物象本身的具體描繪，而將着眼點放在主體的審美
感受上，變靜為動，化實為虛，將強烈的主體情感注入景物描寫中，有力渲染
出詞人飄零無依的淒涼心境。下片因地懷古。「第四橋邊，擬共天隨住。」在
對唐代隱逸詞人陸龜蒙的追慕與懷念中，表達了與古人遠隔時空的深深惋惜，
同時也隱隱展示出詞人以陸龜蒙自況的胸襟，意在言外，含蓄蘊藉。結句仍
用擬人化手法，使無情之物富有感情色彩，寄寓了無限滄桑之感。全詞意象
高遠，風格飄逸，被陳廷焯推為絕調：「無窮哀感，都在虛處。」（《白雨齋詞
話》）不愧為小令中的名篇。

　　「商略」二字誕妙。（明卓人月輯、徐士俊評《古今詞統》）
　　（「數峰清苦」二句）遒緊。（清許昂霄《詞綜偶評》）
　　字字清虛，無一筆犯實，只摹歡眼前景物而令讀者弔古傷今，不能自止，
真絕調也。「今何許」三字提唱，「憑闌懷古」下只以「殘柳」五字詠歎了之，
神韻無盡。（清陳廷焯《詞則·大雅集》）
　　白石長調之妙，冠絕南宋，短章亦有不可及者。如《點絳唇·丁未過吳淞

作》一闋，通首只寫眼前景物。至結處云：「今何許。憑闌懷古。殘柳參差舞。」感時傷事，只用「今何許」三字提唱。「憑闌懷古」以下，僅以「殘柳」五字，詠歎了之。無窮哀感，都在虛處。令讀者弔古傷今，不能自止。洵推絕調。（清陳廷焯《白雨齋詞話》）

鷓鴣天

元夕有所夢[1]

肥水東流無盡期[2]。當初不合種相思[3]。夢中未比丹青見[4]，暗裡忽驚山鳥啼。　　春未綠，鬢先絲。人間別久不成悲。誰教歲歲紅蓮夜[5]，兩處沉吟各自知。

1 元夕：農曆正月十五元宵節。
2 肥水：源出安徽合肥紫蓬山，東南流經將軍嶺，至施口入巢湖。
3 不合：不應該。
4 丹青：泛指圖畫，此處指戀人的畫像。
5 紅蓮夜：指元宵之夜。紅蓮，指花燈。

　　詞人曾幾度客遊合肥，並與歌伎真摯相戀。本詞正是元宵夜夢合肥戀人的有感之作。詞的開頭處即以相思點題。全詞緊緊圍繞夜中相思這個特定的場景，展開深婉而沉鬱的抒寫。上片寫夢醒前後的感受。就像東流的肥水永無盡期，詞人對戀人的刻骨相思夜夜入夢。當山鳥的啼叫將夢境擊碎後，全詞立即轉入了更加淒冷的下片。早春尚寒，草木未綠，而人卻早已兩鬢斑白，進入了孤苦的暮年。自然界的寒冽與現實生活的無情緊緊交織起來，引領出詞人「人間別久不成悲」的嗟歎。此句從表面上看似乎有一種萬念俱灰的無奈，實際卻是欲揚先抑，意在蓄勢，為欲思還休、欲罷不能的深情張本。結尾兩句重點相思，在深沉含蓄的感慨中，將情感推向高潮，曲終餘味，綿綿不絕。本詞筆法清雋，寄意幽邃，有力地體現了姜詞哀婉而內斂的藝術特色。

　　「紅蓮」謂燈，此可與「丁未元日金陵，江上感夢之作」參看。（清鄭文焯手批《白石道人歌曲》）

踏莎行

自沔東來[1]，丁未元日至金陵[2]，江上感夢而作。

燕燕輕盈，鶯鶯嬌軟[3]。分明又向華胥見[4]。夜長爭得薄情知，春初早被相思染。　　別後書辭，別時針線。離魂暗逐郎行遠。淮南皓月冷千山[5]，冥冥歸去無人管。

1 沔(miǎn)：唐宋時州名，今湖北漢陽。
2 丁未：宋孝宗淳熙十四年(1187)。
3 燕燕、鶯鶯：代指詞人在合肥所戀女子。
4 華胥：傳說中的古國名。《列子‧黃帝》：

「晝寢，而夢遊於華胥之國。」後以華胥代指夢境。
5 淮南：指合肥。宋時合肥屬淮南路。

　　此詞構思別致，全詞緊緊抓住「感夢」二字。從情人入夢開篇，以情人魂魄歸來收尾，結構細密嚴謹。上片寫詞人對戀人的懷念。起首三句描繪了「感夢」的情形。「分明」二字表明思戀之深，「又」則表現出夢會已非一日。日夜思念的情人只能在夢中相見，悽愴之情躍然紙上。接下來的二句描寫詞人夢中的體會，詞人並不直接傾訴自己的相思愁苦，相反卻移情於景，用相思染就春色，在「有我之境」中營造出一段更加纏綿悱惻的相思。下片移寫對方的相思之情，使前後呼應。詞人將視角轉換到戀人一方，以我之衷腸遙想情人的魂魄赴夢而來，有力地突出了原本模糊的伊人形象，使人物鮮活生動，相思之情更加深沉。全詞意境幽邃淒冷，語言精煉澄澈，有力體現了姜詞清空的特點。

　　白石之詞，余所最愛者，亦僅二語，曰：「淮南皓月冷千山，冥冥歸去無人管。」(王國維《人間詞話刪稿》)

慶宮春

紹熙辛亥除夕[1]，余別石湖歸吳興[2]，雪後夜過垂虹[3]，嘗賦詩云：「笠澤茫茫

雁影微[4]，玉峰重疊護雲衣[5]。長橋寂寞春寒夜[6]，只有詩人一舸歸。」後五年冬，復與俞商卿[7]、張平甫[8]、鋗朴翁自封禺同載詣梁溪[9]，道經吳松，山寒天迥，雲浪四合，中夕相呼步垂虹，星斗下垂，錯雜漁火，朔吹凜凜，巵酒不能支[10]。朴翁以衾自纏，猶相與行吟，因賦此闋，蓋過旬塗稿乃定。朴翁各余無益，然意所耽不能自已也。平甫、商卿、朴翁皆工於詩，所出奇詭，余亦強追逐之，此行既歸，各得五十餘解。

雙槳蒓波，一蓑松雨，暮愁漸滿空闊。呼我盟鷗[11]，翩翩欲下，背人還過木末[12]。那回歸去，蕩雲雪、孤舟夜發。傷心重見，依約眉山[13]，黛痕低壓。　　採香徑裡春寒[14]，老子婆娑，自歌誰答。垂虹西望，飄然引去，此興平生難遏。酒醒波遠，正凝想、明璫素襪[15]。如今安在，惟有闌干，伴人一霎[16]。

1 紹熙辛亥：宋光宗紹熙二年（1191）。

2 石湖：范成大，號石湖居士。吳興：浙江湖州。

3 垂虹：即吳江城利往橋，因橋上建亭名垂虹，故稱垂虹橋。

4 笠澤：即太湖。

5 玉峰：指太湖中被白雪覆蓋的西洞庭山縹緲峰和東洞庭山百里峰。

6 長橋：即垂虹橋。

7 俞商卿：俞灝，字商卿，世居杭州，晚年築室西湖九里松，號青松居士。

8 張平甫：張鑒，字平甫，張浚之孫。

9 鋗朴翁：葛天民，字無懷，初為僧，名義鋗，字朴翁，山陰（今浙江紹興）人，居西湖。封禺：二山名，在今浙江德清縣西南。梁溪：古地名，在無錫城西，亦為無錫別稱。

10 巵酒：杯酒。

11 盟鷗：指隱居，與鷗鳥相盟為伴。

12 背人：離開人。木末：樹梢。

13 眉山：形容女子眉色如望遠山。

14 採香徑：在江蘇蘇州香山旁。因吳王種香於香山，使美人泛舟於溪以採香，故名。

15 明璫：女子所戴之耳珠。

16 一霎：片刻。

　　本詞是重經舊地的懷人之作。上片寫傍晚時的淒迷景象。起首三句，詞人以清麗的筆觸描繪了湖上的煙波清景。暮靄沉沉，空寂清冷，一股難以名狀的愁緒瀰漫在長天碧水間。接着，詞人筆調忽然振轉，由沉鬱悲涼一躍而為輕快活潑，「呼」字的運用更惟妙惟肖地刻畫了詞人漸入佳境、渾然忘機的俊朗風神。然而，此處之揚卻並非意味着全詞主基調的改變，而是為後文再抑張本。從「那回歸去」起，詞作再次轉入睹物傷懷的抒寫，「依約眉山，黛

痕低壓」。在對山水的描繪中，詞人寓悲情於清景，通過擬人化手法的運用展示出自己的無限愁思。下片以往昔之歡樂反襯今日之愁緒。無論是往日縱情恣意的婆娑自歌，還是任舟飄然引去的隨意自得，無不與「惟有闌干，伴人一霎」的悲涼現實形成了鮮明的對比。全片不言感傷而感傷自現，在對比映襯中更見孤寂愁思之深重。

本詞用筆清雋，風格清曠高遠，在深婉蘊藉中給人不盡的回味。此外，小序秀雅雋爽，如同一篇優美的散文，是情景交融的上乘佳作，對詞作本身也是有力的映襯和補充。

往余見姜貫道畫圖，後有子固端平三年監新城商稅日敘姜堯章《慶宮春》詞，愛其詞翰豐茸，故備載之。（元陸友仁《硯北雜志》）

元人沈伯時作《樂府指迷》，於清真詞推許甚至。唯以「天便教人，霎時廝見何妨」、「夢魂凝想鴛侶」等句為不可學，則非真能知詞者也。清真又有句云：「多少暗愁密意，唯有天知。」「最苦夢魂，今宵不到伊行。」「拚今生、對花對酒，為伊淚落。」此等語愈樸愈厚，愈厚愈雅，至真之情，由性靈肺腑中流出，不妨說盡而愈無盡。南宋人詞如姜白石云：「酒醒波遠，正凝想、明璫素襪。」庶幾近似。然已微嫌刷色。（清況周頤《蕙風詞話》）

齊天樂

丙辰歲[1]，與張功甫會飲張達可之堂[2]，聞屋壁間蟋蟀有聲，功甫約余同賦，以授歌者。功甫先成，詞甚美。余徘徊茉莉花間，仰見秋月，頓起幽思，尋亦得此。蟋蟀，中都呼為促織[3]，善鬥。好事者或以三二十萬錢致一枚，鏤象齒為樓觀以貯之。

庾郎先自吟愁賦[4]。淒淒更聞私語。露濕銅鋪[5]，苔侵石井，都是曾聽伊處。哀音似訴。正思婦無眠，起尋機杼。曲曲屏山[6]，夜涼獨自甚情緒。　　西窗又吹暗雨。為誰頻斷續，相和砧杵[7]。候館迎秋，離宮弔月[8]，別有傷心無數。豳詩漫與[9]。笑籬落呼燈[10]，世間兒

女。寫入琴絲[11]，一聲聲更苦。

1 丙辰：宋寧宗慶元二年（1196）。

2 張功甫：張鎡，字功甫。詞人好友。張達
　可：張鎡的兄弟。

3 中都：指北宋都城汴京。

4 庾郎：南北朝著名詩人庾信，曾著《哀江
　南賦》。見前張耒《風流子》（亭臯木葉下）
　註 2。

5 銅鋪：銅製的門環底座，用以銜住門環，多
　為獸面之形，故稱鋪首。

6 屏山：繪有山水畫之屏風。

7 砧杵：搗衣石和搗衣棒，亦指搗衣，即洗
　衣服。

8 離宮：帝王在京師外的行宮。

9 豳（bīn）詩：《詩經·豳風·七月》中有寫
　蟋蟀之句。

10 籬落：籬笆。

11 琴絲：琴弦。此句指將蟋蟀寫入詞曲。

　　本詞為詠物名篇。此詞從結構上看，序與正文分工明確。小序純作敘事，對詞的創作背景進行了周詳的交代。正文則重在抒發感情，層層深入，盡情渲染，二者相輔相成，互為唇齒。

　　本詞開篇即以南北朝詩人庾信自喻，點出全篇的情感主線——「離愁」，同時也為下文由蟋蟀哀鳴而引出的一幕幕場景進行了自然的鋪墊。蟋蟀無情，聽者有意，不同心境的人聽來有不同的感受。從「起尋機杼」的「無眠思婦」到「候館迎秋」的羈旅遊子，再到「離宮弔月」的失國君王，詞人的視角一步步擴大，愁的內容也一步步深廣，從情愁、鄉愁到國愁，直至與開篇首句相呼應，使全詞的感情主線形成了一個完整的迴環。在結尾處，詞人以沉痛的筆觸轉入現實。在結句後姜夔自註道：「宣政間，有士大夫製《蟋蟀吟》。」其寄託之意不言而喻。眼見家國破碎，風雨飄搖，而南宋君臣卻早已忘記北宋覆亡的慘痛，依舊沉迷在醉生夢死的浮靡生活中。「寫入琴絲，一聲聲更苦。」含蓄凝重的感歎中寄寓滿腔的憂憤，詞作的主題也因此升華到一個更加高遠的境界。

　　作慢詞，看是甚題目，先擇曲名，然後命意。命意既了，思量頭如何起，尾如何結，方始選韻，而後述曲。最是過片不要斷了曲意，須要承上接下，如姜白石詞云：「曲曲屏山，夜涼獨自甚情緒。」於過片則云：「西窗又吹暗雨。」此則曲之意脈不斷矣。（宋張炎《詞源》）

　　《齊天樂》賦促織云：「（略）。」此皆全章精粹，所詠瞭然在目，且不留滯於物。（同上）

　　賦物如此，何忍刪去，至如柳耆卿詠鶯、康伯可聞雁，則不敢虛奉也。（明潘游龍《精選古今詩餘醉》）

姜夔字堯章，號白石道人，南渡詩家名流，詞極精妙，不減清真樂府。其間高處有周美成不能及者。善吹簫，自製曲，初則率意為長短句，然後協以音律云。其詠蟋蟀《齊天樂》一詞最勝，其詞曰：「（略）。」……其腔皆自度者。傳至今，不得其調，難入管弦，只愛其句之奇麗耳。（明楊慎《詞品》）

有收有縱，事必聯情。（明卓人月輯、徐士俊評《古今詞統》）

詞欲婉轉而忌復，不獨「不恨古人吾不見」與「我見青山多嫵媚」，為岳亦齋所誚。即白石之工，如「露濕銅鋪」與「候館吟秋」，總是一法。（清劉體仁《七頌堂詞繹》）

張玉田謂詠物最難。體認稍真，則拘而不暢，摹寫差遠，則晦而不明。而以史梅溪之詠春雪、詠燕，姜白石之詠促織為絕唱。（清王士禎《花草蒙拾》）

稗史稱韓幹畫馬，人入其齋，見幹身作馬形，凝思之極，理或然也。作詩文亦必如此始工。如史邦卿詠燕，幾於形神俱似矣。次則姜白石詠蟋蟀：「露濕銅鋪，苔侵石井，都是曾聽伊處。哀音似訴。正思婦無眠，起尋機杼。」又云：「西窗又吹暗雨。為誰頻斷續，相和砧杵。」數語刻劃亦工。蟋蟀無可言，而言聽蟋蟀者，正姚鉉所謂「賦水不當僅言水，而言水之前後左右」也。然尚不如張功甫「月洗高梧，露漙幽草，寶釵樓外秋深。……涼夜聽孤吟」……常觀姜論史詞，不稱其「軟語商量」，而賞其「柳昏花暝」，固知不免項羽學兵法之恨。（清賀裳《皺水軒詞筌》）

姜白石，詩家名流，詞尤精妙，不減清真樂府，其間高處有美成所不能及者。善吹簫，多自製曲，初則率意為長短句，既成，乃按以律呂，無不協者。有詠蟋蟀《齊天樂》一闋最勝。（清王弈清《歷代詞話》引《詞品》）

詠物一派，高不能及。石帚此種亦最可法。分明都是淚。石帚「促織」云：「西窗又吹暗雨。」玉田「春水」云：「和雲流出空山。」皆是過處爭奇，用筆之妙，如出一手。（清先著、程洪《詞潔》）

將蟋蟀與聽蟋蟀者層層夾寫，如環無端，真化工之筆也。（「候館吟秋」三句）音響一何悲。（「笑籬落呼燈」二句）高絕。（清許昂霄《詞綜偶評》）

白石號為宗工，然亦有……補湊處（《齊天樂》：「豳詩漫與，笑籬落呼燈，世間兒女。」）……不可不知。（清周濟《宋四家詞選目錄序論》）

詠物雖小題，然極難作，貴有不黏不脫之妙，此體南宋諸老尤擅長。姜白石「蟋蟀」云：「候館迎秋，離宮弔月，別有傷心無數。」……數語刻畫精巧，運用生動，所謂空前絕後矣。（清吳衡照《蓮子居詞話》）

詞中虛字，猶畫中襯字，前呼後應，仰承俯注，全賴虛字靈活，其詞始妥溜而不板實。不特句首虛字宜講，句中虛字亦當留意，如白石詞云「庾郎先自吟愁賦，凄凄更聞私語」，「先自」、「更聞」，互相呼應，餘可類推。（清沈祥

龍《論詞隨筆》）

　　張子野《慶春澤》：「飛閣危橋相倚。人獨立，東風滿衣輕絮。」以「絮」字叶「倚」，用方音也。後姜堯章《齊天樂》，以「此」字叶「絮」字，亦此例。（清宋翔鳳《樂府餘論》）

　　詠物詞雖不作可也，別有寄託如東坡之詠雁，獨寫哀怨如白石之詠蟋蟀，斯最善矣。（清謝章鋌《賭棋山莊詞話》）

　　即謹嚴雅飭如白石，亦時有出入。若《齊天樂·詠蟋蟀》闋，末句可見，細校之不止一二數也。蓋詞人筆興所至，不能不變化。（同上）

　　東坡《水龍吟》起云：「似花還似非花。」此句可作全詞評語，蓋不離不即也。時有舉史梅溪《雙雙燕》詠燕、姜白石《齊天樂》賦蟋蟀，令作評語者，亦曰：「似花還似非花。」（清劉熙載《藝概》）

　　此詞精絕。一直說去，其中自有頓挫起伏，正如大江無風波濤自湧，前無古後無今。「籬落」二句平常意，一經點綴便覺神味淵永，其妙真令人不可思議。（清陳廷焯《詞則·大雅集》）

　　白石《齊天樂》一闋，全篇皆寫怨情，獨後半云：「笑籬落呼燈，世間兒女。」以無知兒女之樂，反襯出有心人之苦，最為入妙。用筆亦別有神味，難以言傳。（清陳廷焯《白雨齋詞話》）

　　詞有「內抱」、「外抱」二法。「內抱」如姜堯章《齊天樂》「曲曲屏山，夜涼獨自甚情緒」是也。「外抱」如史梅溪《東風第一枝》「恐鳳靴挑菜歸來，萬一灞橋相見」是也。元代以後，鮮有通此理者。（清張德瀛《詞徵》）

　　古人文字，難可吹求，嘗謂杜詩「國初以來畫馬」句，何能著一「鞍」字，此等處絕不通也。詞句尤甚，姜堯章《齊天樂》詠蟋蟀最為有名，然開口便說「庾郎愁賦」，捏造故典，「豳詩」四字太覺呆詮，至「銅鋪」、「石井」、「候館」、「離宮」，亦嫌重複。其《揚州慢》「縱豆蔻詞工」三句，語意亦不貫。若張玉田之《南浦》詠春水一首，了不知其佳處，今人和者如牛毛，何也。（清陳銳《襃碧齋詞話》）

　　《負喧雜錄》：「鬥蛩之戲，始於天寶間。長安富人鏤象牙為籠而蓄之，以萬金之資，付之一喙。」此敘所記好事者云云，可知其習尚至宋宣、政間，殆有甚於唐之天寶時矣。功父《滿庭芳》詞詠促織兒，清雋秀美，實擅詞家能事，有觀止之歎；白石別構一格，下闋託寄遙深。亦足千古已。（清鄭文焯手批《白石道人歌曲》）

琵琶仙

《吳都賦》云:「戶藏煙浦,家具畫船。」[1]惟吳興為然[2],春遊之盛,西湖未能過也。己酉歲[3],余與蕭時父載酒南郭[4],感遇成歌。

雙槳來時,有人似、舊曲桃根桃葉[5]。歌扇輕約飛花[6],蛾眉正奇絕。春漸遠、汀洲自綠,更添了、幾聲啼鴂。十里揚州,三生杜牧[7],前事休說。　　又還是、宮燭分煙[8],奈愁裡、匆匆換時節。都把一襟芳思,與空階榆莢[9]。千萬縷、藏鴉細柳,為玉尊、起舞回雪。想見西出陽關[10],故人初別。

1 《吳都賦》:詞人誤記,應為《西都賦》,唐代李庾作。「戶藏煙浦,家具畫船」,原文作「戶閉煙浦,家藏畫舟」。

2 吳興:今浙江湖州。

3 己酉歲:宋孝宗淳熙十六年(1189)。

4 蕭時父:蕭德藻之姪,詞人內弟。

5 「舊曲」句:用晉王獻之迎娶妾桃葉並作《桃葉歌》事。見前賀鑄《蝶戀花·改徐冠卿詞》註1。

6 約:攔住。

7 「十里」二句:借杜牧自比。三生,佛家語,指前生、今生、來生。杜牧,唐代詩人,曾任湖州刺史。杜牧《贈別二首》其一:「春風十里揚州路,捲上珠簾總不如。」又宋代黃庭堅詩:「春風十里珠簾捲,彷彿三生杜牧之。」

8 宮燭分煙:化用唐代韓翃《寒食》詩:「日暮漢宮傳蠟燭,輕煙散入五侯家。」

9 榆莢:即榆錢。化用唐代韓愈《晚春》:「楊花榆莢無才思,惟解漫天作雪飛。」

10 西出陽關:化用唐代王維《送元二使安西》:「勸君更盡一杯酒,西出陽關無故人。」

這是一篇遊春感遇的懷人之詞。上片寫奇遇時的感受和悵惘。起首「雙槳」二句,奇崛秀逸,想落天外,為後文拓展出無限延伸的空間。接下來,在景物描繪中巧妙地以景蘊情,「啼鴂」一詞的運用更借用《楚辭》之語,搖曳出美人遲暮的愁思。上片結尾處三句,暗用杜牧之典,借古言情,一段悽美的情事隱隱流露。縱觀上片,無論是開頭處以炫麗夢幻的目光去尋覓,還是夢醒後用悽哀的心靈去感受,一條執着相思的主線始終貫穿。下片寫年華虛逝、舊情難覓的苦澀。在下片中,詞人巧妙化用了唐人韓翃《寒食》、韓愈《晚春》、王維《送元二使安西》三首詠柳詩的詩意,在楊柳背景下展開一襟芳思

的抒發。情景交融，自然精妙。在清麗而蘊藉的描繪中體現出姜詞特有的「清空騷雅」。

「春草碧色，春水綠波。送君南浦，傷如之何。」矧情至於離，則哀怨必至。苟能調感愴於融會中，斯為得矣。白石《琵琶仙》云：「（略）。」秦少游《八六子》云：「倚危亭……」離情當如此作，全在情景交煉，得言外意。有如「勸君更盡一杯酒，西出陽關無故人」，乃為絕唱。（宋張炎《詞源》）

「春草碧色，春水綠波。送君南浦，傷如之何」四語，約是此篇。融情會景，少游《八六子》詞共傳。（明沈際飛《草堂詩餘·續集》）

（「更添了、幾聲啼鴂。」）《離騷》：「恐鵜鴂之先鳴兮，使百草為之不芳。」（「三生杜牧」）涪翁詩：「春風十里珠簾捲，彷彿三生杜牧之。」詞中用「三生杜牧」，本此。（「都把一襟芳思」至末）句句說景，句句說情，真能融情景於一家者也。曲折頓宕，又不待言。（清許昂霄《詞綜偶評》）

「都把」四句，順逆相足。（清譚獻《復堂詞錄》引周濟語）

白石《琵琶仙》詞題，引《吳都賦》有「戶藏煙浦，家具畫船」二語，今《吳都賦》無其辭。案李庾《西都賦》云：「方塘含春，曲沼澄秋，戶閉煙浦，家藏畫舟。」或疑「吳」字乃「西」字之訛，然唐之西都，非吳地也，殆白石誤引耳。（清張德瀛《詞徵》）

此又以作態為妍。（清王闓運《湘綺樓評詞》）

似周、秦筆墨而氣格俊上。「前事休說」四字，咽住，藏得許多情事在內。（清陳廷焯《詞則·大雅集》）

向者，山尊學士見語曰：「子曾校《文選》，亦知《吳都賦》今本有脫句否。」余叩其故，則舉姜白石《琵琶仙》詞題中引《吳都賦》「戶藏煙浦，家具畫船」二句。余心知白石雖聖於詞，而此卻不可為典要。然當時無切證，未能奪之也。今校姚鼎臣《文粹》至李庾《西都賦》，有曰：「其近也方塘含春，曲沼澄秋。戶閉煙浦，家藏畫舟。」則正其所引矣。「藏」、「具」兩字皆誤，又誤「舟」為「船」，致失原韻。且移唐之西都於吳都，地理尤錯。可見白石但襲志書或類書之舛耳，豈得便謂之《文選》脫文哉？知其所無，為之一快，遂識於姜集後，以詒讀者。（清顧千里《思適齋集·姜白石集跋》）

白石《琵琶仙》題引《吳都賦》云：「戶藏煙浦，家具畫船。惟吳興為然。」按二語見《唐文粹》所錄李庾《西都賦》。（清鄭文焯《絕妙好詞校錄》）

念奴嬌

余客武陵[1]，湖北憲治在焉[2]。古城野水，喬木參天。余與二三友日蕩舟其間，薄荷花而飲[3]，意象幽閒，不類人境。秋水且涸，荷葉出地尋丈[4]。因列坐其下，上不見日，清風徐來，綠雲自動。間於疏處窺見遊人畫船，亦一樂也。揭來吳興[5]，數得相羊荷花中[6]，又夜泛西湖，光景奇絕，故以此句寫之。

鬧紅一舸[7]，記來時、嘗與鴛鴦為侶。三十六陂人未到[8]，水佩風裳無數[9]。翠葉吹涼，玉容消酒[10]，更灑菰蒲雨[11]。嫣然搖動，冷香飛上詩句。　　日暮。青蓋亭亭，情人不見，爭忍凌波去。只恐舞衣寒易落[12]，愁入西風南浦。高柳垂陰，老魚吹浪，留我花間住。田田多少[13]，幾回沙際歸路。

1 武陵：今湖南常德。
2 湖北憲治：宋荊南湖北路提點刑獄之官署所在地。
3 薄：迫近。
4 尋丈：一丈左右。尋，八尺。
5 揭（qiè）：用於句首的助詞。
6 相羊：徜徉。

7 鬧紅：形容荷花盛開，豔紅如火。舸：船。
8 陂：池塘。
9 風裳：指隨風搖擺的荷葉。
10 玉容：本指少女的容貌，此處指荷花。
11 菰蒲：兩種水生植物。
12 舞衣：荷葉。
13 田田：荷葉相連貌。

　　本詞當屬姜夔詠物詞中的名篇。上片中，詞人以清麗的筆墨描繪出荷花的秀美儀容。首句即先聲奪人，「鬧紅一舸」——一個「鬧」字化形為聲，不但使讀者在視覺上產生了強烈感覺，而且從聽覺感受到荷花盛開時的勃勃生機。接下來，視角逐漸開闊：眺望荷塘遠景，滿目「水佩風裳」，無數荷花如同亭亭玉立的凌波仙子，向人們盡情展示它們可遠觀而不可褻玩的高潔之美。在描寫中，詞人別開生面地運用了「玉容消酒」、「嫣然搖動」兩個形象的比喻，化美為媚，賦予荷花有生命力的動態美，同時也為讀者開啟了更廣闊的想像空間。下片以詞人的主觀感受對荷花進行擬人化的主體觀照，主觀情趣與客觀意象交織在一起，物我合一，在「有我之境」中展現出詞人對荷花真摯而深沉的愛慕。然而詞人並未長久地沉迷在這種愛戀中，從「只恐舞衣寒易落」句

起，詞人筆鋒驟轉，詞調也由熱烈穠麗一變為冷靜清泠。越是美好的盛景，它的凋零給心靈造成的創傷就愈加深重。「田田多少，幾回沙際歸路。」結句情意深長，在詞人對荷花的留戀中蘊含了多少對美好年華的珍視，對多彩青春的眷戀，筆法自然含蓄，意境清麗高遠。

「冷香」六字，鬼工也。（「高柳」三句）寫出魚柳深情，使人不能自絕。（明卓人月輯、徐士俊評《古今詞統》）

（眉批）好句欲仙。（下闋）煉意煉詞，歸於純雅。（清陳廷焯《詞則·大雅集》）

美成《蘇暮遮》詞：「葉上初陽乾宿雨。水面清圓，一一風荷舉。」此真能得荷之神理者。覺白石《念奴嬌》、《惜紅衣》二詞，猶有隔霧看花之恨。（王國維《人間詞話》）

麥（孺博）丈云：俊語。（梁令嫻《藝蘅館詞選》）

揚州慢

淳熙丙申至日[1]，余過維揚[2]。夜雪初霽，薺麥彌望[3]。入其城，則四顧蕭條，寒水自碧。暮色漸起，戍角悲吟。余懷愴然，感慨今昔，因自度此曲。千巖老人以為有《黍離》之悲也[4]。

淮左名都[5]，竹西佳處[6]，解鞍少駐初程[7]。過春風十里[8]，盡薺麥青青。自胡馬窺江去後[9]，廢池喬木，猶厭言兵。漸黃昏，清角吹寒[10]，都在空城。　　杜郎俊賞[11]，算而今、重到須驚。縱豆蔻詞工[12]，青樓夢好[13]，難賦深情。二十四橋仍在[14]，波心蕩、冷月無聲。念橋邊紅藥，年年知為誰生。

1 淳熙丙申：宋孝宗淳熙三年（1176）。至日：冬至。

2 維揚：今江蘇揚州。

3 薺麥：野薺和小麥。

4 千巖老人：著名詩人蕭德藻的別號。《黍離》：《詩經·王風》中的一篇，表現國破城

荒的悲情。《毛詩序》曰:「周大夫行役,至於宗周,過故宗廟宮室,盡為禾黍,閔周室之顛覆,彷徨不忍去而作是詩也。」後多用於感慨亡國。

5 淮左:指淮南東路。

6 竹西:揚州北門有竹西亭,因杜牧《題揚州禪智寺》「誰知竹西路,歌吹是揚州」而得名。

7 初程:初次到揚州。

8 春風十里:指昔日揚州繁華景象。唐代杜牧《贈別》:「春風十里揚州路,捲上珠簾總不如。」

9 胡馬窺江:宋高宗建炎三年(1129)、紹興三十一年(1161),金兵兩次侵入長江附近,揚州受到嚴重破壞。

10 清角:淒清的號角。

11 杜郎:晚唐詩人杜牧。俊賞:高超的鑑賞水平。

12 豆蔻詞工:化用杜牧《贈別》:「娉娉嫋嫋十三餘,豆蔻梢頭二月初。」

13 青樓夢好:化用杜牧《遣懷》:「十年一覺揚州夢,贏得青樓薄倖名。」

14 二十四橋:橋名,在揚州西郊。化用杜牧《寄揚州韓綽判官》:「二十四橋明月夜,玉人何處教吹簫。」

本詞為淳熙三年(1176)詞人初到揚州時所作。上片寫景。起首二句格調高昂,以「淮左名都」、「竹西佳處」概括而傳神地描繪出歷史上的繁華揚州,與下文對揚州殘破現狀的描寫形成鮮明對比,從而在巨大的心理落差中展示出無限悲情。從「過春風」句起,轉入對現實的描寫。「春風十里,薺麥青青」,「廢池喬木,猶厭言兵」,目之所觸,盡皆荒涼。一個「厭」字將詞人對金兵南侵的痛恨、對人民深重苦難的同情、對國家衰亡的嗟歎等多種感情,緊密熔鑄在一起,言簡意深,發人深省。「漸黃昏」三句,由視覺轉向聽覺,在朔風清角的悲聲中,詞人撫今追昔,道盡了深重的滄桑之感。下片以抒情為主。以曾在揚州俊賞流連過的唐代詩人杜牧起筆,並成功地化用其《贈別》、《遣懷》二詩的句意,委婉地表現出對揚州遭到戰火洗劫、無復往日繁華的憂傷。結尾用疑問句收束,以依然開放的揚州芍藥,反襯國破家亡的黍離之悲,在對無情物的客觀描寫中寄予深沉的悽愴。

揚州府城東北有竹西亭,故杜牧詩云:「誰知竹西路,歌吹是揚州。」(「縱豆蔻詞工,青樓夢好,難賦深情。」)「豆蔻梢頭二月初」及「十年一覺揚州夢,贏得青樓薄倖名」,皆牧之句。(清許昂霄《詞綜偶評》)

「無奈苕溪月,又喚我扁舟東下。」是「喚」字着力。「二十四橋仍在,波心蕩、冷月無聲。」是「蕩」字着力。所謂一字得力,通首光采,非煉字不能然,煉亦未易到。(清先著、程洪《詞潔》)

詞家有作,往往未能竟體無疵。每首中,要亦不乏警句,摘而出之,遂覺片羽可珍。……姜白石云:「波心蕩、冷月無聲。」又云:「冷香飛上詩句。」(清李佳《左庵詞話》)

白石號為宗工，然亦有俗濫處（《揚州慢》）。（清周濟《宋四家詞選目錄序論》）

詞有與詩風意義相近者，自唐迄宋，前人鉅製，多寓微旨。……姜白石「淮左名都」，擊鼓怨暴也。……其他觸物牽緒，抽思入冥，漢、魏、齊、梁，託體而成。揆諸樂章，喝於協聲，信悽心而咽魄，固難得而遍名矣。（清張德瀛《詞徵》）

姜夔《揚州慢》云：「自胡馬窺江去後。」《詞綜》作「戎馬」，《詞律》作「吳馬」，當是元人所易，相沿未改。（清丁紹儀《聽秋聲館詞話》）

「自胡馬窺江去後，廢池喬木，猶厭言兵。漸黃昏、清角吹寒，都在空城」數語，寫兵燹後情景逼真。「猶厭言兵」四字，包括無限傷亂語。他人累千百言，亦無此韻味。（清陳廷焯《白雨齋詞話》）

紹興三十年，完顏亮南寇江淮，軍敗，中外震駭。亮尋為其臣下殺於瓜州。此詞作於淳熙三年，寇平已十有六年，而景物蕭條，依然有廢池喬木之感，此與《淒涼犯》當同屬江淮亂後之作。（清鄭文焯手批《白石道人歌曲》）

白石寫景之作，如「二十四橋仍在，波心蕩、冷月無聲」，「數峰清苦，商略黃昏雨」，「高樹晚蟬，說西風消息」，雖格韻高絕，然如霧裡看花，終隔一層。梅溪、夢窗諸家寫景之病，皆在一「隔」字。北宋風流，渡江遂絕，抑真有運會存乎其間耶。（王國維《人間詞話》）

長亭怨慢

余頗喜自製曲。初率意為長短句，然後協以律，故前後闋多不同。桓大司馬云：「昔年種柳，依依漢南。今看搖落，悽愴江潭。樹猶如此，人何以堪！」[1]此語余深愛之。

漸吹盡、枝頭香絮[2]。是處人家，綠深門戶。遠浦縈回，暮帆零亂向何許。閱人多矣，誰得似、長亭樹。樹若有情時，不會得青青如此。　　日暮。望高城不見，只見亂山無數。韋郎去也[3]，怎忘得、玉環分付。第一是、早早歸來，怕紅萼[4]、無人為主。算空有並

刀⁵，難剪離愁千縷。

註釋

1「桓大司馬」句：東晉大司馬桓溫北征，經
　金城，看到年輕時所種之柳已十圍，感慨不
　已，說了這段話。見《世說新語·言語》。
　搖落，凋零。江潭，江邊。

2 香絮：柳絮。

3 韋郎：指韋皋。據《雲溪友議》載，韋皋遊

江夏，與妓女玉簫有情，約七年再會，並留
玉指環。八年，韋皋不回，玉簫絕食而死。
此處詞人借韋皋以自指。

4 紅萼：紅梅，這裡指代戀人。

5 並刀：古代並州出產的剪刀，以鋒利著稱。

評析

　　本詞為告別合肥情侶而作。上片描寫長亭送別時的暮春景象。篇首即以
柳起興，借詠柳抒寫離別之情，柳的意象作為一條主線貫穿了整篇詞作。結
尾以無情之柳反襯有情之人。閱盡人間離別的長亭之柳依然青青如此，而長
亭相別的戀人卻早已憔悴不堪。在深婉的對比中，寄寓了詞人濃鬱的愁思。
下片寫行舟遠去及對戀人的思念。至此，詞人將創作視角由自己轉向對方，
以韋皋和玉簫的愛情故事為背景，緩緩引出戀人對自己的深情厚誼。在戀人
依依不捨的反覆叮嚀聲中，自然而然地發出結句「算空有並刀，難剪離愁千
縷」的感歎，情篤意摯，深曲動人。

輯評

　　（「樹若」二句）人言情，我言無情，立意壁絕。（明卓人月輯、徐士俊評
《古今詞統》）

　　（「是處人家」四句）先言別時之景。（「閱人多矣，誰得似長亭樹，樹若有
情時，不會得青青如此。」）借樹以言別時之情。閱人既多，安得尚有情耶。
一笑。「此」字借叶。（「日暮，望高城不見，只見亂山無數。」）別後。何記
室詩：「日夕望高城，縹縹青雲外。」（「韋郎去也」四句）望其早歸。韋皋與
玉簫別，留玉指環，約七年再會，以其地在江夏，故用之，後遂沿為通用語。
（「算空有並刀」二句）總收。（清許昂霄《詞綜偶評》）

　　「時」字湊，「不會得」三字呆，「韋郎」二句，口氣不雅。「只」字疑誤，
「只」字喚不起「難」字。白石人工熔煉特至，此一二筆容是率處。（清先著、
程洪《詞潔》）

　　白石《長亭怨慢》，小引桓大司馬云云，乃庾信《枯樹賦》，非桓溫語。（清
吳衡照《蓮子居詞話》）

　　路已盡而復開出之，謂之轉。如：「誰得似長亭樹，樹若有情時，不會得
青青如此。」（清孫麟趾《詞徑》）

　　《長亭怨慢》，首句向皆協韻。太史（指馮登府）有《自題楊柳岸圖》一闋，

獨不協，題註云：「依白石中呂宮調。按《詞源》，道宮是一字結聲，若折則帶尺一雙聲，即犯中呂宮。考白石旁譜，換頭及尾結皆用一五，而第一句用尺，非韻也。玉田從之是矣。」詞云：「（略）。」按此調為白石自度曲，首句「絮」字是韻，宋詞協者居多。玉田諸作亦有協有不協。太史謂白石旁譜換頭尾結皆用一五，而首句用尺，以為非韻之據。要知此詞協韻處，並不皆註一五，似未足憑也。（清杜文瀾《憩園詞話》）

哀怨無端，無中生有，海枯石爛之情。纏綿沉着。（清陳廷焯《詞則·大雅集》）

白石《長亭怨慢》云：「閱人多矣，誰得似、長亭樹？樹若有情時，不會得、青青如此。」白石諸詞，惟此數語最沉痛迫烈。此外如「最可惜一片江山，總付與啼鴂」，又「文章信美知何用，漫贏得、天涯羈旅」，皆無此沉至。（清陳廷焯《白雨齋詞話》）

姜白石《長亭怨慢》云：「樹若有情時，不會得青青如此。」王碧山云：「水遠、怎知流水外，卻是亂山尤遠。」似覺輕俏可喜，細讀之毫無理由。所以詞貴清空，尤貴質實。（清陳銳《袌碧齋詞話》）

麥（孺博）丈云：渾灝流轉，奪胎稼軒。（梁令嫻《藝蘅館詞選》）

淡黃柳

客居合肥南城赤闌橋之西[1]，巷陌淒涼，與江左異[2]。惟柳色夾道，依依可憐。因度此曲，以紓客懷[3]。

空城曉角[4]。吹入垂楊陌。馬上單衣寒惻惻[5]，看盡鵝黃嫩綠[6]，都是江南舊相識。　　正岑寂。明朝又寒食。強攜酒、小橋宅[7]，怕梨花落盡成秋色。燕燕飛來，問春何在，惟有池塘自碧。

1 赤闌橋：在今合肥包河公園附近。
2 江左：泛指江南。
3 紓：排解。
4 曉角：早晨的號角。
5 惻惻：淒寒。
6 鵝黃嫩綠：指柳樹的新芽新葉。
7 小橋：三國時吳國喬玄次女小橋（即小喬），此處指合肥戀人。

本詞為詞人客居合肥時創作的自度曲。上片寫客居異鄉的淒涼。「垂楊陌」、「馬上單衣寒」、「鵝黃嫩綠」，只寥寥幾筆便已寫盡合肥春色。在這淒清而又熟悉的春色中，寄寓了詞人客居異鄉的多少愁懷。下片描寫詞人對春逝的感傷。寒食岑寂，梨花落盡，問春何在？已匆匆歸去。結尾以雙燕尋春未得收束，寫盡了春去花殘的寥落，韶華空逝的歡惋之情在深曲的描寫中自然而然地流露出來。

然而，如果詞人的思想僅僅停留在傷春悲秋、客旅愁緒的層面上，那麼這篇《淡黃柳》就決不能成為姜夔自度曲中的名篇。縱觀全詞，從小序到詞作正文，處處潛伏着一股更加深沉的悲愴。詞作首句——「空城曉角」，一個「空」字承上啟下，既與小序中「巷陌淒涼，與江左異」的客觀描寫相互呼應，也為下文的描寫奠定了主基調。山河破碎，空城寂巷，春光流逝，飄零依然。在淒清的意境中，詞人寓情於景，將漂泊江湖的愁緒與感時傷世的情懷結合在一起，使此詞的傷春感懷升華到了一個新的境界。

白石、稼軒，同音笙磬。但清脆與鞺鞳異響，此事自關性分。（清譚獻評《詞辨》）

姜夔《淡黃柳》，應於「都是江南舊相識」句分段。（清丁紹儀《聽秋聲館詞話》）

亦以眼前語妙。（清王闓運《湘綺樓評詞》）

陸本作「喬」，非是。此所謂「小橋」者，即題敘所云赤闌橋之西客居處也，故云「小橋宅」。若作「小喬」，則不得其解已。《絕妙好詞》亦作「橋」，可證。長吉有「梨花落盡成秋苑」之句，白石正用以入詞，而改一「色」字協韻。當時如清真、方回多取賀詩雋句為字面。（清鄭文焯手批《白石道人歌曲》）

暗香

辛亥之冬[1]，余載雪詣石湖[2]。止既月[3]，授簡索句[4]，且徵新聲[5]，作此兩曲。石湖把玩不已，使工妓隸習之[6]，音節諧婉，乃名之曰《暗香》、《疏影》。

舊時月色，算幾番照我，梅邊吹笛。喚起玉人[7]，不管清寒與攀摘。何遜而今漸老[8]，都忘卻、春風詞筆。

但怪得、竹外疏花，香冷入瑤席[9]。　　江國。正寂寂。歎寄與路遙[10]，夜雪初積。翠尊易泣。紅萼無言耿相憶[11]。長記曾攜手處，千樹壓、西湖寒碧。又片片、吹盡也，幾時見得。

註釋

1 辛亥：宋光宗紹熙二年（1191）。

2 石湖：在蘇州西南，詩人范成大晚年退居於
　此，自號石湖居士。

3 既月：一個多月。

4 授簡：給紙。

5 徵新聲：徵求新的詞調。

6 工妓：樂工、樂妓。隸習：練習。

7 玉人：美人。

8 何遜：南朝梁代詩人，曾任揚州法曹，有
　《詠早梅》詩。

9 瑤席：華美的宴席。

10「歎寄」句：感歎路程太遠，音書不通。

11 紅萼：紅梅。

評析

　　白石《暗香》、《疏影》兩首詠梅詞，歷來被人推崇。張炎即評曰：「前無古人，後無來者。自立新意，真為絕唱。」（《詞源》）本詞上片寫今昔對比。起始三句，以往事逆入，落筆極其高妙，犯寒折梅，月下吹笛，寫盡少年情事。緊接「何遜」二句，又道出了老後的落寞，詞調倏然低迴。「但怪得」二句，字面上沒有絲毫涉及人事，所蘊之情卻緊承前句，耐人尋味，嗅香賞梅，本不足為怪，但用「已老之心」觀之，便有萬種淒涼與憂愁。下片重點言情。過片先點「江國」，轉入空間概念。當年相與摘梅的戀人，而今天各一方。「長記」二句，再次追憶當年梅花繁盛時的歡聚。這不僅有時間的推移，更強調了空間的距離。結句以梅花的凋零隱喻紅顏衰老，睹梅而思人，因人以寫恨。句句言梅，卻句句懷人，物我俱泯，空靈雋永。

輯評

　　白石詞如《疏影》、《暗香》、《揚州慢》、《一萼紅》、《琵琶仙》、《探春》、《八歸》、《淡黃柳》等曲，不惟清空，又且騷雅，讀之使人神觀飛越。（宋張炎《詞源》）

　　詞以意趣為主，要不蹈襲前人語意。如東坡中秋《水調歌頭》云：「（略）。」王荊公金陵懷古《桂枝香》云：「（略）。」姜白石《暗香》賦梅云：「（略）。」《疏影》云：「（略）。」此數詞皆清空中有意趣，無筆力者未易到。（同上）

　　詩之賦梅，惟和靖一聯而已。世非無詩，不能與之齊驅耳。詞之賦梅，惟姜白石《暗香》、《疏影》二曲，前無古人，後無來者。自立新意，真為絕唱。太白云：「眼前有景道不得，崔顥題詩在上頭。」誠哉是言也。（同上）

莊氏「女彈梅花調，忽忽有暗香」，此中香氣盡不少。（明卓人月輯、徐士俊評《古今詞統》）

沈伯時《樂府指迷》論填詞詠物，不宜說出題字。余謂此說雖是，然作啞謎亦可憎。須令在神情離合間乃佳耳。如姜夔《暗香》詠梅云「算幾番照我、梅邊吹笛」，豈害其佳？（清毛先舒《鸞情詞話》）

大率古人由詞而製調，故命名多屬本意。後人因調而填詞，故賦寄率離原辭。曰填，曰寄，通用可知。宋人如《黃鶯兒》之詠鶯，《迎新春》之詠春（柳耆卿），《月下笛》之詠笛（周美成），《暗香》、《疏影》之詠梅（姜夔），《粉蝶兒》之詠蝶（毛滂），如此之類，其傳者不勝屈指，然工拙之故，原不在是。（清鄒祗謨《遠志齋詞衷》）

舊時月色最清妍，香影都從授簡傳。贈與小紅應不惜，賞音只有石湖仙。（清厲鶚《論詞絕句十二首》其五）

自琢新詞白石仙，暗香疏影寫清妍。無端忽觸胡沙感，爭怪經師作鄭箋。（清陳澧《論詞絕句六首》其三）

落筆得「舊時月色」四字，便欲使千古作者皆出其下。詠梅嫌純是素色，故用「紅萼」字，此謂之破色筆。又恐突然，故先出「翠尊」字配之。說來甚淺，然大家亦不外此。用意之妙，總使人不覺，則烹鍛之工也。美成《花犯》云：「人正在、空江煙浪裡。」堯章云：「長記曾攜手處，千樹壓、西湖寒碧。」堯章思路，卻是從美成出，而能與之埒，由於用字高，鍊句密，泯其來蹤去跡矣。（清先著、程洪《詞潔》）

二詞絳雲在霄，舒捲自如；又如琪樹玲瓏，金芝布護。（「舊時月色」二句）倒裝起法。（「何遜而今漸老」二句）陡轉。（「但怪得竹外疏花」二句）陡落。（「歎寄與路遙」三句）一層。（「紅萼無言耿相憶」）又一層。（「長記曾攜手處」二句）轉。（「又片片吹盡也」二句）收。（清許昂霄《詞綜偶評》）

姜石帚自度《暗香》曲亦注仙呂宮，押入聲四質、十一陌、十二錫、十三職、十四緝韻，此固平聲之真、庚、清、蒸、侵也。述此調者，趙以夫「水花炯炯」詞押上聲二十三梗、二十四迥、去聲二十四敬韻，此亦平聲之庚、青也。（清樓儼《洗硯齋集·書姜夔〈暗香〉詞後》）

題曰石湖詠梅，此為石湖作也；時石湖蓋有隱遁之志，故作此二詞以沮之。白石《石湖仙》云：「須信石湖仙，似鴟夷飄然引去。」末云：「聞好語，明年定在槐府。」與此同意。首章言己嘗有用世之志，今老無能，但望之石湖也。（清張惠言《詞選》）

姜堯章《暗香》、《疏影》兩詞，自序但云：「辛亥之冬，予載雪詣石湖，授簡索句，且徵新聲，作此兩曲。」《硯北雜志》所記亦同，無異說也。近人張氏惠言謂「白石此詞為感汴梁宮人之入金者」，陳蘭甫亦以為然。鄙意以詞

中語意求之，則似為偽柔福帝姬而作。按《宋史·公主傳》云：「開封尼靜善者，內人言其貌似柔福，靜善即自稱柔福。靳州兵馬鈐轄韓世清送至行在，遣內侍馮益等驗視，遂封福國長公主，適永州防禦使高世榮。其後內人從顯仁太后歸，言其妄，送法寺治之。內侍李糼自北還，又言柔福在五國城適徐還而薨，靜善遂伏誅。」宋人私家記載如《四朝聞見錄》、《三朝北盟會編》、《古杭雜錄》、《鶴林玉露》、《浩然齋雅談》，所記雖小有參差，大致要不相遠。惟《璩碎錄》獨言其非偽，韋太后惡其言虜中隱事，故急命誅之耳。意當時世俗傳聞，有此一說。白石《疏影》詞所云：「昭君不慣胡沙遠，但暗憶江南江北。想佩環月下歸來，化作此花幽獨。」言其自金逃歸也。又云：「猶記深宮舊事，那人正睡裡，飛近蛾綠。莫似春風，不管盈盈，早與安排金屋。」則言其封福國長公主，適高世榮也。又云：「還教一片隨波去，又卻怨玉龍哀曲。」則言其為韋太后所惡，下獄誅死也。至《暗香》一闋，所云：「翠尊易泣，紅萼無言耿相憶。長記曾攜手處，千樹壓西湖寒碧。」則就高世榮言之，於事敗之後，追憶曩歡，故有「易泣」、「無言」之語也。張叔夏謂「《疏影》前段用少陵詩，後段用壽陽事，此皆用事不為事使」。夫壽陽固梅花事，若昭君則與梅無涉，而叔夏顧云然，當是白石詞意，叔夏知之。特事關戚里，不欲明言，故以此語微示其端耳。」（清汪瑔《旅譚》）

北宋詞多就景敘情，故珠圓玉潤，四照玲瓏。至稼軒、白石一變而為即事敘景，使深者反淺，曲者反直。吾十年來服膺白石，而以稼軒為外道，由今思之，可謂瞽人捫籥也。稼軒鬱勃，故情深；白石放曠，故情淺；稼軒縱橫，故才大；白石局促，故才小。惟《暗香》、《疏影》二詞，寄意題外，包蘊無窮，可與稼軒伯仲。余俱據事直書，不過手意近辣耳。（清周濟《介存齋論詞雜著》）

（前半闋）盛時如此，衰時如此。（後半闋）想其盛時，感其衰時。（清周濟《宋四家詞選》批語）

詞家之有姜石帚，猶詩家之有杜少陵，繼往開來，文中關鍵。其流落江湖，不忘君國，皆借託比興，於長短句寄之。如《齊天樂》，傷二帝北狩也；《揚州慢》，惜無意恢復也；《暗香》、《疏影》，恨偏安也。蓋意愈切則辭愈微，屈宋之心，誰能見之，乃長短句中復有白石道人也。（清宋翔鳳《樂府餘論》）

朱希真之「引魂枝，消瘦一如無，但空裡疏花數點」，姜石帚之「長記曾攜手處，千樹壓、西湖寒碧」，一狀梅之少，一狀梅之多；皆神情超越，不可思議，寫生獨步也。（清鄧廷楨《雙硯齋詞話》）

白石筆致騷雅，非他人所及，最多佳作。石湖詠梅二詞，尤為空前絕後，獨有千古。……清虛婉約，用典亦復不涉呆相。風雅如此，老倩小紅低唱，吹簫和之，洵無愧色。（清李佳《左庵詞話》）

石湖詠梅，是堯章獨到處。（清譚獻評《詞辨》）

《暗香》、《疏影》，石帚以堅潔自矜；《綠意》、《紅情》，春水以清空流譽。淘足藥粗豪之病，滌侇蕩之疵，於是有《雙白詞》之刻。（清繆荃孫《宋元詞四十家序》）

詞起於唐而盛於宋，宋作尤盛於宣、靖間，美成、伯可，各自堂奧，俱號稱作者。近世姜白石一洗而更之，《暗香》、《疏影》等作，當別家數也。大抵詞以雋永委婉為上，組織塗澤次之，呼嘄叫嘯抑末也。唯白石登高瞻遠，慨然感今悼往之趣，悠然託物寄興之思，殆與古《西河》、《桂枝香》同風致，視青樓歌、紅扇曲萬萬矣。故余不敢望靖康家數，白石衣鉢，或彷彿焉。（清柴望《涼州鼓吹自序》）

二章脫盡恆蹊，永為千年絕調。（清陳廷焯《詞則‧大雅集》）

南渡以後，國勢日非，白石目擊心傷，多於詞中寄其感慨，不獨《暗香》、《疏影》二章，發二帝之幽憤，傷在位之無人也。特寄其感慨全在虛處，無跡可尋，人自不察耳。感慨時事，發為詩歌，便已力據上游，特不宜說破，只可用比興體。即比興中亦須含蓄不露，斯為沉鬱，斯為忠厚。若王子文之《西河》，曹西士之和作，陳經國之《沁園春》，方巨山之《滿江紅》、《水調歌頭》，李秋田之《賀新涼》等類，慷慨發越，終病淺顯。南宋詞人，感時傷事，纏綿溫厚者，無過碧山，次則白石。白石鬱處不及碧山，而清虛過之。（清陳廷焯《白雨齋詞話》）

或問比與興之別。余曰：宋德祐太學生《百字令》、《祝英臺近》兩篇，字字譬喻，然不得謂之比也。以詞太淺露，未合風人之旨。如王碧山詠螢、詠蟬諸篇，低迴深婉，託諷於有意無意之間，可謂精於比義。……若興則難言之矣。託喻不深，樹義不厚，不足以言興。深矣厚矣，而喻可專指，義可強附，亦不足以言興。所謂興者，意在筆先，神餘言外，極虛極活，極沉極鬱，若遠若近，可喻不可喻，反覆纏綿，都歸忠厚。求之兩宋，如東坡《水調歌頭》、《卜算子‧雁》，白石《暗香》、《疏影》……亦庶乎近之矣。（同上）

詞之訣曰情景交煉……姜堯章「舊時月色，算幾番照我，梅邊吹笛」，景寄於情也。（清張德瀛《詞徵》）

白石詞，初看如花中沒骨，無勾勒可尋，而蛛絲馬跡，呼吸靈通，又時於深造得之。如《暗香》一闋云：「舊時月色……」上半以「舊時」、「而今」作開合耳，而夭折變化，能令讀者攬挹不盡，是為筆妙，亦由此老胸次蕭曠，故能作此導語。（清沈澤棠《懺庵詞話》）

如此起法，即不是詠梅矣。此二詞（案：即本詞及《疏影》（苔枝綴玉））最有名，然語高品下，以其貪用典故也。（清王闓運《湘綺樓評詞》）

此二曲為千古詞人詠梅絕調。以託喻遙深，自成馨逸。其《暗香》一解，凡三字句逗，皆為夾協。夢窗墨守綦嚴，但近世知者蓋寡，用特著之。（清鄭

文焯手批《白石道人歌曲》）

　　詠物之詞，自以東坡《水龍吟》為最工，邦卿《雙雙燕》次之。白石《暗香》、《疏影》格調雖高，然無一語道着，視古人「江邊一樹垂垂發」等句何如耶。（王國維《人間詞話》）

疏影

苔枝綴玉[1]。有翠禽小小[2]，枝上同宿。客裡相逢，籬角黃昏，無言自倚修竹[3]。昭君不慣胡沙遠，但暗憶、江南江北。想佩環[4]、月夜歸來[5]，化作此花幽獨。　　猶記深宮舊事[6]，那人正睡裡，飛近蛾綠[7]。莫似春風，不管盈盈[8]，早與安排金屋[9]。還教一片隨波去，又卻怨、玉龍哀曲[10]。等恁時[11]、重覓幽香，已入小窗橫幅[12]。

1 苔枝：長有苔蘚的梅枝。
2 翠禽：翠色羽毛的小鳥。據《龍城錄》載，隋代趙師雄在羅浮松林遇見梅花化為女子，枝上翠鳥化為綠衣童子。
3「籬角」二句：化用唐代杜甫《佳人》：「天寒翠袖薄，日暮倚修竹。」修竹，長竹。
4 佩環：即環佩，衣服上的玉飾。這裡借指王昭君。
5 月夜歸來：事見杜甫《詠懷古跡》五首之三：「畫圖省識春風面，環佩空歸月夜魂。」

6 深宮舊事：指壽陽公主梅花妝事。見前歐陽修《訴衷情》（清晨簾幕捲輕霜）註1。
7 蛾綠：指女子的眉毛。
8 盈盈：儀態美好的樣子。
9 金屋：據《漢武故事》，漢武帝幼時，曾對姑母說：「若得阿嬌作婦，當以金屋貯之。」
10 玉龍：笛名。哀曲：指笛曲《梅花落》。
11 恁時：那時。
12 橫幅：橫掛的畫幅。

　　本詞描寫黃昏賞梅及由此引起的種種聯想和感慨，具有獨特的藝術結構和寄託手法。與其他同類詠梅詞迥然不同，除開頭一句和結尾兩句直接表現梅花的姿容和幽香外，詞人突破上下片的界限，接連使用五個典故，多層次、多角度地表現梅花的淡雅風貌和高潔品格。比起其他詠梅詞作，本詞的內容

顯得更加豐富，更能給人無窮的遐想。此外，本詞決不僅僅憑着五個典故的巧妙運用而傲立詞壇，詞人還在典故中賦予了自己幽深的寄託。或追憶少年情事，或表達詞人的家國之恨和興亡之感，「不惟清虛，又具騷雅，讀之使人神觀飛越」（宋張炎《詞源》）。全詞善用虛字，曲折動盪，搖曳多姿。

　　詞用事最難，要體認著題，融化不澀。如東坡《永遇樂》云：「燕子樓空，佳人何在，空鎖樓中燕。」用張建封事。白石《疏影》云：「猶記深宮舊事，那人正睡裡，飛近蛾綠。」用壽陽事。又云：「昭君不慣胡沙遠，但暗憶江南江北。想珮環月下歸來，化作此花幽獨。」用少陵詩。此皆用事，不為事所使。（宋張炎《詞源》）

　　啟母化石，虞姬化草。昭君豐容靚飾，光明漢宮，化而為梅，不亦宜乎？（明卓人月輯、徐士俊評《古今詞統》）

　　詠物至詞，更難於詩。（清劉體仁《七頌堂詞繹》）

　　姜夔《疏影》詠梅詞，木屋、沃韻，而中用「北」字。……當是古人誤處，本宜因以為例，所以不能概責之後來也。（清沈雄《古今詞話·詞品》）

　　別有爐韝熔鑄之妙，不僅以隱括舊人詩句為能。（「昭君不慣胡沙遠」四句）能轉法華，不為法華所轉。宋人詠梅，例以弄玉、太真為比，不若以明妃擬之，尤有情致也。胡澹庵詩，亦有「春風自識明妃面」之句。（「還教一片隨波去」二句）用筆如龍。（清許昂霄《詞綜偶評》）

　　此章更以二帝之憤發之，故有「昭君」之句。（清張惠言《詞選》）

　　此詞以「相逢」、「化作」、「莫似」六字作骨。（「莫似」五句）不能挽留，聽其自為盛衰。（清周濟《宋四家詞選》批語）

　　《疏影》、《暗香》，姜白石為梅著語，因易之為紅情、綠意，以荷花、荷葉詠之。（清馮金伯《詞苑萃編》）

　　詞原於詩，即小小詠物，亦貴得風人比興之旨。唐、五代、北宋人詞，不甚詠物，南渡諸公有之，皆有寄託。白石、石湖詠梅，暗指南北議和事，及碧山、草窗、玉潛、仁近諸遺民，《樂府補遺》中，龍涎香、白蓮、蓴、蟹、蟬諸詠，皆寓其家國無窮之感，非區區賦物而已。知乎此，則《齊天樂·詠蟬》、《摸魚兒·詠蓴》，皆可不續貂。即間有詠物，未有無所寄託而可成名作者。余於近來諸君子詠物之作，縱極繪聲繪影之妙，多所不取，善乎保緒先生之言曰：「凡詞後段，須拓開說去。」此可為詠物指南。（清蔣敦復《芬陀利室詞話》）

　　《疏影》前闋之「昭君不慣胡沙遠，但暗憶江南江北。想佩環月下歸來，化作此花幽獨」，後闋之「還教一片隨波去，又卻怨玉龍哀曲」……乃為北庭後宮言之，則《衛風·燕燕》之旨也。讀者以意逆志，是為得之。（清鄧廷楨《雙硯齋詞話》）

（「還教」二句）跌宕昭彰。（清譚獻評《詞辨》）

長調最難工，蕪累與癡重同忌。襯字不可少，又忌淺熟。詠物至詞更難於詩，即「昭君不慣胡沙遠，但時憶江南江北」亦費解。此詞音節固佳，至其文則多有欠解處，白石極純正嫻雅，然此闋及《暗香》闋則尚有可議，蓋白石字雕句煉，雕煉太過，故氣時不免滯，意時不免晦。（清謝章鋌《賭棋山莊詞話》）

上章已極精妙，此更運用故事，設色渲染，而一往情深，了無痕跡，既清虛又腴煉，且是壓遍千古。（清陳廷焯《詞則·大雅集》）

南渡以後，國勢日非。白石目擊心傷，多於詞中寄慨。不獨《暗香》、《疏影》二章，發二帝之幽憤，傷在位之無人也。特感慨全在虛處，無跡可尋，人自不察耳。感慨時事，發為詩歌，便已力據上游，特不宜說破，只可用比興體。即比興中，亦須含蓄不露，斯為沉鬱，斯為忠厚。若王子文之《西河》，曹西士之和作，陳經國之《沁園春》，方巨山之《滿江紅》、《水調歌頭》，李秋田之《賀新涼》等類，慷慨發越，終病淺顯。南宋詞人，感時傷事，纏綿溫厚者，無過碧山，次則白石。白石鬱處不及碧山，而清虛過之。（清陳廷焯《白雨齋詞話》）

此蓋傷心二帝蒙塵，諸后妃相從北轅，淪落胡地，故以昭君託喻，發言哀斷。考唐王建《塞上詠梅》詩曰：「天山路邊一株梅，年年花發黃雲下。昭君已沒漢使回，前後征人誰繫馬。」白石詞意當本此。近世讀者多以意疏解，或有嫌其舉典，擬不於倫者，殆不自知其淺闇矣。詞中數語，純從少陵詠明妃詩意隱括，出以清健之筆，如聞空中笙鶴，飄飄欲仙；覺草窗、碧山所作弔雪香亭梅諸詞，皆人間語，視此如隔一塵，宜當時轉播吟口，為千古絕唱也。至下闋藉《宋書》壽陽公主故事，引申前意，寄情遙遠，所謂怨深文綺，得風人溫厚之旨已。（清鄭文焯手批《白石道人歌曲》）

翠樓吟

淳熙丙午冬[1]，武昌安遠樓成[2]，與劉去非諸友落之[3]，度曲見志。余去武昌十年，故人有泊舟鸚鵡洲者[4]，聞小姬歌此詞，問之，頗能道其事，還吳為余言之。興懷昔遊，且傷今之離索也。

月冷龍沙[5]，塵清虎落[6]，今年漢酺初賜[7]。新翻胡部曲[8]，聽氈幕、元戎歌吹[9]。層樓高峙。看檻曲縈

紅[10]，檐牙飛翠[11]。人姝麗[12]。粉香吹下，夜寒風細。　　此地。宜有詞仙，擁素雲黃鶴，與君遊戲。玉梯凝望久，歎芳草、萋萋千里[13]。天涯情味。仗酒祓清愁[14]，花消英氣。西山外。晚來還捲，一簾秋霽[15]。

註釋

1 淳熙丙午：宋孝宗淳熙十三年（1186）。

2 安遠樓：在武昌南黃鶴山頂。

3 劉去非：姜夔、劉過的友人。落之：參加落成典禮。

4 鸚鵡洲：在武昌西南長江中。

5 冷：原本作「落」。龍沙：塞外沙漠。

6 虎落：遮護城堡或營寨的竹籬。

7 漢酺（pú）：古代國家遇喜慶之事，皇帝賞賜酒肉財物，令天下臣民歡聚宴飲，稱「大酺」。

8 新翻：對舊曲加以改進翻新。

9 元戎：主將，軍事長官。

10 檻曲：曲折的欄杆。

11 檐牙：屋角上翹的部分。

12 姝麗：容顏美麗。

13 萋萋：草盛貌。

14 祓（fú）：消除。

15 秋霽：指秋天雨後的晴朗天氣。

評析

　　此詞為慶賀武昌安遠樓落成之作。本詞上片記實，正面描繪了安遠樓的建成盛況，隱喻「安遠」之意，為下片的抒懷見志做好鋪墊。詞人表面頌揚安遠，實則寄寓自己憂心忡忡的哀傷。首句即以「龍沙」對「虎落」起筆，暗示時代氣象的蕭瑟。而後又以「胡曲」、「氈幕」、「元戎」等顯示戰爭氣氛的詞語和「漢酺」、「歌吹」、「姝麗」等展現浮華太平的語彙形成鮮明對比，從而構成了整個形勢的一片傾頹，透露出詞人對宋王朝日薄西山的憂患之情。詞的下片，轉入詞人對現實憂患的抒發。「天涯情味。仗酒祓清愁，花消英氣。」一個「仗」字，使哀情加重，詞人才高運蹇、壯志難酬的哀怨躍然紙上。詞的結尾以「晚來還捲，一簾秋霽」作結。雖然這是個明朗的秋色意象，但詞情的振轉卻掩蓋不住全詞的哀傷基調，相反使人對盛衰迭變的歷史人生產生了無限低迴的感歎。全詞組織縝密，脈絡井然，上片誠如陳廷焯所說：「一縱一操，筆如遊龍，意味深厚，是白石最高之作。」（《白雨齋詞話》）

輯評

　　庾公雅興，王粲深情，依然可念。（明卓人月輯、徐士俊評《古今詞統》）

　　「月冷龍沙」五句，題前一層，即為題中鋪敘，手法最高。「玉梯凝望久」五句，悽婉悲壯，何減王粲《登樓》一賦。（清許昂霄《詞綜偶評》）

　　姜夔《翠樓吟》（月冷龍沙）此地宜得人才，而人才不可得。（此評下片）

（清周濟《宋四家詞選》批語）

　　起便警策。（下闋）一縱一操，筆如遊龍。（清陳廷焯《詞則·大雅集》）

　　白石《翠樓吟》（武昌安遠樓成）後半闋云：「此地。宜有神仙，擁素雲黃鶴，與君遊戲。玉梯凝望久，歎芳草、萋萋千里。天涯情味。仗酒祓清愁，花銷英氣。」一縱一操，筆如遊龍，意味深厚，是白石最高之作。此詞應有所刺，特不敢穿鑿求之。（清陳廷焯《白雨齋詞話》）

　　問「隔」與「不隔」之別。曰：陶、謝之詩不隔，延年則稍隔矣；東坡之詩不隔，山谷則稍隔矣；「池塘生春草」、「空梁落燕泥」等二句，妙處唯在不隔。詞亦如是。即以一人一詞論，如……白石《翠樓吟》：「此地。宜有詞仙，擁素雲黃鶴，與君遊戲。玉梯凝望久，歎芳草、萋萋千里。」便是不隔；至「酒祓清愁，花消英氣」，則隔矣。然南宋詞雖不隔處，比之前人，自有淺深厚薄之別。（王國維《人間詞話》）

杏花天影

丙午之冬[1]，發沔口[2]。丁未正月二日[3]，道金陵，北望淮楚，風日清淑，小舟掛席，容與波上[4]。

綠絲低拂鴛鴦浦[5]。想桃葉、當時喚渡[6]。又將愁眼與春風，待去。倚蘭橈更少駐[7]。　　金陵路。鶯吟燕舞。算潮水、知人最苦。滿汀芳草不成歸，日暮。更移舟向甚處[8]。

註釋

1 丙午：宋孝宗淳熙十三年（1186）。
2 沔（miǎn）口：沔水為漢水上游，漢水入江處也稱沔口，即今湖北漢口。
3 丁未：淳熙十四年（1187）。
4 容與：遲緩不前的樣子。
5 綠絲：綠柳枝。
6 「想桃葉」句：用王獻之送別愛妾桃葉事。這裡借桃葉指詞人所愛的合肥歌妓。
7 蘭橈：小船。
8 甚處：何處。

評析

　　此詞是詞人自漢陽赴湖州途經南京時所作。暗喻手法和反面烘托的成功運用，使本詞寫離情極有特色。起首二句的描寫，構思別致，內涵深蘊，令人

拍案叫絕。「綠絲低拂鴛鴦浦，想桃葉、當時喚渡。」在這裡，詞人十分巧妙地運用了暗喻手法，將景與情和諧地納入了古今不變的情感長河中，不但開門見山地點明了本詞的創作主旨，更展示出歷史積澱的深厚美感。在反面烘托手法的運用上，詞人也顯現出高超的技巧。詞人精選出「鴛鴦浦」、「桃葉渡」、「鶯吟燕舞」、「滿汀芳草」等一系列浸染着絢麗色彩的意象，這些活潑明快的意象本應讓人聯想到無限美妙的青春和愛情，但在本詞「知人最苦」的哀情主題下，對它們的渲染卻更加映襯出漂泊不定的詞人的孤獨哀寂。清人王夫之曾言：「以樂景寫哀，以哀景寫樂，一倍增其哀樂。」（《薑齋詩話》）這首《杏花天影》正是「以樂景寫哀」並收到「一倍增其哀樂」效果的典型佳作。

一萼紅

丙午人日[1]，余客長沙別駕之觀政堂[2]。堂下曲沼[3]，沼西負古垣[4]，有盧橘幽篁[5]，一徑深曲。穿徑而南，官梅數十株，如椒如菽[6]，或紅破白露，枝影扶疏。著屐蒼苔細石間，野興橫生。丞命駕登定王臺[7]，亂湘流入麓山。湘雲低昂，湘波容與。興盡悲來，醉吟成調。

古城陰。有官梅幾許，紅萼未宜簪。池面冰膠[8]，牆腰雪老[9]，雲意還又沉沉。翠藤共、閒穿徑竹，漸笑語、驚起臥沙禽。野老林泉，故王臺榭，呼喚登臨。　　南去北來何事，蕩湘雲楚水，目極傷心。朱戶黏雞[10]，金盤簇燕[11]，空歎時序侵尋[12]。記曾共、西樓雅集，想垂柳、還裊萬絲金。待得歸鞍到時，只怕春深。

1 丙午：指宋孝宗淳熙十三年（1186）。人日：
　農曆正月初七。
2 長沙別駕：指詩人蕭德藻，當時任湖南通
　判。宋代又稱通判為別駕。
3 曲沼：指水池。
4 負古垣：緊靠着古城牆。

5 幽篁：指竹林。
6 菽：豆子。
7 定王臺：漢朝長沙定王劉發所築的高臺。
8 池面冰膠：池塘的水面還沒有完全融化，冰
　層相互膠連着。
9 雪老：殘雪猶在。

姜　夔 · 十六首　　　　　　303

10 黏雞：古代風俗。南北朝宗懍《荊楚歲時記》載：「人日貼畫雞於戶，懸葦索其上，插符其旁，百鬼畏之。」

11 簇燕：指立春日供春盤。南宋周密《武林舊事》載：「翠縷紅絲，金雞玉燕，備極精巧。」

12 時序：節候，時節。侵尋：流逝。

本詞是一首記遊抒懷之作。上片描寫與友人登臨賞梅的情景。起首三句點題，並與小序中的描寫互相呼應。接下來，詞人的視角不斷擴大，由近處的園林池沼逐漸轉移到遠處的高山長河，詞人的心情也隨之而逐漸開朗。「閒穿」、「笑語」、「驚起」、「呼喚」等一連串動詞的運用更使人如見其景，如聞其聲，野趣橫生，興味無窮。下片抒發詞人羈旅漂泊的悲寂。換頭三句，承上啟下，「傷心」二字，語極沉痛。登臨懷古，極目天水，年年南去北來，江湖漂泊，細思來卻唯有「傷心」。至此，詞人筆鋒陡然翻轉，將創作視角由空間轉向時間，用「記」、「想」二字寫回憶，「還」、「待」二字寫想像，僅僅四個字就使回憶和想像、過去和現在融合在一起，可見詞人煉字的深厚功力。結句「只怕春深」含蓄深婉，將無限今昔之歡融入滿園春色，哀情裊裊，餘韻悠長。

黏，山谷「遠水黏天吞釣舟」，次山「黏雲江影傷千古」，太虛「天黏衰草」，白石「朱戶黏雞」，俱本《避暑錄》。……侵尋，白石詞「空歎時序侵尋」，竹屋詞「故園歸計，休更侵尋」。（清沈雄《古今詞話·詞品》）

白石號為宗工，然亦有俗濫處（《揚州慢》「淮左名都，竹西佳處」）、寒酸處（《法曲獻仙音》「象筆鸞箋，甚而今、不道秀句」）、補湊處（《齊天樂》「豳詩漫與。笑籬落呼燈，世間兒女」）、敷衍處（《凄涼犯》「追念西湖上」半闋）、支處（《湘月》「舊家樂事誰省」）、復處（《一萼紅》「翠藤共、閒穿徑竹」、「記曾共、西樓雅集」），不可不知。（清周濟《宋四家詞選目錄序論》）

石帚詞換頭處，多不放過，最宜深味。（清周爾墉評《絕妙好詞》）

白石詞清虛騷雅，前無古人後無來者，真詞中之聖也。（「野老林泉，故王臺榭，呼喚登臨」）只三語，勝人弔古千百言。（清陳廷焯《詞則·大雅集》）

換頭處六字句有挺接者，如「南去北來何事」之類；有添字承接者，如「因甚」、「回想」之類，亦各有所宜。若美成之《塞翁吟》，換頭「忡忡」二字，賦此者亦只能疊韻以和琴聲。學者試熟思之，即得矣。（清陳銳《褒碧齋詞話》）

評析

輯評

霓裳中序第一

丙午歲，留長沙，登祝融[1]，因得其祠神之曲，曰《黃帝鹽》、《蘇合香》[2]。又於樂工故書中得商調《霓裳曲》十八闋，皆虛譜無辭。按沈氏樂律《霓裳道調》[3]，此乃商調。樂天詩云「散序六闋」[4]，此特兩闋，未知孰是。然音節閒雅，不類今曲。余不暇盡作，作《中序》一闋傳於世[5]。余方羈遊，感此古音，不自知其辭之怨抑也。

亭皋正望極[6]，亂落江蓮歸未得。多病卻無氣力，況紈扇漸疏[7]，羅衣初索[8]。流光過隙。歎杏梁[9]、雙燕如客。人何在，一簾淡月，彷彿照顏色。　　幽寂。亂蛩吟壁[10]。動庾信、清愁似織[11]。沉思年少浪跡。笛裡關山，柳下坊陌。墜紅無信息。漫暗水、涓涓溜碧。飄零久，而今何意，醉臥酒壚側[12]。

1 祝融：指祝融峰。衡山七十二峰之最高者。

2《黃帝鹽》、《蘇合香》：均指祭神樂曲。

3 沈氏樂律：指沈括《夢溪筆談》論樂律。

4「樂天」句：唐白居易《霓裳羽衣歌》：「散序六奏未動衣，陽臺宿雲慵不飛。」樂天，白居易字。

5 中序：《霓裳曲》分三大段。一、散序，六遍；二、中序，遍數不詳；三、破，十二遍。

6 亭皋：水邊的平地。

7 紈扇：細絹製成的扇子。

8 初索：開始被閒置。

9 杏梁：屋樑。

10 蛩：蟋蟀。

11「動庾信」句：用「庾愁」典。見前張耒《風流子》(亭皋木葉下)註2。

12 酒壚：酒店安置酒甕的土臺子。

本詞為羈旅懷人之作。上片從景物描寫入手，由「紈扇漸疏」、「羅衣初索」、「雙燕如客」而睹物傷情，感慨憂傷之情痛徹肺腑。下片撫今追昔，在「笛裡關山」、「柳下坊陌」、「醉臥酒壚」這些極具包蘊廣度和感情深度的場景中展示出無限淒涼的今昔之感。在本詞中，詞人並無一字明言思鄉懷人，卻處處透露着思鄉懷人的感傷情緒。眼中所見、心中所感無不被「庾信清愁」所籠罩。值得注意的是，在這種思鄉懷人的羈旅情懷背後，還蘊藏着詞人更加複雜的人生感歎。既有紅顏不再、舊情難續的失落感，又有懷才不遇、功名未

就的蹉跎感，還有困頓飄零、寄人籬下的憂患感。全詞意蘊深沉，情調婉轉悽楚。

骨韻俱古。（清陳廷焯《詞則・大雅集》）

章 良 能

一 首

小重山

柳暗花明春事深。小闌紅芍藥，已抽簪[1]。雨餘風軟碎鳴禽[2]。遲遲日，猶帶一分陰。　　往事莫沉吟。身閒時序好[3]，且登臨。舊遊無處不堪尋。無尋處，惟有少年心。

1 抽簪：狀寫芍藥花欲開形狀。
2 風軟碎鳴禽：化用唐代杜荀鶴《春宮怨》：「風暖鳥聲碎，日高花影重。」
3 時序：時節。

這首詞寫暮春景色及登臨之感。上片寫雨後春景。起首三句寫春深花開。紅芍藥在春光中開得尤豔，最能引發詞人的詩情。「雨餘風軟碎鳴禽」一句寫雨後鳥鳴，用唐人杜荀鶴「風暖鳴聲碎，日高花影重」詩意。「遲遲」二句寫太陽透出雲層，天空還帶着一些陰沉。下片則寫及時行樂之意。開頭「往事」三句寫不必歎息往事，且趁好心情登山臨水。「舊遊」三句寫舊遊之蹤影依在，惟少年之心已不復存在，頗多感慨。

外大父文莊章公……間作小詞，極有思致，先妣能口誦數闋。《小重山》云：「（略）。」今家集已不復存，而外家凋謝殆盡。（宋周密《齊東野語》）

章文莊春日《小重山》云：「（略）。」語意甚婉約。但鳴禽曰「碎」，於理不通，殊為語病。唐人句云：「風暖鳥聲碎。」然則何不曰「暖風嬌鳥碎鳴音」也。（明陳霆《渚山堂詞話》）

劉　　過

一首

唐多令

安遠樓小集，侑觴歌板之姬黃其姓者[1]，乞詞於龍洲道人，為賦此。同柳阜之、劉去非、石民瞻、周嘉仲、陳孟參、孟容，時八月五日也[2]。

蘆葉滿汀洲。寒沙帶淺流。二十年、重過南樓[3]。柳下繫船猶未穩，能幾日，又中秋。　　黃鶴斷磯頭[4]。故人曾到不。舊江山、渾是新愁。欲買桂花同載酒，終不似，少年遊。

1 侑（yòu）觴：用奏樂或獻玉帛勸人飲食。
2 八月五日：指宋寧宗開禧二年（1206）八月
　　五日。
3 南樓：即安遠樓。

4 黃鶴：黃鶴山，一名黃鵠山，在武昌。西北
　　有黃鵠磯，黃鶴樓在其上，面對長江。斷
　　磯：突出水邊的陡峭石灘。

　　本詞是詞人和友人在安遠樓聚會時，酒席間受一位姓黃的歌女之求而作。全詞寫舊地重遊之愁思，並將身世不偶、交遊零落以及家國興亡之感糅為一體，悽愴悲涼，淚水滿紙。上片開首三句寫二十年後登定遠樓，落葉滿汀洲，淺水流過寒沙。風景依舊，時光如梭，故人幾多，能無新愁？「柳下」二句寫漂泊四方的無奈之情，轉眼又到中秋。下片前三句寫黃鶴磯頭，不知昔日的朋友來否，詞人面對舊河山，卻是滿腹新愁。結拍三句是說，此次重遊，雖然買花載酒，終究失去當年之豪興矣！劉過詞多壯語，豪放似辛棄疾，而沉着不及。但此詞之音韻卻極為協暢，極為輕圓柔脆，被稱為小令中之工品。

　　情暢語俊，韻協音調，不見扭造。此改之得意之筆。（明沈際飛《草堂詩餘·正集》）
　　情極暢，語極俊，韻極協，而音調絕無扭造之跡，多是改之得意筆也。（明潘游龍《精選古今詩餘醉》）
　　此詞無限悽切，無限傷感，別離風味，宛在言外。（明鄧志謨《丰韻情書》

評語）

　　劉改之過以詩名江左，放浪吳、楚間。辛稼軒守京口，登多景樓，劉敝衣曳履而來。辛命賦雪，以難字為韻。劉吟云：「功名有分平吳易，貧賤無交訪戴難。」遂上武昌作《唐多令》云：「（略）。」劉此詞，楚中歌者競唱之。（清馮金伯《詞苑萃編》）

　　宋當南渡，武昌係與敵分爭之地，重過能無今昔之感？詞旨清越，亦見含蓄不盡之致。（清黃蘇《蓼園詞選》）

　　劉過《唐多令·重過武昌》云：「（略）。」輕圓柔脆，小令中工品。詞以寫情，須意致纏綿，方為合作。無清靈之筆意致，焉得纏綿。彼徒以典麗堆砌為工者，固自不解用筆。（清李佳《左庵詞話》）

　　「寒山」一部，「覃咸」一部，劉改之《唐多令》，則「灣」、「帆」、「灘」、「閒」、「衫」、「寒」、「安」、「南」同押，是「寒山」可合「覃咸」矣。然辛、劉固浙派之所鄙夷者。（清謝章鋌《賭棋山莊詞話》）

　　詞意悽感而句調渾成，似此幾升稼軒之堂矣。（清陳廷焯《詞則·放歌集》）

　　盧申之《江城子》後段云：「年華空自感飄零。擁春醒。對誰醒。天闊雲閒，無處覓簫聲。載酒買花年少事，渾不似、舊心情。」與劉龍洲詞「欲買桂花同載酒，終不似、少年遊」，可稱異曲同工。（清況周頤《蕙風詞話》）

嚴　仁
一首

木蘭花

春風只在園西畔。薺菜花繁胡蝶亂。冰池晴綠照還空，香徑落紅吹已斷。　　意長翻恨游絲短。盡日相思羅帶緩[1]。寶奩如月不欺人[2]，明日歸來君試看。

1「盡日」句：化用《古詩十九首》：「相去日　　2 寶奩（lián）：梳妝鏡匣的美稱。
　已遠，衣帶日已緩。」

　　嚴仁詞極善寫閨中之趣，深情委婉，令人百讀不厭。本詞亦寫閨情，為他的代表作。上片寫暮春之景，意象多有象徵意味。首二句寫園裡風起，繁盛的薺菜花在風中搖蕩，彩色的蝴蝶在起舞。「冰池」二句寫清澈的池水映着藍天，上面漂浮着片片落紅。下片轉入抒寫閨中少婦之思情。「意長」二句寫女主人公因思念之深長，轉而恨春天空氣中游絲之短，「恨」字甚可玩味。「羅帶緩」狀閨中少婦之苦況。最後兩句女主人公無限悵惘之情，彷彿從鏡中透出，令人不勝歎息。從「盡日」句中出，而意思又進一層，說鏡中的自己已減了容光，不信，你明天回來看看就知道我所說不虛。

　　字字秀豔。深情委婉，讀之不厭百回。（清陳廷焯《雲韶集》）

俞 國 寶

一首

風入松

一春長費買花錢。日日醉湖邊[1]。玉驄慣識西湖路[2]，驕嘶過、沽酒壚前。紅杏香中簫鼓，綠楊影裡鞦韆。　　暖風十里麗人天。花壓鬢雲偏。畫船載取春歸去，餘情付湖水湖煙。明日重扶殘醉，來尋陌上花鈿[3]。

1 湖：指西湖。

2 玉驄（cōng）：白馬。

3 花鈿：即花釵。古代婦女首飾。

　　據記載，本詞為俞國寶做太學生時遊西湖之「醉筆」。全詞記錄西湖之繁盛景象及詞人的遊冶之情。上片起首二句，總寫作者暢遊西湖的興致與豪情。接下「玉驄」四句，寫詞人騎着玉驄白馬過西湖暢飲，在紅杏叢中欣賞簫鼓歌舞，在綠楊叢中欣賞西湖美女打鞦韆之倩影。下片緊承上片，寫詞人眼中西湖遊冶之盛況。「暖風」二句寫西湖岸邊釵光鬢影，「畫船」二句寫日落人歸，西湖煙波浩渺之景。結以「明日」二句，可謂「餘波綺麗」（清陳廷焯《雲韶集》），韻致無窮。整首詞音韻詞情和諧流美，可謂婉約佳篇。

　　淳熙間，壽皇以天下養，每奉德壽三殿遊幸湖山，御大龍舟。……湖上御園，南有「聚景」、「真珠」、「南屏」，北有「集芳」、「延祥」、「玉壺」；然亦多幸「聚景」焉。一日，御舟經斷橋，橋旁有小酒肆，頗雅潔，中飾素屏，書《風入松》一詞於上。光堯駐目，稱賞久之，宣問何人所作，乃太學生俞國寶醉筆也。其詞云：「（略）。」上笑曰：「此詞甚好，但末句未免儒酸。」因為改定云「明日重扶殘醉」，則迥不同矣。即日命解褐云。（宋周密《武林舊事》）

　　《風入松》詞萬口傳，翻成餘恨寄湖煙。難尋舊夢花陰地，剩放新愁雪意天。戰罷閒堤眠老馬，宴稀荒港泊空船。此心擬欲為僧去，正恐袈裟未慣穿。（元方回《湧金門城望》其五）

　　紹興間，臨安士人有賦曲：「一春長費買花錢（下略）。」思陵見而喜之，

俞國寶 · 一首

311

恨其後疊第五句「重攜殘酒」寒酸，改曰「重扶殘醉」。因歐陽原功言及此，與陳眾仲尋腔度之，歌之一再。董此宇求書其事。因書之，並繫以此詩：「重扶殘醉西湖上，不見春風見畫船。頭白故人無在者，斷堤楊柳舞青煙。」（元虞集《道園學古錄》）

國寶可稱天子門生矣。畢竟「重攜殘酒」，門生不如主司。（明卓人月輯、徐士俊評《古今詞統》）

俞國寶《風入松》調煞句：「明日重攜殘酒，來尋陌上花鈿。」德壽改作「重扶殘醉」，便多蘊藉，不似原作猶帶寒酸氣。（清李佳《左庵詞話》）

「金勒馬嘶芳草地，玉樓人醉杏花天」，有此香豔，無此情致。結二語餘波綺麗，可謂「回頭一笑百媚生」。（清陳廷焯《雲韶集》）

陳藏一《話腴》：「趙昂總管始肄業臨安府學。困躓無聊賴，遂脫儒冠從禁弁，升御前應對。一日侍阜陵躍之德壽宮，高廟宴席間，問今應制之臣，張掄之後為誰。阜陵以昂對。高廟俯睞久之。知其嘗為諸生，命賦《拒霜詞》。昂奏所用腔，令綴《婆羅門引》。又奏所用意，詔自述其梗概。即賦就進呈云：『暮霞照水，水邊無數木芙蓉。曉來露濕輕紅。十里錦絲步障，日轉影重重。向楚天空迥，人立西風。夕陽道中。歎秋色、與愁濃。寂寞三秋粉黛，臨鑑妝慵。施朱太赤，空惆悵，教妾若為容。花易老，煙水無窮。』高廟喜之，賜銀絹加等。仍俾阜陵與之轉官。我朝之獎勵文人也如此。」此事它書未載。淳熙間，太學生俞國寶以題斷橋酒肆屏風上《風入松》詞「一春常費買花錢」云云，為高宗所稱賞，即日予釋褐。此則屢經記載，稍涉倚聲者知之。其實趙詞近沉着，俞第流美而已。以體格論，俞殊不逮趙。顧當時盛稱，以其句麗可喜，又諧適便口誦，故稱述者多。文字以投時為宜。詞雖小道，可以窺顯晦之故。古今同揆，感慨繫之矣。（清況周頤《蕙風詞話》）

虞道園《風入松·寄柯敬仲》「畫堂紅袖倚清酣」闋歇拍「報道先生歸也，杏花春雨江南」云云。此詞當時傳唱甚盛。宋俞國寶「一春長費賞花錢」闋，體格於虞詞為近，鮮翠流麗而已，亦復膾炙人口。此文字所以貴入時也。（同上）

通首以「醉」字為眼，「玉驄」、「畫船」前後映帶。（蔡嵩雲《柯亭詞評》）

滿庭芳

促織兒

月洗高梧，露溥幽草 [1]，寶釵樓外秋深 [2]。土花沿翠 [3]，螢火墜牆陰。靜聽寒聲斷續，微韻轉、淒咽悲沉。爭求侶，殷勤勸織，促破曉機心。　　兒時，曾記得，呼燈灌穴，斂步隨音。任滿身花影，獨自追尋。攜向華堂戲鬥，亭臺小、籠巧妝金。今休説，從渠床下 [4]，涼夜伴孤吟。

1 露溥（tuán）：露多。　　　　　　　　3 土花：苔蘚。
2 寶釵樓：泛指華美樓閣。　　　　　　4 渠：他。

註釋

評析

　　這是一首詠物名篇，博得了後人很高的評價，周密譽之為「詠物之入神者」（清沈雄《古今詞話》引）。上片首三句寫促織所處之環境和地點。月華當空，桐陰滿院，露濕幽草。「土花」二句寫螢火蟲，實為襯筆。隨後「靜聽」四句寫促織之啼叫，如泣如訴，悲徹心骨。中國傳統習俗中，向來把促織之叫聲與勸織相聯繫，促織之悲啼也自然與辛勤之織婦相提並論。下片乃追憶兒時捕捉促織的場面。前三句寫三五成群提燈尋穴之場景。那專注的神情，至今還似歷歷在目。「任滿」二句寫他在花影中尋促織，純用工筆摹畫。接下「攜向」二句寫鬥促織、裝金籠，亦反襯出得勝後之滿足與少年之快意。最後結以「今休説」三句，詞情陡落。寫促織伴我涼夜獨吟，真有無限淒涼之意。整首詞寫得細密精工，心細如絲髮，而且詞調隨詞情的發展而抑揚變化，頗有聲情韻律之美，不愧為詠物佳作。

輯評

　　花庵詞客曰：「楊萬里極稱功甫之詩。玉照堂詞以種梅得名，如『光搖動，一川銀浪，九霄珂月』是也。」周密曰：「張功甫，西秦人，『月洗高梧』一闋，乃詠物之入神者。」此白石論邦卿詞而及之。（清沈雄《古今詞話·詞評》）

稗史稱韓幹畫馬，人入其齋，見幹身作馬形，凝思之極，理或然也。作詩文亦必如此始工。如史邦卿詠燕，幾於形神俱似矣。次則姜白石詠蟋蟀：「露濕銅鋪，苔侵石井，都是曾聽伊處。哀音似訴。正思婦無眠，起尋機杼。」又云：「西窗又吹暗雨。為誰頻斷續，相和砧杵。」數語刻劃亦工。蟋蟀無可言，而言聽蟋蟀者，正姚鉉所謂賦水不當僅言水，而言水之前後左右也。然尚不如張功甫「月洗高梧（下略）。」不惟曼聲勝其高調，兼形容處心細如絲髮，皆姜詞之所未發。常觀姜論史詞，不稱其「軟語商量」，而賞其「柳昏花暝」，固知不免項羽學兵法之恨。（清賀裳《皺水軒詞筌》）

周草窗云：「詠物之入神者。」（清張宗橚《詞林紀事》）

橚按：《天寶遺事》：每秋時，宮中妃妾皆以小金籠閉蟋蟀，置枕函畔，夜聽其聲。民間爭效之。又按：《蟋蟀經》二卷，相傳賈秋壑所輯，文詞頗雅訓，有「更籌帷幄，選將登場」諸語。余兄雨巖研古樓所藏舊鈔本，甚堪愛玩。惜徽藩芸窗道人繪畫冊，已付之《雲煙過眼錄》矣。（同上）

響逸調遠。（「螢火墜牆陰」）陪襯。（「任滿身花影」二句）工細。（清許昂霄《詞綜偶評》）

功父《滿庭芳》詞詠蟋蟀兒，清雋幽美，實擅詞家能事，有觀止之歎。白石別構一格，下闋寄託遙深，亦足千古矣。（清鄭文焯手批《白石道人歌曲》）

宴山亭

幽夢初回，重陰未開，曉色催成疏雨。竹檻氣寒，蕙畹聲搖[1]，新綠暗通南浦。未有人行，才半啟、迴廊朱戶。無緒。空望極霓旌[2]，錦書難據。　　苔徑追憶曾遊，念誰伴、鞦韆彩繩芳柱。犀簾黛捲[3]，鳳枕雲孤[4]，應也幾番凝佇。怎得伊來[5]，花霧繞、小堂深處。留住。直到老、不教歸去。

1 蕙畹（wǎn）：指所種的大片蕙草。畹，十二畝為畹。

2 霓旌：本指皇帝儀仗，此處借指雲旗。

3 犀簾黛捲：意謂將畫眉用的黛收入用犀角裝飾的妝奩裡。《陽春白雪》卷四作「犀奩黛捲」。

4 鳳枕：刺有鳳鳥圖案的枕頭，喻指女子　　5 怎得：怎麼能夠。
頭髮。

　　本詞為女子懷思之作。上片寫對遠人之思念。前三句寫由於清曉之細雨，
驚醒了女主人公之幽夢。接下「竹檻」三句寫室外之景。一望無際的蕙草被春
風吹拂，彷彿連綿到他們相別的南浦。「未有」二句寫朱戶半啟，卻未見人。
「無緒」三句寫她孤寂無聊，遙望遠方之雲錦，想到久去未歸的遊子連封書信
都沒有，不覺低頭沉思。下片寫對過去之追憶。「苔徑」二句寫她沿着長滿苔
蘚的小徑閒步，看到旁邊的鞦韆依然在，而伴她盪鞦韆的人卻悄無蹤影。「犀
簾」三句寫住所。她看着黛簾半捲，鳳枕孤放，而不見伴眠之人，不覺陷入遐
想。結拍幾句實為女主人公之癡思：要是下次自己的情郎能來的話，一定不
放他走，一定讓他在那花簇霧繞的小堂伴我一生。

史達祖

九首

綺羅香

詠春雨

做冷欺花，將煙困柳[1]，千里偷催春暮。盡日冥迷[2]，
愁裡欲飛還住。驚粉重、蝶宿西園，喜泥潤、燕歸南
浦[3]。最妨他、佳約風流，鈿車不到杜陵路[4]。　　沉
沉江上望極，還被春潮晚急，難尋官渡[5]。隱約遙峰，
和淚謝娘眉嫵[6]。臨斷岸、新綠生時，是落紅、帶愁
流處。記當日、門掩梨花，剪燈深夜語[7]。

1 將：帶。

2 冥迷：昏暗淒迷。

3 西園、南浦：此處泛指園林、水邊。

4 鈿車：以金為飾之華麗車子。杜陵：本指
　皇帝陵墓，此泛指風景佳勝處。

5 官渡：官府所設渡口，此為泛指。

6 謝娘：唐代李德裕歌女名，後泛指歌女。

7 「剪燈」句：化用李商隱《夜雨寄北》：「何
　當共剪西窗燭，卻話巴山夜雨時。」

　　本詞詠春雨，體物極工，層次井然，可與碧山詠蟬、玉田詠春水、白石詠
蟋蟀媲美。上片詠近處庭院之春雨。起首三句寫雨中之花，雨中之煙柳，道
出春雨之神韻。「盡日」二句寫春雨之情韻，精細異常。「驚粉」二句寫驚蝶、
喜燕，純屬詞人猜測之詞，都是側面之描寫。「最妨他」二句懷人，承愁雨之
意，蕩開一筆，為下片鋪墊。下片寫遠處江天煙雨。「沉沉」三句寫江上之雨
景，用韋應物《滁州西澗》「春潮帶雨晚來急，野渡無人舟自橫」句意。「隱約」
二句寫雨中群山。詞人把山比為蛾眉，把雨比為謝娘之淚，造語工巧。「臨
斷岸」二句寫雨中江岸上之新綠與落紅，暗含送春念遠之意。結拍用「門掩梨
花」、「剪燈夜語」收束，暗用李商隱《巴山夜雨》詩意，回憶往昔雨中之情景，
妙趣橫生，餘味無窮。最後幾句深得姜夔稱賞，並非無因。

　　「臨斷岸」以下數語，最為姜堯章稱賞。（宋黃昇《中興以來絕妙詞選》）

史邦卿《春雨》云：「臨斷岸、新綠生時，是落紅、帶愁流處。」……此皆平易中有句法。（宋張炎《詞源》）

詩難於詠物，詞為尤難。體認稍真，則拘而不暢，模寫差遠，則晦而不明。要須收縱聯密，用事合題。一段意思，全在結句，斯為絕妙。如史邦卿……《綺羅香・詠春雨》云：「（略）。」……此皆全章精粹，所詠瞭然在目，且不留滯於物。（同上）

上是雨阻人登臨佳興，下是夜靜無人空閉門。誤了風流佳約，而口真妒人哉！「新綠」、「落紅」，此時此景，那堪孤燈獨對？語語淋漓，在在潤澤。（明《新刻李于鱗先生批評註釋草堂詩餘雋》偽託李攀龍評點）

此情別人狀不出。（託名楊慎評點《草堂詩餘》）

玉林詞話云：「『臨斷岸』以下數語，姜堯章稱賞。」謂梅溪之詞，蓋能融情景於一家，會句意於兩得，其謂是歟？（明《新刻註釋草堂詩餘評林》李廷機評語）

軟媚。一曲之中句句高妙者少，但相搭襯副得去，於好發揮處用工取勝，「臨斷岸」以下融情景於一家，會句意於兩得，姜堯章稱賞之。收縱聯密，事事合題襯副，原不謂此曲。（明沈際飛《草堂詩餘・正集》）

句句語人，不露雨。（明茅暎《詞的》）

王元澤「恨被榆錢買斷，兩眉長鬥」，可謂巧而費力矣；史邦卿「作冷欺花，將煙困柳」，殆尤甚焉。然與李漢老「叫雲吹斷橫玉」，謝勉仲「染雲為幌」，美成「暈酥砌玉」，魯直「鶯嘴啄花紅溜，燕尾聲點波綠皺」俱為險麗。（明王世貞《藝苑卮言》）

無一字不與題相依，而結尾始出「雨」字，中邊皆有。前後兩段七字句，於正面尤着到。如意寶珠，玩弄難於釋手。（清先著、程洪《詞潔》）

史達祖《春雨》詞煞句「記當日、門掩梨花，剪燈深夜語」，就題烘襯推開去，亦是一法。玉田《綺羅香・紅葉》煞句「記陰陰、綠遍江南，夜窗聽暗雨」，與梅溪《春雨》詞同一機軸。（清李佳《左庵詞話》）

流水緘愁帶落紅，梅溪寫出態怡融。試臨斷岸看新綠，信是毫端有化工。（清沈道寬《論詞絕句》其二十四）

綺合繡聯，波屬雲委。（「盡日冥迷」二句）摹寫入神。（「記當日」二句）如此運用，實處皆虛。（清許昂霄《詞綜偶評》）

「做冷欺花，將煙困柳」一闋，將春雨神色拈出。（清馮金伯《詞苑萃編》）

（梅溪）集中如《東風第一枝》、《壽樓春》、《湘江靜》、《綺羅香》、《秋霽》，皆推傑構。（清戈載《宋七家詞選》）

詞中對句，貴整煉工巧，流動脫化，而不類於詩賦。史梅溪之「做冷欺花，

將煙困柳」，非賦句也。晏叔原之「落花人獨立，微雨燕雙飛」，晏元獻之「無可奈何花落去，似曾相識燕歸來」，非詩句也。然不工詩賦，亦不能為絕妙好詞。（清沈祥龍《論詞隨筆》）

愁雨耶？怨雨耶？多少淑偶佳期，盡為所誤，而伊乃浸淫漸漬，聯綿不已。小人情態如是，句句清雋可思。好在結二句寫得幽閒貞靜，自有身份，怨而不怒。（清黃蘇《蓼園詞選》）

詞中四字對句，最要凝煉，如史梅溪云：「做冷欺花，將煙困柳。」只八個字，已將春雨畫出。（清孫麟趾《詞逕》）

悽警特絕。（清陳廷焯《詞則‧大雅集》）

雙雙燕

詠燕

過春社了[1]，度簾幕中間，去年塵冷。差池欲住[2]，試入舊巢相並。還相雕梁藻井[3]。又軟語、商量不定。飄然快拂花梢，翠尾分開紅影[4]。　　芳徑。芹泥雨潤。愛貼地爭飛，競誇輕俊[5]。紅樓歸晚[6]，看足柳昏花暝。應自棲香正穩，便忘了、天涯芳信[7]。愁損翠黛雙蛾，日日畫闌獨憑。

本詞詠雙燕銜泥築巢、差池雙飛、相親相愛的情境，詠燕亦隱含着人事。由於刻畫入妙，此詞為後世賞玩讚歎不已。毛晉刻《梅溪詞》特地在後面標出

此詞，並云：「余幼讀《雙雙燕》詞，便心醉梅溪。」詞上片寫雙燕春社後來尋舊巢。起首三句寫春社過後，雙燕穿過簾幕，尋找去年之舊蹤。「差池」二句寫燕子比翼雙飛，進入去年之窩巢。「還相」二句寫雙燕在雕梁藻井上呢喃細語，雙燕相親相愛之情意宛然畫出。「軟語商量」一句為燕語傳神尤妙，得到賀裳的高度讚賞。「飄然」二句寫雙燕在花梢紅影中飛去，如畫出。下片寫雙燕爭飛，並引出獨自憑樓之人事。過片寫燕子雙飛之路，「芹泥雨潤」之句妙味無窮，反襯雙燕之雅致深韻。「愛貼地」兩句寫雙燕貼地爭飛之俊態。「紅樓」二句寫雙燕遊樂之情。姜夔頗賞「看足柳昏花暝」一句。「應自」二句寫燕之雙棲。結尾二句寫燕歸人未歸之孤寂，人事與雙燕形成映照，手法甚巧。此詞為南宋詠物之傑作，風格清新俊逸。梅溪真不愧為略形取神之白描高手。

形容盡矣。姜堯章極稱其「柳昏花暝」之句。（宋黃昇《中興以來絕妙詞選》）

史邦卿《題燕》曰：「差池欲住，試入舊巢相並。還相雕梁藻井。又軟語、商量不定。」可謂極形容之妙。「相」字，星相之相，從俗字。（明王世貞《藝苑卮言》）

不寫形而寫神，不取事而取意，白描妙手。（明卓人月輯、徐士俊評《古今詞統》）

上是紫燕尋舊壘語，下是雙飛觸人情緒。入舊巢，相雕梁，燕子圖也。日日憑欄，又是題外解意。形容燕子棲檐入幕，輕飛巧語，掠水銜泥，其態度盡之矣。（明《新刻李于鱗先生批評註釋草堂詩餘雋》偽託李攀龍評點）

史邦卿詞奇秀清逸，有李長吉之韻，能融情景於一家，會句意於兩得者。形容想像，極是輕婉纖軟。（託名楊慎評點《草堂詩餘》）

「欲」、「試」、「還」、「又」，四字妙。「入」、「相」字作「星相」之「相」看，妙。「看足柳昏花暝」，栩栩然燕也，姜堯章極賞。（明潘游龍《精選古今詩餘醉》）

詞之詠物往往有絕唱者，詩則寥寥數作而已。（明茅暎《詞的》）

摹絕。（明陸雲龍《詞菁》）

僕每讀史邦卿《詠燕》詞「又軟語、商量不定。飄然快拂花梢，翠尾分開紅影」，又「紅樓歸晚，看足柳昏花暝」，以為詠物至此，人巧極天工矣。（清王士禛《花草蒙拾》）

史邦卿《詠燕》，幾於形神俱似矣。……常觀姜論史詞，不稱其「軟語商量」，而賞其「柳昏花暝」，固知不免項羽學兵法之恨。（清賀裳《皺水軒詞筌》）

汪蛟門《記夢》云：己酉夏夜，夢二女子靚妝澹服，聯袂踏歌於瓊花觀前，

唱史邦卿《雙雙燕》詞，至「柳昏花暝」句，宛轉嘹亮，字如貫珠。詢其姓，曰：「衛氏姊娣也。」及覺，歌聲盈耳，猶在枕畔。（清徐釚《南州草堂詞話》）

清新俊逸，兼有之矣。（清許昂霄《詞綜偶評》）

史邦卿為中書省堂吏，事侂胄久。嘉泰間，侂胄亟持恢復之議，邦卿習聞其說，往往託之於詞。如《雙雙燕》前闋云：「過春社了，度簾幕中間，去年塵冷。差池欲住，試入舊巢相並。還相雕梁藻井，又軟語、商量不定。」後闋云：「應自棲香正穩，便忘了、天涯芳信。」……大抵寫怨銅駝，寄懷麐幕，非止流連光景、浪作豔歌也。（清鄧廷楨《雙硯齋詞話》）

史邦卿之《詠燕》，劉龍洲之詠指、足，縱工摹繪，已落言詮。（清謝章鋌《賭棋山莊詞話》）

詠燕有此，又可擱筆。作一詞當如撰長文一篇，層層佈置，又如氍演登場，開簾舉步，自然整暇，總之次第井然為妙。其中又有偷聲、換氣諸法，不可使一直筆。（清陳澧手批《絕妙好詞箋》）

東坡《水龍吟》起云「似花還似非花」，此句可作全詞評語，蓋不離不即也。時有舉史梅溪《雙雙燕·詠燕》、姜白石《齊天樂》賦蟋蟀令作評語者，亦曰「似花還似非花」。（清劉熙載《藝概》）

重翻雙燕曲猶新，到得歌殘又一春。莫管呢喃聲不住，柳昏花暝是何人。（清李其永《讀歷朝詞雜興》其二十一）

（起處）藏過一番感歎，為「還」字、「又」字張本。（「還相」二句）挑按見指法，再搏弄便薄。（「紅樓」句）換筆。（「應自」句）換意。（「愁損」二句）收足，然無餘味。（清譚獻評《詞辨》）

煉字貴堅凝，又貴妥溜。句中……有煉兩三字者，如「看足柳昏花暝」是，皆極煉不如不煉也。（清沈祥龍《論詞隨筆》）

「棲香正穩」以下至末，似有所指。或於朋友間有不能踐言者乎？借燕以見意，亦未可定。而詞旨倩麗，句句熨貼，匠心獨造，不愧清新之目。（清黃蘇《蓼園詞選》）

詠物之詞自以東坡《水龍吟》為最工，邦卿《雙雙燕》次之。（王國維《人間詞話》）

賀黃公謂：「姜論史詞，不稱其『軟語商量』，而稱其『柳昏花暝』，固知不免項羽學兵法之恨。」然「柳昏花暝」，自是歐秦輩句法，前後有畫工、化工之殊。吾從白石，不能附和黃公矣。（王國維《人間詞話刪稿》）

麥（孺博）丈云：諷詞。（梁令嫻《藝蘅館詞選》）

東風第一枝

春雪

巧沁蘭心，偷黏草甲[1]，東風欲障新暖。漫疑碧瓦難留，信知暮寒較淺[2]。行天入鏡，做弄出、輕鬆纖軟。料故園、不捲重簾，誤了乍來雙燕。　　青未了、柳回白眼[3]。紅欲斷、杏開素面。舊遊憶著山陰[4]，後盟遂妨上苑[5]。寒爐重熨，便放漫春衫針線。怕鳳靴、挑菜歸來，萬一灞橋相見[6]。

1 甲：植物生芽時的外殼。

2 信：的確。

3 柳回白眼：早春初生的柳葉，如人睡眠初醒。

4 「舊遊」句：用王子猷雪夜訪戴安道事。王子猷住在山陰，大雪之夜，忽然十分想念在剡的戴安道。王子猷連夜坐船前往，經過一夜，才到戴家門口，他卻轉身返回。別人問他為甚麼，他説：「吾本乘興而行，興盡而返，何必見戴？」見《世説新語‧任誕》。

5 「後盟」句：用司馬相如雪天赴梁王兔園之宴遲到的故事。上苑，皇家園林。

6 「萬一」句：宋孫光憲《北夢瑣言》記鄭棨有言「詩思在灞橋風雪中驢子上」。此以灞橋指雪。

　　本詞通篇不見「雪」字，卻句句與題關合。正如《綺羅香》之詠春雨。上片詠春雪之輕柔多情。前三句寫春雪沁入蘭心，沾着草芽，似要用它的輕靈多情取代那略帶冷意的東風。「漫疑」二句乃詞人推測之詞：夜裡寒意尚淺，碧瓦上恐難留住那春雪。「行天」二句描摹春雪柔軟多姿的體態，「料故園」二句是説，由於雪落天寒，重簾不捲，怕誤了飛來傳信的雙燕。下片「青未了」二句寫道，楊柳才着綠色，頓時被染成千萬隻白眼，杏花亦變作素淡的容顏。造語寫境生新精警，「舊遊」二句用兩典：一為王子猷雪夜訪戴安道事，一為司馬相如雪天赴梁王兔園宴遲到事，兩典皆與雪相關，使詞之生趣大增。「寒爐」二句對眼前春雪加以點染。結拍二句用唐代挑菜節之風俗及孫光憲《北夢瑣言》中「灞橋風雪」之典，謂「那些穿着鳳紋繡鞋的人挑菜回來，怕還有可能在灞橋同它相見」。全詞寫景狀物細緻入微，張炎讚之曰：「全章精粹，所詠瞭然在目，且不留滯於物。」（《詞源》）可謂佳評。

結句尤為姜堯章拈出。（宋黃昇《中興以來絕妙詞選》）

「輕鬆纖軟」，元人藉以詠美人足。「柳杏」二句，翻新，愧死鹽絮諸喻。
（明卓人月輯、徐士俊評《古今詞統》）

梅溪《東風第一枝》「立春」，精妙處竟是清真高境。張玉田云：「不獨措
詞精粹，又且見時節風物之感。」乃深知梅溪者。余嘗謂白石、梅溪皆祖清真，
白石化矣，梅溪或稍遜焉。然高者亦未嘗不化，如此篇是也。（清陳廷焯《白
雨齋詞話》）

喜遷鶯

月波疑滴。望玉壺天近[1]，了無塵隔。翠眼圈花[2]，冰
絲織練，黃道寶光相直[3]。自憐詩酒瘦[4]，難應接、許
多春色。最無賴[5]，是隨香趁燭，曾伴狂客。　　蹤跡。
漫記憶。老了杜郎[6]，忍聽東風笛。柳院燈疏，梅廳雪
在，誰與細傾春碧[7]。舊情拘未定，猶自學、當年遊歷。
怕萬一，誤玉人、夜寒簾隙。

1 玉壺：指月亮。

2 翠眼圈花：指各式花燈。

3 黃道：指月光。

4 詩酒瘦：因賦詩飲酒而消瘦。唐代李白《戲
贈杜甫》：「借問別來太瘦生，總為從前作
詩苦。」

5 無賴：可愛，可喜。

6 杜郎：本指杜牧，此處詞人自指。

7 春碧：指酒。唐人常以春、碧等字名酒，或
以春、碧代指酒。

　　此詞寫上元節燈市之盛況，並寄寓身世之感。上片前三句寫玉壺般的月
亮把清波灑向人間，空中無一絲纖塵，境界清新明潔。「翠眼」三句寫用絲製
成的彩燈和月光交相輝映，景色迷人。「自憐」二句說，我已日見消瘦，不能
享受這如春的時光。「最無賴」三句則是追憶過去，和三五狂友賞燈會之興味。
下片承上片，轉寫追憶。開首三句說舊蹤依稀可憶，只是現在我杜郎已老，已
不堪再聽東風中之笛聲。「柳院」三句是說院中燈疏，梅花如雪，誰能伴我細
酌美酒呢？結拍三句寫道，我難以拘束舊日風情，又去學少年遊歷，只怕那玉

人在寒夜中盼着我，猶自倚那簾櫳。結拍寫難禁舊情，學少年之狂放。本詞通過上元節追憶過去之遊興，抒發孤懷。但全詞語言雕琢晦澀，不夠明暢，亦是其缺陷。

富貴語無脂粉，諸家皆賞下二句，不知現寒乞相，正是此等處。結有調侃，非方回見妓輒跪也。余己丑至天津，正是此意。但非書辦所知，所謂借他酒杯。（清王闓運《湘綺樓評詞》）

「詩酒尚堪驅使在，未須料理白頭人」，少陵句也。梅溪詞《喜遷鶯》云：「自憐詩酒瘦，難應接、許多春色。」蓋反用其意。（清況周頤《蕙風詞話》）

「自憐詩酒瘦，難應接、許多春色」，「能幾番遊，看花又是明年」，此等語亦算警句耶，乃值如許筆力。（王國維《人間詞話刪稿》）

三姝媚

煙光搖縹瓦[1]。望晴簷多風，柳花如灑。錦瑟橫床，想淚痕塵影，鳳弦常下[2]。倦出犀帷[3]，頻夢見、王孫驕馬。諱道相思，偷理綃裙，自驚腰衩[4]。　惆悵南樓遙夜。記翠箔張燈，枕肩歌罷。又入銅駝，遍舊家門巷，首詢聲價。可惜東風，將恨與、閒花俱謝。記取崔徽模樣，歸來暗寫[5]。

1 縹瓦：琉璃瓦。
2 鳳弦：琴弦。
3 犀帷：用犀牛角裝飾的帷帳。
4 腰衩：指腰身。衩，衣裙兩側開口處。

5「記取」二句：唐代元稹《崔徽歌並序》中記唐代歌妓崔徽與裴敬中相愛。別後，徽請畫家丘夏畫像寄敬中，後懷恨病逝。此二句暗用此事。

這是一首情真意切的悼亡詞，追憶詞人曾愛過的一位歌妓。上片首三句寫春日訪舊。晴日多風，柳絮飄揚，此種情景最易勾動人的舊思。「錦瑟」三句乃詞人推想對方思念自己的悲苦之狀，暗用李商隱《錦瑟》詩：「錦瑟無端五十弦，一弦一柱思華年。」「倦出」二句寫她終日處在閨帷之中，常夢見情

人騎着駿馬。「諱道」三句，寫她滿懷相思，自理羅裙，自憐瘦影，不願人知。這三句把她的癡情和顧影自憐之態，描摹得極為細膩逼真。下片前三句寫他們過去的恩愛生活。當年在南樓紗帳中，她在燈光下曼聲低唱，依在自己的肩頭。這一切現在想來卻倍覺惆悵，倍覺痛苦。「又入」三句寫自己返回後到處打探她的消息。「可惜」二句語意雙關，說她像花片一樣，不知被東風吹向何方。結拍二句用歌妓崔徽和裴敬中的戀愛故事收束，纏綿悱惻，淚水滿紙。全詞以愛情為主線，把跳躍性極大的多個畫面交錯穿插，充分利用回憶和聯想等手法，表現出極佳的藝術效果。

（「想淚痕」二句）蓋言淚比塵多，常積弦上。（明卓人月輯、徐士俊評《古今詞統》）

秋霽

江水蒼蒼，望倦柳愁荷，共感秋色。廢閣先涼，古簾空暮，雁程最嫌風力。故園信息。愛渠入眼南山碧[1]。念上國[2]。誰是、膾鱸江漢未歸客[3]。　　還又歲晚，瘦骨臨風，夜聞秋聲，吹動岑寂。露蛩悲、青燈冷屋，翻書愁上鬢毛白。年少俊遊渾斷得。但可憐處，無奈苒苒魂驚，採香南浦，剪梅煙驛[4]。

本詞寫詞人自己晚年被貶謫後對故國的思念及個人的悽苦之情。上片寫他的故國之思。起首三句寫江上煙波浩渺，連殘荷衰柳都有無限感傷。「廢閣」三句繼續寫秋色。廢閣、舊簾空映黃昏暮色，連傳信的大雁都無力奮飛。「故園」二句寫故園南山上那片醉人的碧綠。「念上國」二句寫自己依舊是未歸之客，所念的上國（汴京）依舊還在敵手。下片寫晚境之淒涼景象。「還又」四

句，寫自己歲華已晚，只有瘦骨一把，聽着深夜的秋風，心中只是倍覺苦痛。「露蛩」二句寫道，蟋蟀在露中悲吟，我在青燈下本想讀書消愁，愁卻染白了我的鬢絲。「年少」三句寫少年之遨遊難再，我心魂惶惶卻總是驚悸。結拍「採香」二句寫思念親友之情。親人杳無音訊，亦是因自己之窮困潦倒。此處用二典，一為《楚辭‧九歌‧河伯》之「送美人兮南浦」句，一為陸凱自江南寄梅給長安范曄之詩。全詞將故國之思與個人失意熔為一爐，筆力峭勁健拔，風格沉鬱蒼涼，讀來感人至深。

夜合花

柳鎖鶯魂，花翻蝶夢[1]，自知愁染潘郎[2]。輕衫未攬，猶將淚點偷藏。念前事，怯流光。早春窺、酥雨池塘。向消凝裡，梅開半面，情滿徐妝[3]。　　風絲一寸柔腸。曾在歌邊惹恨，燭底縈香。芳機瑞錦[4]，如何未織鴛鴦。人扶醉，月依牆。是當初、誰敢疏狂。把閒言語，花房夜久，各自思量。

1 蝶夢：用莊周夢為蝴蝶事，多表現人生虛幻之感慨。見《莊子‧齊物論》。
2 潘郎：本指西晉詩人潘岳。此處詞人自指。
3 徐妝：徐妃因元帝瞎一目，元帝每次到來，她只化妝半面，帝見了大怒而去。見《南史‧梁元帝徐妃傳》。
4 瑞錦：唐代一種色彩綺麗的錦，繡有龍鳳等吉祥之物。

　　這是一首苦戀的哀歌，主人公一邊獨自飲泣，一邊追憶過去的愛情，希望通過自己的孤懷和傷感打動對方。上片起首三句寫道，彷彿密柳鎖住了黃鶯的歌唱，過去的美好時光如一場春夢，愁思染白了我的雙鬢。「輕衫」二句是説，我未用春衫遮面，卻依然把淚水掩藏。「念前事」三句寫道，思念過去一切，又怕這飛逝的流光。早春悄悄降臨到落着細雨的池塘。「早春窺、酥雨池塘」一句寫春天悄然而至，極其新鮮自然。「窺」字特妙，賦早春以靈動之生機。「向消」三句寫我暗自神傷，看梅花半開，好似徐妃之半面妝。想像奇妙，非常人所能道。下片起三句寫風中之柳絲，恰如你之柔腸，你那送別的曼歌，

牽動多少別緒，使我想起你在燈下伴我的時光。「芳機」二句説，你那精美織機上的錦絲，為何不織成雙雙鴛鴦，你卻總是杳無音信？「人扶醉」三句寫我在月光下醉着，若無你當初的情意，我豈敢訴説衷腸？結拍三句，希望你在閨房把我的千言萬語細細思量。

　　整首詞充滿怨懟和悽楚之音，意在用此來打動那閨中的女子回心轉意。全詞造語奇妙，如「早春」一句，再如「梅開」二句，是其成功處。但情感不夠率直明暢，亦是其缺陷。

玉蝴蝶

晚雨未摧宮樹，可憐閒葉，猶抱涼蟬。短景歸秋[1]，吟思又接愁邊。漏初長、夢魂難禁，人漸老、風月俱寒。想幽歡。土花庭甃，蟲網闌干。　　無端。啼蛄攪夜[2]，恨隨團扇[3]，苦近秋蓮[4]。一笛當樓，謝娘懸淚立風前[5]。故園晚、強留詩酒，新雁遠、不致寒暄。隔蒼煙。楚香羅袖，誰伴嬋娟[6]。

1 短景：秋分之後，晝短夜長，故稱「短景」。
2 蛄：螻蛄。
3 團扇：此指秋扇被棄之苦。漢班婕妤《怨歌行》：「新裂齊紈素，皎潔如霜雪。裁為合歡扇，團團似明月。出入君懷袖，動搖微風發。常恐秋節至，涼風奪炎熱。棄捐篋笥中，恩情中道絕。」後以「秋扇」比喻女子

年老色衰被拋棄。
4 苦近秋蓮：蓮心苦，故用以作比，強調愁苦之極。
5 「一笛當樓」二句：化用唐代趙嘏《早秋》：「殘星幾點雁橫塞，長笛一聲人倚樓。」謝娘，唐時歌女名，此處泛指歌妓。
6 嬋娟：形容姿態美好。此處指代美人。

　　這是一篇傷情懷人之作。上片通過晚秋之景寄寓其悽楚之懷抱。前三句寫雨後寒蟬縮在稀疏的枯葉中。滿目傷感，一片蕭瑟凄涼之情透出筆端。「短

景」二句寫道，日影漸短，無限愁怨湧上心頭。「漏初長」二句寫夜漏漸長，夢魂難禁；人漸老去，風情漸冷。「想幽歡」三句寫佳期幽會之地，恐怕井臺庭院已長滿青苔，曲折欄杆已罩上蛛網，真叫人觸目驚心！下片猜想情人長夜難眠，憑高遠眺。又用螻蛄、夜笛點染，其況更悲。起首三句寫螻蛄聲使她徹夜難眠，離恨如秋蓮般苦人。「一笛」二句寫笛聲哀怨，她流淚佇立在風中。「故園」二句寫故園夜晚，她是否在詩酒中勉強流連，新雁遠飛，卻無法帶去我的問候。結拍三句寫道：遠隔重重群山，有誰伴她，勸慰她？詞人對那遠方的愛人是多麼溫柔和體貼呀！全詞辭情悽楚哀婉，聲情並茂，不愧為一首婉約佳篇。

梅溪《玉蝴蝶》云：「一笛當樓，謝娘懸淚立風前。」幽怨似少游，清切如美成，合而化矣。（清陳廷焯《白雨齋詞話》）

八歸

秋江帶雨，寒沙縈水，人瞰畫閣愁獨。煙蓑散響驚詩思，還被亂鷗飛去，秀句難續。冷眼盡歸圖畫上，認隔岸、微茫雲屋。想半屬、漁市樵村，欲暮競然竹[1]。　　須信風流未老，憑持尊酒、慰此淒涼心目。一鞭南陌，幾篙官渡，賴有歌眉舒綠[2]。只匆匆殘照，早覺閒愁掛喬木。應難奈，故人天際，望徹淮山，相思無雁足[3]。

1 然：即「燃」。
2 歌眉：指歌女。舒綠：舒展愁眉。古人用

黛綠畫眉，因此以綠指眉。
3 無雁足：無法傳遞書信或消息。

這首詞大約是史達祖晚年的作品，抒寫詞人愁苦悲涼的心境，感歎猶深。上片寫眺望秋江之景，淡遠疏雋。起首三句寫秋江上之細雨，江水繞着沙洲，我獨在畫樓俯視，心中充滿愁思。「煙蓑」三句寫漁人在雨中披蓑而歸，歌聲

驚散了我的詩思。白鷗飛起,秀句難繼。「冷眼」二句,用「冷眼」觀物,萬物皆悲。「想半屬」二句,他想隔岸的漁市樵村,大約該是燃竹燒炊了吧?此處用柳宗元《漁翁》詩「漁翁夜傍西岩宿,曉汲清湘然楚竹」之意,反襯自己內心的寂寞和無聊。下片寫漂泊天涯的苦況。「須信」三句乃自慰之詞。自信風情依在,杯酒自可慰藉懷抱。「一鞭」三句是說,在南陌騎馬漫步,在官渡泛舟遊玩,有嬌美的歌兒舞女陪伴,內心自然不會孤獨。「只匆匆」二句寫殘陽匆匆,濃愁又掛喬木。結拍寫天涯故人杳無音信,徒令我望斷淮山。此詞風格清新疏淡,迭蕩有致,韻味無窮。

筆力直似白石,不但貌似,骨律、神理亦無不似。後半一起一落,宕往低佪,極有韻味。結筆悽惻。(清陳廷焯《雲韶集》)

劉克莊
四首

生查子

元夕戲陳敬叟

繁燈奪霽華[1]，戲鼓侵明發[2]。物色舊時同，情味中年別。　　淺畫鏡中眉[3]，深拜樓西月。人散市聲收[4]，漸入愁時節。

1 霽華：明月。
2 明發：天亮，黎明。
3「淺畫」句：用張敞畫眉事。張敞，漢宣帝時為京兆尹，賞罰分明，但平時「無威儀」，常為妻子畫眉。宣帝詢問此事，張敞答曰：

「臣聞閨房之內，夫婦之私，有過於畫眉者。」見《漢書·張敞傳》。後以「畫眉」形容夫妻情深。
4 市聲：市中嘈雜聲。

　　上片首二句寫元夕燈節之盛況。繁燈壓月，徹夜鼓鳴，真可謂不知今夕何夕。但接下來「物色」二句，詞情頓折。明月燈會依舊在，只是朱顏改。人到中年，歷盡世情變遷，物是人非，已無少年之情致矣。下片乃戲解人生，聊慰自己。「淺畫」二句乃謂：在這元夕之夜，何不也如女子對鏡畫眉，對月羅拜，排遣愁懷呢？「深拜」句從韋應物《寄李儋元錫》「西樓望月幾回圓」化出。最後二句又是一轉，當熱鬧的人群散去，獨自靜坐，面對一輪西斜的圓月，心府終於被愁襲破。全詞以樂襯愁抒慨，構思極妙。所謂以樂寫愁，倍增其愁也。

賀新郎

端午

深院榴花吐。畫簾開、練衣紈扇[1]，午風清暑。兒女

紛紛誇結束，新樣釵符艾虎[2]。早已有、遊人觀渡。老大逢場慵作戲，任陌頭、年少爭旗鼓。溪雨急，浪花舞。　　靈均標致高如許[3]。憶生平、既紉蘭佩[4]，更懷椒醑[5]。誰信騷魂千載後，波底垂涎角黍[6]。又説是、蛟饞龍怒。把似而今醒到了[7]，料當年、醉死差無苦。聊一笑，弔千古。

1 練（shū）衣：粗布衣服。

2 釵符：釵頭符也，端午節頭飾。艾虎：端午時，荊楚人以艾為虎形，或剪彩為虎，貼以艾葉，女人爭相戴之。

3 靈均：屈原字。標致：風度。

4 紉蘭佩：戴蘭草作為佩飾，形容志趣高潔。語出屈原《離騷》：「扈江離與辟芷兮，紉秋

蘭以為佩。」

5 椒醑（xǔ）：以椒浸泡的美酒。椒，香料。醑，美酒。

6 角黍：即粽子。粽子為三角形，古用黏黍，故稱「角黍」。

7 把似：假如。

　　本詞專詠端午節令，並藉此高揚屈原之精神，實是因有感於南宋之社會現實而作。上片寫端午節之習俗。開頭一句借石榴花開寫端午節之時令。「畫簾」二句通過人們粗布練衣、手執團扇、開簾納涼等細節寫出炎夏之節候，為後之習俗鋪墊。接下幾句乃本片主體，即端午節之龍舟賽。「兒女」二句寫人們戴上避邪用的釵頭和艾虎，打扮得漂漂亮亮。「早已」五句寫龍舟賽之具體場面。遊人圍在河邊，青年男子們搖旗擊鼓，龍舟競渡，浪花飛濺，喊聲震天，好不熱鬧。而詞人自認老大，已懶與少年爭渡了。下片借端午節頌揚屈原之精神。「靈均」三句寫屈原風度超拔，品質高潔，平生亦「紉秋蘭以為佩」，「懷椒醑」而食之。「誰信」二句是説，有誰相信他的靈魂會垂涎於菰葉包的黏米粽子呢？又對人們怕蛟龍襲擊屈原，故投粽子入水的説法提出質疑。「把似」二句認為，假如屈原地下有知，知道世人如此祭奠他，還不如醉生夢死，何苦來惹種種煩惱？然「聊一笑」二句，説以上只不過博人一笑。詞人的真正用意亦並不在寫端午風俗和龍舟賽，而在於悼念屈原，通過屈原喚起人們的愛國熱情。

　　上是遊人觀競渡事，下是後人弔往古心。雨急花舞，自是眼前勝概。懷古人之死為可惜，無限情傷。寫景難，寫情不易，寫情景尤難之難。（明《新刻李于鱗先生批評註釋草堂詩餘雋》偽託李攀龍評點）

此一段議論，當為三閭千古知己。（託名楊慎評點《草堂詩餘》）

翩翩。駁世俗見聞，洗靈均心事，於詞壇有創立之功。淳祐辛丑八月御筆署劉某文名久著，史學尤精，特賜同進士出生，殆不怍也。（明沈際飛《草堂詩餘·正集》）

非為靈均雪恥，實為無識者下一針砭，思理超超，意在筆墨之外，可細玩之。是就競渡者及沉角黍者落想，是從實處落想。（清黃蘇《蓼園詞選》）

賀新郎

九日[1]

湛湛長空黑[2]。更那堪、斜風細雨，亂愁如織。老眼平生空四海，賴有高樓百尺。看浩蕩、千崖秋色。白髮書生神州淚，盡凄涼、不向牛山滴[3]。追往事，去無跡。　　少年自負凌雲筆[4]。到而今、春華落盡，滿懷蕭瑟。常恨世人新意少，愛說南朝狂客，把破帽、年年拈出[5]。若對黃花孤負酒，怕黃花、也笑人岑寂。鴻北去，日西匿。

1 九日：指九月九日重陽節。
2 湛湛：此處形容黑雲滿天。
3 牛山滴：春秋齊景公登牛山，北臨國城而哭人生之短暫。見《晏子春秋·內篇諫上》。
4 凌雲筆：豪氣凌雲之筆墨。
5 「愛說」二句：用孟嘉落帽典。孟嘉為東晉征西大將軍桓溫的參軍。九月九日，桓溫設宴於龍山，賓客咸集。孟嘉帽子被風吹掉而不知，桓溫乘孟嘉如廁時叫人取回還之，令孫盛作文嘲笑他。孟嘉回來看到帽子，即作文回應，其文甚美。見《晉書·孟嘉傳》。後以「孟嘉落帽」形容風雅瀟脫，才思敏捷。以「落帽」為重陽登高典。

本詞寫重陽節登高。上片寫詞人登高而湧神州淚，其志悲而壯。起首三句寫黑雲遮天，斜風細雨，引來滿懷愁緒。如此風雨如晦之天氣，實含時局之悲。「老眼」三句寫詞人只有登上高樓眺望四海之秋色，暗用劉備以英雄自許

之典，調子十分激昂。但接下來「白髮」二句卻轉入悲壯。詞人面對北方的大片故土，終於掉下「神州淚」，但他決不會像齊景公那樣為個人的壽命落「牛山」之淚。「追往事」二句乃往事如煙之歎。下片繼續抒寫悲懷。開頭二句寫少年自負才情，而如今是「春花落盡」，壯志難酬，只有滿腹愁苦與悲憤而已。「常恨」三句寫人們年年登高，不過是訴說「南朝狂客」孟嘉落帽的故事而已，毫無意趣。「若對」二句寫面對黃花、美酒要開懷痛飲。結尾二句回應開頭，暗含象徵。全詞主旨乃「白髮書生神州淚」，詞風沉鬱悲壯，聲調和諧，轉接自然，代表了劉克莊詞的基本特色。

　　破帽事，東坡翻招，潛夫歇案。（明潘游龍《精選古今詩餘醉》）
　　悲而壯。南宋有如此將才，如此官方，如此士氣，而卒不能恢復者，誰之過耶？（清陳廷焯《詞則・放歌集》）

木蘭花

戲林推

年年躍馬長安市[1]。客舍似家家似寄。青錢換酒日無何[2]，紅燭呼盧宵不寐[3]。　　易挑錦婦機中字[4]。難得玉人心下事[5]。男兒西北有神州，莫滴水西橋畔淚[6]。

1 長安：此處借指臨安。

2 日無何：每日無他事可做。

3 呼盧：賭博時的喊聲。古代擲骰子，五子皆黑稱盧，擲得盧即獲全勝，故賭博時連連呼盧。

4 「易挑」句：用前秦蘇蕙織迴文詩贈夫事。見前柳永《曲玉管》（隴首雲飛）註6。

5 玉人：美人。心下：心中。

6 水西橋：在福建。此泛指妓女居處。

　　詞人把恢復故土的理想寄託在友人身上，希望他能夠振作起來，不要迷醉於過去的頹廢生活當中。上片批評林推官生活的頹廢。「年年」二句寫他常年在外野遊，年年在長安市以客舍為家。「青錢」二句寫他用「青錢換酒」，終日無所事事；又或「紅燭呼盧」而狂賭達旦。下片勸誡他振作精神，為恢復神

州出力。「易挑」二句用竇滔妻織錦為迴文詩寄情這一典故，喻寫妻子愛情的真摯深切，並以此作對比，指出他青樓戀妓的荒唐和無聊。收尾二句是全詞主旨。意謂林推官要記住西北尚有大片陷於敵手的故土，應為此垂淚，怎能為「水西橋畔」的妓女而落淚呢？這兩句把個人生活與國家憂患聯繫起來，極大地豐富了這首詞的內涵，顯示出詞人很高的思想境界。

後村詞，與放翁、稼軒，猶鼎三足。其生丁南渡，拳拳君國，似放翁。志在有為，不欲以詞人自域，似稼軒。如《玉樓春》云：「男兒西北有神州，莫滴水西橋畔淚。」……胸次如此，豈剪紅刻翠者比邪。升庵稱其壯語，子晉稱其雄力，殆猶之皮相也。（清馮煦《蒿庵論詞》）

慷慨激烈，髮欲上指。詞境雖不高，然足以使懦夫有立志。（清陳廷焯《白雨齋詞話》）

後村《玉樓春》云：「男兒西北有神州，莫滴水西橋畔淚。」楊升庵謂其壯語足以立懦，此類是矣。（清況周頤《蕙風詞話》）

盧祖皋

二首

江城子

畫樓簾幕捲新晴。掩銀屏。曉寒輕。墜粉飄香，日日
喚愁生。暗數十年湖上路，能幾度，著娉婷[1]。　　年
華空自感飄零。擁春酲[2]。對誰醒。天闊雲閒，無處覓
簫聲。載酒買花年少事，渾不似，舊心情。

　　本詞乃追憶往昔，自傷身世之作。上片前三句寫乍暖還寒時候，畫樓中
人捲起簾幕，溫暖的陽光透進閨房，心情頓覺歡暢。「墜粉」二句乃傷春之辭。
風雨過後，落紅滿徑，闌珊春意，主人公怎能不歎息流年呢？「暗數」三句自
傷不能與情人相親相伴，只能在憂愁風雨中消磨年華。下片首句「年華空自感
飄零」乃全詞主旨。「擁春酲」二句實是愁緒太重，無以排遣，只好借酒澆愁。
但「借酒澆愁愁更愁」，滿腹憂愁如何能排遣得了呢？「天闊」二句寫曠野唯有
長空閒雲，卻追尋不到那快樂的簫聲。結拍二句追念昔遊。緬懷過去，情人
已逝。自己年老，已無買花載酒、倚翠偎紅之心情矣。全詞情感悵惘低迴，
語言清婉，乃蒲江小令之佳作。

　　盧申之《江城子》後段云：「年華空自感飄零。擁春酲，對誰醒。天闊雲
閒，無處覓簫聲。載酒買花年少事，渾不似，舊心情。」與劉龍洲詞「欲買桂
花同載酒，終不似，少年遊」，可稱異曲同工。然終不如少陵之「詩酒尚堪驅
使在，未須料理白頭人」為倔強可喜。（清況周頤《蕙風詞話》）

宴清都

春訊飛瓊管[1]。風日薄、度牆啼鳥聲亂。江城次第[2]，

笙歌翠合，綺羅香暖。溶溶澗淥冰泮[3]。醉夢裡、年華暗換。料黛眉[4]重鎖隋堤，芳心還動梁苑[5]。　　新來雁闊雲音[6]，鸞分鑑影[7]，無計重見。啼春細雨，籠愁澹月，恁時庭院[8]。離腸未語先斷。算猶有、憑高望眼。更那堪、衰草連天，飛梅弄晚。

註釋

1 瓊管：古以葭莩灰實律管，候至則灰飛管　　　　　　園林。
　通。管為玉製。　　　　　　　　　　　　　6 闊：稀缺。
2 次第：頃刻。　　　　　　　　　　　　　　7 鸞分鑑影：本事見范泰《鸞鳥詩》序。見前
3 泮（pàn）：溶解。　　　　　　　　　　　　錢惟演《木蘭花》（城上風光鶯語亂）註4。
4 黛眉：以美人黛眉比喻柳葉。　　　　　　　　後人用此故事比喻愛人分離或失去伴侶。
5 梁苑：園林名，西漢梁孝王所建。此處泛指　　8 恁時：此時。

評析

　　這是一篇念春傷別之作。上片寫初春之景並歎息年華暗逝。起首三句寫玉笛飛出春天的旋律，小鳥嘰喳着飛過牆院。「江城」三句寫笙歌飄蕩，麗人飄香。「溶溶」二句寫春冰融化，年華暗換。「料黛眉」二句寫如眉黛般的楊柳把河堤環繞，園林裡，百花飄芳。下片寫相思離別之情。「新來」三句寫音信斷絕，我對鏡中孤鳳獨自歎息，卻不能與他相見。「啼春」三句寫春天在庭院中啼哭落雨，雲籠淡月，清愁無限。最後幾句寫道，我還未語，愁腸已斷，況且是登高遠眺呢？面對衰草連天，片片落梅，我更情何以堪？全詞造語工巧新麗，情景交融，哀怨深永，令人回味無窮。

輯評

　　此詞絕幽怨，神似梅溪高境。（清陳廷焯《詞則・大雅集》）
　　此詞對句凡五見，單韻又多拗句，極難着手。細玩其佈置處，究乃虛實相間耳。（清陳澧手批《絕妙好詞箋》）

潘牥

一首

南鄉子

題南劍州妓館

生怕倚闌干。閣下溪聲閣外山。惟有舊時山共水，依然。暮雨朝雲去不還。　　應是躡飛鸞[1]。月下時時整佩環。月又漸低霜又下，更闌。折得梅花獨自看。

1 躡飛鸞：傳說仙人多乘鸞騎鳳。此處把歌　　妓比為仙子。

　　這首詞是寫詞人在南劍州妓館的親身經歷。雖然只是一段短暫相逢，但兩人的感情卻十分真摯。如今重遊舊地，依舊勾動起悲痛的情緒。上片乃是今昔對比。起首二句寫道，聽着潺潺溪水，面對着閣外青山，我怕倚闌干，怕追憶起過去的時光。對「閣下溪聲閣外山」一句，沈際飛極為賞愛，評曰「婉摯」（《草堂詩餘·正集》）。「惟有」二句寫山水依然，她卻如朝雲暮雨，再無歸還。下片皆想像之詞，從虛處落筆。「應是」二句寫詞人設想她已乘鸞仙去，現正在月下整理環佩吧？結拍三句寫夜深霜冷她杳無音信，我唯有折梅獨自把玩而已。「折得梅花獨自看」一語「真淒涼怨慕之音」（唐圭璋《唐宋詞簡釋》）。梅既無人共賞，折梅無由寄去，只有獨看而已。此詞造語綺麗清婉，層層轉折，一步一態，真有尺幅千里之妙。

　　潘牥，字廷堅，落筆皆不凡。有《鐔津懷舊》詞云：「（略）。」（宋劉克莊《後村詩話》）

陸　叡
一首

瑞鶴仙

濕雲黏雁影。望征路愁迷，離緒難整。千金買光景。但疏鐘催曉，亂鴉啼暝。花悰暗省[1]。許多情、相逢夢境。便行雲、都不歸來，也合寄將音信。　　孤迴[2]。盟鸞心在，跨鶴程高[3]，後期無準。情絲待剪。翻惹得，舊時恨。怕天教何處，參差雙燕，還染殘朱剩粉。對菱花[4]、與說相思，看誰瘦損。

1 悰（cóng）：歡樂。　　　　　　　　3 跨鶴：飛升成仙。
2 孤迴：寂寥高遠。　　　　　　　　4 菱花：指菱花鏡。詩文中常以菱花代鏡。

　　這是一首描寫離緒相思之作。上片寫離緒。前三句寫雨雲黏着雁影，征路遙遙，心中愁悶難以梳理。「濕雲黏雁影」一語，用「黏」字與「影」字連用，造成一種迷離滯重之境，甚有情味。「千金」三句寫時光飛逝。疏鐘催曉，昏暮啼鴉，歡情又有幾多時。「花悰」二句寫過去的歡樂與夢境。「便行」二句怨恨情人未有音信。下片乃訴説相思之情。起三句説空有情愛，佳會難期。「情絲」兩句寫欲剪斷情絲反牽動惱恨，用李煜《相見歡》「剪不斷。理還亂。是離愁。別是一般滋味在心頭」詞意。「怕天教」三句寫不知何處，見雙燕沾着她的脂粉香氣。結拍二句推想她對鏡苦思，怕已是消瘦了吧？全詞寫種種愁恨與別緒，辭情甚為悲苦，但晦澀不暢亦是其缺陷。

蕭泰來

一首

霜天曉角

梅

千霜萬雪。受盡寒磨折。賴是生來瘦硬[1]，渾不怕、角吹徹[2]。　　清絕。影也別[3]。知心惟有月。原沒春風情性，如何共、海棠說[4]。

1 賴是：虧得。
2 角：本意指軍中號角，這裡指古曲《大角曲》，其中有《梅花落》一曲。
3 別：與眾不同。
4 海棠說：《雲仙雜記》卷三引《金城記》：「黎舉常云：欲令梅聘海棠……但恨時不同耳。」

　　這是一首詠梅之作。上片起二句，層層遞進，描寫梅花生長的惡劣環境。接三句轉寫梅花的瘦硬風骨，「渾不怕」三字鏗鏘有力，擲地有聲，「角吹徹」喻指曲終人散、香消隕落。下片「清絕」二字是詞眼。「影也別」三字從梅花寫到梅影，喻示花影綽約、表裡如一。「知心惟有月」，以月之皓潔，對應梅之高潔。結語反用「梅聘海棠」典故，表現孤芳自賞、卓爾不群的超凡品格。詞寫梅骨，寫梅影，寫梅心，處處用力，執着懇切，但缺整體效果，故陳廷焯評曰「刻摯不能渾涵」（《白雨齋詞話》），也是有一定道理的。

　　刻摯極矣，即詞可以見骨氣，但微少渾含耳。（清陳廷焯《詞則·放歌集》）
　　詞貴渾涵，刻摯不能渾涵，終屬下乘。晁無咎詠梅云：「開時似雪。謝時似雪。花中奇絕。香非在蕊，香非在萼。骨中香徹。」費盡氣力，終是不好看。宋末蕭泰來《霜天曉角》一闋，亦犯此病。（清陳廷焯《白雨齋詞話》）

吳文英

二十四首

霜葉飛

重九

斷煙離緒。關心事，斜陽紅隱霜樹。半壺秋水薦黃
花，香噀西風雨[1]。縱玉勒[2]、輕飛迅羽。淒涼誰弔
荒臺古[3]。記醉踏南屏[4]，彩扇咽、寒蟬倦夢，不知蠻
素[5]。　　聊對舊節傳杯，塵箋蠹管[6]，斷闋經歲慵賦。
小蟾斜影轉東籬[7]，夜冷殘蛩語[8]。早白髮、緣愁萬縷。
驚飆從捲烏紗去[9]。漫細將、茱萸看[10]，但約明年，翠
微高處[11]。

1 噀（xùn）：含在口中噴出。

2 玉勒：此代指寶馬。

3 荒臺：項羽當年閱兵的戲馬臺，在今江蘇
　徐州。南朝宋武帝劉裕曾於重九大會賓僚
　於此。

4 南屏：西湖南屏山，宛若屏障。

5 蠻素：白居易有伎樊素善歌，小蠻善舞。此
　代指姬妾。

6 塵箋蠹管：被灰塵覆蓋的信箋和被蠹蟲蛀
　壞的毛筆。

7 小蟾：相傳月中有蟾蜍，代指月亮。

8 蛩語：蟋蟀吟叫。

9 「驚飆」句：用孟嘉落帽典，見前劉辰翁《賀
　新郎·九日》註5。烏紗，古官帽名。

10 「漫細將」句：化用唐代杜甫《九日藍田崔
　氏莊》：「明年此會知誰健？醉把茱萸仔細
　看。」茱萸，植物名，重九風俗佩茱萸以
　避災。

11 翠微：指青翠掩映的山腰深處，代指青山。

　　此詞為重陽節懷念往日姬妾之作。首句情景雙入，籠罩全篇，「斷煙」是
景，「離緒」是情。下寫重陽節物，斜陽霜樹、菊花秋水，寫出清冷明豔之感。
「縱玉勒」以反問句跌宕出感喟之意。以下逆轉，申敘「淒涼」之故，今昔打併
一處來說，姬人與我雙面落筆。回憶當年乘醉登高之樂，然如今歌舞已寂，如
秋蟬咽聲，即於倦夢中，亦不復見去姬之身影矣，其情可哀。換頭另起，「聊
對」、「慵賦」，極寫當時無聊之情思。舊節又來，仍復傳杯，蓋為應景；人去

經歲，箋生塵，筆生蠹，舊日留下的斷闋如今也無心續成。下面又一暗轉，無聊中倍覺時間漫漫，而日之將夕，又怎堪面對月影斜轉、殘蛩哀吟的淒涼夜景呢？此景非無聊中人不易體會。後化用杜甫詩句而翻出新意。頭髮早因憂愁而全白矣，也不用遮掩了，驚風捲帽，那就隨它去吧，無望之語極沉痛。結句看似強樂自寬，預為明年登高之約，但今年已如此，來年可知矣，着「漫」、「但」字已自覺無謂。下片層層推演，愈轉愈深，不盡言外之淒涼。吳梅云：「吳詞潛氣內轉，上下映帶，有天梯石棧之巧。」（《樂府指迷箋釋序》）觀此詞可知。

情詞兼勝。有筆力，有感慨，淒涼處只一二語，已覺秋聲四起。（清陳廷焯《雲韶集》）

起七字，已將「縱玉勒」以下攝起在句前。「斜陽」六字，依稀風景。「半壺」至「風雨」十四字，情隨事遷。以下五句，上二句突出悲涼，下三句平放和婉。「彩扇」屬「蠻素」，「倦夢」屬「寒蟬」。徒聞寒蟬，不見蠻素，但彷彿其歌扇耳，今則更成倦夢，故曰不知。兩句神理，結成一片，所謂關心事者如此。換頭於無聊中尋出消遣，「斷闋慵賦」，則仍是消遣不得。「殘蛩」對上「寒蟬」，又換一境。蓋蠻素既去，則事事都嫌矣。收句與「聊對舊節」一樣意思，見在如此，未來可知。極感愴，卻極閒冷，想見覺翁胸次。（清陳洵《海綃說詞》）

宴清都

連理海棠

繡幄鴛鴦柱[1]。紅情密，膩雲低護秦樹[2]。芳根兼倚[3]，花梢鈿合[4]，錦屏人妒。東風睡足交枝[5]，正夢枕、瑤釵燕股[6]。障灩蠟[7]、滿照歡叢，嫠蟾冷落羞度[8]。　　人間萬感幽單，華清慣浴[9]，春盎風露[10]。連鬟並暖[11]，同心共結[12]，向承恩處。憑誰為歌《長恨》，暗殿鎖、秋燈夜語[13]。敘舊期、不負春盟，紅朝翠暮[14]。

1 繡幄：彩繡的篷帳，此形容海棠盛開。
2「膩雲」句：化用宋代陸游《花時遍遊諸家園十首》其二：「綠章夜奏通明殿，乞借春陰護海棠。」秦樹，秦中有雙株海棠，高達十丈，最有名，故以之代稱「海棠」。
3 鶼：應為「鶼」，比翼鳥。
4 鈿釵：亦作「鈿盒」，鑲嵌珠寶的首飾盒，有上下兩扇。
5 交枝：枝柯相交。
6 瑤釵：玉釵。燕股：燕形釵，分兩股。
7「障灩蠟」句：化用宋代蘇軾《海棠》：「只恐夜深花睡去，故燒高燭照紅妝。」灩，水浮動光耀貌，此指燭光。
8 嫠（lí）蟾：代指嫠星與嫦娥。嫠，寡婦，月中嫦娥無夫。

9 華清：即華清池，唐代華清宮的溫泉浴池，相傳唐明皇曾賜楊貴妃浴於華清池。唐代白居易《長恨歌》：「春寒賜浴華清池，溫泉水滑洗凝脂。」《元和志》載華清宮在驪山（今陝西臨潼南）上，開元十一年（723）初置溫泉宮，天寶六年（747）改為華清宮。
10 盎：充盈洋溢。
11 連鬟：女孩所梳雙鬢。
12 同心共結：舊時用錦帶編成的連環迴文樣式的結子，象徵愛情。
13「暗殿」句：化用唐代白居易《長恨歌》：「七月七日長生殿，夜半無人私語時。在天願作比翼鳥，在地願為連理枝。」
14 紅朝翠暮：化用宋代秦觀《鵲橋仙》：「兩情若是久長時，又豈在朝朝暮暮？」

　　此詠物詞。前片狀物，處處關合「連理」二字。因唐明皇有形容楊貴妃酒醉未醒態為「海棠春睡」語，故連及貴妃故事。白居易《長恨歌》正為描寫明皇與貴妃之間的戀情，與所詠連理海棠有意脈共通處，故換頭以下全從《長恨歌》運化敷寫而出，其中應有詞人的身世之感貫注其中。首句言海棠之繁茂。然後對「連理」作加倍渲染，鈿盒、燕釵、鴛鴦、比翼鳥作正面比襯，「錦屏人妒」、「嫠蟾」則反襯之。用陸游與蘇軾詩意寫出人對花之愛重。花為連理，人間卻離多聚少，換頭「人間萬感幽單」句精神彌滿，振起全篇。以下便全以《長恨歌》中楊妃比言。「華清」句將「溫泉水滑洗凝脂」的貴妃沐浴之態與春日風露潤澤下的海棠之美一齊寫出。「同心」、「連鬟」皆以人花並寫。「憑誰」一反問句跌宕，轉出貴妃死後的淒涼，極寫明皇與貴妃夜半私語、忠貞不渝的深情盟誓。「紅朝翠暮」，用筆妍麗，將花與人一併收合。全篇以《長恨歌》為骨，以人間相思離合之情為魂，以連理海棠為面。託物言情，物與人事神合無跡。隨手化用詩句，詠物極工，卻絕不黏滯於物。

　　擩染大筆何淋漓。（清朱祖謀《彊村老人評詞》）
　　只運化一篇《長恨歌》，乃放出如許異采，見事多，識理透故也。得力尤在換頭一句。「人間萬感」，天上嫠蟾，橫風忽斷，夾敘夾議，將全篇精神振起。「華清」以下五句，對上「幽單」，有好色不與民同意，天寶之不為靖康者幸耳，故曰「憑誰為歌長恨」。（清陳洵《海綃說詞》）

齊天樂

煙波桃葉西陵路[1]，十年斷魂潮尾。古柳重攀，輕鷗聚別，陳跡危亭獨倚。涼颸乍起[2]。渺煙磧飛帆[3]，暮山橫翠。但有江花，共臨秋鏡照憔悴[4]。　　華堂燭暗送客[5]，眼波回盼處，芳豔流水。素骨凝冰，柔荑蘸雪[6]，猶憶分瓜深意。清尊未洗。夢不濕行雲[7]，漫沾殘淚。可惜秋宵，亂蛩疏雨裡。

1 桃葉：此指送別之人。西陵：在今錢塘江之西。古樂府《蘇小小歌》：「何處結同心？西陵松柏下。」

2 涼颸（sī）：涼風。

3 磧（qì）：沙石淺灘。

4 秋鏡：秋水如鏡。

5 「華堂」句：用《史記・滑稽列傳》中淳于髡語：「堂上燭滅，主人留髡而送客。」此指美人對己之情獨厚。

6 柔荑：纖細手指。漢樂府《孔雀東南飛》：「指如削蔥根。」

7 行雲：用楚王夢會巫山神女事，指男女歡會。

　　此詞為憑眺流連、追念舊歡之作。首句總寫情事，「桃葉」、「西陵」皆關合其人其地。「十年」句跌落，奠定全詞基調。下句綰合今昔。「涼颸乍起」領下，為危亭獨倚時所見。「但有」句，言無人與共，兩相憔悴，以重筆收合上片。「涼颸」句與「但有」句以闊遠之景與細小之景相間，層次感強。換頭另起，追敘當時情事之一二情節，猶見深意。寫故人秋水回眸、冰肌玉骨之美，妙在從情節動作中見出情意。「分瓜」事作點染，與周邦彥《少年遊》詞中「纖手破新橙」句，用筆皆極細極活。「清尊」句煞上，轉入現在境況。言殘酒、殘夢、殘淚，寫出一種濕漉漉的冷落悲抑情緒。結句感喟，沈義父《樂府指迷》說作詞「結句須要放開，含有餘不盡之意，以景結情最好」，此一例。

　　雖不是平起，而結響頗遒。（「涼颸乍起」）領句，亦是提肘書法。（「但有」二句）便沉着。（換頭）追敘。（清譚獻評《詞辨》）

　　遣詞大雅，一片綺羅香澤之態。（清陳廷焯《詞則・大雅集》）

　　傷今感昔，憑眺流連，此種詞真入白石之堂矣。一片感喟，情深語至。（清陳廷焯《雲韶集》）

此與《鶯啼序》蓋同一年作。彼云十載，此云十年也。西陵，邂逅之地，提起。「斷魂潮尾」，跌落。中間送客一事，留作換頭點睛三句，相為起伏，最是局勢精奇處。譚復堂乃謂為平起，不知此中曲折也。「古柳重攀」，今日。「輕鷗聚別」，當時。平入逆出。「陳跡危亭獨倚」，歇步。「涼颸乍起」，轉身。「渺煙磧飛帆，暮山橫翠」。空際出力。「但有江花，共臨秋鏡照憔悴」，收合倚亭。送客者，送妾也。柳渾侍兒名琴客，故以客稱妾，《新雁過妝樓》之「宜城當時放客」，《風入松》之「舊曾送客」，《尾犯》之「長亭曾送客」，皆此「客」字。「眼波回盼」，是將去時之客。「素骨凝冰，柔蔥蘸雪」，是未去時之客。「猶憶分瓜深意」，別後始覺不祥，極幽抑怨斷之致，豈其人於此時已有去志乎？「清尊未洗」，此愁酒不能消。「涼颸」句是領下，此句是煞上。「行雲」句着一「濕」字，藏行雨在內。言朝來相思，至暮無夢也。夢窗運典隱僻，如詩家之玉谿，「亂蛩疏雨」，所謂「漫霑殘淚」。（清陳洵《海綃說詞》）

花犯

郭希道送水仙索賦

小娉婷，清鉛素靨[1]，蜂黃暗偷暈[2]。翠翹敧鬢[3]。昨夜冷中庭，月下相認。睡濃更苦淒風緊。驚回心未穩。送曉色、一壺蔥蒨[4]，才知花夢準。　　湘娥化作此幽芳[5]，凌波路，古岸雲沙遺恨。臨砌影，寒香亂、凍梅藏韻。熏爐畔、旋移傍枕，還又見、玉人垂紺鬒[6]。料喚賞、清華池館，臺杯須滿引[7]。

1 素靨(yè)：素面，未施脂粉的天然容顏。
2 蜂黃：古代婦女塗額的黃色裝飾，也稱花黃、額黃。
3 翠翹：古代婦人所戴狀似翠鳥尾上長羽的一種首飾。
4 蔥蒨：青翠顏色。
5 湘娥：指舜二妃娥皇、女英。舜南巡不返，崩於蒼梧。二妃以淚揮竹，沒於湘水（今湖南湘江），傳為湘水之神。
6 紺鬒(gàn zhěn)：稠黑的頭髮。紺，天青色，深青透紅之色。鬒，黑髮。
7 臺杯：世以水仙為金盞銀臺。又杯以大小十個重疊相套者名臺杯，此雙關語。

此詞為詠水仙並酬贈之作，既寫出水仙花之神韻，又緊扣郭希道送水仙事，妙處在於化實為虛。首句以人喻花，明寫人，暗寫花。因水仙花瓣白色，故寫美人素妝；因花蕊黃色，故喻為美人額黃；因水仙綠葉抽莖，莖頭開花數朵如簪頭，故以美人鬢邊斜插之翠翹比之。下句逆入，寫美人忽降於「夜冷中庭」，於「月下相認」，境界空靈。此時讀者只知是寫美人，未知是寫夢境，寫水仙，讀至「睡濃」與「驚回」句始悟，詞筆委曲。「淒風緊」為「驚回」之原因，故意跌宕。至「送曉色」才點題，「花夢準」方醒出是夢，總合上片。下片蕩開，用舜妃投湘水事，故有「古岸雲沙遺恨」句。此詞直有仙氣縹緲，且結情幽怨。下句拉梅花作襯，「藏韻」即失色。曰「寒香」、「凍梅」，因水仙與梅均為歲寒開花。「熏爐」句呼應上片月下相認之美人。既移爐畔，又移枕側，一片愛護深情。歇拍從對面着想，「清華池館」為郭希道園圃，「料喚賞」呼應「送曉色」，「臺杯」句雙關水仙花形與賞花對酒之杯盞，設想巧妙。此詞設喻貼切傳神，筆致委曲迴環，有潛氣內轉之妙。

自起句至「相認」，全是夢境。「昨夜」，逆入。「驚回」，反跌。極力為「送曉色」一句追逼。復以「花夢準」三字鈎轉作結。後片是夢非夢，純是寫神。「還又見」應上「相認」，「料喚賞」應上「送曉色。」眉目清醒，度人金針。全從趙師雄「夢梅花」化出，須看其離合順逆處。（清陳洵《海綃說詞》）

浣溪沙

門隔花深夢舊遊。夕陽無語燕歸愁。玉纖香動小簾鈎。[1]　　落絮無聲春墮淚，行雲有影月含羞。東風臨夜冷於秋。

1 玉纖：指女子白皙纖細的手指。

此詞為感夢憶舊之作。起句「門隔花深」，不得與佳人相見，故有夢也。下兩句描寫夢境。夕陽無語燕子飛回，佳人纖纖素手垂下簾帷時的一幕，俯仰之間已為陳跡。溫馨迷離的夢境，籠上一層淡淡哀愁。換頭抒懷人之情，以落絮無聲喻春在落淚，以行雲遮月喻月的含羞，寫景寫人，寫情寫境，一筆

俱到。「東風」句，言憶舊之情懷如此淒涼，覺春夜東風竟如秋氣般寒冷。此篇起句亦真亦幻，籠罩全篇，結句情餘言外，有味外之味。夢窗善寫夢境，有時憶舊而託之於夢，空靈縹緲中蘊有纏綿往復之深情。讀者當看其虛實變換處。

《浣溪沙》結句，貴情餘言外，含蓄不盡。如吳夢窗之「東風臨夜冷於秋」、賀方回之「行雲可是渡江難」，皆耐人玩味。（清陳廷焯《白雨齋詞話》）

字字悽警。（清陳廷焯《詞則・閒情集》）

「夢」字點出所見，惟夕陽歸燕，「玉纖香動」，則可聞而不可見矣。是真是幻，傳神阿堵，門隔花深故也。「春墮淚」為懷人，「月含羞」因隔面，義兼比興。東風臨夜，回睇夕陽，俯仰之間，已為陳跡，即一夢亦有變遷矣。「秋」字不是虛擬，有事實在，即起句之舊遊也。秋去春來，又換一番世界，一「冷」字可思。此篇全從張子澄「別夢依依到謝家」一詩化出，須看其遊思縹緲，纏綿往復處。（清陳洵《海綃說詞》）

浣溪沙

波面銅花冷不收[1]。玉人垂釣理纖鈎。月明池閣夜來秋。　　江燕話歸成曉別，水花紅減似春休。西風梧井葉先愁。

1 銅花：銅鏡，喻水波清澈如鏡。

此詞據楊鐵夫解釋，為重到西園憶姬之作。起篇點出所在，後寫玉人垂釣事，「月明」句鋪開垂釣時景色。「其敘事後寫景，如作畫之先寫真後配景然。」（楊鐵夫《吳夢窗詞箋釋》）下片轉到與姬分別，以燕代姬，夢窗詞中屢見。「水花」句寫姬去後冷落心情，故所見景物皆蕭條，水花紅減，西風梧葉，雖在春中，卻如春盡，更有秋意襲人。此種春秋對應寫法亦為夢窗習用，突出心理感受，且使簡短小令容量增大。「西風」句與上片「夜來秋」呼應，全篇以「愁」字為結穴。《浣溪沙》結句貴情遺言外，含蓄不盡，此詞亦一例。

「玉人垂釣理纖鈎」，是下句倒影，非謂真有一玉人垂釣也。「纖鈎」是月，「玉人」言風景之佳耳。「月明池閣」，下句醒出。甲稿《解蹀躞》「可憐殘照西風，半妝樓上」，「半妝」亦謂「殘照西風」。西子、西湖，比興常例，淺人不察，則謂覺翁晦耳。（清陳洵《海綃說詞》）

點絳唇

試燈夜初晴

捲盡愁雲，素娥臨夜新梳洗。暗塵不起¹。酥潤凌波地²。　　輦路重來³，彷彿燈前事。情如水，小樓熏被。春夢笙歌裡。

1 暗塵：化用唐代蘇味道《正月十五夜》：「暗塵隨馬去，明月逐人來。」
2 酥潤：化用唐代韓愈《早春呈水部張十八員外二首》其一：「天街小雨潤如酥。」
3 輦（niǎn）路：帝王車經行之路。

此詞寫得溫麗柔美。上片盡寫題中「試燈夜初晴」之景。「捲盡愁雲」逗引出下句素月新出。「暗塵」句寫初晴之時，天街無塵，遊人尚少，小雨打濕的路面瀉下銀色月光，是何等的景致！「酥潤」，極盡形容。下片另起，句式中見拗怒。「輦路重來」言重到京師，「燈前事」引出回憶，以「彷彿」形容之，往事如煙似夢矣。「情如水」既寫兩情脈脈如水，又寫舊情付之流水。「小樓熏被」正為「燈前事」。小樓春夢的寂靜與試燈笙歌的喧鬧形成對比，切當時情境，用筆簡約，撫今思昔，無限感傷。末三句可謂用意溫厚而琢句俊麗也。

此起稍平。（換頭）便見拗怒。（「情如水」三句）「咳唾珠玉」，此足當之。（清譚獻評《詞辨》）

豔語不落俗套。（清陳廷焯《詞則·別調集》）

祝英臺近

春日客龜溪遊廢園[1]

採幽香，巡古苑，竹冷翠微路。鬥草溪根，沙印小蓮步[2]。自憐兩鬢清霜，一年寒食，又身在、雲山深處。　　　晝閒度。因甚天也慳春[3]，輕陰便成雨。綠暗長亭，歸夢趁風絮。有情花影闌干，鶯聲門徑，解留我、霎時凝佇。

1 龜溪：在今浙江德清境內。
2 蓮步：指女子腳印。用潘妃「步步生蓮花」典。見前田為《江神子慢》(玉臺掛秋月)註3。
3 慳(qiān)春：吝惜春光。慳，吝嗇。

此為夢窗寒食遊廢園懷歸有感。首句「幽」、「古」、「冷」，皆從園之「廢」想出。既寫出景之荒廢，又寫出人之心境淒涼。下句卻不直述，以少女鬥草踏青的嬉遊點明節令，引出下文，同時又反襯自己暮年作客的處境。歇拍句用加倍渲染法，人生易老，歲月易逝，本已令人傷懷，再加上遇此寒食節令，又此身遠離故園，常年漂泊，這樣的境況也只有自憐了。以「自憐」領起，以「又」字遞進，自憐非一事，感慨非一端，詞意層疊，寄慨無窮。「晝閒度」承上啟下，「因甚」句仍是加一層寫法，人已因身世傷懷而閒度長晝，為何老天爺還吝惜春色，竟輕陰成雨呢？因己之愁恨連及怨天，癡語。下句再次宕開，如鏡頭拉遠，點出春色中的歸路長亭之景，寫出歸期無定、幽夢縹緲之感，為神來之筆。結句再勾轉至廢園，將花鳥、闌干化為有情之物。而縱使它們有情留我，我也只能是片刻停留而已。句末「凝佇」二字含無窮情思，收合整個遊程。

（上闋）婉轉中自有筆力。（下闋）奇想，然亦只是常意，不過善於傳寫。(清陳廷焯《雲韶集》)

祝英臺近

除夜立春[1]

剪紅情，裁綠意[2]，花信上釵股。殘日東風，不放歲華去。有人添燭西窗[3]，不眠侵曉，笑聲轉[4]、新年鶯語。　　舊尊俎[5]。玉纖曾擘黃柑[6]，柔香繫幽素[7]。歸夢湖邊，還迷鏡中路[8]。可憐千點吳霜[9]，寒消不盡，又相對、落梅如雨。

1 除夜：除夕。

2 「剪紅」二句：指插戴剪彩的紅花綠葉，應立春節令。

3 添燭西窗：化用唐代李商隱《夜雨寄北》：「何當共剪西窗燭，卻話巴山夜雨時。」

4 轉：囀，指鳥鳴。

5 尊俎（zǔ）：古代盛酒肉的器皿，常代指宴席。尊，盛酒之器。俎，盛肉之器。

6 擘（bò）：剖開。

7 幽素：幽情素心。

8 鏡：指西湖如鏡。

9 吳霜：白髮。

　　此詞為除夜立春傷別歎老之作，處處關合節令。上下片之間形成人歡與己悲的對比，下片有昔歡與今悲的對比。起句點題。舊時立春風俗，婦女裁剪彩色紙、綢、金銀箔等物以為花勝，插戴釵頭。下句綰合立春與除夕。歇拍句轉入人事，以「有人」領起，寫他人迎春守歲之樂，為下片寫己之羈旅無聊張本。下片即轉入自己，「舊尊俎」承上啟下，點明由今憶昔之情。當時除夕團聚，有玉人纖手破黃柑以薦酒，縷縷柔香至今還令我縈懷繫心。夢窗詞中回憶常是點染一二生動細節，使詞意生新跳躍。「歸夢」句寫人未能歸，徒有歸夢，奈何夢裡亦在湖邊迷路，無由歸得呢？語極傷感。結三句猶悽絕，與《祝英臺近·採幽香》上片歇拍同為加倍寫法，筆力重大。以「可憐」領起，人已白髮如繁霜，而逢除夜殘寒未消，又相對落梅如雨，讓人如何承受？讀至此，覺於心不忍矣。「寒消不盡」應除夜，「落梅」應春訊，三句有人、時、境三層意，字字皆非空設。此詞讀來迴腸蕩氣，一往情深。

　　愁心什一，豔心什九。（明卓人月輯、徐士俊評《古今詞統》）
　　余獨愛其（夢窗）除夕立春一闋，兼有天人之巧。（清彭孫遹《金粟詞話》）

換頭數語，指春盤彩縷也。「歸夢」二句從「春歸在客先」想出。（清許昂霄《詞綜偶評》）

「上」字婉細。（清陳廷焯《雲韶集》）

（首五句）夢窗詞不必以綺麗見長，然其一二綺麗處，正不可及。（清陳廷焯《詞則·大雅集》）

前闋極寫人家守歲之樂，全為換頭三句追攝遠神。與「新腔一唱雙金斗」一首，同一機杼。彼之「何時」，此之「舊」字，皆一篇精神所注。（清陳洵《海綃說詞》）

澡蘭香

淮安重午[1]

盤絲繫腕[2]，巧篆垂簪[3]，玉隱紺紗睡覺。銀瓶露井[4]，彩箑雲窗[5]，往事少年依約。為當時、曾寫榴裙[6]，傷心紅綃褪萼。黍夢光陰漸老，汀洲煙蒻[7]。　　莫唱江南古調，怨抑難招，楚江沉魄[8]。薰風燕乳，暗雨梅黃，午鏡澡蘭簾幕[9]。念秦樓[10]、也擬人歸，應剪菖蒲自酌[11]。但悵望、一縷新蟾，隨人天角。

1 重午：重五，即端午，農曆五月初五日。
2 盤絲：五月五日以五彩絲繫臂以驅邪，一名長命縷。
3 巧篆：端午節辟邪的頭飾，此種盤屈如篆字。
4 「銀瓶」句：應五月時令事，唐宋時有取井水健身的風俗。唐代李賀《五月樂詞》：「井汲鉛華水，扇織鴛鴦紋。」
5 箑（shà）：扇子。
6 寫榴裙：用王獻之典。南朝宋時，羊欣穿白練裙晝臥，王獻之來訪，書其裙數幅而去。

見《宋書·羊欣傳》。後用「書裙」表示友好拜訪。榴裙，紅如榴花的裙子。
7 黍夢：傳說盧生在邯鄲店中，晝寢入夢，歷盡富貴榮華。及醒，主人炊黃粱未熟。後為典故，喻虛幻夢境，又稱「黃粱夢」。見唐沈既濟《枕中記》。蒻（ruò）：嫩的香蒲。
8 楚江沉魄：指屈原自沉。《楚辭·招魂》：「魂兮歸來哀江南。」
9 澡蘭：舊時五月五日有蓄蘭沐浴風俗。《楚辭·九歌·雲中君》：「浴蘭湯兮沐芳。」
10 秦樓：秦穆公為其女弄玉所建之樓。此代

指女方居所。　　　　　　　　　蒲酒，以菖蒲泡酒中辟瘟氣。

11 菖蒲：水生植物，有香氣。舊俗端午飲菖

　　此首為重午懷歸之詞。首句逆入，以重午風俗引起往事，寫當年玉人隱在青紗帳中睡覺的情景。「銀瓶」兩句跟上，仍寫當年重午情事，以「往事」句點明收束。「為當時」綰結今昔，「榴裙」既切睡中事，又切重午景，融人事入風景。「褪萼」云榴花，引出下句感歎光陰迅逝、風景漸變句，餘意悠長。換頭頓轉，音節驟變，全從家人設想。言家人望己歸，如宋玉之招屈原。云「莫唱」、「難招」，己之不得歸而望歸之苦心，於憐愛對方中流露，哀痛悱惻。下句緩出，轉入家中事物場景，空中蕩漾。「念秦樓」點明，設想家人重午獨酌。歇拍以景結情，人不在，空有月相隨。重午月初生，故曰「一縷新蟾」。詞中用「盤絲」、「巧篆」、「榴裙」、「沉魄」、「熏風」、「澡蘭」、「剪菖蒲」等語，皆切重午，並能化實為虛。用「莫唱」、「難招」、「念」、「也擬」、「應」、「自」、「但」等數虛字，皆能呼應傳神，唱歎婉轉。

　　亦是午日應有情事，但筆端幽豔，如古錦爛然。（清程洪、先著《詞潔》）
　　此懷歸之賦也。起五句全敘往事，至第六句點出寫「裙」，是睡中事。「榴」字融人事入風景，「褪萼」見人事都非，卻以風景不殊作結。後片純是空中設景，主意在「念秦樓、也擬人歸」一句。「歸」字緊與「招」字相應，言家人望己歸，如宋玉之招屈原也。既欲歸不得，故曰「難招」，曰「莫唱」，曰「但悵望」，則「也擬」亦徒然耳。擊首則尾應，擊尾則首應，擊中間則首尾皆應，陣勢奇變極矣。金針度人，全在數虛字。屈原事，不過借古以陳今。「熏風」三句，是家中節物，秦樓倒影。秦樓用弄玉事，謂家所在。（清陳洵《海綃説詞》）

風入松

聽風聽雨過清明。愁草《瘞花銘》[1]。樓前綠暗分攜路[2]，一絲柳、一寸柔情。料峭春寒中酒，交加曉夢啼鶯[3]。　　西園日日掃林亭。依舊賞新晴。黃蜂頻撲鞦韆索，有當時、纖手香凝。惆悵雙鴛不到，幽階一夜苔生[4]。

註釋

1《瘞（yì）花銘》：南北朝庾信曾撰《瘞花　　4「惆悵」二句：化用南朝梁庾肩吾《詠長信
　　銘》。瘞花，埋葬落花。　　　　　　　　　　宮中草》：「全由履跡少，並欲上階生。」唐
2 分攜：分手。　　　　　　　　　　　　　　　代李白也有《長干行》：「門前遲行跡，一一
3 交加：紛多雜亂貌。　　　　　　　　　　　　生綠苔。」雙鴛，鴛鴦成對，喻美人繡鞋。

評析

　　此詞為清明節西園懷人傷別之作。首句點出節令，亦寫出傷懷情緒。「清明風雨」用「聽」、「過」字，於此一片春晚淒涼中，草寫葬花送春的銘詞。「樓前」以下述別情，「分攜」為全篇詞眼。此句曲折纏綿，柳絲關合別情，情景交融。下出對偶句，句煉意密。醉酒中人畏寒，怎堪春寒料峭？將曉時正殘夢淒迷，又怎堪鶯聲亂啼？換頭又換一境，從風雨過後的新晴園林寫起。賞晴用「依舊」二字，不勝人面桃花之感。雖故人不至，猶日日掃園，內心深處仍望其復來。唯此情縈懷，偶見黃蜂頻撲鞦韆索的景象，會產生幻覺，以為其上尚凝結當時纖手的餘香。古代女子在清明寒食常為鞦韆戲，此原為見鞦韆而思舊日盪鞦韆之人，夢窗卻從側面寫出，用筆虛幻，無理中有至情。癡絕之語，備受評家讚賞。結句點明所思之人終不來，化用古詩，意味極厚，夜長相思之苦於言外見之，亦為不合實理然切情理神理。此詞無怨怒決絕之語，明知無望仍癡迷相候、惆悵相憶，讀時當味其用意溫厚處。

輯評

　　此是夢窗極經意詞，有五季遺響。（「黃蜂」二句）西子衾裾拂過來，是癡語，是深語。（結處）溫厚。（清譚獻評《詞辨》）
　　情深而語極純雅，詞中高境也。婉麗處亦見別致。（清陳廷焯《雲韶集》）
　　思去妾也，此意集中屢見。《渡江雲》題曰「西湖清明」，是邂逅之始；此則別後第一個清明也。「樓前綠暗分攜路」，此時覺翁當仍寓西湖。風雨新晴，非一日間事，除了風雨，即是新晴，蓋云我只如此度日。「掃林亭」，猶望其還。賞則無聊消遣，見鞦韆而思纖手，因蜂撲而念香凝，純是癡望神理。「雙鴛不到」，猶望其到；「一夜苔生」，蹤跡全無，則惟日日惆悵而已。當味其詞意醞釀處，不徒聲容之美。（清陳洵《海綃說詞》）

鶯啼序

春晚感懷

殘寒正欺病酒，掩沉香繡戶。燕來晚、飛入西城，似

說春事遲暮。畫船載、清明過卻，晴煙冉冉吳宮樹[1]。念羈情，遊蕩隨風，化為輕絮。　　十載西湖，傍柳繫馬，趁嬌塵軟霧。溯紅漸、招入仙溪[2]，錦兒偷寄幽素[3]。倚銀屏、春寬夢窄，斷紅濕、歌紈金縷[4]。暝堤空，輕把斜陽，總還鷗鷺。　　幽蘭旋老，杜若還生[5]，水鄉尚寄旅。別後訪、六橋無信[6]，事往花委，瘞玉埋香[7]，幾番風雨。長波妒盼，遙山羞黛，漁燈分影春江宿。記當時、短楫桃根渡[8]。青樓彷彿，臨分敗壁題詩，淚墨慘淡塵土。　　危亭望極，草色天涯，歎鬢侵半苧[9]。暗點檢、離痕歡唾[10]，尚染鮫綃，嚲鳳迷歸[11]，破鸞慵舞[12]。殷勤待寫，書中長恨，藍霞遼海沉過雁，漫相思、彈入哀箏柱。傷心千里江南，怨曲重招，斷魂在否[13]。

1 吳宮：杭州（舊屬吳地）的南宋宮苑。

2 「溯紅漸」二句：東漢劉晨、阮肇入天台山採藥迷路，遇仙女，半年而歸。發現子孫已過七代。後又入天台山，仙女蹤跡全無。見南朝劉義慶《幽明錄》。後以之為遊仙或男女幽會的典故。溯，逆流而上。

3 錦兒：錢塘妓楊愛愛侍兒。

4 「斷紅」句：謂眼淚打濕歌唱時所執紈扇和金線繡成之衣。

5 杜若：香草名。

6 六橋：西湖之堤橋。

7 瘞玉埋香：指埋葬已故的美女。

8 桃根渡：即桃葉渡，指代送行離別之事。

9 半苧（zhù）：此處形容鬢髮半白。苧，麻科，背面白色。

10 唾：唾絨。古代婦女刺繡，每當停針換線、咬斷繡線時，口中常沾留線絨，隨口吐出。

11 鮫綃：傳說中鮫人所織的綃。借指手帕、絲巾。嚲鳳：因哀傷而垂下雙翅之鳳。此指婦人鳳釵。

12 破鸞：鸞鏡。見前錢惟演《木蘭花》（城上風光鶯語亂）註4。

13 「傷心」句：《楚辭·招魂》：「目極千里兮傷春心，魂兮歸來哀江南。」

此首春晚感懷，蓋為悼杭州亡妾之作。夢窗用《鶯啼序》這個詞中最長的調子，完整地追述了與杭妾的生死戀情，字字精煉雋麗，句句脈絡潛通，構思離合變幻，組織綿密幽邃。

總分四片，概為遊湖、歡會、傷別、憑弔。第一片因春景興起。「殘寒」句，鋪墊傷春情緒。「燕來」以下，點所見春暮之景。「畫船」句，言「清明」之時，「吳宮」之地，與夢窗和愛妾情事發生之時地有關。故下句寫羈旅情懷共飄蕩飛絮融為一體，有承上啟下的轉接之妙。以下幾片全由「羈情」生出。第二片「十載西湖」提起，「傍柳」句寫昔日冶遊時與杭妾初遇事。將湖邊遇豔、尾隨香車、侍女傳書的經過寫得富有傳奇色彩。「倚銀屏」二句，記昔日之歡會不常、乍遇旋分。「暝堤空」猶言往事如塵，一切成空，託景言之，一筆輕掃，蘊藉空靈。第三片傷別，為詞中點睛。「幽蘭」以下述別後情景。時光漸變，人尚寄旅。重訪舊地，此時杭妾亡去已久。「長波」三句詞筆提轉，寫當年夜宿春江之境，以所見波光山色襯出亡妾容色。「記」字逆入，寫臨別之時的慘淡場景，收束。「春江宿」與「臨分」的往事以倒插之筆再現於死別的巨大哀痛中。第三片所記情事為第二片的複筆，作兩番勾勒。今昔交錯，往復迴環，頗似「意識流」寫法。末片總結。「危亭」句自傷淒涼晚境，「望」字承前，「歡」字啟下。「暗點檢」兩句，睹物傷神，「歡唾」是第二段之歡會，「離痕」是第三段之臨分。鮫綃、拆成單股之釵、掰為半面之鏡，皆愛侶遺物。至於「迷歸」、「慵舞」，蓋自鳳鸞想出，引申出生死隔絕後失侶之人的落寞哀思。下句言寫書寄恨，奈何無雁傳書，徒有相思之情彈入哀箏而已。這幾句層層深入，愈轉愈深。篇末化用《招魂》詩意，以「斷魂在否」作結，長恨綿綿，且呼應首片，篇法完密。

全章精粹，空絕古今。追敘昔日歡場，寫得蹌踔滿志。妙句。此折言離別淚痕，血點慘澹，淋漓之極。此折撫今追昔，悼歡無窮。結筆尤寫來嗚咽。（清陳廷焯《雲韶集》）

此調頗不易合拍，《詞律》詳言之矣。茲篇操縱自如，全體精粹，空絕古今。（「倚銀屏」五句）追敘舊歡。「輕把斜陽」二句，束上起下，琢句警煉。（「長波」數句）此特序別離事，極淋漓慘淡之致。末段撫今追昔，悼歡無窮。按：《招魂》乃屈原作，非宋玉作。結句「魂兮歸來哀江南」，言魂歸哀江之南也。哀江在今長沙湘陰縣，有大哀、小哀二洲，後人誤解以為江南之地可哀，謬矣。沿用已久習為故，然不可不解。（清陳廷焯《詞則·別調集》）

第一段傷春起，卻藏過傷別，留作第三段點睛。燕子畫船，含無限情事；清明吳宮，是其最難忘處。第二段「十載西湖」，提起。而以第三段「水鄉尚寄旅」作鉤勒。「記當時、短楫桃根渡」，「記」字逆出，將第二段情事，盡銷納此一句中。「臨分」、「淚墨」，「十載西湖」，乃如此了矣。臨分於別後為倒應，別後於臨分為逆提。漁燈分影，於水鄉為複筆，作兩番鉤勒，筆力最渾厚。「危亭望極，草色天涯」，遙接「長波妒盼，遙山羞黛」，「望」字遠情，「歡」

字近況，全篇神理，只消此二字。「歡唾」是第二段之歡會，「離痕」是第三段之臨分。「傷心千里江南，怨曲重招，斷魂在否」，應起段「遊蕩隨風，化為輕絮」作結。通體離合變幻，一片淒迷，細繹之，正字字有脈絡，然得其門者寡矣。（清陳洵《海綃說詞》）

惜黃花慢

次吳江，小泊，夜飲僧窗惜別。邦人趙簿攜小妓侑尊，連歌數闋，皆清真詞[1]。酒盡已四鼓，賦此詞餞尹梅津[2]。

送客吳皋。正試霜夜冷，楓落長橋[3]。望天不盡，背城漸杳，離亭黯黯，恨水迢迢。翠香零落紅衣老[4]，暮愁鎖、殘柳眉梢。念瘦腰。沈郎舊日[5]，曾繫蘭橈。仙人鳳咽瓊簫[6]。悵斷魂送遠，《九辯》難招[7]。醉鬟留盼，小窗剪燭，歌雲載恨，飛上銀宵。素秋不解隨船去，敗紅趁、一葉寒濤。夢翠翹[8]。怨鴻料過南譙[9]。

1 清真：北宋詞家周邦彥，號清真居士。
2 尹梅津：名煥，字惟曉，山陰人。曾為清真詞集作序。
3「正試」二句：化用唐代崔信明詩：「楓落吳江冷。」唐代張繼《楓橋夜泊》：「月落烏啼霜滿天，江楓漁火對愁眠。」長橋，即吳江垂虹橋。
4 紅衣：指荷花。
5「念瘦腰」二句：用沈約瘦腰典。
6「仙人」句：用蕭史、弄玉吹簫引鳳，其後夫婦成仙事。
7《九辯》：《楚辭》篇名，屈原弟子宋玉作。
8 翠翹：女子釵飾，代所思女子。
9 南譙（qiáo）：南樓。譙，城門上的瞭望樓。

此詞為秋日於吳江餞飲送別之作。從送別起，實敘其事，再以秋景點染。「望天」以下兩排對偶句，前望後顧，寫出惜別情懷，情中帶景。「翠香」以下專寫景，情兼比興。睹凋荷殘柳，愈增離愁。下句似斷似連，雖從「殘柳」引出，卻忽轉入舊日傍柳繫舟情事，用「念」字領起，昔之遊樂對今之黯然傷別。沈郎，此指梅津。據陳洵推測，梅津蓋有其眷戀之人，下片即從此生發惜別之

意。「仙人」句指伴侶不能相聚，故曰簫聲咽。分別使人魂斷，即使像宋玉那樣寫出《九辯》，也難招取送遠的斷魂。下幾句寫僧窗餞別、小鬟唱詞情景，又點題中吳江，言客人隨船去，然秋卻不去，無奈眼前只見寒濤敗葉的淒涼景象。結句神思縹緲，從去路設想，虛實相應。

夢窗詞，七寶樓臺，拆下不成片段，然其用字精審處，嚴確可愛。如此調有二首，其所用正、試、夜、望、背、漸、翠、念、瘦、舊、繫、鳳、悵、送、醉、載、素、夢、翠、怨、料諸去聲字，兩篇皆相合。律呂之學，必有不可假借如此。（清萬樹《詞律》）

題外有事，當與《瑞龍吟》（黯分袖）參看。「沈郎」謂梅津，「繫蘭橈」蓋有所眷也，「仙人」謂所眷者，「鳳簫」則有夫婦之分。「斷魂」二句，言如此分別，雖《九辯》難招，況清真詞乎？含思悽婉，轉出下四句，實處皆空矣。「素秋」言此間風景，「不隨船去」則兩地趁濤，惟葉依稀有情。「翠翹」即上之仙人，特不知與《瑞龍吟》所別，是一是二。（清陳洵《海綃說詞》）

高陽臺

落梅

宮粉雕痕 [1]，仙雲墮影 [2]，無人野水荒灣。古石埋香，金沙鎖骨連環 [3]。南樓不恨吹橫笛 [4]，恨曉風、千里關山。半飄零，庭上黃昏 [5]，月冷闌干。　　　壽陽空理愁鸞 [6]。問誰調玉髓，暗補香瘢 [7]。細雨歸鴻，孤山無限春寒 [8]。離魂難倩招清些 [9]，夢縞衣 [10]、解佩溪邊 [11]。最愁人，啼鳥晴明，葉底青圓 [12]。

1 雕：同「凋」。
2「仙雲」句：化用宋代蘇軾《十一月二十六日松風亭下梅花盛開》：「海南仙雲嬌墮砌。」

3「古石」二句：相傳唐代大曆年間，延州有一婦人亡故，有西域胡僧敬禮焚香，並圍繞其墓讚歎，說此婦人即鎖骨菩薩。開棺視之，果然遍身骨節鈎結如鎖狀。見唐李復言

《續玄怪錄‧延州婦人》。

4「南樓」句：笛調有《落梅花》曲。

5 黃昏：化用宋代林逋《山園小梅》：「暗香浮動月黃昏。」

6 壽陽：南朝宋武帝女壽陽公主曾臥於含章殿檐下，梅花落公主額上成五出之花。後有梅花妝，在額心描梅為飾。鸞：代指鏡。

7「問誰」二句：吳時孫和月下舞水晶如意傷鄧夫人頰，太醫以白獺髓雜玉屑與琥珀合藥

敷之，無瘢痕。

8 孤山：在杭州西湖中。宋林逋曾隱居於此，喜種梅養鶴，稱「梅妻鶴子」。

9 離魂：小說有倩女離魂事。化用宋代張炎《疏影‧梅影》：「依稀倩女離魂處，緩步出、前村時節。」倩：請託。

10 縞衣：白衣，喻潔白的梅花。

11 解佩：解下佩戴的飾物相贈，指男女定情。

12 青圓：指梅樹結果，梅子青圓。

評析

此詞詠落梅，可能暗寓悼念亡姬意。起三句泛寫落梅，如粉凋雲落。下面用筆由淺入深地勾勒。「無人」句指梅落處在荒野，又形容落梅如埋葬於古石中的鎖骨菩薩。「南樓」句因笛調有《落梅花》，藉以點染，恨梅落之遠。歇拍三句，從「千里關山」處拉至舊居庭院，為下片張本。換頭處用壽陽公主、鄧夫人、林逋一系列梅花典故，言落梅難返故枝的無奈淒涼。下跟進一句，亦用典，慨歎離魂難招，只能夢中歡會。是花是人，無從分辨。歇拍從詞的去路着想，得有餘不盡之妙。春晴時連落梅亦無影，空留葉底梅子，豈不更愁？此詞詠物多用典故，包括事典和語典，極聯想設喻之能，層層推進，寫得迷離惝恍、空闊悲涼。

輯評

夢窗《高陽臺‧落梅》一篇，既幽怨，又清虛，幾欲突過中仙詠物諸篇，集中最高之作，《詞選》何以不錄？（清陳廷焯《白雨齋詞話》）

中有怨情，當與中仙詠物諸篇參看。（清陳廷焯《詞則‧大雅集》）

「南樓」七字，空際轉身，是覺翁神力獨運處。「細雨」二句，空中渲染，傳神阿堵。解此二處，讀吳詞方有入處。（清陳洵《海綃說詞》）

高陽臺

豐樂樓分韻得「如」字 1

修竹凝妝，垂楊駐馬，憑闌淺畫成圖。山色誰題，樓前有雁斜書。東風緊送斜陽下，弄舊寒、晚酒醒餘。

自消凝，能幾花前，頓老相如[2]。　　傷春不在高樓
上，在燈前敧枕，雨外熏爐。怕艤遊船，臨流可奈清
臞[3]。飛紅若到西湖底，攪翠瀾、總是愁魚。莫重來、
吹盡香綿[4]，淚滿平蕪。

1 豐樂樓：於宋時杭州豐豫門外，據西湖之　　　　　情多病的才子。
　會，千峰連環，一碧萬頃，宏麗為湖山冠。　　3 清臞（qú）：清瘦。
2 相如：司馬相如，漢武帝時賦家，常代指多　　4 香綿：指柳絮。

　　此詞為登高感懷作。首句承題，寫豐樂樓佳人雲集、縉紳聚拜的歡宴之
盛。「憑闌」句承上之修竹垂楊，啟下之山色雁陣。「誰題」由所見飛雁引起，
因雁陣排列常如「一」、「人」等字形，又青山綴以雁行確如墨痕，故曰「書」。
句句相扣，以上皆為導引之筆。「東風」以下境轉淒涼。如此好景目前，誰復
能欣賞？在詞人眼裡，只見東風淒緊，斜陽沉沒，用「緊送」，見好景無多。
風吹酒醒後，接以「自消凝」三句傷時歎老。過片「傷春」句手法不凡，既承
上片，點出豐樂樓，又言「傷春不在高樓上」，為下面推開廣闊的生發餘地，
且推進句式，將傷春之意的無處不在加倍渲染。「燈前」、「雨外」兩句兩個畫
面，意象凝練。「怕艤」二句，寫不願登船，為自傷消瘦，怕臨流見影。下句
寫落花不僅愁人，攪進水波，魚兒見之亦愁。「飛紅」、「翠瀾」，設色穠麗，
「攪」、「愁魚」，造語新穎，空靈動盪，予人奇幻驚豔之感。此時飛紅已多，若
待重來，柳綿又盡，只堪痛哭而已。落絮，形容墜淚。「莫重來」從詞意宕開，
於將來處設想，感歎不盡。詞中三次設問，傷春之情層層遞進，詞意悲慨蒼
涼，當為詞人晚年作，時處南宋末國勢日衰之際，必有身世之感寄託其中。

　　豐樂樓，舊為眾樂亭，又改聳翠樓，政和中改今名。淳祐間，趙京尹與籌
重建，宏麗為湖山冠。又甃月池，立秋千梭門，植花木，構數亭，春時遊人繁
盛。舊為酒肆，後以學館致爭，但為朝紳同年會拜鄉會之地。吳夢窗嘗大書
所賦《鶯啼序》於壁，一時為人傳誦。（宋周密《武林舊事》）
　　描景高妙。題是樓，偏說傷春不在高樓上，何等筆力！（清陳廷焯《雲
韶集》）
　　奇思幽想。（清陳廷焯《詞則·大雅集》）
　　「淺畫成圖」，半壁偏安也；「山色誰題」，無與託國者；「東風緊送」，則危
急極矣。凝妝駐馬，依然歡會；酒醒人老，偏念舊寒；燈前雨外，不禁傷春矣。

「愁魚」，殃及池魚之意。「淚滿平蕪」，則城邑丘墟，高樓何有焉，故曰「傷春不在高樓上」。是吳詞之極沉痛者。（清陳洵《海綃説詞》）

麥（孺博）丈云：穠麗極矣，仍自清空，如此等詞，安能以「七寶樓臺」誚之。（梁令嫻《藝蘅館詞選》）

三姝媚

過都城舊居有感

湖山經醉慣。漬春衫[1]，啼痕酒痕無限。又客長安，歎斷襟零袂，浣塵誰浣[2]。紫曲門荒[3]，沿敗井、風搖青蔓。對語東鄰，猶是曾巢，謝堂雙燕[4]。　　春夢人間須斷。但怪得、當年夢緣能短[5]。繡屋秦箏，傍海棠偏愛，夜深開宴。舞歇歌沉，花未減、紅顏先變。佇久河橋欲去，斜陽淚滿。

1 漬（zì）：染。
2 浣（wò）：污，弄髒。
3 紫曲：紫陌上的坊曲人家。紫陌指京城郊野的道路。
4「對語」三句：化用唐代劉禹錫《烏衣巷》：「舊時王謝堂前燕，飛入尋常百姓家。」宋代周邦彥《西河·金陵懷古》：「想依稀、王謝鄰里。燕子不知何世。向尋常、巷陌人家，相對如説興亡，斜陽裡。」王、謝為六朝望族，代指高門世族。語，原本作「酒」。
5 能：恁，這樣，如許。

此詞為重到舊居懷人之作。起首三句憶昔遊，「啼痕酒痕」，寫出無限悲歡離合情事。下句轉今事，切題。「又客」、「歎」寫出長年漂泊的遊子情懷。青衫襤褸，滿佈京塵，故人遠去，有誰為我浣洗？而當年與故人的舊居，已門荒井敗，蕭條冷落。「對語」三句用典，寓今昔盛衰之感。夢窗詞中常以燕代故姬。換頭句陡轉，言人間歡情如春夢，終須了斷。看似勘破紅塵情緣，實則中心無限幽怨，故又搖曳生出「夢緣能短」之歎。「繡屋秦箏」以下略記舊夢，富豔景象與上片之「紫曲門荒」形成鮮明對比。「舞歇」句又轉進一層，歡情

已逝，奈何紅顏俱老。盛時不再，而欲留不可，欲訴無人，唯對斜陽淚滿。末句回應題目，語極沉痛。此詞上片由今思昔，下片由昔到今，上下片映帶對應。筆筆連，筆筆折，迴環往復，純以情勝。評家謂此詞有故國之感、湖山之痛，然不可指實。

過舊居，思故國也。讀起句，可見啼痕酒痕、悲歡離合之跡；以下緣情佈景，憑弔興亡，蓋非僅興懷陳跡矣。「春夢」須斷，往來常理，「人間」二字，不可忽過，正見天上可哀，「夢緣能短」，治日少也。「秦箏」三句，回首承平；「紅顏先變」，盛時已過，則惟有斜陽之淚，送此湖山耳。此蓋覺翁晚年之作；讀草窗「與君共是，承平年少」，及玉田「獨憐水賦樓筆，有斜陽還怕登臨」，可與知此詞。（清陳洵《海綃説詞》）

八聲甘州

靈岩陪庾幕諸公遊[1]

渺空煙四遠，是何年、青天墜長星[2]。幻蒼崖雲樹，名娃金屋[3]，殘霸宮城[4]。箭徑酸風射眼[5]，膩水染花腥[6]。時靸雙鴛響，廊葉秋聲[7]。　　宮裡吳王沉醉[8]，倩五湖倦客[9]，獨釣醒醒。問蒼波無語[10]，華髮奈山青。水涵空、闌干高處，送亂鴉、斜日落漁汀。連呼酒，上琴臺去，秋與雲平。

1 靈岩：靈岩山，即古石鼓山，在今蘇州西南木瀆鎮西北。上有吳館娃宮、琴臺、響屧（xiè）廊。庾幕：倉幕，提舉常平司的幕僚。庾，倉庫。
2 長星：巨星，一說彗星。古代占星，長星多為兵革事。
3 名娃金屋：指館娃宮，春秋吳王夫差為西施所造，吳人呼美女為娃。金屋，用漢武帝金

屋藏嬌事。
4 殘霸：指吳王夫差，為越王勾踐所敗，霸業未能長久。
5 箭徑：靈岩山前有採香徑橫斜如臥箭。一作「涇」。
6 膩水：指宮人香膩脂水。《阿房宮賦》：「渭流漲膩，棄脂水也。」
7 「時靸（sǎ）」二句：吳宮有響屧廊，以楩梓

板鋪地，行則有聲。響屧，女子的步履聲。 | 9 五湖倦客：指范蠡，佐越王勾踐日夜謀亡
屧，拖鞋，此用作動詞。雙鴛，女子繡鞋。 | 　吳，於功成後，放舟五湖，不樂功名。
8 吳王沉醉：化用唐代李白《相和歌辭‧烏棲 | 10 波：一作「天」。
　曲》：「吳王宮裡醉西施。」

評
析

　　此詞為遊靈岩山弔古傷今之作。首句想落天外，橫空一問。化實為虛，置靈岩山於茫茫時空、悠悠歷史中，且隱攝下文吳越兵事。「幻蒼崖」以下寫吳王夫差與西施古跡，將館娃宮、箭徑、響屧廊逐一寫來，夾敘夾議，用一「幻」字領起，則實處皆空矣。「酸風」、「膩水」，皆關係弔古之意象。換頭承上，言吳越興亡故事。吳王沉醉與范蠡獨醒對舉，一以沉迷酒色而亡國，一以獨醒而功成身全。「問蒼波」以下，空際轉身，由弔古切及自身，有屈原問天之意，而蒼波不語。人已白髮，奈何山色亙古常青。四顧蒼茫，亂鴉斜日，何等淒涼。末句，更轉一境，推開作結，句法精粹，且與首句呼應，章法完密。此詞波瀾壯闊，虛實俱到，頗具奇思異彩，是夢窗詞中少見的雄渾疏曠之作。南宋季世，內憂外患，偏安江左的南宋君臣，不也如同沉醉的吳王？而亂鴉斜日，不正是國勢衰微之象徵？詞中或有夢窗對現實的隱憂，讀者如此想亦無不可。

輯
評

　　詞中句法，要平妥精粹。一曲之中，安能句句高妙？只要拍搭襯副得去，於好發揮筆力處，極要用工，不可輕易放過，讀之使人擊節可也。如吳夢窗登靈岩云：「連呼酒，上琴臺去，秋與雲平。」閏重九云：「簾半捲，帶黃花，人在小樓。」皆平易中有句法。（宋張炎《詞源》）

　　「箭徑」六字承「殘霸」句，「膩水」五字承「名娃」句。此詞氣骨甚遒。（清陳廷焯《詞則‧大雅集》）

　　換頭三句，不過言山容水態，如吳王、范蠡之醉醒耳。「蒼波」承「五湖」，「山青」承「宮裡」，獨醒無語，沉醉奈何，是此詞最沉痛處，今更為推演之，蓋惜夫差之受欺越王也。長頸之毒，蠡知之而王不知，則王醉而蠡醒矣。女真之猾，甚於勾踐；北狩之辱，奇於甬東。五國城之崩，酷於卑猶位；遺民之憑弔，異於鴟夷之逍遙。而遊艮嶽、幸樊樓者，乃荒於吳宮之沉湎。北宋已矣，南渡宴安，又將岌岌，五湖倦客，今復何人？一「倩」字，有眾人皆醉意。不知當時庾幕諸公，何以對此？（清陳洵《海綃說詞》）

　　麥（孺博）丈云：奇情壯采。（梁令嫻《藝蘅館詞選》）

踏莎行

潤玉籠綃[1]，檀櫻倚扇[2]。繡圈猶帶脂香淺。榴心空疊舞裙紅，艾枝應壓愁鬟亂[3]。　　午夢千山，窗陰一箭。香瘢新褪紅絲腕[4]。隔江人在雨聲中，晚風菰葉生秋怨[5]。

1 潤玉：指肌膚溫潤如玉。
2 檀櫻：指檀口櫻唇。檀，淺紅色，淺赭色。
3 艾枝：端午風俗以艾為虎形，或剪彩為小虎，黏艾葉以戴。
4 紅絲腕：五月五日以五彩絲繫臂，辟鬼及兵。
5 菰（gū）：多年生草本植物，生淺水中。春生嫩莖，即茭白，秋結果實即菰米。

此詞為端午懷人感夢之作。詞的上片似為實寫佳人容飾。「潤玉」幾句着意刻畫其人的玉肌櫻唇、紗衣羅扇、繡花圈飾、脂粉香澤，予人華豔穠麗之感。下寫「榴裙」、「艾枝」應端午。曰「猶帶」、「空疊」、「應壓」，暗藏其人不在目前，此只是推己及人之設想，為下文寫相思預設伏筆，卻始終不說破。陳洵說「能留則不盡而有餘味」，「以留求夢窗，則窮高極深，一步一境」。（《海綃說詞》）此等處即體現詞中「留」字妙訣。換頭八字始將上半片所寫點明是一場夢境，為點睛之筆。「千山」指人去之遙，「一箭」指光陰似箭。「香瘢」句補寫夢中人的新來消瘦，見己之相思之癡、憐惜之深。歇拍兩句言伊人在水一方，隔江不見，午夢醒來只有雨聲、晚風、菰葉，伴人淒寂而已。以疏淡語收，「秋怨」二字總束。歇拍句蘊藉渾成，為王國維欣賞。

讀上闋，幾疑真見其人矣。換頭點睛，卻只一夢。惟有雨聲菰葉，伴人淒涼耳。「生秋怨」，則時節風物，一切皆空。（清陳洵《海綃說詞》）

介存謂：夢窗詞之佳者，如「水光雲影，搖蕩綠波，撫玩無極，追尋已遠」。余覽《夢窗甲乙丙丁稿》中，實無足當此者。有之，其「隔江人在雨聲中，晚風菰葉生秋怨」二語乎？（王國維《人間詞話》）

瑞鶴仙

晴絲牽緒亂。對滄江斜日，花飛人遠。垂楊暗吳苑。
正旗亭煙冷，河橋風暖。蘭情蕙盼¹。惹相思、春根
酒畔。又爭知、吟骨縈消，漸把舊衫重剪。　　淒斷。
流紅千浪，缺月孤樓，總難留燕。歌塵凝扇。待憑信，
拚分鈿²。試挑燈欲寫，還依不忍，箋幅偷和淚捲。
寄殘雲、剩雨蓬萊³，也應夢見。

註釋

1 蘭情蕙盼：眼波如蘭如蕙，形容女子溫情　　　寶等飾器之名。
脈脈。　　　　　　　　　　　　　　　　3 殘雲、剩雨：用巫山雲雨事，指男女歡會。
2 分鈿：情人別離，常分鈿以作憑信。鈿，金　　蓬萊：仙境，代指所思人之居處。

評析

　　此詞為懷人之作。起句情景雙關，總領全詞，柳絲與情緒，用「牽」字勾
連，「緒亂」乃由下之「花飛人遠」引起。「垂楊」句指與故人分別之時地，一
解為人去之地。「蘭情」句始點伊人，迅即跌落下二句，思力沉透。「又爭知」
加倍一層寫相思，舊衫是故人所裁，然她怎知我如今正為伊憔悴的消瘦情形
呢？下片「淒斷」二字束上啟下，聲調沉痛。「流紅」為上片「花飛」之複筆，
「缺月」句為上片「人遠」之複筆。「燕」指故人，夢窗詞中屢見。「歌塵」句言
物是人非。「分鈿」指「總難」留住故人，只有分別，一筆縱開。「試挑燈」句
言本想寫別後相思之苦，又不忍寫，結果是和淚捲箋，一筆關合，句勢隨着感
情「疑往而復，欲斷還連」（清陳洵《海綃說詞》）。歇拍再進一步，既不忍寫相
思，而人又遠在蓬萊，那殘剩的歡會之情，在夢中總該能實現吧。實為哀苦無
望、力破餘地之語。此詞低迴掩映，千迴百折，令人不忍卒讀。

輯評

　　吳苑是其人所在，此時覺翁不在吳也，故曰「花飛人遠」。《鶯啼序》曰：
「晴煙冉冉吳宮樹。」《玉蝴蝶》曰：「羨故人還買吳航。」《尾犯·贈浪翁重客
吳門》曰：「長亭曾送客。」《新雁過妝樓》曰：「江寒夜楓怨落。」又是吳中事，
是其人既去，由越入吳也。「旗亭」二句，當年邂逅，正是此時。「蘭情」二句，
對面反擊，跌落下二句，思力沉透極矣。「舊衫」是其人所裁，「流紅千浪」，
複上闋之「花飛」。「缺月孤樓，總難留燕」，複上闋之「人遠」，為「淒斷」二
字鈎勒。「歌塵凝扇」，對上「蘭情蕙盼」，人一處，物一處。「待憑信，拚分

鈿」，縱開，「還依不忍」，仍轉故步。「箋幅偷和淚捲」，複「挑燈欲寫」，疑往而復，欲斷還連，是深得清真之妙者。「應夢見」，尚不曾夢見也。含思悽婉，低迴無盡。（清陳洵《海綃說詞》）

「待憑信」以下四句，力破餘地。（龍榆生《夢窗詞選箋》引朱祖謀語）

鷓鴣天

化度寺作[1]

池上紅衣伴倚闌[2]。棲鴉常帶夕陽還。殷雲度雨疏桐落，明月生涼寶扇閒。　　鄉夢窄，水天寬。小窗愁黛淡秋山[3]。吳鴻好為傳歸信，楊柳閶門屋數間[4]。

1 化度寺：《杭州府志》：「化度寺在仁和縣北　　　3 愁黛：愁眉不展。
　江漲橋，原名小雲，宋治平二年改。」　　　　4 閶門：蘇州市城西門。古時高樓閣道，雄偉
2 紅衣：指蓮花。　　　　　　　　　　　　　　　壯麗。

此詞為夢窗寓杭時憶去姬作。「楊柳閶門」，去姬所居地，全詞之神繫於此句。上半片化度寺即目之景，景與人化作一處來寫。「紅衣」，在物指蓮，在人指姬，姬去，則「伴倚闌」者唯池中紅蓮而已。下句從反面落筆，暮鴉歸棲，而姬去不返。「殷雲」兩句兩個場景，一秋一夜，一雨一月，言相思非一日也。雨中梧桐葉落聲最淒涼，涼月中不無秋扇見捐之感，種種景物皆染相思色彩。下片起句「窄」、「寬」字精煉，與去姬隔水天遙遙，奈何夢亦難到。「愁黛」與「秋山」，仍是景與人關合用筆，從去姬設想。結句言盼姬歸還之意，一說已將歸，託吳鴻傳信。

「楊柳閶門」，其去姬所居也。全神注定，是此一句。「吳鴻歸信」，言己亦將去此間矣，眼前風景何有焉？（清陳洵《海綃說詞》）

吳文英·二十四首　　　　　　　　　　　　　　　　　　　　363

夜遊宮

人去西樓雁杳。敘別夢、揚州一覺[1]。雲淡星疏楚山曉[2]。聽啼烏，立河橋，話未了。　　雨外蛩聲早。細織就、霜絲多少[3]。說與蕭娘未知道。向長安，對秋燈，幾人老[4]。

1「敘別夢」句：化用唐代杜牧《遣懷》：「十年一覺揚州夢。」

2 楚山：唐代王昌齡《芙蓉樓送辛漸二首》其一：「平明送客楚山孤。」此處泛指送客地。

3 霜絲：白髮。

4「向長安」三句：化用宋代歐陽修《漁家傲》（暖日遲遲花裊裊）：「長安城裡人先老。」

　　此詞為懷人之作。上片首句點「人去」，「雁杳」指無音信。「敘別夢」句用杜牧詩意，不勝今昔之感。下句就「別夢」寫。送客之時的清曉情景，歷歷目前。「啼烏」，承「曉」字。「話未了」，寫出河橋送別依依不捨之狀。下片從別後相思說起。相思中人易感秋意，故曰「早」。蛩即促織，引出下句「織就霜絲」語，風景與人事一筆雙至。而此情此景只有獨自承受，思念的人並不知曉。結句言人在京師易老，承上「霜絲」。漂泊感喟之意，於兩問句唱歎而出。此詞寫得沉樸渾厚。

　　「楚山」夢境，「長安」，京師，是運典。「揚州」則舊遊之地，是賦事。此時覺翁身在臨安也。詞則沉樸渾厚，直是清真後身。（清陳洵《海綃說詞》）

青玉案

新腔一唱雙金斗[1]。正霜落、分柑手[2]。已是紅窗人倦繡。春詞裁燭[3]，夜香溫被，怕減銀壺漏[4]。　　吳天雁曉雲飛後[5]。百感情懷頓疏酒[6]。彩扇何時翻翠袖[7]。歌邊拚取，醉魂和夢，化作梅花瘦。

　　本詞為憶姬之作。上片記夢，先選取三個角度來刻畫美人的形貌神態。首句描寫美人蹙眉低唱時的可憐模樣，次句聚焦美人秋日分柑的纖纖素手，第三句表現美人窗下倦繡的勞作畫面。歇拍回憶兩人刻燭賽詩、共擁衾枕的溫馨場景，表達對往日歡會的不捨與留戀。下片寫夢醒時分。雲開雁飛之後，夢中的情境令人百感交集。「彩扇何時翻翠袖」，當為「翠袖何時翻彩扇」意，因「袖」字協韻，故顛倒語序。結句後悔當年，捨棄一切而不顧，如今只能將醉魂和夢幻，化作梅邊瘦影。此詞將時間與空間、現實與假想錯綜雜糅，今昔對比，悲歡迥異，表達心中的幽怨悽楚和離別相思。

　　接筆好。（清陳廷焯《詞則·別調集》）
　　「疏酒」，因無翠袖故也，卻用上闋人家度歲之樂，層層對照，為「何時」二字，十二分出力。（清陳洵《海綃說詞》）

賀新郎

陪履齋先生滄浪看梅[1]

喬木生雲氣[2]。訪中興[3]、英雄陳跡[4]，暗追前事。戰艦東風慳借便，夢斷神州故里[5]。旋小築、吳宮閒地[6]。華表月明歸夜鶴，歎當時、花竹今如此。枝上露，濺清淚。　　　遨頭小簇行春隊[7]。步蒼苔、尋幽別墅，問梅開未[8]。重唱梅邊新度曲，催發寒梢凍蕊。此心與、東君同意[9]。後不如今今非昔，兩無言、相對滄浪水。懷此恨，寄殘醉。

1 履齋：吳潛，字毅夫，號履齋，理宗淳祐中
　為觀文殿大學士，封慶國公。滄浪：亭名，
　在蘇州府學東，五代末年為吳越中吳軍節
　度使孫承佑別墅，北宋時歸蘇舜欽，建亭命
　名，後又為南宋初名將韓世忠別墅。

2 喬木：高大的樹木。宋代蘇軾《韓康公輓詞
　三首》其一：「故國非喬木，興王有世臣。」

3 中興：北宋覆亡後南宋初又興衰繼絕、重
　整國事。

4 英雄：指抗金名將韓世忠，綏德人，字良
　臣。詳見《宋史·韓世忠傳》。

5「戰艦」句：化用唐代杜牧《赤壁》「東風不
　與周郎便，銅雀春深鎖二喬。」此指韓世忠

黃天蕩大捷，但也因無風，海舟被焚，未能
完全消滅金兀朮，也使收復中原、回歸故里
的夙願未能實現。

6「旋小築」句：秦檜收韓世忠將權，罷去。
　韓從此杜門謝客，自號清涼居士。此指其退
　隱滄浪亭。

7 邀頭：宋代成都自正月至四月浣花，太守出
　遊，士女縱觀，稱太守為邀頭。此指時知平
　江府的吳履齋。

8「問梅」句：化用唐代王維《雜詩三首》其
　二：「來日綺窗前，寒梅著花未。」

9 東君：春神。

　　此詞為滄浪看梅，懷韓世忠並感慨時事之作。起三句即從韓抗金說起。
「喬木」句起興，既切滄浪景物，又切韓世忠為中興世臣，且發端嘹亮，起始
便營造高遠境界。「戰艦」句指韓黃天蕩敗金兵之役，用三國時吳借東風燒曹
操戰艦於赤壁故事，感慨雖有韓這樣的英雄，而恢復之功終未成，大概是天意
吧，遂有「夢斷」之語。「小築」落到韓買滄浪事，「閒」字點出英雄失志、投
閒置散的悲哀。「華表」四句翻空出奇，設想韓王忠魂若重來到此，定生今昔
之感，有杜甫「感時花濺淚」意。至此方引出詞人看梅事。換頭即從陪履齋看
梅另起，應題。「重唱」句云在梅邊填詞度曲，旨在催花早發，與春神心意正
同。此句或別有深意，隱寓自己與履齋對國勢轉危為安的企盼。吳潛為南宋
末年愛國名臣，意見卻不為朝廷所用，此將其款款忠心一併道出。「後不如今
今非昔」句極沉痛，當年韓、岳大將尚能圖恢復，今則守亦難矣，恐後國力日
衰，更不如今吧，亡國之懼隱於其中。念及此，與履齋唯有相對無言，但觀滄
浪之水，一醉消愁而已。此詞感慨激烈，卻不直抒，寄之於溫婉悲涼語，境界
甚高。

　　感慨身世，激烈語偏寫得溫婉，境地最高。（清陳廷焯《白雨齋詞話》）
　　稼軒詞云：「而今已不如昔，後定不如今。」即其年《水調歌頭》之意，而
意境卻別。然讀夢窗之「後不如今今非昔，兩無言、相對滄浪水」。悲鬱而和
厚，又不必為稼軒矣。（同上）
　　起五字神來。通首流連詠歎，天地為之低昂。欷歔流涕有如此者。（下片）
一片熱腸，有誰知得？（結句）沉痛迫烈，碎擊唾壺。意極激烈，語卻溫婉。
（清陳廷焯《雲韶集》）

「此心與、東君同意」，能將履齋忠款道出，是時邊事日亟，將無韓、岳，國脈微弱，又非昔時。履齋意主和守而屢疏不省，卒致敗亡，則所謂「後不如今今非昔，兩無言、相對滄浪水。懷此恨，寄殘醉」也。言外寄慨，學者須理會此旨。前闋滄浪起，看梅結；後闋看梅起，滄浪結，章法一絲不走。（清陳洵《海綃說詞》）

唐多令

何處合成愁。離人心上秋[1]。縱芭蕉、不雨也颼颼。都道晚涼天氣好，有明月、怕登樓。　　年事夢中休。花空煙水流。燕辭歸、客尚淹留[2]。垂柳不縈裙帶住[3]，漫長是、繫行舟。

1 「何處」二句：心上秋，合成「愁」字。此修辭中拆字法。
2 「燕辭歸」句：化用三國魏曹丕《燕歌行》：「群燕辭歸雁南翔，念君客遊思斷腸。慊慊思歸戀故鄉，何為淹留寄他方？」
3 裙帶：代指別去的女子。

此詞為悲秋傷別作。上片以問答句起，揭出「愁」字，意含雙關。將「愁」字拆為「秋心」，即為心中的離思與眼前的秋景合成。逗引下句，秋雨打在芭蕉葉上之聲很淒涼，如李煜《長相思》所寫：「秋風多，雨相和。簾外芭蕉三兩窠，夜長人奈何。」此云「不雨也颼颼」，為進一層寫法，渲染心中的秋怨之深。下句先縱後擒，自為開合。別人認為「天涼好個秋」的天氣，自己卻不敢登樓望遠，怕明月惹起相思。下片寫離愁。往年與情人歡聚的時光已如水流花落，一去不返。「燕辭歸」有雙關意，既切物候變換，又指人事別離。「燕」與「客」形成「歸」與「留」的對比，寫出客欲歸而不得的哀傷。歇拍從此生出，垂柳不能留住已去的情人，反而用來繫住行客之舟，多麼無奈！「漫長是」，見感慨之意。此詞小巧，為夢窗詞中少見的疏快之作。

此詞疏快，卻不質實。如是者集中尚有，惜不多耳。（宋張炎《詞源》）
無風花落，不雨蕉鳴，是妙對。「縱」字襯。（明卓人月輯、徐士俊評《古今詞統》）

「何處合成愁，離人心上秋。」滑稽之雋，與龍輔《閨怨》詩：「得郎一人來，便可成仙去。」同是《子夜》變體。（清王士禎《花草蒙拾》）

語淺情長，不第以疏快見長也。（清陳廷焯《詞則‧別調集》）

玉田不知夢窗，乃欲拈出此闋，牽彼就我。無識者群聚而和之，遂使四明絕調，沉沒幾六百年，可歎。（清陳洵《海綃說詞》）

黃孝邁

一首

湘春夜月

近清明，翠禽枝上消魂。可惜一片清歌，都付與黃昏。欲共柳花低訴[1]，怕柳花輕薄，不解傷春。念楚鄉旅宿[2]，柔情別緒，誰與溫存。　　空尊夜泣，青山不語，殘照當門。翠玉樓前[3]，惟是有、一波湘水，搖蕩湘雲。天長夢短，問甚時、重見桃根[4]。者次第[5]，算人間沒個並刀，剪斷心上愁痕。

1 柳花：柳絮。

2 楚鄉：指湘江一帶。

3 翠玉樓：華美的樓。

4 桃根：晉朝王獻之妾桃葉的妹妹。這裡指詞人的戀人。

5 者次第：這情形。者，這。

　　這首詞借楚鄉春日景物，抒寫羈旅愁懷。首句以翠禽使人消魂總攝全篇。「可惜」二句為翠禽清歌無人理會惋惜，再以柳絮不解傷春反襯，進而自傷旅宿孤獨，無人溫存。由傷春到傷別，層次井然而有波折。換頭宕開寫景，青山、殘照，湘水、湘雲，境界愈益開闊，但仍圍繞「當門」、「樓前」，構成特定情境。「天長」二句再歎相會之難，歇拍以並刀難剪愁懷作喻，以深長的唱歎收束。全詞上下片均採用先景後情、情景交錯的結構，在經過精心選擇的自然物象中也注入情思，如柳花輕薄、空樽夜泣、青山不語、殘照當門，以情寫物，情景合一，造成低迴婉轉的傾訴氣氛。

　　此調無他作者，想雪舟自度，風度婉秀，真佳詞也。或謂首句「明」字起韻，非也，如此佳詞，豈有借韻之理。（清萬樹《詞律》）

　　芊綿悽咽。起數語便覺牢愁滿紙。（清陳廷焯《詞則‧大雅集》）

潘希白

一首

大有

九日

戲馬臺前[1]，採花籬下[2]，問歲華、還是重九。恰歸來、南山翠色依舊。簾櫳昨夜聽風雨，都不似、登臨時候。一片宋玉情懷[3]，十分衛郎清瘦[4]。　　紅萸佩、空對酒。砧杵動微寒，暗欺羅袖[5]。秋已無多，早是敗荷衰柳。強整帽簷欹側[6]，曾經向、天涯搔首[7]。幾回憶、故國蓴鱸[8]，霜前雁後。

註釋

1 戲馬臺：在彭城（今江蘇徐州），即項羽掠馬臺。南朝宋武帝劉裕曾於重陽節時在此大會賓客，賦詩唱和。
2 採花籬下：化用晉陶淵明《飲酒二十首》其五：「採菊東籬下，悠然見南山。」
3 宋玉情懷：即悲秋情懷。宋玉《九辯》是著名的「悲秋」之作。
4 衛郎清瘦：晉朝衛玠體弱多病，好像連衣服都承擔不起來。
5 欺：侵襲。
6 「強整」句：用孟嘉落帽典。見前劉克莊《賀新郎‧九日》註5。
7 搔首：抓撓頭髮，是沉思之狀。
8 蓴鱸：晉朝張翰在洛陽做官，見秋風起，思念吳中蓴菜羹、鱸魚膾，遂辭官歸隱家鄉。

評析

　　這首詞是重陽悲秋之作。起三句敘重九登臨，懷古賞菊。「恰歸來」三句寫山色依舊而風雨夜至，「依舊」、「不似」與「還是」前後呼應，強調了詞人對歲時、景色、氣候遷移變化的敏感。「宋玉情懷」、「衛郎清瘦」概括詞人的登臨感受與神態。過片提頓，寫對酒興感。「砧杵」二句寫秋涼，「秋已」二句進一層寫殘秋衰敗景象，暗應上片「風雨」。「強整」二句以正帽、搔首兩個動作揭示天涯客子的焦慮和不安。結句點明歸鄉題旨。全篇用典多與重九有關，恰當地表達了悲秋、懷鄉的詞意而無堆砌之感。

輯評

　　用事用意，搭湊得瑰瑋有姿。其高澹處，可以與稼軒比肩。（清查禮《銅

鼓書堂詞話》）

　　如此用落帽故事，亦新穎而不着跡。（清沈澤棠《懺庵詞話》）

黃 公 紹

一 首

青玉案

年年社日停針線[1]。怎忍見、雙飛燕[2]。今日江城春已半。一身猶在，亂山深處，寂寞溪橋畔。　　春衫著破誰針線[3]。點點行行淚痕滿。落日解鞍芳草岸。花無人戴，酒無人勸，醉也無人管。

1 社日：此指春社。停針線：古代婦女在春　　　　2 雙飛燕：雌雄並飛的燕子。
秋社日不做針線活兒。　　　　　　　　　　　　　3 著破：穿破。

　　這首詞寫遊子鄉思。首句「年年」二字已有不堪意味，與「已」字、「猶」字相呼應，顯示對節候的敏感及留滯不歸的無奈。春燕「雙飛」，反襯「一身」；「亂山」且在「深處」，「溪橋」而又「寂寞」，可見其狼狽落魄。過片「春衫著破」顯示離鄉之久，連用三「無人」與「一身」二字遙為呼應，一句一歎，悲歌當哭，感人至深。其重疊複沓句式及其遞進效果與晁補之《憶少年》詞「無窮官柳，無情畫舸，無限行客」幾句有同一妙處。全詞用白描手法，直抒其情，不作修飾，語淡而情濃，事淺而言深。

　　按：此首《全宋詞》作無名氏詞，見《陽春白雪》卷五。

　　「花無人戴，酒無人勸，醉也無人管」，與此詞（按：晁補之《憶少年》（無窮官柳））起處同一警絕。唐以後，特地有詞，正以有如許妙語，詩家收拾不盡耳。（清先著、程洪《詞潔》）

　　詞有如張融危膝，不可無一，不可有二者，如劉改之《天仙子》別妾是也。中云：「馬兒不住去如飛，牽一憩，坐一憩。」又云：「去則是，住則是，煩惱自家煩惱你。」再若效顰，寧非打油惡道乎。然篇中「雪迷村店酒旗斜」，固非雅流不能作此語。至無名氏《青玉案》曰：「落日解鞍芳草岸。花無人戴，酒無人勸。醉也無人管。」語澹而情濃，事淺而言深，真得詞家三昧，非鄙俚樸陋者可冒。（清賀裳《皺水軒詞筌》）

　　（上闋）悽切語，情詞兼勝。（結句）不是風流放蕩，只是一腔血淚耳！（清陳廷焯《雲韶集》）

朱嗣發

一首

摸魚兒

對西風、鬢搖煙碧 [1]，參差前事流水。紫絲羅帶鴛鴦結 [2]，的的鏡盟釵誓 [3]。渾不記，漫手織迴文，幾度欲心碎。安花著蒂 [4]，奈雨覆雲翻 [5]，情寬分窄 [6]，石上玉簪脆 [7]。　　朱樓外 [8]。愁壓空雲欲墜。月痕猶照無寐。陰晴也只隨天意。枉了玉消香碎 [9]。君且醉。君不見、長門青草春風淚。一時左計 [10]。悔不早荊釵 [11]，暮天修竹，頭白倚寒翠 [12]。

1 鬢搖煙碧：鬢髮在蒼翠的暮色中飄曳。
2 鴛鴦結：即同心結，表示恩愛。
3 的（dí）的：明顯，顯著。鏡盟：用樂昌分鏡事。見前袁去華《瑞鶴仙》（郊原初過雨）註 2。釵誓：傳說唐玄宗與楊貴妃以金釵和鈿合定情盟誓。
4 安花著蒂：將落花安到花蒂上。
5 雨覆雲翻：比喻反覆無常。語出唐代杜甫《貧交行》：「翻手作雲覆手雨，紛紛輕薄何須數。」
6 分（fèn）：情分，緣分。
7 「石上」句：化用唐代白居易《井底引銀瓶》：「石上磨玉簪，玉簪欲成中央折。」比喻感情不牢固。
8 朱樓：華麗的紅色樓房。
9 枉了：徒然。
10 左計：錯誤的計劃，失策。
11 荊釵：以荊枝作釵，是貧家婦女的裝束。
12 「暮天」二句：化用唐代杜甫《佳人》：「天寒翠袖薄，日暮倚修竹。」

這是一首棄婦之詞。上片是對薄情丈夫的譴責，下片直訴追悔怨恨之情。西風中飄散的鬢髮勾畫出棄婦的憔悴形象。「紫絲」二句寫定情的信物及盟誓。「渾不記」二句寫自己的真情思念。「安花」四句寫婚姻破裂，造成悲劇的原因是所託非人，男子的二三其德。婚姻的脆弱正揭示了古代婦女的悲慘命運。過片寫長夜無寐，無奈而又無助。「陰晴」實有雙關天氣與婚變之意。「君且醉」二句是強為寬解之辭。結尾痛陳悔恨之語，「荊釵」與「紫絲羅帶」、「朱樓」對照，再從所用陳皇后典故看，可知棄婦的身份應是一位富家女子。貧賤夫妻尚能相守終生，白頭偕老，表現了對幸福愛情生活的渴望。全詞上下片開頭用景物略作渲染，其餘部分敘事抒情，情、景、事自然融合，蘊藉深沉。

劉辰翁
四首

蘭陵王

丙子送春[1]

送春去。春去人間無路。鞦韆外，芳草連天，誰遣風沙暗南浦[2]。依依甚意緒。漫憶海門飛絮[3]。亂鴉過[4]，斗轉城荒[5]，不見來時試燈處[6]。　　春去。最誰苦。但箭雁沉邊[7]，梁燕無主[8]。杜鵑聲裡長門暮[9]。想玉樹凋土[10]，淚盤如露[11]。咸陽送客屢回顧[12]。斜日未能度[13]。　　春去。尚來否。正江令恨別，庾信愁賦[14]。蘇堤盡日風和雨。歎神遊故國，花記前度[15]。人生流落，顧孺子[16]，共夜語。

1 丙子：宋恭帝德祐二年（1276），此年二月，元軍攻陷臨安，恭帝及太后被擄往北方。此詞以「春」喻南宋王朝。
2 風沙：喻元軍。
3 漫憶：徒然思念。海門飛絮：以飄飛不定的柳絮比喻輾轉於閩廣沿海地區的南宋君臣。海門，海邊。
4 亂鴉：隱喻元軍。
5 斗轉：北斗星移動位置，指季節轉換，兼喻時代變遷。
6 來時：往時。
7 箭雁沉邊：以中箭的大雁喻恭帝及太后一行被擄去遙遠的邊地。
8 梁燕無主：以樑上尋覓舊巢的燕子喻南宋士大夫流落各地。
9 長門：代指南宋皇宮。

10 玉樹：六朝時曾把人比作玉樹，這裡指為國捐軀的人。
11 淚盤如露：唐代李賀《金銅仙人辭漢歌》序載：魏明帝青龍元年八月，派宮官西取漢孝武帝捧露盤仙人，欲立於前殿，宮官拆下盤，銅仙人被搬上車前，竟然清然淚下。這裡藉以寫因亡國而悲傷流淚。
12 「咸陽」句：指被迫北行的人對故國戀戀不捨之情。化用唐代李賀《金銅仙人辭漢歌》：「衰蘭送客咸陽道，天若有情天亦老。」咸陽，代指南宋都城臨安。
13 「斜日」句：日已黃昏仍未前進。
14 「正江令」二句：南朝梁江淹曾任吳興令，著有《別賦》。庾信出使西魏時被強留北方，先後在西魏、北周任職，作品多故國之思，著有《哀江南賦》。江淹、庾信皆指

被俘北行的南宋士大夫。

15 花記前度：唐代劉禹錫元和年間從貶地被召回長安，遊玄都觀作詩詠桃花譏刺權貴，被再次遠貶。十四年後，又被召回，重遊故地，作《再遊玄都觀》，結尾兩句說：「種桃道士歸何處？前度劉郎今又來。」這裡用以代指昔日臨安的如花美景。

16 顧：但。**孺子**：孩子，指詞人的兒子。

這首詞借傷春的傳統題材，寄寓自己的亡國之痛。發端「送春去」九字以重筆直入題旨，振起全篇。芳草連天，風沙瀰漫，遮住了春的歸路，正如國勢衰微，前途難料，使人悵然神傷，不禁對流離遷轉於海隅的幼帝表示擔憂。「亂鴉」、「城荒」與昔日張燈結彩的繁華形成鮮明對照，今昔之感蘊含其中。第二片寫春去後的無限悲苦。「最誰苦」，出之以詰問，尤顯沉重。中箭的大雁沉落邊塞，使人想到被迫離鄉的南宋君臣；無主的樑燕尋覓舊巢，使人想到四處漂泊的南宋士大夫；暮春的杜鵑使人想到故宮的荒涼。第三片也以詰問發端，表達了詞人對宋帝南歸、恢復故國的企盼。如今西湖正遭受風吹雨打，只有在神遊故都時還記得昔日繁華。歇拍寫與兒子共話興亡，從國家多難轉到自身流落，使人倍感愴然。整首詞多用比興象徵手法，抒情婉曲，寓意深沉，有屈原「楚騷」意味。三片皆以「春去」重筆發端，綰帶全篇，有迴環往復、一唱三歎之妙。

三段俱以「春去」喚起。峽猿三唱，征鳥踟躕，寒雲不飛。（明卓人月輯、徐士俊評《古今詞統》）

按樊樹論詞絕句：「『送春』苦調劉須溪。」信然。（清張宗櫹《詞林紀事》）

題是「送春」，詞是悲宋，曲折說來，有多少眼淚。悽惻之懷。情詞悽絕，水雲之流亞也。（清陳廷焯《白雨齋詞話》）

寶鼎現

紅妝春騎[1]。踏月影、竿旗穿市[2]。望不盡、樓臺歌舞，習習香塵蓮步底[3]。簫聲斷、約彩鸞歸去[4]，未怕金吾呵醉[5]。甚輦路、喧闐且止。聽得念奴歌起[6]。　　父老猶記宣和事[7]。抱銅仙、清淚如水[8]。還轉盼[9]、沙河多麗[10]。滉漾明光連邸第[11]。簾影凍、散紅光成綺。

月浸葡萄十里¹²。看往來、神仙才子¹³。肯把菱花撲碎。　　腸斷竹馬兒童¹⁴，空見説、三千樂指¹⁵。等多時、春不歸來，到春時欲睡。又説向、燈前擁髻¹⁶。暗滴鮫珠墜¹⁷。便當日、親見《霓裳》¹⁸，天上人間夢裡¹⁹。

1 紅妝：盛妝的婦女。春騎：遊春的車馬。

2 竿旗：懸在竿上的旗，指官府的旗。

3 習習：塵土飛揚的樣子。蓮步：美人的腳步。

4 彩鸞：仙女名，喻遊春的女子。

5 「未怕」句：不用害怕京城禁夜。金吾，即執金吾，負責京城治安的長官，夜間巡邏以禁夜行。古代元宵節不設夜禁。呵醉，漢代名將李廣被削職後，曾遭灞陵尉乘醉羞辱並呵止夜行。

6 念奴：唐玄宗時著名歌伎，常出入宮禁演唱。

7 宣和：宋徽宗年號。

8 「抱銅仙」句：借漢代金銅仙人被遷出漢宮寫亡國之痛。見前劉辰翁《蘭陵王·丙子送春》註 11。

9 轉盼：顧盼。

10 沙河：即沙河塘，在錢塘（今杭州）南五里。多麗：形容繁華。

11 滉漾明光：明亮的燈光在水中閃爍。邸第：王侯府第。

12 葡萄：形容湖水深綠如葡萄。

13 神仙：指美女。

14 竹馬：以竹竿當馬騎，是兒童的玩具。

15 三千樂指：三百人的龐大樂隊。每人十指，三百人有三千指。

16 擁髻：手捧髮髻，是悲傷的表示。

17 鮫珠：眼淚。古代傳説南海中有鮫人，其眼能泣珠。

18 便：即使。《霓裳》：即《霓裳羽衣曲》，是唐玄宗時著名的歌舞曲，傳説楊貴妃善舞此曲。

19 天上人間：化用南唐李煜《浪淘沙》：「流水落花春去也，天上人間。」

　　這首詞作於元人德元年（1297），時距宋亡（1279）已近二十年。詞人描寫當年京城元宵燈節的繁盛景象，抒發思念故國的情思。第一片追述北宋汴京元宵月夜遊賞之樂，從遊人之眾、樓臺之麗、音樂歌舞之盛幾方面極力鋪陳喧鬧歡樂場景。第二片換頭「父老猶記宣和事」承上啟下，「抱銅仙」句點醒亡國的慘痛現實。「還轉盼」又折轉到南宋都城臨安，重點描寫西湖元夜燈火月光交相輝映之美。第三片反跌眼前。「空見説」遙應「父老」句，提頓一筆。「等多時」句以「春」字喻南宋王朝，「到春時」句反轉，「春」字實寫，反映詞人心境的悲涼。

　　整首詞通過元宵燈節表現今昔盛衰之感，但在結構上並未作平行的對比，而是在前兩疊用濃筆重彩，極力鋪陳汴京、臨安兩地燈節的熱鬧繁華，只在

換頭與結尾處略作勾勒，更突出「天上人間」迥隔之感，回憶感慨交織在一起，尤覺韻味深長。通篇以絢爛詞采寫哀怨之情，以歡樂反襯悲痛，纏綿蘊藉，悽婉動人。

（「甚輦路」二句）以永新為念奴，須溪誤耶。「菱花」用樂昌元夕事，隱隱以宋比亡陳。（明卓人月輯、徐士俊評《古今詞統》）

劉須溪丁酉元夕《寶鼎現》詞云：「（略）。」此詞題云「丁酉」，蓋元成宗大德元年，亦淵明書甲子之意也。詞意悽婉，與《麥秀歌》何殊。（明楊慎《升庵集》）

劉辰翁作《寶鼎現》詞，時為大德元年，自題曰丁酉元夕，亦義熙舊人只書甲子之意。其詞有云：「父老猶記宣和事，抱銅仙、清淚如水。」又云：「腸斷竹馬兒童，空見（說）、三千樂指。」又云：「向燈前擁髻，暗滴鮫珠墜。便當日、親見霓裳，天上人間夢裡。」反反覆覆，字字悲咽，其孤竹、彭澤之流。（清馮金伯《詞苑萃編》）

永遇樂

余自乙亥上元[1]，誦李易安《永遇樂》[2]，為之涕下。今三年矣，每聞此詞，輒不自堪，遂依其聲[3]，又託之易安自喻，雖辭情不及，而悲苦過之。

璧月初晴，黛雲遠淡[4]，春事誰主。禁苑嬌寒[5]，湖堤倦暖[6]，前度遽如許[7]。香塵暗陌[8]，華燈明晝，長是懶攜手去。誰知道，斷煙禁夜[9]，滿城似愁風雨。　　宣和舊日[10]，臨安南渡，芳景猶自如故[11]。緗帙流離[12]，風鬟三五[13]，能賦詞最苦。江南無路[14]，鄜州今夜[15]，此苦又誰知否。空相對，殘釭無寐，滿村社鼓。

1 乙亥上元：宋恭帝德祐元年（1275）元宵節。
2 李易安《永遇樂》：指宋代李清照詞《永遇

樂》（落日熔金）。李清照號易安居士。
3 依其聲：依照李清照詞原來的聲韻填詞。

4 黛雲：青綠色的彩雲。

5 禁苑：帝王的園林。

6 湖堤：指西湖邊。

7「前度」句：再來京城臨安，景象變化得如
　此之快。前度，用劉禹錫重遊玄都觀作詩
　典。見前劉辰翁《蘭陵王‧丙子送春》註
　15。

8 香塵暗陌：塵土遮暗道路，形容車馬遊客
　之多。

9 斷煙：炊煙已斷，指城中居民很少。禁夜：
　實行宵禁。

10 宣和舊日：指宋徽宗宣和年間汴京的繁華
　景象。

11「臨安」二句：指宋室南渡後的臨安（今杭

州）小朝廷依然繁華。

12 緗帙（xiāng zhì）流離：指李清照夫婦所收
　藏的古籍和金石書畫均在南渡途中散失。
　緗帙，淺黃色的書衣，代指書卷。

13 風鬟三五：李清照《永遇樂》：「中州盛日，
　閨門多暇，記得偏重三五。」「如今憔悴，
　風鬟霧鬢，怕見夜間出去。」此用其意，寫
　今日元宵夜凄涼景況。三五，指正月十五
　日。風鬟，頭髮蓬鬆散亂的樣子。

14 江南無路：指江南已淪於敵手。

15 鄜（fū）州今夜：化用唐代杜甫《月夜》：
　「今夜鄜州月，閨中只獨看。遙憐小兒女，
　未解憶長安。」鄜州，今陝西富縣，這裡
　代指妻子所在的地方。

評析

　　這首詞糅合詞人與李清照的共同遭遇，借臨安的今昔變化抒發深沉的家
國之思。上片由月夜清景引發「春事誰主」的感慨，進而遙想當年臨安上元夜
遊人如織、華燈燦爛的繁盛景象。「誰知道」三句陡轉，寫如今元軍統治下的
滿城風雨。換頭三句承上啟下，將宣和年間的汴京與南渡後的臨安以「芳景
自如故」總括一筆，暗示風景如舊而人世已非。「緗帙」三句寫李清照當年漂
泊流離、風鬟霧鬢、賦寫苦詞的情狀。「江南」三句轉從自身角度，寫江南被
元軍佔領，家人離散。從中原淪喪到宋室將亡，國恨家仇，愈積愈深，獨對殘
燈，長夜無眠，「滿村社鼓」更反襯出內心的荒涼。詞人通過寫元宵，憶京華，
説變遷，汴京與臨安、歷史與現實自然縮合，厚重深沉，溫婉頓挫。

摸魚兒

酒邊留同年徐雲屋 [1]

怎知他、春歸何處，相逢且盡尊酒。少年褭褭天涯
恨 [2]，長結西湖煙柳 [3]。休回首。但細雨斷橋 [4]，憔悴
人歸後。東風似舊。問前度桃花，劉郎能記，花復認

郎否⁵。　　君且住，草草留君剪韭⁶。前宵正恁時候。深杯欲共歌聲滑⁷，翻濕春衫半袖。空眉皺。看白髮尊前，已似人人有。臨分把手。歎一笑論文⁸，清狂顧曲⁹，此會幾時又¹⁰。

註釋

1 同年：科舉中同榜考取進士的人。徐雲屋：
　詞人的同年好友。

2 裊裊：姿態美好的樣子。

3 結：掛。

4 斷橋：在杭州孤山邊。

5 「問前度」三句：用劉禹錫重遊玄都觀典。
　見前劉辰翁《蘭陵王・丙子送春》註15。

6 剪韭：用古人以春初早韭為美味，並用作召

飲的典故。唐代杜甫《贈衛八處士》：「夜雨
剪春韭，新炊間黃粱。」

7 滑：形容歌聲悠揚婉轉。

8 論文：討論文學。

9 顧曲：欣賞音樂。三國時周瑜精通音樂，
　聽人奏樂有誤即回頭看，時人謠曰：「曲有
　誤，周郎顧。」後用以泛指欣賞音樂戲曲。

10 會：相逢。

評析

　　這首詞寫友人久別重逢的感慨及殷勤挽留之情。起勢突兀，有清狂之氣。暮春相逢，杯酒盡歡，隨即回憶起翩翩少年時代在都城交遊的情景。「天涯恨」包含昔日羈旅風塵及仕途浮沉等種種失意之事。「休回首」頓住，想像重遊西湖，東風依舊，桃花依然，但「劉郎」（詞人自指）憔悴，時世已非，有不勝今昔之感。換頭扣題點出挽留之意。「前宵」三句具體寫「相逢且盡尊酒」的歡快情景，「空眉皺」一頓，由喜轉悲，白髮歲月，令人倍感相逢的不易和分手的不堪，故感傷遲暮之餘，不禁又企盼着：何時再杯酒論文？何時再同賞音樂？全篇寫友情，融入了複雜的人生感慨和時代的動盪印記。

周　密

四首

瑤華

后土之花，天下無二本。方其初開，帥臣以金瓶飛騎，進之天上，間亦分致貴邸。余客輦下，有以一枝[1]

朱鈿寶玦[2]。天上飛瓊[3]，比人間春別。江南江北，曾未見，漫擬梨雲梅雪[4]。淮山春晚[5]，問誰識、芳心高潔。消幾番[6]、花落花開，老了玉關豪傑[7]。　　金壺剪送瓊枝，看一騎紅塵[8]，香度瑤闕[9]。韶華正好[10]，應自喜、初識長安蜂蝶[11]。杜郎老矣[12]，想舊事、花須能説。記少年，一夢揚州，二十四橋明月[13]。

註
釋

1 編者按語云：「下缺。按他本題改作『瓊花』。」
2 玦（jué）：環形而有缺口的佩玉。
3 飛瓊：仙女名，傳説為王母侍女。這裡比喻瓊花之珍美。
4 漫擬：徒然比作。
5 淮山：指揚州。宋代淮南路治所在揚州。
6 消：經得起。
7 玉關：即玉門關，這裡泛指邊塞。
8 一騎紅塵：唐代杜牧《過華清宮絕句三首》其一寫飛送荔枝情景：「一騎紅塵妃子笑，

無人知是荔枝來。」
9 瑤闕：華麗的宮殿。
10 韶華：美好時光，春光。
11 長安：代指臨安。
12 杜郎：唐代著名詩人杜牧，曾在揚州淮南節度使府任職。這裡是詞人自喻。
13「記少年」三句：唐代杜牧歌詠揚州詩有《遣懷》：「十年一覺揚州夢，贏得青樓薄倖名。」《寄揚州韓綽判官》：「二十四橋明月夜，玉人何處教吹簫。」

評
析

　　這首詠物詞託瓊花以寓意。上片以花喻人。揚州瓊花，天上人間、大江南北，絕無僅有，極寫其珍稀貴重。世人只能憑空想像其形態，卻無人能識其高潔的品質。「老了玉關豪傑」由物到人，對邊關將士壯志難酬、空耗歲月深表同情。下片託古喻今，以唐玄宗派人飛騎進貢荔枝事比擬帥臣進獻鮮花，警誡統治者勿要重蹈荒淫誤國的覆轍。「韶華」二句隱含對不思復國、文恬武嬉、賞花作樂的南宋君臣的諷刺，與「玉關豪傑」相應，而用意更隱曲。「杜郎」

句收轉，以杜牧自況，並點化其詩意，以「揚州夢」概括自己身世，以迷離景象作結，使詞意微茫含蓄。

揚州瓊花，天下只一本，士大夫愛重，作亭花側，榜曰：「無雙。」德祐乙亥，北師至，花遂不榮。趙棠國炎有絕句弔曰：「名擅無雙氣色雄，忍將一死報東風。他年我若修花史，合傳瓊妃烈女中。」（元蔣正子《山房隨筆》）

草窗詞意，似亦指此。又杜斿有《瓊花記》。「杜郎」句，蓋用樊川點出此人。（清江昱《草窗詞疏證》）

感慨蒼茫，不落詠物小家數，亦中仙流亞也。切合大雅，文生於情。（清陳廷焯《詞則・大雅集》）

周止庵云：草窗長於賦物，然惟此闋，一意盤旋，毫無渣滓。他作縱極工切，不免就題尋典，就典趁韻，就韻成句，墮落苦海矣。特拈出之，以為南宋諸公針砭。（梁令嫻《藝蘅館詞選》）

玉京秋

長安獨客[1]，又見西風，素月丹楓，淒然其為秋也，因調夾鍾羽一解[2]。

煙水闊。高林弄殘照，晚蜩淒切[3]。碧砧度韻[4]，銀床飄葉[5]。衣濕桐陰露冷，採涼花、時賦秋雪[6]。歎輕別。一襟幽事[7]，砌蟲能說[8]。　　客思吟商還怯[9]。怨歌長、瓊壺暗缺[10]。翠扇恩疏[11]，紅衣香褪[12]，翻成消歇[13]。玉骨西風[14]，恨最恨、閒卻新涼時節。楚簫咽。誰寄西樓淡月。

1 長安：指南宋都城臨安。

2「因調」句：於是做了一首夾鍾羽曲調的詞。夾鍾，古代十二律中第四律。羽，五聲（宮、商、角、徵、羽）之一。唐宋時樂調一般有二十八調，羽聲七調的夾鍾稱夾鍾羽。解，樂曲的章節。

3 晚蜩（tiáo）：指秋蟬。

4 碧砧：碧玉般的搗衣石。度韻：歌唱，吟誦。這裡形容有節奏的搗衣聲。

5 銀床：銀飾的井欄。

6 秋雪：指蘆花。

7 一襟幽事：滿懷隱秘的心事。

8 砌蛩：蟋蟀。因其常在臺階下鳴叫，故名。

9 吟商：用音調悲涼的商調吟誦。商，古代五音之一。

10 瓊壺暗缺：用晉王敦詠曹操「老驥伏櫪」句之典。見前周邦彥《浪淘沙慢》（晝陰重）註6。

11 翠扇恩疏：用秋扇見棄典。見前史達祖《玉蝴蝶》（晚雨未摧宮樹）註3。這裡藉以抒寫壯志難酬的悲憤。

12 紅衣香褪：紅花凋謝。

13 翻成：竟成。消歇：完結。

14 玉骨：形容身體清瘦。

評析

　　這是一首客中悲秋之詞。發端三句大筆勾勒一幅雲水浩茫、落日冉冉的壯闊畫面。然後由遠及近，以晚蜩、碧砧、落葉、秋露、促織等細節渲染秋日聲色氣氛，烘托出遊子傷別情懷。下片承「一襟幽事」，由景到情，分三層寫「客思」。「客思」二句一層，寫壯心不展的悲憤，「暗」字與上片「幽」字勾連，意脈遙貫篇末「恨」字；「翠扇」三句一層，借宮女失寵喻失意落寞；「玉骨」二句一層，寫棄置的怨恨。歇拍以高樓月下的幽咽簫聲作結，餘音悠遠。全詞借景抒情，情景契合，意象豐富，意境渾成。

輯評

　　此詞精金百鍊，既雄秀，又婉雅，幾欲空絕古今，一「暗」字，其恨在骨。悽悽惻惻，可以怨矣。（清陳廷焯《雲韶集》）

　　南渡詞境高處，往往出於清真。（「玉骨」二句）何必非髀肉之歎。（清譚獻評《詞辨》）

　　「碧砧度韻，銀床飄葉」以上純寫新涼時候景物，「衣濕桐陰露冷」句始融景入情，「難輕別」句點題，「吟商」句承上，「翠扇恩疏，紅衣香褪」正寫別怨，亦即「砌蛩能說」之幽事也。「玉骨西風」應上「衣濕桐陰露冷」句，清詞麗藻，竟體生妍。後結二句更有悠然不盡之致。（蔡嵩雲《柯亭詞評》）

曲遊春

禁煙湖上薄遊[1]，施中山賦詞甚佳[2]，余因次其韻[3]。蓋平時遊舫，至午後則盡入裡湖，抵暮始出斷橋[4]，小駐而歸，非習於遊者不知也。故中山丞擊節余「閒卻半湖春色」之句[5]，謂能道人之所未云。

禁苑東風外[6]，颺暖絲晴絮[7]，春思如織。燕約鶯

期[8]，惱芳情偏在，翠深紅隙[9]。漠漠香塵隔[10]。沸十里、亂弦叢笛[11]。看畫船、盡入西泠[12]，閒卻半湖春色。　　柳陌。新煙凝碧。映簾底宮眉[13]，堤上遊勒[14]。輕暝籠寒[15]，怕梨雲夢冷，杏香愁羃[16]。歌管酬寒食。奈蝶怨、良宵岑寂。正滿湖、碎月搖花，怎生去得。

1 禁煙：指寒食節。薄遊：隨意遊覽。

2 施中山：名岳，字仲山，吳人。

3 次其韻：依施中山原詞用韻次序填詞。

4 抵暮：到傍晚。

5 亟（qì）：屢屢。擊節：打拍子，表示欣賞。

6 禁苑：南宋以臨安為都城，西湖一帶屬禁苑。

7 暖絲：蟲類所吐的游絲。晴絮：指柳絮。

8 燕、鶯：以西湖上的燕、鶯借指遊湖的仕女。

9 翠深紅隙：借花叢比喻深閨。

10 漠漠：飛揚瀰漫的樣子。

11 亂弦叢笛：指弦樂器與管樂器。

12 西泠：橋名，在西湖白沙堤西。

13 宮眉：描成宮中流行式樣的眉毛，此作女子的代稱。

14 遊勒：騎馬的遊人。勒，馬籠頭。

15 輕暝：微微的暮色。

16 羃（mì）：籠罩。

　　這首詞描寫寒食節西湖遊賞的盛況。上片前半既寫了春風楊柳、鶯歌燕語、繁花密葉的風光之美，又以雙關（「絲」諧「思」、「絮」諧「緒」）、比喻（鶯、燕喻青年男女）手法，點逗出遊湖仕女的「春思」、「芳情」，自然巧妙。「漠漠」二句寫遊人之眾與管弦之盛。歇拍「看畫船」二句由極熱鬧突然轉入極幽靜，既是紀實之筆，又得動靜相宜之妙。過片轉寫堤上遊人薄暮歸來。「輕暝」五句揣想夜晚天寒，梨花怕冷，杏花多愁，蝴蝶耐不住孤寂，移情入物，搖曳多姿。歇拍寫滿湖水影月色，將西湖的清幽靜謐渲染到無以復加。以反問語氣作結，表現無限留戀之意，更有情致。全篇按照由午至夜的順序鋪寫遊湖情景，風景、人物錯落有致，宛如一幅優美的民俗風情畫。

　　《志雅堂雜鈔》：公謹稱施仲山曰先友，則知仲山實公謹父交也。（清江昱《草窗詞疏證》）

　　前闋兩「絲」字，後闋兩「煙」字犯重，似失檢點。（清許昂霄《詞綜偶評》）

　　《蘋洲漁笛譜》稱施中山極擊節「閒卻半湖春色」二語，謂道人所未道云。（梁令嫻《藝蘅館詞選》）

花犯

水仙花

楚江湄¹，湘娥再見²，無言灑清淚。淡然春意。空獨倚東風，芳思誰寄。凌波路冷秋無際³。香雲隨步起。漫記得，漢宮仙掌⁴，亭亭明月底。　　冰弦寫怨更多情⁵，騷人恨，枉賦芳蘭幽芷⁶。春思遠，誰歡賞、國香風味⁷。相將共⁸、歲寒伴侶。小窗靜、沉煙薰翠被。幽夢覺，涓涓清露⁹，一枝燈影裡。

1 湄：水邊。

2 湘娥：即湘妃，湘水女神，喻水仙花。

3 凌波：曹植《洛神賦》寫洛水女神「凌波微步，羅襪生塵」，形容其步態輕盈，如踏碧波而行。宋人將水仙花稱作凌波仙子。

4 漢宮仙掌：漢武帝時建銅仙人，手捧承露盤。這裡用以形容水仙花的形態。

5 冰弦：琴弦的美稱。

6 「騷人恨」二句：屈原《離騷》多寫香花異草。騷人，詩人。因屈原作《離騷》，故稱為騷人。枉賦，空賦。芷，香草名。

7 國香：蘭花被稱為國香，也用以稱美其他極香的花。這裡指水仙。

8 相將：相隨。

9 涓涓：水細流的樣子。

　　這是一首著名的詠物詞。上片以人喻花，刻畫水仙花的風神姿容。如湘水女神，徘徊於水畔；如孤傲淡雅的美人，獨立於春風；如洛水女神，飄曳於波上；又如漢宮的銅仙人，挺拔於月下。水仙雖美麗，但有些哀傷和孤獨。下片為花寫情。屈原《離騷》多寫奇花異草，卻未提水仙，使人抱憾；堪稱國香，卻無人欣賞。「相將共」以下人花共寫。唯有自己將水仙引為歲寒知己，小窗下，睡夢裡，形影相伴。

　　整首詞沒有拘泥於刻畫水仙的外在形態，而是從虛處着筆，以人喻物，重在傳達其風神情韻，但所用湘妃與洛神兩位神女的傳說故事又都貼合水仙的生長環境。下片重在寫花品，更多地注入詞人的愛憐，從而顯得不即不離，空靈飄逸，宛轉多情，韻味深長。

蔣　捷
二首

賀新郎

夢冷黃金屋。歎秦箏、斜鴻陣裡[1]，素弦塵撲[2]。化作
嬌鶯飛歸去[3]，猶認紗窗舊綠。正過雨、荊桃如菽[4]。
此恨難平君知否，似瓊臺、湧起彈棋局[5]。消瘦影，嫌
明燭[6]。　　鴛樓碎瀉東西玉[7]。問芳蹤、何時再展，
翠釵難卜[8]。待把宮眉橫雲樣[9]，描上生綃畫幅[10]。怕
不是、新來妝束。彩扇紅牙今都在[11]，恨無人、解聽
開元曲[12]。空掩袖，倚寒竹[13]。

1 斜鴻陣裡：箏的弦柱斜列如雁陣，亦稱
　雁柱。
2 素弦塵撲：琴弦佈滿灰塵。
3「化作」句：以嬌鶯比擬悠揚的箏聲。
4 荊桃：櫻桃的別名。菽：豆類的總稱。
5 彈棋局：彈棋為古代博戲之一，其棋盤中心
　高，四角微隆。唐代李商隱《無題》：「莫近
　彈棋局，中心最不平。」這裡承上比喻內心
　不平。局，棋盤。
6 嫌明燭：因燭光照出憔悴的身影，愈覺冷清
　寂寞，故曰「嫌」。
7 東西玉：酒杯名，亦代指酒。

8 翠釵難卜：以釵占卜吉凶或歸期遠近。
9 宮眉橫雲：雙眉如纖雲橫在額前。
10 生綃：沒有漂煮過的紡織品，古代用以
　作畫。
11 紅牙：調節樂器節拍的拍板，多用檀木製
　成，色紅，故名。
12 解聽：聽得懂。開元曲：即開元盛世的樂
　曲。開元，唐玄宗年號。
13「空掩袖」二句：化用唐代杜甫《佳人》：
　「天寒翠袖薄，日暮倚修竹。」此以佳人
　自喻。

這首詞借懷人以寫亡國之痛。起句「夢冷」二字為全篇確定了情調氛圍：
夢的幻滅與淒冷。黃金屋喻意難以確指，蓋與昔日美好記憶有關。秦箏是上
片著意刻畫的意象。「素弦塵撲」，暗示閒置時間之久。雁陣使人聯想到音信。
嬌鶯比喻箏聲，白居易《琵琶行》「間關鶯語花底滑」已有此喻。嬌鶯猶能辨得
舊日綠窗紗，聯想更進一層，設想奇妙，又回應句首「黃金屋」。「正過雨」句
頓住，轉到當前。歇拍四句直抒怨恨難平，「消瘦影」二句寫形影相弔之苦，

着一「嫌」字，猶覺不堪。下片集中寫懷人之情。生離死別，芳蹤難覓，倩影猶記卻描摹不成，「彩扇紅牙」猶在但知音已逝，無人聽懂盛世舊曲，至此暗應開篇「秦箏」描寫音樂數句，而亡國之恨也隱約點出。結尾化用杜甫詩意，以佳人自喻，益見憔悴冷落，與上片結末寫消瘦身影照應，而更具悠長餘韻。整首詞採用比興手法，以懷人傷舊寓家國之痛，意脈深細，用筆曲折，極抑揚吞吐之妙。語言麗密，意象新穎，給人豐富的聯想。

吐蘭吞蕙。（明卓人月輯、徐士俊評《古今詞統》）

瑰麗處鮮妍自在。詞藻太密。（清譚獻評《詞辨》）

此亦磊落可喜。竹山集中，便算最高之作。乃秀水必謂其效法白石，何異癡人說夢耶。（清陳廷焯《白雨齋詞話》）

（前結）磊落英多。（後結）曲高和寡，古今同慨。（清陳廷焯《詞則·放歌集》）

筆致飛舞奇警，後來惟板橋深得其妙。處處飛舞，如奇峰怪石，非平常蹊徑也。（清陳廷焯《雲韶集》）

女冠子

元夕

蕙花香也[1]。雪晴池館如畫。春風飛到，寶釵樓上，一片笙簫，琉璃光射[2]。而今燈漫掛[3]。不是暗塵明月[4]，那時元夜。況年來、心懶意怯，羞與蛾兒爭耍[5]。　　江城人悄初更打。問繁華誰解，再向天公借。剔殘紅炧[6]。但夢裡隱隱，鈿車羅帕[7]。吳箋銀粉砑[8]。待把舊家風景[9]，寫成閒話。笑綠鬟鄰女[10]，倚窗猶唱，夕陽西下。

1 蕙花：蕙蘭，蘭的一種。　這裡指琉璃彩燈。

2 琉璃：一種天然的礦石質的半透明體寶石。　3 漫掛：空掛。

4 暗塵：形容車馬之多。

5 蛾兒：彩紙剪的飾物。

6 剔：挑去燈花。紅虵（xiè）：燈燭灰燼。

7 鈿車：金花裝飾的車子，為貴族婦女所
　乘坐。

8 吳箋：蘇州一帶所產箋紙，塗以銀粉。也指
　信箋。砑（yà）：磨光。

9 舊家：指故國。

10 綠鬢：烏黑光亮的鬢髮。

　　這首詞借描寫元宵節以寄慨。發端數句直敘昔日元宵夜之盛況。春風吹送花香，池館樓臺，處處笙簫，彩燈明亮，極力鋪陳渲染。「而今」二字急轉，點明昔盛今衰。燈火無復舊日景觀，心情更灰暗到極點。下片寫今夕冷落心情。殘燈孤夢中，依稀往日溫馨，將舊日繁華寫成閒話，為的是能留住些許回憶。「猶唱」與「待把」呼應，以鄰女之無心反襯自己之哀傷，尤覺沉痛。

　　沈約之韻，未必悉合聲律，而今詩人守之，如金科玉條。此無他，今之詩學李杜，李杜學六朝，往往用沈韻，故相襲不能革也。若作填詞，自可通變。……蔣捷元夕《女冠子》云：「（略）。」是駁正沈韻「畫」及「掛」、「話」及「打」字之謬也。（明楊慎《詞品》）

　　高季迪《石州慢》駁正舊韻，頗與此同。（明卓人月輯、徐士俊評《古今詞統》）

　　不做作而風韻自在，近北宋名家。撫今追昔，大有升沉之痛。（世經堂康熙十七年殘本《詞綜》批語）

　　伯可詞名冠一時，有上元《寶鼎現》詞，首句「夕陽西下」。蔣竹山捷同時人，作《女冠子》詞詠上元，結句云：「笑綠鬢鄰女，倚窗猶唱，夕陽西下。」其推重當時如此。（清李調元《雨村詞話》）

　　耍，嬉也。周美成「貪耍不成妝」，蔣竹山「羞與鬧蛾爭耍」。（清沈雄《古今詞話・詞品》）

　　有借音數字，宋人習用之。……蔣捷《女冠子》：「羞與鬧蛾兒爭耍。」「耍」字叶霜馬切。（清李佳《左庵詞話》）

　　極力渲染。「而今」二字，忽然一轉，有水逝雲捲、風馳電掣之妙。苦樂不同，他人焉知我心。（清陳廷焯《雲韶集》）

張　炎

五首

高陽臺

西湖春感

接葉巢鶯[1]，平波捲絮[2]，斷橋斜日歸船。能幾番遊，
看花又是明年。東風且伴薔薇住，到薔薇、春已堪
憐[3]。更淒然。萬綠西泠[4]，一抹荒煙。　　當年燕子
知何處[5]，但苔深韋曲[6]，草暗斜川[7]。見說新愁，如
今也到鷗邊[8]。無心再續笙歌夢[9]，掩重門、淺醉閒
眠。莫開簾。怕見飛花，怕聽啼鵑[10]。

1 接葉巢鶯：黃鶯在茂密相接的樹葉中築巢。
2 平波捲絮：平靜的湖水將柳絮捲入波心。
3 「到薔薇」句：薔薇開在晚春，故曰「堪憐」。
4 西泠：西湖橋名，在白沙堤西。
5 「當年」句：寫貴族的凋零。暗用唐代劉禹
　錫《金陵五題‧烏衣巷》：「舊時王謝堂前
　燕，飛入尋常百姓家。」
6 韋曲：在長安城南，唐代韋氏世居於此，故

日「韋曲」。
7 斜川：在今江西星子縣與都昌縣之間的湖
　泊中。韋曲、斜川均借指西湖。
8 鷗邊：鷗鳥本來無憂無慮，如今也有「新
　愁」，反襯人之憂愁。
9 笙歌：歌舞升平。
10 啼鵑：相傳杜鵑為蜀帝杜宇死後所化，常
　在暮春啼叫，啼聲悽苦。

　　這首詞詠西湖暮春景色，抒寫亡國哀感。起二句對仗工巧，密葉、柳絮，
已露春末夏初景象。「幾番」、「又是」自為呼應，感歎花時太短。「東風」二
句先說尚有薔薇可觀，下句反轉，說薔薇開時已是殘春，反而「堪憐」。「更」
字再進一層，寫西泠滿目綠意籠罩在夕陽餘暉下，更加淒然。過片承西泠荒
煙寫燕歸春去，實寓貴族凋零之意。「苔深」、「草暗」點綴西湖荒涼景象。「見
說」二字虛提一筆，以鷗鳥之愁襯托人之深愁。「無心」以下寫歌舞舊夢難續，
唯有沉醉獨臥，「掩重門」、「莫開簾」，連飛花啼鵑也不堪聞見，反映了南宋
遺民內心的極度苦悶。全篇融情於景，過片處詞意不斷，層層深入。情調則
偏於淒涼幽怨而缺乏慷慨激烈之氣。

樂笑翁奇對，「接葉巢鶯，平波捲絮」。（元陸輔之《詞旨》）

陸文奎跋語云，淳祐、景定間，王邸侯館，歌舞升平，君王處樂，不知老之將至，余情哀思，聽者淚落，君亦因是棄家遠遊無方者，此詞蓋其時作也。時叔夏年二十八。此後皆入元所作。（清張惠言手批《山中白雲詞》）

今觀張、王兩家情韻，極為相近，如玉田《高陽臺》之「接葉巢鶯」與碧山《高陽臺》之「淺莎梅酸」，尤同鼻息。（清劉熙載《藝概》）

淡淡寫來，冷冷自轉，此境大不易到。（清許昂霄《詞綜偶評》）

陸輔之《詞旨》摘樂笑翁警句十餘條，閱《山中白雲詞》，警句殆不止此。因為之補：「能幾番遊，看花又是明年」。（清吳衡照《蓮子居詞話》）

情景兼到，一片身世之感。「東風」二語，雖是漂泊之詞，然音節卻婉約。惹甚閒愁，不如掩門一醉高臥也。（清陳廷焯《雲韶集》）

凄涼幽怨，鬱之至，厚之至，似此真不減王碧山矣。（清陳廷焯《詞則·大雅集》）

玉田《高陽臺·西湖春感》一章，凄涼幽怨，鬱之至，厚之至，與碧山如出一手。樂笑翁集中亦不多覯。（清陳廷焯《白雨齋詞話》）

詞貴愈轉愈深，稼軒云：「是他春帶愁來，春歸何處，卻不解帶將愁去。」玉田云：「東風且伴薔薇住，到薔薇，春已堪憐。」下句即從上句轉出，而意更深遠。（清沈祥龍《論詞隨筆》）

（「能幾番」句）運掉虛渾。（「東風」二句）措注，是玉田，他家所無。換頭見章法，玉田云「最是過變不可斷了曲意」是也。（清譚獻評《詞辨》）

「自憐詩酒瘦，難應接許多春色」，「能幾番遊，看花又是明年」，此等語亦算警句耶！乃值如許筆力。（王國維《人間詞話》）

篇中「簾」字噤口韻，似亦少疵。（楊希閔《詞軌》）

麥（孺博）丈云：亡國之音哀以思。（梁令嫻《藝蘅館詞選》）

疊「怕」字便滑。（夏敬觀《彊村叢書》批語）

八聲甘州

辛卯歲[1]，沈堯道同余北歸[2]，各處杭、越[3]。逾歲，堯道來問寂寞[4]，語笑數日，又復別去。賦此曲，並寄趙學舟[5]。

記玉關[6]、踏雪事清遊[7]，寒氣脆貂裘[8]。傍枯林古道，

長河飲馬[9]，此意悠悠。短夢依然江表[10]，老淚灑西州[11]。一字無題處，落葉都愁[12]。　　載取白雲歸去，問誰留楚佩，弄影中洲[13]。折蘆花贈遠，零落一身秋。向尋常、野橋流水，待招來、不是舊沙鷗[14]。空懷感，有斜陽處，卻怕登樓[15]。

1 辛卯歲：元世祖至元二十八年（1291）。

2 沈堯道：名欽，號秋江，張炎的友人。至元二十七年（1290）秋，張炎與沈欽同往燕京，一路互相唱和。

3 杭、越：杭州與紹興。北歸後沈居杭州，張居紹興。

4 問：慰問。

5 趙學舟：名與仁，字元父，張炎的朋友。

6 玉關：在甘肅敦煌西北，這裡代指北地。

7 清遊：清雅的遊賞。

8 脆貂裘：貂皮衣因寒冷而凍裂。

9 長河：指黃河。

10「短夢」句：北遊如同一夢，醒來後此身仍在江南。江表，江南。

11 西州：古城名，在今南京西。晉朝謝安病

重還都，經過西州門。謝安死後，其外甥羊曇不走西州路。後因醉酒，不覺走到西州門，觸景生悲，大哭而去。這裡藉以寄託傷悼之情。

12「一字」二句：樹葉落盡，無處題寫詩句。古人有紅葉題詩故事。

13「問誰」二句：化用《楚辭·湘君》：「捐余玦兮江中，遺余佩兮澧浦。」「君不行兮夷猶，蹇誰留兮中洲。」表達對友人的思念。楚佩，湘水女神的佩玉。弄影，擺弄倩影。中洲，水中沙洲。

14 沙鷗：喻舊日友人。

15 登樓：東漢末王粲避亂荊州，作《登樓賦》，抒發思鄉懷親之情。

　　這首詞追憶北遊，兼敘離別之情。開端以「記」字提唱，直敘北遊的豪壯情景。枯林古道，踏雪冒寒，飲馬黃河，氣象莽蒼而心懷曠遠。「短夢」四句重筆跌落，寫北遊猶如一夢，南歸後悵然失意，無處訴說，不勝淒涼。換頭三句寫沈堯道離去時依戀不捨，「折蘆花」二句寫自己折花相送，「零落一身秋」，蘆花與人兼寫，流露身世飄零之感。野橋流水依然，但所遇已非舊友，愈感人事日非。歇拍寫不敢登樓遠眺斜陽，將人生聚散與家國興衰盡寓其中，不盡之意見於言外。「空」、「卻怕」幾字，轉折有力。通篇直抒胸臆，一氣直下，起筆健拔，結處悠遠，有蒼涼悲壯之氣。

　　玉田工於造句，每令人拍案叫絕……《甘州》云：「短夢依然江表，老淚灑西州。一字無題處，落葉都愁。」後疊云：「折蘆花贈遠，零落一身秋。」（清陳廷焯《白雨齋詞話》）

（「零落」句）一片悽感，似唐人悲歌之詩。警句。一片悽感。結筆情深一往。（清陳廷焯《雲韶集》）

蒼涼悲壯，盛唐人悲歌之詩，不是過也。「折蘆花」十字警絕。（清陳廷焯《詞則·大雅集》）

一氣旋折，作壯詞須識此法。白石嘤求稼軒，脫胎耆卿，此中消息，願與知音人參之。（「有斜陽處，卻怕登樓」）不著屑沽。（清譚獻評《詞辨》）

解連環

孤雁

楚江空晚[1]。恨離群萬里，恍然驚散[2]。自顧影、卻下寒塘[3]，正沙淨草枯，水平天遠。寫不成書，只寄得、相思一點[4]。料因循誤了，殘氈擁雪，故人心眼[5]。　　誰憐旅愁荏苒[6]。漫長門夜悄[7]，錦箏彈怨[8]。想伴侶、猶宿蘆花，也曾念春前，去程應轉[9]。暮雨相呼，怕驀地、玉關重見[10]。未羞他、雙燕歸來[11]，畫簾半捲。

註釋

1 楚江：泛指南方。

2 恍然：惆悵失意的樣子。

3 「卻下」句：化用唐代崔塗《孤雁》：「暮雨相呼失，寒塘獨下遲。」

4 「寫不成書」二句：雁群飛行時排列成行，隊形如字。孤雁排不成字，所以說寫不成書信，只有「一點」。

5 「料因循」三句：蘇武被匈奴幽禁，吃雪與氈毛充飢，後憑雁足傳書，才得以回歸漢朝。料，料想。因循，拖沓，延誤。故人，指被囚禁在北地的南宋愛國志士。心眼，心思。

6 荏苒：愁苦綿延不斷。

7 漫：徒然。長門：這裡用以襯托雁的哀怨。

8 錦箏彈怨：古箏弦柱斜列如雁陣，聲調凄清哀怨。

9 去程應轉：指在春天飛回北方。

10 玉關：玉門關，泛指北方。

11 「未羞他」二句：想像孤雁與同伴重逢後無比喜悅，不再面對雙燕而感到羞慚了。

這是詞人最負盛名的詠物詞。詞人借失群的孤雁，抒寫自己流離漂泊之苦與孤獨淒涼的心境。上片寫孤雁離群，徘徊驚惶無處棲身的情狀，折射了那個動亂時代的色彩。「離群」、「顧影」、「一點」均緊扣「孤」字極力刻畫。「寫不成書」由雁陣排字聯想到雁足傳書，又進而聯繫蘇武故事，表達了對被困北地的愛國志士的關切與敬仰，意脈勾連，又擴大了內涵。換頭轉寫旅愁，幽閉深宮的陳皇后深夜彈箏比喻雁鳴悲切。「想伴侶」五句寫孤雁想像蘆叢中的同伴正在急切盼望自己在春天飛回北方，當暮雨中意外重逢時該有多麼欣喜。結句以雙燕反結，映襯「孤」字，饒有風致。全詞人雁雙關，寄意深婉。用典取喻貼切深刻，既摹寫物態，又傳達神韻，尤其「寫不成書，只寄得、相思一點」二句，形神兼備，詞人也由此獲得「張孤雁」的美譽。

樂笑翁奇對：「沙淨草枯，水平天遠。」警句：「寫不成書，只寄得、相思一點。」（元陸輔之《詞旨》）

《至正直記》：錢塘張叔夏，嘗賦孤雁詞，有「寫不成書，只寄得、相思一點」，人皆稱曰「張孤雁」。（清江昱《山中白雲詞疏證》）

樂笑翁張炎詞，如「荒橋斷浦，柳蔭撐出漁舟小」，賦春水入畫。其詠孤雁云：「自顧影、欲下寒塘，正沙淨草枯，水平天遠。寫不成書，只寄得、相思一點。」如此等語，雖丹青難畫矣。（清王弈清《御製歷代詩餘》引《草窗詞選》）

（「寫不成書」二句）奇警。（「暮雨相呼」一句）「暮雨相呼疾，寒塘欲下遲」，唐崔塗《孤雁》詩也。（清許昂霄《詞綜偶評》）

西泠詞客石帚而外，首數玉田。論者以為堪與白石老仙相鼓吹，要其登堂拔幟，又自壁壘一新。蓋白石硬語盤空，時露鋒芒；玉田則返虛入渾，不啻嚼蕊吹香。如……《解連環‧詠孤雁》云「寫不成書，只寄得、相思一點。料因循誤了，殘氈擁雪，故人心眼」，類皆遣聲赴節，好句如仙。其餘前輩風流，政如佛家奪舍。蓋自馬塍宿草，騷雅寢衰，王孫以晚出之英，頡之頏之，遺貌取神，遂相伯仲。故知虎賁之似中郎，終嫌皮相，而善學柳下惠，莫如魯男子也。（清鄧廷楨《雙硯齋詞話》）

此蓋在都時自寓之作。蘆花伴侶，畫簾雙燕，指在山不出者而言，明己之必遂初服也。（清張惠言手批《山中白雲詞》）

張炎詞：「寫不成書，只寄得、相思一點。」沈昆詞：「奈一繩雁影，斜飛點點，又成心字。」周星譽詞：「無賴是秋鴻。但寫人人，不寫人何處。」三詞詠雁字各具巧思，皆不落恆蹊。（清李佳《左庵詞話》）

亦是側入而氣傷於儇。（「寫不成書」二句）檇李指痕。（「想伴侶」二句）如話。（「暮雨」二句）浪花圓蹴，頗近自然。（清譚獻評《詞辨》）

疏影

詠荷葉

碧圓自潔。向淺洲遠浦，亭亭清絕[1]。猶有遺簪[2]，不展秋心，能捲幾多炎熱。鴛鴦密語同傾蓋[3]，且莫與、浣紗人説。恐怨歌、忽斷花風，碎卻翠雲千疊[4]。　　回首當年漢舞，怕飛去、漫皺留仙裙褶[5]。戀戀青衫，猶染枯香，還歎鬢絲飄雪[6]。盤心清露如鉛水[7]，又一夜、西風吹折。喜淨看、匹練飛光[8]，倒瀉半湖明月。

1 亭亭：聳立。清絕：極其清雅。
2 遺簪：遺落在地的髮簪，比喻未展開的荷葉。
3 傾蓋：停車交談，車蓋相近，形容極其親密。
4 翠雲千疊：形容片片碧綠如雲的荷葉。
5 「回首」三句：趙皇后為漢成帝歌《歸風》、《送遠》之曲，酒酣風起，成帝令左右拽住她的裙子，風停後裙為之皺。其後宮女紛紛仿效，有意將裙子摺出皺褶，號留仙裙。
6 鬢絲飄雪：鬢髮斑白。
7 「盤心」句：以漢代建章宮前仙人捧露盤比擬清圓如盤、晶瑩欲滴的荷葉。鉛水，眼淚。
8 匹練：一匹白絹，形容明淨的湖水。

這首詞上片寫荷葉的高雅可愛。開頭三句詠荷葉的碧圓潔淨，清雅絕俗。「猶有」二句寫尚有荷葉未展，似乎藏有心事，又似乎要捲走夏天的炎熱。「鴛鴦」四句插入趣語，模擬鴛鴦口吻，極活潑可愛。過片用趙飛燕留仙裙褶典故，實暗承上片結句「怨歌」、「花風」句意，以綠裙比荷葉，擔心被風吹褶。「戀戀」三句寫風霜染白鬢髮而荷香猶在，「盤心」二句則寫秋風無情，摧殘荷葉。結尾寫荷葉雖殘但湖面更加明淨，灑滿明月，同樣令人喜愛。全篇詠荷葉，或亭亭淨植，或未展秋心，或橫遭摧殘，寄託着自己的品格和身世。

此首自寓其意，遺簪不展，當年心苦可知。「浣紗人」即前「臥橫紫笛」之輩，恐其羅而致之，不得終其志也。「回首當年漢舞」者，庚辰入都也。彼時惟恐失身，故曰「怕飛去、漫皺留仙裙褶」，幸而青衫未脫，尚帶故香。況今老矣，何所求乎。玉田庚寅之歸，「西風吹折」時也。自此得長嘯湖山，故

曰「喜靜看、匹練秋光」也。刻《詞選》時未見此集，從《詞綜》作無名氏，所解未當也。（清張惠言手批《山中白雲詞》）

　　《暗香》、《疏影》二調，為白石自度腔。以詠梅花，張玉田易名《紅情》、《綠意》，分詠荷花、荷葉。《詞綜》成時，玉田生詞尚未流佈，故《綠意》詞屬之無名氏，詞中「西風吹折」誤作「聽折」，並於「怨歌」上落「恐」字，幾成兩體。按原詞云：「（略）。」《詞律》知《綠意》之即《疏影》，亦不知為玉田生作。細繹篇中句讀，絕似《花心動》，惟起句與前後兩結不同。至元人彭元遜，又易名《解珮環》，於「盤心清露」二句作「汀洲窈窕餘醒寐，遺珮浮沉澧浦」。「遺珮」句少一字，「餘醒寐」亦費解，必有訛脫。（清丁紹儀《聽秋聲館詞話》）

月下笛

孤遊萬竹山中[1]，閒門落葉，愁思黯然，因動黍離之感[2]。時寓甬東積翠山舍[3]。

萬里孤雲，清遊漸遠，故人何處。寒窗夢裡，猶記經行舊時路。連昌約略無多柳[4]，第一是、難聽夜雨。漫驚回淒悄[5]，相看燭影，擁衾無語。　　張緒[6]。歸何暮。半零落，依依斷橋鷗鷺。天涯倦旅。此時心事良苦。只愁重灑西州淚，問杜曲[7]、人家在否？恐翠袖天寒，猶倚梅花那樹[8]。

1 萬竹山：在浙江天台縣西南。
2 黍離之感：亡國之感慨。見前姜夔《揚州慢》（淮左名都）註4。
3 甬東：今浙江舟山島。
4 連昌：唐別宮名，宮中多植柳樹。這裡借指南宋故宮。約略：大概。
5 驚回：驚醒。
6 張緒：南朝齊人，風姿清雅，齊武帝在靈和

殿前植蜀柳，讚歎說：「此柳風流可愛似張緒當年。」這裡是詞人自比。
7 杜曲：唐代長安城南的名勝地區，因杜氏世居於此，故名。這裡代指南宋故都的風景區。
8 「恐翠袖」二句：化用唐代杜甫《佳人》：「天寒翠袖薄，日暮倚修竹。」此以梅花代修竹。

這首詞通過憶念杭州，寫家國身世之感。「萬里」三句以孤雲興起孤遊，油然而憶同遊的舊友。「寒窗」四句寫夢遊故鄉杭州及南宋故宮，「漫驚回」二句頓住，寫夢醒後孤獨無語、不能安眠的悽苦。過片以張緒自擬，長歎遲歸之苦。西湖鷗鷺不能忘情，杜曲人家不能忘懷，「西州淚」為國破家亡而灑，卻依然羈留天涯，有家難回。結末活用杜甫詩意，以翠袖佳人隱喻所懷念之人，讚揚其清高自守的氣節。詞人「心事良苦」，故用筆極溫婉頓挫。

骨韻俱高，詞意兼勝，白石老仙之後勁也。（清陳廷焯《詞則・別調集》）

王沂孫

五首

天香

龍涎香[1]

孤嶠蟠煙[2]，層濤蛻月[3]，驪宮夜採鉛水[4]。汛遠槎風[5]，夢深薇露[6]，化作斷魂心字[7]。紅瓷候火[8]，還乍識、冰環玉指[9]。一縷縈簾翠影[10]，依稀海天雲氣。　　幾回殢嬌半醉[11]。剪春燈、夜寒花碎[12]。更好故溪飛雪，小窗深閉。荀令如今頓老[13]，總忘卻、尊前舊風味[14]。漫惜餘薰，空篝素被。

1 龍涎香：香名。古人以為是大海中龍吐涎所化，實則係海洋中抹香鯨的腸內分泌物，和以其他香物，香味濃烈經久，是一種珍貴香料。

2 嶠（qiáo）：尖而高的山。蟠煙：雲煙環繞。傳說出產龍涎香的海上有雲氣籠罩。

3 層濤蛻月：寫波濤翻湧、月光閃爍情景。

4 驪宮：驪龍所居之宮。鉛水：借指龍涎。

5 汛遠槎（chá）風：寫趁潮乘風遠赴海上採香。槎，木筏。

6 薇露：薔薇水，製作龍涎香所需香料。

7「化作」句：製成心字香。

8 紅瓷：盛放香料的瓷盒。候火：焙製時所需的適當火候。

9 冰環玉指：指龍涎香製成的各種形狀。

10 翠影：淡綠的龍涎香煙氣。

11 殢（tì）嬌：嬌柔纏綿。

12 花：指燈花。

13 荀令：東漢荀彧官尚書令，人稱荀令，其衣有濃香，到人家，坐處香氣三日不散。這裡是詞人自比。頓：頓時。

14 尊前舊風味：飲酒焚香的情趣。

　　這首詞上片鋪陳龍涎香的產地和採集、焙製、焚燃的全過程，層次井然，字語凝練，刻畫精細，寫得神奇迷離。「鉛水」、「斷魂」等暗含悲涼意味。下片詠焚香之人事。「幾回」、「更好」呼應迴旋，分別寫春燈冬雪之不同情境，以烘托焚香氣氛，最有情致。「荀令」句反接，直落當前，頓生無限今昔悲歡之感。以「漫惜」作結，悵恨不已。整首詞上片以賦筆直敘，下片從人寫物，側面映襯，借物寄情，感慨深長。

諸香龍涎為最，出大食國。近海旁常有雲氣罩山間，即知有龍睡其下。或半載，或一二載，土人更相守視，候雲散則龍已去，往必得龍涎。又一說，大洋海中，龍在其下，湧出之涎，為日所爍成片，風漂至岸，人得取之。（清張宗橚《詞林紀事》引許昂霄語）

王聖與工於體物，而不滯色相。如《天香》詠龍涎云：「汎遠槎風，夢深薇露，化作斷魂心字。」「荀令如今頓老，總忘卻、尊前舊風味。」（清鄧廷楨《雙硯齋詞話》）

密栗，是極用力之作。（清周爾墉評《絕妙好詞》）

起八字高。字字閒雅，斟酌於草窗、西麓之間。亦有感慨，卻不激迫，深款處得風人遺旨。（清陳廷焯《雲韶集》）

王碧山詞，品最高，味最厚，意境最深，力量最沉，感時傷世之言，而出以纏綿忠愛。詩中之曹子建、杜子美也。詞人有此，庶幾無憾。（清陳廷焯《詞則‧大雅集》）

碧山《天香‧龍涎香》一闋，莊希祖云：「此詞應為謝太后作。前半所指，多海外事。」此論正合余意。惟後疊云：「荀令如今漸老，總忘卻、尊前舊風味。」必有所興。但不知其何所指，讀者各以意會可也。（清陳廷焯《白雨齋詞話》）

眉嫵

新月

漸新痕懸柳[1]，淡彩穿花，依約破初暝[2]。便有團圓意[3]，深深拜，相逢誰在香徑。畫眉未穩，料素娥、猶帶離恨[4]。最堪愛、一曲銀鈎小，寶簾掛秋冷。　　千古盈虧休問[5]。歎慢磨玉斧[6]，難補金鏡[7]。太液池猶在[8]，淒涼處、何人重賦清景。故山夜永，試待他、窺戶端正[9]。看雲外山河，還老桂花舊影[10]。

1 新痕：初現的彎月。　　　　　　　2 初暝：天初黑。

3 團圓意：團圓的跡象。五代牛希濟《生查子》
　　詞：「新月曲如眉，未有團圞意。」這裡反
　　用其意。
4「畫眉」三句：以嫦娥的愁眉比喻新月。未
　　穩，未妥。
5 盈虧：指月的圓缺。
6 玉斧：神話傳說中的修月斧，如吳剛以斧伐
　　月中桂樹。

7 金鏡：月亮。比喻故國山河。
8 太液池：漢唐皇宮內水池名，借指宋朝
　　宮苑。
9 窺戶：照進窗戶。端正：指圓月。
10「看雲外」二句：月圓時可以看到故國山河
　　的全貌和月中桂影。雲外山河，傳說月中
　　陰影是大地山河之影。桂花影，傳說月中
　　有桂樹。

評析

　　這首詠月詞寄託了山河破碎的哀傷。起三句以「漸」字領起，寫新月初生，極有生氣。「便有」三句寫拜月，寄託團圓意願。「畫眉」、「銀鈎」均寫缺月，巧用比喻，既引入離恨，又見其新美可愛。過片筆折轉，發為千古浩歎。金鏡難補，缺月難圓，均寓故國難以恢復之恨。「太液池」二句，弔古傷今。「故山」二句寄望於月圓依舊，山河重整。全詞上片句句切合新月，設喻新巧，摹寫傳神。下片語義雙關，輾轉生發，反覆詠歎，寄託深遠。

輯評

　　碧山詠物諸篇，並有君國之憂。此喜君有恢復之志，而惜無賢臣也。（清張惠言《詞選》）

　　聖與精能，以婉約出之，以詩派律之，大曆諸家，去開、寶未遠。玉田正是勁敵，但士氣則碧山勝矣。（「便有」三句）寓意自深，音辭高亮。歐、晏如《蘭亭》真本，此僅一翻。（全闋）蹊徑顯然。（清譚獻評《詞辨》）

　　句句是新月，卻句句是望到十五。「漸」字及「便有」字，用得婉約。「千古」句忽將上半闋意一筆撇去，有龍跳虎臥之奇。結更高簡。（清陳廷焯《雲韶集》）

　　後半忽用縱筆，卻又是虛筆，寄慨無端，別有天地，極龍跳虎臥之奇，海涵地負之觀。（清陳廷焯《詞則·大雅集》）

　　聖與工於體物，而不滯色相。……《眉嫵》詠新月……則別有懷抱，與石帚《揚州慢》、《淒涼犯》諸作異曲同工。（清鄧廷楨《雙硯齋詞話》）

　　詠物之作，在借物以寓性情，凡身世之感，君國之憂，隱然蘊於其內，斯寄託遙深，非沾沾焉詠一物矣。如王碧山詠新月之《眉嫵》……皆別有所指，故其詞鬱伊善感。（清沈祥龍《論詞隨筆》）

齊天樂

蟬

一襟餘恨宮魂斷[1]，年年翠陰庭樹。乍咽涼柯[2]，還移暗葉[3]，重把離愁深訴。西窗過雨。怪瑤佩流空，玉箏調柱[4]。鏡暗妝殘，為誰嬌鬢尚如許[5]。　　銅仙鉛淚似洗，歎移盤去遠，難貯零露[6]。病翼驚秋，枯形閱世[7]，消得斜陽幾度[8]。餘音更苦。甚獨抱清商[9]，頓成淒楚。漫想薰風[10]，柳絲千萬縷。

1 宮魂斷：傳說齊王王后含憤而死，其魂化而為蟬。

2 乍咽涼柯：剛剛在枝頭悲啼。咽，壓抑低沉。涼柯，指秋天的樹枝。

3 暗葉：密葉。

4 瑤佩、玉箏：皆比擬蟬聲。

5 嬌鬢：比喻蟬翼。魏文帝曹丕宮人所梳髮型如蟬翼，稱蟬鬢。

6 「銅仙」三句：見前劉辰翁《蘭陵王·丙子送春》註11。蟬飲露，因承露盤被移走，故無法貯存露水。

7 枯形：指蟬蛻。閱世：經歷時世滄桑。

8 消得：經得起。

9 清商：哀怨淒清的音調。

10 薰風：南風，指夏天。

這也是一首寄託家國之恨的詠物詞。首句勁筆點題，揭出一腔冤魂遺恨。以下「乍咽」、「還移」、「重訴」，寫其哀鳴不已。「西窗」三句寫雨中蟬鳴之清婉動聽。「鏡暗」二句寫蟬翼依舊，即承首句齊后之魂而來。過片銅仙鉛淚由蟬飲清露產生聯想，暗示時事變動。「病翼」三句續寫蟬鳴，已是病翼；「餘音」三句再寫蟬鳴，已變餘音。秋風夕陽，無限哀苦，於是遙想薰風夏日，以極盛反跌極衰，「漫想」二字更令人不堪回首。全篇就蟬鳴、蟬翼取喻用典，引發聯想，貼切傳神。既是寫蟬，也是寫人，融入了詞人的身世之感和亡國之慟，詞旨含蓄，情調極為悽苦。

此家國之恨。（清周濟《宋四家詞選》批語）

（下闋）字字悽斷，卻渾雅不激烈。（清陳廷焯《白雨齋詞話》）

王碧山詠螢、詠蟬諸篇，低迴深婉，託諷於有意無意之間，可謂精於比

義。（同上）

　　合上章觀之，此當指清惠改裝女冠。（「餘音」）數語，想有感於「太液芙蓉」一闋乎？（清陳廷焯《詞則・大雅集》）

　　此是學唐人句法、章法。「庾郎先自吟愁賦」，遜其蔚跂。（「西窗」句）亦排宕法。（「銅仙」三句）極力排蕩。（「病翼」三句）玩其弦指收裹處，有變徵之音。（結筆）掉尾不肯直瀉，然未自在。（清譚獻評《詞辨》）

　　詳味詞意，殆亦碧山黍離之悲也！首句「宮魂」字點清命意。「乍咽」、「還移」，慨播遷也。「西窗」三句，傷敵騎暫退，宴安如故也。「鏡暗妝殘」，殘破滿眼。「為誰」句，指當日修容飾貌，側媚依然。衰世臣主，全無心肝，真千古一轍也。「銅仙」三句，傷宗器重寶，均被遷奪北去也。「病翼」三句，更是痛哭流涕，大聲疾呼，言海徼棲流，斷不能久也。「餘音」三句，哀怨難論也。「漫想熏風，柳絲千萬」，責諸人當此，尚安危利災，視若全盛也。語意明顯，悽惋至不忍卒讀。（清端木埰批註《詞選》）

高陽臺

和周草窗寄越中諸友韻[1]

殘雪庭陰，輕寒簾影，霏霏玉管春葭[2]。小帖金泥[3]，
不知春是誰家。相思一夜窗前夢，奈個人、水隔天遮。
但淒然、滿樹幽香，滿地橫斜[4]。　　　江南自是離愁
苦，況遊驄古道，歸雁平沙。怎得銀箋，殷勤說與年
華[5]。如今處處生芳草，縱憑高、不見天涯。更消他，
幾度東風，幾度飛花。

1 周草窗：即周密，號草窗。越中：泛指今浙
　 江紹興一帶。
2 霏霏：形容葭灰飛揚的樣子。玉管春葭：
　 表明春天將至。古人以音樂的十二律預測
　 節氣。將葦膜燒成灰，放在律管內，到某一

節氣，相應律管內的灰就會自行飛出。葭，
初生的蘆葦。
3 小帖金泥：用金泥塗飾的宜春帖子。古時
立春日祝賀新春的帖子，上寫「宜春」二
字，或寫五七言詩句。金泥，即泥金，以金

「疏影橫斜水清淺，暗香浮動月黃昏。」

5 年華：時光，指與日俱增的相思之情。

評析

　　這首詞寫春日思友之情。起三句寫殘雪輕寒，春氣萌動，點明冬末春初時節。「小帖」一句頓宕有致，「相思」二句寫友人遠隔。歇拍寫梅花之幽香疏影，妙在不說破。過片「江南」三句從江南至漠北，進一層寫離愁，「自是」、「況」字轉折傳情。「怎得」二句言愁苦之深無法用文字表達。「如今」句寫春末景象，憑高遠望，芳草萋萋，從空間的無際寫相思。結句再深一層，「更」字、「幾度」從時間的無盡寫離愁。全詞由初春起，以暮春結，情景相生，低迴掩抑，讀之使人迴腸蕩氣。

輯評

　　此傷君臣晏安，不思國恥，天下將亡也。（清張惠言《詞選》）

　　碧山《眉嫵》、《高陽臺》、《慶清朝》三篇，古今絕構。《詞選》取之，確有特識。……右上三章，一片熱腸，無窮哀感。《小雅》怨誹不亂，諸詞有焉。以視白石之《暗香》、《疏影》，亦有過之無不及。詞至是，乃蔑以加矣。（清陳廷焯《白雨齋詞話》）

　　此等傷心語，詞家各自出新，實則一意，比較自知文法。（清王闓運《湘綺樓評詞》）

法曲獻仙音

聚景亭梅次草窗韻[1]

層綠峨峨[2]，纖瓊皎皎[3]，倒壓波痕清淺。過眼年華，動人幽意，相逢幾番春換。記喚酒尋芳處[4]，盈盈褪妝晚[5]。　　已消黯。況凄涼、近來離思，應忘卻，明月夜深歸輦[6]。荏苒一枝春[7]，恨東風、人似天遠。縱有殘花，灑征衣、鉛淚都滿。但殷勤折取[8]，自遣一襟幽怨。

1 聚景亭：在杭州西湖東，園中遍植梅花。

2 層綠：指綠梅。峨峨：高聳，指梅樹高大。

3 纖瓊：細玉，指白梅。

4 喚酒：相約飲酒。

5 褪妝：指花落。

6 夜深歸輦：宋孝宗、光宗、寧宗三朝皇帝
　常在聚景園遊賞。

7 荏苒：時光漸逝。

8 殷勤：情意濃厚。

　　這首詞借梅興感。首三句詠水邊梅花。「過眼」三句寫幾度韶光流逝而梅
香如故。「記喚酒」二句憶舊日賞梅宴飲情景。換頭宕開寫離情。「夜深歸輦」
憶昔，「人似天遠」傷今。「縱有」句自傷羈旅，結尾折梅自遣幽怨，蘊含無限
傷感。詞人以梅花串聯記憶，寄託感慨，詞意層折深曲。

　　高似孫《過聚景園》詩云：「翠華不向苑中來，可是年年惜露臺。水際春
風寒漠漠，官梅卻作野梅開。」可謂悽怨。讀碧山此詞，更覺哀婉。（清陳廷
焯《詞則·大雅集》）

彭 元 遜

二首

疏影

尋梅不見

江空不渡，恨蘼蕪杜若[1]，零落無數。遠道荒寒，婉娩
流年[2]，望望美人遲暮[3]。風煙雨雪陰晴晚，更何須，
春風千樹。盡孤城、落木蕭蕭，日夜江聲流去[4]。　　日
晏山深聞笛[5]，恐他年流落，與子同賦[6]。事闊心違[7]，
交淡媒勞[8]，蔓草霑衣多露[9]。汀洲窈窕餘醒寐[10]，遺
佩環、浮沉澧浦[11]。有白鷗淡月，微波寄語，逍遙容與。

1 蘼蕪、杜若：皆香草名。

2 婉娩（wǎn）：遲暮。流年：年華。

3 美人遲暮：形容時光流逝，盛年難再。語出
　屈原《離騷》：「惟草木之零落兮，恐美人之
　遲暮。」此用美人代指梅花。遲暮，暮年。

4「盡孤城」二句：化用唐杜甫《登高》：「無
　邊落木蕭蕭下，不盡長江滾滾來。」蕭蕭，
　形容草木搖落聲。

5 日晏：日暮。聞笛：指《梅花落》笛曲。

6 子：當指吹笛者。

7 闊：粗疏。心違：心願沒有達到。

8 交淡媒勞：交情淡薄，缺少幫助。

9「蔓草」句：化用《詩經·鄭風·野有蔓草》：
　「野有蔓草，零露漙兮。」

10 窈窕：美好的樣子。

11「遺佩環」二句：化用《九歌·湘君》：「遺
　余佩兮澧浦。」遺，贈。澧浦，水名。

　　這首詞寫尋梅不見的悵惘。起三句寫百花凋零，暗示春深。次三句以美
人喻梅，流露尋梅的急切。「風煙」四句，春風千樹襯托梅的空絕群芳，落葉
流水倍顯時光的流逝。過片寫聞笛，雙關梅花已落，故賦詞以寄留戀惋惜之
意。「事闊」三句寫尋梅的艱辛和徒勞。「汀洲」以下想像美麗的梅花在水畔
沙洲流連徘徊，留贈佩環。末尾以白鷗寄語聊為寬解。全篇以美人喻梅，運
用《楚辭》香草美人的手法，且化用其辭意，在迷離婉約的氣氛中表現了苦苦
尋覓的執着與求之不得的失落感。

元人彭元遜《解佩環·尋梅不見》云：「（略）。」憂深思遠，於兩宋外，又闢一境。而本原正見相合。出自元人手筆，尤為難得。（清陳廷焯《白雨齋詞話》）

六醜

楊花

似東風老大[1]，那復有、當時風氣[2]。有情不收，江山身是寄。浩蕩何世[3]。但憶臨官道，暫來不住，便出門千里。癡心指望回風墜[4]。扇底相逢，釵頭微綴。他家萬條千縷，解遮亭障驛[5]，不隔江水。　　瓜洲曾艤[6]，等行人歲歲。日下長秋[7]，城烏夜起[8]。帳廬好在春睡[9]。共飛歸湖上，草青無地[10]。愔愔雨[11]、春心如膩[12]。欲待化、豐樂樓前帳飲，青門都廢。何人念、流落無幾。點點摶作[13]，雪綿鬆潤，為君浥淚[14]。

1 東風老大：指暮春。老大，年老。
2 風氣：風度。
3 浩蕩：楊花飄飛流蕩的樣子。
4 回風：旋風。
5 解：懂得。亭障：古代邊塞的堡壘。
6 瓜洲：在江蘇鎮江對面。是有名的渡口。
7 長秋：漢代宮殿名，為皇后所居。
8 城烏夜起：化用唐代李白《烏夜啼》：「黃雲

城邊烏欲棲，歸飛啞啞枝上啼。」
9 帳廬：帳篷。
10 無地：無盡，形容廣袤。
11 愔（yīn）愔：寂靜無聲的樣子。
12 如膩：指雨水沾濕楊花。
13 摶（tuán）：捏聚成團。
14 浥（yì）淚：被淚水沾濕。

　　這首詞詠楊花而寫人生。起筆點明暮春。「有情」三句概言楊花特性、身世，隱含人生、時世之感慨。「但憶」句至下片追憶楊花漂泊無定的一生。官道、扇底、釵頭、亭障、渡口、帳廬、湖上、樓前，從各個角度極力鋪寫，顯示楊花無處不在，並以「癡心指望」、「解遮」、「等行人歲歲」擬想其多情善

感。歇拍「何人念」一筆收住，遙承「江山身是寄」二句，為其悲劇命運一灑同情之淚。全詞用擬人手法刻畫情態，細膩傳神，情思飽滿，渾然一氣。

姚雲文

一首

紫萸香慢

近重陽、偏多風雨，絕憐此日暄明[1]。問秋香濃未[2]，待攜客、出西城。正自羈懷多感[3]，怕荒臺高處，更不勝情。向尊前、又憶漉酒插花人[4]，只座上、已無老兵[5]。　　淒清。淺醉還醒。愁不肯、與詩平[6]。記長楸走馬[7]，雕弓搦柳[8]，前事休評。紫萸一枝傳賜[9]，夢誰到、漢家陵[10]。儘烏紗、便隨風去[11]，要天知道，華髮如此星星[12]。歌罷涕零。

註釋

1 絕憐：特別珍惜。暄明：和暖晴朗。
2 秋香：秋天開的花，一般指菊花、桂花。
3 羈懷：客居他鄉的愁懷。
4 漉酒：濾酒。陶淵明曾用頭巾濾酒。
5 老兵：晉朝謝奕曾逼桓溫飲酒，桓溫害怕，跑了。謝奕又讓桓溫的一個部下與其共飲，說：「失一老兵，得一老兵。」
6 「愁不肯」二句：憂愁不肯向詩屈服，言外之意是說憂愁太深。

7 走馬：策馬疾奔。
8 雕弓搦（zhà）柳：即百步穿楊。搦，射擊。
9 紫萸：紫茱萸，香味濃烈。古人於九月九日重陽節佩戴茱萸以避邪。朝廷也以紫萸傳賜臣僚。
10 漢家陵：漢代皇家陵墓。借指故國陵墓。
11 「儘烏紗」句：用孟嘉落帽典。見前劉克莊《賀新郎·九日》註5。儘，聽任，放任。
12 星星：形容鬢髮斑白。

評析

　　這首詞寫重陽節懷念故友與故國的悲感。發端平直敘起，連日風雨，難得重陽晴明，正欲出城賞花。「正自」句一頓，登高既怕傷情，賞花飲酒又無故友，將重陽佳節寫得極其冷清無聊。過片「淒清」二字承上啟下，轉抒愁情，情緒越發激昂不平。「記長楸」三句憶往年重陽勝遊，而以「休評」二字重筆勒轉。「紫萸」二句憶往年重陽傳賜紫萸，夢中憑弔王室陵墓，流露故國之思。「儘烏紗」句用重陽節熟典，但變風流雅事為悲涼情懷。全詞沒有刻畫重陽風物，而是穿插對往事故人的回憶，突現出一位鬢髮斑白、獨立秋風、慷慨悲歌的抒情主人公形象。直抒胸臆，情見乎辭，風格磊落悲壯。

僧　揮

一首

金明池

天闊雲高，溪橫水遠，晚日寒生輕暈[1]。閒階靜、楊花漸少，朱門掩鶯聲猶嫩。悔匆匆、過卻清明，旋占得[2]、餘芳已成幽恨。卻幾日陰沉，連宵慵困[3]，起來韶華都盡。　　怨入雙眉閒鬥損[4]。乍品得情懷，看承全近[5]。深深態、無非自許[6]，厭厭意[7]、終羞人問。爭知道、夢裡蓬萊[8]，待忘了餘香，時傳音信。縱留得鶯花[9]，東風不住，也則眼前愁悶[10]。

1 暈：日、月周圍的光圈。

2 旋：即，頃刻。

3 慵困：倦怠，懶散。

4 雙眉閒鬥損：即雙眉緊蹙。鬥損，鬥煞。

5 看承：特別看待。全近：極其親近。

6 自許：自負。

7 厭厭：百無聊賴。

8 蓬萊：神話中海上三神山之一。

9 鶯花：鶯啼花開，泛指春日景物。

10 也則：依然。

　　這首詞寫春日閨愁。「天闊」三句寫遠景，點明時間 —— 傍晚。「閒階」二句寫近景，點明環境 —— 朱門。「悔匆匆」二句點明季節 —— 暮春。「卻幾日」三句逆入，勾勒女主人公的神態與情思：春睡的慵懶與青春易逝的遺憾。下片集中刻畫思婦心理。「乍品得」二句是情人歡會情愛情景。「深深」二句寫其孤芳自賞與難言心事。「爭知道」三句是別後回憶與思念。結尾慨歎辜負美景，無限悵惘。全詞上片情融於景，下片情寓於事，語言清麗自然，且多用口語，生動傳神地刻畫了閨中女子的神情與心思。

李清照

七首

如夢令

昨夜雨疏風驟。濃睡不消殘酒。試問捲簾人[1]，卻道海棠依舊。知否。知否。應是綠肥紅瘦。

1 捲簾人：指侍女。

　　這是一首惜春詞。起句「昨夜雨疏風驟」，描寫疾風細雨的客觀環境。次句「濃睡不消殘酒」，表現慵懶失意的主觀心情。接下去的一問一答，是主觀之人面對客觀之物的不同反應：捲簾人因為冷漠無知而道海棠依舊，主人公卻因惜春傷感而知綠肥紅瘦。「綠肥紅瘦」四字，固語意新雋，然全詞「只數語中層次曲折有味」（清陳廷焯《雲韶集》），一句一意，轉折切換，自然流暢，最後點明惜春主旨，水到渠成。

　　近時婦人能文詞如李易安，頗多佳句。小詞云：「（略）。」「綠肥紅瘦」此語甚新。（宋胡仔《苕溪漁隱叢話・前集》）

　　李易安工造語，故《如夢令》「綠肥紅瘦」之句，天下稱之。余愛趙彥若《剪彩花》詩云：「花隨紅意發，葉就綠情新。」「綠情」「紅意」，似尤勝於李云。（宋陳郁《藏一話腴》）

　　綠肥紅瘦有新詞，畫扇文窗遣興時。象管鼠鬚書草帖，就中幾字勝羲之。（元元淮《金囦集》）

　　韓偓詩云：「昨夜三更雨，今朝一陣寒。海棠花在否。側臥捲簾看。」此詞盡用其語點綴，結句尤為委曲精工，含蓄無窮之意焉，可謂女流之藻思者矣。（明張綖《草堂詩餘別錄》）

　　風雨另從睡裡度，肥瘦更問誰人知？語新意雋，更有丰情。寫出婦人聲口，可與朱淑真並擅詞篇。（明《新刻李于鱗先生批評註釋草堂詩餘雋》偽託李攀龍評點）

　　此句較周詞更婉媚。（末句）甚新。（託名楊慎評點《草堂詩餘》）

　　「知否」二字，疊得可味。「綠肥紅瘦」創獲自婦人，大奇。（明沈際飛《草堂詩餘・正集》）

李易安又有《如夢令》云：「（略）。」當時文士莫不擊節稱賞，未有能道之者。（明蔣一葵《堯山堂外紀》）

易安，我之知己也。今世少解人，自當遠與易安作朋。（明茅暎《詞的》）

「知否」字，疊得妙。（明潘游龍《精選古今詩餘醉》）

前輩謂史梅溪之句法，吳夢窗之字面，固是確論。尤須雕組而不失天然。如「綠肥紅瘦」、「寵柳嬌花」，人工天巧，可稱絕唱。若「柳腴花瘦」、「蝶悽蜂慘」，即工，亦「巧匠琢山骨」矣。（清王士禎《花草蒙拾》）

查初白云：「可與唐莊宗『如夢』疊字爭勝。」（清張宗橚《詞林紀事》）

一問極有情，答以依舊，答得極澹，跌出「知否」二句來，而「綠肥紅瘦」無限悽婉，卻又妙在含蓄。短幅中藏無數曲折，自是聖於詞者。（清黃蘇《蓼園詞選》）

只數語中層次曲折有味。世徒稱其「綠肥紅瘦」一語，猶是皮相。（清陳廷焯《雲韶集》）

詞人好作精豔語，如左與言之「滴粉搓酥」、姜白石「柳怯雲鬆」、李易安之「綠肥紅瘦」、「寵柳嬌花」等類，造句雖工，然非大雅。（清陳廷焯《白雨齋詞話》）

鳳凰臺上憶吹簫

香冷金猊[1]，被翻紅浪[2]，起來慵自梳頭。任寶奩塵滿，日上簾鈎。生怕離懷別苦，多少事、欲說還休。新來瘦，非干病酒，不是悲秋。　　休休。者回去也[3]，千萬遍《陽關》[4]，也則難留。念武陵人遠，煙鎖秦樓。惟有樓前流水，應念我、終日凝眸。凝眸處，從今又添、一段新愁。

1 金猊（ní）：獅形銅香爐。猊，狻猊，獅子。
2 紅浪：錦被上的繡文。
3 者：這。
4《陽關》：據王維《送元二使安西》譜成的《陽關三疊》，為送別之曲。此泛指離歌。

這首詞寫離別後的相思及獨處的愁苦。上片寫女主人公百無聊賴、滿腹心事。前三句即寫閨房的熏爐香料已盡，紅錦被堆在床上，頭也懶得梳理。無聊至極的心情頓現紙面。「任寶奩」二句續寫無聊苦悶。「生怕」二句說她有滿腹閒愁暗恨卻無處訴說。上片結拍三句點明自己既非病酒，又非悲秋。何故煩悶？卻未道出。這三句「婉轉曲折，煞是妙絕」（清陳廷焯《雲韶集》）。下片寫別後相思之情。「休休」等三句是說，罷了，這次分別，即使唱上千遍《陽關曲》也無濟於事。原來她欲留下丈夫卻未能遂願。「念武陵」一句用陶淵明《桃花源記》事。但宋人常用武陵指劉晨、阮肇入天台與仙女成婚一事。李清照用此喻丈夫離家而去。「秦樓」指鳳女臺，在陝西寶雞南部。傳說秦穆公女弄玉及其丈夫蕭史曾居此，在此喻清照住處。兩用典故是說，丈夫離去，自己獨守空房。「惟有」二句寫丈夫走後，只有流水是知音，知道她整日凝眸遠望。結拍二句以「新愁」回應前片之「新瘦」，寫法井然。陳廷焯讚之曰：「筆致極佳，餘韻尤勝。」（《雲韶集》）

出語自然，無一字不佳。（明茅暎《詞的》）

亦是林下風，亦是閨中秀。（明卓人月輯、徐士俊評《古今詞統》）

上衷情難訴而頓減容顏，下繾綣莫留而信添愁緒。非病酒，不悲秋，都為苦別瘦。水無情於人，人卻有情於水。寫出一腔憶別心神，而新瘦新添，真如秦女樓頭，聲聲有和鳴之奏。（明《新刻李于鱗先生批評註釋草堂詩餘雋》偽託李攀龍評點）

欲說還休，與「怕傷郎，又還休道」同意。（「新來瘦」句）端的為着甚的。（託名楊慎評點《草堂詩餘》）

離愁無限，俱於此詞見之。（明《新刻註釋草堂詩餘評林》李廷機評語）

懶說出，妙；瘦為甚的，尤妙。「千萬遍」，痛甚。轉轉折折，忏合萬狀。清風朗月，陡化為楚雨巫雲；阿閣洞房，立變成離亭別墅，至文也。（明沈際飛《草堂詩餘·正集》）

滿楮情至語，豈是口頭禪。（明陸雲龍《詞菁》）

「紅浪」，奇。「寶奩」，鏡臺也。不病酒，不悲秋，憶共吹簫人，妙甚。（明許銓胤《古今女詞選》）

此種筆墨，不減耆卿、叔原，而清俊疏朗過之。「新來瘦」三語，婉轉曲折，煞是妙絕。筆致極佳，餘韻尤勝。（清陳廷焯《雲韶集》）

醉花陰

薄霧濃雲愁永晝[1]。瑞腦消金獸[2]。佳節又重陽，玉枕紗廚[3]，半夜涼初透。　　東籬把酒黃昏後[4]。有暗香盈袖[5]。莫道不消魂，簾捲西風，人比黃花瘦。

註釋

1 永晝：漫長的白天。

2 瑞腦：香料，即龍腦。金獸：獸形銅香爐。

3 紗廚：即紗帳。

4「東籬」句：化用晉陶淵明《飲酒二十首》其

五：「採菊東籬下，悠然見南山。」東籬，代指菊圃。

5 暗香：本指梅，此處指菊。

評析

　　這是一首悲秋傷別之作。上片前兩句，「愁」字點出詞人情緒低沉；室中香爐的香料早已燃盡，襯出冷清寂寞。「佳節」三句點明重陽時節，玉枕紗廚早已涼透，夜半獨處更何以堪？下片「東籬」二句寫黃昏後，詞人獨自在菊下把酒，用菊香襯托詞人孤獨無依之況，寓情於景，恰到好處。結尾三句直抒胸臆，寫自己因孤寂淒冷而落魄消魂，在瑟瑟秋風中憔悴不堪，消瘦如菊。

　　傳說李清照把《醉花陰》寄給趙明誠，趙明誠讚賞不已，自愧不如，但又欲與妻子爭勝。於是閉門謝客，廢寢忘食三日，寫詞五十首，雜以李清照《醉花陰》「莫道」三句交給朋友陸德夫。陸德夫吟詠再三說：「只有三句佳。」趙問之，陸答道，「莫道不消魂，簾捲西風，人比黃花瘦。」這正是李清照所作。雖屬傳說，卻也證明人們對這首詞的熱愛之情。

輯評

　　易安以重陽《醉花陰》詞函致明誠，明誠歎賞，自愧弗逮，務欲勝之。一切謝客，忘食忘寢者三日夜，得五十闋，雜易安作，以示友人陸德夫。德夫玩之再三，曰：「只三句絕佳。」明誠詰之。答曰：「莫道不消魂，簾捲西風，人似黃花瘦。」政易安作也。（元伊世珍《琅嬛記》）

　　（末兩句）悽語，怨而不怒。（託名楊慎批點《草堂詩餘》）

　　但知傳誦結語，不知妙處全在「莫道不銷魂」。（明茅暎《詞的》）

　　詞內「人瘦也，比梅花、瘦幾分」，又「天還知道，和天也瘦」，又「莫道不消魂，簾捲西風，人比黃花瘦」，三「瘦」字俱妙。（明王世貞《藝苑卮言》）

　　語境則「咸陽古道」、「汴水長流」，語事則「赤壁周郎」、「江州司馬」，語景則「岸草平沙」、「曉風殘月」，語情則「紅雨飛愁」、「黃花比瘦」，可謂雅暢。（清毛先舒《詩辨坻》）

結句亦從「人與綠楊俱瘦」脫出，但語意較工妙耳。（清許昂霄《詞綜偶評》）

　　康伯可「人瘦也，比梅花、瘦幾分」，與李清照「簾捲西風，人比黃花瘦」同妙。（清沈辰垣等《歷代詩餘》）

　　寫景貴淡遠有神，勿墮而奇險。言情貴蘊藉有致，勿浸而淫褻。「曉風殘月」、「衰草微雲」，寫景之善者也；「紅雨飛愁」、「黃花比瘦」，言情之善者也。（清沈祥龍《論詞隨筆》）

　　詞之用字，務在精擇。腐者、啞者、笨者、弱者、粗俗者、生硬者、詞中所未經見者，皆不可用，而叶字尤宜留意。古人名句，末字必清雋響亮，如「人比黃花瘦」之「瘦」字、「紅杏枝頭春意鬧」之「鬧」字皆是；然有同此字而用之善不善，則存乎其人之意與筆。（同上）

　　幽細淒清，聲情雙絕。（清許寶善《自怡軒詞選》）

　　無一字不雅。深情苦調，元人詞曲往往宗之。（清陳廷焯《雲韶集》）

　　此語若非出女子自寫照，則無意致。「比」字各本皆作「似」，類書引反不誤。（清王闓運《湘綺樓評詞》）

聲聲慢

尋尋覓覓，冷冷清清，淒淒慘慘戚戚。乍暖還寒時候 [1]，最難將息 [2]。三杯兩盞淡酒，怎敵他、晚來風急。雁過也，最傷心，卻是舊時相識。　　滿地黃花堆積。憔悴損，如今有誰堪摘。守著窗兒，獨自怎生得黑 [3]。梧桐更兼細雨，到黃昏、點點滴滴。者次第 [4]，怎一個、愁字了得。

註釋

1 乍暖還寒：忽冷忽熱。　　　　3 怎生：如何。
2 將息：休息，調養。　　　　　4 次第：光景，情形。

評析

　　這首詞大約為詞人晚年喪夫之後所作，辭情悽婉，為其代表作。全詞以暮秋為背景，寫出詞人滿懷愁緒與孤獨無依之狀，如怨如慕，如泣如訴。上片

起首三句，大膽新奇，用絕無斧痕的十四個疊字，表現出無可排遣和無所寄託的空虛心情。十四字如大珠小珠落玉盤，字字響亮。以下「乍暖」四句亦是這種無聊心境的延續。「雁過也」三句，寫詞人淪落天涯之苦。下片開首寫殘菊，反襯自己的無聊之況。「守著」兩句描摹出詞人形單影隻、恓惶無助之狀。用民俗之語，發清新之思，被認為是「詞意並工，閨情絕調」（彭孫遹語）。而押險韻「黑」字而顯得自然平易，更顯出李清照高人一籌的功力。「梧桐」二句暗用白居易《長恨歌》「秋雨梧桐葉落時」句意，通過雨滴傳達出詞人如嗟如歎之情。最後結以「者次第」二句，悽楚之狀透出紙背，「後幅一片神行，愈唱愈妙」（清陳廷焯《雲韶集》）。

此乃公孫大娘舞劍手。本朝非無能詞之士，未曾有一下十四疊字者，用《文選》諸賦格。後疊又云：「梧桐更兼細雨，到黃昏、點點滴滴。」又使疊字，俱無斧鑿痕。更有一奇字云：「守定窗兒，獨自怎生得黑。」「黑」字不許第二人押。婦人中有此文筆，殆間氣也。（宋張端義《貴耳集》）

近時李易安詞云：「尋尋覓覓，冷冷清清，淒淒慘慘戚戚。」起頭連疊十四字，以一婦人，乃能創意出奇如此。（宋羅大經《鶴林玉露》）

《聲聲慢》一詞，最為婉妙。（明楊慎《詞品》）

才一斛，愁千斛，雖六斛明珠，何以易之。（明卓人月輯、徐士俊評《古今詞統》）

首下十四個疊字，乃公孫大娘舞劍手，宋朝能詞之士秦七、黃九輩，未曾有下十四個疊字者，蓋用《文選》諸賦格黑字，更不許第二人押。「點點滴滴」四疊字，又無斧跡。易安，間氣所生，不獨雄於閨閣也。（明沈際飛《草堂詩餘·別集》）

連用十四疊字，後又四疊字，情景婉絕，真是絕唱。後人效顰，便覺不妥。（明茅暎《詞的》）

連下疊字，無跡能手。（明陸雲龍《詞菁》）

予少時和唐宋詞三百闋，獨不敢次「尋尋覓覓」一篇，恐為婦人所笑。（清沈謙《填詞雜說》）

此詞頗帶傖氣，而昔人極口稱之，殊不可解。（清張宗橚《詞林紀事》引許昂霄語）

李清照《聲聲慢·秋閨》詞云：「尋尋覓覓，冷冷清清，淒淒慘慘戚戚。……」首句連下十四個疊字，真似大珠小珠落玉盤也。（清徐釚《詞苑叢談》）

夢符（即元喬吉）又有《天淨沙》詞云：「鶯鶯燕燕春春。花花柳柳真真。事事風風韻韻，嬌嬌嫩嫩，停停當當人人。」此等句亦從李易安「尋尋覓覓」

得來。（同上）

柳七最尖穎，時有俳狎，故子瞻以是呵少游。若山谷亦不免，如「我不合太攔就」，下此則蒜酪體也。惟易安居士「最難將息」、「怎一個愁字」，深穩妙雅，不落蒜酪，亦不落絕句，真此道本色當行第一人也。（清劉體仁《七頌堂詞繹》）

從來此體皆收易安所作，蓋其逸逸之氣，如生龍活虎，非描塑可擬。其用字奇橫而不妨音律，故卓絕千古。人若不及其才而故學其筆，則未免類狗矣。觀其用上聲、入聲，如慘字、戚字、盞字、點字、滴字等，原可作平，故能諧協，非可泛用仄字而以去聲填入也。其前結「正傷心，卻是舊時相識」，於「心」字豆句，然於上五下四者，原不拗，所謂此九字一氣貫下也。後段第二三句「憔悴損，如今有誰堪摘」，句法亦然。如高詞應以「最得意」為豆，然作者於「輸他」住句，亦不妨也。今恐人因易安詞高難學，故錄竹屋此篇。（清萬樹《詞律》）

其《聲聲慢》一闋，張正夫稱為公孫大娘舞劍器手，以其連下十四疊字也。此卻不是難處，因調名《聲聲慢》，而刻意播弄之耳。其佳處，後又下「點點滴滴」四字，與前照映有法，不是單單落句。玩其筆力，本自矯拔，詞家少有，庶幾蘇、辛之亞。（清陸昶《歷朝名媛詩詞》）

雙聲疊韻字要着意佈置。有宜雙不宜疊，宜疊不宜雙處。重字則既雙且疊，尤宜斟酌。如李易安之「淒淒慘慘戚戚」，三疊韻，六雙聲，是鍛煉出來，非偶然拈得也。（清周濟《宋四家詞選目錄序論》）

「黑」字警。後幅一片神行，愈唱愈妙。（清陳廷焯《雲韶集》）

二闋共十餘個疊字，而氣機流動，前無古人，後無來者，可為詞家疊字之法。（清陸鎣《問花樓詞話》）

李易安《聲聲慢》詞：「尋尋覓覓，冷冷清清，淒淒慘慘戚戚。」連疊七字，昔人稱其造句新警。其源蓋出於《爾雅·釋訓篇》，篇中自「明明」至「秩秩」，疊句凡一百四十四，「殷殷惸惸」一段連疊十字，此千古創格，亦絕世奇文也。（清陸以湉《冷廬雜識》）

須戒重疊。字面前後相犯，雖絕妙好詞，畢竟不妥，萬不得已用之。如李易安《聲聲慢》疊用三「怎」字，雖曰讀者全然不覺，究竟敲打出來，終成白璧微瑕，況未能盡如李易安之善運用，慎之是也。（清孫致彌《詞鵠·凡例》）

亦是女郎語。諸家賞其七疊，亦以初見故新，效之則可嘔。（清王闓運《湘綺樓評詞》）

此詞最得咽字訣，清真不及也。（梁令嫻《藝蘅館詞選》引梁啟超語）

念奴嬌

蕭條庭院，有斜風細雨，重門須閉。寵柳嬌花寒食近，種種惱人天氣。險韻詩成¹，扶頭酒醒²，別是閒滋味。征鴻過盡，萬千心事難寄。　　樓上幾日春寒，簾垂四面，玉闌干慵倚。被冷香消新夢覺，不許愁人不起。清露晨流，新桐初引³，多少遊春意。日高煙斂，更看今日晴未。

1 險韻詩：用冷僻難押字做韻腳的詩。

2 扶頭酒：一種容易醉人之酒。

3「清露」二句：化用《世說新語‧賞譽》：「於時清露晨流，新桐初引。」引，長也。

這首詞寫詞人獨處閨房而傷春傷別的悽楚心境。上片寫愁苦無聊之心境。前三句寫環境和氣氛，庭院蕭條，斜風細雨，百無聊賴。「寵柳」二句點明寒食節之惱人天氣。「險韻」三句寫詞人獨守空閨，只能用詩酒排遣愁懷，然而酒醒之後，愁苦卻更加難以排遣。「征鴻」二句是說希望向遠方的丈夫寄信訴說卻不能。下片寫環境之清冷和詞人的心情。「樓上」三句寫「樓上」寂寥境況，落在一個「慵」字。「被冷」二句，被冷、香消、夢覺，層層疊加，落在一個「愁」字。接下「清露」三句陡然一振，寫詞人面對春光，心中一陣驚喜。最後「日高」二句卻說，日出煙收，不知外面晴了沒有。詞人究竟是否遊春，則成了懸念。整首詞筆觸細緻曲折，通過春天景物變化表現獨處深閨的詞人之心理變化，寫得甚妙。正如毛先舒所言：「詞貴開宕，不欲沾滯，忽悲忽喜，乍遠乍近，斯為妙耳。」（《詩辨坻》）本詞正可當之。

前輩嘗稱易安「綠肥紅瘦」為佳句。余謂此篇「寵柳嬌花」之語，亦甚奇俊，前此未有能道之者。（宋黃昇《唐宋諸賢絕妙詞選》）

（「被冷」二句）夢境，亦實境。（明陸雲龍《詞菁》）

李易安詞「清露晨流，新桐初引」，乃全用《世說》語。女流有此，在男子亦秦、周之流也。（明楊慎《詞品》）

「寵柳嬌花」，又是易安奇句，後人竊其影，似猶驚目。真聲也，不效顰於漢魏，不學步於盛唐，應情而發，能通於人。有首尾。（明沈際飛《草堂詩餘‧正集》）

上是心事難以言傳，下是新夢可以意會。心事有萬千，豈征鴻可寄？新夢不知夢何事，想是惜春情結。心事託之新夢，言有寄而情無方，玩之，自有意味。（明《新刻李于鱗先生批評註釋草堂詩餘雋》偽託李攀龍評點）

　　「清露晨流，新桐初引」用《世說》全句，渾妙。嘗論詞貴開宕，不欲沾滯。忽悲忽喜，乍近乍遠，所為妙耳。如遊樂詞，須微着愁思，方不癡肥。李《春情》詞本閨怨，結云「多少遊春意」、「更看今日晴未」，忽爾拓開，不但不為題束，並不為本意所苦。直如行雲，舒捲自如，人不覺耳。（清毛先舒《詩辨坻》）

　　李易安「被冷香銷新夢覺，不許愁人不起」、「守著窗兒，獨自怎生得黑」，皆用淺俗之語，發清新之思，詞意並工，閨情絕調。（清彭孫遹《金粟詞話》）

　　李易安「被冷香消清夢覺，不許愁人不起」，又「於今憔悴，風鬟霜鬢，怕見夜間出去」，楊用修以其尋常言語度入音律，殊為自然。但「守著窗兒，獨自怎生得黑」，又「梧桐又兼細雨，到黃昏點點滴滴」，正詞家所謂以易為險，以故為新者，易安先得之矣。（清沈雄《古今詞話・詞品》）

　　只寫心緒落漠，遇寒食更難遣耳。陡然而起，便爾深邃。至前闋云「重門須閉」，次闋云「不許」、「不起」，一開一合，情各戛戛生新。起處雨，結句晴，局法渾成。（清黃蘇《蓼園詞選》）

　　世稱易安「綠肥紅瘦」為佳句。黃叔暘謂：「寵柳嬌花」語亦甚奇俊，前此未有能道之者。結亦合拍。（清陳廷焯《雲韶集》）

　　李易安《百字令》詞用《世說》，亭然以奇，別出機杼。（清張德瀛《詞徵》）

永遇樂

落日熔金，暮雲合璧，人在何處。染柳煙濃，吹梅笛怨[1]，春意知幾許。元宵佳節，融和天氣，次第豈無風雨[2]。來相召，香車寶馬，謝他酒朋詩侶。　　中州盛日[3]，閨門多暇，記得偏重三五[4]。鋪翠冠兒，捻金雪柳，簇帶爭濟楚[5]。如今憔悴，風鬟霜鬢，怕見夜間出去[6]。不如向簾兒底下，聽人笑語。

1 吹梅笛怨：笛子吹奏幽怨的《梅花落》。
2 次第：轉眼間。
3 中州：古稱河南為中州。此指北宋國都汴京（開封）。
4 三五：正月十五元宵節。

5 「鋪翠」三句：形容盛妝。鋪翠冠兒，翡翠、羽毛裝飾的帽子。捻金雪柳，以金線捻絲製成的頭飾。簇帶，滿頭插戴。濟楚，整潔美麗。宋方言。
6 怕見：懶得。

　　這首詞通過元宵佳節憑弔故國、追憶汴京元宵節的熱鬧場面，表達了詞人深切的故國之思。詞情悽婉哀絕，感人至深。上片詞采高華，色彩濃重，極寫日、雲、柳、梅之美，反襯觀景人之悲。「人在何處」、「春意知幾許」，寫出詞人的茫然、無感，與美景、佳節格格不入。「次第」一句詞意陡轉，詞人似乎預感到狂風暴雨隨時會到來。她無心賞景郊遊，謝絕酒朋詩侶的邀請。下片乃追憶中州盛日元宵佳節。「中州盛日」三句，用快捷的筆調寫中州的元宵盛況，彼時青春年少，生活閒逸，自然看重元宵佳節。「鋪翠」三句寫女子在元宵盛日的打扮，爭豔比美，以渲染愉快的心情及氛圍。「如今」三句則從回憶中驚醒過來，卻是滿目憔悴。結拍二句突發妙筆，以樂景寫哀，倍增其哀：詞人獨坐簾下，孤燈隻影；簾外卻是笑語喧鬧，把詞人悽苦孤獨之狀頓然現出。

　　易安居士李氏，趙明誠之妻。《金石錄》亦筆削其間。南渡以來，常懷京洛舊事。晚年賦元宵《永遇樂》詞云「落日熔金，暮雲合璧」，已自工致。（宋張端義《貴耳集》）

　　學易女《永遇樂》云：「不如向、簾兒底下，聽人笑語。」此詞亦自不惡。而以俚詞歌於坐花醉月之際，似乎擊缶韶外，良可歎也。（宋張炎《詞源》）

　　余自乙亥上元誦李易安《永遇樂》，為之涕下。今三年矣，每聞此詞，輒不自堪，遂依其聲，又託之易安自喻，雖辭情不及，而悲苦過之。（宋劉辰翁《永遇樂》詞序）

　　辛稼軒詞「泛菊杯深，吹梅角暖」，蓋用易安「染柳煙輕，吹梅笛怨」也。然稼軒改數字更工，不妨襲用。不然豈盜狐白裘手邪。（明楊慎《詞品》）

　　李易安「落日」、「暮雲」，慮周而藻密。（清謝章鋌《賭棋山莊詞話》）

浣溪沙

髻子傷春懶更梳。晚風庭院落梅初。淡雲來往月疏疏。　　玉鴨薰爐閒瑞腦，朱櫻斗帳掩流蘇[1]。通犀還解辟寒無[2]。

1 朱櫻：紅如櫻桃。斗帳：形如覆斗的小帳。　　　寒：驅寒。
2 通犀：即通天犀，一種名貴的犀牛角。辟

　　此詞傷春。上片起句即點明「傷春」主題，又通過描寫室外景物來烘托人物心情。陣陣晚風，已倍添愁緒，而隨風飄落的梅花又引起人無限的傷感。獨自佇立在晚風庭院中，遙望夜空中淡雲來往，疏月溶溶。過片轉向室內，描寫「玉鴨薰爐」、「朱櫻斗帳」等閨中擺設。結句欲借通犀辟寒，一語雙關，既有驅除春寒之實意，亦有排解心寒之寓意。

　　相傳此詞作於政和間詞人屏居青州之時，此時趙明誠常外出訪碑，李清照家居寡歡，倍感寂寞，故作此詞，可為一說。

　　話頭好。淵然。（明沈際飛《草堂詩餘·續集》）
　　閨秀詞惟清照最優，究苦無骨，存一篇尤清出者。（清周濟《介存齋論詞雜著》）
　　（「淡雲」句）清麗之句。（末句）婉約。（清陳廷焯《雲韶集》）
　　易安居士獨此篇有唐調，選家爐冶，遂標此奇。（清譚獻評《詞辨》）

詞人小傳

趙　佶

趙佶（1082—1135），即宋徽宗。他在位的二十五年，正是北宋王朝風雨飄搖的覆危之時，宣和七年（1125），讓位於其子趙桓（欽宗）。靖康二年（1127）金兵南下攻破汴京，趙佶父子被擄北上。在北方度過了九年恥辱的俘虜生活後，趙佶於高宗紹興五年（1135）死於五國城（今黑龍江依蘭）。趙佶是古代帝王中為數不多的多才多藝的一個，詩詞文之外，書畫尤有成就。他的詞以靖康二年被擄北上為界，分為兩期。前期以宮廷遊宴生活為主，多曼豔雍和之作，未足深取，後期則注入了沉痛的家國之哀，黍離之悲，成就較前期為高，因此後人或以南唐後主李煜擬之。

錢惟演

錢惟演（977—1034），字希聖，錢塘（今浙江杭州）人。吳越王錢俶之子。宋滅吳越後，從父歸宋。初為右屯衛將軍，後歷任翰林學士、工部尚書、樞密使等職。卒諡曰思，改諡文僖。錢惟演嘗預修《冊府元龜》。任翰林學士時，與楊億、劉筠等人相唱和，合輯為《西昆酬唱集》，形成影響一代風氣的「西昆體」。其詩多精工典麗，如錦繡成文；其詞則多趨於平易淺近，與其詩風迥異。

范仲淹

范仲淹（989—1052），字希文，吳縣（今江蘇蘇州）人。真宗大中祥符八年（1015）進士，歷任陝西經略副使、參知政事及河東、陝西宣撫使等。卒諡文正。他是北宋著名的革新派人物，也是宋代少有的道德、事功、文章均為人稱道的名臣。他的詞雖然僅存五篇，但篇篇可堪諷詠。也許是多年邊塞生活的緣故，范仲淹詞與同時歐（陽修）、晏（殊）詞相較，別饒一種悲涼和清壯的調子，這一點為後來的王安石、蘇軾等繼承、發揚，遂於嘲風弄月的花間詞風之外別開生面。

張　先

張先（990—1078），字子野，湖州烏程（今浙江湖州）人。宋仁宗天聖八年（1030）進士，官至都官郎中。晚年退居鄉里，優遊冶樂以終。張先詩格清新，尤長於詞。早年以小令與晏（殊）、歐（陽修）並稱，後來寫慢詞，與柳永齊名，晚年與蘇軾亦有來往。張先所處的時代，正是北宋詞由小令向慢詞過渡的時代，從張先的詞中，正可以看出這種轉變。有《安陸詞》（亦稱《張子野詞》）。

晏　殊

晏殊（991—1055），字同叔，臨川（今江西撫州）人。七歲能屬文，十四歲時以神童召試，賜同進士出身，仕至集賢殿學士、同中書門下平章事，兼樞密使，是宋代著名的「太平宰相」，一代名臣如范仲淹、韓琦、歐陽修等皆出其門下。卒諡元獻，世稱晏元獻。晏殊一生優裕，所作不外是文人雅士的閒情閒愁；其去五代未遠，故詞風亦受晚唐、五代濡染較深。晏殊是很喜歡馮延巳的詞的，其所自作，亦不減馮延巳，風流俊雅，溫潤秀潔，一時莫及。有《珠玉詞》。

韓縝

韓縝（1019—1097），字玉汝，開封雍丘（今河南杞縣）人。仁宗慶曆二年（1042）進士，英宗朝任淮南轉運使，神宗朝知樞密院事，哲宗朝拜尚書右僕射兼中書侍郎，以太子太保致仕。卒諡莊敏。

宋祁

宋祁（998—1061），字子京，開封雍丘（今河南杞縣）人，幼居安州安陸（今屬湖北）。仁宗天聖二年（1024）進士，歷官知制誥、工部尚書、翰林學士承旨等職。卒諡景文。曾與歐陽修共修《新唐書》。其兄宋庠亦有文名，時人稱之為「大小宋」。

歐陽修

歐陽修（1007—1072），字永叔，自號醉翁，晚號六一居士，廬陵（今江西吉安）人。仁宗天聖八年（1030）進士甲科，曾任知制誥、翰林學士，官至參知政事。好獎掖後進，一時名臣如王安石、蘇軾等皆出其門下。卒諡文忠。歐陽修為當時文壇盟主，詩、文、詞皆有成就。他是北宋古文運動的倡導者和身體力行者；其詩則被看作是宋詩發生轉變的一個關鍵；其詞深婉清麗，頗受晚唐五代詞風的影響。他也喜歡馮延巳詞，風格亦近之。後人評價歐詞「疏雋開（蘇）子瞻，深婉開（秦）少游」（馮煦《蒿庵論詞》），表現出晚唐五代詞向宋詞的轉變。

聶冠卿

聶冠卿（988—1042），字長孺，歙州新安（今安徽歙縣）人。宋真宗大中祥符五年（1012）進士，仁宗寶元二年（1039）出使遼國，還朝，擢同知通進銀臺司、審刑院，官終翰林學士兼侍讀學士。有《蘄春集》。

柳　永

柳永（987？—1053？），初名三變，字景莊，後改名永，字耆卿，崇安（今福建武夷山市）人。柳永早年仕途不遇，常流連於歌樓妓館，以填詞為務。嘗作《鶴沖天》詞，其中有「忍把浮名，換了淺斟低唱」。傳說仁宗趙禎看了很不高興，說：「且去淺斟低唱，何要浮名！」他就由此自稱「奉旨填詞柳三變」，可見其疏浪。直到景祐元年（1034）才中進士，官屯田員外郎，頗有政聲，後世稱之為「柳屯田」。柳永是中國詞史上第一個大量創作慢詞的詞人，他把詞從深院臺閣的花間樽下，帶向了更廣闊的市井勾欄，當時人稱：「凡有井水飲處，即能歌柳詞。」詞到柳永手裡，不論內容，還是表現手法，都發生了轉折性的變化。包括蘇軾在內的許多宋代詞人，多不滿於柳詞的塵俗，卻無一不受到他的沾溉。有《樂章集》。

王安石

王安石（1021—1086），字介甫，晚號半山老人，臨川（今江西撫州）人。仁宗慶曆二年（1042）進士及第。神宗熙寧二年（1069）拜參知政事，始行新法。後官至同中書門下平章事，加尚書左僕射，封荊國公。卒謚文。《宋史》卷三二七有傳。王安石為北宋詩文大家，有《臨川集》行世。所作詞不多，有《臨川先生歌曲》。

王安國

王安國（1028—1074），字平甫，臨川（今江西撫州）人，王安石之弟。神宗熙寧初，賜進士及第，歷官至秘閣校理。後為呂惠卿所誣，坐奪官，放歸田里。《宋史》卷三二七有傳。

晏幾道

晏幾道（1038？—1110？），字叔原，號小山，晏殊幼子。監潁昌府許田鎮，又曾為開封府判官。一生連蹇，人以為「癡」。有《小山詞》。

蘇　軾

　　蘇軾（1037—1101），字子瞻，自號東坡居士，眉州眉山（今屬四川）人，與其父洵、其弟轍合稱「三蘇」。蘇軾於宋仁宗嘉祐二年（1057）中進士，歷通判杭州，知密、徐、湖等州。神宗元豐二年（1079），以「訕謗朝廷」罪入獄，後貶為黃州團練副使。後官至禮部尚書、翰林學士兼侍讀。哲宗紹聖初又以「譏訕」連貶惠州（今屬廣東）、儋州（今屬海南）。哲宗元符三年（1100）遇赦北還，次年卒於常州。南宋高宗朝追贈太師，謚曰「文忠」。有《東坡樂府》傳世，存詞三百餘首。

黃 庭 堅

　　黃庭堅（1041—1105），字魯直，號山谷道人，晚號涪翁，洪州分寧（今江西修水）人。宋英宗治平四年（1067）進士，以校書郎為《神宗實錄》檢討官，遷著作郎。哲宗親政，以修實錄不實罪名，貶涪州別駕，黔州安置。崇寧四年（1105），卒於貶所（今廣西宜山），私謚文節先生。北宋著名文學家、書法家，和杜甫、陳師道、陳與義位列江西詩派「一祖三宗」。又和張耒、晁補之、秦觀遊學於蘇軾門下，合稱為「蘇門四學士」。詩作與蘇軾齊名，世稱「蘇黃」。書法與蘇軾、米芾、蔡襄並稱「宋四家」。詞與秦觀齊名，並稱「秦黃」，有《山谷詞》傳世，存詞一百八十餘首。

秦　觀

　　秦觀（1049—1100），字太虛，後改字少游，號淮海居士，揚州高郵（今江蘇高郵）人。宋神宗元豐八年（1085）進士及第。初任定海主簿，轉蔡州教授。後累官至太學博士、秘書省正字兼國史院編修。因與蘇軾交往，坐黨籍，連貶至郴州、橫州，徙雷州。哲宗元符三年（1100）遇赦召還，卒於藤州（今廣西藤縣）。《宋史》卷四四四有傳。有《淮海詞》傳世，存詞八十餘首。

晁元禮

晁元禮（1046—1113），即晁端禮，字次膺，其先澶州清豐（今屬河南）人，徙家彭城（今江蘇徐州）。舉神宗熙寧六年（1073）進士。曾兩為縣令，因忤上司而坐廢，晚年除大晟府協律郎。有《閒齋琴趣》。

趙令畤

趙令畤（1051—1134），初字景貺，蘇軾改其字為德麟，自號聊復翁，是宋太祖次子燕王德昭的玄孫。哲宗元祐六年（1091）簽書潁州公事。蘇軾薦之於朝，軾被貶，令畤被罰金。紹聖初，官至右朝請大夫，改右監門衛大將軍，歷榮州防禦使、洪州觀察使。高宗紹興初，襲封安定郡王，遷寧遠軍承宣使，同知行在大宗正事。有近人輯錄《聊復集》。

張　耒

張耒（1054—1114），字文潛，號柯山，楚州淮陰（今江蘇淮陰）人。宋神宗熙寧六年（1073）進士，授臨淮主簿。紹聖四年（1097），坐黨籍落職，謫監黃州酒稅。崇寧元年（1102），因黨論復起，貶房州別駕，黃州安置。政和四年，卒於陳州（今河南淮陽），歸葬淮陰。與秦觀、黃庭堅、晁補之並為「蘇門四學士」。詞有輯本《柯山詞》一卷，存詞六首。

晁補之

晁補之（1053—1110），字無咎，濟州巨野（今屬山東）人。神宗元豐二年（1079）中進士。曾除秘書省正字，遷校書郎。坐修實錄失實，貶監處、信二州酒稅。徽宗初，召為著作郎，拜禮部郎中。晚年起知達州、泗州。《宋史》卷四四四有傳。有詞集《琴趣外篇》。

晁沖之

晁沖之（生卒年不詳），字叔用，又字用道，晁補之之弟，濟州巨野（今屬山東）人。舉進士。哲宗紹聖初，以黨籍被逐，遂隱居具茨山下，號具茨先生。有近人趙萬里輯《晁叔用詞》一卷。

舒　亶（dǎn）

舒亶（1041—1103），字信道，明州慈溪（今浙江寧波西北）人。神宗元豐年間為監察御史裡行，多次彈劾蘇軾以詩歌訕謗朝政，釀成「烏臺詩案」。後為御史中丞。徽宗朝累除龍圖閣待制。近人趙萬里輯有《舒學士詞》一卷。

朱　服

朱服（1048—1114？），字行中，湖州烏程（今浙江湖州）人。神宗朝中進士。哲宗朝，歷中書舍人、禮部侍郎。徽宗朝，加集賢殿修撰。知廣州，後坐與蘇軾交遊，黜知袁州，再貶蘄州，改興國軍，卒。

毛　滂

毛滂（1060—1124後），字澤民，號東堂，衢州（今屬浙江）人。為杭州法曹，受知於蘇軾。嘗知武康縣。徽宗政和中，守嘉禾。有《東堂詞》。

陳　克

陳克（1081—1137），字子高，自號赤城居士，臨海（今屬浙江）人，僑居金陵。高宗紹興中為敕令所刪定官。有《赤城詞》一卷。

李元膺

李元膺，字號及生卒年不詳。東平（今屬山東）人，南京教官。近人趙萬里輯有《李元膺詞》一卷。

時　彥

時彥（？—1107），字邦美，開封（今屬河南）人。神宗元豐二年（1079）狀元。累官吏部尚書。嘗為開封府尹。

李之儀

李之儀（1048—1118），字端叔，自號姑溪居士，滄州無棣（今屬山東）人。宋神宗時進士。元祐初為樞密院編修官。徽宗朝提舉河東常平，後以文章獲罪，編管太平州（今安徽當塗縣）。有《姑溪詞》。

周邦彥

周邦彥（1056—1121），字美成，自號清真居士，錢塘（今浙江杭州）人。《宋史·文苑傳》說他「疏雋少檢，不為州里推重，而博涉百家之書」。神宗元豐初，遊京師，獻《汴都賦》，為神宗所賞識，自太學諸生召為太學正。居五年，出為廬州教授，知溧水縣，還京為國子主簿。哲宗朝，以直龍圖閣知河中府。徽宗朝官至徽猷閣待制，提舉大晟府，出知順昌府，徙處州，罷官後提舉南京（今河南商丘）鴻慶宮。

賀　鑄

賀鑄（1052—1125），字方回，號慶湖遺老，又號北宗狂客，衛州共城（今河南輝縣）人。宋太祖賀皇后族孫，娶宗室女為妻。自稱唐代詩人賀知章之後，年少時尚氣任俠，喜談論時事，中年因蘇軾等人推薦轉為文官，然因秉性

耿直，而致仕履蹭蹬，只做過一些品卑職微的地方下僚。晚年遂請老隱居蘇州和常州，潛心於藏書校勘。他詩、詞、文皆工，尤長於作詞度曲。其詞題材較為廣泛，詞風五彩斑斕，兼具陽剛之壯美和陰柔之優美，而各臻其妙，並皆深於情而工於語。有《東山詞》。

張元幹

張元幹（1091—1161），字仲宗，自號蘆川居士、真隱山人等，福建永福（今福建永泰）人。欽宗靖康元年（1126）曾助李綱守汴京，淪陷後避地江南，休官還鄉歸隱，後因寫詞聲援抗金派名臣李綱、胡銓而遭秦檜迫害，被削籍下獄。出獄後漫遊吳越一帶，客死異鄉。其詞早年風格婉媚旖旎，不脫周邦彥「宣和之音」一路。南渡後，多憂時傷亂之作，詞風以豪放悲壯為主，對後來張孝祥、陸游、辛棄疾等人的創作很有影響。有《蘆川詞》。

葉夢得

葉夢得（1077—1148），字少蘊，號石林居士，吳縣（今江蘇蘇州）人。歷任中書舍人、翰林學士、龍圖閣直學士，曾出知汝州、蔡州、潁昌府，後落職歸隱於湖州卞山石林。未幾南渡後起復仕戶部尚書，精於理財，並提出禦敵良策，後兩任江東安撫大使，並嘗兼知建康府。宋金達成和議後，調任福建安撫使，兼知福州。因忤秦檜意遂請老致仕，再次退居石林，以吟嘯自娛。能詩工詞，詞風早年婉麗，中年步武東坡，南渡後多感懷國事，轉向簡淡雄傑。有《石林詞》。

汪 藻

汪藻（1079—1154），字彥章，號浮溪，又號龍溪，饒州德興（今屬江西）人。曾在南昌提舉江南西路學事任上與呂本中、徐俯、向子諲、張元幹等人唱和，歷官中書舍人、翰林學士，後歷典州郡。高宗紹興十三年（1143）遭讒奪職謫居永州，屢赦不宥，卒於貶所。博極群書，工詩，尤其四六文更為一時大手筆，早在宋徽宗時便與胡伸並顯文壇，有「江左二寶」的美譽，後更被時

人比作唐代的陸贄，有南宋「中興第一」之稱。有《浮溪集》。

劉一止

劉一止（1078—1161），字行簡，湖州歸安（今浙江湖州）人。徽宗宣和三年（1121）進士。累官中書舍人、給事中、敷文閣待制。博學通識，為文不事繊刻，詩自成家，被陳與義、呂本中讚以「語不自人間來也」，詞風多樣，不主一端。有《苕溪集》。

韓　疁（liú）

韓疁，字子耕，號蕭閒。生平不詳。有《蕭閒集》一卷，不傳。今存詞六首。

李　邴（bǐng）

李邴（1085—1146），字漢老，號雲龕居士。濟州任城（今山東濟寧）人。徽宗崇寧五年（1106）進士。主張抗金，官至參知政事。今存詞八首。

陳與義

陳與義（1090—1138），字去非，號簡齋，洛陽（今屬河南）人。徽宗政和三年（1113）登上舍甲科，歷官至參知政事。元方回所稱江西詩派「一祖三宗」中的「三宗」之一。詩名早著，亦善於寫詞，語意超絕，雖所作不多，而首首可傳。有《簡齋集》。

蔡　伸

蔡伸（1088—1156），字伸道，自號友古居士，莆田（今屬福建）人。蔡襄之孫。徽宗政和五年（1115）進士。曾為太學博士，後歷官諸州通判、知州，

官至左中大夫。其詞多抒寫離愁別恨，筆致雄爽，清新淡雅，間有悲歌慷慨之作。有《友古居士詞》。

周紫芝

周紫芝（1082—1155），字少隱，自號竹坡居士，宣城（今安徽宣州）人。早年屢試不第，曾隱居陵陽山中，晚歲始登第得官，做過樞密院編修官、知興國軍，後退居九江。因嘗作詩文阿諛秦檜，故其人品為後世譏議。其詞以寫男女情愁者居多，風調清麗婉曲，差近於晏幾道，亦不乏登山臨水之作。有《竹坡詞》。

李　甲

李甲（生卒年不詳），字景元，華亭（今上海松江）人。哲宗元符中為武康令。所作小令有聞於時，亦善畫翎毛，曾得米芾稱賞。

万俟（mò qí）詠

万俟詠（生卒年不詳），字雅言，自稱大梁詞隱。早年即為詩賦老手，然屢試不第，遂絕意仕進，放情歌酒，以填詞自娛。徽宗政和初年招試補官，任大晟府製撰，參助周邦彥審定音律，創製新調。曾自編詞集，周邦彥、田為皆嘗為其《大聲集》作序。其詞存者大都為作者自度新腔，內容上大多不脫淺斟低唱、倚紅偎翠之屬，亦不乏點綴升平、頌揚君主之作。

徐　伸

徐伸（生卒年不詳），字幹臣，三衢（今浙江衢州）人。徽宗政和初，以知音律為太常典樂，出知常州。有《青山樂府》。

田　為

　　田為（生卒年不詳），字不伐，籍里不詳。宋徽宗崇寧間充大晟府製撰。宣和元年（1119）罷典樂，為大晟府樂令。後歷官至廣西經略使，以忤秦檜被逐，死於獄中。洞曉音律，工於樂府，其才思與万俟詠相抗衡；詞善寫人意中事，雜以俗言俚語，曲盡要妙。《全宋詞》錄其詞六首。

曹　組

　　曹組（生卒年不詳），字元寵，潁昌（今河南許昌）人，一說陽翟（今河南禹州）人。徽宗宣和四年（1122）奉詔作《艮嶽賦》，又與李質共作《艮嶽百詠詩》以進，粉飾太平，深得徽宗賞識，官運亦隨之亨通，但不久即卒。有《箕潁集》，不傳。工詞，其詞內容以側豔和滑稽為主，在當時即膾炙人口，尤其是滑稽諧謔的通俗俚詞最為風行，其中聲名藉甚的《紅窗迴》一時為淺薄者所競相效尤。詞人也因此被視為滑稽無賴之魁。

李　玉

　　李玉，生平事跡不詳。

廖世美

　　廖世美，生平事跡不詳。

呂濱老

　　呂濱老（生卒年不詳），一作渭老，字聖求，嘉興（今屬浙江）人。徽宗宣和間以詩名。其詞多寫相思別離之情，亦不乏方外之思，南渡後則有一些亡國哀音，風格以婉媚深窈為主。

查荎

查荎，生活在北宋末期，生平事跡不詳。

魯逸仲

魯逸仲（生卒年不詳），為孔夷的化名，字方平，汝州龍興（今河南寶豐）人。哲宗元祐中隱士，與李廌為詩酒侶，又與劉攽、韓維相友善。自號滍皋漁父，又隱名為魯逸仲。與其侄孔處度齊名。詞意婉麗，似万俟詠。《全宋詞》錄其詞三首。

岳飛

岳飛（1103—1141），字鵬舉，相州湯陰（今屬河南）人。南宋抗金名將。少年從軍，力主抗金恢復中原，屢敗金兵，反對和議，後被秦檜以「莫須有」罪名殺害於獄中。宋孝宗時昭雪，追諡武穆，後又追封為鄂王，改諡忠武。其著作後人輯有《岳忠武王文集》。

張掄

張掄（生卒年不詳），字才甫，自號蓮社居士，開封（今屬河南）人。宋孝宗淳熙五年（1178）曾為寧武軍承宣使。好填詞應制，形跡有近御用文人，嘗同曾覿輩進所撰《柳梢青》詞數闋，深得皇上賞賚。詞多寫山水景物，有蕭然世外之致。有《蓮社詞》。

程垓

程垓（生卒年不詳），字正伯，號書舟，眉山（今屬四川）人，蘇軾中表程正輔之孫。工詩文，詞名更盛，詞風以悽婉綿麗為宗。有《書舟詞》。

張孝祥

　　張孝祥（1132—1170），字安國，號于湖居士，歷陽烏江（今安徽和縣）人。唐代詩人張籍的後裔。高宗紹興二十四年（1154）廷試擢進士第一，歷官至中書舍人、直學士院，並先後六守外郡。力主抗金，反對和議。以詞著稱，兼擅詩文，工書法。詞風繼軌蘇軾，開辛棄疾詞派之先河，實為兩者之間之津梁，駿發踔厲，風雷於當世。著有《于湖居士文集》。

韓元吉

　　韓元吉（1118—1187），字無咎，號南澗，開封雍丘（今河南杞縣）人，一說許昌（今屬河南）人。先後歷官權中書舍人、吏部侍郎、知婺州、知建寧府、吏部尚書、龍圖閣學士等職，致仕後歸老於信州南澗（今江西上饒）。學識淵博，詩文醇正，加之其政事，有一代冠冕之美譽。曾與其女婿呂祖謙相約講學於德清寺舍，與葉夢得、張孝祥、范成大、陸游、陳亮、辛棄疾等勝流亦皆有唱和。其詞風雄渾豪放與婉麗清新兼而有之。有《南澗甲乙稿》、《焦尾集》。

袁去華

　　袁去華（生卒年不詳），字宣卿，豫章奉新（今屬江西）人。只做過幾任知縣。學問淵博，尤善歌詞。與楊萬里有唱和，詞風得蘇軾餘緒。著有《適齋類稿》、《袁宣卿詞》。

陸　淞

　　陸淞（生卒年不詳），字子逸，號雪溪，越州山陰（今浙江紹興）人，與陸游為兄弟行。曾官辰州守，晚以疾廢。

陸　游

　　陸游（1125—1210），字務觀，號放翁，越州山陰（今浙江紹興）人。以蔭補官。孝宗即位，賜進士出身。曾任鎮江、隆興府通判，又以參議官佐幕成都。光宗朝，起用為朝議大夫、禮部郎中兼實錄院檢討官。晚年退隱山陰。有《渭南文集》、《劍南詩稿》，後人輯有《放翁詞》。

陳　亮

　　陳亮（1143—1194），又名同，字同甫，婺州永康（今屬浙江）人，世稱龍川先生。孝宗朝曾多次上書。光宗紹熙四年（1193）擢進士第一，授簽書建康府判官廳公事，未至官而卒。詞風與辛棄疾近，文采稍遜。有《龍川詞》。

范成大

　　范成大（1126—1193），字致能，號石湖居士。平江吳郡（今江蘇蘇州）人。高宗紹興二十四年（1154）進士，孝宗乾道六年（1170）以資政大學士使金，全節而歸。淳熙時退隱故鄉石湖。與陸游、楊萬里、尤袤並稱「中興四大詩人」。其詞亦工，以淡雅清逸為主，兼有沉鬱蒼涼之風。有《石湖詞》傳世。

蔡幼學

　　蔡幼學（1154—1217），字行之，瑞安（今浙江瑞安）人。宋孝宗乾道八年（1172）進士，試禮部第一。歷官秘書省正字，試中書舍人，寧宗時仕至權兵部尚書，兼太子詹事。有《育德堂集》。

辛棄疾

　　辛棄疾（1140—1207），字幼安，號稼軒。歷城（今山東濟南）人。二十一歲參加抗金起義軍，後率眾南歸。歷任南宋建康通判、滁州知州及江西、湖

南等地安撫使。一生力主抗金北伐，但因屢遭投降派打擊，遂閒居江西信州（今上饒）二十年。滿腔忠憤，寄之於詞，詞風慷慨激昂，豪放中兼有沉鬱、婉約、清麗等多樣化特點。辛詞語言縱橫恣肆，「以文為詞」，遍採經、史、子及口語、俗語入詞，為豪放詞派的張揚與拓展做出了巨大貢獻。有《稼軒長短句》傳世。

姜　夔

姜夔（1155—1221？），字堯章，號白石道人，饒州鄱陽（今屬江西）人。青少年時客居古沔（今湖北漢陽），才名早著。名輩如楊萬里、范成大、辛棄疾多有交往。工詩詞，善書法，精通樂理。慶元中曾上書乞正太常雅樂，不遇而歸，以布衣終。姜夔晚年旅食浙東、嘉興、金陵間。姜夔為南宋中後期著名詞人，其詞作守律精嚴，措意深婉，格調高曠。有《白石道人歌曲》傳世。

章良能

章良能（？—1214），字達之，麗水（今屬浙江）人。孝宗淳熙五年（1178）進士，除著作佐郎。累官起居舍人、御史中丞、同知樞密院事、參知政事。有《嘉林集》百卷，不傳。今存詞四首。

劉　過

劉過（1154—1206），字改之，號龍洲道人，吉州太和（今江西泰和）人。曾四次應舉，不中。又嘗伏闕上書，提出恢復中原的方略，未被採納。放浪湖海間，以布衣終。有《龍洲集》。

嚴　仁

嚴仁（生卒年不詳），字次山，號樵溪，邵武（今屬福建）人。與嚴羽、嚴參稱「邵武三嚴」。有《清江欸乃集》，不傳。

俞國寶

俞國寶，生平不詳，臨川（今江西撫州）人，宋孝宗淳熙間為太學生。有《醒庵遺珠集》，不傳。今存詞五首。

張　鎡

張鎡（1153—1221），字功甫，號約齋居士，西秦（今陝西）人。後居臨安。張俊曾孫。曾官奉議郎直秘閣。有《南湖詩餘》。

史達祖

史達祖（生卒年不詳），字邦卿，號梅溪，汴（今河南開封）人。曾依附韓侂冑，韓敗，史受黥刑。他的詞奇秀清逸，受到姜夔的喜愛。有《梅溪詞》。

劉克莊

劉克莊（1187—1269），字潛夫，號後村居士，莆田（今屬福建）人。以蔭仕。宋理宗淳祐六年（1246）賜同進士出身，官至龍圖閣學士。有《後村先生大全集》。

盧祖皋

盧祖皋（生卒年不詳），字申之，又字次夔，號蒲江，永嘉（今浙江溫州）人。宋寧宗慶元五年（1199）進士。曾官秘書省正字，校書郎。嘉定十六年（1223）權直學士院。有《蒲江詞稿》。

潘 牥 （fāng）

潘牥（1205—1246），字庭堅，號紫岩，閩（今福建）人。宋理宗端平二年（1235）進士第三，歷太學正，通判潭州。有《紫岩集》。

陸 叡 （ruì）

陸叡（？—1266），字景思，號雲西，會稽（今浙江紹興）人。宋理宗紹定五年（1232）進士。淳祐中沿江制置使參議。寶祐五年（1257）由禮部員外郎除秘書少監，又除起居舍人。景定五年（1264）中大夫、集英殿修撰，江南東路計度轉運副使兼淮西總領。

蕭泰來

蕭泰來（生卒年不詳），字則陽，號小山，臨江軍新喻（今江西新餘）人。宋理宗紹定二年（1229）進士，為撫州察推、廣東經幹，知新昌縣。淳祐末，擢監察御史，遷右補闕。寶祐元年（1253），擢起居郎，出知隆興府。著有《小山集》，已佚。今傳詩九首，詞二首。

吳文英

吳文英（約1212—約1272），字君特，號夢窗，晚號覺翁，四明（今浙江寧波）人。本姓翁氏而入繼吳氏，與翁逢龍、翁元龍為親兄弟。長期居遊於蘇杭等地，往來江浙間。以詞章曳裾王門，以布衣終，交遊較廣。曾為蘇州倉臺幕僚、吳潛浙東安撫使幕僚、宗室嗣榮王門客。有《夢窗甲乙丙丁稿》傳世。夢窗精通音律，能自度曲。詞深得周邦彥之妙。清人多將其與詩人李賀、李商隱相比。語言冶煉工麗，長於使事用典且多用代字。組織縝密，運意幽邃，常潛氣內轉，予人以時空錯綜之奇幻感。多感舊懷人之作，以麗密深曲見長，然個別詞作不免晦澀。

黃孝邁

黃孝邁（生卒年不詳），字德夫，號雪舟。曾從劉克莊遊。詞風清麗綿密，接近秦觀。今傳詞四首。

潘希白

潘希白（生卒年不詳），字懷古，自號漁莊。永嘉（今浙江溫州）人。理宗寶祐元年（1253）進士，幹辦臨安府節制司公事。恭帝德祐初，召為史館檢討，不赴。《絕妙好詞》載其詞一首。

黃公紹

黃公紹（生卒年不詳），字直翁，邵武（今屬福建）人。度宗咸淳元年（1265）進士，隱居樵溪。有《在軒詞》。

朱嗣發

朱嗣發（1234—1304），字士榮，號雪崖，烏程（今浙江湖州）人。專志奉親。宋亡後不仕。《陽春白雪》卷八存其詞一首。

劉辰翁

劉辰翁（1232—1297），字會孟，號須溪，吉州廬陵（今江西吉安）人。理宗景定三年（1262）廷試對策，因觸犯權相賈似道，置於丙第。曾任濂溪書院山長，固辭史館及太學博士職務。宋亡後隱居不仕。他是宋末著名愛國詩人，其詞多反映宋末元初的重大政治軍事事件，抒發亡國之痛，詞采絢麗，風格遒勁，屬蘇、辛豪放詞派。有《須溪詞》。

周　密

　　周密（1232—1298），字公謹，號草窗，又號蘋洲、弁陽嘯翁、蕭齋、四水潛夫等。濟南（今屬山東）人。曾任義烏令。宋亡後不仕，寓居吳興，與王沂孫、張炎、王易簡、李彭老、仇遠等共結詞社。其詞受周邦彥、姜夔影響，風格清麗秀潤，與吳文英（號夢窗）並稱「二窗」。有《草窗詞》（又名《蘋洲漁笛譜》）二卷，編有《絕妙好詞》，並著有《武林舊事》、《齊東野語》、《癸辛雜識》等雜著。

蔣　捷

　　蔣捷（生卒年不詳），字勝欲，自號竹山。陽羨（今江蘇宜興）人。度宗咸淳十年（1274）進士，宋亡後隱居不仕。元大德間有人薦舉他做官，他不肯去，表現了民族氣節。其詞多追昔傷今之感，藝術上兼取辛棄疾、姜夔等人之長，文字精練，音調諧暢，風格悲慨清峻。有《竹山詞》一卷。

張　炎

　　張炎（1248—1323？），字叔夏，號玉田，又號樂笑翁，臨安（今浙江杭州）人。張俊後裔。在元兵入侵臨安時，家庭遭遇巨大變故。宋亡後流落江湖，閒遊縱飲。曾北上元都，失意南歸。其詞兼學周邦彥、姜夔，多寫身世盛衰之感，音律和洽，用字工巧，風格雅麗，尤以詠物詞著稱。有《山中白雲詞》及詞學專著《詞源》。

王沂孫

　　王沂孫（1240？—1310？），字聖與，號碧山，又號中仙、玉笥山人，會稽（今浙江紹興）人。元世祖至元中曾任慶元路學正。詞風與張炎相近，多詠物之作，有些作品寄託了身世之感與故國之思，悽婉動人，但詞旨較隱晦。有《碧山樂府》（又名《花外集》）。

彭元遜

彭元遜（生卒年不詳），字巽吾，廬陵（今江西吉安）人。理宗景定二年（1261）解試。與劉辰翁多有唱和。宋亡後隱居不仕。

姚雲文

姚雲文（生卒年不詳），字聖瑞，高安（今屬江西）人。度宗咸淳進士，任興縣縣尉。入元，授承直郎，撫、建兩路儒學提舉。有《江村遺稿》。

僧　揮

僧揮（生卒年不詳），俗姓張，名揮，安州（今湖北安陸）人，曾舉進士。因事出家，法名仲殊，字師利，住蘇州承天寺、杭州吳山寶月寺，與蘇軾有交往。宋徽宗初年，自縊死。擅詩與詞，小令尤佳，詞風清婉。《全宋詞》、《全宋詞輯補》錄其詞 70 首。

李清照

李清照（1084—1156？），號易安居士，齊州章丘（今屬山東）人。李格非之女。她自幼飽讀詩書，十八歲嫁太學生趙明誠。靖康之難，隨夫南渡。明誠於高宗建炎三年（1129）病故。李清照晚境淒涼，詩風亦改早年之清新俊秀，一變為悽咽悲楚。有《漱玉詞》一卷。

附 錄

清故光祿大夫前禮部右侍郎朱公行狀[1]

江陰夏孫桐悔庵

　　公諱祖謀，原名孝臧，字藋生，一字古微，號漚尹，晚仍用原名，又號彊村。先世自明初居歸安埭溪鎮，至公凡十九世，世有隱德。曾祖諱轂，郡庠生。祖諱若烺。考諱光第，國學生，官河南鄧州知州。三世並以公貴，贈光祿大夫。姚孫太夫人，生子四，公其長也。鄧州初幕遊江淮間，吳越方被寇亂，盡室相從。公幼即穎異，耽文學。光緒初，隨宦大梁[2]，年甫冠，出交中州賢士，詩歌唱酬[3]，才譽大起。鄧州在官多惠政，會有王樹汶之獄。樹汶者鄧人，為鎮平盜魁胡體安執爨，鎮平令捕體安急，賄役以樹汶偽冒。既定讞，臨刑呼冤，重鞫則檄鄧州逮其父季福為驗。前南陽守某，已擢開歸陳許道，馳書阻勿逮季福[4]，且誘怵之，鄧州曰：「吾安能惜此官以陷無辜！」竟以季福上。大吏猶祖初讞，而摭他事劾鄧州去官。後刑部提鞫，乃得實，釋樹汶。鄧州被誣劾在案外，終不得白。未幾，公於壬午、癸未聯捷成二甲一名進士，改庶吉士。侯官張侍郎亨嘉，亦以大挑知縣官河南，同鞫是獄，不肯附和，辭官應試，至

1　本文首刊於《詞學季刊》創刊號，1933 年 4 月；後收入夏氏《觀所尚齋文存》卷四，中華印書局 1939 年排印。兩者文字略有不同，今據《詞學季刊》收錄，並校以《觀所尚齋文存》（以下簡稱《文存》），異文則出以校記。

2　「宦」，《文存》作「官」。

3　「唱酬」，《文存》作「酬唱」。

4　「勿」，《文存》作「毋」。

是，與公同入翰林，一時輿論歎天道報施之不爽也。鄧州既親見公通籍，尋棄養。服闋，散館，授編修，歷充國史館協修，會典館總纂、總校，戊子科江西副考官[5]，戊戌科會試同考官，教習庶吉士。時輦下風氣，崇尚古學，稍負才望者，各以考據辭章相矜詡，繼則爭談時務，以變法為名高。公在館職十餘年，盱衡世變，憂時之念甚深，而不自表襮，足跡稀至朝貴之門，交遊同志所深契者，多清望劭聞、貞介不苟之士。纂校會典，勤於其職。理藩院一門，因本署無漢員，檔冊疏漏，鈎稽官書，證以私家紀載，獨手成之，最稱詳審。敘勞以五品坊缺開列在前，擢侍講，充日講起居注官，累遷侍讀、庶子、侍講學士。

　　戊戌之後，朝局翻覆，國是未定，紀綱日隳，公屢有所論列。粵紳劉學詢勾結日本上海領事小田切之助，謀包辦江浙兩省釐捐，由其國代捕旅居之政治犯以為報。而要請皇太后親簽名國書，以學詢為專使賫往。事由御史楊崇伊介於慶親王，徑達宮廷，秘不使樞臣與聞。公疏劾學詢妄誕，大傷國體。大學士徐桐，言官張仲炘、高燮曾、余誠格相繼並有疏論，事乃得寢[6]。庚子，義和拳起，仇教開釁，親貴及大臣偏執守舊者主之，群相附和，無敢倡言其害者。公奮然抗疏曰：「近日拳匪蔓延，夷情叵測，昨日復有甘軍戕斃日本書記官之事，禍機叢集，不可端倪，措置安危，間不容髮。今廷臣持論，或目拳匪為義民，欲倚以為剿除各國聯兵，其存心無他，其召亂必速，聖明過聽，其禍有不可勝言者，臣敢為我皇太后、皇上披瀝陳之。蓋中國自強，原以兵事為要領，然聯絡邦交，專與一國執言，可也；激犯眾怒，概與各國構釁，不可也。一面受敵，合中國而禦之，可也；八面受敵，分中國之力應之，不能也。且外則軍火何自購？內則餉源何自籌？論勢則彼眾而我寡，論理則彼直而我曲，縱將現在中土之各國官商[7]，以及兵隊區區數千人，一時殲盡，其能使十數國者讋我兵威，不報復耶？其能使我沿邊沿海數萬里，固此金湯，不容各國一騎一艦闌入耶？逞血氣之忿，取快目前，而未有以善其後，是直以宗社為孤注於一擲，恐不止震驚宮闕、危及乘輿已也。持此說者，亦明知中國兵力未充，不足以敵各國，所恃者拳民忠憤，及其術不畏刀炮耳！不知逆民肇事，恆託於假仁假義，以結人心，此事萌芽，雖由於為教民所激，然邪說煽惑，必有奸猾

5　《文存》「江西」下有「鄉試」二字。

6　自「粵紳劉學詢」至「事乃得寢」一段文字，《文存》刪。

7　「官商」，《文存》作「商人」。

為之渠魁，蚩蚩者惑於新奇，焉得人人深明大義。且梅東益於景州，袁世凱、
聶士成於山東、天津等處，頗有剿殺，是不畏刀炮之説，顯為虛誑。即以嘉慶
年間，教匪拳術及真空八字神咒，初頗猖獗，旋即覆亡。今欲以此等邪説[8]，以
挽積弱而禦外侮，豈不大誤！臣維此時救急之策，宜簡派威望大臣，赴各國使
館，開誠佈公，示以朝廷措置，必能消弭變亂，保全中外臣民，以安各公使之
心，止其續調兵隊，以防肘腋之患。一面厚集兵力，懍遵查拿首要，解散脅從
之諭，認真辦理，剋日完結。事平之日，商諸各國，妥定教約，以善其後，以
弭後患，亦一機會，目前未可鹵莽以圖也。此中機宜，非我皇太后、皇上獨斷
於心，決定大計，則廷議紛紜，稍一謬誤，其貽禍有非臣子所忍言者。臣為保
持危局起見，謹密摺上陳，伏乞聖鑑。」疏上，有禁逐拳民之旨，都市為之頓
清。次日，大學士剛毅自涿州回京，拳民隨至，縱火市廛，延燒正陽門。忽訛
傳洋兵已至東安縣，距京僅六十里。是日，召見廷臣，倉皇集議，親貴諸人袒
義和拳主戰，公班次在後，言拳民固不可用，董福祥兵亦不可恃，兵事宜用山
東巡撫袁世凱，議和急召大學士李鴻章。太后猶未之識，問高聲瞋目者何人。
終定議撫用拳民。遂戕殺德國公使，圍攻使館。外兵犯天津，事益急。公又
上疏曰：「臣聞師直為壯，曲為老。又聞《春秋》之義，不戮行人。故曰：『兵
交，使在其間可也。』今我軍圍攻使館，連旬不解，聚而殲之，既乖古誼，亦
未足以振國威，徒使彼國之師見而切齒，其致死於我，必十倍於尋常。彼若殺
我使臣，以相報復，是朝廷自殺無罪之臣也。若闌入邊境，肆其屠戮，是朝廷
自殺無罪之民也。設彼置我使臣不殺，入我邊境不擾，而專據理以相詰責，
則彼辭甚直，而我將何以自解。請飭總理衙門，設法照會各公使，告以今日戰
事，實由各國兵弁不守保護常例，槍斃途人，以致我軍激而為此，並非朝廷之
意。現擬約定時期，彼此停戰，一面派兵護送公使出京。其各國軍人，亦勒令
盡數遣出。彼既自分菹醢，而忽有更生之慶，宜無不感戴皇仁，就我約束。後
雖勝負無定，而曲直已分，可以示天朝不殺之仁，可以杜萬國責備之口，可以
滅敵人裂眥之憤，可以留他日轉圜之機。近聞各督撫電奏，多有『保全公使』、
『尚可挽回』之語，而駐英使臣羅豐祿所述英外部之言，以為保護公使，即不
算我國開釁。是公使之保全與否，其關係於大局者甚重。臣所謂籌全局以紓

後患者，此也。」疏上，即命軍機大臣傳詢保護公使應用何法。公援筆立書：「請飭總理衙門查照萬國公法戰時之例辦理。」覆奏上，良久，始命退出。是日所奏忤旨，被詰問，幾獲罪，終以文學侍從之臣，未遽加譴，而為左右主戰者所深嫉，其不從許袁諸公之後者，幸也。

　　洎兩宮西狩，欲追扈從，而車馬為潰軍所掠，不得行。和議開後，又有請早定大局之疏。是非既明，忠悃益著，一歲之中，迭遷少詹事、內閣學士。辛丑回鑾後，遂擢禮部侍郎。召對稱旨，有留心外事之褒。尋兼署吏部侍郎。

　　壬寅，考試試差，策問免釐加稅事，自以所對未盡，復上疏論之曰：「竊維納稅者，商民應盡之義；收稅者，國家應有之權。中國自外侮迭乘，將稅務一端，歸入議和條約，因而操縱由人，陰受挾制，猶賴此釐捐為自主之事，利權不致旁落。今和約既定，外人復以商稅為言，欽派大臣，會同督撫商辦訂約[9]，其中裁釐加稅一事，開議已久，眾論雜陳。以臣揣之，則外人之陰謀秘計，殆有不可不防者。夫彼為暢銷洋貨起見，則應請減稅，何以議加？應請免洋貨之釐，何以並議免土貨之釐？蓋中外之通商，與各國異。各國自為通商，不過口稅輕出重入，互相抵制而已。獨於我國之情形則不然。大抵我國土貨出口，改造後，復行入口。故我土貨之價值，即彼之成本也；我運貨之商販，猶彼之行棧也。是以彼中考求商務者，恆以我土貨為本原。其心計所及，恆注重於出口之土貨，而不盡注重於進口之洋貨。於是慮我商之屯積居奇也，則有准洋商在內地採買土貨之約[10]。又慮稅口之轉折為難也，則有准洋商在內地設廠製造土貨之約[11]。夫內地採買土貨，彼既行之久矣，若內地設廠製造土貨，定約十年，絕少舉動，何也？蓋設廠費巨，而前戶部侍郎張蔭桓與日本所定行船章程，復有廠貨製成，值百抽十之約。又以我釐捐未撤，則行銷廠貨，難保不設法重徵，阻彼銷路，故遲回以至於今，而內地設廠之利，仍無把握。彼中輾轉圖維，惟有裁去釐捐，而後廠貨暢銷而無滯。然裁釐不易邀允也，則許加進口貨稅以餌之。夫進口貨稅，加至值百抽十二五，而內地洋廠貨稅，止值百抽十，且一稅不問所之，則捨運出改造之法，而用內地設廠改造之法，不待再計而決矣。內廠既多，進口漸少，則中國有加稅之名，必無加稅之實矣。

9　「訂」，《文存》作「計」。

10　「採買」，《文存》作「設廠製造」。

11　此句《文存》缺。

洋關而外，更無稅貨之權，則干預之術方多，而自主之權日損矣。英使馬凱，謂中國而別立名目[12]，暗行釐捐，則外國應將所加關稅全行索還，則稅權既失之後，永無收回之日矣。土貨價值，由彼低昂，則國權既損，而商權亦全失矣。內廠林立，凡糊口於工藝者，悉被驅遣，工價之增減，坐受主持，則商業既失，而工業亦不振矣。總之，加稅者，迫成其內地設廠之舉者也；裁釐者，曲全其改造土貨之利者也。目前洋廠未興，關稅所增，或可稍資賠款之挹注，數年以後，情絀勢見，裁釐為實害，加稅則虛名，救燃眉之急，而貽噬臍之悔，臣竊痛之。臣維法窮則變，中國之釐稅，猶可維持。竊以為今日慎毋博加稅之名，自謂得計也，變通稅法而已；亦毋以裁釐之說，授權外人也，整頓釐法而已。變通稅法之說有二：一曰內地改造貨稅。查舊稅，出進口皆值百抽五，故內地改造貨稅[13]，定為值百抽十，暗將出進口稅融納其中。竊謂洋廠出貨值百抽十，以抵洋貨進口稅則可，以包括土貨出口稅則不可。今議凡華商售土貨於洋商，無論其售歸洋廠，或運載出口，應令於售定後，按照稅章，將出口正稅，就地完納，方准交貨。如有隱匿不報，無論已否成交，概將該貨罰令充公。其洋廠行棧進貨存數，應責成洋關設簿稽查。如此則內地即有洋廠之設，而頓形短少矣[14]。且於洋廠製造，暗收一層口稅，即暗增一層阻撓，亦不致使洋廠蔓延而不可遏抑矣。明知此舉於華商無益，然洋商內地製造，內地行銷，出進口稅，兩皆無著，不能不以此為抵制，萬一裁釐之議，竟難中止[15]，尤當抱定此說，百折不回。稅例本有國者自主之權，但使朝廷有定見，當局能堅持，外人即不能盡應我之所求，亦不能盡卻我之所議。一曰子口半稅。臣聞海關各冊，此稅從無與正稅相符者，其中偷漏甚多。今倘議加稅則已，否則，應將此項，歸入進出口正稅，一併徵收，於稅款所關匪細，應請飭下呂海寰、盛宣懷，將土貨出售，就地完納正稅，及子口稅歸於進出口稅，一併帶徵辦法，詳慎核定，並與英使揭明，就地完稅，乃為洋廠設立後取償出口正稅起見，似於防後患而保利權，不為無益。若夫釐金一項，侵吞苛擾，百弊叢滋。臣嘗詳詢外省官員，則落地認捐之法，尚為妥協。升任浙江藩司惲祖翼，於

---

12 「而」，《文存》作「如」。

13 「故」，《文存》缺。

14 「形」，《文存》作「行」。

15 「竟」，《文存》作「競」。

嘉、湖兩府釐局裁撤二十餘所，改辦落地認捐，額數加增，而商旅亦無所苦。後因官吏掣肘，未竟其事，致為可惜。近聞張之洞、陶模等，於湖北、廣東辦理膏捐，集款甚巨，與此相仿。應請飭下各省督撫推廣落地認捐辦法，以袪釐金之積弊。蓋關稅不必驟望大增，而惟求保護權利；釐捐不必遽言裁撤，而要當抉別弊端。若但計較於目前進項之多寡，而不設想於裁釐以後之情形，竊恐改弦易轍之未終，已墮人術中而無可補救[16]。所有另籌釐稅辦法緣由，是否有當，伏乞聖鑑。」

是秋，簡放廣東學政。廣東才藪，亦弊藪，公衡鑑精而關防嚴，士論翕服，而圍姓充餉，除弊不能盡絕，乃疏陳其害，請申厲禁曰：「臣維賭非政體，賭而害於選舉，則尤非政體。粵東賭局林立，弊不勝窮，然未有褻名器，壞人才，傷風敗俗，如圍姓充餉之甚者也。光緒初年，御史鄧承修、巡撫張兆棟先後奏請裁革，奉旨嚴禁，不准藉詞開設，煌煌彝訓，薄海同欽。嗣地方籌餉，權請弛禁，積廿餘年，有司視為正供，而若輩之作奸日甚。綜其大旨，不越兩端，即粵人所謂扛雞、禁蟹者是也。所買之姓則扛之，於是為之通賄賂，倩槍替，使白丁皆可倖進；不買之姓則禁之，於是散訛言，施毒手，使真才多遭沮抑。倖進既妨賢路，沮抑尤傷士心。以國家掄才之典，士子進身之階，而奸商猾儈，竟能竊其柄而顛倒之，不亦輕朝廷而羞當世之士耶！夫前之所以弛禁者，以粵省賭風甲天下，圍姓盛行，驟不可遏，我若禁之於內地，外人開之於租界，為叢驅爵[17]，所損實多。任封疆者，又因比年多故，庫款空虛，藉此挹注，不無小補，因循不禁，職此之由。然證諸今日情形，則又不然。昔止圍姓一端，故其賭盛。今則有山票，有舖票，有番攤，有各省簽捐彩票，勢分而財散，彼長則此消。現以獲利甚微，無人承充，暫由官督商辦。無論官自開賭，大礙觀瞻，且收數寥寥，不及曩時十分之一，中國自開如此，外人豈復生心。是利權既不虞外溢，餉項又所得無多，方當百度維新，興利革弊之時，何必徒留此不正之名？妨士類，壞人心，傷政體，不一滌除而廓清之耶？今年，署督臣岑春煊禁止白鴿票賭，一時輿論翕然。白鴿票認餉逾百萬，只以廢時失業，為害閭閻，故毅然禁之。圍姓之害，正與此同，而關涉試事，弊實尤多，承餉

---

16 「墮」，《文存》作「墮」。

17 「爵」，《文存》作「雀」。

較少，以彼例此，當禁明矣。或謂圍姓與科舉為盛衰，科舉將停，則圍姓不禁而自絕。無論名額分科遞減，停辦固尚需時，不宜作姑待來年之計。即今科舉悉罷，而學堂一律開辦之後，學生卒業仍須派員考試。若圍姓不禁，此輩必將踵行故事，以充餉為名，而陰行其扛禁之術。則是興學育才者，終為賭徒舞弊叢奸之藪，根株不拔，流毒無窮，學校何由得興，人才何由得出？且此項聞督撫臣已奏請改撥，其勢成弩末可知。與其力疲局散，使停辦之議出自下；孰若滌瑕蕩穢，整頓之權操之上。應請特頒嚴諭，將此項圍姓，永遠禁絕，以肅國紀，而清士風，於大局實有關係。所有圍姓貽害太深，請旨重申屬禁緣由，伏乞聖鑑，允准施行。」時因科舉將停，當事仍暫以充餉為便，終擱置之。

乙巳，以修墓請假離學政任回籍。次年，乞病解職[18]，卜居吳門。既而江蘇創立法政學堂，聘為監督。士林仰公清望，歸依甚殷，公亦苦心經營，實事求是，不以尋常祠祿視之。宣統紀元，特詔徵召。次年，設弼德院，授顧問大臣。皆以宿疾未瘳，乞假未赴。辛亥國變後，不問世事，往來湖淞之間，以遺老終矣。乙卯歲，一至舊京，袁世凱方為總統，優禮舊僚，欲羅致而不得。聞其至，急致書聘為高等顧問，笑卻之，未與通一字。乙丑，謁天津行在，諄諄於典學生計兩端，忠誠靖獻，僅止於此，每言之深恫也。少以詩名，孤懷獨往，其蹊徑在山谷、東野之間。四十始為詞，與王半唐給諫最契[19]，同校《夢窗》四稿，詞格一變，窮究倚聲家正變源流，晚造益深。嘗言半唐所以過人者，其生平所學及抱負[20]，盡納詞中，而他不旁及，公亦正與之相同。身世所歷，憂危沉痛，更過於半唐。清末詞學，視浙西朱、厲，毗陵張、周諸家，境界又進者，亦時為之也。故公詞遂為一代之結局。半唐《四印齋所刻詞》，風行一時。公賡續之，積年所得，遍求南北藏書家善本勘校，綜宋、金、元凡一百三十六家[21]，既博且精，足補常熟毛氏、南昌彭氏搜集所未逮，即半唐亦不能不讓繼事之盡善。又輯《湖州詞徵》二十四卷，《國朝湖州詞徵》六卷[22]。年德益劭，鬱為江表靈光，海內言詞者，奉為斗杓。公亦宏獎為懷，後進就質，靡不罄所欲

18 「乞病」，《文存》作「遂以病乞」。

19 「契」，《文存》作「相契」。

20 「其」，《文存》無。

21 「凡一百三十六家」，《文存》作「凡總集五種、別集一百三十六家」。

22 本句，《文存》無。

聞而去。海濱避世，賞析之樂，足慰桑榆，而家道轗軻，門祚單弱，六十後喪子，強作曠達，中實軫結。與諸弟友愛最篤，季弟早世，叔弟里居，仲弟孝威亦寓吳，相依為命，前歲病歿，傷之甚，遂益衰。辛未十一月廿二日，卒於上海寄廬，距生咸豐丁巳七月廿一日，享年七十有五。配嚴氏，封一品夫人。側室陸氏。子一，方詒，嚴夫人出[23]。二品蔭生，官山東通判，才雋有父風，壯年殞折，娶夏氏孫桐第三女也[24]。孫一：貞同，奇慧先殤。所以繼大宗者猶有待。晚乃撫仲弟子方飭為嗣[25]。

公易簀前口占《鷓鴣天》詞云[26]：「忠孝何曾盡一分。年來姜被減奇溫。眼中犀角非耶是，身後牛衣怨亦恩。　　泡露事，水雲身。枉拋心力作詞人。可哀惟有人間世，不結他生未了因[27]。」嗚呼！斯足盡其生平已。遺稿親授龍君榆生，所手定者《彊村語業》三卷（生前詞已屢刻，以此為定本）、《彊村棄稿》一卷（手定詩集）、《詞莂》一卷（手選清詞）、足本《雲謠集》一卷（手校足本）、定本《夢窗詞》不分卷（第四次校定）、《滄海遺音集》十二卷（手輯友朋詞十一家）[28]，又集外詞一卷[29]，將總編為《彊村遺書》。嗣子未冠，從侍未久，以孫桐肺腑之親，締交最早，於公志事，知之較深，乞次行狀。竊見公志節之忠亮，器識之通敏，一時罕與匹儔。身居侍從，僅以言見，庚子兩疏，鳳鳴朝陽，奮不顧身之概，可信其能任艱巨。雖躋九列，立朝未久，已隱窺直道難行，潔身早退，屢上封事，焚草不存，身後發篋，僅見三篇。又於舊檔得《論免釐加稅》一疏，至為深切，並敘入狀，見公經世之一斑，俾他日重修清史者，有所採錄，後世勿僅以詞人目公也。夏孫桐謹狀。

---

23 「子一，方詒，嚴夫人出」，《文存》作「嚴夫人生子一：方飴」。

24 「也」，《文存》缺。

25 「仲弟」，《文存》作「弟」。

26 「公」，《文存》缺。

27 「不」，《文存》作「休」。

28 「《滄海遺音集》」，《文存》作「《滄海遺音》」。

29 《文存》下有「遺文一卷」。

責任編輯　陳　菲
書籍設計　霍明志
排　版　肖　霞
印　務　馮政光

書　名　宋詞三百首評註（典藏版）

作　者　〔清〕上彊村民 編選

　　　　王水照等 註評　倪春軍 輯評

出　版　香港中和出版有限公司

　　　　Hong Kong Open Page Publishing Co., Ltd.

　　　　香港北角英皇道 499 號北角工業大廈 18 樓

　　　　http://www.hkopenpage.com

　　　　http://www.facebook.com/hkopenpage

　　　　http://weibo.com/hkopenpage

　　　　Email: info@hkopenpage.com

香港發行　香港聯合書刊物流有限公司

　　　　香港新界荃灣德士古道 220-248 號荃灣工業中心 16 樓

印　刷　美雅印刷製本有限公司

　　　　香港九龍官塘榮業街 6 號海濱工業大廈 4 字樓

版　次　2021 年 12 月香港第 1 版第 1 次印刷

規　格　16 開（168mm×230mm）472 面

國際書號　ISBN 978-988-8763-63-4

本書由上海古籍出版社授權本公司在港澳臺地區出版發行。

ISBN 978-988-8763-63-4

00850

WHA1228　HK$188　NT$850